ANNE RICE

Die Mayfair-Hexen

BUCH Er besitzt vieles, wovon Menschen träumen: Erfolg und Macht, Reichtum und gutes Aussehen. Aber Ash, der letzte aus dem Geschlecht der Taltos, dessen Gedächnis so alt ist wie die Zeit, ist einsam. Seit Jahrhunderten schon. Das ändert sich erst, als er Rowan Mayfair kennenlernt, die brillante Neurochirurgin mit den magischen Heilkräften, Abkömmling einer uralten Hexendynastie und Erbin eines unheimlichen Vermächtnisses.

Aber über der Beziehung des sanftmütigen Ash mit der jungen Frau aus New Orleans schweben düstere Wolken: Denn die Geheimgesellschaft der Talamasca, die schon in der Vergangenheit immer wieder ungebeten in Rowans Leben eingegriffen hat, setzt alles daran, einen männlichen Taltos in die Hände zu bekommen. Es ist ein schreckliches Komplott, das die dunklen Kräfte gegen Rowan und Ash schmieden – eine Verschwörung auf Leben und Tod, bei der es nur einen Sieger geben kann ...

AUTORIN Anne Rice ist Autorin zahlreicher Romane und gilt als Königin des modernen Schauerromans. Berühmt wurde sie mit ihrer »Chronik der Vampire«, die wie auch ihre anderen Werke schon heute als moderner Klassiker gefeiert wird. Anne Rice wurde 1941 in New Orleans als Tochter irischer Einwanderer geboren. Sie lebt auch heute mit ihrem Mann, dem Maler und Dichter Stan Rice, und ihrem Sohn Christopher in einem alten Landhaus in ihrer Heimatstadt New Orleans.

Bereits als Goldmann Taschenbuch erschienen

Die Mumie oder Ramses der Verdammte (42247)
Falsetto (44253)
Der Fürst der Finsternis (9842)
Hexenstunde (43193)
Interview mit einem Vampir (43053)
Die Königin der Verdammten (9843)
Nachtmahr (43400)
Tanz der Hexen (42664)

Anne Rice

Die Mayfair-Hexen

Roman

Deutsch von Rainer Schmidt

GOLDMANN

Die Originalausgabe erschien unter dem Titel
»Taltos. Life of The Mayfair Witches«
bei Alfred Knopf Inc., New York

Umwelthinweis:
Alle bedruckten Materialien
dieses Taschenbuches
sind chlorfrei und umweltschonend.

Der Goldmann Verlag
ist ein Unternehmen der Verlagsgruppe Bertelsmann

Genehmigte Taschenbuchausgabe Oktober 1999

Umschlaggestaltung: Design Team München
Umschlagfoto: Premium/Lippert
Made in Germany · Verlagsnummer: 44498

ISBN 3-442-44498-5

In Liebe für die folgenden:

Stan, Christopher
und Michele Rice

John Preston

Margaret und Stanley Rice, Sr.

THE GARDEN OF LOVE

I went to the Garden of Love,
And saw what I never had seen:
A Chapel was built in the midst,
Where I used to play on the green.

And the gates of this Chapel were shut,
And Thou shalt not. Writ over the door;
So I turn'd to the Garden of Love,
That so many sweet flowers bore.

And I saw it was filled with graves,
And tomb-stones where flowers should be:
And Priests in black gowns, were walking their rounds,
And binding with briars, my joys & desires.

Aus: William Blake
»Songs of Experience«

1

Es hatte den ganzen Tag geschneit. Als die Dunkelheit herabsank, sehr dicht und schnell, stand er am Fenster und schaute hinunter auf die winzigen Gestalten im Central Park. Unter jeder Laterne fiel ein makelloser Lichtkreis auf den Schnee. Schlittschuhläufer bewegten sich über den zugefrorenen Teich, aber er konnte sie nicht in allen Einzelheiten erkennen. Und Autos schoben sich schwerfällig über die dunklen Straßen.

Links und rechts von ihm drängten sich die Wolkenkratzer der Midtown heran. Aber nichts trat zwischen ihn und den Park; das heißt, nichts außer einem Dschungel aus tiefer liegenden Gebäuden, Dachgärten, mächtigen, schwarz gedrungenen Maschinen und vereinzelt sogar Spitzdächern.

Er liebte diesen Blick. Schade, daß es nicht für jeden so einen Marmorturm gab, daß es nicht eine ganze Serie von verschieden hohen Türmen gab, zu denen die Leute gehen konnten, um von dort oben Ausschau zu halten.

Das mußte er sich notieren: eine Serie von Türmen bauen, die keine Funktion haben, außer daß sie den Leuten als Parks im Himmel dienen. Dazu all den wunderschönen Marmor benutzen, den du so sehr liebst. Vielleicht würde er das dieses Jahr tun. Höchstwahrscheinlich würde er es tun. Und die Bibliotheken. Davon wollte er noch mehr einrichten, und dazu wären ein paar Reisen erforderlich. Aber er würde dies alles in Angriff nehmen, ja, und zwar bald. Die Parks waren schließlich fast fertig, und in sieben Städten waren seine kleinen Lehrbeispiele der Öffentlichkeit übergeben worden. An zwanzig verschiedenen Orten waren die Karussells aufgestellt worden. Gut, es waren künstliche Tiere, aber jedes einzelne war die penible und dauerhafte Rekonstruktion eines berühmten handgeschnitzten Meisterwerks aus Europa. Die Leute liebten die Karussells.

Aber es war Zeit für ein Bündel neuer Pläne. Der Winter hatte ihn beim Träumen überrascht . . .

Im vergangenen Jahrhundert hatte er Dutzende solcher Ideen in die Wirklichkeit umgesetzt. Und die kleinen Triumphe dieses Jahres hatten ihren tröstlichen Charme. Er hatte gleich hier im Gebäude ein antikes Karussell aufgestellt; lauter alte Originale, Pferde, Löwen und dergleichen, hatten die Formen für seine Repliken abgegeben. Das Museum der klassischen Automobile füllte jetzt ein ganzes Kellergeschoß aus. Das Publikum kam in Scharen, um die Model-Ts zu sehen, die Stutz Bearcats, die MG-TDs mit ihren Speichenrädern.

Und dann natürlich die Puppenmuseen – in großen, gutbeleuchteten Räumen zwei Etagen über der Lobby, das Prunkstück der Firma, vollgestopft mit den Puppen, die er auf der ganzen Welt gesammelt hatte. Und das Privatmuseum, das nur hin und wieder der Öffentlichkeit zugänglich gemacht wurde, mit den Puppen, an denen sein Herz ganz besonders hing.

Ab und zu schlich er sich nach unten, um die Leute zu beobachten und durch das Gedränge zu spazieren, nie unbemerkt, aber zumindest immer unerkannt.

Eine mehr als zwei Meter große Gestalt kann den Blicken der Leute nicht entgehen. Das hatte immer schon gegolten. Aber in den letzten zweihundert Jahren war etwas ziemlich Erheiterndes geschehen. Die Menschen waren größer geworden! Und heute fiel er – Wunder über Wunder! – selbst bei seiner Größe nicht mehr allzusehr auf. Die Leute schauten natürlich immer noch zweimal hin, aber sie hatten keine Angst mehr vor ihm.

Tatsächlich kam hin und wieder sogar ein männlicher Mensch in das Gebäude, der noch größer war als er. Natürlich benachrichtigte ihn das Personal dann sofort. Sie hielten es für eine seiner kleinen Schrullen, daß sie ihm solche Leute unverzüglich melden mußten. Sie fanden es lustig. Ihn störte das nicht. Er sah es gern, wenn die Leute lächelten und lachten.

»Mr. Ash, hier unten ist ein Großer. Kamera fünf.«

Dann wandte er sich der Reihe der kleinen, leuchtenden Bildschirme zu und hatte den Betreffenden bald gefunden.

Nur ein Mensch. Meistens war er auf der Stelle sicher. Manchmal, in seltenen Fällen, wußte er es nicht genau. Dann fuhr er mit dem lautlosen Schnellift nach unten und trieb sich lange genug in der Nähe des Betreffenden herum, um sich anhand vielfältiger Details zu vergewissern, daß es doch nur ein Mensch war.

Andere Träume: kleine Spielhäuser für Kinder, aus den Kunststoffen des Raumfahrtzeitalters auf das feinste gebaut, mit reichhaltigen, komplizierten Details. Er sah kleine Kathedralen, Burgen, Paläste – perfekte Nachbildungen größerer architektonischer Kostbarkeiten, hergestellt mit Lichtgeschwindigkeit und »kosteneffektiv«, wie die Unternehmensleitung es ausdrücken würde. Es würde sie in zahlreichen Größen geben, von Puppenstuben bis zu Häusern, die ein Kind betreten konnte. Und Karussellpferde für den Verkauf, aus Holzharz, das sich fast niemand mehr leisten konnte. Hunderte davon könnte man Schulen schenken, Krankenhäusern und anderen solchen Institutionen. Und dann wirklich schöne Puppen für arme Kinder, Puppen, die unzerbrechlich waren. Aber daran arbeitete er mehr oder minder schon, seit das neue Jahrhundert heraufgedämmert war.

In den letzten fünf Jahren produzierte er immer billigere Puppen, Puppen, die ihren Vorgängerinnen überlegen waren, Puppen aus neuen chemischen Materialien, Puppen, die haltbar und liebenswert waren – aber immer noch zu teuer für arme Kinder. Dieses Jahr würde er etwas ganz anderes versuchen ... Er hatte Pläne auf dem Zeichenbrett, ein, zwei vielversprechende Prototypen.

Er spürte, wie ihn beim Gedanken an all diese vielen Projekte eine tröstliche Wärme durchströmte, denn sie würden Hunderte von Jahren erfordern. Einst – in den uralten Zeiten, wie sie sie nannten – hatte er von Monumenten geträumt. Große Steinkreise, die jedermann sehen konnte, ein Tanz der Riesen im hohen Gras der Ebene. Selbst bescheidene Türme hatten ihn jahrzehntelang gefesselt, und einmal war die Herstellung von wunderschönen Handschriften über Jahrhunderte hinweg seine ganze Freude gewesen.

Aber in diesem Spielzeug der modernen Welt, in diesen Puppen, diesen winzigen Abbildern der Menschheit, hatte er eine seltsame, herausfordernde Obsession gefunden.

Monumente waren für diejenigen, die Reisen machten, um sie zu sehen. Die Puppen und Spielsachen, die er verfeinerte und fabrizierte, erreichten jedes Land der Erde. Überhaupt hatten die Maschinen neue und schöne Gegenstände aller Art für die Menschen aller Nationen verfügbar gemacht – für die Reichen, die Armen, für diejenigen, die Trost, Nahrung oder ein Dach über dem Kopf brauchten, für diejenigen, die in Sanatorien und Anstalten verwahrt wurden, ohne sie je verlassen zu können.

Sein Unternehmen war seine Erlösung gewesen; noch seine wildesten, waghalsigsten Ideen waren erfolgreich in die Produktion gegangen. Ja, er verstand überhaupt nicht, warum andere Spielzeugfirmen so wenige Innovationen hervorbrachten. Warum füllten Schablonenpuppen mit leeren Gesichtern die Ladenregale? Anders als seine freudlosen Kollegen war er mit jedem seiner Triumphe größere Risiken eingegangen.

Es machte ihn nicht glücklich, andere aus dem Markt zu drängen. Nein – Konkurrenz war immer noch etwas, das er nur intellektuell begreifen konnte. Insgeheim glaubte er, daß die Zahl der potentiellen Käufer auf der Welt unbegrenzt war. Es gab genug Platz für jeden, der irgend etwas von Wert zu vermarkten hatte.

Seinen Triumph indes konnte er mit niemandem teilen. Nur die Puppen konnten daran teilhaben. Die Puppen, die auf Glasregalen an den Wänden aus farbigem Marmor standen, auf Podesten in den Ecken, die Puppen, die sich auf seinem breiten Holzschreibtisch drängten. Seine Bru, seine Prinzessin, seine französische Schönheit, hundert Jahre alt – sie war seine treueste Zeugin. Kein Tag verging, an dem er nicht in den ersten Stock des Gebäudes hinunterfuhr und sie besuchte, ein Prachtstück aus Biskuitporzellan, nach makellosen Maßstäben gefertigt, knapp einen Meter groß, die Mohairlocken unberührt von der Zeit, das gemalte Gesicht ein Meisterwerk, der Torso und die hölzernen Gliedmaßen so perfekt wie vor einhundert Jahren, als die französische Firma sie für den Pariser Markt hergestellt hatte.

Das war ihr Zauber gewesen: daß sie ein Ding war, an dem sich Hunderte von Kindern erfreuen konnten. Mit ihr war ein Höhepunkt erreicht worden, im Handwerk wie in der Massenproduktion.

In manchen Jahren, bei seinen Wanderungen durch die Welt, hatte er sie bei sich gehabt, und zuweilen hatte er sie aus dem Koffer genommen, nur um in ihre Glasaugen zu schauen, um ihr von seinen Gedanken zu erzählen, seinen Gefühlen, seinen Träumen. Nachts, in schmutzigen, einsamen Zimmern, hatte er das Licht in ihren stets wachsamen Augen funkeln sehen. Und jetzt stand sie in einem Glashaus, und Tausende sahen sie jedes Jahr, sie und all die anderen antiken Bru-Puppen, die sich um sie drängten. Manchmal hatte er Lust, sie heimlich mit hinaufzunehmen und sie im Schlafzimmer auf ein Bord zu stellen. Wer würde sich daran stören? Wer würde es wagen, etwas zu sagen? Reichtum umgibt einen mit seligem Stillschweigen, dachte er.

Natürlich war seine Firma, dieses Unternehmen, wie Zeitungen und Illustrierte es oft nannten, an die Entwicklung eines industriellen Nährbodens gebunden, den es erst seit dreihundert Jahren gab. Was wäre, wenn ein Krieg ihn vernichtete? Aber Puppen und Spielsachen schenkten ihm eine so süße Glückseligkeit, daß er sich einbildete, in Zukunft nie wieder ohne sie sein zu müssen. Selbst wenn ein Krieg die Welt in Schutt und Asche legen sollte, würde er kleine Figuren aus Holz oder Ton herstellen und sie eigenhändig bemalen.

Manchmal sah er sich so, allein in den Ruinen. Er sah New York, wie es in einem Science-fiction-Film vorkommen mag, tot und still und erfüllt von umgestürzten Säulen und geborstenen Giebeln und zersplittertem Glas. Er sah sich selbst auf einer gebrochenen Steintreppe sitzen, aus Holzstücken eine Puppe machen und sie mit Stoffstreifen zusammenbinden, die er zuvor ruhig und respektvoll vom seidenen Kleid einer toten Frau abgerissen hatte.

Wer hätte gedacht, daß solche Dinge einmal seine Leidenschaft erwecken würden? Daß er vor hundert Jahren bei einem Spaziergang durch eine winterliche Straße in Paris stehenbleiben und in ein Schaufenster schauen würde, in die gläsernen Augen seiner Bru, und daß er sich leidenschaftlich verlieben würde?

Natürlich war sein Volk schon immer für seinen Hang zu Spiel, Freude und Fröhlichkeit bekannt gewesen. Vielleicht war das alles gar nicht überraschend. Freilich – ein Volk zu studieren, wenn man zu seinen wenigen überlebenden Exemplaren gehörte, war schon eine verzwickte Angelegenheit, zumal für einen, der medizinischer Philosophie und Terminologie wenig Liebe entgegenbrachte, der ein gutes, aber ganz und gar nicht übernatürliches Gedächtnis besaß, dessen Gefühl für die Vergangenheit oft absichtlich zugunsten eines »kindlichen« Eintauchens in die Gegenwart aufgegeben wurde, einer allgemeinen Furcht vor dem Denken in Kategorien der Jahrtausende oder Äonen, oder wie immer die Menschen die großen Zeitspannen nennen wollten, die er mitangesehen, durchlebt, mühsam überstanden und schließlich fröhlich vergessen hatte im Laufe seiner großartigen Unternehmung, die so gut zu seinen wenigen und besonderen Talenten paßte.

Es hatte wieder zu schneien eingesetzt. Die Flocken waren so winzig, daß er sie kaum sehen konnte. Sie schienen zu schmelzen, wenn sie die dunklen Straßen dort unten berührten.

Der Himmel war schwarz. Das war das einzige, was ihm am Schnee nicht gefiel. Man verlor den Himmel, wenn man ihn bekam. Und er liebte den Himmel über New York City so sehr, das ganze Panorama des Himmels, das die Menschen unten auf der Straße nie wirklich zu sehen bekamen.

»Türme – bau ihnen Türme«, sagte er sich. »Ein großes Museum hoch oben im Himmel, mit Terrassen ringsherum. Bring sie in gläsernen Aufzügen herauf, himmelwärts, damit sie sehen . . .«

Türme für die Freude, zwischen all diesen Hochhäusern, die die Menschen für Geschäft und Profit errichtet hatten.

Ein Gedanke ergriff ihn plötzlich, ein alter Gedanke eigentlich, der ihm oft kam. Die ersten schriftlichen Zeugnisse auf der Welt waren Warenlisten gewesen. Nichts anderes waren die Keilschrifttafeln, die man in Jericho gefunden hatte: Inventarlisten ... und das gleiche galt für Mykene.

Niemand hatte es damals für wichtig gehalten, seine Ideen oder Gedanken aufzuschreiben. Auch die Gebäude waren ganz anders gewesen. Die großartigsten waren Huldigungsstätten gewesen – Tempel oder große Lehmziegel-Ziggураths mit Kalksteinverkleidung, die die Menschen erklommen hatten, um den Göttern zu opfern. Der Kreis aus Druidensteinen in der Ebene von Salisbury.

Jetzt, siebentausend Jahre später, waren die größten Bauwerke Geschäftsgebäude. Sie trugen die Namen von Banken und Großkonzernen oder gewaltigen Privatfirmen wie seiner eigenen. Vom Fenster aus konnte er die Namen in hellen, harten Blockbuchstaben durch den verschneiten Himmel brennen sehen, durch die Dunkelheit, die nicht richtig dunkel war.

Die Schreiber von Jericho hätten diesen Wandel verstanden, dachte er. Andererseits – vielleicht auch nicht. Er verstand ihn ja selbst kaum, aber die Implikationen erschienen ihm um einiges gewaltiger und wunderbarer, als die Menschen ahnten. All der Handel, die endlose Vielfalt von schönen und nützlichen Dingen, könnte die Welt am Ende retten, wenn nur ...

»Mr. Ash.« Eine leise Stimme unterbrach ihn. Mehr war nicht nötig. Er hatte sie alle gut erzogen. Macht keinen Laut, wenn ihr an der Tür seid. Sprecht leise. Ich werde euch hören.

Und diese Stimme kam von Remmick, der von Natur aus sanft war, einem Engländer (mit etwas keltischem Blut, auch wenn Remmick das nicht wußte), einem Kammerdiener, der sich in den letzten zehn Jahren als unentbehrlich erwiesen hatte, obwohl die Zeit nah war, wo Remmick aus Sicherheitsgründen würde weggeschickt werden müssen.

»Mr. Ash, die junge Frau ist hier.«

»Danke, Remmick«, sagte er mit einer Stimme, die noch leiser war als die seines Butlers. Im dunklen Fensterglas konnte er

Remmicks Spiegelbild sehen – einen ansehnlichen Mann mit kleinen, sehr strahlenden Augen. Sie standen zu eng beieinander, diese Augen. Aber das Gesicht war nicht unattraktiv, und es trug immer einen Ausdruck von so stiller und undramatischer Hingabe, daß er allmählich angefangen hatte, es zu lieben, ja, Remmick selbst zu lieben.

Es gab viele Puppen auf der Welt, deren Augen zu eng beieinander standen – vor allem die französischen Puppen, die vor Jahren von Jumeau hergestellt worden waren, von Schmitt & Söhnen und Huret und Petit und Demontier: mondgesichtig und mit glitzernden Glasaugen, die sich eng an die kleinen Porzellannasen drängten, und mit Mündern, so winzig, daß sie auf den ersten Blick aussahen wie zarte Knospen oder wie Wespenstiche. Jeder liebte diese Puppen. Die Wespenstichköniginnen.

Wenn man Puppen liebte und sie studierte, dann fing man an, auch alle möglichen Leute zu lieben, denn man sah die Tugend in ihrem Ausdruck, man sah, wie sorgfältig sie geformt, wie geschickt die Teile zusammengefügt worden waren, um den Triumph dieses oder jenes bemerkenswerten Gesichtes zuwege zu bringen. Manchmal spazierte er durch Manhattan und sah absichtlich jedes Gesicht, als wäre es gemacht, als wäre keine Nase, kein Ohr, keine Falte dem Zufall überlassen worden.

»Sie trinkt einen Schluck Tee, Sir. Sie hat schrecklich gefroren, als sie kam.«

»Wir haben ihr keinen Wagen geschickt, Remmick?«

»Doch, Sir, aber ihr ist trotzdem kalt. Es ist sehr kalt draußen, Sir.«

Er ging auf dem Boden aus Carrara-Marmor zur Tür des benachbarten Büros und schaute durch diesen Raum in einen weiteren, der ebenfalls – wie alle seine Räume – mit blankem Marmor ausgelegt war. Dort saß die junge Frau allein an einem Schreibtisch. Er konnte ihr Profil sehen. Er konnte sehen, daß sie aufgeregt und besorgt war. Er konnte sehen, daß sie den Tee eigentlich wollte, aber dann doch wieder nicht. Sie wußte nicht, was sie mit ihren Händen anfangen sollte.

Als er näher kam, machte er ein höfliches, hinreichendes Maß an Geräuschen. Langsam drehte sie den Kopf; sie blickte auf, sie sah ihn, und dann kam der unvermeidliche Schock.

Er streckte die Arme aus, als er auf sie zuging.

Sie erhob sich strahlend und ergriff seine Hände. Ein warmer, fester Griff. Sie schaute seine Hände an, die Finger, die Handflächen.

»Ich überrasche Sie, Miss Paget?« Er schenkte ihr sein freundlichstes Lächeln. »Sehe ich so schlimm aus?«

»Mr. Ash, Sie sehen fabelhaft aus«, antwortete sie rasch. Ihr Tonfall war frisch, kalifornisch. »Ich hatte nicht erwartet . . . ich hatte nicht erwartet, daß Sie so groß sein würden. Natürlich haben alle gesagt, Sie seien . . .«

»Und sehe ich aus wie ein gütiger Mann, Miss Paget? Das sagen auch alle.« Er sprach langsam. Oft verstanden Amerikaner seinen »britischen Akzent« nicht.

»O ja, Mr. Ash«, sagte sie. »Sehr gütig.«

Ihr Blick wanderte schwelgerisch über ihn, und das genoß er. Er drückte ihre Hände noch einmal zärtlich und ließ sie dann los.

Als er um den Schreibtisch herumging, setzte sie sich wieder, ohne ihn aus den Augen zu lassen. Ihr eigenes Gesicht war schmal und hatte für eine so junge Frau tiefe Falten. Ihre Augen waren bläulich violett. Sie war schön auf ihre Art – aschblondes Haar, zerzaust und doch anmutig, in erlesenen, zerknautschten alten Kleidern.

»Ich bewundere Ihre Arbeit, Miss Paget«, sagte er. »Es ist mir eine Freude, Sie endlich kennenzulernen.« Er deutete auf den Schreibtisch; er war übersät von großen Farbfotos ihrer Puppen.

War es möglich, daß sie die noch nicht bemerkt hatte? Sie schien überwältigt vor Freude; ihre Wangen röteten sich. Vielleicht war sie sogar ein bißchen vernarrt in seinen Stil und seine Manieren; er konnte es nicht genau sagen. Er neigte dazu, bei den Menschen eine leichte Vernarrtheit zu wecken, manchmal ohne es zu beabsichtigen.

»Mr. Ash«, sagte sie, »dies ist einer der wichtigsten Tage in meinem Leben.« Sie sagte es, als habe sie Mühe, sich selbst darüber klar zu werden, und dann geriet sie in lautlose Panik, vielleicht weil sie dachte, sie habe zuviel gesagt, indem sie sagte, worauf es wirklich ankam.

Er ließ sein Lächeln noch strahlender werden und senkte den Kopf ein wenig, wie er es oft tat, so daß es aussah, als schaue er einen Moment lang zu ihr auf, obwohl er viel größer war als sie.

»Ich will Ihre Puppen, Miss Paget«, sagte er. »Alle. Ich bin sehr erfreut über das, was Sie da gemacht haben. Sie haben mit all den neuen Materialien hervorragend gearbeitet. Ihre Puppen sind anders als alle anderen. Und so etwas will ich.«

Sie lächelte wider Willen. Dies war immer ein faszinierender Augenblick, für die anderen wie für ihn. Wie gern machte er sie glücklich!

»Haben Ihnen meine Anwälte alles dargelegt? Haben Sie die Bedingungen genau verstanden?«

»Ja, Mr. Ash. Ich habe alles verstanden. Und ich nehme Ihr Angebot restlos an. Für mich ist es ein Traum.«

Das letzte Wort sprach sie mit sanftem Nachdruck aus. Und diesmal, ohne zu stocken oder zu erröten.

»Miss Paget, Sie brauchen jemanden, der für Sie verhandelt!« sagte er tadelnd. »Aber sollte ich jemals jemanden betrogen haben, so weiß ich es nicht mehr, und ich wäre ehrlich froh, wenn man mich daran erinnerte, damit ich es wiedergutmachen kann.«

»Ich gehöre Ihnen, Mr. Ash«, sagte sie. Ihre Augen glänzten, aber sie füllten sich nicht mit Tränen. »Die Bedingungen sind großzügig. Die Materialien sind atemberaubend. Die Methoden ...« Sie schüttelte kurz den Kopf. »Ich verstehe eigentlich nichts von den Methoden der Massenproduktion, aber ich kenne Ihre Puppen. Ich habe mich in den Geschäften herumgetrieben und mir angeschaut, was Ashlar auf den Markt gebracht hat. Ich weiß, es wird einfach großartig werden.«

Wie so viele, hatte sie ihre Puppen erst in der Küche, dann in einem Werkraum in der Garage gemacht und den Ton in einem Brennofen gebrannt, den sie sich kaum hatte leisten können. Sie hatte auf den Flohmärkten nach Stoffen gestöbert. Sie hatte sich von Gestalten aus Filmen und Romanen inspirieren lassen. Ihre Arbeiten hatten »Einzelstück« oder »Limited Edition« geheißen, wie man es in exklusiven Puppengeschäften und Galerien gerne hatte. Sie hatte Preise gewonnen, große und kleine.

Aber jetzt konnten ihre Gießformen für etwas ganz anderes genutzt werden: für eine halbe Million wunderschöner Exemplare einer Puppe, und noch einer, und noch einer, aus einem so kunstvoll bearbeiteten Vinyl, daß es genauso niedlich aussah wie Porzellan, mit gemalten Augen, die leuchteten, als wären sie aus Glas.

»Sie wissen, daß Sie bald reich sein werden, Miss Paget.«

»Das hat man mir gesagt.« Sie wirkte plötzlich verletzlich, ja, zerbrechlich.

»Aber Sie müssen Ihre Verabredungen mit uns einhalten, müssen jeden Schritt gutheißen. Das wird eigentlich nicht so viel Zeit in Anspruch nehmen . . .«

»Ich werde es gern tun. Mr. Ash, am liebsten möchte ich –«

»Ich will alles sehen, was Sie machen, sofort. Sie werden uns anrufen.«

»Ja.«

»Aber seien Sie sich nicht so sicher, daß Ihnen das Verfahren hier gefallen wird. Wie Sie schon bemerkt haben, ist Massenproduktion etwas anderes als Kunsthandwerk oder Design. Das liegt in der Natur der Sache. Aber nur selten sehen die Leute es auch so. Künstler betrachten die Massenproduktion nicht immer als ihre Verbündete. Haben Sie noch Fragen zu den Vertragsbedingungen, Miss Paget? Zögern Sie nicht, sie mir jetzt persönlich zu stellen.«

»Mr. Ash, ich habe die Verträge bereits unterschrieben!« Sie lachte wieder kurz auf, entschieden sorglos und jung.

»Ich bin so froh, Miss Paget«, sagte er. »Machen Sie sich darauf gefaßt, berühmt zu werden.« Er hob seine Hände und faltete sie auf dem Schreibtisch. Natürlich schaute sie hin; sie staunte über ihre ungeheure Größe.

»Mr. Ash, ich weiß, daß Sie beschäftigt sind. Unsere Besprechung sollte nur fünfzehn Minuten dauern.«

Er nickte, als wollte er sagen: Das ist nicht so wichtig. Fahren Sie nur fort

»Ich möchte Sie etwas fragen. Warum gefallen Ihnen meine Puppen? Ich meine, wirklich, Mr. Ash, ich meine . . .«

Er dachte einen Augenblick lang nach. »Es gibt natürlich die Standardantwort«, sagte er, »und sie ist ganz und gar zutreffend. Ihre Puppen sind originell. Aber was mir gefällt, Miss Paget, ist das breite Lächeln all Ihrer Puppen. Ihre Augen haben Fältchen, ihre Gesichter sind in Bewegung. Sie haben glänzende Zähne. Man hört sie fast lachen.«

»Das war das Risiko, Mr. Ash.« Plötzlich lachte sie selbst, und eine Sekunde lang sah sie so glücklich aus wie eine ihrer Kreationen.

»Ich weiß, Miss Paget. Werden Sie mir jetzt vielleicht ein paar sehr traurige Kinder machen?«

»Ich weiß nicht, ob ich das kann.«

»Machen Sie, was Sie wollen. Ich stehe hinter Ihnen. Aber machen Sie keine traurigen Kinder. Zu viele andere Künstler können das zu gut.«

Er stand auf, ganz langsam, das Zeichen dafür, daß sie entlassen war, und er war nicht überrascht, als sie hastig aufsprang.

»Danke, Mr. Ash«, sagte sie noch einmal und griff nach seiner Hand – seiner großen Hand mit den langen Fingern. »Ich kann Ihnen nicht sagen, wie sehr –«

»Das brauchen Sie nicht.«

Er ließ sie seine Hand berühren. Manchmal wollten die Leute ihn kein zweites Mal anfassen. Manchmal wußten sie, daß er kein Mensch war. Niemals stieß sein Gesicht sie ab, aber oft seine großen Füße und Hände. Oder sie erkannten, tief in ihrem Unterbewußtsein, daß sein Hals ein bißchen zu lang war, die Ohren zu schmal. Menschen verstanden sich ausgezeichnet darauf, ihresgleichen zu erkennen, den Stamm, den Clan, die Familie.

Aber sie war nicht abgestoßen, sondern nur jung und überwältigt und aufgeregt.

»Und übrigens, Mr. Ash – wenn Sie gestatten, daß ich es sage:

Die weißen Strähnen in Ihrem Haar stehen Ihnen sehr gut. Ich hoffe, Sie werden sie niemals tönen lassen. Weißes Haar steht einem jungen Mann immer sehr gut.«

»Wie kommen Sie denn darauf, Miss Paget?«

Sie wurde wieder rot, mußte dann aber doch lachen. »Ich weiß nicht«, gestand sie. »Nur, Ihr Haar ist so weiß, und Sie sind so jung. Ich hatte nicht damit gerechnet, daß Sie so jung sein würden. Das überrascht mich . . .« Unsicher brach sie ab; am besten entließ er sie jetzt, bevor sie sich noch tiefer hineinritt.

»Ich danke Ihnen, Miss Paget«, sagte er. »Sie waren sehr freundlich. Es hat Spaß gemacht, mich mit Ihnen zu unterhalten.« Beruhigende Worte, unverblümt und einprägsam. »Ich werde Sie hoffentlich sehr bald wiedersehen. Und ich hoffe, Sie werden mit dem Gang der Dinge zufrieden sein.«

Remmick war erschienen, um die junge Frau hinauszubegleiten. Hastig sagte sie noch etwas – bedankte sich, beteuerte ihre Entschlossenheit, der ganzen Welt Freude zu schenken, derart reizende Worte. Er schenkte ihr noch ein letztes nüchternes Lächeln, bevor sie hinausging und die Bronzetür sich hinter ihr schloß.

Zu Hause würde sie natürlich ihre Zeitschriften hervorholen. Sie würde anfangen zu rechnen, mit den Fingern, vielleicht sogar mit einem Taschenrechner. Sie würde erkennen, daß er so jung nicht mehr sein konnte, nach niemandes Maßstäben. Sie würde zu dem Schluß kommen, daß er über vierzig sei und sich sorgsam der Fünfzig erwehre. Das war ziemlich ungefährlich.

Aber wie sollte er auf lange Sicht damit umgehen? Die lange Sicht, das war immer sein Problem. Hier führte er ein Leben, das er liebte, aber er würde Korrekturen vornehmen müssen. Oh, er konnte im Augenblick an so etwas Furchtbares nicht denken. Was war, wenn das weiße Haar richtig zu leuchten begann? Das würde helfen, nicht wahr? Aber was hatte es wirklich zu bedeuten, das weiße Haar? Was offenbarte es? Er war zu zufrieden, um darüber nachzudenken. Zu zufrieden, um die kalte Angst in sein Herz zu lassen.

Wieder wandte er sich den Fenstern und dem fallenden

Schnee zu. Von diesem Büro aus sah er den Central Park ebenso deutlich wie von den anderen. Er legte die Hand an die Scheibe. Sehr kalt.

Der Schlittschuhteich lag jetzt verlassen da. Der Schnee hatte den Park zugedeckt, und auch das Dach unter ihm.

»Mr. Ash«, räusperte sich Remmick.

»Ja, mein lieber Junge«, sagte er geistesabwesend.

»Ein Anruf für Sie, Sir.«

»Jetzt nicht, Remmick. Ich bin müde. Das ist der Schnee. Da möchte ich es mir nur im Bett gemütlich machen und schlafen. Ich möchte jetzt ins Bett, Remmick. Ich möchte eine heiße Schokolade trinken und dann schlafen, schlafen, schlafen.«

»Mr. Ash, der Mann sagt, Sie würden mit ihm sprechen wollen; ich soll Ihnen nur sagen . . .«

»Das sagen sie alle, Remmick«, unterbrach er ihn.

»Samuel, Sir. Er sagte, ich solle Ihnen diesen Namen nennen.«

»Samuel!«

Er wandte sich vom Fenster ab und schaute den Kammerdiener an, schaute ihm in sein friedliches Gesicht. Seine Miene verriet nichts als Hingabe und stille Fügung.

»Er sagte, ich solle sofort zu Ihnen gehen, Mr. Ash; es sei so üblich, wenn er anrufe. Ich habe die Gelegenheit wahrgenommen . . .«

»Sie haben es richtig gemacht. Sie können mich jetzt eine Weile alleinlassen.«

Er setzte sich in seinen Sessel am Schreibtisch.

Als die Tür sich schloß, griff er zum Hörer und drückte auf den kleinen roten Knopf.

»Samuel«, flüsterte er.

»Ashlar.« Die Antwort kam so klar, als stünde sein Freund neben ihm. »Du hast mich fünfzehn Minuten warten lassen. Wie wichtig du geworden bist.«

»Samuel, wo bist du? Bist du in New York?«

»Ganz gewiß nicht«, war die Antwort. »Ich bin in Donnelaith, Ash. Ich bin im Gasthaus.«

»Telefone im Glen.« Er murmelte leise. Die Stimme kam aus dem fernen Schottland ... aus dem Glen.

»Ja, alter Freund, Telefone im Glen und noch andere Dinge. Ein Taltos war hier, Ash. Ich habe ihn gesehen. Ein richtiger Taltos.«

»Stop. Hast du gerade gesagt –«

»Ich habe es gesagt. Gerate nicht gleich in allzu große Aufregung, Ash. Er ist tot. Er war ein Kind, ungeschickt. Es ist eine lange Geschichte. Ein Zigeuner ist darin verwickelt, ein sehr raffinierter Zigeuner nahmens Yuri von der Talamasca. Der Zigeuner wäre jetzt tot, wenn ich nicht gewesen wäre.«

»Bist du sicher, daß der Taltos nicht mehr lebt?«

»Der Zigeuner hat es mir gesagt. Ash, die Talamasca erlebt eine dunkle Zeit. Mit dem Orden ist etwas Tragisches geschehen. Vielleicht werden sie diesen Zigeuner bald umbringen, aber er ist entschlossen, ins Mutterhaus zurückzukehren. Du mußt herkommen, sobald du kannst.«

»Samuel, wir treffen uns morgen in Edinburgh.«

»Nein – London. Flieg direkt nach London. Ich habe es dem Zigeuner versprochen. Aber komm schnell, Ash. Wenn ihn seine Brüder in London zu Gesicht bekommen, ist er ein toter Mann.«

»Samuel, diese Geschichte kann nicht stimmen. Die Talamasca würde niemandem so etwas antun, schon gar nicht einem der ihren. Bist du sicher, daß dieser Zigeuner die Wahrheit sagt?«

»Ash, es hat mit diesem Taltos zu tun. Kannst du dich gleich auf den Weg machen?«

»Ja.«

»Du läßt mich nicht im Stich?«

»Nein.«

»Dann muß ich dir noch etwas erzählen, und zwar sofort. Du wirst es in London in der Zeitung lesen, wenn du gelandet bist. Sie haben gegraben hier in Donnelaith, in den Ruinen der Kathedrale.«

»Ich weiß, Samuel. Darüber haben wir schon gesprochen.«

»Ash, sie haben das Grab des Heiligen Ashlar freigelegt. Sie haben im Stein eingraviert den Namen gefunden. Du wirst es in der Zeitung lesen, Ashlar. Es sind Gelehrte aus Edinburgh hier. Ash, es sind Hexen in die Geschichte verwickelt. Aber der Zigeuner wird es dir erzählen. Die Leute beobachten mich. Ich muß gehen.«

»Samuel, die Leute beobachten dich immer. Warte noch –«

»Dein Haar, Ash. Ich habe dich in einer Illustrierten gesehen. Hast du weiße Strähnen in den Haaren?«

»Ja, mein Haar wird weiß. Aber nur langsam. Ansonsten bin ich nicht gealtert.«

»Du wirst leben bis zum Ende der Welt, Ash, und du wirst derjenige sein, der sie einstürzen läßt.«

»Nein!«

»Das Claridge's in London. Wir brechen jetzt auch auf. Da werde ich auf dich warten. Und – Ash. Bezahle die Hotelrechnung, ja? Ich war zwei Jahre hier draußen im Glen.«

Die Leitung war tot.

»Verrückt«, flüsterte er und legte den Hörer auf.

Eine ganze Weile starrte er die Bronzetür an. Er sah die verschwommene Gestalt kaum, die hereinkam. Er dachte auch nicht; er wiederholte im Kopf nur immer wieder die Worte »Taltos« und »Talamasca«.

Als er dann doch aufblickte, sah er nur Remmick, der aus einer kleinen, schweren Silberkanne Schokolade in eine hübsche Porzellantasse goß. Der Dampf stieg in Remmicks geduldiges und etwas müdes Gesicht. Graue Haare – ja, das waren wirklich graue Haare, ein ganzer Schopf voll. So viele graue Haare habe ich nicht.

Er hatte wirklich nur die beiden Strähnen, die von seinen Schläfen nach hinten flossen, und ein bißchen Weiß in den Koteletten, wie man sie nannte. Ja, auch einen Hauch von Weiß in den dunklen Haaren auf seiner Brust. Furchtsam schaute er auf sein Handgelenk. Da waren ein paar weiße Haare; sie mischten sich unter die dunklen, die seinen Arm seit so vielen Jahren bedeckten.

Taltos! Talamasca! Die Welt wird einstürzen . . .

»War das richtig, Sir? Mit dem Telefonanruf?« fragte Remmick in jenem wunderbaren, beinahe unhörbaren britischen Gemurmel, das sein Arbeitgeber so sehr liebte. Viele Leute hätten es Genuschel genannt.

»Ja, allerdings, es war richtig, Remmick. Sagen Sie mir immer sofort Bescheid, wenn es Samuel ist. Ich muß nach London, und zwar sofort.«

»Dann muß ich mich beeilen, Sir. La Guardia war den ganzen Tag geschlossen. Es wird sehr schwierig werden . . .«

»Dann beeilen Sie sich bitte.«

Er nippte an seiner Schokolade. Nichts schmeckte voller, süßer oder besser – vielleicht mit Ausnahme von unverfälschter frischer Milch.

»Noch ein Taltos«, flüsterte er laut und stellte die Tasse ab. »Dunkle Zeiten in der Talamasca.« Er war nicht sicher, ob er das glaubte.

Remmick war gegangen. Die wunderschöne Bronze glühte, als wäre sie heiß. Eine Lichtspur zog sich über den Marmorboden, die in die Decke eingebettete Lampe spiegelte sich darin, fast wie der Mond im Meer.

»Noch ein Taltos, und er war männlich.«

So viele Gedanken jagten ihm durch den Kopf, ein solcher Wirrwarr von Emotionen! Einen Augenblick lang glaubte er, er werde in Tränen ausbrechen. Aber nein. Es war Zorn, was er da empfand, Zorn darüber, daß er sich von dieser kurzen Nachricht wiederum hatte auf die Folter spannen lassen. Daß er jetzt Herzklopfen verspürte und übers Meer flog, um mehr über einen anderen Taltos zu erfahren, der doch schon tot war – einen männlichen.

Und die Talamasca – da waren also dunkle Zeiten für sie angebrochen, wie? Nun, war das nicht unausweichlich gewesen? Und was hatte er damit zu schaffen? Mußte er sich schon wieder in all das hineinziehen lassen? Vor Jahrhunderten hatte er einmal an ihre Tür geklopft. Aber wer von ihnen wußte das jetzt noch?

Ihre Gelehrten kannte er von Ansehen und dem Namen nach, nur weil er sie genug fürchtete, um sie im Auge zu behalten. Im Laufe der Jahre hatten sie nie aufgehört, in das Glen zu kommen ...

Warum hatte er jetzt das Gefühl, er sei es ihnen schuldig, schützend einzugreifen? Weil sie ihm einmal ihre Tür geöffnet, weil sie ihm zugehört und ihn gebeten hatten zu bleiben? Sie hatten über seine Geschichten nicht gelacht, und sie hatten versprochen, sein Geheimnis zu bewahren. Und die Talamasca war alt, genau wie er. Alt wie die Bäume in den großen Wäldern.

Wie lange war das her? Bevor es das Londoner Haus gegeben hatte, lange vorher, als in dem alten Palazzo in Rom noch die Kerzen gebrannt hatten. Keine Aufzeichnungen, hatten sie versprochen. Keine Aufzeichnungen, und dafür hatte er ihnen alles erzählt ... Es sollte unpersönlich bleiben, anonym, ein Quell von Legenden und Tatsachen, von Wissensbröckchen aus fernen Zeiten. Erschöpft hatte er unter jenem Dach geschlafen; sie hatten ihn getröstet. Aber letztlich waren sie gewöhnliche Menschen, vielleicht geleitet von einem außergewöhnlichen Interesse, aber gewöhnliche, kurzlebige Menschen voller Ehrfurcht vor ihm – Gelehrte, Alchimisten, Sammler.

Wie dem auch sein mochte, es war nicht gut, sie in dunklen Zeiten zu wissen, um Samuels Worte zu benutzen, nicht mit all dem, was sie wußten und in ihren Archiven aufbewahrten. Nicht gut. Und aus irgendeinem seltsamen Grund lag ihm dieser Zigeuner im Glen am Herzen. Und seine Neugier brannte hitzig wie immer, was den Taltos und die Hexen anging.

Lieber Gott, schon der Gedanke an Hexen!

Als Remmick zurückkam, hatte er den pelzgefütterten Mantel über dem Arm.

»Kalt genug dafür, Sir«, sagte er, als er ihn seinem Chef über die Schultern legte. »Und Sie sehen bereits so aus, als ob Sie frieren.«

»Es ist nichts«, antwortete er. »Kommen Sie nicht mit hinunter. Sie müssen etwas für mich tun. Schicken Sie Geld ans

Claridge's in London. Es ist für einen Mann namens Samuel. Die Hoteldirektion wird keine Mühe haben, ihn zu identifizieren. Er ist ein Zwerg und hat einen Buckel, und er hat sehr rotes Haar und ein runzliges Gesicht. Sie müssen alles so arrangieren, damit der kleine Mann genau das hat, was er will. Ach, und er ist in Begleitung. Ein Zigeuner ist bei ihm. Keine Ahnung, was das bedeutet.«

»Sehr wohl, Sir. Der Nachname, Sir?«

»Den weiß ich nicht, Remmick.« Er erhob sich, um zu gehen, und zog sich das pelzgefütterte Cape fester um den Hals. »Ich kenne Samuel schon so lange.«

Er war im Aufzug, bevor ihm klar wurde, daß dieser letzte Satz absurd gewesen war. Er sagte in letzter Zeit zu vieles, was absurd war. Neulich hatte Remmick bemerkt, wie sehr ihm der Marmor in all diesen Räumen gefiele, und da hatte er geantwortet: »Ja, ich habe Marmor gleich geliebt, als ich ihn zum erstenmal sah«, und das hatte auch absurd geklungen.

Der Wind heulte durch den Aufzugschacht, als die Kabine mit erstaunlicher Geschwindigkeit nach unten sauste. Es war ein Geräusch, das man nur im Winter hörte, ein Geräusch, das Remmick angst machte, aber er selbst hörte es ganz gern oder fand es doch zumindest unterhaltsam.

Als er in der Tiefgarage ankam, wartete der Wagen schon; er verströmte eine mächtige Flut von Lärm und weißem Qualm. Seine Koffer wurden eingeladen. Da standen sein Pilot, Jacob, und der namenlose Kopilot und der blasse, strohblonde Fahrer, der um diese Zeit immer Dienst tat und der kaum jemals etwas sagte.

»Sind Sie sicher, daß Sie noch heute fliegen wollen, Sir?« fragte Jacob.

»Fliegt denn sonst keiner?« fragte er. Mit hochgezogenen Brauen blieb er stehen, die Hand an der Tür. Warme Luft kam aus dem Wagen.

»Doch, Sir, es fliegen Leute.«

»Dann fliegen wir auch, Jacob. Wenn Sie Angst haben, brauchen Sie nicht mitzukommen.«

»Wo Sie fliegen, fliege auch ich, Sir.«

»Danke, Jacob.«

Er lehnte sich auf dem schwarzen Ledersitz zurück und streckte die langen Beine aus; die Füße legte er auf den Sitz gegenüber, was kein Mann von normaler Größe in dieser langen Stretch-Limousine geschafft hätte. Der Fahrer wurde hinter die Glasscheibe verbannt, und die anderen folgten im Wagen hinter ihm. Seine Bodyguards saßen im Wagen vor ihm.

Die große Limousine rauschte die Rampe hinauf, mit halsbrecherischer, aber erregender Geschwindigkeit am Randstein entlang und durch das klaffende Maul der Garage hinaus in den zauberhaften weißen Schneesturm. Gottlob waren die Bettler von den Straßen geholt worden. Aber er hatte vergessen, sich nach ihrem Wohlergehen zu erkundigen. Sicher hatte man einige von ihnen in seine Lobby gebracht und ihnen etwas Warmes zu trinken gegeben und Pritschen zum Schlafen bereitgestellt.

Sie überquerten die Fifth Avenue und jagten dem Fluß entgegen. Das Unwetter war ein lautloser Wirbel entzückend winziger Flocken, die schmolzen, wenn sie die dunklen Fenster und die nassen Gehwege berührten. Zwischen den dunklen, gesichtslosen Gebäuden kamen sie herunter wie in einen tief eingeschnittenen Gebirgspaß.

Taltos.

Für einen Augenblick wich die Freude aus seiner Welt – die Freude über seine Erfolge und seine Träume. Vor seinem geistigen Auge sah er die hübsche junge Frau, die Puppenmacherin aus Kalifornien, in ihrem zerdrückten violetten Seidenkleid. Im Geiste sah er sie tot auf einem Bett liegen, mit lauter Blut ringsherum, das ihr Kleid dunkel färbte.

Natürlich würde das nicht passieren. Er ließ es nie mehr passieren, hatte es so lange nicht passieren lassen, daß er sich gar nicht mehr daran erinnern konnte, wie es war, die Arme um einen weichen Frauenkörper zu schlingen, kaum noch wußte, wie die Milch aus der Brust einer Mutter schmeckte.

Aber er dachte an das Bett und das Blut und das Mädchen,

kalt und tot, und an ihre Augenlider, die sich blau färbten wie die Haut unter ihren Fingernägeln, und schließlich sogar ihr Gesicht. Das alles stellte er sich vor, denn wenn er es nicht täte, würde er sich zu viele andere Dinge vorstellen. Es brannte, und das züchtigte ihn, hielt ihn in seinen Grenzen.

»Ach, was bedeutet das schon? Männlich. Und tot.«

Erst jetzt wurde ihm klar, daß er Samuel sehen würde! Er und Samuel würden zusammensein. Dies nun rief Glücksgefühle in ihm hervor. Er hatte Samuel seit fünf Jahren nicht gesehen – oder waren es mehr? Er mußte nachdenken. Natürlich hatten sie telefoniert miteinander. Aber richtig gesehen hatte er Samuel nicht.

In jenen Tagen war nur wenig Weiß in seinen Haaren gewesen. Gott, wurde es so schnell mehr? Aber natürlich hatte Samuel die wenigen weißen Haare gesehen und eine Bemerkung darüber gemacht. Und Ash hatte gesagt: »Das wird weggehen.«

Für einen Augenblick hob sich der Schleier, der mächtige Schutzschild, der ihn so oft vor unerträglichem Schmerz bewahrte.

Er sah das Glen, den aufsteigenden Rauch; er hörte das schreckliche Klirren und Klappern der Schwerter, sah die Gestalten, die auf den Wald zustürzten. Rauch stieg auf von Rundtürmen und Hütten . . . Unmöglich, daß dies hatte passieren können!

Die Waffen änderten sich, die Regeln änderten sich. Aber davon abgesehen blieben die Massaker die gleichen. Er lebte jetzt seit fünfundsiebzig Jahren auf diesem Kontinent, kehrte immer einen, zwei Monate nach seiner Abreise wieder dorthin zurück, aus vielen Gründen, nicht zuletzt, weil er nicht in der Nähe der Flammen sein wollte, des Rauches, der Qualen, der schrecklichen Verwüstungen des Krieges.

Die Erinnerung an das Glen verlor sich nicht. Andere Erinnerungen hingen damit zusammen – grüne Felder, wilde Blumen, Hunderte und Aberhunderte von winzigen blauen Wildblumen. Mit einem kleinen Holzboot befuhr er den Fluß, und die Soldaten standen auf den hohen Festungsmauern; ah, was diese Geschöpfe nur taten – türmten Stein auf Stein und schufen ihre eigenen, mächtigen Berge! Aber was waren denn seine eigenen Monumente, die großen Steine, die Hunderte über die Ebene schleiften, um den Kreis zu bauen?

Die Höhle, auch die sah er wieder, als würden plötzlich ein Dutzend lebendige Fotos vor ihm ausgebreitet, und gerade noch rannte er die Klippe hinunter, rutschte aus, stürzte beinahe, und im nächsten Moment stand Samuel da und sagte: »Laß uns von hier fortgehen, Ash. Warum kommst du her? Was gibt es da zu sehen oder zu lernen?«

Er sah die Taltos mit dem weißen Haar.

»Die Weisen, die Guten, die Wissenden«, so hatten sie sie genannt. »Alt« hatten sie nicht gesagt. Es wäre kein Wort gewesen, das sie in jener Zeit benutzt hätten, als der Frühling auf der Insel warm war und die Früchte von den Bäumen fielen. Selbst als sie ins Glen gekommen waren, hatten sie das Wort »alt« nicht benutzt, aber jeder hatte gewußt, daß diese am längsten gelebt hatten. Die mit den weißen Haaren kannten die längsten Geschichten . . .

Und wie lange, dachte er, wie viele Jahrzehnte würde es noch dauern, bis seine eigenen Haare ganz weiß wären?

Nun, nach allem, was er wußte, konnte das schon sehr bald der Fall sein. Die Zeit selbst hatte damals nichts bedeutet. Und weibliche Weißhaarige hatte es so wenige gegeben, weil das Gebären sie jung dahinwelken ließ. Auch darüber sprach niemand, aber jeder wußte es.

Die männlichen Weißhaarigen waren kraftvoll gewesen, liebeslustig, herzhafte Esser und bereitwillige Weissager. Aber die weißhaarige Frau war gebrechlich gewesen. Das hatte das Gebären ihr angetan.

Furchtbar, sich an all diese Dinge zu erinnern, so plötzlich, so klar. Verband sich vielleicht noch ein magisches Geheimnis mit dem weißen Haar? Daß es einen dazu brachte, sich von Anfang an zu erinnern? Nein, das war es nicht; es war nur so, daß er sich in all den Jahren, in denen er nicht gewußt hatte, wie lange es noch dauern würde, immer vorgestellt hatte, er werde den Tod mit offenen Armen begrüßen, und jetzt war ihm gar nicht danach zumute.

Sein Wagen hatte den Fluß überquert und jagte dem Flughafen entgegen. Er war groß und schwer und schmiegte sich an den schlüpfrigen Asphalt, und er hielt gleichmäßig gegen den peitschenden Wind.

Und immer weiter purzelten die Erinnerungen. Er war alt gewesen, als die Reiter auf die Ebene herabgeritten waren. Er war alt gewesen, als er die Römer auf den Befestigungen des Antoniuswalls gesehen und als er von St. Columbas Tür auf die hohen Klippen von Iona hinuntergeschaut hatte.

Kriege. Warum gingen sie ihm nie aus dem Kopf, sondern warteten dort in ihrer ganzen Pracht, gleich neben den süßen Erinnerungen an die, die er geliebt hatte, an das Tanzen im Glen, an die Musik? Die Reiter, wie sie auf das Grasland herabkamen, eine dunkle Masse, die sich ausbreitete wie Tinte auf einem friedlichen Gemälde, und dann das leise Brüllen, das gerade noch an ihre Ohren drang, und der Anblick des Rauchs, der in endlosen Wolken von ihren Pferden aufstieg.

Er schrak aus dem Schlaf.

Der Wagen hielt, und er mußte kräftig gegen die Tür drücken. Der Fahrer stürzte heran, um ihm zu helfen, als der Wind ihm den Schnee entgegenwehte.

Trotzdem war der Schnee so hübsch und so sauber, bevor er den Boden berührte. Als er sich gestreckt hatte, spürte er für einen Augenblick eine gewisse Steifheit in den Gliedern, und dann hob er die Hand, damit ihm die weichen, feuchten Flocken nicht in die Augen fielen.

»Es ist eigentlich gar nicht so schlimm, Sir«, meinte Jacob. »In einer Stunde können wir hier raus sein. Sie sollten sofort an Bord gehen, Sir, wenn es Ihnen recht ist.«

»Ja, danke, Jacob«, sagte er. Er blieb stehen. Der Schnee fiel auf seinen dunklen Mantel. Er fühlte, wie er in seinen Haaren schmolz. Dennoch griff er in die Tasche und tastete nach dem kleinen Spielzeug, dem Schaukelpferd – ja, es war da.

»Das ist für Ihren Sohn, Jacob«, sagte er. »Ich habe es ihm versprochen.«

»Mr. Ash, daß Sie sich an einem solchen Abend an so etwas erinnern . . .«

»Unfug, Jacob. Ich wette, Ihr Sohn erinnert sich auch daran.«

Es war peinlich unbedeutend, dieses kleine Holzspielzeug; er wünschte jetzt, es wäre etwas unendlich viel Besseres. Er würde sich eine Notiz machen: etwas Besseres für Jacobs Sohn.

Mit seinen großen Schritten ging er so schnell, daß der Fahrer kaum nachkam. Für den Schirm war er sowieso zu groß. Es war nur eine Geste, daß der Mann neben ihm herlief, den Schirm in der Hand für den Fall, daß er ihn nehmen wollte, was aber nie vorkam.

Er bestieg das warme, enge und immer beängstigende Düsenflugzeug.

»Ich habe Ihre Musik, Mr. Ash.«

Er kannte diese junge Frau, aber er konnte sich nicht an ihren Namen erinnern. Sie war eine der besten seiner Sekretärinnen; sie hatte ihn auf der letzten Brasilienreise begleitet. Er hatte sich vorgenommen, sich an sie zu erinnern. Es war beschämend, daß er ihren Namen jetzt nicht auf der Zunge hatte.

»Evie, nicht wahr?« sagte er lächelnd und bat mit einem leisen Stirnrunzeln um Verzeihung.

»Nein, Sir. Leslie.« Sie hatte ihm schon verziehen.

Wäre sie eine Puppe gewesen, dann wäre sie aus Biskuitporzellan gewesen, kein Zweifel – das Gesicht an Lippen und Wangen mattrosa überhaucht, die Augen klein, aber dunkel und mit tiefem Blick. Schüchtern wartete sie.

Als er seinen Platz eingenommen hatte, den großen Ledersessel, der – länger als die anderen – eigens für ihn angefertigt worden war, legte sie ihm das geprägte Programm in die Hand.

Es war die übliche Auswahl: Beethoven, Brahms, Schostakowitsch. Ah, hier war die Komposition, um die er gebeten hatte, Verdis *Requiem*. Aber jetzt konnte er sie sich nicht anhören. Wenn er sich in diese dunklen Akkorde und dunklen Stimmen gleiten ließe, dann würden die Erinnerungen ihn umschließen.

Er legte den Kopf zurück und ignorierte das winterliche Spektakel vor dem kleinen Fenster. »Schlaf, du Narr«, sagte er zu sich, ohne die Lippen zu bewegen.

Aber er wußte, daß er nicht schlafen würde. Er würde über Samuel nachdenken und über das, was er gesagt hatte, immer wieder, bis sie einander gegenüberständen. Er würde sich an den Geruch des Talamasca-Hauses erinnern und daran, wieviel Ähnlichkeit diese Gelehrten mit Geistlichen gehabt hatten, und an eine Menschenhand mit einem Federkiel, die in großen, verschnörkelten Lettern geschrieben hatte. »Anonymus. Legenden von dem verlorenen Land. Von Stonehenge.«

»Möchten Sie Ihre Ruhe haben, Sir?« fragte die junge Leslie.

»Nein, Schostakowitsch. Die Fünfte Symphonie. Das wird mich zum Weinen bringen, aber beachten Sie es einfach nicht. Ich habe Hunger. Ich möchte Käse und Milch.«

»Ja, Sir. Es ist alles vorbereitet.« Sie fing an, die Namen der Käse aufzusagen, diese feinen Triple-Rahm-Käse, die sie aus Frankreich und Italien und Gott weiß woher für ihn bestellt hatten. Er nickte zustimmend und wartete auf den Ansturm der Musik, auf den göttlichen, durchdringenden Klang des alles umschlingenden elektronischen Systems, der ihn vergessen lassen würde, daß es draußen schneite und daß sie bald über dem großen Meer sein würden, in stetigem Fluge, England entgegen, der Ebene, Donnelaith und der Herzensqual.

2

Nach dem ersten Tag sprach Rowan nicht. Sie verbrachte ihre Zeit draußen unter der Eiche, in einem weißen Korbsessel; ihre Füße ruhten auf einem Kissen und manchmal auch nur im Gras. Sie starrte zum Himmel, und ihre Augen bewegten sich, als wäre da oben nicht das klare Frühlingsblau zu sehen, sondern eine Prozession von Wolken, die vorüberzog.

Sie schaute die Mauer an, die Blumen, die Eiben. Nie schaute sie auf den Boden.

Vielleicht hatte sie vergessen, daß das Doppelgrab unmittelbar unter ihren Füßen lag. Das Gras wuchs darüber, schnell und wild, wie es das immer tat im Frühling in Louisiana. Der reichliche Regen hatte dabei geholfen, manchmal auch prächtiger Sonnenschein und Regen zur selben Zeit.

Sie aß ihre Mahlzeiten – annähernd ein Viertel, manchmal die Hälfte von dem, was sie ihr gaben. Das sagte Michael wenigstens. Sie sah nicht hungrig aus. Aber sie war blaß und still, und wenn sie die Hände bewegte, dann zitterten sie.

Die ganze Familie kam sie besuchen. In Gruppen schritten sie über den Rasen und verhielten sich zurückhaltend, als ob sie sie verletzen könnten. Sie sagten Hallo, erkundigten sich nach ihrer Gesundheit. Dann sagten sie, sie sehe schön aus. Das stimmte auch. Und dann gaben sie auf und gingen wieder.

Mona beobachtete das alles.

Nachts würde Rowan schlafen, als sei sie erschöpft, sagte Michael, als habe sie hart gearbeitet. Sie badete allein, auch wenn er sich ängstigte. Aber sie schloß immer die Badezimmertür ab, und wenn er versuchte, bei ihr zu bleiben, dann stand sie einfach nicht von ihrem Stuhl auf, schaute ins Leere, rührte sich nicht. Er mußte hinausgehen, bevor sie aufstand. Dann hörte er, wie sich der Schlüssel im Schloß drehte.

Sie hörte zu, wenn die Leute etwas sagten, anfangs zumindest. Und wenn Michael sie anflehte, mit ihm zu sprechen, drückte sie hin und wieder warm seine Hand, als wolle sie ihn trösten oder ihn beschwören, Geduld mit ihr zu haben. Es war ein trauriger Anblick.

Michael war der einzige, den sie berührte oder zur Kenntnis nahm.

Ihr Haar wurde wieder voll. Es färbte sich sogar ein bißchen blond, weil sie immer in der Sonne saß. Als sie im Koma gelegen hatte, hatte es die Farbe von Treibholz gehabt, wie man es an schlammigen Flußufern findet.

Jeden Morgen stand Rowan aus eigenem Antrieb auf. Langsam kam sie die Treppe herunter, hielt sich mit der Linken am Geländer fest, stützte sich mit der Rechten auf ihren Stock, den sie fest auf jede Stufe setzte. Es schien sie nicht zu kümmern, ob Michael ihr half. Wenn Mona ihren Arm nahm, war es ihr gleichgültig.

Ab und zu blieb Rowan vor ihrer Kommode stehen, bevor sie herunterkam, und legte etwas Lippenstift auf.

Mona bemerkte das immer. Manchmal wartete sie in der Diele auf Rowan, und dann sah sie, wie Rowan es tat. Es hatte etwas zu bedeuten, bestimmt hatte es etwas zu bedeuten.

Auch Michael machte immer eine Bemerkung darüber. Rowan trug Nachthemden und Negligés, je nach Wetter. Tante Bea kaufte sie, und Michael wusch sie, denn Rowan zog neue Sachen nur an, wenn sie gewaschen worden waren; so hatte er es wenigstens in Erinnerung.

Dies ist kein katatonischer Stupor, dachte Mona bei sich. Und die Ärzte hatten das auch gemeint, aber sie konnten nicht sagen, was ihr dann fehlte. Einmal hatte einer von ihnen – ein Idiot, hatte Michael erklärt – ihr mit einer Nadel in die Hand gestochen, und da hatte Rowan die Hand ruhig weggezogen und mit der anderen bedeckt. Michael hatte einen Wutanfall bekommen. Aber Rowan hatte den Kerl nicht angeschaut und kein Wort gesagt.

Was fühlte Rowan? Woran erinnerte sie sich? Niemand konnte es mehr mit Sicherheit sagen. Sie hatten nur Michaels Wort; er hatte ihnen erzählt, daß sie aus dem Koma zu vollem Bewußtsein erwacht war, daß sie noch Stunden danach mit ihm gesprochen hatte, daß sie genau wußte, was passiert war, und daß sie im Koma alles gehört und verstanden hatte. Etwas Schreckliches war geschehen am Tag ihres Erwachens. *Noch einer.* Und beide zusammen lagen begraben unter der Eiche.

»Ich hätte nie zulassen dürfen, daß sie es tat«, hatte Michael hundertmal zu Mona gesagt. »Der Geruch, der aus dem Loch kam, der Anblick dessen, was da übrig war . . . Ich hätte das alles selbst erledigen müssen.«

Wie hatte der andere ausgesehen? Wer hatte ihn heruntergebracht? Und was hatte Rowan genau gesagt? Allzu oft hatte Mona ihm diese Frage gestellt.

»Ich habe ihr den Lehm von den Händen gewaschen«, hatte er Aaron und Mona erzählt. »Sie hat sie immer wieder angesehen. Ich nehme an, eine Ärztin will keine schmutzigen Hände haben. Wenn man bedenkt, wie oft ein Chirurg sich die Hände wäscht. Sie hat mich gefragt, wie es mir ginge, sie wollte . . .« Und dann hatte es ihm die Kehle zugeschnürt, beide Male, als er die Geschichte erzählt hatte. »Sie wollte meinen Puls fühlen. Sie machte sich Sorgen um *mich*!«

Gott, ich wünschte, ich hätte gesehen, was sie da begraben haben! Ich wünschte, sie hätte mit mir gesprochen!

Es war so überaus seltsam – jetzt reich zu sein, die designierte Erbin mit dreizehn Jahren, einen Fahrer zu haben und ein Auto und dauernd Geld im Portemonnaie, und haufenweise neue Kleider, und Leute, die das alte Haus in der Amelia Street, Ecke St. Charles, renovierten und sie mitten beim Gehen mit Ballen von »Rohseide« oder handgemalten »Wanddrapagen« abfingen.

Und dabei *dies* alles wissen zu wollen, ein Teil davon sein zu wollen, die Geheimnisse dieses Mannes und dieser Frau verstehen zu wollen, dieses Hauses, das eines Tages ihr gehören würde. Ein Geist lag tot unter dem Baum. Eine Legende lag unter dem Frühlingsregen. Und in seinen Armen *noch einer*. Nicht einmal der Tod ihrer eigenen Mutter hatte Mona so sehr verstört.

Mona sprach mit Rowan. Viel.

Sie erzählte Rowan alles über die Entwicklungen bei Mayfair Medical: daß sie ein Gelände ausgesucht hatten, daß sie sich auf ein großes geothermisches System für Heizung und Kühlung geeinigt hatten, daß die Pläne gezeichnet wurden. »Dein Traum wird Wirklichkeit«, sagte sie zu Rowan. »Die Familie Mayfair kennt diese Stadt so gut wie nur irgend jemand. Wir brauchen keine Machbarkeitsstudien oder so was. Wir lassen das Krankenhaus Wirklichkeit werden, wie du es gewollt hast.«

Keine Reaktion von Rowan. Interessierte sie sich überhaupt noch für den großen medizinischen Komplex, der die Beziehung zwischen Patienten und ihren anwesenden Familien revolutionieren würde und in dem Teams von Fürsorgern selbst den anonymen Patienten zur Seite stehen würden?

»Ich habe deine Notizen gefunden«, sagte Mona. »Ich meine, sie waren ja nicht weggeschlossen. Sie sahen nicht privat aus.«

Keine Antwort. Die mächtigen schwarzen Äste der Eiche bewegten sich ein bißchen. Die Bananenblätter raschelten an der Ziegelmauer.

»Ich habe mich selbst da draußen vor das Touro-Krankenhaus gestellt und die Leute gefragt, wie sie sich ein ideales Krankenhaus vorstellen, weißt du – habe stundenlang mit den Leuten geredet.«

Nichts.

»Meine Tante Evelyn ist in Touro«, sagte Mona leise. »Sie hatte einen Schlaganfall. Sie sollten sie nach Hause bringen, aber ich glaube nicht, daß sie den Unterschied bemerkt.« Mona würde weinen, wenn sie jetzt über Tante Evelyn redete. Sie würde auch weinen, wenn sie über Yuri redete. Sie tat es nicht. Sie erzählte nicht, daß Yuri jetzt seit drei Wochen nicht mehr geschrieben oder angerufen hatte. Sie erzählte nicht, daß sie verliebt war, in einen dunklen, zauberhaften, geheimnisvollen Mann mit britischen Manieren, der mehr als doppelt so alt war wie sie.

Sie hatte Rowan das alles schon vor einigen Tagen erklärt – wie Yuri aus London gekommen war, um Aaron Lightner zu helfen. Yuri sei ein Zigeuner gewesen, hatte sie erklärt, und er habe Dinge verstanden, die auch Mona verstand. Sie schilderte, wie sie sich in Rowans Schlafzimmer gefunden hatten, in der Nacht, bevor Yuri weggefahren war. »Ich mache mir dauernd Sorgen um ihn«, hatte sie gesagt.

Rowan hatte sie kein einziges Mal angeschaut.

Was konnte sie jetzt noch sagen? Daß sie letzte Nacht einen schrecklichen Traum über Yuri gehabt hatte, an den sie sich nicht mehr erinnern konnte?

»Sicher, er ist ein erwachsener Mann«, sagte sie. »Ich meine, er ist über Dreißig und so, er kann gut selbst für sich sorgen, aber der Gedanke, daß jemand in der Talamasca ihm etwas antun könnte . . .« Oh, hör auf damit!

Vielleicht war das alles nicht richtig von ihr. Es war zu gedankenlos, einen Menschen, der nicht antworten konnte oder wollte, mit all diesen Worten zu überschütten.

Aber Mona hätte schwören können, daß irgend etwas in Rowan ihre Anwesenheit zur Kenntnis nahm. Vielleicht war es nur die Tatsache, daß Rowan nicht verärgert oder verschlossen aussah.

Mona spürte kein Mißvergnügen bei ihr.

Ihr Blick wanderte über Rowans Gesicht. Rowan schaute so ernst. Da mußte ein Verstand dahinter sein, es ging einfach nicht anders. Ja, sie sah doch zwanzig Millionen mal besser aus als im Koma. Und da, sie hatte sich das Negligé zugeknöpft. Michael schwor, daß er diese Dinge nicht für sie tat. Sie hatte sich drei Knöpfe zugemacht. Gestern war es nur einer gewesen.

Aber Mona wußte, daß Verzweiflung einen Geist so vollständig in Besitz nehmen konnte, daß es war, als spähe man durch dichten Rauch, wenn man versuchte, seine Gedanken zu lesen. War es Verzweiflung, die sich auf Rowan gelegt hatte?

Mary Jane Mayfair war am vergangenen Wochenende gekommen, das verrückte Landmädchen aus Fontevrault: Wanderer, Korsar, Seherin und Genie, wenn man ihren Worten glauben schenken wollte, halb alte Dame, halb lebenslustiges Mädchen, und das alles im reifen Alter von neunzehneinhalb Jahren. Eine furchterregende, mächtige Hexe, wie sie sich selbst beschrieb.

»Rowan geht es prima«, hatte Mary Jane festgestellt, nachdem sie Rowan mit schmalen Augen gemustert hatte, und dann hatte sie sich den Cowboyhut in den Nacken geschoben. »Ja, macht euch ruhig drauf gefaßt. Sie nimmt sich Zeit, aber diese Lady hier weiß, was Sache ist.«

»Wer ist denn diese Spinnerin?« hatte Mona wissen wollen, obgleich sie tatsächlich ein wildes Mitgefühl für das Kind verspürt hatte – daß sie sechs Jahre älter war als Mona, darauf kam es nicht an. Das hier war eine edle Wilde in einem Jeansrock aus dem Supermarkt, der ihr gerade bis zur Mitte des Oberschenkels reichte, und einer billigen weißen Bluse, die sich viel zu stramm über ihre hervorragenden Brüste spannte und an der sogar ein entscheidender Knopf fehlte.

Natürlich hatte Mona gewußt, wer Mary Jane war. Mary Jane Mayfair wohnte in den Ruinen der Plantage Fontevrault in Bayou County. Dies war das legendäre Land der Wilderer, die den wunderschönen Weißhalsreiher nur wegen seines Fleisches jagten, der Alligatoren, die dein Boot umwerfen und dein Kind auffressen konnten, und der verrückten Mayfairs, die es nie nach New Orleans geschafft hatten, zu der Holztreppe jenes berühmten Vorpostens von Fontevrault in New Orleans, auch bekannt als das Haus in der Amelia Street, Ecke St. Charles.

Mona lechzte regelrecht danach, dieses Haus einmal zu sehen, Fontevrault mit seinen sechs Säulen nach links und sechs Säulen nach rechts, das immer noch stand, obwohl das Erdgeschoß einen Meter tief unter Wasser lag. Die legendäre Mary Jane zu sehen, war das Zweitbeste, die Cousine, die »weg« gewesen und erst kürzlich zurückgekommen war, die ihre Piroge am Treppenpfosten anband und über einen stehenden Tümpel von tückischem Schleim zu ihrem Pick-up paddelte, mit dem sie zum Einkaufen in die Stadt fuhr.

Alle redeten von Mary Jane Mayfair. Und weil Mona dreizehn war und jetzt die Erbin und einzige mit dem Vermächtnis verbundene Person, glaubten alle, Mona würde es besonders interessant finden, über eine Teenagercousine namens Mary Jane aus dem Hinterwald zu reden, die »brillant« war und »übersinnlich begabt« und umherstreifte, wie Mona es tat: allein.

Neunzehneinhalb. Bis Mona dieses glanzvolle Stück zu Gesicht bekommen hatte, hätte sie jemanden in diesem Alter nie als echten Teenager betrachtet.

Mary Jane war ungefähr die interessanteste Entdeckung, die sie gemacht hatten, seit sie angefangen hatten, die komplette

Mayfair-Sippe zu genetischen Untersuchungen zusammenzutrommeln. Mona fragte sich, was da demnächst sonst noch alles aus den Sümpfen gekrochen kommen mochte.

»Was ist, wenn ihr das Haus auf den Kopf fällt?« hatte Bea gefragt. »Es steht buchstäblich im Wasser. Sie kann da nicht bleiben. Man muß das Mädchen nach New Orleans holen.«

»Sumpfwasser, Bea«, hatte Celia gesagt. »Sumpfwasser, wohlgemerkt. Das ist kein See und nicht der Golfstrom. Und außerdem, wenn dieses Kind nicht Verstand genug hat, von dort zu verschwinden und die alte Frau in Sicherheit zu bringen ...«

Die alte Frau.

Mona hatte das alles am letzten Wochenende noch frisch in Erinnerung gehabt, als Mary Jane in den Garten gekommen war und sich in das Gedränge um die schweigende Rowan gestürzt hatte, als handelte es sich um ein Picknick.

»Ich weiß schon Bescheid über euch«, hatte sie erklärt, und sie hatte auch Michael angesprochen, der neben Rowans Sessel gestanden hatte, als posiere er für ein elegantes Familienfoto. Und wie hatte Michaels Blick sie aufs Korn genommen.

»Ich komme manchmal her, um euch anzuschauen«, sagte Mary Jane. »Yeah, das mache ich. Am Tag der Hochzeit war ich hier. Du weißt schon – als du sie geheiratet hast.« Sie deutete erst auf Michael, dann auf Rowan. »Da drüben habe ich gestanden, auf der anderen Straßenseite, und hab eurer Party zugeschaut.«

»Du hättest hereinkommen sollen«, sagte Michael freundlich. Er verschlang jede Silbe, die das Mädchen hervorsprudeln ließ. Das Dumme bei Michael war, daß er eine Schwäche für pubertären Liebreiz hatte. Sein Techtelmechtel mit Mona war nicht auf eine Laune der Natur oder einen Hexentrick zurückzuführen gewesen. Und Mary Jane Mayfair war ein so saftiges kleines Sumpfgeschöpf, wie Mona nur je eines gesehen hatte. Trug sogar ihr hellblondes Haar in Zöpfen oben um den Kopf und schmutzige weiße Lackschuhe mit Riemchen, wie ein kleines Kind. Die Tatsache, daß ihre Haut dunkel war, irgendwie olivfarben und möglicherweise sonnengebräunt, ließ das Mädchen aussehen wie ein Haflinger-Pony in Menschengestalt.

»Was ist bei deinen Tests rausgekommen?« fragte Mona. »Deshalb bist du doch hier, nicht wahr? Sie haben dich getestet.«

»Ich weiß nicht«, sagte das Genie, die mächtige Sumpfhexe. »Die sind so durcheinander da drüben, daß es mich wundert, wenn sie überhaupt was richtig machen. Erst haben sie mich Florence Mayfair genannt, dann Ducky Mayfair. Schließlich habe ich gesagt: ›Hört mal, ich bin Mary Jane Mayfair, gucken Sie da, genau da, auf dem Formular, das da vor Ihnen liegt! Und jeden einzelnen hab ich vom Ansehen erkannt, jede einzelne Person. Keinen einzigen Fehler hab ich gemacht. Ein Ungläubiger war da, ein Aussätziger, wißt ihr – oder, nein, es war ein Halbbluttyp, genau. Schon mal gemerkt, daß es alle möglichen Mayfair-Typen gibt? Ich meine, es gibt einen ganzen Haufen von Mayfairs, die kein Kinn haben, aber ganz hübsche Nasen, die hier an dieser Stelle ein bißchen nach unten gebogen sind, und Augen, die außen schräg sind. Und dann gibt's eine Sorte, die aussieht wie du«, sagte sie zu Michael. »Yeah, genau wie du, echte Iren mit buschigen Brauen und lockigem Haar und großen, verrückten irischen Augen.«

»Aber Honey«, hatte Michael vergebens protestiert, »ich bin kein Mayfair.«

». . . und dann die mit den roten Haaren, wie du hier. Du mußt Mona sein. Du hast den Glanz und die Glut von jemandem, der soeben an einen Haufen Geld gekommen ist.

Na, was ist es denn für ein Gefühl, so reich zu sein?« fragte Mary Jane, und ihre großen bebenden Augen waren immer noch auf Mona gerichtet. »Ich meine, tief da drinnen.« Mit geballter Faust hämmerte sie auf ihre billige kleine, klaffende Bluse, und sie kniff die Augen zusammen und beugte sich vor, so daß der Abgrund zwischen ihren Brüsten selbst für eine so kleine Person wie Mona deutlich sichtbar wurde. »Schon gut, ich weiß, ich sollte so eine Frage nicht stellen. Ich bin hergekommen, um sie zu besuchen, weil Paige und Beatrice gesagt haben, ich sollte es tun.«

»Warum denn das?« fragte Mona.

»Still, Liebes«, sagte Beatrice. »Mary Jane ist eine Mayfairsche Mayfair. Darling Mary Jane, du solltest deine Großmutter auf der Stelle herbringen. Das meine ich ernst, Kind.«

»Habt ihr Angst vor den Extra-Genen?« Mary Jane hatte ihre Stimme ausgeworfen wie ein Lasso und jedermanns Aufmerksamkeit eingefangen. »Du, Mona? Angst?«

»Ich weiß nicht«, sagte Mona, die in Wirklichkeit keine Angst hatte.

»Es ist natürlich nicht annähernd wahrscheinlich, daß so etwas noch einmal passiert«, meinte Bea. »Das mit den Genen. Es ist natürlich rein theoretisch. Müssen wir jetzt darüber reden?« Sie warf einen vielsagenden Blick auf Rowan.

Rowan hatte wie immer die Mauer angestarrt, vielleicht den Sonnenschein auf den Ziegeln, wer konnte das wissen?

Mary Jane hatte sich nicht beirren lassen. »Ich glaube nicht, daß der Familie noch einmal etwas derart Irres passieren wird. Ich glaube, die Zeit für diese Art von Hexerei ist vorbei, und eine neue Ära der Hexenkunst –«

»Darling, wir nehmen diese ganze Hexengeschichte eigentlich nicht gar so ernst«, unterbrach Bea sie.

»Du kennst die Familiengeschichte?« hatte Celia düster gefragt.

»Ob ich sie kenne? Ich weiß Sachen darüber, die ihr nicht wißt. Ich weiß Sachen, die meine Granny mir erzählt hat, die sie vom alten Tobias gehört hat, und ich weiß Sachen, die draußen im Haus immer noch an den Wänden geschrieben stehen. Als ich klein war, habe ich bei der uralten Evelyn auf dem Schoß gesessen. Die uralte Evelyn hat mir alles mögliche erzählt, und ich weiß es immer noch. Hat bloß einen Nachmittag gedauert.«

»Aber die Akte über unsere Familie, die Akte der Talamasca . . .«, hatte Celia gedrängt. »Die haben sie dir in der Klinik gegeben?«

»O ja, Bea und Paige haben mir das Zeug gebracht«, sagte Mary Jane. »Guckt hier.« Sie deutete auf das Pflaster an ihrem

Arm, das genauso aussah wie das Pflaster auf ihrem Knie. »Hier haben sie mich gestochen. Haben mir genug Blut abgezapft, um es dem Teufel zu opfern. Ich habe die Situation vollkommen begriffen. Einige von uns haben eine ganze Kette von zusätzlichen Genen. Kreuzt man zwei nahe Verwandte, die beide diese doppelte Doppelhelix-Dosis haben – bamm, hat man einen Taltos. Vielleicht! Vielleicht! Überlegt doch nur, wie viele Cousins und Cousinen haben schließlich geheiratet und geheiratet, ohne daß es passiert ist? Bis ... Hört mal, wir sollten vor ihr nicht darüber reden; du hast schon recht.«

Michael hatte ihr ein müdes kleines Lächeln der Dankbarkeit geschenkt.

Viele, viele in der Familie hatten die zusätzlichen Chromosomen, die Monster hervorbringen konnten, aber keines war im Clan je geboren worden, ganz gleich, wie die Paarungen ausgesehen hatten – bis zu diesem schrecklichen Zeitpunkt.

Und was war mit dem Geist, der dieses Monster so lange gewesen war – ein Phantom, das junge Frauen in den Wahnsinn getrieben und das Haus in der First Street unter einer Wolke von Dornen und Düsternis gehalten hatte? Es war etwas Poetisches um die fremdartigen Leichname, die hier lagen, unter der Eiche, unter dem Gras, auf dem Mary Jane in ihrem kurzen Jeansrock und mit dem fleischfarbenen Pflaster auf dem schmalen Knie stand, die Hände in die schmalen Hüften gestemmt, den einen kleinen, schmutzigen Schnallenschuh aus weißem Lackleder zur Seite gekippt und schon wieder mit frischem Lehm beschmiert, den kleinen, schmutzigen Strumpf halb über die Ferse gerutscht.

Vielleicht sind die Hexen aus dem Bayou einfach bloß blöd, dachte Mona. Sie können auf den Gräbern von Ungeheuern stehen, ohne es zu merken. Natürlich merkte auch keine der anderen Hexen in der Familie etwas. Nur die Frau, die nicht sprechen will, und Michael, dieser große Brocken aus keltischen Muskeln und Charme, der da neben Rowan steht.

»Du und ich, wir sind Cousinen zweiten Grades«, hatte Mary Jane zu Mona gesagt und ihre Annäherung wiederaufgenommen. »Ist das nicht toll? Du warst noch nicht auf der Welt, da habe ich die uralte Evelyn in ihrem Haus besucht und ihre selbstgemachte Eiscreme gegessen.«

»Wieso bin ich dir noch nie begegnet?« fragte Mona. »Und wie kommt's, daß du redest wie eine aus Mississippi, wenn du doch sagst, daß du die ganze Zeit in Kalifornien gelebt hast?«

»Oh, weißt du, das ist eine lange Geschichte«, sagte Mary Jane. »Ich hab meine Zeit in Mississippi abgesessen, das kannst du mir glauben; es hätte nicht schlimmer sein können auf der Parchman Farm.« Es war unmöglich gewesen, die Kleine aus der Fassung zu bringen. Sie hatte nur die Achseln gezuckt.

»Mary Jane, wie geht's Granny?« hatte Beatrice dann gefragt. »Du hast uns noch kein Wort erzählt. Es ist vier Uhr, und du mußt bald los, wenn du den ganzen Weg zurückfahren willst ...«

»Oh, Granny geht's prima, Tante Beatrice«, hatte Mary Jane gesagt, aber dabei hatte sie die ganze Zeit Mona angeschaut. »Weißt du, was mit Granny passiert ist, nachdem Mama gekommen war und mich nach Los Angeles geholt hatte? Da war ich sechs, weißt du. Hast du diese Geschichte schon gehört?«

»Yeah«, sagte Mona.

Jeder kannte die Geschichte. Beatrice war sie jetzt noch peinlich. Celia starrte das Mädchen an, als wäre es ein Riesenmoskito. Nur Michael schien nicht Bescheid zu wissen.

Passiert war folgendes: Mary Janes Großmutter, Dolly Jean Mayfair, war ins kirchliche Altersheim gesteckt worden, nachdem ihre Tochter mit der sechsjährigen Mary Jane abgereist war. Angeblich war Dolly Jean im vergangenen Jahr gestorben und in der Familiengruft beigesetzt worden. Und die Beerdigung war eine große Veranstaltung gewesen, aber nur, weil alle Mayfairs nach Napoleonville hinausgefahren waren und sich in Schmerz und Reue an die Brust geschlagen hatten, weil sie diese alte Frau, die arme Dolly Jean, in einem Altersheim hatten sterben lassen. Die meisten hatten vorher noch nie von ihr gehört gehabt.

Ja, eigentlich hatte überhaupt keiner von ihnen Dolly Jean

gekannt. Zumindest nicht als alte Frau. Lauren und Celia hatten sie als kleine Mädchen natürlich oft gesehen.

Die uralte Evelyn hatte Dolly Jean gekannt, aber die uralte Evelyn hätte die Amelia Street niemals verlassen, um zu einer Beerdigung auf dem Lande zu fahren, und niemand war auch nur auf den Gedanken gekommen, sie zu fragen.

Und als Mary Jane vor einem Jahr in die Stadt gekommen war und die Geschichte vom Tod und der Beerdigung ihrer Großmutter gehört hatte, da hatte sie sich darüber lustig gemacht, ja, sie hatte Bea ins Gesicht gelacht.

»Zum Teufel, sie ist nicht tot«, hatte sie gesagt. »Sie ist im Traum zu mir gekommen und hat gesagt: ›Mary Jane, komm mich holen. Ich will nach Hause.‹ Jetzt fahre ich zurück nach Napoleonville, und du mußt mir sagen, wo dieses Altersheim liegt.«

Um Michaels Willen hatte sie die ganze Geschichte jetzt noch einmal wiederholt, und der Ausdruck des Erstaunens in Michaels Gesicht bekam eine unfreiwillige Komik.

»Honey, was ist denn passiert?« hatte Michael gedrängt.

»Genau das ist passiert: Ich kam durch die Tür ins Altersheim spaziert, und zack, mitten im Freizeitraum, oder wie immer sie das da auch nennen, saß meine Großmutter, und sie blickte zu mir auf, sah mich an, und sagte nach all den Jahren bloß: ›Wo hast du gesteckt, Mary Jane? Bring mich nach Hause, *chère*, ich habe das Warten satt.‹«

Sie hatten die falsche Frau aus dem Altersheim begraben.

Die richtige Granny, Dolly Jean Mayfair, hatte noch gelebt, und sie hatte jeden Monat einen Sozialrentenscheck mit einem fremden Namen darauf bekommen, ohne je einen Blick darauf zu werfen. Eine fürstliche Inquisition hatte stattgefunden, um das zu beweisen, und dann waren Granny Mayfair und Mary Jane Mayfair in die Ruinen der alten Pflanzervilla zurückgekehrt, um dort zu wohnen, und ein Team von Mayfairs hatte sie mit dem Nötigsten versorgt, während Mary Jane draußen gestanden, mit der Pistole auf Limonadenflaschen geschossen und erklärt hatte, sie seien bestens ausgestattet und könnten allein für sich sorgen. Sie habe unterwegs ein paar Dollar verdient, und sie sei irgendwie versessen darauf, die Dinge auf ihre eigene Art zu regeln, vielen herzlichen Dank.

»Und da haben sie die alte Dame mit dir in dem überfluteten Haus wohnen lassen?« hatte Michael ganz unschuldig gefragt.

»Honey, nach dem, was sie im Altersheim mit ihr angestellt hatten, was zum Teufel wollten sie da sagen, wenn sie jetzt mit mir zusammenwohnte?«

»Es war alles unsere Schuld«, sagte Celia. »Wir hätten diese Leute im Auge behalten sollen.«

»Bist du sicher, daß du nicht in Mississippi und vielleicht sogar in Texas aufgewachsen bist?« hatte Mona gefragt. »Du hörst dich an wie ein Amalgam des kompletten Südens.«

»Was ist denn ein Amalgam? Siehst du, da bist du im Vorteil. Du hast Schulbildung. Ich hab mich selbst gebildet. Zwischen uns liegt ein Unterschied, so groß wie die Welt. Es gibt Wörter, die ich nicht auszusprechen wage, und ich kann die Lautschrift im Lexikon nicht lesen.«

»Willst du denn zur Schule gehen, Mary Jane?« Michael hatte sich von Sekunde zu Sekunde mehr von ihr umgarnen lassen; seine berauschend unschuldigen blauen Augen musterten sie ungefähr alle viereinhalb Sekunden einmal von Kopf bis Fuß. Er war viel zu clever, um seinen Blick auf den Brüsten und Hüften der Kleinen verweilen zu lassen, ja, nicht mal auf dem kleinen, runden Kopf – nicht, daß er zu klein gewesen wäre, nur eben irgendwie zierlich. So war sie einem letzten Endes vorgekommen: unwissend, verrückt, brillant, unordentlich und irgendwie zierlich.

»Ja, Sir, das will ich«, sagte Mary Jane. »Wenn ich reich bin, nehme ich mir einen Privatlehrer, wie Mona jetzt einen bekommt, wo sie die designierte Erbin ist und so, einen richtig schlauen Typen, der einem den Namen von jedem Baum sagen kann, an dem man vorbeikommt, und wer zehn Jahre nach dem Bürgerkrieg Präsident war, und wie viele Indianer in Bull Run waren, und was Einsteins Relativitätstheorie eigentlich bedeutet.«

»Wie alt bist du?« hatte Michael gefragt.

»Neunzehneinhalb, Big Boy«, hatte Mary Jane erklärt, und sie hatte sich mit den glänzend weißen Zähnen in die Unterlippe gebissen, eine Braue hochgezogen und gezwinkert.

»Diese Geschichte mit deiner Granny – ist das dein Ernst? Ist das wirklich passiert? Du hast deine Granny abgeholt, und . . .«

»Darling, es ist alles so passiert«, sagte Celia. »Genau so, wie das Mädchen sagt. Ich glaube, wir sollten ins Haus gehen. Ich glaube, wir regen Rowan auf.«

»Ich weiß nicht«, sagte Michael. »Vielleicht hört sie zu. Ich will nicht reingehen. Mary Jane, du kannst ganz allein für diese alte Dame sorgen?«

Beatrice und Celia hatten sofort bange Gesichter gemacht. Wenn Gifford noch gelebt hätte und dabei gewesen wäre, hätte sie es auch getan. »Die alte Frau da draußen zu lassen!«

Und hatten sie Gifford nicht versprochen, sich darum zu kümmern? Mona erinnerte sich daran. Gifford war wieder einmal in diesen hoffnungslosen Zustand der Sorge um alle möglichen Verwandten verfallen, und Celia hatte gesagt: »Wir fahren hinaus und sehen nach ihr.«

»Macht euch nur keine Sorgen um Granny«, hatte Mary Jane noch gesagt, als sie sich endlich anschickte zu gehen. Sie hatte gegrinst und sich auf den nackten braunen Oberschenkel geschlagen. »Ich will euch was sagen: Vielleicht ist es am besten so, wie es gekommen ist.«

»Du lieber Gott, inwiefern?« hatte Bea gefragt.

»Na, in all den Jahren in dem Heim, da hat sie nie viel gesagt; hat nur mit sich selbst geredet und sich aufgeführt, als ob Leute da wären, die gar nicht da waren, und so weiter. Und jetzt? Sie weiß, wer sie ist. Sie spricht mit mir, und sie guckt sich die Serien an und versäumt nie eine Sendung von ›Risiko‹ oder ›Glücksrad‹. Also, ihr geht's prima, macht euch keine Sorgen um sie. Ich bringe ihr Käse und Graham-Cracker mit, wenn ich nach Hause komme, und dann gucken wir uns zusammen den Spätfilm an, oder irgend was auf dem Country-Western-Kanal, das mag sie nämlich auch gern, wißt ihr. Schmalzige Country-

Songs, die kann sie alle mitsingen. Zerbrecht euch nicht den Kopf. Ihr geht's spitze.«

»Ja, Schätzchen, aber eigentlich . . .«

Mona hatte sie sogar fünf Minuten lang irgendwie ganz gern gehabt, ein Mädchen, das sich so um eine alte Frau kümmern konnte und sich Tag für Tag durchs Leben schlug, mit Heftpflaster und geklautem Strom.

Mona war mit ihr zur Haustür gegangen und hatte ihr nachgesehen, als sie in ihren Pick-up-Laster gehüpft war, wo die blanken Federn aus dem Beifahrersitz ragten, und dann war Mary Jane in einer blauen Auspuffwolke davongerast.

»Wir müssen uns um sie kümmern«, hatte Bea gesagt. »Wir müssen uns zusammensetzen und sehr bald mal über die Angelegenheit Mary Jane sprechen.«

Allerdings, hatte Mona ihr beigepflichtet. Die Angelegenheit Mary Jane war eine gute Bezeichnung gewesen.

Und auch wenn dieses Mädchen an Ort und Stelle keine bemerkenswerten Kräfte hatte erkennen lassen, hatte sie doch etwas Aufregendes an sich gehabt.

Mary Jane hatte Mumm, und der Gedanke, sie mit Mayfair-Geld und Privilegien zu überhäufen und zu versuchen, sie zu fördern, hatte etwas Unwiderstehliches.

»Und diese Augen, Michael«, hatte Beatrice gesagt, als sie wieder in den Garten gegangen waren. »Das Kind ist anbetungswürdig! Hast du sie angeschaut? Ich weiß nicht, wie jemals . . .«

»Du kannst dich nicht um alle kümmern, Bea«, hatte Mona tröstend gesagt. »Ebensowenig wie Gifford es konnte.« Aber sie würden es natürlich tun. Und wenn Celia und Beatrice es nicht täten, nun, dann würde Mona es tun. Das war eine der schärfsten Offenbarungen dieses Nachmittags: daß Mona jetzt zum Team gehörte. Sie würde nicht zulassen, daß die Träume dieser Kleinen sich nicht erfüllten, nicht solange sie noch Atem in ihrem kleinen, dreizehnjährigen Körper hatte.

»Sie ist auf ihre Art ganz süß«, hatte Celia eingestanden.

»Ja, und dieses Pflaster auf dem Knie«, hatte Michael gemurmelt, ohne nachzudenken. »Was für ein Mädchen, diese Mary Jane. Ich glaube an das, was sie über Rowan gesagt hat.«

»Ich auch«, sagte Beatrice. »Nur . . .«

»Nur was?« hatte Michael verzweifelt gefragt.

»Nur, was ist, wenn sie sich nie wieder entschließt, zu sprechen?«

»Beatrice, schäme dich«, hatte Celia mit einem vielsagenden Blick auf Michael gesagt.

»Findest du das Pflaster sexy, Michael?« hatte Mona gefragt.

»Nun, äh . . . ja, ehrlich gesagt. Alles an diesem Mädchen ist sexy, schätze ich. Was geht mich das an?« Er klang relativ aufrichtig und ehrlich erschöpft.

Mona hätte schwören können, daß Rowan an diesem Nachmittag eine Zeitlang anders aussah; ihr Blick war straffer hin und wieder und manchmal offener, als ob sie sich selbst eine Frage stellte. Vielleicht war Mary Janes großartiger Wortschwall gut für Rowan gewesen. Vielleicht sollten sie Mary Jane noch einmal einladen, aber vielleicht würde sie auch von selbst wiederkommen.

Zwei oder drei Tage lang war es Rowan anscheinend besser gegangen; immer öfter hatte sie dieses kleine Stirnrunzeln sehen lassen, und das war ja schließlich ein Gesichtsausdruck.

Aber jetzt? An diesem stillen, stickigen, sonnigen Nachmittag?

Mona nahm an, daß Rowan einen Rückfall erlitten hatte. Nicht einmal die Hitze machte ihr etwas aus. Sie saß in der feuchten Luft, und die Schweißtropfen traten ihr auf die Stirn, ohne daß Rowan Anstalten gemacht hätte, sie wegzuwischen.

»Bitte, Rowan, sprich mit uns«, sagte Mona in ihrer freimütigen, beinahe frechen Mädchenstimme. »Ich will gar nicht die designierte Erbin des Vermächtnisses sein! Ich will überhaupt nichts haben, wenn du es nicht billigst.«

Sie stützte sich auf die Ellbogen, und ihr rotes Haar bildete einen Schleier zwischen ihr und dem Eisentor zum Vordergarten. So fühlte sie sich ungestörter. »Komm schon, Rowan. Du weißt, was Mary Jane Mayfair gesagt hat. Komm. Mary Jane hat gesagt, du kannst uns hören. Schau, Rowan, wenn du willst, daß ich gehe, gib mir ein Zeichen. Du weißt schon, mach einfach irgendwie was Unheimliches. Dann bin ich sofort weg.«

Rowan starrte die Ziegelmauer an. Sie starrte die wildwuchernde Hecke mit den kleinen braunen und orangegelben Blüten an. Vielleicht starrte sie auch nur die Ziegel an.

Mona seufzte, eine ziemlich verwöhnte, quengelige Art eigentlich, sich zu äußern. Aber sie hatte alles versucht, mit Ausnahme eines Tobsuchtsanfalls. Vielleicht sollte den mal jemand liefern!

Sie stand auf, ging zur Wand, riß zwei Zweige aus der Hecke und brachte sie Rowan, wie man einer Göttin ein Opfer darbringt, die unter einer Eiche sitzt und den Gebeten der Menschen lauscht.

»Ich liebe dich, Rowan«, sagte sie. »Ich brauche dich.«

Für einen Moment verschwamm ihr Blick. Das brennende Grün des Gartens schien sich zu einem riesigen Schleier zu falten. Ihr Kopf pochte ein bißchen, und sie spürte, wie sich ihre Kehle zusammenzog, und dann kam eine Befreiung, die schlimmer war als Weinen: ein trübes, schreckliches Akzeptieren all des Furchtbaren, was geschehen war.

Diese Frau war verwundet, womöglich unheilbar. Und sie, Mona, war die Erbin, die jetzt ein Kind bekommen konnte und in der Tat versuchen mußte, eines zu bekommen, damit das großartige Mayfair-Vermögen weitergegeben werden konnte. Diese Frau – was würde sie jetzt tun? Als Ärztin konnte sie nicht mehr arbeiten, das war fast sicher; nichts und niemand schien sie mehr zu kümmern.

Und plötzlich fühlte Mona sich so unbeholfen und ungeliebt und ungewollt wie nur je in ihrem Leben. Sie sollte von hier verschwinden. Es war beschämend, daß sie so viele Tage an diesem Tisch gesessen und um Verzeihung dafür gebettelt hatte, daß sie einmal auf Michael scharf gewesen war, um Verzeihung dafür auch, daß sie jung und reich war und eines Tages Kinder bekommen konnte, daß sie noch lebte, während sowohl ihre Mutter, Alicia, als auch ihre Tante Gifford, zwei

Frauen, die sie geliebt und gehaßt und gebraucht hatte, gestorben waren.

Selbstsüchtig! Zum Teufel damit. »Ich habe das nicht gewollt, mit Michael«, sagte sie laut zu Rowan.

Kein Veränderung. Rowans graue Augen blickten scharf, nicht träumerisch. Ihre Hände lagen im Schoß, ganz natürlich übereinander. Der Trauring so schmal und karg, daß er ihre Hände aussehen ließ wie die einer Nonne.

Mona wollte eine Hand ergreifen, aber sie wagte es nicht. Es war eine Sache, eine halbe Stunde lang zu reden, aber Rowan berühren, einen Kontakt erzwingen, das konnte sie nicht. Sie wagte nicht einmal, Rowans Hand zu heben und die Zweige hineinzulegen. Es war zu intim, solange sie schwieg.

»Ich fasse dich nicht an, weißt du. Ich nehme deine Hand nicht, befühle sie nicht, versuche nicht, etwas aus ihr zu erfahren. Ich berühre dich nicht, ich küsse dich nicht, denn wenn ich an deiner Stelle wäre, ich glaube, mir wäre es ein Graus, wenn eine sommersprossige, rothaarige Göre einfach so daherkäme und das mit mir machte.«

Rote Haare, Sommersprossen – was hatte das damit zu tun? Außer, daß sie sagen wollte: Jawohl, ich habe mit deinem Mann geschlafen, aber du bist die Geheimnisvolle, die Mächtige, die Frau, die er liebt und immer geliebt hat. Ich war nichts. Ich war nur ein kleines Mädchen, das ihn ins Bett gelockt hat. Und in jener Nacht nicht so gut achtgegeben hat, wie sie es hätte tun sollen. Überhaupt nicht, genaugenommen. Aber keine Sorge, ich war nie das, was man eine feste Freundin nennen könnte. Er hat mich angesehen, wie er später diese Mary Jane angesehen hat. Geilheit, mehr war es nicht. Und meine Periode wird schon irgendwann kommen, wie sie immer kommt, und meine Ärztin wird mir wieder einen Vortrag halten.

Mona legte die kleinen Zweige auf dem Tisch zusammen, neben die Porzellantasse, und ging davon.

Sie schaute hinauf zu den Wolken, die über den Kaminen des Haupthauses dahinzogen, und zum erstenmal bemerkte sie, daß es ein schöner Tag war.

Michael war in der Küche und preßte die Säfte – »braute die Tränke«, wie sie es inzwischen nannten: Papayasaft, Kokosnuß, Grapefruit, Orange. Alles war voll von undefinierbaren Pfützen und Fruchtbrei.

Ihr fiel auf – obwohl sie bemüht war, den Gedanken nicht weiter zu verfolgen –, daß er mit jedem Tag, der verging, gesünder und besser aussah. Er hatte oben trainiert. Die Ärzte ermutigten ihn dazu. Er mußte gut fünfzehn Pfund zugenommen haben, seit Rowan aufgewacht und aus dem Bett gestiegen war.

»Sie mag es wirklich«, sagte er jetzt, als hätten sie die ganze Zeit über sein Gebräu diskutiert. »Ich weiß es. Bea hat gemeint, es sei zuviel Säure für sie. Aber es deutet nichts darauf hin, daß sie es zu sauer findet.« Er zuckte die Achseln. »Ich weiß es nicht«, sagte er.

»Ich glaube«, sagte Mona, »sie hat meinetwegen aufgehört zu sprechen.«

Sie starrte ihn an, und dann kamen die Tränen, naß und beängstigend. Sie wollte nicht zusammenbrechen. Sie wollte keinen solchen Anspruch an ihn stellen, keine solche Szene machen. Aber ihr war jämmerlich zumute. Was zum Teufel wollte sie denn von Rowan? Es war, als müßte sie bemuttert werden, bemuttert von der Empfängerin des Vermächtnisses, die nicht mehr die Kraft hatte, die Linie weiterzuführen.

»Nein, Honey«, sagte er mit einem überaus sanften, tröstenden Lächeln.

»Michael, es ist, weil ich ihr von uns erzählt habe«, sagte sie. »Ich wollte es gar nicht. Es war am ersten Morgen, als ich mit ihr sprach. Die ganze Zeit hatte ich Angst, es dir zu erzählen. Ich dachte, sie wäre nur still. Ich hatte nicht ... ich wußte nicht ... Danach hat sie nicht mehr gesprochen, Michael. Das stimmt doch, oder? Es war, nachdem ich hier war.«

»Kindchen, quäle dich nicht.« Er wischte ein bißchen von dem klebrigen Schmadder von der Küchentheke. Er war geduldig, beruhigend, aber er war zu müde für all das, und Mona schämte sich. »Sie hatte bereits am Tag zuvor aufgehört zu sprechen, Mona. Das habe ich dir schon mal gesagt. Hör doch zu.« Er lächelte leise, um zu zeigen, daß er sich über sich selbst lustig machte.

Ihr war plötzlich so kläglich zumute, als sie in der Küche stand, daß ihr die Tränen aus den Augen flossen wie bei einem kleinen Kind, und ihre Schultern zuckten.

»Honey, sie hat am Tag vorher aufgehört, ich sag's dir«, wiederholte er. »Ich kann dir erzählen, was sie als letztes gesagt hat. Wir saßen dort am Tisch. Sie trank Kaffee. Sie meinte, sie würde sterben für eine Tasse New-Orleans-Kaffee. Ich habe ihr eine ganze Kanne voll aufgebrüht. Das war ungefähr zweiundzwanzig Stunden, nachdem sie aufgewacht war, und sie hatte seitdem überhaupt nicht geschlafen. Das war vielleicht das Problem. Wir haben geredet und geredet. Sie brauchte Ruhe. Sie sagte: ›Michael, ich möchte hinausgehen. Nein, bleib hier, Michael. Ich möchte für eine Weile allein sein.‹«

»Und du bist sicher, daß sie danach nichts mehr gesagt hat?«

»Absolut. Ich wollte anrufen und allen aus der Familie sagen, daß es ihr wieder gutging. Vielleicht habe *ich* ihr angst gemacht! Ich glaube nicht, daß du ihr weh getan hast, Mona. Ich bezweifle es wirklich. Trotzdem wünschte ich, du hättest es ihr nicht erzählt. Wenn du es wissen mußt: Ich hätte gut darauf verzichten können, daß du ihr erzählst, ich hätte mich mit ihrer Cousine auf dem Wohnzimmersofa der Vergewaltigung einer Minderjährigen schuldig gemacht.« Er zuckte die Achseln. »Frauen tun so was, weißt du. Sie erzählen es hinterher.« Er warf ihr einen hellen, mißbilligenden Blick zu; die Sonne blitzte in seinen Augen. »Wir Männer können nicht darüber reden, aber sie tun es. Der springende Punkt ist allerdings: Ich bezweifle, daß sie dich auch nur gehört hat. Ich glaube ... es ist ihr scheißegal.« Er sprach nicht weiter.

Die Flüssigkeit im Glas war schaumig und sah irgendwie ekelerregend aus.

»Es tut mir leid, Michael.«

»Honey, hör auf ...«

»Nein, ich meine, mir geht's prima. Ihr nicht. Aber mir. Soll ich ihr dieses Zeug bringen? Es ist grausig, Michael, ich meine, wirklich grausig. Als ob es absolut ekelhaft schmeckt!«

Mona betrachtete den Schaum und die unirdische Farbe.

»Ich muß es noch verquirlen.« Er setzte den viereckigen Gummideckel auf den Glasbehälter und drückte auf den Knopf. Man hörte das unheimliche Geräusch der kreisenden Klingen, und die Flüssigkeit fing an zu hüpfen.

»Ich habe diesmal viel Brokkolisaft hineingetan«, erklärte er.

»O Gott, kein Wunder, wenn sie das nicht trinkt. Brokkolisaft! Willst du sie umbringen?«

»Oh, sie wird das trinken. Sie trinkt es immer. Sie trinkt alles, was ich ihr vorsetze.«

Er sah zu ihr auf. »Mona, es war einfach alles, was ihr da passiert ist. Schuld war vielleicht . . . das letzte, was da passiert ist . . .«

Mona nickte. Sie versuchte es sich noch einmal vorzustellen, das Ganze, was er ihr beschrieben hatte, in knappen Worten. Die Pistole, der Schuß, der fallende Körper. Das schreckliche Geheimnis der Milch.

»Du hast noch niemandem davon erzählt, oder?« fragte er in ernstem Flüsterton. Gott sei mir gnädig, wenn ich es getan hätte, dachte sie.

»Nein, und ich werde es auch niemals tun«, sagte sie. »Ich weiß, wann ich reden und wann ich nicht reden darf, aber . . .«

Er schüttelte den Kopf. »Sie wollte nicht zulassen, daß ich den Leichnam berühre. Sie bestand darauf, ihn selbst hinunterzutragen, und dabei konnte sie kaum gehen. Solange ich lebe, werde ich diesen Anblick nicht mehr vergessen, nie mehr. Den ganzen Rest . . . ich weiß nicht. Das wirft mich nicht um, aber wenn eine Mutter den Leichnam ihrer Tochter davonschleppt . . .«

»Hast du es so gesehen? Als wäre es ihre Tochter?«

Er antwortete nicht. Er starrte nur weiter ins Leere, und nach und nach verging der Ausdruck von Schmerz und Sorge; er nagte einen Moment lang an der Unterlippe und lächelte dann fast.

»Du darfst niemals jemandem davon erzählen«, flüsterte er. »Nie, nie, nie. Das braucht niemand zu wissen. Aber eines Tages wird sie vielleicht darüber reden wollen. Vielleicht ist es vor allem das, was sie zum Schweigen gebracht hat.«

»Mach dir keine Sorgen, daß ich darüber reden könnte«, sagte sie. »Ich bin kein Kind mehr, Michael.«

»Ich weiß, Honey, glaub mir, das weiß ich«, sagte er mit einem warmen Funken von guter Laune.

Dann war er wieder fort, vergaß Mona, vergaß sie alle, auch das große Glas mit dem schmierigen Zeug. Er starrte ins Leere. Und eine Sekunde lang sah es so aus, als wolle er alle Hoffnung aufgeben, als sei er völlig verzweifelt und unerreichbar für jedermann, vielleicht sogar für Rowan.

»Michael, um des lieben Herrgotts willen, sie wird wieder gesund werden. Sie wird wieder auf die Beine kommen.«

Er antwortete nicht gleich, und dann murmelte er: »Sie sitzt genau an der Stelle – nicht auf dem Grab, aber dicht daneben.« Seine Stimme klang gepreßt.

Er würde gleich weinen, und das würde Mona nicht aushalten können. Von ganzem Herzen sehnte sie sich danach, zu ihm zu gehen und ihn in die Arme zu schließen. Aber das hätte sie für sich selbst getan, nicht für ihn.

Sie sah plötzlich, daß er lächelte – um ihretwillen natürlich –, und dann sagte er mit einem kleinen, philosophischen Achselzucken: »Dein Leben wird voll guter Dinge sein, denn die Dämonen sind erschlagen und du erbst den Garten Eden.« Sein Lächeln wurde breiter und von aufrichtiger Güte. »Und sie und ich, wir werden diese Schuld mit ins Grab nehmen, was immer wir getan oder nicht getan haben, tun mußten und aneinander versäumt haben.«

Er seufzte und stützte die verschränkten Arme auf die Küchentheke. Er schaute hinaus in die Sonne und den Garten, der sich sanft bewegte, erfüllt von raschelnden grünen Blättern und vom Frühling.

Schließlich richtete er sich auf, nahm das Glas und wischte es mit einer alten weißen Serviette ab.

»Ah, das ist nun wirklich schön, wenn man reich ist«, sagte er.

»Was denn?«

»Leinene Servietten zu haben« meinte er, »wann immer man will. Und leinene Taschentücher.«

Er zwinkerte ihr zu. Sie mußte unwillkürlich lächeln. Was für ein Trottel. Aber zum Teufel, wer außer ihm konnte ihr so zuzwinkern? Niemand.

»Du hast nichts von Yuri gehört, oder?« fragte er dann.

»Das hätte ich dir erzählt«, sagte sie betrübt. Es tat weh, Yuris Namen zu hören.

»Hast du Aaron gesagt, daß du nichts von ihm hörst?«

»Hundertmal, und dann noch dreimal heute morgen. Aaron hat auch nichts von ihm gehört. Er macht sich Sorgen. Aber er will nicht zurück nach Europa. Er will sein Leben hier bei uns zu Ende leben. Er sagt, ich soll nicht vergessen, daß Yuri unglaublich clever ist, wie alle Ermittler bei der Talamasca.«

»Du glaubst also, daß ihm etwas passiert ist?«

»Ich weiß nicht«, sagte sie dumpf. »Vielleicht hat er mich bloß vergessen.« Das war zu furchtbar, um darüber nachzudenken. So konnte es nicht gewesen sein. Aber man mußte den Dingen ins Auge sehen, nicht wahr? Und Yuri war ein Mann von Welt.

Michael schaute in den Saftbehälter. Vielleicht hatte er doch genug Verstand, um zu erkennen, daß das Zeug untrinkbar war. Aber nein, er nahm einen Löffel und fing an, es umzurühren.

Sie folgte ihm hinaus auf die Steinplatten, am Pool entlang und durch das hintere Gartentor.

Rowan saß noch immer so am Tisch, wie Mona sie verlassen hatte. Die Zweige lagen noch da, ein bißchen verstreut, als habe der Wind sie mit einem Finger berührt und dann liegengelassen.

Rowan runzelte ein wenig die Stirn, als wäge sie im Geiste etwas ab. Das war immer ein gutes Zeichen, dachte Mona, aber sie würde Michael nur Hoffnungen machen, wenn sie darüber redete. Rowan schien nicht zu merken, daß sie gekommen waren.

Michael beugte sich über sie und küßte sie auf die Wange. Dann stellte er das Glas auf den Tisch. Sie blieb unverändert, außer daß der Wind ein paar Haarsträhnen erfaßte. Michael nahm ihre rechte Hand und legte die Finger um das Glas.

»Trink das, Honey«, sagte er in dem gleichen Ton, in dem er auch mit Mona gesprochen hatte, brüsk und warm. Honey, Honey, Honey – das bedeutete Mona, Rowan, Mary Jane, vielleicht überhaupt jedes weibliche Wesen.

Würde »Honey« auch für dieses tote Ding passen, das da im Loch lag, begraben mit seinem Vater? Himmel, wenn sie doch bloß eines von ihnen zu Gesicht bekommen hätte, und wäre es nur für eine kostbare Sekunde gewesen! Yeah, und jede Mayfair, die ihn während seines kleinen Ausflugs zu Gesicht bekommen hatte, hatte mit dem Leben dafür bezahlen müssen. Nur Rowan nicht...

Wow! Rowan hob das Glas hoch! Mona beobachtete sie mit furchtsamer Faszination, wie sie trank, ohne den Blick von den fernen Heckenblüten zu wenden. Sie schluckte mit natürlichem, langsamem Lidschlag, aber das war auch alles. Und das Stirnrunzeln blieb.

Michael stand da und schaute ihr zu, die Hände in den Taschen, und dann tat er etwas Überraschendes. Er sprach mit Mona über sie, als könnte Rowan ihn nicht hören. Das war das erstemal.

»Als der Arzt mit ihr sprach, als er ihr sagte, sie sollte sich den Tests unterziehen, da stand sie auf und ging davon. Wie jemand auf einer Parkbank in einer Großstadt. Man hätte glauben können, jemand hätte sich zu dicht neben sie gesetzt. So eingesponnen war sie in ihre Welt, so allein.«

Er nahm das Glas. Es sah widerlicher aus als vorher. Aber um die Wahrheit zu sagen, Rowan sah aus, als würde sie alles trinken, was er ihr gäbe.

Ihr Gesicht war ausdruckslos.

»Ich könnte sie natürlich ins Krankenhaus bringen, damit man die Tests machen kann. Vielleicht würde sie mitgehen. Sie hat auch sonst alles getan, was ich wollte.«

»Warum tust du's nicht?« fragte Mona.

»Wenn sie morgens aufsteht, zieht sie ihr Nachthemd und ihren Bademantel an, darum. Ich habe ihr auch andere Sachen hingelegt. Sie rührt sie nicht an. Das ist ein Hinweis für mich. Sie will Nachthemd und Bademantel tragen. Sie will zu Hause sein.«

Er war plötzlich wütend. Seine Wangen waren rot, und seine Lippen verzerrten sich auf eine Weise, die alles sagte.

»Die Tests können ihr sowieso nicht helfen«, sagte er. »Die Tests würden nur uns etwas sagen. Dieser Saft hilft ihr.«

Seine Stimme klang zusehends gepreßt. Er wurde immer wütender, während er Rowan anschaute. Er hörte auf zu reden.

Plötzlich beugte er sich vor, stellte das Glas auf den Tisch und stützte sich mit beiden Händen auf. Er versuchte Rowan in die Augen zu schauen. Sein Gesicht war dicht vor ihrem, aber es zeigte keine Veränderung.

»Rowan, bitte«, flüsterte er. »Komm zurück!«

»Michael, nicht!«

»Warum nicht, Mona? Rowan, ich brauche dich jetzt. Ich brauche dich!« Er schlug hart mit beiden Händen auf den Tisch. Rowan zuckte zusammen, aber das war ihre einzige Reaktion. »Rowan!« schrie er. Er streckte die Hände nach ihr aus, als wolle er sie bei den Schultern packen und schütteln, aber er tat es nicht.

Er griff das Glas, wandte sich ab und ging davon.

Mona stand still da und wartete; sie war zu erschrocken, um etwas zu sagen. Aber es war wie alles, was er tat. Es war ein gutherziger Versuch gewesen. Aber es war auch rauh gewesen und schrecklich anzusehen.

Mona konnte sich noch nicht lösen. Langsam setzte sie sich in den Sessel, der am Tisch stand, Rowan gegenüber, auf denselben Platz, den sie jeden Tag eingenommen hatte.

Ganz langsam wurde Mona wieder ruhiger. Sie wußte nicht genau, warum sie blieb – vielleicht, weil es loyal zu sein schien. Vielleicht wollte sie nicht wie Michaels Verbündete erscheinen. Ihr schlechtes Gewissen umschwebte sie in letzter Zeit ständig.

Rowan sah wirklich schön aus, wenn man einmal davon absah, daß sie nicht sprach. Ihr Haar war gewachsen und reichte ihr fast bis auf die Schultern. Schön und abwesend. Fort.

»Weißt du«, sagte Mona, »ich werde wahrscheinlich immer wiederkommen, bis du mir ein Zeichen gibst. Ich weiß, daß mich das nicht von meiner Schuld befreit und daß es deshalb auch noch lange nicht okay ist, einem geschockten, stummen Menschen auf die Nerven zu gehen. Aber wenn du derart stumm bist, dann zwingst du die Leute dazu, etwas zu unternehmen, eine Wahl zu treffen, eine Entscheidung. Ich meine, man kann dich ja nicht einfach alleinlassen.«

Sie atmete aus und merkte, wie sie sich am ganzen Körper entspannte.

»Ich bin zu jung, um bestimmte Dinge zu wissen«, fuhr sie fort. »Ich meine, ich werde nicht hier sitzen und dir erzählen, ich wüßte, was dir passiert ist. Das wäre zu blöd.« Sie schaute Rowan an; deren Augen sahen jetzt grün aus, als nähmen sie den Ton des hellen Frühlingsrasens an.

»Aber ich ... äh ... mich kümmert, was den Leuten so passiert. Na ja, bei fast allen jedenfalls. Ich weiß viel. Ich weiß mehr als irgend jemand außer Michael und Aaron. Erinnerst du dich an Aaron?«

Das war eine dumme Frage. Natürlich erinnerte Rowan sich an Aaron – wenn sie sich überhaupt an irgend etwas erinnerte.

»Aber was ich dir sagen wollte: Da gibt es diesen Mann, Yuri. Ich habe dir von ihm erzählt; ich glaube nicht, daß du ihn schon mal gesehen hast. Das heißt, ich bin sicher, daß du ihn noch nicht kennst. Jedenfalls, er ist weg, spurlos verschwunden, wie es aussieht, und ich mache mir Sorgen. Aaron übrigens auch. Irgendwie ist alles zum Stillstand gekommen, wo du hier jetzt so im Garten sitzt, und in Wahrheit stehen die Dinge ja niemals still ...«

Sie brach ab. Das war schlimmer als jeder andere Versuch. Mona stützte die Ellbogen auf den Tisch. Langsam blickte sie auf. Sie hätte schwören können, daß Rowan sie angesehen und gerade wieder weggeschaut hatte.

»Rowan, es ist noch nicht vorbei«, flüsterte sie. Dann schaute sie durch das Eisentor, über den Pool hinweg und auf den vorderen Rasen. Die Myrte dort fing an zu blühen. Sie war ein kahler Strunk gewesen, als Yuri fortgegangen war.

Flüsternd hatte sie mit ihm dort gestanden, und er hatte gesagt: »Schau, was immer in Europa passiert, Mona, ich werde hierher zu dir zurückkommen.«

Rowan schaute sie an. Rowan schaute ihr in die Augen.

Sie war so verblüfft, daß sie stumm und starr dasaß. Sie wagte nicht, etwas zu sagen oder sich zu rühren, weil Rowan dann vielleicht wieder wegschauen würde. Sie wollte glauben, daß dies gut sei, daß es Bestätigung und Erlösung war. Sie hatte Rowans Aufmerksamkeit auf sich gelenkt, obwohl sie eine hoffnungslose Göre war.

Nach und nach wich die Versunkenheit aus Rowans Miene. Mona starrte sie an. Rowans Gesicht wurde beredt und unmißverständlich traurig.

»Was ist, Rowan?« flüsterte Mona.

Rowan machte ein leises Geräusch, als räuspere sie sich.

»Es ist nicht Yuri«, flüsterte sie. Das Stirnrunzeln vertiefte sich, der Blick wurde dunkel, aber sie entglitt nicht wieder.

»Was ist denn, Rowan?« fragte Mona. »Rowan, was hast du über Yuri gesagt?«

Allem Anschein nach dachte Rowan, sie rede immer noch mit Mona, ohne zu wissen, daß kein Wort aus ihrem Mund kam.

»Rowan«, flüsterte Mona, »sag's mir, Rowan . . .«

Rowan sah sie immer noch an. Sie hob die rechte Hand und strich sich mit den Fingern das aschblonde Haar zurück. Natürlich, normal – aber die Augen waren nicht normal. Sie kämpften . . .

Ein Geräusch lenkte Mona ab. Männerstimmen. Michael und noch jemand. Und dann plötzlich das jähe, beunruhigende Geräusch einer Frau, die lachte oder weinte. Mona konnte nicht genau sagen, was es war.

Sie drehte sich um und spähte durch das Tor und über den glitzernden Pool. Ihre Tante Beatrice kam auf sie zu; sie rannte fast über den Steinplattenweg am Wasser entlang, die eine Hand auf den Mund gedrückt, die andere tastend, als drohe sie zu fallen. Sie war es, die da weinte, und sie weinte unverkennbar. Ihr Haar löste sich aus dem sonst so ordentlichen Knoten am Hinterkopf. Ihr Seidenkleid hatte nasse Flecken.

Michael und ein Mann in einem ominös schlichten dunklen Anzug folgten ihr eilig und redeten dabei miteinander.

Heftiges, ersticktes Schluchzen kam von Beatrice. Ihre Absätze bohrten sich jetzt in den weichen Grasboden, aber sie kam immer näher.

»Bea, was ist denn?« Mona stand auf, und Rowan ebenfalls. Rowan starrte der herannahenden Gestalt entgegen, und als Beatrice im Gras umknickte und sich gleich wieder fing, war es Rowan, nach der sie haltsuchend die Hand ausstreckte.

»Sie haben es getan, Rowan«, stieß sie atemlos hervor. »Sie haben ihn umgebracht. Der Wagen ist auf den Gehweg gefahren. Sie haben ihn umgebracht. Ich hab's mit eigenen Augen gesehen!«

Mona streckte die Hand aus, um Beatrice zu stützen, und im nächsten Moment hatte ihre Tante den linken Arm um sie geschlungen und bedeckte sie mit Küssen, während die andere Hand weiter nach Rowan tastete. Rowan ergriff sie und umfaßte sie mit beiden Händen.

»Bea, wen haben sie umgebracht, wen denn?« rief Mona. »Du meinst doch nicht Aaron?«

»Doch.« Bea nickte hektisch. Ihre Stimme klang jetzt trocken und war kaum noch hörbar. »Aaron. Sie haben ihn umgebracht. Ich hab's gesehen. Der Wagen ist auf den Gehweg hochgefahren, in der St. Charles Avenue. Ich habe noch gesagt, ich fahre ihn her, aber er sagte, nein, er möchte lieber zu Fuß gehen. Der Wagen hat ihn mit Absicht angefahren, das habe ich gesehen. Dreimal hat er ihn überfahren!«

Auch Michael legte jetzt die Arme um sie, und Bea sackte wie ohnmächtig zusammen und fiel zu Boden. Michael hob sie auf und hielt sie fest, und sie ließ sich weinend an seine Brust sinken. Die Haare fielen ihr in die Augen, und ihre Hände tasteten immer noch umher, zitternd wie kleine Vögel, die nicht fliegen können.

Der Mann in dem ominösen Anzug war ein Polizist – Mona sah die Pistole im Schulterhalfter –, ein Amerikaner chinesischer Abstammung mit einem zarten, gefühlvollen Gesicht.

»Es tut mir leid«, sagte er, und sein Akzent war unverwechselbar der von New Orleans. Noch nie hatte Mona diese Mundart aus einem chinesischen Gesicht gehört.

»Sie haben ihn ermordet?« flüsterte sie und schaute von dem Polizisten zu Michael, der Bea mit behutsamen Küssen beruhigte, während er ihr mit sanfter Hand das Haar glattstrich. Mona hatte Bea im ganzen Leben noch nicht so weinen sehen, und einen Augenblick lang kollidierten zwei Gedanken in ihrem Kopf: Yuri mußte dann bereits tot sein, und wenn Aaron ermordet worden war, bedeutete das vielleicht, daß sie alle in Gefahr waren. Und das war schrecklich, unsagbar schrecklich, vor allem für Bea.

Rowan sprach ruhig mit dem Polizisten. Ihre Stimme klang rauh und dünn in dem Durcheinander, im Lärm der Gefühle.

»Ich will den Leichnam sehen«, sagte Rowan. »Können Sie mich hinbringen? Ich bin Ärztin. Ich muß ihn sehen. Ich brauche nur einen Augenblick, um mich anzuziehen.«

Hatte Michael jetzt Zeit zu staunen, konnte Mona fassungslos sein? Oh, aber es leuchtete ein, nicht wahr? Die gräßliche Mary Jane hatte gesagt: »Sie hört zu. Sie wird reden, wenn sie soweit ist.«

Und gottlob hatte sie in diesem Augenblick nicht weiter still und stumm dabeigesessen! Gott sei Dank, daß sie das nicht gekonnt hatte und jetzt wieder bei ihnen war.

Da mochte sie ruhig zerbrechlich aussehen, da mochte ihre Stimme ruhig rauh und unnatürlich klingen. Ihr Blick war klar, als sie Mona jetzt anschaute und die Antwort des Polizisten ignorierte, der ihr erklärte, es sei vielleicht besser, wenn sie den Toten nicht anschaute – so, wie dieser Unfall sich abgespielt hatte.

»Bea braucht Michael«, sagte Rowan und griff nach Monas

Handgelenk. Ihre Hand war kühl und fest. »Und ich, ich brauche jetzt dich. Gehst du mit?«

»Ja«, sagte Mona. »O ja.«

3

Er hatte dem kleinen Mann versprochen, das Hotel ein paar Augenblicke nach ihm zu betreten. »Wenn Sie mit mir hereinkommen, wird Sie jeder sehen«, hatte Samuel gesagt. »Jetzt behalten Sie die Sonnenbrille auf.«

Yuri hatte genickt. Er hatte nichts dagegen, noch eine Weile im Auto sitzenzubleiben und zuzusehen, wie die Leute an den eleganten Eingangstüren des Claridge's vorbeigingen. Seit seiner Abreise aus dem Glen von Donnelaith hatte er nichts so tröstlich empfunden wie die Stadt London.

Sogar die lange Fahrt nach Süden mit Samuel über nächtliche Autobahnen, die überall auf der Welt hätten sein können, war enervierend gewesen.

Was das Glen anging, so war es noch sehr lebendig und ganz und gar grausig in seiner Erinnerung. Was hatte ihn nur auf den Gedanken gebracht, es sei klug, allein dort hinzureisen – unmittelbar an den Wurzeln nach Erkenntnissen über das Kleine Volk und die Taltos zu forschen? Natürlich hatte er genau das gefunden, was er gesucht hatte. Und dabei hatte man ihm eine Kugel vom Kaliber .38 in die Schulter geschossen.

Die Kugel war ein abscheulicher Schock gewesen. Nie zuvor war er auf diese Weise verwundet worden. Aber die wirklich enervierende Offenbarung war das Kleine Volk gewesen.

Als er jetzt zusammengesunken auf dem Rücksitz des Rolls saß, durchlitt er noch einmal jenen Anblick – die Nacht mit den schweren, wabernden Wolken und dem gespenstischen Mond, der wild überwucherte Bergpfad und der geisterhafte Klang der Trommeln und Hörner, der an den Felsen herauf widerhallte.

Erst als er die kleinen Männer in ihrem Kreis gesehen hatte, war ihm klargeworden, daß sie sangen. Erst da hatte er ihre Baritonstimmen gehört, aber ihre Worte waren ihm völlig unverständlich gewesen.

Er war sich nicht sicher gewesen, daß er an sie glaubte, bis zu diesem Augenblick ...

Sie bewegten sich ringsherum im Kreis, kleinwüchsig, bucklig, hoben die kurzen Beine, wiegten sich vor und zurück; stoßweise erklang der Rhythmus ihres Gesangs. Einige tranken aus Bechern, andere aus Flaschen. Sie trugen ihre Pistolenhalfter über den Schultern und schossen mit der ausgelassenen Heiterkeit von Wilden in die windige Nacht. Die Pistolen donnerten nicht, sondern knatterten in kurzen, straffen Salven wie Knallfrösche. Weit schlimmer waren die Trommeln, die furchtbar stampfenden Trommeln, und die paar Flöten, die sich wimmernd mit ihrer düsteren Melodie plagten.

Als die Kugel ihn traf, hatte er gedacht, sie komme von ihnen, von einem ihrer Wachtposten. Aber er hatte sich geirrt.

Drei Wochen waren danach vergangen, erst dann hatte er das Glen verlassen.

Und jetzt das Claridge's. Jetzt hatte er Gelegenheit, in New Orleans anzurufen, mit Aaron zu reden, mit Mona zu sprechen, zu erklären, wieso er so lange geschwiegen hatte.

Was das Risiko in London anging, die Nähe des Talamasca-Mutterhauses und derer, die versuchten, ihn umzubringen, so fühlte er sich hier unendlich viel sicherer als im Glen, wenige Augenblicke bevor ihn die Kugel zu Boden geschleudert hatte.

Jetzt wurde es Zeit, hinaufzugehen und diesen mysteriösen Freund Samuels kennenzulernen, der bereits da war und von dem er nichts Genaueres wußte. Es wurde Zeit, zu tun, was der kleine Mann wollte, denn der kleine Mann hatte Yuri das Leben gerettet, hatte ihn gesundgepflegt, und jetzt wollte er, daß Yuri seinen Freund kennenlernte, der in diesem großen Drama irgendeine machtvolle Bedeutung hatte.

Yuri kletterte aus dem Wagen, und der freundliche britische Portier kam ihm rasch zu Hilfe.

Die Schulter tat ihm weh; es war ein stechender Schmerz. Wann würde er lernen, den rechten Arm nicht zu benutzen!

Die kalte Luft war schneidend, aber nur für einen Augenblick. Er ging geradewegs in die Lobby des Hotels und wandte sich der großen, geschwungenen Treppe zur Rechten zu.

Die leisen Klänge eines Steichquartetts kamen aus der nahegelegenen Bar. Die Luft ringsum war still. Das Hotel beruhigte ihn und wiegte ihn in Sicherheit. Und es machte ihn glücklich.

Ein Wunder, daß all diese höflichen Engländer – der Portier, die Pagen, der freundliche Gentleman, der ihm auf der Treppe entgegenkam – keine erkennbare Notiz von seinem schmutzigen Pullover oder seiner verschmierten schwarzen Hose nahmen. Zu höflich, dachte er.

Er ging im ersten Stock den Korridor entlang, bis er zur Tür der Ecksuite kam, die der kleine Mann ihm beschrieben hatte. Sie war offen, und er gelangte in eine kleine, einladende Diele, die eher an eine behagliche Wohnung erinnerte; dahinter sah er einen großen Salon, verschossen, aber doch luxuriös, wie der kleine Mann es vorausgesagt hatte.

Der kleine Mann kniete vor dem Kamin und stapelte Brennholz. Er hatte seine Tweedjacke abgelegt, und das weiße Hemd spannte sich schmerzhaft über die kurzen Arme und den Buckel.

»Ja, ja. Kommen Sie schon rein, Yuri«, sagte er, ohne auch nur aufzublicken.

Yuri trat durch die Tür. Der andere Mann war da.

Und dieser Mann bot einen ebenso seltsamen Anblick wie der kleine, aber auf ganz andere Weise. Er war unerhört groß, wenn auch nicht in einem unmöglichen Maß. Er hatte blasse, weiße Haut und ziemlich natürlich aussehendes dunkles Haar, das er lang und offen trug und das überhaupt nicht zu dem feinen schwarzen Kammgarnanzug und dem matten Schimmer seines teuren Hemdes mit der dunkelroten Krawatte passen wollte. Er sah entschieden romantisch aus. Aber was bedeutete das? Yuri war nicht sicher, aber das war das Wort, das ihm in den Sinn kam.

Es war nichts Bedrohliches an dieser außergewöhnlichen und ziemlich förmlichen Gestalt. Ja, das Gesicht war glatt und jung, beinahe hübsch für einen Mann mit seinen langen, dichten Wimpern und den vollen, sanft geschwungenen androgynen Lippen – und überhaupt nicht einschüchternd. Nur das Weiß in seinem Haar verlieh ihm eine gewisse Autorität, die er offensichtlich nicht regelmäßig zur Geltung brachte. Seine Augen waren nußbraun und ziemlich groß, und sie schauten Yuri fragend an. Es war alles in allem eine beeindruckende Gestalt – bis auf die Hände. Die Hände waren ein bißchen zu groß, und die Finger hatten etwas Abnormales, auch wenn Yuri nicht genau wußte, was es war. Spinnenhaft dünn waren sie – vielleicht war es damit auf den Punkt gebracht.

»Sie sind der Zigeuner«, sagte der Mann mit einer leisen, angenehmen Stimme, die beinahe ein bißchen sinnlich klang, ganz anders als der schneidende Bariton des Zwerges.

»Kommen Sie rein und setzen Sie sich«, sagte der Zwerg ungeduldig. Er hatte das Feuer angezündet und fachte es mit einem Blasebalg an. »Ich habe etwas zu essen bestellt, aber ich möchte, daß Sie ins Schlafzimmer gehen, wenn es gebracht wird. Man soll Sie nicht sehen.«

»Danke«, sagte Yuri leise. Er merkte plötzlich, daß er versäumt hatte, die dunkle Brille abzunehmen. Wie hell das Zimmer plötzlich war, trotz der dunkelgrünen Samtmöbel und der altmodischen Blumenvorhänge. Ein freundliches Zimmer, geprägt von Menschen.

»Sie sind verwundet, sagt mein Freund.« Der große Mann kam näher und schaute so freundlich auf ihn herab, daß seine Größe nicht mehr beängstigend wirkte. Er hatte die Spinnenhände erhoben und ausgestreckt, als müsse er Yuris Gesicht mit den Fingern einrahmen, um es zu sehen.

»Es geht schon. Es war eine Kugel, aber Ihr Freund hat sie herausgenommen. Ich wäre tot, wenn Ihr Freund nicht gewesen wäre.«

»Das hat er mir erzählt. Wissen Sie, wer ich bin?«

»Nein.«

»Wissen Sie, was ein Taltos ist? Ich bin einer.«

Yuri sagte nichts. Damit hatte er ebensowenig gerechnet, wie er geglaubt hatte, daß die Kleinen Leute wirklich existierten. Taltos bedeutete Lasher – Mörder, Monster, Gefahr. Er war so erschrocken, daß er nicht sprechen konnte. Er starrte dem Mann ins Gesicht und dachte, daß dieser Mann – von seinen Händen einmal abgesehen – nicht mehr und nicht weniger zu sein schien als ein sehr großer Mensch.

»Lieber Gott, Ash«, sagte der kleine Mann. »Zeig doch einmal ein bißchen Tücke.« Er klopfte seine Hose ab. Das Feuer brannte kräftig und hell. Er setzte sich in einen weichen, etwas formlosen Sessel, der sehr bequem aussah. Seine Füße berührten den Boden nicht.

Es war unmöglich, in seinem tief zerfurchten Gesicht zu lesen. War er wirklich so unwirsch? Die Hautfalten vernichteten jede Mimik. Tatsächlich trug allein die Stimme allen Ausdruck bei dem kleinen Mann, der beim Sprechen nur gelegentlich die Augen hell und weit aufriß. Sein rotes Haar war ein angemessenes Klischee für seine Ungeduld und sein aufbrausendes Temperament. Er trommelte mit seinen kurzen Fingern auf dem Stoffbezug der Armlehnen.

Yuri ging zum Sofa und nahm steif an einem Ende Platz. Er sah, daß der große Mann an den Kamin getreten war und ins Feuer schaute. Er wollte dieses Geschöpf nicht unhöflich anstarren.

»Ein Taltos«, sagte er, und seine Stimme klang einigermaßen ruhig. »Ein Taltos. Warum wollen Sie mit mir reden? Warum wollen Sie mir helfen? Wer sind Sie, und warum sind Sie gekommen?«

»Sie haben den anderen gesehen?« fragte der große Mann. Er drehte sich um und sah Yuri an; sein Blick war beinahe schüchtern in all seiner Offenheit, aber dann doch wieder nicht. Er hätte umwerfend schön sein können, wenn die Hände nicht gewesen wären. Die Knöchel sahen aus wie Knoten.

»Nein, ich habe ihn nie gesehen.«

»Aber Sie wissen mit Bestimmtheit, daß er tot ist?«

»Ja, das weiß ich mit Bestimmtheit«, sagte Yuri. Der Riese und der Zwerg. Er würde nicht darüber lachen, aber es war doch schrecklich erheiternd.

»Hatte dieser Taltos eine Gefährtin?« fragte der große Mann. »Ich meine, noch einen Taltos? Einen weiblichen?«

»Nein. Seine Gefährtin war eine Frau namens Rowan Mayfair. Ich habe Ihrem Freund von ihr erzählt. Sie war seine Mutter und seine Geliebte. Sie ist das, was wir bei der Talamasca eine Hexe nennen.«

»Aye«, sagte der kleine Mann, »auch wir würden sie eine Hexe nennen. Es gibt viele mächtige Hexen in dieser Geschichte, Ashlar. Eine ganze Brut von Hexen. Du mußt dir das von dem Mann erzählen lassen.«

»Ashlar – ist das Ihr voller Name?« fragte Yuri. Es hatte ihm einen Schock versetzt.

Vier Stunden vor seiner Abreise aus New Orleans hatte er Aarons Erzählung gelauscht, die ihm die Geschichte von Lasher offenbart hatte, jenem Dämon aus dem Glen. St. Ashlar – immer wieder war dieser Name gefallen. St. Ashlar.

»Ja«, sagte der große Mann. »Aber Ash ist die einsilbige Version, die ich von Herzen bevorzuge. Ich möchte nicht unhöflich erscheinen, aber der einfache Name Ash ist mir soviel lieber, daß ich auf den anderen oft gar nicht reagiere.« Er sprach in festem, aber höflichem Ton.

Der Zwerg lachte. »Ich nenne ihn bei seinem vollen Namen, um ihn stark und vorsichtig zu machen.«

Der Große ignorierte diese Bemerkung. Er wärmte seine Hände über dem Feuer; mit den gespreizten Fingern sahen sie krank aus.

»Sie haben Schmerzen, nicht wahr?« sagte er und wandte sich vom Feuer ab.

»Ja. Bitte entschuldigen Sie, daß ich es mir anmerken lasse. Werden Sie mir verzeihen, wenn ich mich hier auf dem Sofa zurücksinken lasse und so sitzenbleibe, obwohl es träge aussieht? Meine Gedanken überschlagen sich. Wollen Sie mir sagen, wer Sie sind?«

»Das habe ich schon getan, nicht wahr?« sagte der Große. »Sprechen Sie. Was ist Ihnen zugestoßen?«

»Yuri, ich habe Ihnen doch erklärt«, sagte der Zwerg mit gutmütiger Ungeduld, »daß dies mein ältester Vertrauter und Freund auf der Welt ist. Ich habe Ihnen gesagt, daß er die Talamasca kannte. Daß er mehr über sie weiß als irgendein anderes Lebewesen. Bitte vertrauen Sie ihm. Sagen Sie ihm, was er wissen will.«

»Ich vertraue Ihnen«, sagte Yuri. »Aber zu welchem Zweck berichte ich Ihnen von meinen Angelegenheiten oder von meinen Abenteuern? Was werden Sie mit diesem Wissen anfangen?«

»Ich werde Ihnen helfen, natürlich«, sagte der Große langsam und mit sanftem Kopfnicken. »Samuel sagt, die Männer der Talamasca versuchen Sie umzubringen. Damit kann ich mich nur schwer abfinden. Auf meine Art habe ich den Orden der Talamasca immer geliebt. Die Männer der Talamasca waren noch selten meine Feinde . . . zumindest nie sehr lange. Wer hat denn versucht, Sie zu verletzen? Und sind Sie sicher, daß diese bösen Menschen vom Orden selbst kamen?«

»Nein, sicher bin ich nicht«, sagte Yuri. »Passiert ist, mehr oder weniger, folgendes. Die Talamasca hat mich als Waisenkind aufgenommen. Aaron Lightner war der Mann, der dafür verantwortlich war. Samuel weiß, wer das ist.«

»Ich auch«, sagte der Große.

»Mein ganzes Erwachsenenleben habe ich dem Orden gedient, meistens als Reisender, und oft habe ich Aufgaben erfüllt, die ich selbst nicht ganz verstand. Anscheinend ruhten meine Gelübde, ohne daß ich es wußte, auf meiner Loyalität zu Aaron Lightner. Als er nach New Orleans fuhr, um eine Familie von Hexen zu erforschen, ging irgend etwas schief. Die Hexenfamilie waren die Mayfairs. Ich habe ihre Geschichte in alten Aufzeichnungen des Ordens nachgelesen, bevor diese Aufzeichnungen für mich verschlossen wurden. Und Rowan Mayfair war es, die den Taltos gebar.«

»Wer oder was war der Vater?« fragte der Große.

»Ein Mann.«

»Ein sterblicher Mann? Dessen sind Sie sicher?«

»Ohne Frage. Aber es gab andere Überlegungen. In dieser Familie spukte seit vielen Generationen ein Geist, der böse und gut zugleich war. Dieser Geist erfaßte das Kind in Rowan Mayfairs Leib, nahm es in Besitz und half bei seiner Geburt. Der Taltos, der dieser Frau ausgewachsen entsprang, war besessen von der Seele dieses Spukgeistes. In der Familie nannten sie das Wesen Lasher. Einen anderen Namen habe ich dafür nie gehört. Und jetzt ist dieses Wesen tot, wie ich schon gesagt habe.«

Der große Mann zeigte unverhohlenes Erstaunen. Leise und mitfühlend schüttelte er den Kopf. Er ging zu einem nahen Sessel und nahm darin Platz; höflich wandte er sich Yuri zu und schlug die langen Beine ganz so übereinander, wie Yuri es getan hatte.

»Zwei Hexen!« flüsterte er.

»Eindeutig«, sagte Yuri.

»Sie sagen ›eindeutig‹«, sagte der große Mann. »Was hat das zu bedeuten?«

»Es gibt genetisches Beweismaterial in Hülle und Fülle. Die Talamasca hat dieses Material. In diversen Linien dieser Hexenfamilie gibt es einen außergewöhnlichen Satz von Genen. Gene der Taltos, die unter normalen Umständen von der Natur niemals aktiviert werden, die aber in diesem Fall – durch Hexerei oder durch Besessenheit – tatsächlich ihre Wirkung taten, um den Taltos auf die Welt kommen zu lassen.«

Der große Mann lächelte. Das überraschte Yuri, denn dieses Lächeln verlieh dem Gesicht das Feuer von Ausdruckskraft, Zärtlichkeit und schlichtem Entzücken.

»Sie sprechen wie alle Männer von der Talamasca«, sagte der Große. »Sie sprechen wie ein Priester in Rom. Sie sprechen, als wären Sie nicht in dieser Zeit geboren.«

»Nun, sie haben mich anhand ihrer lateinischen Dokumente unterrichtet«, sagte Yuri. »Die Geschichte dieses Wesens, dieses Lasher, reichte zurück bis ins siebzehnte Jahrhundert. Ich habe sie ganz gelesen, und dazu die Geschichte der Familie –

von ihrem Aufstieg zu großem Reichtum und Macht und von ihren Geschäften mit diesem Geist Lasher. Natürlich habe ich Hunderte solcher Akten gelesen.«

»Ja?«

»Nicht über die Taltos«, sagte Yuri, »wenn Sie das meinen. Dieses Wort habe ich erst in New Orleans gehört – als zwei Mitglieder des Ordens getötet wurden bei dem Versuch, diesen Taltos – Lasher – aus den Fängen des Mannes zu befreien, der ihn schließlich umgebracht hat. Aber diese Geschichte kann ich Ihnen nicht erzählen.«

»Warum nicht? Ich will wissen, wer ihn umgebracht hat.«

»Wenn ich Sie besser kenne. Wenn Sie meine Bekenntnisse mit den Ihren vergolten haben.«

»Was kann ich bekennen? Ich bin Ashlar. Ich bin ein Taltos. Es ist Jahrhunderte her, seit ich ein einziges anderes Mitglied meiner Spezies gesehen habe. Oh, es hat andere gegeben. Ich habe von ihnen gehört, bin ihnen nachgejagt, und in manchen Fällen hätte ich sie beinahe gefunden. Wohlgemerkt, ich sage beinahe. Aber seit Jahrhunderten habe ich mein eigen Fleisch und Blut, wie die Menschen sagen, nicht mehr berührt. Kein einziges Mal in der ganzen Zeit.«

»Sie sind sehr alt; das wollen Sie mir damit sagen. Unsere Lebensspanne ist nichts im Vergleich zu der Ihren.«

»Anscheinend nicht«, sagte der Mann. »Ich muß alt sein. Ich habe jetzt weiße Haare, wie Sie sehen. Aber woher soll ich wissen, wie alt ich bin und wie mein Niedergang aussehen mag und wie lange er, in Menschenjahren gerechnet, dauern wird? Als ich glücklich unter meinesgleichen lebte, war ich zu jung, um zu lernen, was ich für diese lange, einsame Reise brauchen würde. Und Gott hat mir kein übernatürliches Gedächtnis geschenkt. Wie ein gewöhnlicher Mensch erinnere ich mich an manche Dinge mit gespenstischer Klarheit, andere hingegen sind völlig ausgelöscht.«

»Die Talamasca weiß von Ihnen?« fragte Yuri. »Es ist von entscheidender Wichtigkeit, daß Sie mir das sagen. Die Talamasca war meine Berufung.«

»Erklären Sie mir, wie sich das hat ändern können.«

»Aaron Lightner begann den Mayfair-Hexen in ihrem endlosen Kampf gegen den Geist Lasher zu helfen. Er wußte nicht, woher dieser Geist kam oder was er wirklich war. Daß eine Hexe ihn 1665 in Donnelaith heraufbeschworen hatte, das war bekannt, aber viel mehr wußte man nicht über ihn.

Nachdem die Kreatur Fleisch geworden war, nachdem sie den Tod so vieler Hexen verursacht hatte, daß ich sie nicht mehr zählen kann – erst nach all dem bekam Aaron Lightner sie zu Gesicht, und er erfuhr aus Lashers eigenem Mund, daß dieser ein Taltos sei und schon einmal, zu Zeiten König Heinrichs, in einem Körper gelebt habe; in Donnelaith sei er zu Tode gekommen, in jenem Glen, in dem er dann gespukt habe, bis die Hexe ihn heraufbeschwor.

Diese Dinge stehen in keiner Talamasca-Akte, die ich kenne. Kaum drei Wochen sind vergangen, seit das Wesen abgeschlachtet wurde. Als die Talamasca erfahren hatte, daß Lasher wieder Fleisch geworden war, da schritten sie ein und versuchten, ihn für ihre eigenen Zwecke an sich zu bringen. Womöglich haben sie dabei mit kaltem Vorbedacht mehrere Menschenleben vernichtet. Ich weiß es nicht. Ich weiß, daß Aaron an ihren Intrigen keinen Anteil hatte und sich von ihnen betrogen fühlte. Deshalb frage ich Sie: Weiß die Talamasca von Ihnen? Gehören Sie zum Wissensschatz der Talamasca? Denn wenn Sie dazugehören, so ist es ein höchst okkultes Wissen.«

»Ja und nein«, sagte der Große.

»Ash, versuche mal, keine seltsamen Reden zu führen«, grollte der Zwerg. Auch er hatte sich zurückgelehnt und seine kurzen, stumpfen Beinchen ganz gerade von sich gestreckt. Er hatte die Finger vor seiner Tweedweste verschränkt, und sein Hemd stand am Hals offen. Licht funkelte in seinen halb geschlossenen Augen.

»Es war nur eine Bemerkung, Samuel. Hab doch Geduld.« Der große Mann seufzte. Er sah ein bißchen verärgert aus. Dann richtete er den Blick wieder auf Yuri.

»Ich will Ihre Frage beantworten, Yuri«, sagte er. Es klang

warmherzig und gelassen, wie er den Namen aussprach. »Heute wissen die Männer in der Talamasca wahrscheinlich nichts von mir. Es wäre schon ein Genie nötig, um ans Licht zu fördern, was an Geschichten über uns in den Archiven der Talamasca vergraben liegt, falls solche Dokumente tatsächlich noch existieren. Ich habe nie recht verstanden, welchen Status oder welche Bedeutung dieses Wissen hat – die Akten des Ordens, wie Sie sie jetzt nennen. Ich habe einmal, vor Jahrhunderten, ein paar Manuskripte gelesen und gelacht und gelacht über die Worte, die darin standen. Aber damals kam mir jede geschriebene Sprache naiv und anrührend vor. Manchmal ist es immer noch so.«

Für Yuri war das eine faszinierende Antwort.

»Welche Sprache bringt Sie denn nicht zum Lachen?« fragte er.

»Moderner Slang«, sagte der große Mann. »Realistische Prosa und Journalismus, der mit Umgangssprache angefüllt ist. Da fehlt die Naivität oft ganz. Alle Formalität ist dahin, und statt dessen herrscht intensive Kompression. Wenn die Menschen heute schreiben, ist es manchmal wie das Kreischen einer Pfeife, verglichen mit den Liedern, die sie früher sangen.«

Yuri lachte. »Ich glaube, Sie haben recht«, sagte er. »Aber für die Dokumente der Talamasca gilt das nicht.«

»Nein. Wie ich schon sagte, sie sind melodisch und unterhaltsam.«

»Aber es gibt natürlich solche und solche Dokumente. Und Sie glauben nicht, daß sie heute noch von Ihnen wissen.«

»Ich bin ziemlich sicher, daß sie nichts von mir wissen, und je weiter Sie Ihre Geschichte erzählen, desto deutlicher wird mir, daß sie unmöglich etwas von mir wissen können. Aber erzählen Sie weiter. Was ist aus diesem Taltos geworden?«

»Sie haben versucht, ihn fortzuholen, und dabei sind sie ums Leben gekommen. Der Mann, der den Taltos tötete, hat auch diese Männer von der Talamasca umgebracht. Aber bevor sie starben, als diese Männer also versuchten, den Taltos in ihren Gewahrsam zu bringen, wie man sagen könnte, da deuteten sie an, daß sie einen weiblichen Taltos hätten und daß sie seit Jahrhunderten versuchen würden, den männlichen und den weiblichen zusammenzubringen. Sie deuteten an, dies sei das eingeschworene Ziel des Ordens. Sein verborgener, okkulter Zweck, sollte ich wohl sagen. Dies aber hat Aaron Lightner demoralisiert.

»Das kann ich verstehen.«

»Der Taltos, Lasher, schien sich über all das nicht zu wundern. Anscheinend hatte er es sich schon gedacht. Schon in seiner früheren Inkarnation hatte die Talamasca versucht, ihn aus Donnelaith fortzulocken, vielleicht um ihn mit dem weiblichen Taltos zu paaren. Aber er traute ihnen nicht und ging nicht mit ihnen. Damals war er Priester. Man hielt ihn für einen Heiligen.«

»St. Ashlar«, sagte der Zwerg, nüchterner jetzt. »St. Ashlar, der stets wiederkehrt.«

Der Große senkte leicht den Kopf; der Blick seiner dunklen, haselnußbraunen Augen wanderte langsam auf dem Teppich hin und her, fast als lese er in dem üppigen orientalischen Muster.

»St. Ashlar«, sagte er mit trauriger Stimme.

»Sind Sie dieser Mann?«

»Ich bin kein Heiliger, Yuri. Stört es Sie, wenn ich Sie beim Namen nenne? Lassen Sie uns nicht von Heiligen sprechen, wenn es Ihnen recht ist.«

»Aber die entscheidende Frage ist: Sind Sie dieses Individuum? Der, den man heilig nannte? Sie müssen es mir sagen. Ich kann mich nicht vor meinen eigenen Brüdern in der Talamasca schützen, wenn Sie es mir nicht sagen und mir helfen zu verstehen, was hier vorgeht.«

An der Tür klopfte es, und Samuel rutschte vom Sessel und schritt zur Diele. »Gehen Sie jetzt bitte ins Schlafzimmer, Yuri. Machen Sie sich unsichtbar.« Großspurig stolzierte er an Yuri vorbei.

Yuri stand auf, und einen Moment lang schmerzte ihn seine Schulter sehr. Er ging ins Schlafzimmer und schloß die Tür hinter sich. Stilles Halbdunkel umfing ihn; durch weiche, lokkere Vorhänge sickerte gedämpftes Morgenlicht herein. Er griff zum Telefonhörer; rasch drückte er die Direktwahlnummer, gefolgt von der Vorwahl der USA.

Dann zögerte er. Er fühlte sich völlig außerstande, die schützenden Lügen auszusprechen, die er Mona aufbinden müßte. Zugleich brannte er darauf, mit Aaron zu sprechen und ihm zu sagen, was er wußte, und halb fürchtete er auch, er würde im nächsten Augenblick daran gehindert werden, überhaupt jemanden anzurufen.

Auf der Fahrt von Schottland herunter hatte er sich unversehens ein paarmal in Telefonzellen wiedergefunden, wo er eben dieses Dilemma erlebt hatte, bis der Zwerg ihm befohlen hatte, auf der Stelle wieder ins Auto zu steigen.

Was sollte er seiner kleinen Geliebten erzählen? Wieviel konnte er Aaron in den wenigen Augenblicken sagen, die ihm für dieses Gespräch vielleicht nur zur Verfügung standen?

Hastig tippte er die Vorwahl für New Orleans und die Nummer des Mayfair-Hauses in der Amelia Street, und dann wartete er. Plötzlich dachte er besorgt daran, daß es in Amerika womöglich Mitternacht war, und dann begriff er, daß es in der Tat so war.

Ein unhöflicher, schrecklicher Fehler, ungeachtet der Umstände. Schon hatte sich jemand gemeldet. Es war eine Stimme, die er kannte, aber nicht zuordnen konnte.

»Ich rufe aus England an. Es tut mir so leid, aber ich versuche, Mona Mayfair zu erreichen«, sagte er. »Ich habe hoffentlich nicht das ganze Haus geweckt?«

»Yuri?« sagte die Frauenstimme.

»Ja«, gestand er, ohne sich seine Überraschung darüber anmerken zu lassen, daß die Frau seine Stimme erkannt hatte.

»Yuri, Aaron Lightner ist tot«, sagte die Frau. »Ich bin Celia, Beatrices und Monas Cousine. Aaron ist ermordet worden.«

Eine lange Pause trat ein, in der Yuri nichts tat. Er dachte nichts, stellte sich nichts vor, zog keine übereilten Schlüsse. Sein Körper war von einer kalten, schrecklichen Angst umfangen – von der Angst vor dem, was diese Worte bedeuteten: daß er Aaron nie, nie wiedersehen würde, daß sie nie wieder miteinander sprechen würden, daß er und Aaron – daß Aaron für immer fort war.

Als er die Lippen bewegen wollte, hatte er Mühe. Er machte irgendeine sinnlose, dumme kleine Geste mit der linken Hand: Er kniff in die Telefonschnur.

»Es tut mir leid, Yuri. Wir haben uns Sorgen um Sie gemacht. Mona ist sehr beunruhigt. Wo sind Sie? Wollen Sie Michael Curry anrufen? Ich gebe Ihnen die Nummer.«

»Ist schon in Ordnung«, sagte Yuri leise. »Ich habe die Nummer.«

»Mona ist jetzt dort, Yuri. Drüben im anderen Haus. Sie werden wissen wollen, wo Sie sind und wie es Ihnen geht und wie man Sie am besten erreichen kann.«

»Aber Aaron . . .«, sagte er flehentlich und brachte nichts mehr heraus. Seine Stimme klang schwächlich in seinen eigenen Ohren; kaum drang sie unter der gewaltigen Last der Gefühle hervor, die seinen Blick vernebelten und sein Gleichgewicht ins Wanken brachten, sein ganzes Empfinden der eigenen Identität. »Aaron . . .«

»Er wurde überfahren, absichtlich. Er kam zu Fuß vom Pontchartrain Hotel herunter, wo er Beatrice mit Mary Jane Mayfair zurückgelassen hatte; sie hatten Mary Jane dort im Hotel unterbringen wollen. Beatrice wollte gerade ins Foyer gehen, als sie den Lärm hörte. Sie und Mary Jane haben mitangesehen, was passierte. Er wurde mehrmals von dem Auto überfahren.«

»Dann war es wirklich Mord«, sagte Yuri.

»Keine Frage. Sie haben den Mann gefaßt. Ein Landstreicher. Man hatte ihm Geld gegeben, aber er kennt den Mann nicht, der ihn beauftragt hat. Er hat fünftausend Dollar in bar dafür bekommen, daß er Aaron ermordet. Seit einer Woche hatte er es schon versucht. Die Hälfte des Geldes hatte er schon ausgegeben.«

Yuri wollte am liebsten auflegen. Es kam ihm unmöglich vor, dieses Gespräch fortzusetzen. Er fuhr sich mit der Zungenspitze an der Oberlippe entlang und zwang sich dann, zu sprechen.

»Celia, bitte sagen Sie Mona Mayfair und auch Michael Curry, daß ich in England bin, in Sicherheit. Ich werde mich bald wieder bei Ihnen melden. Ich bin sehr vorsichtig. Richten Sie Beatrice Mayfair mein Beileid aus. Ich sende Ihnen allen ... meine Liebe.«

»Ich werde es ausrichten.«

Er legte auf; wenn sie noch etwas sagte, hörte er es nicht mehr. Jetzt war es still; die sanften Pastellfarben des Schlafzimmers lullten ihn für einen Augenblick ein. Das Licht, das den Spiegel erfüllte, war weich und schön. Jeder Duft in diesem Zimmer war sauber.

Entfremdung, fehlendes Vertrauen. Rom. Aaron, der kam. Aaron, ausgelöscht aus dem Leben – nicht aus der Vergangenheit, aber aus der Gegenwart und aus der Zukunft, ganz und gar.

Er wußte nicht, wie lange er so dagestanden hatte.

Allmählich schien es, als wurzele er für lange, lange Zeit neben der Kommode. Er wußte, daß Ash, der Große, hereingekommen war, aber nicht, um ihn vom Telefon zu lösen.

Und ein tiefer, furchtbarer Schmerz in Yuri wurde plötzlich – und vielleicht auf katastrophale Weise – angerührt von der warmen, mitfühlenden Stimme dieses Mannes.

»Warum weinen Sie, Yuri?«

Er sprach mit der Reinheit eines Kindes.

»Aaron Lightner ist tot«, sagte Yuri. »Ich habe ihn nicht angerufen, als sie versucht haben, mich umzubringen. Ich hätte es tun sollen. Ich hätte ihn warnen müssen ...«

Die harsche Stimme Samuels erreichte ihn von der Tür her.

»Er wußte es, Yuri. Er wußte es. Sie haben mir gesagt, daß er Sie davor gewarnt hat, noch einmal herzukommen, daß er gesagt hat, sie könnten ihn jederzeit erwischen.«

»Ah, aber ich ...«

»Halten Sie nicht schuldbewußt daran fest, mein junger Freund«, sagte Ash.

Yuri fühlte, wie die großen Spinnenhände sich zärtlich um seine Schultern schlossen.

»Aaron ... Aaron war mein Vater«, sagte er monoton. »Aaron war mein Bruder. Aaron war mein Freund.« Schmerz und Schuld brodelten in ihm, und das krasse, gräßliche Grauen des Todes wurde unerträglich. Es erschien ihm unmöglich, daß dieser Mann aus dem Leben gegangen, unwiderbringlich verloren sein sollte.

Es war wie damals als kleiner Junge, als er im Dorf seiner Mutter in Jugoslawien an ihrem Totenbett gestanden hatte. Da hatte er das letzte Mal solchen Schmerz verspürt; er konnte es nicht ertragen. Er biß die Zähne zusammen und fürchtete, daß er auf unmännliche Weise laut weinen, ja, schreien könnte.

»Die Talamasca hat ihn ermordet«, sagte Yuri. »Wer sonst hätte es tun sollen? Lasher – der Taltos – ist tot. Er war es also nicht. Der Taltos hat die Frauen getötet, aber die Männer nicht. Die Talamasca war es.«

»War es Aaron, der den Taltos getötet hat?« fragte Ash. »War er der Vater?«

»Nein. Aber er hat eine Frau dort drüben geliebt. Und jetzt ist vielleicht auch ihr Leben zerstört.«

Er wollte sich im Bad einschließen. Er hatte keine klare Vorstellung von dem, was er da tun wollte. Vielleicht mit angezogenen Knien auf dem Marmorboden sitzen und weinen.

Aber diese beiden seltsamen Individuen wollten davon nichts hören. Besorgt und erschrocken zogen sie ihn ins Wohnzimmer der Suite und setzten ihn dort auf das Sofa. Der Große achtete mit größter Sorgfalt darauf, ihm keine Schmerzen an der Schulter zuzufügen, und der Kleine machte sich eilig daran, Tee aufzubrühen und ihm einen Teller mit Gebäck und Keksen zu bringen, ein klägliches Mahl, aber ein besonders verlockendes.

Yuri hatte das Gefühl, das Feuer brenne zu stark. Sein Puls hatte sich beschleunigt, und er merkte, wie ihm der Schweiß ausbrach. Er zerrte den schweren Pullover rauh über den Kopf, was einen intensiven Schmerz in seiner Schulter hervorrief, bevor er wußte, was er tat. Ehe er daran dachte, daß er unter dem Pullover nichts mehr anhatte, daß er jetzt mit nacktem Oberkörper dasaß und seinen Pullover in der Hand hielt. Er lehnte sich zurück und umschlang den Pullover mit beiden Armen vor der Brust; seine Blöße war ihm unbehaglich.

Er hörte ein leises Geräusch. Der kleine Mann hatte ihm ein weißes Hemd gebracht, das noch um die Wäschereipappe gefaltet war. Yuri nahm es entgegen, schlug es auseinander, knöpfte es auf und zog es über. Es war absurd groß; anscheinend gehörte es Ash. Aber er krempelte die Ärmel auf, knöpfte ein paar Knöpfe zu und war froh, sich verhüllen zu können. Das Hemd fühlte sich behaglich an, wie eine große Pyjamajacke. Der Pullover lag auf dem Teppich. Er sah das Gras daran, die Zweige und die Lehmklümpchen, die daran klebten.

»Und ich hielt mich für so edel«, sagte er, »weil ich ihn nicht anrief und beunruhigte, weil ich abwartete, bis die Wunde verheilt und ich wieder auf den Beinen war, ehe ich ihm Bericht erstattete und ihm bestätigte, daß ich wohlauf sei.«

»Warum sollte die Talamasca Aaron Lightner ermorden?« fragte Ash. Er hatte sich in seinen Sessel zurückgezogen und saß da, die Hände zwischen den Knien gefaltet, kerzengerade, unglaublich und sehr schön.

Lieber Gott – es war, als wäre Yuri bewußtlos geschlagen worden und sähe alles wiederum zum erstenmal. Er sah das schlichte schwarze Armband an Ashs Uhr und die goldene Uhr selbst, mit den Digitalziffern. Er sah den buckligen Rothaarigen am Fenster stehen; er hatte es einen Spaltbreit geöffnet, da das Feuer jetzt regelrecht toste. Yuri spürte den Wind, der sich durch das Zimmer schnitt wie eine eiskalte Klinge. Er sah, wie das Feuer den Rücken krümmte und fauchte.

»Yuri, warum?« fragte Ash.

»Ich kann das nicht beantworten. Ich hatte irgendwie gehofft, daß wir uns irren, daß sie nicht so tief in all das verstrickt seien und daß sie keine unschuldigen Menschen ermordet haben mögen. Daß es eine phantastische Lüge sei, wenn sie behaupteten, sie hätten den weiblichen Taltos, nach dem sie immer gesucht hätten. Ich konnte mir nicht vorstellen, daß sie so schäbige Ziele verfolgen. Oh, ich will Sie damit nicht kränken . . .«

»... natürlich nicht.«

»Ich meine, ich hatte immer geglaubt, daß sie so hehre Absichten hätten, daß ihre ganze Entwicklung so bemerkenswert rein gewesen sei – ein Orden von Gelehrten, die Studien und Aufzeichnungen betrieben, aber niemals eigennützig in den Gegenstand ihrer Wissenschaft eingriffen: Erforscher des Übernatürlichen. Ich glaube, ich war ein Trottel! Sie haben Aaron ermordet, weil er von all dem wußte. Und deshalb müssen sie auch mich ermorden. Sie müssen wieder Routine einkehren lassen im Orden. Sicher beobachtet das Mutterhaus alles. Sicher wollen sie um jeden Preis verhindern, daß ich dort eindringe. Sicher überwachen sie die Telefone. Sie werden in ihrer Wachsamkeit nicht nachlassen und nicht aufhören, mich zu suchen, bis ich tot bin.

Und wer wird dann noch da sein, der sie jagen kann? Der den anderen sagt, was geschehen ist? Der den Brüdern und Schwestern das schreckliche Geheimnis offenbart, daß dieser Orden böse ist... daß die alten Maximen der katholischen Kirche vielleicht immer schon wahr waren: Was übernatürlich und nicht von Gott ist, das ist böse. Den männlichen Taltos zu suchen! Ihn mit dem weiblichen zusammenzubringen...«

Er blickte auf. Ash machte ein trauriges Gesicht. Samuel, der am jetzt geschlossenen Fenster lehnte, sah ebenfalls traurig und besorgt aus. Beruhige dich, dachte Yuri. Sieh zu, daß deine Worte etwas gelten. Verfalle nicht in Hysterie.

Er sprach weiter.

»Sie reden von Jahrhunderten, Ash, wie andere von Jahren. Dann könnte der weibliche Taltos, der bei der Talamasca ist, ebenfalls schon seit Jahrhunderten leben. Vielleicht war es immer schon ihr einziges Ziel. Ein Netz, gesponnen schon in dunklen Zeiten, das so böse ist und so pervers, daß moderne Männer und Frauen es sich überhaupt nicht vorstellen können! Es ist zu einfach – all diese dummen Männer und Frauen, die alle nach einem einzigen Wesen Ausschau halten: nach dem Taltos, einer Kreatur, die sich mit ihrem Gefährten so schnell und so erfolgreich fortpflanzen kann, daß ihre Art im Handumdrehen die Welt erobern würde. Ich frage mich, was sie so selbstsicher sein läßt, diese unsichtbaren, anonymen, geheimnisvollen Ältesten des Ordens, was sie so sicher sein läßt, daß ihnen nicht selbst . . .«

Er verstummte. Darauf war er nie gekommen. Natürlich. War er je mit einem denkenden Wesen in einem Zimmer gewesen, das kein Mensch war? Jetzt war er es, und wer wollte sagen, wie viele solche Spezies noch in unserer behaglichen kleinen Welt lebten und umhergingen und für Menschen gehalten wurden, während sie doch in jeder Hinsicht ihren eigenen Angelegenheiten nachgingen? Taltos. Vampire. Der alte Zwerg mit seiner eigenen Uhr, mit seinem eigenen Groll und seinen Geschichten.

Wie still sie beide waren. Hatten sie wortlos beschlossen, ihn faseln zu lassen?

»Wissen Sie, was ich gern täte?« fragte Yuri.

»Was?« fragte Ash.

»Ins Mutterhaus nach Amsterdam fahren und die Ältesten umbringen. Aber das ist es eben: Ich glaube nicht, daß ich sie dort finden kann. Ich glaube nicht, daß sie im Amsterdamer Mutterhaus sind oder je dort waren. Ich weiß nicht, wer oder was sie sind. Samuel, ich möchte jetzt das Auto haben. Ich muß zu unserem Haus hier in London fahren. Ich muß die Brüder und Schwestern sehen.«

»Nein«, sagte Samuel. »Die werden Sie umbringen.«

»Sie können nicht alle daran beteiligt sein. Das ist meine letzte Hoffnung; wir haben uns von einigen wenigen zum Narren halten lassen. Bitte, ich möchte jetzt mit dem Wagen zum Mutterhaus vor die Stadt hinausfahren. Ich möchte so schnell wie möglich dorthin, bevor irgend jemand etwas merkt, ich möchte die Brüder und Schwestern packen und sie zwingen, mir zuzuhören. Hören Sie, ich muß es tun! Ich muß sie warnen. Aaron ist doch tot!«

Er brach ab; er erkannte, daß er ihnen keine Angst machen konnte, diesen beiden seltsamen Freunden. Der kleine Mann hatte wieder die Arme verschränkt, was grotesk aussah, weil sie so kurz waren und seine Brust so mächtig. Die Hautfalten seiner

Stirn senkten sich zu einem finsteren Blick. Ash beobachtete ihn nur, ohne die Stirn zu runzeln, aber sichtlich besorgt.

»Was kümmert es Sie denn schon, alle beide?« fragte Yuri plötzlich. »Sie haben mir das Leben gerettet, als ich in den Bergen angeschossen wurde. Aber niemand hat Sie darum gebeten. Warum also? Was bin ich denn für Sie?«

Samuel gab ein leises Geräusch von sich, als wollte er sagen: Darauf lohnt es sich nicht zu antworten. Aber Ash antwortete mit sanfter Stimme.

»Vielleicht sind wir ebenfalls Zigeuner, Yuri.«

Yuri gab keine Antwort, aber er glaubte nicht an die Empfindungen, von denen dieser Mann sprach. Er glaubte an gar nichts außer daran, daß Aaron Lightner tot war. Er stellte sich Mona vor, seine kleine, rothaarige Hexe. Er sah sie vor sich, das bemerkenswerte kleine Gesicht, den mächtigen Schleier aus roten Haaren. Er sah ihre Augen. Aber er fühlte nichts für sie. Er wünschte sich von ganzem Herzen, sie wäre hier.

»Nichts, ich habe nichts«, flüsterte er.

»Yuri«, sagte Ash. »Bitte hören Sie, was ich Ihnen sage. Die Talamasca wurde nicht gegründet, um den Taltos zu suchen. Das können Sie mir glauben; ich gebe Ihnen mein Wort. Und auch wenn ich von den Ältesten des Ordens heutzutage nichts weiß, so habe ich sie doch in der Vergangenheit gekannt: Nein, Yuri, sie waren damals keine Taltos, und ich kann nicht glauben, daß sie heute Taltos sein sollen. Was wären sie denn, Yuri? Weibliche Vertreter unserer Spezies?«

Er sprach weiter, ohne Hast und sanft, aber mit äußerster Kraft.

»Ein weiblicher Taltos ist so mutwillig und kindlich wie ein männlicher«, sagte er. »Ein weiblicher Taltos wäre auf der Stelle zu diesem Lasher gegangen. Eine Frau, die nur unter Frauen lebte, hätte sich daran nicht hindern lassen. Warum sterbliche Männer ausschicken, damit sie einen solchen Schatz, einen solchen Gegner einfangen? Oh, ich weiß, für Sie sehe ich nicht furchterregend aus, aber Sie würden sich vielleicht wundern, wenn ich Ihnen meine Geschichten erzählte. Trösten Sie sich:

Nicht die Ältesten haben die eingeschworenen Ziele der Talamasca unterwandert, sondern es existiert da eine kleine Kumpanei von Mitgliedern, welche die Geheimnisse des alten Volkes entdeckt haben.«

Ash schwieg. Es war, als sei plötzlich eine Musik verstummt, die zwischen ihnen in der Luft geklungen hatte. Ash musterte Yuri aus geduldigen, ehrlichen Augen.

»Sie müssen recht haben«, sagte Yuri leise. »Ich könnte es nicht ertragen, wenn Sie nicht recht hätten.«

»Es steht in unserer Macht, die Wahrheit zu entdecken«, sagte Ash. »Wir drei zusammen. Und um offen zu sein: Ich mochte Sie zwar gleich, als ich Sie sah, und würde Ihnen helfen, weil Sie eine verwandte Seele sind und weil mein Herz Ihnen allgemein wohlgesonnen ist – aber ich muß Ihnen aus einem anderen Grund helfen. Ich erinnere mich an die Zeit, als es noch keine Talamasca gab. Ich erinnere mich an die Zeit, als sie aus einem einzigen Mann bestand. Ich erinnere mich, daß ihre Katakomben eine Bibliothek enthielten, die nicht größer war als dieses Zimmer. Ich erinnere mich, wie es zwei Mitglieder wurden, dann drei und später fünf, und dann waren es zehn. Ich erinnere mich an all das; und die, die da zusammenkamen, um die Talamasca zu gründen, ich kannte sie alle und liebte sie. Und natürlich liegt mein eigenes Geheimnis, meine eigene Geschichte, irgendwo verborgen in ihren Dokumenten, in den Unterlagen, die jetzt in moderne Sprachen übersetzt und elektronisch gespeichert werden.«

»Er will damit sagen«, unterbrach Samuel schroff und trotz seines Ärgers akzentuiert, »wir wollen nicht, daß die Talamasca unterwandert wird. Wir wollen nicht, daß ihre Natur sich ändert. Die Talamasca weiß zuviel über uns, als daß wir etwas Derartiges hinnehmen könnten. Sie weiß zuviel über zu viele Dinge. Für mich ist es eigentlich keine Frage der Loyalität. Ich will bloß in Ruhe gelassen werden.«

»Aber ich spreche durchaus von Loyalität«, sagte Ash. »Ich spreche von Liebe und von Dankbarkeit. Von vielen Dingen spreche ich.«

»Ja, das verstehe ich jetzt«, sagte Yuri. Er merkte, daß er müde wurde – das unausweichliche Ende eines emotionalen Tumults, das bleierne Bedürfnis des Besiegten nach Schlaf.

»Wenn sie von mir wüßten«, sagte Ash mit leiser Stimme, »würde diese kleine Gruppe mich sicher jagen wollen, wie sie auch kam, um sich dieses Wesen Lasher zu holen.«

Yuri hatte angefangen zu weinen. Er gab keinen Laut von sich. Die Tränen flossen nicht über. Aber seine Augen füllten sich mit Wasser. Er starrte die Teetasse an. Er hatte nichts von dem Tee getrunken, und jetzt war er kalt. Er nahm die Leinenserviette, faltete sie auseinander und wischte sich damit die Augen ab. Sie war zu rauh, aber das kümmerte ihn nicht.

»Ich will nicht der Schutzengel der Talamasca sein«, sagte Ash. »Das habe ich nie gewollt. Aber es ist auch in der Vergangenheit vorgekommen, daß der Orden bedroht war. Ich werde nicht mitansehen, wie der Orden kompromittiert oder vernichtet wird, wenn ich es verhindern kann.«

»Es gibt viele Gründe, Yuri«, sagte Samuel, »weshalb eine kleine Bande von Renegaten in der Talamasca versuchen könnten, diesen Lasher zu fangen. Stellen Sie sich vor, was für eine Trophäe er gewesen wäre. Es sind vielleicht Menschen, die einen Taltos ohne vernünftigen Grund einfangen würden. Es sind keine Männer der Wissenschaft, der Magie oder der Religion. Es sind nicht mal Gelehrte. Aber sie wollen diese seltene, unbeschreibliche Kreatur haben. Sie wollen sie natürlich anschauen, mit ihr reden, sie untersuchen, sie kennenlernen und sie unter ihren wachsamen Augen weiterzüchten.«

»Vielleicht wollen sie sie haben, um sie in Stücke zu hacken«, sagte Ash. »Beklagenswert, aber sie wollen sie haben, um sie mit Nadeln zu stechen und zu sehen, ob sie schreit.«

»Ja, das ist so plausibel«, sagte Yuri. »Eine Verschwörung von außen. Renegaten oder Fremde. Ich bin müde. Ich muß schlafen, in einem Bett. Ich weiß nicht, warum ich so schreckliche Dinge zu Ihnen beiden gesagt habe.«

»Ich weiß es«, sagte der Zwerg. »Ihr Freund ist tot. Ich war nicht da, um auch ihn zu retten.«

»Der Mann, der versucht hat, Sie zu ermorden . . .«, sagte Ash. »Haben Sie ihn getötet?«

Samuel übernahm die Antwort. »Nein, *ich* habe ihn getötet. Eigentlich nicht mal mit Absicht. Aber wenn ich ihn nicht vom Felsen gestoßen hätte, hätte er noch einen Schuß auf den Zigeuner abgefeuert. Ich muß gestehen, ich hab's eigentlich aus Übermut getan, denn Yuri und ich hatten noch kein Wort miteinander gewechselt. Da stand bloß dieser Mann und zielte mit einer Pistole auf einen anderen Mann. Seine Leiche liegt im Glen. Gut möglich, daß die Kleinen Leute ihn haben liegenlassen, wo er hingefallen ist.«

Yuri sagte gar nichts. Undeutlich war ihm bewußt, daß er den Toten hätte suchen müssen. Er hätte ihn untersuchen, ihm die Ausweispapiere abnehmen müssen. Aber das war wirklich nicht gegangen, in Anbetracht seiner Verletzung und des unwegsamen Geländes. Und es schien irgendwie gerecht zu sein, daß die Leiche nun für allezeit in der Wildnis von Donnelaith verloren war und daß das Kleine Volk sie dort verrotten ließ.

Das Kleine Volk.

Noch im Fallen waren seine Augen auf das Spektakel der kleinen Männchen dort unten in der Grasmulde gerichtet gewesen. Sie hatten getanzt wie ein Schwarm verwachsener, moderner Rumpelstilzchen. Das Licht der Fackeln war das letzte gewesen, was er wahrgenommen hatte, bevor ihm das Bewußtsein schwand.

Als er die Augen wieder geöffnet und Samuel vor sich gesehen hatte, seinen Retter mit dem Halfter und der Pistole und einem Gesicht, so ausgemergelt und alt, daß es aussah wie das Wurzelgewirr am Fuße eines Baumes, da hatte er gedacht: Sie sind gekommen, um mich umzubringen. Aber ich habe sie gesehen. Ich wünschte, ich könnte Aaron davon erzählen. Ich habe sie gesehen, die Kleinen Leute . . .

»Es ist eine Gruppe von außerhalb der Talamasca«, sagte Ash und riß ihn aus seinen Gedanken. »Nicht von innen.«

Taltos, dachte Yuri. Und jetzt habe ich den Taltos gesehen. Ich bin in einem Zimmer mit diesem Wesen, das der Taltos ist.

Samuel ergriff das Wort, und es klang ein wenig ätzend, als er fragte: »Woher weißt du, daß es keine Gruppe von innerhalb der Talamasca ist?«

Er sah ganz anders aus als in jener Nacht in Lumpenwams und Kniehosen. Dort hatte er am Feuer gehockt wie eine grausige Kröte; er hatte seine Kugeln gezählt und die Lücken in seinem Patronengurt aufgefüllt, er hatte seinen Whisky getrunken und ihn immer wieder auch Yuri angeboten. So betrunken war Yuri noch nie im Leben gewesen. Aber aus medizinischen Gründen, nicht wahr?

»Rumpelstilzchen«, hatte Yuri gesagt, und der kleine Mann hatte geantwortet: »Sie können mich so nennen, wenn Sie wollen. Man hat mich schon Schlimmeres genannt. Aber mein Name ist Samuel.«

»In welcher Sprache singen sie?« *Und wann hören sie auf mit dem Gesinge und Getrommel!*

»In unserer Sprache. Seien Sie jetzt still. Ich kann sonst nicht zählen.«

Jetzt saß der kleine Mann behaglich zurückgelehnt in einem zivilisierten Sessel wie in einem Nest, er war in zivilisierte Kleidung gehüllt und musterte eifrig den wunderbaren, weidenschlanken Riesen Ash, der sich mit seiner Antwort Zeit ließ.

»Ja«, sagte Yuri, mehr um sich aus seinen Gedanken herauszureißen als aus irgendeinem anderem Grund. »Wie kommen Sie darauf, daß es eine Gruppe von außen ist?« Vergiß die Kälte und die Dunkelheit und die Trommeln – und den rasenden Schmerz von der Kugel.

»Es ist zu täppisch«, sagte Ash. »Die Kugel aus einer Pistole. Das Auto, das auf den Gehweg rast und Aaron Lightner überfährt. Es gibt viele mühelose Arten, einen Menschen zu töten, bei denen kaum jemand etwas merkt. Die Gelehrten wissen das immer; sie haben es gelernt beim Studium der Hexen und Zauberer und anderer Fürsten der *maleficia*. Nein. Sie würden nicht ins Glen ziehen und einem Mann nachpirschen, als wäre er Jagdwild. Das kann nicht sein.«

»Ash, die Pistole ist heute die Waffe des Glen«, wandte Samuel spöttisch ein. »Warum sollten Zauberer keine Pistolen benutzen, wenn die Kleinen Leute sie benutzen?«

»Sie ist ein Spielzeug des Glen«, sagte Ash ruhig. »Und das weißt du. Die Männer der Talamasca sind keine Ungeheuer, die gejagt und bespitzelt werden, sich aus der Welt in die Wildnis zurückziehen müssen oder Angst in den Herzen der Menschen entfachen, wenn sie gesehen werden. Nein, nicht aus dem Kreise der Ältesten der Talamasca ist diese Bedrohung gekommen, sondern sie ist das Verdrießlichste, was man sich nur vorstellen kann: eine kleine Gruppe von Außenstehenden, die zufällig bestimmte Informationen in die Hände bekommen haben, die sie nun zu glauben belieben. Bücher, Disketten, wer weiß? Vielleicht wurden ihnen diese Geheimnisse sogar von Bediensteten verkauft . . .«

»Dann müssen wir ihnen vorkommen wie Kinder«, stellte Yuri fest. »Wie Mönche und Nonnen, die wir alle unsere Aufzeichnungen und Akten mit dem Computer erfassen, alte Geheimnisse sammeln und in Datenbanken stopfen.«

»Wer war der Hexenmeister, der dem Taltos zum Vater wurde? Wer hat ihn getötet?« fragte Ash plötzlich mit Nachdruck. »Sie haben gesagt, Sie verraten es mir, wenn ich Ihnen bestimmte Dinge erzähle. Was kann ich Ihnen noch geben? Ich war mehr als aufrichtig. Wer ist dieser Hexer, der einen Taltos zeugen kann?«

»Er heißt Michael Curry«, sagte Yuri. »Und sie werden wahrscheinlich versuchen, auch ihn zu ermorden.«

»Nein, das wäre doch nicht in ihrem Sinne, oder?« widersprach Ash. »Im Gegenteil, sie werden versuchen, die Paarung noch einmal zustandezubringen. Die Hexe Rowan . . .«

»Kann keine Kinder mehr bekommen«, sagte Yuri. »Aber es gibt andere, eine ganze Familie, und eine ist dabei, die so mächtig ist, daß selbst . . .«

Yuri wurde der Kopf schwer. Er preßte die rechte Hand an die Stirn und fühlte enttäuscht, daß sie so warm war. Wenn er sich vorbeugte, wurde ihm übel. Langsam ließ er sich zurücksinken und bemühte sich, seine Schulter nicht zu zerren oder ruckhaft zu bewegen, und dann schloß er die Augen. Er schob die Hand in die Hosentasche, zog sein kleines Portemonnaie heraus und öffnete es.

Aus dem verborgenen Fach zog er das kleine, sehr bunte Schulfoto von Mona: sein Liebling mit ihrem Lächeln, ihren gleichmäßigen Zähnen und dem wüsten Schopf von krausem roten Haar. Kindhexe, geliebte Hexe – aber Hexe ohne Frage.

Wieder wischte Yuri sich über die Augen und den Mund. Seine Hand zitterte so sehr, daß Monas hübsches Gesicht vor seinen Augen verschwamm.

Er sah, wie Ash die Ränder des Fotos mit langen, schmalen Fingern berührte. Der Taltos stand über ihm, den einen langen Arm hinter ihm auf die Sofalehne gestützt, während er mit der anderen Hand ruhig das Bild hielt, um es zu betrachten.

»Aus derselben Linie wie die Mutter?« fragte er leise.

Plötzlich zog Yuri das Foto an sich und drückte es flach an seine Brust. Er krümmte sich nach vorn; wieder wurde ihm übel, und der Schmerz in seiner Schulter ließ ihn für einen Augenblick erstarren.

Ash wich höflich zurück und trat an den Kamin. Das Feuer war ein wenig heruntergebrannt. Ash legte die Hände auf das Kaminsims Sein Rücken war sehr gerade, seine Haltung beinahe militärisch; sein volles, dunkles Haar lockte sich über dem Kragen und bedeckte seinen Nacken vollständig. Von seinem Platz aus konnte Yuri das Weiß in den Haaren nicht sehen, nur tiefdunkle Locken, bräunlich schwarz.

»Dann werden sie also versuchen, sie in ihre Gewalt zu bringen«, sagte Ash, ohne sich umzudrehen und gerade so laut wie nötig. »Sie oder eine andere Hexe aus dieser Familie.«

»Ja«, sagte Yuri. Er war benommen und erregt zugleich. Wie hatte er denken können, daß er sie nicht liebte? Wie hatte sie plötzlich so weit von ihm entfernt sein können? »Sie werden versuchen, sie zu holen. O mein Gott, aber wir haben ihnen in die Hände gespielt«, sagte er; erst jetzt begriff er es, begriff es vollständig. »Guter Gott, wir haben in ihrem Sinne gearbeitet.

Computer! Aufzeichnungen! Es ist genau das, was im Orden passiert ist!«

Er sprang auf. Seine Schulter pochte. Es kümmerte ihn nicht. Noch immer preßte er das Bild mit der flachen Hand an sein Hemd.

»Inwiefern haben wir ihnen in die Hände gespielt?« fragte Ash. Er drehte sich um, und der Feuerschein flackerte ihm übers Gesicht, so daß seine Augen fast so grün waren wie Monas und seine Krawatte aussah wie ein dunkler Blutfleck.

»Die genetischen Untersuchungen«, sagte Yuri. »Die ganze Familie unterzieht sich genetischen Tests, damit sich nie wieder Hexe mit Hexe paart und womöglich einen Taltos zeugt. Begreifen Sie nicht? Da werden Aufzeichnungen zusammengetragen, genetische, genealogische, medizinische Daten. In diesen Aufzeichnungen wird stehen, wer eine mächtige Hexe ist und wer nicht. Lieber Gott, sie werden dann wissen, wen sie sich holen müssen. Sie werden es besser wissen als der törichte Taltos! Mit diesem Wissen haben sie eine Waffe, die er nie hatte. Oh, er versuchte sich mit vielen von ihnen zu paaren. Er hat sie alle umgebracht. Alle starben, ohne ihm zu geben, was er wollte: ein weibliches Kind. Aber . . .«

»Darf ich das Bild der jungen rothaarigen Hexe noch einmal sehen?« bat Ash schüchtern.

»Nein«, sagte Yuri. »Das dürfen Sie nicht.«

Das Blut pochte ihm im Gesicht. Er spürte etwas Nasses an der Schulter. Er hatte sich die Wunde aufgerissen. Und Fieber hatte er auch.

»Das dürfen Sie nicht«, wiederholte er und starrte Ash an.

Ash sagte nichts.

»Bitte fragen Sie mich nicht danach«, sagte Yuri. »Ich brauche Sie. Ich brauche Ihre Hilfe sehr, aber bitten Sie mich nicht, Ihnen ihr Gesicht zu zeigen. Nicht jetzt.«

Die beiden schauten einander an. Dann nickte Ash.

»Also gut«, sagte er. »Selbstverständlich werde ich Sie nicht wieder bitten, es mir zu zeigen. Aber eine so starke Hexe zu lieben ist sehr gefährlich. Das wissen Sie, oder?«

Yuri antwortete nicht. Im Augenblick wußte er alles – daß Aaron tot war, daß Mona bald etwas zustoßen konnte, daß ihm fast alles, was er je geliebt und geschätzt hatte, genommen worden war, fast alles, und daß ihm nur noch eine kärgliche Hoffnung auf Glück oder Zufriedenheit oder Freude geblieben war, und daß er zu schwach und müde und verletzt war, um noch zu denken, und daß er sich im Zimmer nebenan in das Bett legen mußte, auf das er vorhin nicht einmal einen Blick zu werfen gewagt hatte, das erste Bett, das er gesehen hatte, seit die Kugel ihn getroffen und beinahe getötet hatte. Er wußte, niemals, niemals hätte er Monas Bild diesem Wesen zeigen dürfen, das dort stand und ihn mit trügerischer Sanftmut und scheinbar unübertrefflicher Geduld anschaute. Und er wußte, daß er jetzt gleich an Ort und Stelle umfallen würde.

»Kommen Sie, Yuri«, sagte Samuel mit mürrischer Behutsamkeit und kam auf ihn zu. Eine knorrige Hand griff nach Yuris. »Ich bringe Sie jetzt ins Bett. Schlafen Sie. Wenn Sie aufwachen, warten wir mit einem warmen Abendessen auf Sie.«

Yuri ließ sich zur Tür führen.

Dann ging er ins Schlafzimmer und fiel zu seiner eigenen Überraschung benommen auf das Bett. Der kleine Mann zog ihm die Schuhe aus.

Er hörte, wie die Tür sich schloß, aber er öffnete die Augen nicht. Er glitt bereits davon, weg von allem, und in einem Lichtstrahl traumhafter Realität, der ihn erfaßte und aufschrekken ließ, sah er Mona, die auf der Bettkante saß und ihn aufforderte, zu kommen. Das Haar zwischen ihren Beinen war rot, aber dunkler als das auf ihrem Kopf.

Er klappte die Augen auf. Zuerst war ihm nur die tiefe Dunkelheit bewußt, die Abwesenheit eines Lichts, das hätte da sein müssen. Dann erkannte er nach und nach, daß Ash neben ihm stand und auf ihn herabschaute. Von instinktiver Angst und Abscheu erfaßt, blieb Yuri still liegen und rührte sich nicht; sein Blick war starr nach vorn gerichtet und fixierte den Stoff von Ashs langem Mantel.

»Ich werde Ihnen das Bild nicht wegnehmen, wenn Sie schlafen«, flüsterte Ash. »Keine Angst. Ich bin nur gekommen, um Ihnen zu sagen, daß ich heute nacht noch in den Norden fahren und das Glen besuchen muß. Morgen werde ich zurück sein, und dann ist es wichtig, daß ich Sie hier antreffe.«

»Ich war nicht sehr clever, nicht wahr?« sagte Yuri. »Daß ich Ihnen ihr Bild gezeigt habe. Ich war ein Trottel.«

Er starrte immer noch den dunklen Wollstoff an. Dann sah er Ashs rechte Hand mit den weißen Fingern vor seinem Gesicht. Langsam drehte er sich um und blickte auf, und die Nähe des großen Gesichts erfüllte ihn mit Grausen, aber er gab keinen Laut von sich. Er spähte in die Augen, die ihn mit glasiger Neugier betrachteten, und richtete den Blick dann auf den üppigen Mund.

»Ich glaube, ich werde wahnsinnig«, sagte Yuri.

»Nein, das werden Sie nicht«, antwortete Ash. »Aber Sie müssen anfangen, von jetzt an klug zu sein. Schlafen Sie. Haben Sie keine Angst vor mir. Und bleiben Sie hier, in Sicherheit, bei Samuel, bis ich zurückkomme.«

4

Das Leichenschauhaus war klein und schmutzig und bestand aus lauter Kämmerchen mit alten weißen Kacheln an den Wänden und auf den Fußböden, mit verrosteten Abflüssen und ächzenden Eisentischen.

Nur in New Orleans, dachte sie, konnte es so aussehen. Nur hier würden sie einem dreizehnjährigen Mädchen erlauben, sich dem Leichnam zu nähern und ihn anzuschauen und in Tränen auszubrechen.

»Geh hinaus, Mona«, sagte sie. »Ich will Aaron untersuchen.« Ihre Beine zitterten, und mit ihren Händen war es noch viel schlimmer. Es war wie in dem alten Witz: Man sitzt da und zuckt krampfhaft, jemand fragt: »Was machen Sie beruflich?« und man antwortet: »Ich bin G-g-g-gehirnchirurgin.«

Sie stützte sich mit der linken Hand auf und lüftete das blutige Laken. Das Gesicht hatte der Wagen nicht zerstört: Es war Aaron.

Dies war nicht der Ort, ihm die letzte Ehre zu erweisen, sich zu erinnern an seine mannigfaltige Güte und seine vergeblichen Versuche, ihr zu helfen. Ein einziges Bild vielleicht flackerte hell genug, um den Schmutz zu überstrahlen, den Gestank, die Schmach, die diesen einst so würdevollen Körper wie ein jämmerliches Häuflein auf den besudelten Tisch geworfen hatte.

Aaron Lightner beim Begräbnis ihrer Mutter. Aaron Lightner, wie er ihren Arm nahm und sie durch die Menge dieser Wildfremden führte, die ihre Verwandten waren, zum Sarg ihrer Mutter. Aaron Lightner, der gewußt hatte, daß Rowan genau das tun wollte und tun mußte: den hübschen, geschminkten und parfümierten Leichnam Deirdre Mayfairs anzuschauen.

Keine Kosmetik hatte diesen Mann berührt, der hier lag, das weiße Haar so glänzend, wie es immer gewesen war, Symbol seiner Weisheit wie auch einer ungewöhnlichen Vitalität. Die blassen Augen nicht geschlossen, aber unverkennbar tot. Sein Mund war entspannt und hatte vielleicht die vertraute, freundlichere Form angenommen, Merkmal eines Lebens, das mit erstaunlich wenig Bitterkeit, Zorn oder finsterem Humor gelebt worden war.

Sie legte ihm die Hand auf die Stirn und bewegte den Kopf ganz leicht hin und her. Sie schätzte, daß der Todeszeitpunkt weniger als zwei Stunden zurücklag.

Der Brustkorb war zerquetscht. Blut durchfeuchtete Hemd und Jackett. Zweifellos war die Lunge sofort zusammengefallen, und vielleicht war schon vorher das Herz zerrissen.

Sanft berührte sie seine Lippen, zog sie auseinander wie eine Liebende, die mit ihm spielte und sich anschickte, ihn zu küssen, dachte sie. Ihre Augen waren feucht, und das Gefühl der Trauer war plötzlich so übermächtig, daß die Düfte von Deirdres Begräbnis zurückkehrten, das alles umschließende Parfüm duftender weißer Blumen. Sein Mund war voll Blut.

Sie schaute die Augen an, die ihren Blick nicht erwiderten.

Dich zu kennen, dich zu lieben! Sie beugte sich dicht darüber. Ja, er war auf der Stelle gestorben. Vom Herzen her, nicht vom Gehirn. Sie strich über die Lider, daß sie sich schlossen, und ließ die Finger dort ruhen.

Wer in diesem Gewölbe würde denn eine ordentliche Autopsie durchführen? *Sieh dir die Flecken an den Wänden an. Rieche den Gestank aus den Schubfächern.*

Sie zog das Laken weiter zurück und riß es dann beiseite, ungeschickt oder ungeduldig, sie wußte es nicht genau. Das rechte Bein war zermalmt. Offensichtlich waren ein Teil des Unterschenkels und der Fuß abgerissen und in das Hosenbein zurückgestopft worden. Die rechte Hand hatte nur noch drei Finger, die beiden anderen waren brutal abgerissen, restlos. Ob jemand die Finger eingesammelt hatte?

Sie hörte ein knirschendes Geräusch. Der chinesische Kriminalpolizist kam herein; etwas Erde unter seinen Sohlen machte dieses schreckliche Geräusch auf dem Kachelboden.

»Alles okay, Doktor?«

»Ja«, sagte sie. »Ich bin fast fertig.« Sie ging um den Tisch herum auf die andere Seite. Sie legte die Hand auf Aarons Kopf, auf den Hals, und sie stand still da und dachte, lauschte, tastete.

Es war der Autounfall gewesen, schlicht und brutal. Wenn er gelitten hatte, dann schwebte davon kein Bild mehr in seiner Nähe. Wenn er darum gekämpft hatte, nicht zu sterben, dann würde auch dies für allezeit unbekannt bleiben. Beatrice hatte gesehen, wie er versuchte, dem Wagen auszuweichen; das glaubte sie jedenfalls. Mary Jane Mayfair hatte berichtet: »Er wollte noch aus dem Weg springen. Aber es ging nicht.«

Schließlich trat sie zurück. Sie mußte sich die Hände waschen, aber wo? Sie ging zum Waschbecken, drehte den antiken Wasserhahn auf und ließ sich das Wasser über die Finger fluten. Dann drehte sie es ab, stopfte die Hände in die Taschen ihres Baumwollmantels und ging an dem Cop vorbei in den kleinen Vorraum vor den Schubfächern mit den Toten, auf die keiner Anspruch erhob.

Michael war da. Er hatte eine Zigarette in der Hand, sein

Hemdkragen stand offen, und er wirkte völlig entkräftet von der Trauer und der Last des Tröstens.

»Du willst ihn sehen?« fragte sie. Der Hals tat ihr noch weh, aber das war ihr völlig gleichgültig.

»Ich glaube nicht«, sagte Michael. »Ich war noch nie in dieser Lage. Wenn du sagst, er ist tot, und das Auto hat ihn getötet, und ich kann nichts weiter dabei erfahren, dann will ich ihn nicht sehen.«

»Das verstehe ich.«

»Von dem Geruch hier wird mir schlecht. Mona ist es schon schlecht.«

»Es gab eine Zeit, da war ich daran gewöhnt«, sagte sie.

Er trat dicht an sie heran, faßte ihren Nacken mit seiner großen, rauhen Hand und küßte sie auf eine unbeholfene Weise, die ganz anders war als die zärtliche, entschuldigende Art, wie er sie in den Wochen ihres Schweigens geküßt hatte. Ihn schauderte am ganzen Leibe, und sie öffnete die Lippen und erwiderte seinen Kuß und zerquetschte ihn mit den Armen oder versuchte es doch wenigstens.

»Ich muß hier raus«, sagte er.

Sie trat nur einen Schritt zurück und warf noch einen Blick in den anderen Raum, wo der blutige Haufen lag. Der chinesische Cop hatte das Laken wieder darübergezogen, aus Respekt vielleicht, oder auch aus Routine.

Michael starrte die Schubfächer an der Wand gegenüber an. Leichen, die darin lagen, verströmten den gräßlichen Gestank. Sie schaute hinüber. Ein Schubfach stand einen Spaltbreit offen, vielleicht weil es sich nicht schließen ließ. Sie konnte sehen, daß zwei Tote darin lagen; der braune Kopf des einen war aufwärts gewandt, und die rosigen, verschimmelten Füße des anderen lagen unmittelbar darauf. Auch auf dem Gesicht war grünlicher Schimmel. Aber das Grauenhafte war nicht der Schimmel; es war die Art, wie die beiden aufeinandergestapelt waren. Die Toten, auf die niemand Anspruch erhob, auf ihre Art so intim vereint wie ein Liebespaar.

»Ich kann nicht mehr . . .«, sagte Michael.

»Ich weiß. Komm.«

Als sie ins Auto stiegen, hatte Mona aufgehört zu weinen. Sie starrte aus dem Fenster, so tief in Gedanken versunken, daß sie sich jedes Gespräch, jede Ablenkung verbat. Ab und zu drehte sie sich um und warf Rowan einen Blick zu. Rowan erwiderte den Blick, fühlte seine Kraft und seine Wärme. Drei Wochen lang hatte sie dem Kind zugehört, wie es ihr sein Herz ausschüttete – eine wunderbare Ladung Lyrik, die für Rowan in ihrem schlafwandlerischen Zustand oft zu schlichtem Geräusch geworden war –, und in dieser Zeit hatte sie Mona vorbehaltlos liebgewonnen.

Erbin. Die das Kind gebären wird, welches das Vermächtnis weitertragen wird. Kind mit einem Mutterleib und mit den Leidenschaften einer erwachsenen Frau. Kind, das Michael in den Armen gehalten hatte, der in ihrem Überschwang und ihrer Ahnungslosigkeit nicht für sein ramponiertes Herz gefürchtet hatte, der nicht Angst gehabt hatte, auf dem Höhepunkt der Leidenschaft zu sterben. Und er war nicht gestorben. Er hatte sich aus seinem Invalidenzustand erhoben und sich auf die Heimkehr seiner Frau vorbereitet! Und jetzt lastete die Schuld, viel zu berauschend, auf Mona und mischte all die mächtigen Dosen, die sie schon hatte schlucken müssen, weiter durcheinander.

Niemand sprach, während der Wagen anfuhr.

Rowan saß neben Michael, ein kleines Häuflein an seiner Seite; sie widerstand dem Drang zu schlafen, sich wieder zu verlieren in den Gedanken, die dahinströmten, so stetig und unerschütterlich wie ein Fluß, Gedanken wie diejenigen, die sie jetzt wochenlang behutsam eingehüllt hatten, Gedanken, durch die Worte und Taten so langsam und sanft gedrungen waren, daß sie sie kaum erreicht hatten – Stimmen nur, die durch rauschendes Wasser zu ihr gesprochen hatten.

Sie wußte, was sie tun würde. Es würde noch einen schrecklichen, schrecklichen Schlag für Michael bedeuten.

Im Haus herrschte reges Treiben. Wieder war es von Wachleuten umgeben. Das überraschte keinen von ihnen. Und Rowan brauchte keine Erklärungen. Niemand wußte, wer den Mann angeheuert hatte, der Aaron Lightner überfahren hatte.

Celia war gekommen und hatte Bea unter ihre Fittiche genommen; sie war mit ihr in Aarons altes Gästezimmer im ersten Stock gegangen und ließ sie »sich ausweinen«. Ryan Mayfair war auch zugegen, der Mann, der in seinem Anzug, mit seiner Krawatte stets bereit für Gericht oder Kirche war; umsichtig sprach er über das, was die Familie jetzt zu tun hatte.

Natürlich blickten sie alle auf Rowan. Sie hatte diese Gesichter an ihrem Bett gesehen. Sie hatte sie in jenen langen Stunden im Garten an sich vorbeiziehen sehen.

Doch jetzt hatte sie einen rasenden Hunger, und im Eßzimmer war ein Büffett nach Art der Mayfairs aufgebaut.

Michael füllte ihr einen Teller, bevor irgend jemand anderes es tun konnte. Sie setzte sich ans Kopfende des Eßtisches und aß, und dabei beobachtete sie, wie die anderen in kleinen Gruppen hierhin und dorthin wanderten. Sie trank gierig ein Glas Eiswasser. Sie ließen sie in Ruhe, aus Respekt oder aus Hilflosigkeit. Was hätten sie auch zu ihr sagen sollen? Die meisten wußten sehr wenig von dem, was tatsächlich passiert war. Ihre Entführung, wie sie es nannten, würden sie nie verstehen, ihre Gefangenschaft, die Angriffe, die gegen sie unternommen worden waren. Was für gute Leute sie doch waren. Sie waren von ehrlicher Fürsorge erfüllt, aber sie konnten jetzt nichts tun; sie konnten sie nur in Ruhe lassen.

Mona stand neben ihr. Mona beugte sich herunter und gab ihr einen Kuß auf die Wange; sie tat es sehr langsam, so daß Rowan sie jederzeit hätte daran hindern können. Aber Rowan tat es nicht. Im Gegenteil, sie packte Monas Handgelenk, zog sie dicht an sich heran und küßte sie wieder; sie genoß es, die weiche Babyhaut zu fühlen, und dachte nur flüchtig daran, wie Michael diese Haut gefallen haben mußte – sie zu sehen, zu berühren, zu durchdringen.

»Ich gehe nach oben in die Falle«, sagte Mona. »Ich bin da, wenn du mich brauchst.«

»Ich brauche dich«, sagte sie, aber sie sagte es mit leiser

Stimme, so daß Michael es vielleicht nicht hören würde. Michael saß neben ihr, schaufelte von einem Teller sein Essen in sich hinein und spülte es mit einer Dose kaltem Bier hinunter.

»Yeah, okay«, sagte Mona. »Ich lege mich nur hin.« Ein angstvoller Ausdruck lag auf ihrem Gesicht. Müdigkeit, Trauer und Angst.

»Wir brauchen uns jetzt gegenseitig«, sagte Rowan so leise sie konnte. Die Augen des Kindes waren starr auf sie gerichtet, und sie schauten einander an.

Mona nickte, und dann ging sie, ohne sich auch nur kurz von Michael zu verabschieden.

Die Unbeholfenheit der Schuldbewußten, dachte Rowan.

Jemand im vorderen Zimmer lachte plötzlich. Es schien, daß die Mayfairs immer lachten, was auch passieren mochte. Als sie oben im Sterben gelegen und Michael weinend an ihrem Bett gesessen hatte, da hatten Leute im Haus gelacht. Sie erinnerte sich, daß sie darüber nachgedacht hatte, auf unbeteiligte Weise über beide Laute nachgedacht hatte, ohne Schrecken, ohne Reaktion. Die Wahrheit war, daß Lachen stets vollkommener klang als Weinen. Das Lachen floß in wilden Kaskaden und war immer mühelos melodisch. Weinen klang oft unterdrückt, erstickt, halb erwürgt, oder man unterwarf sich ihm demütig.

Michael verschlang die letzten Reste von Roastbeaf, Reis und Sauce und trank sein Bier aus. Sofort kam jemand herüber und stellte ihm eine neue Dose neben den Teller; er nahm sie und trank sie gleich halb leer.

»Ist das gut für dein Herz?« murmelte sie. Er reagierte nicht.

Sie schaute auf ihren Teller. Auch sie hatte ihre Portion verzehrt.

Daß er sie liebte, war ein ebensolches Wunder wie alles, was ihr passiert war, wie überhaupt alles, was irgend jemandem in diesem Haus passiert war. Und wenn man es sich genau überlegte, dachte sie, war alles in diesem Haus passiert. Sie fühlte sich hier verwurzelt, mit dem Haus verbunden auf eine Weise, wie sie es anderswo nie empfunden hätte – nicht einmal an Bord der *Sweet Christine*, wenn sie sich tapfer durch das Golden Gate gepflügt hatte. Sie spürte mit kraftvoller Gewißheit, daß dies ihr Zuhause war und daß es immer so sein würde; und während sie auf ihren Teller starrte, dachte sie an den Tag, an dem Michael und sie zusammen durch das Haus gewandert waren, als sie die Speisekammer geöffnet und all dieses alte Porzellan gefunden hatten, dieses kostbare Porzellan und das Silber.

Und doch könnte all das zugrundegehen, könnte ihr und ihnen alles entrissen und davongewirbelt werden im Sturm eines heißen Atems, des Atems aus dem Schlund der Hölle. Was hatte ihre neue Freundin Mona Mayfair noch vor wenigen Stunden gesagt? »Rowan, es ist noch nicht vorbei.«

Nein, noch nicht vorbei. Und Aaron? Hatten sie überhaupt das Mutterhaus angerufen, um seine ältesten Freunde wissen zu lassen, daß er gestorben war, oder sollte er hier, bei seinen neuen Freunden und angeheirateten Verwandten, begraben werden?

Die Lampen auf dem Kaminsims brannten hell.

Es war noch nicht dunkel draußen. Durch den Kirschlorbeer sah sie, daß der Himmel seine legendäre Purpurfarbe hatte. Die Wandgemälde verströmten ihre beruhigenden Farben im Zwielicht des Zimmers; und in den prachtvollen Eichen, den Eichen, die einen trösten konnten, wenn kein Mensch es mehr konnte, hatten die Zikaden zu singen angefangen. Warme Frühlingsluft wehte von den Fenstern, die ringsum offenstanden, durch das Zimmer – von den Fenstern und im Salon und vielleicht auch hinten, wo der große, unbenutzte Swimmingpool lag, von den Fenstern, die sich zu dem Friedhof im Garten öffneten, wo die Leichen lagen: die Leichen ihrer eigenen Kinder.

Michael trank sein zweites Bier aus, quetschte die Dose wie immer zusammen und stellte sie dann säuberlich hin, als verlange der Tisch solche Schicklichkeit. Er sah sie nicht an. Er starrte zu den Lorbeerbäumen hinaus, deren Zweige die Pfeiler der Veranda streichelten, die Fensterscheiben im oberen Stock. Vielleicht betrachtete er den violetten Himmel. Vielleicht lauschte er dem Tumult der Stare, die zu dieser Stunde in hellen Scharen umherrschwirrten, um die Zikaden zu fressen. Es war der pure Tod, dieser Tanz: die Zikaden, die von Baum zu Baum schwärmten, und die Wolken von Vögeln, die hin und her über den Abendhimmel flatterten. Nur der Tod. Eine Art fraß die andere.

»Das ist alles, meine Liebe«, hatte sie am Tag ihres Erwachens gesagt. Ihr Nachthemd und ihre Hände waren lehmbeschmiert gewesen, und mit nackten Füßen hatte sie im nassen Schlamm am Rand des neuen Grabes gestanden. »Das ist alles, Emaleth. Eine Frage des Überlebens, meine Tochter.«

Ein Teil ihrer selbst wollte zu den Gräbern in den Garten zurückkehren, zu dem Eisentisch unter dem Baum, zu jenem *danse macabre* der geflügelten Geschöpfe dort oben, die den grellpurpurnen Abend mit ihrem zufälligen und prachtvollen Gesang vibrieren ließen. Aber ein anderer Teil ihrer selbst wagte es nicht.

Sie schaute ihren Mann an. Den Mann, der da auf dem Stuhl hing und die unglückliche Bierdose zu etwas Rundem, beinahe Flachem zerquetschte, ohne den Blick vom Fenster zu wenden.

Er war wundervoll und furchtbar zugleich – unbeschreiblich attraktiv für sie. Und die furchtbare, schändliche Wahrheit war, daß seine Bitterkeit und sein Leiden ihn noch attraktiver hatten werden lassen; es war wie ein wunderbarer Firnis, der ihn überzog. Er wirkte nicht mehr so unschuldig. Nein, sein Inneres war durch die hübsche Haut gesickert und hatte die Beschaffenheit der Oberfläche geändert. Es hatte seinem Gefühl eine leise Wildheit verliehen und so manchen weichen, unsteten Schatten darauf hinterlassen.

Trauerschatten. Er hatte ihr einmal von Trauerschatten erzählt, in ihrer Zeit als strahlende Jungvermählte, als sie noch nicht wußte, daß ihr Kind ein Kobold war. Er hatte ihr erzählt, daß man in viktorianischer Zeit beim Anstreichen von Häusern »Trauerschatten« in die Farben gemischt hatte. Das bedeutete, man hatte sie ein bißchen abgedunkelt, so daß sie düster, gedämpft, komplex wirkten. Überall in Amerika hatte man viktorianische Häuser so angestrichen, hatte er ihr erzählt. Und er hatte das alles geliebt, diese bräunlichen Rotnuancen, diese olivfarbenen Grüntöne und das stählerne Grau.

Sie dachte nach. War es »Trauerschatten«, der über ihm lag? War es Trauer, was ihn verändert hatte? Oder mußte sie ein anderes Wort für den dunkleren und doch kühneren Blick seiner Augen finden, für die Verschlossenheit seines Gesichts, das auf den ersten Blick so wenig verriet und doch zugleich nicht einen Moment lang gemein oder häßlich wirkte?

Er sah sie an; seine Augen erfaßten sie wie Lichter. Klick. Blau, und das Lächeln war fast da. Tu das noch einmal, dachte sie und schaute weg. Mach mir diese Augen. Mach sie groß und blau und einen Moment lang wirklich blendend. War es ein Handicap, solche Augen zu haben?

Sie streckte die Hand aus und berührte den Bartschatten auf seinem Gesicht, an seinem Kinn. Sie fühlte ihn an seinem Hals, und dann fühlte sie auch sein feines schwarzes Haar und all die neuen, härteren grauen Haare, und sie grub die Finger in seine Locken.

Er blickte starr vor sich hin, als habe er einen Schock erlitten, und dann wandte er sehr vorsichtig den Blick, fast ohne den Kopf zu bewegen, und sah sie an.

Sie zog ihre Hand zurück und stand gleichzeitig auf, und er tat es ihr nach.

Fast pochte es in seiner Hand, als er ihren Arm umfaßte. Sie schob den Stuhl zurück und beiseite und lehnte sich dabei mit dem ganzen Körper gegen ihn.

Leise gingen sie die Treppe hinauf.

Das Schlafzimmer war, wie es die ganze Zeit gewesen war, sehr heiter und vielleicht übermäßig warm. Das Bett war nie gemacht, sondern nur ordentlich zurückgeschlagen worden, damit sie sich jederzeit hineinsinken lassen könnte.

Sie schloß die Tür und schob den Riegel vor. Er zog bereits sein Jackett aus. Sie knöpfte ihre Bluse auf, streifte sie ab und ließ sie auf den Boden fallen.

»Die Operation, die sie gemacht haben«, sagte er. »Ich dachte, vielleicht . . .«

»Nein, ich bin geheilt. Ich will es tun.«

Er kam heran und küßte sie auf die Wange, und dabei drehte er ihren Kopf. Sie spürte das rauhe Kratzen der Bartstoppeln, die harten Hände, die ein bißchen heftig an ihren Haaren rissen, als er ihren Kopf nach hinten bog. Sie packte sein Hemd und zerrte daran.

»Zieh es aus«, sagte sie.

Als sie den Reißverschluß an ihrem Rock öffnete, fiel er ihr auf die Füße. Wie dünn sie geworden war! Aber sie selbst kümmerte sie nicht, und sie wollte sich auch nicht sehen. Ihn wollte sie sehen. Er war schon ausgezogen. Sie streckte die Hand aus und griff in die schwarzen Locken auf seiner Brust, zwickte seine Brustwarzen.

»Ah, das ist zu fest«, flüsterte er und zog sie an sich, ihre Brüste preßten sich in sein Brusthaar. Ihre Hand griff zwischen seine Beine und fand ihn hart und bereit.

Sie zog an ihm, während sie auf das Bett stieg. Sie rutschte auf den Knien hinüber und ließ sich dann auf das kühle Baumwollaken fallen. Schwerfällig drückte sein Gewicht sie nieder. Gott, diese großen Knochen, die sie jetzt wieder zermalmten, dieser Wust von Haar, dieser Duft von süßer Haut und altem Parfüm, diese kratzende, drängende, göttliche Rauhheit.

»Tu's gleich, tu es schnell!« sagte sie. »Beim zweitenmal machen wir es langsam. Mach schon, füll mich aus.«

Aber er brauchte keine lockenden Worte.

»Tu es hart!« stieß sie zwischen den Zähnen hervor.

Sein Glied drang in sie ein; die Größe schockierte sie, schmerzte sie, verletzte sie. Der Schmerz war herrlich, köstlich, makellos. Sie umklammerte sein Glied, so gut sie konnte; die Muskeln waren schwach und taten weh und wollten ihr nicht gehorchen – ihr geschundener Körper ließ sie im Stich.

Egal. Er rammte sein Glied hart in sie hinein, und sie kam, ohne ihm mit Schreien oder Seufzern ein Zeichen zu geben. Sie hatte keinen Gedanken; mit rotem Gesicht schleuderte sie die Hände von sich und umschlang ihn dann mit aller Macht, umschlang den Schmerz selbst, während er immer wieder in sie hineinstieß und sich dann in mächtigen, ruckhaften Bewegungen verströmte, so daß er sich beinahe von ihr erhob, nur um sich dann willenlos in ihre Arme fallen zu lassen, naß und vertraut und geliebt, verzweifelt geliebt. Michael.

Er rollte von ihr herunter. So bald würde er es nicht noch einmal tun können. Das war zu erwarten. Sein Gesicht war naß, das Haar klebte ihm an der Stirn. Sie lag still in der kühlenden Luft des Zimmers, ohne sich zuzudecken, und beobachtete die langsam kreisenden Rotorblätter des Ventilators oben an der Decke.

Die Bewegung war so langsam. Vielleicht ließ sie sich davon hypnotisieren. Sei ruhig, sagte sie zu ihrem Körper, zu ihren Lenden, ihrem Innersten. Halb träumte sie, und angstvoll erlebte sie noch einmal die Augenblicke in Lashers Armen, und barmherzigerweise waren sie unzulänglich. Ein wilder, lustvoller Gott, ja, so mochte er ihr erschienen sein; aber das hier war ein Mann, ein brutaler Mann mit einem unermeßlichen, liebenden Herzen. Es war göttlich rauh, göttlich grob, ganz und gar blendend und schmerzhaft und einfach gewesen.

Er stieg aus dem Bett. Sie war sicher gewesen, daß er einschlafen würde, und sie wußte, daß sie selbst nicht schlafen konnte.

Aber er war auf und zog sich wieder an, zerrte saubere Sachen von den Stangen im Badezimmerschrank. Er hatte ihr den Rükken zugewandt, und als er sich umdrehte, schien das Licht aus dem Badezimmer auf sein Gesicht.

»Warum hast du es getan?« fragte er. »Warum bist du mit ihm weggegangen?« Es war fast ein Brüllen.

»Sschhhh!« Sie richtete sich auf und legte den Finger an die Lippen. »Laß es nicht alle hören. Du kannst mich hassen, wenn du willst . . .«

»Dich hassen? Gott, wie kannst du so etwas zu mir sagen? Tagein, taugaus habe ich dir gesagt, daß ich dich liebe.« Er kam zum Bett und umklammerte das Fußende fest mit beiden Händen. Finster ragte er über ihr auf, schrecklich schön in seiner Wut. »Wie konntest du mich einfach so verlassen!« Ein geflüsterter Aufschrei. »Wie!«

Er kam um das Bett herum und packte sie bei ihren nackten Armen. Seine Finger taten ihr unerträglich weh.

»Tu das nicht!« schrie sie und bemühte sich sofort, ihre Stimme zu dämpfen; sie wußte, wie häßlich sie klang, wie panisch. »Schlage mich nicht. Ich warne dich. Das hat er wieder und wieder und wieder getan. Ich bringe dich um, wenn du mich schlägst!«

Sie riß sich los und rollte zur Seite, taumelte aus dem Bett und drängte ins Bad. Die kalten Marmorfliesen brannten unter ihren nackten Füßen.

Ihn umbringen! Verdammt, wenn du nicht aufpaßt, wirst du das tun, du wirst es tun, mit deiner Macht wirst du Michael umbringen!

Wie oft hatte sie das bei Lasher versucht, hatte ihm ihren schmächtigen Haß entgegengespuckt, stirb, stirb, stirb – und er hatte nur gelacht. Nun, dieser Mann hier würde sterben, wenn sie ihn mit ihrer unsichtbaren Wut träfe. Er würde so sicher sterben wie die anderen, die sie getötet hatte – diese schmutzigen, abscheulichen Morde, die ihr Leben geformt und sie in dieses Haus, zu diesem Augenblick geführt hatten.

Entsetzen. Die Stille, die Ruhe dieses Zimmers. Langsam drehte sie sich um, schaute durch die Tür und sah ihn neben dem Bett stehen. Er beobachtete sie nur.

»Ich sollte vor dir Angst haben«, sagte er. »Aber ich habe keine. Nur vor einem habe ich Angst. Daß du mich nicht liebst.«

»Aber ich liebe dich«, sagte sie. »Und ich habe es immer getan. Immer.«

Er ließ die Schultern hängen, einen Augenblick lang nur, und dann wandte er sich ab. Er war sehr verletzt, aber er würde nie wieder den verwundbaren Ausdruck haben, den er früher gehabt hatte. Nie wieder diese reine Sanftheit.

Vor dem Fenster zur Veranda stand ein Stuhl. Er schien ihn blind zu finden und gleichgültig auszuwählen; er setzte sich und wandte ihr immer noch den Rücken zu.

Und ich werde dich schon wieder verletzen, dachte sie.

Sie wollte zu ihm gehen, mit ihm sprechen, ihn wieder in die

Arme nehmen. Reden, wie sie es am ersten Tag getan hatten, nachdem sie zu sich gekommen war und ihre einzige Tochter unter der Eiche begraben hatte – die einzige Tochter, die sie je haben würde.

Sie hob die Hände und fuhr sich heftig durchs Haar. Dann griff sie wie mechanisch nach den Wasserhähnen der Dusche.

Als das Wasser herabflutete, konnte sie, vielleicht zum ersten Mal, klar denken. Das Rauschen war betörend, das heiße Wasser luxuriös.

Es kam ihr wie ein unglaublicher Reichtum an Kleidern vor, aus denen sie wählen konnte. Es war verwirrend, daß so viele in den Schränken hingen. Schließlich fand sie eine weiche, lässige Hose, eine alte Hose, die sie vor Ewigkeiten in San Francisco getragen hatte; sie zog sie an und dazu einen weiten, unerwartet schweren Baumwollpullover.

Das war kühl genug für den Frühlingsabend. Und es war ein gutes Gefühl, wieder die Kleider zu tragen, die sie geliebt hatte. Wer mochte nur all diese hübschen Kleider gekauft haben?

Sie bürstete sich das Haar, schloß die Augen und dachte nach. »Du wirst ihn verlieren, und zwar aus gutem Grund, wenn du jetzt nicht mit ihm sprichst, wenn du es ihm nicht noch einmal erklärst, wenn du nicht gegen deine instinktive Angst vor Worten ankämpfst und zu ihm gehst.«

Sie legte die Bürste hin. Er stand in der Tür; und als sie ihn anschaute, war der friedliche, ergebene Ausdruck in seinem Gesicht eine große Erleichterung für sie. Fast hätte sie geweint. Aber das wäre absurd und selbstsüchtig gewesen.

»Ich liebe dich, Michael«, sagte sie. »Das könnte ich von allen Dächern schreien. Ich habe nie aufgehört, dich zu lieben. Es war Eitelkeit, und es war Hybris; und das Schweigen, das Schweigen war das Scheitern einer Seele, sich zu heilen und zu stärken, vielleicht aber auch nur der notwendige Rückzug, den die Seele antrat, als wäre sie ein Organismus, der seine eigenen Interessen verfolgt.«

Er hörte aufmerksam zu, die Stirn leicht gerunzelt; seine Miene war ruhig, aber nicht mehr unschuldig, wie sie es früher gewesen war. Seine Augen waren groß und glänzend, aber auch hart und von Trauer überschattet.

»Ich weiß nicht, was vorhin über mich gekommen ist, Rowan«, sagte er. »Ich weiß es wirklich nicht. Ich weiß es einfach nicht.«

»Michael, nein . . .«

»Doch, laß mich sprechen. Ich weiß, was dir passiert ist. Ich weiß, was er getan hat. Ich weiß es. Und ich weiß nicht, wie ich dir die Schuld daran geben, zornig auf dich sein und dich verletzen konnte. Ich weiß es nicht!«

»Michael, ich weiß«, sagte sie. »Hör auf. Hör auf, oder du bringst mich zum Weinen.«

»Rowan, ich habe ihn vernichtet.« Seine Stimme war ein Flüstern geworden, wie so oft, wenn jemand vom Tod spricht. »Ich habe ihn vernichtet, und es ist nicht genug! Ich . . . ich . . .«

»Nein, sprich jetzt nicht mehr, verzeih mir, Michael, verzeih mir, um meinetwillen und um deinetwillen. Verzeih mir.« Sie beugte sich vor und küßte ihn, raubte ihm absichtlich den Atem, damit es unausgesprochen bliebe. Und als er sie jetzt in die Arme schloß, war seine Umarmung erfüllt von der alten Güte, der alten, genüßlichen Wärme, der endlosen, beschützenden Wohligkeit, die ihr ein Gefühl der Sicherheit gab, jener Sicherheit, die sie gespürt hatte, als sie das erstemal miteinander geschlafen hatten.

Es mußte etwas geben, das wohliger war, als ihm so in die Arme zu sinken, wohliger als nur einfach nah bei ihm zu sein. Aber in diesem Augenblick hätte sie nicht sagen können, was – sicher nicht die Wut der Leidenschaft. Die gab es selbstverständlich, damit man sie wieder und wieder genoß, aber das hier war es, was sie mit keinem anderen Lebewesen auf der Welt je erlebt hatte. Das hier!

Schließlich löste er sich von ihr, führte ihre beiden Hände zusammen und küßte sie, und dann ließ er dieses jungenhafte Lächeln aufstrahlen, eben jenes Lächeln, von dem sie geglaubt hatte, sie würde es nie wiedersehen. Er zwinkerte ihr zu, und seine Stimme klang brüchig.

»Du liebst mich wirklich immer noch, Baby.«

»Ja«, sagte sie. »Anscheinend habe ich es einmal gelernt, und jetzt muß es für immer sein. Komm mit mir, komm hinaus, komm unter die Eiche. Ich will eine Weile in ihrer Nähe sein. Ich weiß nicht, warum. Du und ich, wir sind die einzigen, die wissen, daß sie da draußen zusammen liegen.«

Sie schlichen sich über die Hintertreppe hinunter und durch die Küche. Der Wachmann am Pool nickte ihnen nur zu. Es war dunkel im Garten. Am Eisentisch warf sie sich an seinen Hals, und er hielt sie fest. Ja, ein Weilchen, und dann wirst du mich wieder hassen, dachte sie.

Ja, du wirst mich verachten. Sie küßte sein Haar, seine Wange, sie rieb die Stirn an seinen harten Bartstoppeln. Sie spürte sein sanftes Seufzen, das gepreßt und schwer war und tief aus der Brust kam.

Du wirst mich verachten, dachte sie. Aber wer sonst kann die Leute jagen, die Aaron ermordet haben?

5

Das Flugzeug landete um dreiundzwanzig Uhr auf dem Flughafen von Edinburgh. Ash hatte das Gesicht an die Fensterscheibe gelehnt und gedöst. Jetzt sah er die Scheinwerfer der Autos gleichmäßig näherkommen. Zwei schwarze Autos, deutsche Autos – Limousinen, die ihn und sein kleines Gefolge über die schmalen Straßen nach Donnelaith bringen würden. Es war heute kein Treck mehr, den man zu Pferde unternehmen mußte. Darüber war Ash froh, nicht etwa, weil er diese Reisen durch das gefährliche Gebirge nicht geliebt hätte, sondern weil er das Glen so schnell wie möglich erreichen wollte.

Das moderne Leben hat alle ungeduldig gemacht, dachte er ruhig. Wie oft hatte er sich in seinem langen Leben schon auf den Weg nach Donnelaith gemacht, entschlossen, den Ort seiner tragischen Verluste zu besuchen und noch einmal seiner Bestimmung nachzuforschen? Manchmal hatte er Jahre gebraucht, um nach England und dann nach Norden in die Highlands zu kommen. Dann wieder waren es wenige Monate gewesen.

Jetzt schaffte er es innerhalb von Stunden. Und darüber war er froh. Denn die Reise dorthin war nie der schwierige oder kathartische Teil gewesen; das war immer der Besuch selbst.

Der Wagen rollte weich davon. Ein geübter Fahrer. Dafür war er auch dankbar; er hätte sich nicht den ganzen Weg bis Donnelaith hin und her schütteln lassen können. Einen Moment lang sah er die gleißenden Reflexe der Scheinwerfer hinter sich: Die Bodyguards folgten ihm wie immer.

Eine schreckliche Vorahnung erfaßte ihn. Warum diese Strapazen auf sich nehmen? Warum nach Donnelaith fahren? Warum den Berg besteigen und noch einmal diese Schreine der Vergangenheit besuchen? Er schloß die Augen, und eine Sekunde lang sah er das leuchtend rote Haar der kleinen Hexe, die Yuri töricht wie ein kleiner Junge liebte. Er sah ihre harten grünen Augen, die ihm aus dem Bild entgegenstarrten und die Kleinmädchenfrisur mit der bunten Schleife verhöhnten. Yuri, du bist ein Narr.

Der Wagen wurde schneller.

Durch die dunkel getönten Fensterscheiben konnte er nichts sehen. Beklagenswert. Regelrecht ärgerlich. In den Staaten hatten seine eigenen Autos keine getönten Scheiben. Seine Privatsphäre hatte ihn nie gekümmert. Aber die Welt in ihren natürlichen Farben zu sehen, das war etwas, das er brauchte wie die Luft und das Wasser.

Ah, aber vielleicht würde er ein bißchen schlafen, und zwar traumlos.

Er schloß die Augen. Aber der Schlaf kam nicht. Dies war eine jener Reisen, wo er jede Minute spüren würde, jeden Huckel auf der Straße.

Warum also nicht noch einmal an den Zigeuner denken – an sein schmales, dunkles Gesicht, die blitzenden Zähne hinter den Lippen, so weiß und vollkommen, die Zähne des modernen Menschen. Ein reicher Zigeuner vielleicht. Eine reiche Hexe jedenfalls, das war ihm sofort klar gewesen. Im Geiste griff er nach dem Knopf ihrer weißen Bluse auf dem Foto. Er knöpfte sie auf, um ihre Brüste zu sehen. Er gab ihnen rosige Warzen, und er berührte die bläulichen Adern unter der Haut, die dort sein mußten. Er seufzte, stieß ein leises Pfeifen zwischen seinen Zähnen hervor und drehte den Kopf zur Seite.

Das Verlangen war so schmerzhaft, daß er es zurückdrängen, loslassen mußte. Dann sah er den Zigeuner wieder vor sich. Er sah den langen dunklen Arm auf dem Kopfkissen. Wieder roch er den Geruch von Wald und Tal, der an dem Zigeuner hing. »Yuri«, wisperte er in seiner Fantasie, und er drehte den jungen Mann zur Seite und beugte sich über ihn, um ihn auf den Mund zu küssen.

Auch dies war ein glutheißer Ofen. Er richtete sich auf, beugte sich nach vorn, stützte die Ellbogen auf die Knie und legte das Gesicht in die Hände.

»Musik, Ash«, sagte er leise; er lehnte sich wieder zurück, ließ den Kopf an die Scheibe sinken; und während er sich mit großen Augen bemühte, durch das dunkle Glas zu schauen, begann er mit dünner Stimme in leisem Falsett vor sich hin zu singen, ein Lied, das wohl niemand außer Samuel verstehen würde, und vielleicht würde nicht einmal Samuel sicher sein können, was es bedeutete.

Es war zwei Uhr nachts, als er dem Fahrer befahl, anzuhalten. Er konnte nicht weiter. Hinter den dunklen Glasscheiben lauerte die Welt, die zu sehen er gekommen war. Er konnte nicht länger warten.

»Wir sind beinahe da, Sir.«

»Das weiß ich. Sie finden die Stadt in ein paar Meilen. Fahren Sie direkt dorthin. Ziehen Sie ins Gasthaus und warten Sie dort auf mich. Jetzt rufen Sie die Leibwächter im Wagen hinter uns an. Sagen Sie ihnen, sie sollen Ihnen folgen. Ich muß hier jetzt allein sein.«

Er wartete den unausweichlichen Widerspruch und Protest nicht ab.

Er stieg aus, schlug die Wagentür zu, bevor der Fahrer zu Hilfe eilen konnte, und mit einem kurzen, gutwilligen Winken war er am Straßenrand und verschwand im tiefen, kalten Wald.

Der Wind hatte nachgelassen. Der Mond war in Wolken verfangen und gab nur hin und wieder ein verschleiertes Licht preis. Ringsherum spürte er den Geruch der Kiefern, und er fühlte die dunkle, kalte Erde unter seinen Füßen, die tapferen Halme des ersten Frühlingsgrases, die unter seinem Schuh zerdrückt wurden, den schwachen Duft der neuen Blumen.

Die Rinde der Bäume fühlte sich gut an, wenn seine Finger sie berührten.

Lange lief er so weiter und immer weiter; manchmal stolperte er, manchmal griff er haltsuchend an einen dicken Baumstamm. Aber er blieb nicht stehen, um Atem zu schöpfen. Er kannte diesen Hang. Er kannte die Sterne über sich, auch wenn die Wolken versuchten, sie zu verhüllen.

Ja, der Sternenhimmel erweckte in ihm eine seltsame, schmerzhafte Empfindung. Erst auf einem hohen Kamm blieb er stehen. Seine langen Beine taten ein bißchen weh, wie sich das für Beine vielleicht gehörte. Aber an diesem heiligen Ort, diesem Ort, der ihm mehr bedeutete als jedes andere Stück Erde auf dieser Welt, konnte er sich erinnern, daß es eine Zeit gegeben hatte, wo ihm die Beine nicht geschmerzt hätten und er den Hang mit großen, federnden Schritten hätte hinauflaufen können.

Egal. Was war schon ein bißchen Schmerz? Er gab ihm Einsicht in den Schmerz anderer. Und Menschen litten so schreckliche Schmerzen. Er brauchte nur an den Zigeuner zu denken, der in seinem warmen Bett schlief und von seiner Hexe träumte. Und Schmerz war Schmerz, ob körperlich oder geistig. Auch die weisesten unter den Männern und Frauen und Taltos würden niemals wissen, was schlimmer war – der Schmerz des Herzens oder der Schmerz des Fleisches.

Schließlich drehte er sich um und strebte noch höherem Gelände entgegen; stetig stieg er bergauf, selbst da, wo der Hang unbezwingbar steil erschien, und oft mußte er nach Ästen und festem Stein greifen, um sich hochzuhangeln.

Wieder kam Wind auf, aber kein besonders starker. Seine Hände und Füße waren kalt, aber es war keine Kälte, die er nicht ertragen konnte. Tatsächlich hatte Kälte ihn immer erfrischt.

Und dank Remmick hatte er ja seinen Mantel mit dem Pelzkragen dabei; dank der eigenen Umsicht hatte er einen warmen Schurwollanzug an; dank dem Himmel – vielleicht – wurde der Schmerz in seinen Beinen nicht schlimmer, nur ein bißchen lästiger.

Der Boden war ein wenig bröckelig. Er hätte hier leicht fallen können, aber die Bäume waren wie ein großes Geländer, das ihm sicheren Halt gab und ihn schnell weiterführte.

Schließlich hatte er den Pfad gefunden, den er gesucht hatte; er schlängelte sich zwischen zwei sanft ansteigenden Hängen hinauf, wo die Bäume alt und unberührt waren, vielleicht seit Jahrhunderten von allen Eindringlingen verschont.

Der Pfad führte in eine kleine Senke hinab; überall lagen scharfe Steine, die ihm an den Füßen wehtaten und ihn mehr als einmal das Gleichgewicht verlieren ließen. Dann stieg er wieder bergauf.

Endlich gelangte er auf eine kleine Lichtung, von wo aus er zu dem fernen, überhängenden Gipfel spähte. Die Bäume standen so dicht beieinander, daß es schwierig wurde, den Pfad oder auch nur sicheren Untergrund zu finden. Er lief immer weiter und zertrat dabei niedriges Gestrüpp. Und als er sich jetzt nach rechts wandte, erblickte er tief unter sich, jenseits einer gewaltigen, tiefen Erdspalte, das Wasser des Sees, das im fahlen Licht des Mondes blinkte, und noch weiter entfernt ragten die hohen, skeletthaften Ruinen einer Kathedrale.

Es verschlug ihm den Atem. Er hatte nicht gewußt, daß sie soviel wieder aufgebaut hatten. Wenn er das Schemen dort unten fixierte, konnte er, so schien es wenigstens, die ganze kreuzförmige Anlage der Kirche erkennen, und daneben eine Vielzahl von gedrungenen Zelten und Gebäuden, und auch ein paar flackernde Lichter, nicht größer als Stecknadelköpfe. Er lehnte sich gegen den Felsen, schmiegte sich daran, lugte sozusagen hinunter auf diese Welt, ohne sich in die Gefahr zu begeben, zu kippen und ihr entgegenzustürzen.

Er wußte, was das war: zu fallen und zu fallen, die Hände auszustrecken und zu schreien und den Fall nicht aufhalten zu können, derweil sein hilfloser Körper mit jedem Meter scharfkantigen Terrains unter ihm an Gewicht und Geschwindigkeit zunahm.

Sein Mantel war zerrissen. Seine Schuhe waren naß vom Schnee.

Einen Augenblick lang verschluckten ihn alle Gerüche dieses Landes, überwältigten ihn so sehr, daß er eine erotische Lust dabei empfand, sich in ihnen zu bewegen, eine Lust, die seine Lenden erfüllte und die rauhen Wellen der Wollust über seine Haut ergießen ließ.

Er schloß die Augen und ließ den weichen, harmlosen Wind über sein Gesicht streichen, ließ ihn seine Finger gefrieren.

Es ist nah, es ist ganz nah. Du brauchst nur weiterzugehen, bergauf, und dann vor dem grauen Felsen abbiegen, den du da unter dem nackten Mond erkennen kannst. Gleich werden die Wolken das Licht vielleicht wieder verhüllen, aber das wird es dir nicht schwerer machen.

Ein ferner Klang berührte seine Ohren. Einen Augenblick lang dachte er, er habe es sich vielleicht nur eingebildet. Aber da war es – das leise Schlagen der Trommeln und das dünne, flache Wimmern der Flöten, ernst und ohne erkennbare Melodie oder Rhythmus, was zuerst jähe Panik und dann eine leise, pochende Unruhe in ihm erweckte. Die Klänge wurden stärker oder, besser gesagt, er ließ zu, daß er sie deutlicher hörte. Wind erhob sich und erstarb wieder; die Trommeln dröhnten jetzt kraftvoll von den Hängen dort unten herauf, die Flöten wimmerten weiter, wieder suchte er nach einem Muster in diesen Tönen, und als er keines fand, knirschte er mit den Zähnen und preßte die Handballen ans Ohr, um den Klang endgültig auszusperren.

Die Höhle. Geh weiter. Geh hinauf und hinein. Wende den Trommeln den Rücken zu. Was bedeuten dir die Trommeln? Wenn sie wüßten, daß du hier bist, würden sie dann ein richtiges Lied spielen, um dich heranzulocken? Kennen sie die Lieder überhaupt noch?

Er kämpfte sich weiter, und als er den Felsblock umrundete, berührte er die kalte Steinoberfläche mit beiden Händen. Fünf Schritte weiter, vielleicht etwas mehr, lag der Eingang der Höhle, überwuchert und für jeden anderen Kletterer wahrscheinlich unsichtbar. Aber er kannte die planlosen Gesteinsformationen darüber. Er stieg höher, machte einen steilen, schweren Schritt nach dem anderen. Der Wind pfiff hier zwischen den Kiefern. Er drängte sich durch das dichte Unterholz, daß ihm die Zweige Hände und Gesicht zerkratzten. Es kümmerte ihn nicht. Schließlich trat er in die schwarze Finsternis. Schwer atmend ließ er sich an die Wand fallen und schloß wieder die Augen.

Kein Laut kam aus der Tiefe zu ihm herauf. Nur der Wind sang wie vorher und übertönte barmherzig die fernen Trommeln, wenn sie tatsächlich noch immer ihr furchtbares, häßliches Getöse erschallen ließen.

»Ich bin hier«, flüsterte er, und die Stille fuhr vor ihm zurück, verkroch sich vielleicht in den Tiefen der Höhle. Aber nichts gab ihm Antwort. Wagte er, ihren Namen zu sagen?

Er machte einen scheuen Schritt, dann noch einen. Er bewegte sich weiter, beide Hände an die nahen Wände gelegt; sein Haar streifte die Höhlendecke, bis der Gang breiter wurde und das Echo seiner Schritte ihm verriet, daß die Decke über ihm zu neuen Höhen anstieg. Aber er sah nichts.

Einen Moment lang rührte ihn die Angst an. Vielleicht war er die ganze Zeit mit geschlossenen Augen gegangen; er wußte es nicht. Vielleicht hatte er sich von Händen und Ohren leiten lassen. Und als er die Augen jetzt wieder öffnete, als er das Licht in sich hineinsaugen wollte, da war da nur Dunkelheit. Er wäre fast gefallen, solche Angst hatte er. Ein tiefgründiges Gefühl sagte ihm, daß er nicht allein war. Aber er weigerte sich, wegzulaufen, weigerte sich, hinauszuhasten wie ein verängstigter Vogel, unbeholfen, gedemütigt, und sich in seiner Eile vielleicht sogar zu verletzen.

Er hielt stand. Die Dunkelheit war vollständig. Das sanfte Geräusch seines Atems schien ins Endlose hinauszuwehen.

»Ich bin hier«, flüsterte er. »Ich bin zurückgekommen.« Die Worte trieben ins Nichts. »Oh, bitte, nur noch einmal, um der Barmherzigkeit willen ...«, flüsterte er.

Schweigen antwortete ihm.

Trotz der Kälte schwitzte er. Er spürte den Schweiß auf dem Rücken unter dem Hemd und auch auf der Taille, unter dem Ledergürtel, der sich straff um seine Hose spannte. Er spürte die Feuchtigkeit wie etwas Schmieriges, Schmutziges auf der Stirn.

»Warum bin ich gekommen?« fragte er, und diesmal klang seine Stimme klein und fern. Er strengte sich an und sprach so laut er konnte. »Weil ich gehofft habe, daß du wieder meine Hand nehmen könntest, hier, wie du es schon einmal getan hast, und mir Trost spendest!«

Die geschwollenen Worte verhallten, und er blieb erschüttert zurück.

Was sich an diesem Ort sammelte, war keine zarte Erscheinung, sondern die Erinnerungen an das Glen, die ihn nie verlassen würden. Die Schlacht, der Rauch. Er hörte die Schreie! Er hörte wieder ihre Stimme, die aus den Flammen kam: »... verflucht, Ashlar!« Die Hitze und die Wut trafen seine Seele, wie sie seine Trommelfelle getroffen hatten. Einen Moment lang spürte er das alte Grauen und die alte Überzeugung.

»... möge die Welt um dich herum zerfallen, ehe dein Leiden zu Ende ist!«

Stille.

Er mußte zurück, mußte jetzt den engeren Durchgang finden. Er würde fallen, wenn er hierbliebe, ohne etwas sehen, ohne etwas tun zu können, außer sich zu erinnern. Voller Panik machte er kehrt und rannte los, bis er die rauhen Steinwände fühlte, die um ihn herum zusammenrückten.

Als er endlich die Sterne wieder sah, seufzte er so tief, daß ihm die Tränen zu kommen drohten. Still stand er da und drückte die Hand aufs Herz, und der Klang der Trommeln stieg zu ihm herauf, vielleicht weil der Wind sich wieder gelegt hatte und ihn nichts mehr daran hinderte, näherzukommen. Eine Kadenz hatte begonnen, schnell und spielerisch und dann wieder langsam, als würden die Trommeln zu einer Hinrichtung geschlagen.

»Nein – hinweg von mir!« flüsterte er. Er mußte diesem Ort entrinnen. Irgendwie mußten Ruhm und Reichtum ihm jetzt zur Flucht verhelfen. Er durfte nicht auf diesem Gipfel stranden, dem Grauen der Trommeln ausgesetzt, zu denen die Flöten jetzt eine klare und bedrohliche Melodie spielten. Wie hatte er so töricht sein können, hierherzukommen? Und die Höhle lebte und atmete dicht hinter ihm.

Helft mir. Wo waren die, die sonst jedem seiner Befehle gehorchten? Er war ein Narr gewesen, sich von ihnen zu trennen und allein zu diesem schrecklichen Ort hinaufzuklettern. Der Schmerz war so schneidend, daß er ein leises Geräusch von sich gab, wie ein Kind, das weinte.

Er lief bergab. Es kümmerte ihn nicht, ob er stolperte, ob er sich den Mantel zerriß oder sich mit den Haaren hier und da verfing; er riß sich jedesmal los und lief weiter. Die Steine unter seinen Füßen taten ihm weh, aber sie hielten ihn nicht auf.

Die Trommeln wurden lauter. Er mußte dicht an ihnen vorbeilaufen. Er mußte diese Flöten hören, ihren nasalen, pulsierenden Klang, häßlich und unwiderstehlich zugleich. Nein, hör nicht hin. Halte dir die Ohren zu. Immer weiter kletterte er hinunter, doch obwohl er sich die Hände an die Ohren preßte, hörte er die Flöten und die düstere alte Kadenz, langsam und monoton und plötzlich stampfend, als komme sie von innen aus seinem Gehirn, als dringe sie aus seinen eigenen Knochen, als stünde er mitten darin.

Er fing an zu rennen; einmal fiel er hin und zerriß sich das feine Tuch seiner Hose, und ein zweitesmal kippte er vornüber und zerschrammte sich die Hände an Steinen und zerrissenen Büschen. Aber er lief immer weiter, bis die Trommeln ihn plötzlich umgaben. Die Flöten umgaben ihn. Das durchdringende Lied umschlang ihn wie ein Seil, und er drehte und drehte sich um sich selbst und konnte nicht mehr entkommen. Als er die Augen öffnete, sah er durch den dichten Wald das Licht der Fackeln.

Sie wußten nicht, daß er da war. Sie hatten ihn nicht gewittert und nicht gehört. Vielleicht war der Wind auf seiner Seite, wehte in seine Richtung. Er umklammerte die Stämme zweier kleiner Kiefern, als wären es die Gitterstäbe eines Gefängnisses, und schaute hinunter auf den kleinen, dunklen Platz, auf dem sie spielten und in ihrem kleinen, drolligen Kreis tanzten. Wie tolpatschig sie waren. Wie grausig in seinen Augen.

Trommeln und Flöten machten ein scheußliches Getöse. Er konnte sich nicht von der Stelle bewegen. Er konnte nur zuschauen, wie sie hüpften und kreiselten und vor und zurück wippten, und dann sprang eine kleine Kreatur mit langen, zottigen grauen Haaren mitten in den Kreis, reckte die kurzen, verwachsenen Arme und schrie in der uralten Sprache durch die heulende Musik:

»Oh, ihr Götter habt Erbarmen. Habt Erbarmen mit euren verlorenen Kindern.«

Schau hin, sieh zu, sagte er sich, obgleich die Musik ihm nicht einmal im Geiste erlaubte, diese Silben zu artikulieren. Schau hin, sieh zu, verliere dich nicht in ihrem Lied. Sieh dir an, was für Lumpen sie jetzt tragen, schau die Patronengurte an, die sie sich über die Schultern geschlungen haben. Sieh die Pistolen in ihren Händen – und jetzt, jetzt schießen sie damit, und winzige Flammen zucken aus den Läufen! Schüsse knallen durch die Nacht! Die Fackeln verlöschen fast im Wind und blühen dann wieder auf wie gespenstische Blumen.

Er roch brennendes Fleisch, aber das war nicht real; es war nur Erinnerung. Er hörte Schreie.

»Sei verflucht, Ashlar!«

Und Hymnen, o ja, Hymnen und Kirchenlieder in der neuen

Sprache, in der Sprache der Römer, und dieser Gestank, der Gestank von verbranntem Fleisch!

Ein lauter, scharfer Aufschrei zerriß den Lärm. Die Musik brach ab; nur eine Trommel ließ vielleicht noch zwei dumpfe Töne erklingen.

Er erkannte, daß es sein eigener Aufschrei gewesen war und daß sie ihn gehört hatten. Weglaufen – aber warum weglaufen? Wozu? Wohin? Du brauchst nicht mehr wegzulaufen. Du gehörst nicht mehr zu diesem Ort! Niemand kann dich zwingen, dazuzugehören!

In eisigem Schweigen schaute er zu, und sein Herz raste, als der kleine Zirkel von Gestalten sich zusammenzog. Die Fackeln flackerten jetzt dicht beieinander, und die kleine Meute schob sich langsam heran.

»Taltos!« Sie hatten ihn gewittert! Die Gruppe zerstob mit wildem Geschrei und wuchs dann wieder zu einer kleinen Einheit zusammen.

»Taltos!« schrie eine rauhe Stimme. Die Fackeln kamen immer näher.

Jetzt konnte er ihre Gesichter deutlich erkennen, als sie ihn umringten, zu ihm aufspähten, ihre Fackeln hochhielten, daß die Flammen häßliche Schatten über ihre Gesichter, ihre Augen und die kleinen Münder warfen. Und der Geruch, der Geruch nach brennendem Fleisch, kam von ihren Fackeln!

»Gott, was habt ihr getan!« zischte er und ballte die Fäuste. »Habt ihr sie in das Fett eines ungetauften Kindes getaucht?«

Kreischend machte sich wildes Gelächter breit, dann gleich noch einmal, und schließlich erhob sich eine ganze Wand von gackerndem Lärm und umringte ihn.

Er drehte sich um sich selbst, immer rundherum.

»Ekelhaft!« fauchte er, so wütend, daß ihn seine eigene Würde nicht mehr kümmerte, und auch nicht die unvermeidliche Verzerrung seines Gesichts.

»Taltos«, sagte einer, der ganz nah herangekommen war. »Taltos!«

Sieh sie dir an, sieh, was sie sind. Er ballte seine Fäuste noch fester, schickte sich an, sie abzuwehren, sie zu vertreiben, sie hochzuheben und nach links und rechts zur Seite zu schleudern, wenn es notwendig sein sollte.

»Aye, Aiken Drumm!« rief er; er hatte den Alten erkannt, dessen grauer Bart wie schmutziges Moos bis zur Erde reichte. »Und Robin und Rogart, ich sehe euch auch!«

»Aye, Ashlar!«

»Ja, und Fyne und Urgart. Und dich sehe ich, Rannoch!« Und erst jetzt wurde es ihm klar. Es waren überhaupt keine Frauen mehr unter ihnen! Alle Gesichter, die ihm da entgegenstarrten, waren Männergesichter, Männer, die er schon immer gekannt hatte. Keine Vetteln waren dabei, keine Weiber, die ihm kreischend die Arme entgegenstreckten. Es waren keine Frauen mehr bei ihnen!

Er fing an zu lachen. War das wirklich wahr? Jawohl! Er trat vor, streckte die Hände aus, trieb sie zurück. Urgart schwenkte die Fackel dicht vor ihm vorbei, um ihn zu verletzen oder um ihn besser zu beleuchten.

»Aaaahhh, Urgart!« rief er und griff nach ihm, ohne sich um die Flamme zu kümmern, als wollte er den kleinen Mann bei der Gurgel packen und hochheben.

Mit gutturalem Geschrei verstreuten sie sich wild in der Finsternis. Männer, nur Männer. Männer, und nicht mehr als höchstens noch vierzehn. Nur Männer. Oh, zum Teufel, warum hatte Samuel ihm das nicht gesagt?

Er sank langsam auf die Knie und lachte. Er ließ sich auf den Waldboden kippen, so daß er durch das Zweiggeflecht der Kiefern zum Himmel hinaufschauen konnte, wo die Sterne sich prachtvoll über den Wolkenschleiern erhoben und der Mond sanft nach Norden segelte.

Aber er hätte es sich denken können – schon als er das letzte Mal hier gewesen war, als die Frauen alt und krank gewesen waren und ihn mit Steinen beworfen und ihm in die Ohren gekreischt hatten. Da hatte er den Tod ringsumher gerochen. Auch jetzt roch er ihn, aber jetzt war es nicht der Blutgeruch der Frauen, sondern der trockene, saure Geruch der Männer.

Er wälzte sich herum und ließ das Gesicht auf der Erde ruhen. Seine Augen schlossen sich wieder. Er hörte, wie sie um ihn herum raschelten.

»Wo ist Samuel?« fragte einer von ihnen.

»Sag Samuel, er soll zurückkommen.«

»Warum bist du hier? Bist du von dem Fluch befreit?«

»Redet mir nicht von dem Fluch!« schrie er und richtete sich auf; der Bann war gebrochen. »Redet nicht mit mir, dreckiges Pack!« Und diesmal bekam er eine Fackel zu fassen; er entriß sie dem kleinen Mann, hielt sie sich dicht vors Gesicht und roch den unverwechselbaren Gestank von brennendem Menschenfett. Angewidert warf er die Fackel weg.

»Zur Hölle mit euch, verfluchte Pest!« rief er.

Einer von ihnen zwickte ihn ins Bein. Ein Stein traf ihn an der Wange, ohne ihn tief zu verletzen. Stöcke wurden auf ihn geschleudert.

»Wo ist Samuel?«

»Hat Samuel dich geschickt?«

Und dann das laute Gegacker von Aiken Drumm, der alles andere übertönte. »Wir hatten einen schmackhaften Zigeuner für unser Abendessen, wahrhaftig, bis Samuel ihn zu Ashlar brachte!«

»Wo ist unser Zigeuner?« kreischte Urgart.

Gelächter, Schreie und Spottrufe; Feixen und Fluchen. »Soll der Teufel dich Stück für Stück mit nach Hause nehmen!« rief Urgart. Die Trommeln hatten wieder eingesetzt. Sie schlugen sie mit den Fäusten, und eine wilde Folge von Tönen schrillte aus den Flöten.

»Zur Hölle mit euch, mit euch allen!« rief Ash. »Warum lasse ich euch nicht gleich hinunterfahren?«

Er wandte sich ab und lief davon, zunächst ohne zu wissen, in welche Richtung. Aber der Aufstieg war gleichmäßig gewesen, und so fiel die Orientierung leicht. Im Knirschen seiner Schritte, im Knistern des Gestrüpps, im Rauschen der Luft an seinem Ohr war er sicher vor ihren Trommeln, ihren Flöten, ihrem Hohngeschrei.

Schon bald konnte er ihre Musik und ihre Stimmen nicht mehr hören. Und schließlich wußte er, daß er allein war.

Keuchend, mit schmerzender Brust, müden Beinen und wunden Füßen, ging er langsamer, bis er nach sehr langer Zeit die Straße erreichte und auf den Asphalt trat wie aus einem Traum. Dann stand er wieder in der Welt, die er kannte, leer und kalt und still, wie sie war. Sterne erfüllten jeden Quadranten des Himmels. Der Mond zog sich den Schleier vors Gesicht und ließ ihn wieder sinken, und der leise Wind ließ die Kiefern ganz leicht erschauern und wehte herab, als wolle er ihn vorantreiben.

Als er im Gasthaus ankam, war seine kleine Assistentin Leslie noch auf und erwartete ihn. Sie begrüßte ihn mit einem leisen Schreckensschrei und nahm ihm rasch den zerrissenen Mantel ab. Sie hielt seine Hand, als sie die Treppe hinaufstiegen.

»Oh, so warm«, sagte er. »So warm.«

»Ja Sir. Und da ist Ihre Milch.« Am Bett stand das große Glas. Er trank es aus, und sie öffnete seine Hemdknöpfe.

»Danke, meine Liebe, meine kleine Liebe«, sagte er.

»Schlafen Sie, Mr. Ash.«

Er ließ sich schwer ins Bett fallen und fühlte, wie die große Daunendecke sich auf ihn senkte, wie das Kissen sich unter seiner Wange rundete. Das ganze Bett war süß und warm; es fing ihn auf, tauchte ihn in den äußeren Kreis des Schlafes und zog ihn hinab.

Das Glen, mein Glen. Der See, mein See, mein Land.

Verräter deines eigenen Volkes.

Am Morgen frühstückte er eilig auf seinem Zimmer, während seine Mitarbeiter die baldige Rückfahrt vorbereiteten. Nein, er wolle diesmal nicht zur Kathedrale hinunter, erklärte er. Und, ja, er habe die Artikel in den Zeitungen gelesen. St. Ashlar, ja, auch diese Geschichte habe er gehört.

Als es Mittag wurde, war er in London gelandet.

Samuel erwartete ihn am Auto, säuberlich gekleidet; in seinem Tweedanzug mit dem frischgestärkten weißen Hemd sah er aus wie ein Gentleman in Miniaturausgabe. Sogar sein rotes Haar war anständig gekämmt, und sein Gesicht hatte das respektable Aussehen einer englischen Bulldogge.

»Du hast den Zigeuner in Ruhe gelassen?«

»Er ist abgehauen, als ich schlief«, gestand Samuel. »Ich habe ihn nicht gehen hören. Er ist einfach verschwunden. Hat keine Nachricht hinterlassen.«

Ash dachte eine ganze Weile nach. »Wahrscheinlich ist es gut so«, sagte er. »Warum hast du mir nicht gesagt, daß die Frauen fort sind?«

»Dummkopf. Ich hätte dich nicht gehen lassen, wenn es noch Frauen gäbe. Das hättest du wissen können. Du denkst nicht nach. Du zählst die Jahre nicht. Du benutzt deinen Verstand nicht. Du spielst mit deinem Spielzeug und deinem Geld und all deinen schönen Sachen, und du vergißt. Du vergißt, und deshalb bist du glücklich.«

Der Wagen fuhr sie vom Flughafen der Stadt entgegen.

»Willst du wieder nach Hause zu deinem Spielplatz im Himmel?« fragte Samuel.

»Nein. Das weißt du. Ich muß den Zigeuner finden«, sagte Ash. »Ich muß das Geheimnis der Talamasca ergründen.«

»Und die Hexe?«

»Ja.« Ash lächelte und sah Samuel an. »Die Hexe muß ich vielleicht auch finden. Zumindest ihr rotes Haar berühren, ihre weiße Haut küssen, ihren Duft trinken.«

»Und . . .?«

»Woher werde ich es wissen, kleiner Mann?«

»Oh, du wirst es wissen. Das weißt du.«

»Dann laß mich in Frieden. Denn wenn es geschehen soll, sind meine Tage endlich gezählt.«

6

Es war acht Uhr, als Mona die Augen öffnete. Sie hörte, wie die Uhr schlug, langsam und in tiefen, vollen Tönen. Aber geweckt hatte sie ein anderes Geräusch, das scharfe Klingeln eines Telefons. Es muß aus der Bibliothek kommen, überlegte sie, aber es war viel zu weit weg und klingelte schon viel zu lange, als daß es noch Sinn gemacht hätte hinzugehen. Sie drehte sich um, kuschelte sich auf der großen Samtcouch mit den vielen losen Kissen zusammen und schaute durch das Fenster in den Garten hinaus, der von der Morgensonne überstrahlt wurde.

Die Sonne schien auch durch die Fenster herein und ließ den Boden vor der Seitenveranda bernsteingelb und wunderschön erglänzen.

Das Telefon hatte zu klingeln aufgehört. Bestimmt hatte einer vom neuen Personal den Hörer abgenommen – Cullen, der neue Fahrer, oder Yancy, der Hausdiener, der immer um sechs Uhr aufstand, wie es hieß. Vielleicht auch die alte Eugenia, die Mona jetzt immer so feierlich anstarrte, wenn sie einander über den Weg liefen.

Mona war am Abend zuvor hier eingeschlafen, in ihrem neuen Seidenkleid, hier auf der Sündencouch, auf der Michael und sie es miteinander getrieben hatten, und obwohl sie ihr Bestes getan hatte, um von Yuri zu träumen – von Yuri, der angerufen und bei Celia eine Nachricht hinterlassen hatte, daß alles in Ordnung sei und er sich sehr bald wieder bei ihnen allen melden würde –, hatte sie an Michael gedacht, an die drei Male, die sie miteinander geschlafen hatten, ein höchst verbotenes, aber vielleicht das beste erotische Abenteuer, das sie je erlebt hatte.

Nicht, daß Yuri nicht wunderbar gewesen wäre. Aber sie waren so vorsichtig miteinander umgegangen; sie hatten einander geliebt, ja, aber auf die sicherste nur denkbare Weise. Und seitdem wünschte Mona, sie hätte ihr gewohntes wildes Verlangen in jener letzten Nacht offener zum Ausdruck gebracht.

Wild. Sie liebte dieses Wort. Es paßte zu ihr. »Du bist zu

wild«, pflegten Celia und Lily immer zu ihr zu sagen. Und sie antwortete dann: »Ich weiß das Kompliment zu schätzen.«

Gott, hätte sie doch nur selbst mit Yuri sprechen können. Celia hatte ihm gesagt, er solle in der First Street anrufen. Warum hatte er es nicht getan?

Sogar Onkel Ryan war verärgert gewesen. »Wir müssen mit dem Mann sprechen«, hatte er gesagt. »Wir müssen mit ihm über Aaron sprechen.«

Und das war das eigentlich Traurige daran: daß es Celia gewesen war, die es Yuri gesagt hatte. Vielleicht wußte niemand auf der Welt, was Aaron für Yuri bedeutet hatte – außer Mona, der er sich anvertraut hatte in jener einzigen, gestohlenen Nacht, in der er lieber mit ihr gesprochen als mit ihr geschlafen hatte. Wo war er jetzt? Wie ging es ihm? In jenen wenigen Stunden ihres leidenschaftlichen Austauschs hatte er eine intensive Emotionalität gezeigt; seine schwarzen Augen hatten geglitzert, als er ihr in einer auf das Wesentliche reduzierten Sprache – in dem wunderschönen Englisch derer, für die es die zweite Sprache ist – von den Schlüsselerlebnissen in seinem tragischen, aber erstaunlich erfolgreichen Leben erzählt hatte.

»Man kann einem Zigeuner nicht einfach so mir nichts, dir nichts erzählen, daß sein ältester Freund von einem Irren totgefahren worden ist.«

Dann ging ihr ein Licht auf. Das Telefon hatte geklingelt. Vielleicht war es Yuri gewesen, und niemand hier hatte gewußt, wo sie zu finden war. Niemand hatte letzte Nacht gesehen, wie sie hereingekommen und auf die Couch gefallen war.

Natürlich hatte Rowan sie restlos gefangengenommen, und zwar vom ersten Augenblick an, als sie am Nachmittag aufgestanden war und wieder zu sprechen begonnen hatte. Warum hatte Rowan sie gebeten, hierzubleiben? Was hatte Rowan ihr zu sagen, ihr allein, unter vier Augen? Was führte Rowan wirklich im Schilde?

Rowan fehlte nichts, soviel stand fest. Den ganzen Nachmittag über und bis in den Abend hinein hatte Mona ihr zugesehen, wie sie an Kraft gewonnen hatte.

Rowan hatte nicht erkennen lassen, daß sie wieder in jenes Schweigen zurückfallen würde, in dem sie drei Wochen lang gefangen gewesen war.

Im Gegenteil, sie hatte mühelos den Befehl über das Haus übernommen; am späten Abend, als Michael sich schlafen gelegt hatte, war sie noch einmal allein heruntergekommen, um Beatrice zu trösten und sie zu überreden, oben in Aarons altem Zimmer zu schlafen.

Beatrice hatte es widerstrebt, aber schließlich hatte sie gestanden, daß sie genau das am liebsten tun wollte: sich in seinem Bett, hier im Gästezimmer, zusammenrollen.

Rowan hatte Ryan in die Bibliothek geholt, und bei offenen Türen, so daß jeder, der Lust hatte, zuhören konnte, hatten sie zwei Stunden lang alles besprochen, von den Plänen zu Mayfair Medical bis zu Einzelheiten, die das Haus betrafen. Rowan hatte Michaels medizinische Unterlagen einsehen wollen. Ja, er wirkte jetzt so gesund wie an dem Tag, als sie ihn kennengelernt hatte. Aber Rowan brauchte die Unterlagen, und er hatte nicht streiten wollen und sie an Ryan verwiesen.

»Aber was ist mit deiner eigenen Genesung? Die Familie will, daß auch du dich testen läßt, weißt du«, hatte Ryan eben gesagt, als Mona hereinkam, um ein letztes Mal gute Nacht zu sagen.

»Ich habe keine Zeit für die Tests«, hatte Rowan gesagt. »Es gibt viel wichtigere Dinge. Zum Beispiel, was habt ihr in Houston gefunden, als ihr den Raum geöffnet habt, in dem Lasher mich gefangengehalten hat?«

An dieser Stelle hatte Rowan sich unterbrochen, weil sie Mona bemerkt hatte.

Sie hatte sich erhoben, als habe sie eine wichtige Erwachsene zu begrüßen. Ihre Augen glänzten wieder, und ihr Blick war nicht mehr kalt, sondern vielmehr ernst – ein bedeutsamer Unterschied.

»Ich will nicht stören«, hatte Mona schläfrig gesagt, »aber ich mag nicht mehr nach Hause in die Amelia Street. Ob ich wohl hierbleiben kann?«

»Das möchte ich sogar«, sagte Rowan, ohne zu zögern. »Ich habe dich stundenlang warten lassen.«

»Ja und nein«, sagte Mona; sie war sowieso lieber hier als zu Hause.

»Das ist unverzeihlich«, sagte Rowan. »Können wir uns morgen früh unterhalten?«

»Yeah, natürlich.« Mona zuckte erschöpft die Achseln. Sie redet mit mir wie mit einer erwachsenen Frau, dachte sie, und das ist mehr, als sonst jemand hier tut.

»Aber du *bist* eine Frau, Mona Mayfair«, hatte Rowan da gesagt und unverhofft sehr vertraulich gelächelt. Und dann hatte sie sich gleich wieder hingesetzt und ihr Gespräch mit Ryan wieder aufgenommen.

»Es müßten Papiere dagewesen sein, in meinem Zimmer in Houston, ganze Stöße von bekritzeltem Papier. In seiner Handschrift – Genealogien, die er verfaßt hat, bevor seine Erinnerung verfiel . . .«

Junge, hatte Mona gedacht und sich möglichst langsam entfernt, ausgerechnet mit Ryan redet sie über Lasher; Ryan bringt diesen Namen immer noch nicht über seine Lippen, und jetzt muß Ryan sich mit knochenharten Beweisen für etwas abgeben, was er immer noch nicht akzeptieren kann. Papiere, Genealogien, schriftliche Aufzeichnungen des Monsters, das seine Frau Gifford ermordet hat.

Das letzte, was sie gehört hatte, war, wie Ryan mit angespannter Stimme erklärte, daß alles aus Houston untersucht und katalogisiert worden war.

Mona erinnerte sich, wie die Sachen bei Mayfair und Mayfair eingetroffen waren.

Sie erinnerte sich, daß sein Geruch aus den Kisten gedrungen war. Und hin und wieder konnte sie diesen Geruch immer noch im Wohnzimmer wahrnehmen, aber er war jetzt fast verschwunden.

Sie hatte sich dann auf die Couch fallen lassen, zu müde, um noch weiter darüber nachzudenken.

Inzwischen waren alle anderen gegangen. Lily schlief oben,

in Beatrices Nähe. Michaels Tante Vivian war wieder in ihre eigene Wohnung in der St. Charles Avenue gezogen.

Das Wohnzimmer war leer gewesen; ein Luftzug war durch die Fenster zur Seitenveranda hereingeweht.

Ein Wachmann war draußen auf und ab gegangen, und so hatte Mona sich gedacht, daß sie die Fenster nicht würde schließen müssen. Bäuchlings hatte sie sich auf das Sofa geworfen, erst an Yuri, dann an Michael gedacht, und dann war sie fest eingeschlafen.

Es hieß, wenn man älter würde, könne man so nicht mehr schlafen. Nun, Mona war es nur recht. Diese Art von totenähnlichem Schlaf gab ihr immer das Gefühl des Betrogenseins, als hätte sie sich für eine bestimmte, für sie selbst unkontrollierbare Zeitspanne aus dem Universum verabschiedet.

Aber um vier Uhr war sie aufgewacht, ohne genau zu wissen, warum.

Die französischen Fenster waren immer noch offen gewesen, und der Wachmann hatte draußen gestanden und eine Zigarette geraucht.

Schlaftrunken hatte sie den nächtlichen Geräuschen gelauscht, den Rufen der Vögel in den dunklen Bäumen, dem fernen Rauschen eines Zugs am Wasser, den plätschernden Geräuschen wie von einem Springbrunnen oder einem Pool.

Sie hatte sicher eine halbe Stunde zugehört, bevor das Plätschern sie zu stören begann. Hier war kein Springbrunnen. Irgend jemand schwamm im Swimmingpool.

Halb in der Erwartung, einen köstlichen Geist zu sehen – die arme Stella, zum Beispiel, oder Gott weiß welche andere Erscheinung – war Mona auf bloßen Füßen hinausgeschlichen und über den Rasen gelaufen. Ein Wachmann war hier nirgends zu sehen, aber bei einem so großen Grundstück hatte das nicht viel zu sagen.

Im Pool schwamm jemand gleichmäßig Bahn für Bahn.

Durch die Gardenienbüsche sah Mona, daß es Rowan war, die dort schwamm, nackt und mit unglaublicher Geschwindigkeit, Runde um Runde. Rowan atmete gleichmäßig, den Kopf zur Seite gedreht, wie es Berufsschwimmer taten oder athletische Ärztinnen, die ihren Körper trainierten, vielleicht sogar heilen und wieder in Bestform bringen wollten.

Nicht die rechte Zeit, um sie zu stören, hatte Mona gedacht; sie war immer noch müde gewesen und hatte sich nach der Couch zurückgesehnt. Tatsächlich war sie so schlaftrunken gewesen, daß sie sich fast ins kühle Gras hätte fallen lassen. Aber etwas an dieser Szene hatte sie gestört; vielleicht war es die Tatsache, daß Rowan nackt war oder daß sie so schnell und so gleichmäßig schwamm – vielleicht aber auch, daß der Wachmann irgendwo in der Nähe war und womöglich wie ein Spanner irgendwo in den Büschen hockte, eine Idee, die Mona überhaupt nicht gefiel.

Aber Rowan hatte über das Wachpersonal auf dem Grundstück Bescheid gewußt. Allein über dieses Thema hatte sie eine Stunde lang mit Ryan gesprochen.

Mona war wieder schlafen gegangen.

Als sie jetzt aufwachte, dachte sie wieder an Rowan, noch bevor sie Yuris Gesicht im Geiste heraufbeschwor oder die routinemäßigen, katholischen Schuldgefühle wegen Michael entwickelte und sich zugleich, ganz als kneife sie sich grausam in den Arm, daran erinnerte, daß Gifford und ihre Mutter tot waren.

Sie starrte in das Sonnenlicht, das den Boden überflutete, und betrachtete den Golddamastsessel, der am Fenster stand. Vielleicht ging es ja überhaupt nur darum. Das Licht war trüb geworden für Mona, als Alicia und Gifford gestorben waren, daran bestand kein Zweifel. Und jetzt, nur weil diese Frau sich für sie interessierte, diese geheimnisvolle Frau, die aus unzähligen Gründen soviel für sie bedeutete, strahlte das Licht wieder hell.

Aarons Tod war schrecklich, aber damit wurde sie fertig. Ja, das Gefühl, das alle anderen überwog, war eben jene selbstsüchtige Erregung, die sie auch gestern empfunden hatte, als Rowan zum erstenmal Interesse gezeigt hatte, bei ihrem ersten vertraulichen, respektvollen Blick.

Mona stand auf und zog das Seidenkleid glatt; vielleicht war es jetzt ruiniert, aber das wußte sie nicht genau. Sie trat an das Fenster zum Garten und ließ die Sonne warm und frisch über sich hinwegfluten; die Luft kam schwül und süßlich duftend aus dem Garten – lauter Dinge, die sie normalerweise als selbstverständlich empfand, aber die in der First Street doppelt wundervoll erschienen und die einen Augenblick der Meditation wert waren, bevor sie sich kopfüber in den Tag stürzte.

Sie streckte sich, stellte sich breitbeinig auf und berührte die Zehen mit den Fingerspitzen; dann bog sie sich zurück und schüttelte das Haar, bis es sich wieder locker und kühl anfühlte. Sie ging hinaus, durch den langen Korridor und durch das Eßzimmer in die Küche.

Eier, Orangensaft, Michaels Gebräu. Vielleicht gab es einen ordentlichen Vorrat davon.

Der Duft von frischem Kaffee überraschte sie. Sofort nahm sie einen schwarzen Porzellanbecher aus dem Schrank und hob die Kanne hoch. Sehr schwarz, Espressoröstung, Michaels Kaffee, wie er ihn in San Francisco geliebt hatte. Aber ihr wurde klar, daß sie so etwas jetzt nicht wollte. Sie sehnte sich nach etwas, das kühl war und gut. Orangensaft. Michael hatte immer Flaschen davon fertig gepreßt im Kühlschrank stehen. Sie füllte ihren Becher mit Orangensaft und drückte sorgfältig den Deckel wieder auf den Behälter, damit die Vitamine nicht an der Luft vergingen.

Plötzlich merkte sie, daß sie nicht allein war.

Rowan saß am Küchentisch und beobachtete sie. Sie rauchte eine Zigarette und stippte die Asche jetzt auf eine feine Porzellanuntertasse mit geblümtem Rand. Sie trug ein schwarzes Seidenkostüm und Perlenohrringe, und auch um den Hals hatte sie eine kleine Perlenkette hängen. Es war ein Kostüm mit langer, taillierter Jacke, zweireihig und ganz zugeknöpft, ohne eine Bluse darunter, nur bloße Haut und ein diskreter Brustansatz.

»Ich hab dich nicht gesehen«, sagte Mona.

Rowan nickte. »Weißt du, wer diese Sachen für mich gekauft

hat?« Ihre Stimme klang schokoladig und geschmeidig wie gestern abend; alles Rauhe war daraus verschwunden.

»Wahrscheinlich dieselbe Person, die auch dieses Kleid für mich gekauft hat«, meinte Mona. »Beatrice. Meine Schränke platzen vor lauter Zeug von Beatrice. Und alles ist aus Seide.«

»Meinen Schränken geht's genauso«, sagte Rowan, und wieder kam dieses strahlende Lächeln.

Rowan hatte sich das Haar aus der Stirn gebürstet, aber ansonsten fiel es ganz natürlich in lockeren Wellen über den Kragen. Ihre Wimpern waren sehr dunkel und ausgeprägt, und ihr blasser, violett-rosa Lippenstift umriß sauber den schön geformten Mund.

»Dir geht's wirklich wieder gut, was?« fragte Mona.

»Setz dich hierher«, sagte Rowan und zeigte auf den Stuhl am anderen Ende des Tisches.

Mona gehorchte.

Rowan verströmte einen kostbaren Duft, eine Mischung aus Zitrusfrüchten und Regen.

Und ihr Kostüm war wirklich klasse; in den Tagen vor der Hochzeit hatte man sie nie in etwas so bewußt Sinnlichem gesehen.

Rowan senkte den Kopf und drückte ihre Zigarette aus. Eine aschblonde Locke fiel nach vorn in die Mulde der Wange. Ihr Gesicht wirkte schmal und furchtbar dramatisch. Es war, als hätten Krankheit und Schmerz ihr jene Hagerkeit verliehen, für die Starlets und Models sich zu Tode hungerten.

Schönheit von dieser Art konnte Mona nicht für sich beanspruchen. Rotes Haar und Kurven, mehr hatte sie nicht zu bieten, und das würde immer so sein. Wem das nicht gefiel, dem würde Mona nicht gefallen.

Rowan lachte leise.

»Wie lange machst du es jetzt?« fragte Mona und nahm einen großen Schluck von ihrem Kaffee. Er hatte jetzt genau die richtige Temperatur. Köstlich. In zwei Minuten wäre er zu kalt gewesen. »Meine Gedanken lesen, meine ich. Du machst es nicht dauernd, oder?«

Darauf war Rowan nicht vorbereitet, aber sie schien ein wenig belustigt zu sein. »Nein, ganz und gar nicht. Ich würde sagen, es passiert blitzartig, wenn man irgendwie mit anderem beschäftigt ist, gleichsam versunken in eigenen Überlegungen. Es ist, als ob man plötzlich ein Streichholz anzünden würde.«

»Yeah, das gefällt mir. Ich weiß, wovon du redest.« Mona nahm einen großen Schluck Orangensaft und dachte, wie gut er doch war und wie kalt. Einen Augenblick lang tat ihr der Kopf weh von der Kälte. Sie bemühte sich, Rowan nicht ehrfürchtig anzustarren. Es war, als wäre sie in einen Lehrer verknallt – etwas, was Mona noch nie passiert war.

»Wenn du mich ansiehst«, sagte Rowan, »kann ich überhaupt nichts lesen. Vielleicht sind es deine grünen Augen, die mich blenden. Die darfst du nicht vergessen bei deiner Bestandsaufnahme. Makellose Haut, rotes Haar, für das es sich zu sterben lohnt, lang und unerhört dicht, und ungeheure grüne Augen. Dann der Mund, und dieser Körper. Nein – ich glaube, daß dein Blick auf dich selbst zur Zeit ein bißchen verschwommen ist. Vielleicht liegt es auch nur daran, daß du dich mehr für andere Dinge interessierst – das Vermächtnis, das, was Aaron zugestoßen ist, und wann Yuri zurückkommt.«

Neunmalkluge Antworten kamen Mona in den Sinn und verblaßten gleich wieder. Nie im Leben hatte sie länger als nötig vor dem Spiegel gestanden. Heute morgen hatte sie überhaupt noch nicht hineingeschaut.

»Hör zu, ich habe nicht viel Zeit«, sagte Rowan und legte die gefalteten Hände auf den Tisch. »Ich muß ohne Umschweife mit dir reden.«

»Ja, nur zu«, sagte Mona. »Bitte.«

»Mir ist völlig klar, daß du die Erbin bist. Es gibt keinen Groll von meiner Seite. Du bist die beste denkbare Wahl. Du hast die Intelligenz, die Stabilität, die Zähigkeit. Du hast die perfekte Gesundheit. Oh, die Extra-Chromosomen sind auch vorhanden, sicher, aber die haben Mayfair-Frauen und -Männer schon seit Jahrhunderten. Es gibt keinen Grund, anzunehmen, daß das, was Weihnachten passiert ist, je wieder passieren wird.«

»Yeah, das denke ich mir auch«, sagte Mona. »Außerdem brauche ich ja keinen zu heiraten, der diese Chromosomen hat, oder? Ich bin in keinen Verwandten verliebt. Oh, ich weiß, das wird sich noch ändern, denkst du, aber ich meine, zur Zeit gibt es keine Sandkastenliebe zu jemandem, der mit den tödlichen Genen behaftet ist.«

Rowan dachte darüber nach und nickte dann. Sie schaute in ihre Kaffeetasse, nahm den letzten Schluck und stellte die Tasse dann beiseite.

»Ich nehme dir auch nicht übel, was mit Michael passiert ist. Das muß dir ebenfalls klar sein.«

»Das ist schwer zu glauben. Ich denke nämlich, es war ein großes Unrecht, was ich da getan habe.«

»Eine Gedankenlosigkeit vielleicht, aber kein Unrecht. Außerdem, ich glaube, daß ich verstehe, was da wirklich passiert ist. Michael spricht nicht darüber. Ich meine auch nicht die Verführung. Ich meine die Wirkung.«

»Wenn ich ihn geheilt habe, dann komme ich am Ende doch nicht in die Hölle.« Mona preßte die Lippen zu einem traurigen Lächeln zusammen. Es lag mehr als nur eine Spur von Schuldbewußtsein und Selbsthaß in ihrem Gesicht, und das wußte sie. Aber sie war jetzt so erleichtert, daß sie es nicht in Worte fassen konnte.

»Du hast ihn geheilt, und vielleicht war es dir so bestimmt. Vielleicht können wir eines Tages über die Träume reden, die du hattest, und über das Victrola, das im Wohnzimmer erschienen ist.«

»Dann hat Michael dir davon erzählt?«

»Nein, du hast mir davon erzählt. Die ganze Zeit da draußen hast du darüber nachgedacht, hast an den Walzer aus *La Traviata* gedacht und an Juliens Geist, der dir sagte, du solltest es tun. Aber das ist mir nicht so wichtig. Wichtig ist, daß du nicht mehr befürchtest, ich könnte dich hassen. Du mußt stark sein, um die Erbin zu werden, vor allem, wenn die Dinge so liegen wie jetzt. Da darfst du dir nicht um die falschen Dinge Sorgen machen.«

»Ja, du hast recht. Du trägst mir wirklich nichts nach. Das weiß ich.«

»Du hättest es schon früher wissen können«, sagte Rowan. »Du bist stärker als ich, weißt du. Die Gedanken und Gefühle anderer Leute zu lesen, das ist fast wie ein Trick. Mir war es als Kind immer zuwider. Es hat mir angst gemacht. Viele Kinder mit dieser Gabe haben Angst davor. Später habe ich gelernt, sie auf eine subtile, beinahe unbewußte Weise einzusetzen. Warte einen Herzschlag lang, wenn jemand etwas zu dir sagt, vor allem, wenn seine Worte verwirrend sind. Warte einen Herzschlag lang, und du wirst wissen, was er empfindet.«

»Du hast recht, so ist es. Ich hab's auch versucht.«

»Es wird besser und stärker. Ich möchte meinen, bei dem, was du schon weißt – über alles –, dürfte es leichter für dich sein. Ich sollte abscheulich normal sein, eine Einserstudentin mit naturwissenschaftlichen Neigungen, aufgewachsen im Luxus eines wohlhabenden Einzelkindes. Was du bist, weißt du.«

Sie schwieg und zog eine Zigarette aus der Packung auf dem Tisch. »Es stört dich doch nicht, oder?«

»Nein, überhaupt nicht«, sagte Mona. »Ich mag den Geruch von Zigaretten, immer schon.«

Aber Rowan hielt inne, schob die Zigarette in die Packung zurück und legte das Feuerzeug daneben.

Sie sah Mona an, und ihr Gesicht wurde plötzlich wie unbeabsichtigt hart, als sei sie tief in Gedanken versunken und habe vergessen, ihr starkes Ich zu verhüllen.

Ihr Blick war so kalt und von stiller Wildheit, daß sie Mona wie geschlechtslos erschien. Ebensogut hätte es ein Mann sein können, der sie da anschaute, diese Person mit den grauen Augen, den dunklen, geraden Augenbrauen und dem weichen blonden Haar. Oder ein Engel. Eine wunderschöne Frau war es jedenfalls. Mona war von all dem viel zu fasziniert und aufgeregt, als daß sie sich hätte dazu zwingen können, die Augen niederzuschlagen.

Beinahe sofort milderte die Miene sich wieder, vielleicht absichtlich.

»Ich fahre nach Europa«, sagte Rowan. »Ich reise bald ab.«

»Wieso? Wo willst du hin? Weiß Michael Bescheid?« wollte Mona wissen.

»Nein«, sagte Rowan. »Und wenn er es erfährt, wird er wieder verletzt sein.«

»Rowan, Moment, das kannst du ihm nicht antun. Warum willst du weg?«

»Weil ich muß. Ich bin die einzige, die dieses kleine Geheimnis um die Talamasca lüften kann. Ich bin die einzige, die herausfinden kann, weshalb Aaron auf diese Weise sterben mußte.«

»Aber Michael – du mußt Michael mitnehmen, du mußt dir von ihm helfen lassen. Wenn du ihn noch einmal verläßt, Rowan, wird mehr als eine geschlechtsreife Dreizehnjährige nötig sein, um sein Ego und den letzten Rest seiner Manneswürde zu retten.«

Rowan hörte nachdenklich zu.

Mona bereute sofort, was sie da gesagt hatte, und im nächsten Augenblick fand sie, daß sie es nicht nachdrücklich genug gesagt hatte.

»Es wird weh tun«, sagte Rowan.

»Oh, mach dir nur nichts vor«, sagte Mona. »Vielleicht ist er auch gar nicht mehr hier, wenn du zurückkommst.«

»Was würdest du denn an meiner Stelle tun?« fragte Rowan.

Mona brauchte eine Sekunde, um diese Frage in all ihrer Tragweite zu erfassen. Sie nahm einen großen Schluck Orangensaft und schob das Glas zur Seite. »Das fragst du mich wirklich?«

»Es gibt niemanden, den ich lieber fragen würde.«

»Nimm ihn mit nach Europa. Warum denn nicht? Wieso muß er hierbleiben?«

»Es gibt Gründe«, sagte Rowan. »Er ist der einzige, der begreift, welche Gefahren der Familie drohen. Und dann ist da noch seine eigene Sicherheit . . . wie kritisch es damit ist, weiß ich allerdings nicht.«

»Seine Sicherheit? Wenn die Kerle von der Talamasca ihn aufs

Korn nehmen, dann wissen sie auch, wo sie ihn finden, wenn er hierbleibt. Außerdem, Rowan, was ist denn mit deiner eigenen Sicherheit? Du weißt mehr über all das als irgend jemand außer Michael. Brauchst du ihn denn nicht? Bist du wirklich bereit, allein da rüberzufahren?«

»Ich wäre ja nicht allein. Ich hätte Yuri.«

»Yuri?«

»Er hat heute früh wieder angerufen, vorhin erst.«

»Warum sagst du mir das nicht?«

»Ich sage es dir ja«, antwortete Rowan kühl. »Er hatte nur ein paar Augenblicke Zeit; er war in einer Telefonzelle in London. Ich habe ihn überredet, mich in Gatwick abzuholen. Ich habe nur noch ein paar Stunden Zeit.«

»Du hättest mich rufen sollen, Rowan. Du hättest...«

»Stop, Mona. Yuris Absicht war es, dir einzuschärfen, daß du in der Nähe deiner Familie bleiben sollst, unter steter Bewachung. Nur das ist jetzt wichtig. Er glaubt, daß es Leute gibt, die versuchen könnten, dich in ihre Gewalt zu bringen, Mona. Es war ihm sehr ernst. Mehr wollte er nicht sagen. Er sprach von den genetischen Untersuchungen, von Leuten, die Zugriff auf die Unterlagen hätten und zu dem Schluß gekommen seien, daß du die mächtigste Hexe im Clan bist.«

»Yeah, schön, das bin ich wahrscheinlich. Darauf bin ich schon vor langer Zeit selbst gekommen. Aber, Rowan, wenn sie es auf Hexen abgesehen haben, wieso sind sie dann nicht auch hinter dir her?«

»Weil ich nie wieder ein Kind bekommen kann, Mona. Aber du kannst es. Yuri meint, vielleicht wollen sie auch Michael. Michael hat Lasher gezeugt. Und diese bösen Menschen, wer immer sie sein mögen, werden versuchen, dich mit ihm zusammenzubringen. Ich glaube, daß Yuri sich irrt.«

»Wieso?«

»Zwei Hexen kreuzen? In der Erwartung, daß die Extra-Gene einen Taltos zustandebringen? Das ist heute so unwahrscheinlich wie eh und je. Man könnte sagen, daß die Kreuzung zweier Hexen die langwierigste Methode ist. Unseren Dokumenten zufolge hat der einzige erfolgreiche Versuch dreihundert Jahre gedauert. Und für diesen Erfolg war zielstrebiges Eingreifen erforderlich. Ich habe im entscheidenden Augenblick nachgeholfen. Vielleicht hätte es sonst gar nicht passieren können.«

»Aber Yuri meint, sie werden versuchen, Michael und mich dazu zu zwingen?«

»Ich bin nicht seiner Meinung«, sagte Rowan. »Ich glaube, die Schurken in diesem Stück haben Aaron ermordet, um ihre Spuren zu verwischen. Darum haben sie versucht, Yuri umzubringen. Darum werden sie vielleicht auch versuchen, eine Art Unfall für mich zu arrangieren. Andererseits . . .«

»Dann bist du in Gefahr! Und was ist mit Yuri passiert? Wann? Und wo?«

»Das ist ja der schlichte Sinn dessen, was ich sagen will«, erklärte Rowan. »Wir wissen nicht, wie groß die Gefahren für jeden irgendwie Beteiligten sind. Wir können es nicht wissen, weil wir die Motive der Mörder im Grunde nicht kennen. Yuris Theorie, daß sie nicht aufgeben werden, bis sie einen Taltos gezüchtet haben, ist offensichtlich die pessimistischste und geht am weitesten. Und danach sollten wir uns richten. Du und Michael, ihr müßt beschützt werden. Und Michael ist im Grunde der einzige in der Familie, der weiß, warum. Es ist unerläßlich, daß ihr hier im Hause bleibt.«

»Und du willst uns beide zusammen hierlassen? Schön gemütlich unter deinem eigenen Dach? Rowan, ich möchte dir etwas sagen, was 'ne Menge Mut erfordert.«

»Damit dürftest du keine Probleme haben«, sagte Rowan schlicht.

»Du unterschätzt Michael. Du nimmst ihn nicht ernst genug, in jeder Hinsicht. Er wird das nicht mitmachen. Und wenn du ihn hierläßt, ohne ihm etwas zu sagen, dann wird er nicht einfach die zugewiesene Rolle spielen. Wenn er das tut, was glaubst du, was der Mann in ihm dann will? Und wenn er es tun will – mit mir schlafen, meine ich –, was glaubst du, was ich dann bin? Rowan, du arrangierst das alles, als wären wir Schachfiguren, die du auf dem Brett hin und her schiebst. Aber das sind wir nicht.«

Rowan antwortete nicht, aber dann lächelte sie.

»Weißt du, Mona, ich wünschte, ich könnte dich mitnehmen«, sagte sie. »Ich wünschte, du könntest mitkommen.«

»Aber ich komme mit! Nimm mich und Michael mit! Wir sollten zu dritt fahren.«

»Die Familie würde einen solchen Verrat von mir niemals dulden«, sagte Rowan. »Und ich könnte es dir auch selbst nicht antun.«

»Das ist doch verrückt, Rowan. Wieso führen wir dieses Gespräch? Wieso fragst du mich nach meiner Meinung über das, was hier vorgeht?«

»Es gibt zu viele Gründe, Mona, weshalb du hier bei Michael bleiben mußt.«

»Und wenn wir tatsächlich miteinander ins Bett gehen?«

»Das liegt bei euch.«

»Klasse. Du haust ihn K.o. und erwartest, daß ich ihn tröste, aber ohne daß ich . . .«

Geistesabwesend zog Rowan eine Zigarette hervor, hielt dann wie beim erstenmal inne und schob sie mit leisem Seufzen wieder in die Packung.

»Von mir aus kannst du ruhig rauchen«, sagte Mona. »Ich tu's wegen meiner überlegenen Intelligenz nicht, aber . . .«

»Es wird dir bald nicht mehr egal sein.«

»Was soll das heißen?«

»Weißt du es nicht?«

Mona war verblüfft. »Willst du damit sagen . . . o Gott, ich hätte es wissen müssen.«

Sie lehnte sich zurück. Es war in der Vergangenheit so oft gerade noch mal gutgegangen.

»Es ist nicht gerade noch mal gutgegangen«, sagte Rowan. »Ist es von Yuri?«

»Nein«, sagte Mona. »Unmöglich. Sir Galahad war zu vorsichtig. Ich meine, das ist glattweg unmöglich.«

»Es ist Michaels Kind.«

»Ja. Aber bist du denn sicher, daß ich schwanger bin? Ich meine, es ist doch erst einen Monat her, und . . .«

»Ja«, sagte Rowan. »Die Hexe und die Ärztin in mir wissen das gleiche.«

»Es könnte also der Taltos sein«, sagte Mona.

»Suchst du einen Grund, um es wegmachen zu lassen?«

»Nein, absolut nicht. Nichts auf der Welt kann mich dazu bringen.«

»Bist du sicher?«

»Wie sicher muß ich denn sein? Rowan, dies ist eine katholische Familie. Wir machen keine Babys weg. Außerdem würde ich dieses Baby sowieso nicht wegmachen lassen, egal, wer der Vater ist. Und wenn es von Michael ist, haben alle um so mehr Grund, darüber glücklich zu sein, denn Michael gehört zur Familie. Du kennst uns wirklich nicht so gut, Rowan. Du begreifst es nicht, nicht mal jetzt. Wenn das Baby von Michael ist ... das heißt, wenn es wirklich da ist ...«

»Bitte sprich zu Ende.«

»Warum sprichst du nicht für mich zu Ende?«

»Weil ich gern hören möchte, wie du es sagst, wenn du nichts dagegen hast.«

»Wenn es von Michael ist, dann ist Michael der Vater der nächsten Generation, die dieses Haus erbt.«

»Ja.«

»Und wenn es ein Mädchen ist, dann könnte ich sie zur Empfängerin des Vermächtnisses bestimmen, und ... und du und Michael, ihr könntet die Paten sein, und wir könnten zusammen am Taufbrunnen stehen. Dann hätte Michael ein Kind, und ich hätte einen Vater für das Baby, wie ich ihn will, einen, dem alle vertrauen und den sie lieben können.«

»Ich wußte, du würdest es farbenprächtiger schildern, als ich es könnte«, sagte Rowan leise und ein bißchen betrübt. »Es hat meine Erwartungen noch übertroffen. Aber du hast recht. Es gibt immer noch Dinge in dieser Familie, die ich erst lernen muß.«

»Du kannst dir noch die Kirche von St. Alphonsus dazu vorstellen, wo Stella und Antha und Deidre getauft wurden. Und ich glaube ... ich glaube, dich haben sie auch dort getauft.«

»Das hat man mir nie erzählt.«

»Aber ich glaube, ich hab's so gehört. Es hört sich auch an wie etwas, das sie tun würden.«

»Was ist mit Yuri?« fragte Rowan. »Wird er dafür Verständnis haben?«

Ja, wollte Mona sagen, aber in Wahrheit wußte sie es nicht. Sie dachte an Yuri, wie er in jener letzten Nacht auf der Bettkante gesessen und zu ihr gesagt hatte: »Es gibt alle möglichen sehr wichtigen Gründe, weshalb du einen von deiner eigenen Verwandtschaft heiraten mußt.« Sie wollte nicht glauben, daß sie dreizehn und flatterhaft sei. Aber sie erkannte plötzlich, daß Yuris Verständnis für das Baby die geringste ihrer Sorgen war. Die allergeringste.

Ja, sie hatte noch nicht einmal gefragt, ob er verletzt war.

»Man hat versucht, ihn zu erschießen«, sagte Rowan, »und der Versuch ist fehlgeschlagen. Leider wurde der Mörder von dem, der den Versuch vereitelte, umgebracht. Und den Toten zu finden wird nicht leicht sein. Aber das werden wir sowieso nicht versuchen. Wir haben einen anderen Plan.«

»Hör zu, Rowan, was immer euer Plan sein mag, du mußt Michael das alles sagen. Du kannst nicht einfach verschwinden.«

»Ich weiß.«

»Wieso hast du keine Angst, daß diese Leute dich und Yuri auch umbringen?«

»Ich habe ein paar Waffen, die nur mir gehören. Und Yuri kennt das Mutterhaus in- und auswendig. Ich glaube, ich kann es schaffen, dort hineinzukommen. Ich kann eines der ganz alten Mitglieder erreichen, denen man vertraut und die man verehrt. Ich werde dann nur kurze Zeit mit ihm verbringen müssen, um herauszufinden, ob dieses Böse aus dem Orden selbst kommt oder von einer ganz kleinen Gruppe.«

»Ein einzelner kann es nicht sein, Rowan. Dafür sind zu viele gestorben.«

»Da hast du recht; drei von ihnen sind ebenfalls tot. Aber es könnte sich um eine kleine Gruppe innerhalb des Ordens handeln. Oder um Außenseiter, die Beziehungen zu jemandem im Orden unterhalten.«

»Du glaubst, du kannst zu den Schurken vordringen?«

»Ja.«

»Nimm mich als Köder!«

»Und das Baby? Wenn es von Michael ist...«

»Das ist es.«

»Dann haben sie es vielleicht eher darauf als auf dich abgesehen. Schau, ich möchte nicht spekulieren. Ich möchte von Hexen nicht reden wie von einer seltenen Ware für den, der es versteht, damit umzugehen, oder als ginge es um Frauen in der Familie, die einer neuen Spezies von verrückten Wissenschaftlern zum Opfer gefallen sind. Ich habe genug von verrückter Wissenschaft. Ich habe genug von Monstern. Ich will dem Ganzen nur noch ein Ende machen. Aber du kannst nicht mitkommen. Und Michael auch nicht. Ihr müßt hier bleiben.«

Rowan schob den schwarzen Seidenärmel zurück und warf einen Blick auf ihre kleine goldene Armbanduhr. Mona hatte diese Uhr noch nie bei ihr gesehen. Wahrscheinlich hatte Beatrice auch sie gekauft. Es war eine zarte Uhr, wie Frauen sie getragen hatten, als Beatrice ein junges Mädchen gewesen war.

»Ich gehe jetzt hinauf und rede mit meinem Mann«, sagte Rowan.

»Gott sei Dank«, sagte Mona. »Ich komme mit.«

»Nein, bitte.«

»Tut mir leid, aber ich komme mit.«

»Aus welchem Grund?«

»Weil ich sichergehen will, daß du ihm alles erzählst, was du ihm erzählen solltest.«

»Also schön, dann gehen wir eben zusammen. Vielleicht hast du mir eines voraus: Du wirst ihm einen Grund geben, mitzumachen. Aber ich will dich doch noch einmal fragen, Jezebel: Bist du sicher, daß das Kind von ihm ist?«

»Es ist von Michael. Ich kann dir sogar sagen, wann es wahrscheinlich passiert ist: nach Giffords Beerdigung. Da habe ich ihn noch einmal verführt. An Verhütungsmaßnahmen dachte ich dabei genausowenig wie beim erstenmal. Gifford war tot, und ich war vom Teufel besessen, das schwöre ich. Gleich danach versuchte jemand, durch das Bibliotheksfenster einzusteigen, und dann habe ich diesen Geruch gewittert.«

Rowan sagte nichts.

»Das war der Mann, nicht wahr? Er kam meinetwegen, nachdem er mit meiner Mutter zusammengewesen war. So muß es gewesen sein. Als er versuchte hereinzukommen, hat er mich aufgeweckt. Und dann bin ich zu ihr gegangen, und da war sie schon tot.«

»War er stark, der Geruch?«

»Sehr. Manchmal kann ich ihn immer noch riechen, hier im Wohnzimmer und oben im Schlafzimmer. Du nicht?«

Rowan gab keine Antwort.

»Ich möchte, daß du etwas tust, nur weil ich dich darum bitte«, sagte sie statt dessen.

»Was denn?«

»Erzähle Michael nichts von dem Baby, solange die üblichen Untersuchungen noch nicht gemacht worden sind. Und noch etwas, wenn du nichts dagegen hast.«

»Schieß los.«

»Wenn du Michael von dem Baby erzählst und dich später dafür entscheidest, es wegmachen zu lassen, wird ihn das umbringen. Zweimal ist es ihm schon versprochen und dann nicht erfüllt worden. Wenn es noch Zweifel gibt, irgendeinen Zweifel, erzähl's ihm nicht, bis dieser Zweifel beseitigt ist.«

»Ich kann es nicht erwarten, es ihm zu erzählen. Ich kann meine Ärztin dazu bringen, daß sie mir noch heute nachmittag einen Termin gibt. Ich sage ihr einfach, ich kriege einen Nervenzusammenbruch und bin schon unterwegs zu ihr. Solche Sachen ist sie bei mir gewohnt. Und wenn die Tests okay sind, wird mich nichts davon abhalten, es ihm zu sagen. Und nichts, ich meine, überhaupt nichts, wird verhindern können, daß mein Baby auf die Welt kommt.«

Sie wollte aufstehen, als ihr klar wurde, was sie da gesagt hatte, und daß Rowan nie wieder vor diesem speziellen Dilemma stehen würde. Aber Rowan schien von ihren Worten überhaupt nicht gekränkt zu sein. Ihr Gesicht war sehr ruhig. Sie betrachtete ihre Zigarette.

»Verschwinde jetzt, damit ich in Ruhe rauchen kann, ja?« sagte sie lächelnd. »Und dann wecken wir Michael. In anderthalb Stunden geht mein Flugzeug.«

»Rowan, ich ... es tut mir immer noch leid, daß ich mit ihm geschlafen habe. Aber daß ich das Kind bekomme, das kann ich nicht bedauern.«

»Ich auch nicht«, sagte Rowan. »Wenn er mit einem eigenen Kind aus dieser Sache herauskommt und mit einer Mutter, die ihm erlaubt, es zu lieben, dann wird er vielleicht im Laufe der Jahre eine Möglichkeit finden, mir alles zu verzeihen. Vergiß nur eines nicht: Ich bin immer noch seine Frau, Jezebel. Du hast den Smaragd und das Baby. Aber Michael gehört immer noch mir.«

»Schon verstanden«, sagte Mona. »Ich hab dich wirklich gern, Rowan. Wirklich. Mal ganz davon abgesehen, daß ich dich liebe, weil du meine Cousine bist und wir Mayfairs sind. Wenn ich nicht schwanger wäre, würde ich dich zwingen, mich mitzunehmen, um Yuris und deinetwillen und auch wegen der anderen.«

»Und wie würdest du mich zwingen, Mona?«

»Wie hast du noch gesagt? Geheime Waffen, die nur mir gehören.«

Sie schauten einander an, und dann nickte Rowan langsam und lächelte.

7

Es war schlammig und kalt auf dem Berg, aber noch nie, weder im Sommer noch im Winter, hatte Marklin diesen glitschigen Aufstieg hinter sich gebracht, ohne ihn zu genießen – neben dem Holy Thorn auf dem Gipfel des Wearyall Hill zu stehen und auf die anheimelnde, pittoreske Stadt Glastonbury hinunterzuschauen. Das Land ringsumher war immer grün, auch im Winter, aber jetzt hatte es die frische, intensive Farbe des Frühlings.

Marklin war dreiundzwanzig, eine sehr lichte Erscheinung mit blonden Haaren, blaßblauen Augen und einer dünnen, hellen Haut, die leicht fror. Er trug einen wollgefütterten Regenmantel, ein Paar Lederhandschuhe und eine kleine Wollmütze, die besser wärmte, als man es von einem so kleinen Kleidungsstück erwartet hätte.

Er war achtzehn gewesen, als Stuart ihn hergebracht hatte – eifrige Studenten waren sie damals gewesen, er und Tommy, in Oxford verliebt, in Stuart verliebt, und erpicht auf jedes Wort aus Stuarts Munde.

Während ihrer Zeit in Oxford hatten sie diesen Ort mit regelmäßigen Besuchen beehrt. Sie hatten kleine, gemütliche Zimmer im »George and Pilgrims«-Hotel bezogen und waren zusammen die High Street hinunterspaziert, wo sie die Buchhandlungen und die Läden, die Kristallkugeln und Tarotkarten verkauften, durchstöberten. Flüsternd hatten sie einander von ihren geheimen Forschungen erzählt, von ihrem scharfen, wissenschaftlichen Blick auf Dinge, die anderen rein mythologisch erschienen. Die einheimischen Gläubigen, wahlweise als Althippies oder als New-Age-Jünger bezeichnet, und auch die Bohemiens und Künstler, die der Charme eines solchen Landes anzulocken pflegte, hatten keinerlei Reiz für sie.

Sie waren dafür, die Vergangenheit zu entschlüsseln, und zwar schnell und mit allen Werkzeugen, die ihnen zu Gebote standen. Und Stuart, ihr Lehrer in den alten Sprachen, war ihr Priester gewesen, ihre magische Verbindung zu einem wahren Heiligtum: zur Bibliothek und zu den Archiven der Talamasca.

An jenem Steinhaufen auf dem Gipfel des Berges, am Glastonbury Tor war es gewesen, im letzten Jahr, nach der Entdekkung Tessas, als Stuart zu ihnen gesagt hatte: »In euch beiden habe ich alles gefunden, was ich bei einem Gelehrten, einem Schüler oder einem Novizen je gesucht habe. Ihr seid die ersten, denen ich wirklich alles geben will, was ich weiß.«

Das war Marklin wie eine unermeßliche Ehre erschienen – größer als alle Auszeichnungen, die er in Eton oder Oxford errungen hatte oder wohin ihn seine Studien später noch geführt hatten.

Es war sogar ein noch größerer Augenblick gewesen als die Aufnahme in den Orden. Und jetzt, rückblickend, wußte er, daß diese Aufnahme nur etwas bedeutet hatte, weil sie für Stuart alles bedeutet hatte, Stuart, der sein Leben als Mitglied der Talamasca verbracht hatte und bald, wie er so oft sagte, in ihren Mauern sterben würde.

Stuart war jetzt siebenundachtzig und vielleicht der älteste unter den aktiven Männern der Talamasca, wenn man den Sprachunterricht als eine Aktivität der Talamasca bezeichnen konnte, denn eigentlich war es eher Stuarts spezielle Leidenschaft im Ruhestand. Sein Reden vom Tod war weder romantisch noch melodramatisch. Und eigentlich hatte seine nüchterne, sachliche Einstellung gegenüber dem, was vor ihm lag, sich durch nichts erschüttern lassen.

»Ein Mann in meinem Alter, der seinen Verstand noch beisammen hat? Wenn er im Angesicht des Todes nicht tapfer ist, wenn er nicht neugierig ist, wenn er nicht ziemlich erpicht darauf ist, zu sehen, was passiert – na, dann hat er sein Leben verschwendet. Dann ist er ein verdammter Narr.«

Selbst die Entdeckung Tessas hatte es nicht vermocht, Stuart mit einer letzten verzweifelten Sehnsucht nach Verlängerung der Zeit, die ihm noch blieb, zu infizieren. Seine Hingabe an Tessa, sein Glaube an sie, hatte keinen Platz für etwas so Kleinliches. Marklin fürchtete Stuarts Tod weit mehr, als Stuart selbst es tat. Und Marklin wußte jetzt, daß er den Bogen bei Stuart überspannt hatte und daß er ihn behutsam zum Augenblick des

Einverständnisses zurückführen mußte. Stuart an den Tod zu verlieren war unvermeidlich; Stuart vor der Zeit zu verlieren war undenkbar.

»Ihr steht auf dem geheiligten Boden von Glastonbury«, hatte Stuart ihnen an jenem Tag gesagt, als alles begonnen hatte. »Wer liegt in diesem Steinhaufen begraben? Arthur selbst, oder nur die namenlosen Kelten, die uns ihre Münzen hinterlassen haben, ihre Waffen, ihre Boote, mit denen sie die Meere bereisten, die aus diesem Land die Insel Avalon machten? Wir werden es niemals wissen. Aber es gibt Geheimnisse, die wir ergründen können, und die Implikationen dieser Geheimnisse sind so ungeheuerlich, so revolutionär und so beispiellos, daß sich dafür unsere Gefolgschaftstreue gegenüber dem Orden lohnt, daß sich jedes Opfer lohnt, das wir vielleicht bringen müssen.«

Daß Stuart jetzt drohte, Marklin und Tommy aufzugeben, daß er sich in Zorn und Abscheu gegen sie gewendet hatte, das war etwas, das Marklin hätte vermeiden können. Es war nicht nötig gewesen, Stuart den ganzen Plan zu offenbaren. Und jetzt war es Marklin klar, daß seine Weigerung, die ganze Verantwortung selbst zu übernehmen, diesen Riß verursacht hatte. Stuart hatte Tessa ... Stuart hatte seine Wünsche deutlich gemacht. Aber man hätte Stuart niemals sagen dürfen, was wirklich passiert war. Das war der Fehler gewesen, und Marklin konnte es nur seiner eigenen Unreife anlasten, daß er Stuart so sehr geliebt und sich deshalb gezwungen gefühlt hatte, ihm alles zu erzählen.

Er würde Stuart zurückgewinnen. Stuart hatte sich bereiterklärt, heute hier zu erscheinen. Ohne Zweifel war er schon da und stattete dem Brunnen namens Chalice Well einen Besuch ab, wie er es immer tat, bevor er den Wearyall Hill heraufkam und sie zum Steinhaufen führte. Marklin wußte, wie sehr Stuart ihn liebte. Dieser Zwist würde sich beilegen lassen, mit einem Appell aus tiefster Seele, mit Poesie und mit ehrlicher Inbrunst.

Daß sein eigenes Leben lang sein würde, daß dies nur das erste seiner dunklen Abenteuer sein würde, daran zweifelte

Marklin nicht. Ihm würde der Schlüssel zum Tabernakel gehören, die Schatzkarte, die Formel für den Zaubertrank. Dessen war er sich völlig sicher. Doch wenn dieser erste Plan in einer Niederlage endete, wäre das eine moralische Katastrophe. Natürlich würde er weitermachen, aber seine Jugend war eine ununterbrochene Kette von Erfolgen gewesen, und so mußte auch dies ein Erfolg werden, damit sein Aufstieg nicht an Schwung verlor.

Ich muß gewinnen, ich muß immer gewinnen. Ich darf niemals etwas in Angriff nehmen, was ich nicht absolut erfolgreich zu Ende bringen kann. Dies war immer Marklins persönliches Gelübde gewesen. Er war ihm niemals untreu geworden.

Was Tommy anging, Tommy war den Gelübden treu, die sie alle drei abgelegt hatten, er war dem Konzept treu und der Person Tessa. Um Tommy brauchte er sich keine Sorgen zu machen. Tief versunken in seine Computerarbeit, in seine präzisen Chronologien und Tabellen, drohte Tommy niemals aufzubegehren, und zwar aus eben denselben Gründen, die ihn so wertvoll machten: Er war keiner, der das Gesamtbild sah oder seine Gültigkeit in Frage stellte.

In einem sehr fundamentalen Sinn konnte man sagen, daß Tommy sich nie veränderte.

Tommy war derselbe Junge, den Marklin in Kindertagen liebgewonnen hatte – ein Sammler, ein Ordner, ein Archiv in sich, ein Ermittler. Tommy ohne Marklin hatte es nie gegeben, soweit Marklin wußte. Mit zwölf hatten sie einander das erstemal gesehen, im Internat in Amerika. Tommys Zimmer war vollgestopft gewesen mit Fossilien, Landkarten, Tierknochen, einer Computerausrüstung der esoterischsten Art und einer gewaltigen Sammlung von Science-fiction-Taschenbüchern.

Tommys Loyalität hatte nie auch nur einen Augenblick lang in Frage gestanden. Im Gegenteil.

Marklin begann zu frieren, aber das störte ihn nicht.

Glastonbury würde für ihn nie etwas anderes sein als ein geweihter Ort, auch wenn er glaubte, daß buchstäblich so gut wie nichts damit verbunden war.

Skrupellosigkeit. Das war das Gebot der Stunde, und das hatte Stuart nicht einsehen können.

Ja, die Sache war schrecklich schiefgegangen, daran gab es keinen Zweifel. Es waren Menschen geopfert worden, deren Unschuld und deren Bedeutung sicher anderes verdient hätten. Aber das war nicht ausschließlich Marklins Schuld. Und wenn eine Lektion dabei zu lernen war, dann die, daß dies alles letzten Endes unwichtig war.

Die Zeit ist gekommen, da ich meinen Lehrer unterweisen muß, dachte Marklin.

Meilenweit entfernt vom Mutterhaus, hier unter freiem Himmel, an einem Treffpunkt, der durch unsere eigenen jahrelangen Gewohnheiten hinreichend erklärt ist, werden wir wieder zusammenfinden. Nichts ist verloren.

Tommy war gekommen.

Tommy kam immer als Zweiter. Marklin beobachtete, wie Tommys antiker Roadster seine Fahrt verlangsamte, als er die High Street herunterkam. Er beobachtete, wie Tommy einen Parkplatz fand und schließlich die Tür zuschlug – wie immer, ohne sie abzuschließen – und wie er dann seinen Aufstieg begann.

Und wenn Stuart nun nicht kommen würde? Wenn er gar nicht in der Nähe war? Wenn er seine Jünger wirklich aufgegeben hatte? Ausgeschlossen.

Stuart war am Brunnen. Er trank immer daraus, wenn er kam, und er würde daraus trinken, wenn er wieder ginge. Seine Wallfahrten hierher waren so streng reglementiert wie die eines alten Druiden oder eines christlichen Mönches. Von Schrein zu Schrein reiste Stuart.

Diese Gewohnheiten seines Lehrers hatten immer ein zärtliches Gefühl in Marklin erweckt, ebenso wie Stuarts Worte. Stuart hatte sie einem dunklen Leben »geweiht«, einem Leben, in dem sie »Mystik und Mythos« durchdringen sollten, »um die Hände auf das Grauen und die Schönheit in ihrem innersten Kern zu legen.«

Es schien erträgliche Lyrik, damals wie heute. Stuart mußte

nur daran erinnert werden, Stuart mußte mit Metaphern und hehren Empfindungen überzeugt werden.

Tommy hatte den Baum fast erreicht. Er setzte seine Schritte vorsichtig, denn es geschah leicht, daß man auf dem schlüpfrigen Boden den Halt verlor und stürzte. Marklin war es auch schon passiert, vor Jahren einmal, als sie mit ihren Wallfahrten begonnen hatten. Es hatte bedeutet, daß er eine Nacht im »George and Pilgrims« hatte zubringen müssen, während seine Kleidung gründlich gereinigt wurde.

Nicht schlimm, daß es passiert war; es war ein wunderbarer Abend geworden. Stuart war mit ihm dageblieben. Sie hatten die Nacht hindurch miteinander geredet, obwohl Marklin auf einen geborgten Hausmantel, Pantoffeln und ein winziges, bezauberndes Zimmer angewiesen war und sich beide vergebens danach gesehnt hatten, um Mitternacht den Hügel zu besteigen und mit dem Geist des schlafenden Königs zu sprechen.

Natürlich hatte Marklin im Leben nicht einen Augenblick lang geglaubt, daß König Arthur unter dem Steinhaufen namens Glastonbury Tor schlief. Hätte er es geglaubt, so hätte er eine Schaufel genommen und angefangen zu graben.

Stuart war erst spät im Leben zu der Überzeugung gelangt, daß ein Mythos nur interessant war, wenn eine Wahrheit dahinter verborgen war, und daß man diese Wahrheit finden könne, sogar den materiellen Nachweis dafür.

Gelehrte, dachte Marklin, haben einen unvermeidlichen Makel: Worte und Taten werden eins für sie. Das war der eigentliche Grund für die derzeitige Verwirrung. Mit siebenundachtzig Jahren hatte Stuart seinen vielleicht ersten Ausflug in die Realität unternommen.

Realität und Blut waren zwei Seiten einer Medaille.

Tommy trat endlich an Marklins Seite. Er blies in seine kalten Hände und zog dann seine Handschuhe aus den Taschen – eine klassische Tommy-Vorstellung: Er wanderte den Hang ohne sie herauf, vergaß überhaupt, daß sie existierten, bis er Marklins Lederhandschuhe sah, die er ihm selbst vor langer Zeit geschenkt hatte.

»Wo ist Stuart?« fragte Tommy. Er starrte Marklin an, und seine Augen waren riesengroß hinter den runden, dicken, randlosen Brillengläsern. Sein rotes Haar war adrett kurzgeschnitten, so daß er aussah wie ein Rechtsanwalt oder ein Banker. »Wo ist er?«

Marklin war im Begriff zu sagen, daß Stuart nicht gekommen sei, aber da entdeckte er ihn, wie er sich gerade an die letzte Etappe des Aufstiegs machte. Er war mit dem Wagen so weit heraufgefahren, wie es am Wearyall Hill erlaubt war. Das war eigentlich gar nicht seine Art.

Aber ansonsten schien Stuart unverändert zu sein – groß und schmal, in seinem vertrauten Mantel; der Cashmereschal, den er um den Hals trug, flatterte hinter ihm im Wind, und sein hageres Gesicht war wie aus Holz geschnitzt. Sein graues Haar erinnerte an die Federn einer Dohle. Es war, als habe er sich im letzten Jahrzehnt fast gar nicht verändert.

Er sah Marklin ins Gesicht, als er näherkam. Und Marklin merkte, daß er selbst zitterte. Tommy trat beiseite. Stuart blieb zwei Schritte weit vor ihnen stehen; die Fäuste geballt, das schmale Gesicht schmerzerfüllt.

»Ihr habt Aaron ermordet!« rief er. »Ihr beide. Ihr habt Aaron ermordet. Wie in Gottes Namen konntet ihr so etwas tun?«

Marklin war sprachlos; all sein Selbstvertrauen und all seine Pläne ließen ihn plötzlich im Stich. Er versuchte das Zittern in seinen Händen zu unterdrücken. Er wußte, wenn er jetzt sprechen würde, wäre seine Stimme dünn und ohne jede Autorität. Er konnte es nicht ertragen, wenn Stuart zornig oder enttäuscht war.

»Lieber Gott, was habt ihr bloß getan, ihr beide!« wütete Stuart. »Und was habe ich getan, daß ich diese Sache in Gang gesetzt habe? Lieber Gott, die Schuld liegt bei mir!«

Marklin schluckte, aber er schwieg weiter.

»Du, Tommy, wie konntest du dich daran beteiligen?« fuhr Stuart fort. »Und Mark. Mark, du, der Urheber des Ganzen!«

»Stuart, Sie müssen mich anhören!« rief Marklin, ehe er sich versah.

»Dich anhören?« Stuart kam näher und vergrub die Fäuste in den Manteltaschen. »Dich anhören soll ich? Ich will dir eine Frage stellen, mein brillanter junger Freund, meine schönste, meine tapferste Hoffnung! Was soll dich daran hindern, mich jetzt auch zu ermorden, wie du es mit Aaron und mit Yuri Stefano getan hast?«

»Stuart, ich habe es für Sie getan«, beharrte Marklin. »Wenn Sie nur zuhören wollten, dann würden Sie mich verstehen. Es sind doch nur die Blumen aus der Saat, die Sie gestreut haben. Aaron mußte zum Schweigen gebracht werden. Daß er noch nicht Bericht erstattet hatte, daß er noch nicht ins Mutterhaus zurückgekehrt war, war reines Glück, Stuart! Es hätte jeden Tag geschehen können, und Yuri Stefano wäre auch gekommen. Sein Besuch in Donnelaith war eine Unwägbarkeit; er hätte vom Flughafen aus geradewegs nach Hause kommen können.«

»Du sprichst von Umständen, du sprichst von Detailfragen!« Stuart machte einen Schritt auf sie zu.

Tommy blieb ruhig und scheinbar unbewegt stehen; sein rotes Haar war vom Wind zerzaust, und seine Augen blinzelten hinter den Brillengläsern. Er beobachtete Stuart unverwandt, und seine Schulter berührte beinahe Marklins Arm.

Stuart war außer sich. »Du sprichst von Sachzwängen, aber du sprichst nicht von Leben und Tod, mein Schüler«, beharrte er. »Wie konntest du das tun? Wie konntest du Aarons Leben ein Ende setzen?«

Seine Stimme versagte, und ein Schmerz trat zutage, der so ungeheuerlich war wie sein Zorn. »Ich würde dich vernichten, Mark, wenn ich das könnte«, sagte Stuart. »Aber ich kann so etwas nicht tun, und vielleicht habe ich deshalb geglaubt, du könntest es auch nicht. Aber du hast mich erstaunt, Mark.«

»Stuart, die Sache war jedes Opfer wert. Was ist ein Opfer, wenn es kein moralisches Opfer ist?«

Stuart war entsetzt, aber was blieb Marklin übrig, als sich ins kalte Wasser zu stürzen? Eigentlich sollte auch Tommy etwas sagen, dachte er, aber er wußte, wenn Tommy spräche, würde er ihm beipflichten. Er stand unbeirrbar an seiner Seite.

»Ich habe diejenigen beseitigt, die uns hätten aufhalten können«, sagte Mark. »Mehr ist nicht dabei, Stuart. Sie trauern um Aaron, weil Sie ihn gekannt haben.«

»Hör auf damit«, sagte Stuart erbittert. »Ich trauere um unschuldiges Blut, das vergossen wurde. Ich trauere wegen einer monströsen Dummheit! O ja, das war es! Glaubst du, der Orden wird den Tod eines solchen Mannes ungesühnt lassen? Du glaubst, du kennst die Talamasca. Du glaubst, mit deinem raffinierten jungen Verstand könntest du sie nach diesen paar Jahren vollständig durchschauen. Aber du hast nichts weiter entdeckt als ihre organisatorischen Schwächen. Du könntest dein ganzes Leben in der Talamasca verbringen und würdest sie nicht kennen. Aaron war mein Bruder! Du hast meinen Bruder ermordet! Du hast mich verraten, Mark. Du hast Tommy verraten. Du hast dich selbst verraten. Du hast Tessa verraten.«

»Nein«, widersprach Mark. »Sie sagen nicht die Wahrheit, und das wissen Sie. Sehen Sie mich an, Stuart. Sehen Sie mir in die Augen. Sie haben es mir überlassen, Lasher herzubringen. Sie haben es mir überlassen, alles zu planen, statt in der Bibliothek zu sitzen. Mir und Tommy. Glauben Sie, das alles hätte ohne uns inszeniert werden können?«

»Du übersiehst einen entscheidenden Punkt, nicht wahr, Mark?« sagte Stuart. »Du bist gescheitert. Du hast den Taltos nicht gerettet und hierhergebracht. Deine Soldaten waren Trottel, und so muß man das gleiche von ihrem General sagen.«

»Stuart, haben Sie doch Geduld mit uns«, sagte Tommy in seinem gewohnt nüchternen Ton. »Ich wußte schon, als wir das erstemal darüber sprachen, daß sich dies nicht würde bewerkstelligen lassen, ohne daß jemand mit seinem Leben dafür bezahlen würde.«

»Aber so etwas hast du nie zu mir gesagt, Tommy.«

»Ich darf Sie daran erinnern«, antwortete Tommy unverändert monoton, »daß Sie uns erklärt haben, wir sollten dafür sorgen, daß Aaron und Yuri sich nicht einmischen, wir sollten alle Hinweise darauf vernichten, daß dieser Taltos in der Familie Mayfair geboren worden war. Auf welche Weise sollte das denn geschehen, wenn nicht so, wie wir es getan haben? Stuart, wir haben nichts getan, dessen wir uns schämen müßten. Was wir anstreben, läßt alle diese Dinge absolut bedeutungslos erscheinen.«

Marklin bemühte sich verzweifelt, einen Seufzer der Erleichterung zu unterdrücken.

Stuarts Blick ging zwischen Tommy und Marklin hin und her, hinaus über die fahle Landschaft mit ihren sanft gewellten grünen Hügeln und schließlich hinauf zum Gipfel des Glastonbury Tor. Er wandte ihnen den Rücken zu und senkte den Kopf, als kommuniziere er mit einer eigenen Gottheit.

Marklin trat an ihn heran und legte ihm zögernd die Hände auf die Schultern. Er überragte Stuart; im Alter hatte Stuart ein wenig von seiner früheren Körpergröße eingebüßt. Marklin näherte sich seinem Ohr.

»Stuart, die Würfel waren gefallen, als wir den Wissenschaftler beseitigten. Es gab kein Zurück. Und der Arzt . . .«

»Nein.« Stuart schüttelte emphatisch den Kopf. Er fixierte mit schmalen Augen den Gipfel. »Diese Todesfälle hätte man dem Taltos selbst in die Schuhe schieben können, versteht ihr denn nicht? Das war doch das Schöne daran. Der Taltos hat den Tod dieser beiden Männer, die doch die Erkenntnisse, die sie gewonnen hatten, nur hätten mißbrauchen können, gleichsam annulliert!«

»Stuart«, sagte Mark, dem sehr wohl bewußt war, daß Stuart nicht versucht hatte, sich aus der leichten Umarmung zu befreien. »Sie müssen verstehen, daß Aaron unser Feind wurde, nachdem er zum offiziellen Feind der Talamasca wurde.«

»Feind? Aaron war nie ein Feind der Talamasca! Deine gefälschte Exkommunikation hat ihm das Herz gebrochen.«

»Stuart«, sagte Mark flehentlich. »Ich sehe im Rückblick ein, daß die Exkommunikation ein Fehler war. Aber sie war unser einziger Fehler.«

»In der Frage der Exkommunikation hatten wir keine Wahl«, stellte Tommy nüchtern fest. »Entweder das, oder wir mußten riskieren, jeden Augenblick entdeckt zu werden. Ich habe getan, was ich tun mußte, und ich habe es verdammt überzeugend getan. Eine gefälschte Korrespondenz zwischen den Ältesten und Aaron hätte ich nicht lange aufrechterhalten können. Das wäre zuviel gewesen.«

»Ich gebe ja zu«, sagte Marklin, »daß es ein Fehler war. Aber wenn wir einen Fehler begangen haben, Stuart, dann haben wir ihn zu dritt begangen. Wir hätten ihn und Yuri Stefano nicht vor den Kopf stoßen sollen. Wir hätten sie fester im Griff haben und unser Spiel besser spielen müssen.«

»Das Netz war so schon zu kompliziert geworden«, erwiderte Stuart. »Ich warne euch, alle beide. Tommy, komm her. Ich warne euch. Erhebt ja nicht eure Hand gegen die Familie Mayfair! Ihr habt genug angerichtet. Ihr habt einen Mann vernichtet, der besser war als jeder andere, den ich kannte, und ihr habt es um eines so geringfügigen Vorteils willen getan, daß der Himmel es euch vergelten wird. Aber erhebt ja nicht die Hand gegen die Familie, nur um zu schützen, was uns jetzt noch bleibt!«

»Ich glaube, wir haben es schon getan«, sagte Tommy in seinem gewohnten, praktischen Tonfall. »Aaron Lightner hatte erst vor kurzem geheiratet: Beatrice Mayfair. Außerdem war er inzwischen so eng mit Michael Curry befreundet – und überhaupt mit der ganzen Sippe –, daß diese Heirat kaum noch nötig war, um diese Beziehung zu zementieren. Aber die Heirat fand statt, und für die Mayfairs ist die Ehe ein heiliger Bund, wie wir wissen. Aaron war einer der ihren.«

»Bete zu Gott, daß du dich irrst«, sagte Stuart. »Bete zum Himmel, daß du dich irrst. Ziehst du den Zorn der Mayfair-Hexen auf dich, könnte Gott selbst dir nicht mehr helfen.«

»Stuart, lassen Sie uns beraten, was jetzt geschehen muß«, sagte Marklin. »Lassen Sie uns vom Hügel hinunter und zum Hotel gehen.«

»Niemals. Wo andere hören könnten, was wir sagen? Niemals.«

»Stuart, bringen Sie uns zu Tessa. Lassen Sie es uns dort besprechen«, drängte Marklin.

Dies war der entscheidende Augenblick, wußte Marklin. Er

wünschte jetzt, er hätte Tessas Namen nicht ausgesprochen – noch nicht.

Stuart beäugte sie beide mit Bedacht; Verdammung und Abscheu lagen in seinem Blick. Tommy stand unbewegt da, die behandschuhten Hände vor sich verschränkt. Der steife Mantelkragen verdeckte seinen Mund; und so sah man nur seinen gleichmütigen, ungerührten Blick.

Marklin selbst war den Tränen nahe; das dachte er zumindest. Tatsächlich konnte er sich nicht daran erinnern, im Leben je geweint zu haben.

»Vielleicht ist dies nicht der rechte Augenblick, sie zu besuchen«, sagte er hastig, um den Schaden zu reparieren.

»Vielleicht solltest du sie überhaupt nie wiedersehen.« Zum erstenmal klang Stuarts Stimme dünn, und seine Augen waren groß und nachdenklich.

»Das meinen Sie doch nicht ernst«, sagte Marklin.

»Wenn ich euch zu Tessa bringe, was soll euch dann noch davon abhalten, mich aus dem Weg zu räumen?«

»Ach, Stuart, Sie tun uns beiden weh. Wie können Sie uns eine solche Frage stellen? Wir sind nicht prinzipienlos. Wir haben uns lediglich einem gemeinsamen Ziel gewidmet. Aaron mußte sterben. Yuri ebenfalls. Yuri hat nie wirklich zum Orden gehört.«

»Ja, und ihr beide wart auch nie Mitglieder, nicht wahr?« fragte Stuart. Sein Benehmen änderte sich, er wurde härter.

»Wir sind Ihnen treu ergeben und waren es immer«, sagte Marklin. »Stuart, wir verschwenden wertvolle Zeit. Behalten Sie Tessa für sich, wenn Sie wollen. Sie werden meinen Glauben an sie nicht erschüttern, und Tommys ebensowenig. Und wir werden weiter auf unser Ziel zumarschieren. Wir können nicht anders.«

»Und wie sieht es jetzt aus, das Ziel?« fragte Stuart. »Lasher ist fort. Dahin, als habe er nie existiert!«

»Lasher ist nicht mehr von dieser Welt«, sagte Tommy. »Ich glaube, darüber sind wir uns alle einig. Was Lanzing gesehen hat, läßt sich nicht anders deuten. Aber Tessa ist in Ihrer

Hand, so real, wie sie es an dem Tag war, als Sie sie entdeckt haben.« Stuart schüttelte den Kopf. »Tessa ist real, und Tessa ist allein, wie sie immer allein war. Und die Vereinigung wird nicht stattfinden, und meine Augen werden sich schließen, ohne das Wunder je gesehen zu haben.«

»Stuart, es ist immer noch möglich!« sagte Marklin. »Die Familie! Die Mayfair-Hexen!«

»Jawohl«, schrie Stuart mit überschnappender Stimme. »Rührt sie an, und sie werden euch vernichten! Du hast meine allererste Warnung an dich vergessen. Die Mayfair-Hexen gewinnen gegen die, die sie verletzen. Sie haben immer gewonnen! Wenn nicht als Individuen, dann als Familie.«

Einen Moment lang standen sie schweigend da.

»*Euch* vernichten, Stuart?« fragte Tommy. »Warum nicht uns alle drei?«

Stuart war verzweifelt. Sein weißer Schopf, der im Wind hin und her wehte, ähnelte den zerzausten Haaren eines Betrunkenen. Er schaute auf den Boden unter seinen Füßen, und seine Hakennase glänzte, als wäre sie nur blanker Knorpel. Ein Mann wie ein Adler, ja, aber kein alternder Adler, niemals.

Marklin machte sich Sorgen um ihn, weil er hier im Wind stand. Stuarts Augen waren rot und tränten. Marklin sah die blauen Adern, die sich wie eine Landkarte über seine Schläfen zogen. Stuart zitterte am ganzen Leibe.

»Ja, du hast recht, Tommy«, sagte er. »Die Mayfairs werden uns alle vernichten. Warum sollten sie auch nicht?« Er hob den Kopf und sah Marklin an. »Und was ist der größte Verlust für mich? Ist es Aaron? Ist es die Vermählung des männlichen mit dem weiblichen Taltos? Ist es die Kette der Erinnerungen, die wir zu entdecken hofften, Glied für Glied bis zu ihrem Ursprung? Oder ist es die Tatsache, daß ihr jetzt verdammt seid, alle beide, weil ihr so etwas getan habt? Euch habe ich auch verloren. Sollen die Mayfairs nur kommen und uns alle drei vernichten – jawohl, es wird uns nur recht geschehen.«

»Nein, ich will solche Gerechtigkeit nicht«, sagte Tommy. »Stuart, Sie dürfen sich nicht gegen uns wenden.«

»Nein, das können Sie nicht«, sagte Marklin. »Sie dürfen uns nicht geschlagen geben. Die Hexen können den Taltos noch einmal gebären.«

»In dreihundert Jahren?« fragte Stuart. »Oder morgen?«

»Hören Sie mir zu, Stuart, ich bitte Sie«, sagte Marklin. »Der Geist Lashers besaß Wissen über das, was er gewesen war und was er sein konnte. Aber dieses Wissen haben jetzt *wir* – was ein Taltos ist und vielleicht war, und was ihn erschaffen kann. Und, Stuart, *die Hexen wissen es auch!* Zum erstenmal wissen die Hexen jetzt, wozu die Riesenhelix gut ist. Und ihr Wissen ist ebenso mächtig wie Lashers Wissen.«

Stuart wußte darauf keine Antwort. Offenbar hatte er daran noch nicht gedacht. Er schaute Marklin eine ganze Weile an. Dann fragte er: »Das glaubst du?«

»Ihnen verleiht dieses Wissen vielleicht noch größere Macht«, sagte Tommy. »Die telekinetische Unterstützung, die beim Ereignis der Geburt von den Hexen selbst gegeben werden kann, ist nicht zu unterschätzen.«

»Stets der Wissenschaftler«, sagte Marklin mit triumphierendem Lächeln. Das Blatt wendete sich allmählich. Er spürte es, er sah es in Stuarts Augen.

»Und man darf nicht vergessen«, fügte Tommy hinzu, »daß der Geist ungeschickt und verwirrt war. Davon sind die Hexen meilenweit entfernt.«

»Das kannst du nur vermuten, Tommy.«

»Stuart«, flehte Marklin, »wir sind schon zu weit gegangen!«

»Um es anders auszudrücken«, sagte Tommy, »unsere Erfolge sind keineswegs zu verachten. Wir haben die Inkarnation des Taltos verifiziert, und wenn wir die Aufzeichnungen von Aaron in die Hände bekommen könnten, dann könnten wir bestätigen, was alle vermuten: daß es sich nicht um eine Inkarnation, sondern um eine Reinkarnation handelte.«

»Ich weiß, was wir erreicht haben«, sagte Stuart. »Das Gute wie das Böse. Du brauchst es mir nicht vorzurechnen.«

»Nur zur Klärung«, sagte Tommy. »Und wir haben Hexen, die heute nicht nur abstrakt über die alten Geheimnisse Bescheid wissen, sondern an das physikalische Wunder selbst glauben. Interessantere Möglichkeiten könnten wir uns kaum wünschen.«

»Stuart, haben Sie wieder Vertrauen zu uns«, bat Marklin.

Stuart schaute Tommy an und dann wieder Marklin. Marklin sah den alten Funken wieder glimmen, die Liebe.

»Stuart«, fuhr er fort, »das Töten ist vorbei. Es ist erledigt. Unsere ahnungslosen Helfershelfer können wir vernachlässigen!«

»Aber was ist mit Lanzing? Er muß doch eigentlich alles wissen.«

»Er war ein gedungener Knecht, Stuart«, sagte Marklin. »Er hat nie verstanden, was er sah. Außerdem ist er ebenfalls tot.«

»Wir haben ihn nicht umgebracht«, warf Tommy beinahe beiläufig ein. »Man hat Überreste von ihm am Fuße des Donnelaith Crag gefunden. Seine Pistole war zweimal abgefeuert worden.«

»Überreste?« wiederholte Stuart.

Tommy zuckte die Achseln. »Es hieß, wilde Tiere hätten an ihm genagt.«

»Dann könnt ihr euch also nicht sicher sein, daß er Yuri umgebracht hat?«

»Yuri ist nie ins Hotel zurückgekommen«, sagte Tommy. »Seine Sachen wurden nicht abgeholt. Yuri ist tot, Stuart. Die beiden Kugeln waren für Yuri bestimmt. Wie Lanzing zu Tode gekommen ist oder warum, ob ihn vielleicht ein wildes Tier angefallen hat – das wissen wir nicht. Aber Yuri Stefano gibt es nicht mehr, was uns angeht.«

»Begreifen Sie denn nicht, Stuart?« fragte Marklin. »Bis auf das Entkommen des Taltos hat alles ausgezeichnet funktioniert. Wir können uns jetzt zurückziehen und uns auf die Mayfair-Hexen konzentrieren. Wir brauchen vom Orden nichts mehr. Wenn die Abfangschaltungen je entdeckt werden sollten, wird niemand auf uns kommen.«

»Ihr fürchtet die Ältesten nicht, wie?«

»Es gibt keinen Grund, die Ältesten zu fürchten«, sagte

Tommy. »Die Abfangschaltungen funktionieren vorzüglich. Das haben sie immer getan.«

»Stuart, wir haben aus unseren Fehlern gelernt«, sagte Marklin. »Aber vielleicht hat das, was passiert ist, auch seinen Sinn. Das meine ich nicht im sentimentalen Sinn. Aber schauen Sie sich das Gesamtbild an. Die richtigen Leute sind alle tot.«

»Redet mir nicht so plump von euren Methoden, alle beide nicht! Was ist mit unserem Generaloberen?«

Tommy zuckte die Achseln. »Marcus weiß nichts. Nur, daß er sich bald mit einem kleinen Vermögen wird zur Ruhe setzen können. Er wird später niemals das ganze Puzzle zusammensetzen können. Das wird niemand. Das ist ja das Schöne an unserm Plan.«

»Wir brauchen höchstens noch ein paar Wochen«, sagte Marklin. »Um uns abzusichern.«

»Ich weiß nicht«, sagte Tommy. »Vielleicht wäre es klug, die Abfangschaltungen schon jetzt zu entfernen. Wir wissen alles, was die Talamasca über die Familie Mayfair weiß.«

»Nicht so hastig, nicht so selbstsicher«, warnte Stuart. »Was geschieht, wenn eure gefälschten Korrespondenzen entdeckt werden?«

»Sie meinen, *unsere* gefälschten Korrespondenzen?« verbesserte Tommy. »Im allerschlimmsten Fall gibt es ein wenig Verwirrung, vielleicht auch eine kleine Untersuchung. Aber niemand könnte die Briefe oder auch die Abhöranlagen zu uns zurückverfolgen. Deshalb ist es ja so wichtig, daß wir loyale Novizen bleiben und jetzt nichts tun, was Verdacht erregen könnte.«

Tommy warf Marklin einen Blick zu. Es funktionierte. Stuarts Haltung hatte sich geändert. Er gab wieder die Anweisungen ... beinahe.

»Stuart, wir brauchen jetzt Ihre Führung«, sagte Marklin. »Die erregendste Phase liegt noch vor uns.«

»Still«, sagte Stuart. »Ich will euch beide anschauen, damit ich zu einem Urteil kommen kann.«

»Bitte tun Sie das, Stuart«, sagte Marklin, »und stellen Sie fest, daß wir tapfer und jung sind, jawohl, jung und dumm vielleicht, aber tapfer und engagiert.«

»Mark will damit sagen«, warf Tommy ein, »daß wir jetzt in einer besseren Lage sind, als wir hätten erwarten können. Lanzing hat Yuri erschossen und ist dann zu Tode gestürzt. Stolov und Norgan sind nicht mehr da. Sie waren immer nur lästig, und sie wußten zuviel. Die Männer, die angeheuert wurden, um die andern umzubringen, kennen uns nicht. Und wir stehen da, wo wir angefangen haben: in Glastonbury.«

»Und Tessa ist in unserer Hand, und niemand weiß das außer uns dreien.«

»Beredsamkeit.« Stuart flüsterte fast. »Mehr zeigt ihr mir nicht. Beredsamkeit.«

»Poesie ist Wahrheit, Stuart«, sagte Marklin. »Sie ist die höchste Wahrheit, und Beredsamkeit ist ihr Attribut.«

Eine Pause trat ein. Marklin mußte Stuart von diesem Hügel hinunterbringen. Schützend legte er ihm den Arm um die Schultern, und zu seiner großen Erleichterung ließ Stuart es zu.

»Lassen Sie uns hinuntergehen, Stuart«, sagte Marklin. »Lassen Sie uns zu Abend essen. Wir frieren, und wir haben Hunger.«

»Wenn wir es noch einmal tun müßten«, sagte Tommy, »würden wir es besser machen. Wir hätten diese Leute nicht umbringen müssen. Es wäre vielleicht eine größere Herausforderung gewesen, wissen Sie, unser Ziel zu erreichen, ohne jemanden wirklich zu verletzen.«

Stuart schien gedankenverloren; er warf Tommy nur einen abwesenden Blick zu. Ein schneidender Wind kam auf, und Marklin fröstelte. Wenn er schon fror, wie mußte Stuart sich dann erst fühlen? Sie mußten jetzt ins Hotel hinunter. Sie mußten miteinander das Brot brechen.

»Wir sind nicht wir selbst, wissen Sie, Stuart«, sagte er. Er schaute auf die Stadt hinunter; ihm war bewußt, daß die beiden anderen ihn anstarrten. »Wenn wir zusammen sind, bilden wir eine vierte Person, die vielleicht keiner von uns gut genug kennt, ein viertes Wesen, dem wir einen Namen geben sollten, denn es ist mehr als unser kollektives Ich. Vielleicht müssen wir lernen, es besser in der Gewalt zu haben. Aber es jetzt vernichten? Nein, das können wir nicht, Stuart. Wenn wir das tun, verraten wir uns gegenseitig. Es ist hart, dieser Wahrheit ins Auge zu sehen, aber Aarons Tod bedeutet gar nichts.«

Er hatte seine letzte Karte ausgespielt. Er hatte das Schönste und das Schlimmste gesagt, was er zu sagen hatte, hier im kalten Wind und ohne rechten Vorbedacht, nur seinem Instinkt folgend. Jetzt schaute er seinen Lehrer und seinen besten Freund an, und er sah, daß beide von seinen Worten beeindruckt waren, vielleicht stärker, als er es hätte hoffen können.

»Ja, es war dieses vierte Wesen, wie du es nennst, das meinen Freund ermordet hat«, antwortete Stuart leise. »Da hast du recht. Und wir wissen, daß die Macht, die Zukunft dieses vierten Wesens unvorstellbar ist.«

»Ja, genau«, murmelte Tommy tonlos.

»Aber Aarons Tod ist eine schreckliche, schreckliche Sache! Ihr werdet alle beide nie wieder mit mir darüber sprechen, und niemals, niemals, werdet ihr mit irgend jemandem sonst leichtfertig darüber reden!«

»Einverstanden«, sagte Tommy.

»Mein unschuldiger Freund«, sagte Stuart, »der nur den Mayfairs helfen wollte.«

»Niemand in der Talamasca ist wirklich unschuldig«, sagte Tommy.

Stuart wirkte verblüfft. »Was soll das heißen?«

»Das soll heißen, daß man nicht erwarten kann, Wissen zu horten, ohne daß es einen verändert. Wenn man Wissen besitzt, handelt man aufgrund dieses Wissens, ob man es nun jenen vorenthält, die es ebenfalls verändern würde, oder ob man es ihnen zukommen läßt. Aaron hat das gewußt. Die Talamasca ist von Natur aus böse; das ist der Preis für ihre Bibliotheken und Inventarien und Computerdaten. Ganz wie Gott, der auch weiß, daß manche seiner Geschöpfe leiden und daß andere triumphieren werden, ihnen aber nicht sagt, was er weiß – finden Sie nicht? Die Talamasca ist böser noch als jene Höchste Gottheit, aber die Talamasca erschafft auch nichts.«

Er hat ja so recht, dachte Marklin, auch wenn er dies niemals laut vor Stuart aussprechen könnte, weil er fürchtete, was Stuart darauf antworten würde.

»Vielleicht hast du recht«, sagte Stuart leise. Es klang, als gebe er sich geschlagen oder als sehne er sich verzweifelt nach einem erträglichen Standpunkt.

»Kommen Sie, mein Lehrer«, sagte Marklin. »Gehen wir hinunter ins Hotel. Lassen Sie uns zusammen essen.«

»Ja«, sagte Tommy. »Es ist zu kalt, um noch weiter zu reden.«

Sie machten sich an den Abstieg; Tommy und Marklin stützten Stuart auf dem glitschigen Boden. Als sie an Stuarts Wagen kamen, entschieden sie sich dafür, zu fahren, statt den weiten Weg zu Fuß zurückzulegen.

»Das ist alles gut und schön«, sagte Stuart und reichte Marklin den Autoschlüssel. »Aber ich werde wie immer Chalice Well besuchen, bevor wir fahren.«

»Wozu?« fragte Marklin; er ließ seine Worte ruhig und respektvoll klingen. »Wollen Sie an diesem Brunnen das Blut von Ihren Händen waschen? Das Wasser ist selbst schon blutig, mein Lehrer.«

Stuart lachte bitter auf. »Ah, aber es ist das Blut Christi, nicht wahr?«

»Es ist das Blut der Überzeugung«, sagte Marklin. »Wir werden nach dem Essen zum Brunnen fahren, noch bevor es dunkel wird; das verspreche ich Ihnen.«

Zusammen fuhren sie den Hügel hinunter.

8

Michael sagte Clem Bescheid, er wolle durch das Vordertor hinausfahren. Die Koffer würde er selbst hinausbringen. Es waren nur zwei – Rowans und seiner. Dies war kein Urlaub, für den Schrankkoffer und Kleidertaschen benötigt wurden.

Er warf einen Blick in sein Tagebuch, bevor er es zuklappte. Da stand eine lange Darlegung seiner Philosophie, geschrieben am Vorabend des Mardi Gras, als er sich noch nicht hatte träumen lassen, daß er später von klagender Grammophonmusik geweckt werden würde oder von einer Vision Monas, die wie eine Nymphe in ihrem weißen Nachthemd tanzte. Schleife im Haar, frisch und duftend wie warmes Brot, frische Milch, Erdbeeren.

Nein, du kannst im Augenblick nicht an Mona denken. Warte auf den Anruf aus London.

Außerdem war es dieser Abschnitt, den er lesen wollte:

> Und letztlich glaube ich vermutlich, daß Seelenfrieden auch im Angesicht schlimmsten Grauens und schwersten Verlustes zu erreichen ist, und zwar durch den Glauben an Veränderung, an Willenskraft und an Zufall, und durch den Glauben an uns selbst und daran, daß wir angesichts widriger Umstände meistens doch das Richtige tun.

Sechs Wochen waren vergangen seit jenem Abend, als er, krank und trauernd, diese Zeilen geschrieben hatte. Damals, und bis zu diesem Augenblick, war er ein Gefangener dieses Hauses gewesen.

Er klappte das Tagebuch zu, schob es in seine Ledertasche, klemmte sich die Tasche unter den Arm und hob die beiden Koffer auf. Dann ging er die Treppe hinunter.

Rowan stand auf der Veranda und redete mit Ryan. Mona war auch da; sie hatte Tränen in den Augen und schaute mit neuer Anbetung zu ihm auf. Sie sah in Seide so köstlich aus wie in allem anderen; und als er sie jetzt anschaute, sah er, was

Rowan gesehen hatte, sah es, wie er es einst als erster bei Rowan gesehen hatte: eine neue Rundung der Brüste, eine lebhaftere Farbe in den Wangen und ein Strahlen in ihren Augen, und zugleich einen etwas veränderten Rhythmus in den leisesten Bewegungen.

Mein Kind.

Clem nahm ihm rasch die Koffer ab und trug sie durch das offene Tor hinaus. Michael mochte diesen neuen Fahrer um soviel lieber als den letzten; er mochte seine Gutmütigkeit und seine sachliche Art.

Der Kofferraum des Wagens wurde geschlossen. Ryan küßte Rowan auf beide Wangen. Erst jetzt konnte Michael seine Stimme hören.

»... mir noch mehr sagen?«

»Nur, daß diese Situation nicht lange dauern wird. Aber ihr dürft keinen Augenblick lang auf die Idee kommen, es bestünde kein Risiko mehr, den Wachdienst zu entlassen. Und laßt Mona unter keinen Umständen allein aus dem Haus.«

»Kettet mich doch an die Mauer«, schlug Mona achselzukkend vor. »Das hätten sie mit Ophelia auch gemacht, wenn sie nicht ertrunken wäre.«

»Wer?« sagte Ryan. »Mona, bis jetzt habe ich diese Sache mit dem Baby wirklich sehr gut aufgenommen, wenn man bedenkt, daß du erst dreizehn Jahre alt bist und –«

»Still, Ryan. Niemand nimmt es besser auf als ich.«

Sie lächelte wider Willen. Ryan starrte sie verblüfft an.

Der Augenblick ist da, dachte Michael. Einen langen Mayfair-Abschied könnte er nicht ertragen. Und Ryan war so schon verwirrt genug.

»Ryan, ich melde mich, sobald ich kann«, sagte er. »Wir werden Aarons Leute besuchen. Herausfinden, soviel wir können. Und wieder nach Hause kommen.«

»Könnt ihr mir denn *genau* sagen, wo ihr hinfahrt?«

»Nein, das geht nicht«, sagte Rowan. Sie hatte sich abgewandt und ging zum Tor hinaus.

Mona klapperte plötzlich hinter ihr her die Treppe hinunter.

»Hey, Rowan!« schrie sie, warf ihr die Arme um den Hals und küßte sie.

Einen Augenblick lang hatte Michael schreckliche Angst, daß Rowan nicht reagieren, daß sie dastehen würde wie eine Statue unter den Eichen, ohne diese jähe, verzweifelte Umarmung zur Kenntnis zu nehmen, aber auch ohne sich ihrer zu erwehren. Aber es geschah etwas völlig anderes. Rowan hielt Mona fest in den Armen, küßte sie auf die Wange, strich ihr dann das Haar glatt und legte ihr sogar die Hand auf die Stirn.

»Es wird alles gutgehen«, sagte sie. »Aber tu alles, was ich dir gesagt habe.«

Ryan folgte Michael die Treppe hinunter.

»Ich weiß nicht, was ich sagen soll; ich kann euch nur viel Glück wünschen«, sagte er. »Ich wünschte, ihr könntet mir mehr darüber erzählen. Was ihr *wirklich* vorhabt.«

»Sag Bea, wir mußten fort«, sagte Michael. »Den anderen würde ich nicht mehr erzählen als nötig.«

Ryan nickte, offensichtlich von Mißtrauen und Sorge erfüllt, aber ratlos.

Rowan saß bereits im Auto. Michael schob sich neben sie. In Sekundenschnelle glitten sie unter den tiefhängenden Baumästen davon, und Mona und Ryan standen wie auf einem Bild vereint unter dem Tor und winkten. Monas Haar war wie ein Sternenhaufen, und Ryan war immer noch verdutzt und höchst unsicher.

»Er ist anscheinend dazu verdammt«, sagte Rowan, »einer Meute den Laden zu führen, die ihm nie sagt, was wirklich los ist.«

»Wir haben's mal versucht«, sagte Michael. »Du hättest dabei sein sollen. Er will es gar nicht wissen. Und er wird tun, was du ihm sagst. Und Mona? Sie auch? Keine Ahnung. Aber er tut's.«

»Du bist immer noch wütend.«

»Nein«, sagte er. »Ich habe aufgehört, wütend zu sein, als du nachgegeben hast.«

Aber das stimmte nicht. Er war bis ins Mark gekränkt, weil sie vorgehabt hatte, ohne ihn wegzufahren, weil sie ihn nicht als

Gefährten für diese Reise gesehen hatte, sondern als eine Art Hüter des Hauses und des Babys in Monas Bauch.

Nun, Kränkung bedeutete Wut, oder?

Sie hatte sich abgewandt und schaute nach vorn; so war es vielleicht ungefährlich, sie anzusehen. Sie war immer noch zu dünn, viel zu dünn, aber ihr Gesicht war nie hübscher gewesen. Das schwarze Kostüm, das sie trug, die Perlen, die hohen Absätze – das alles verlieh ihr einen trügerisch ruchlosen Glamour. Aber sie brauchte diese Sachen nicht. Ihre Schönheit lag in der Reinheit – in den Knochen ihres Gesichts, in den dunklen, geraden Augenbrauen, die ihre Miene so lebhaft bestimmten, und in ihrem weichen, breiten Mund, den er jetzt gern geküßt hätte, mit dem brutalen männlichen Verlangen, sie zu wecken, ihre Lippen zu teilen, sie in seinen Armen wieder dahinschmelzen zu lassen, sie zu besitzen.

Das war für alle Zeit die einzige Art, sie zu besitzen.

Sie hob die Hand und drückte auf den Knopf, der die ledergepolsterte Trennwand zum Fahrer nach oben gleiten ließ. Dann wandte sie sich zu Michael um.

»Ich hatte unrecht«, sagte sie ohne Bitterkeit, aber auch nicht flehentlich. »Du hast Aaron geliebt. Du liebst mich. Du liebst Mona. Ich hatte unrecht.«

»Du brauchst nicht noch mal davon anzufangen«, sagte er. Es fiel ihm schwer, ihr in die Augen zu schauen.

»Aber eines mußt du verstehen«, sagte sie. »Ich habe nicht die Absicht, mit den Leuten, die Aaron ermordet haben, freundlich oder gesetzestreu umzugehen. Und ich gedenke nicht, mich vor irgend jemandem für das, was ich tue, zu verantworten – nicht einmal vor dir, Michael.«

Er lachte und sah ihr in die großen, kühlen grauen Augen. Ob es das war, was ihre Patienten gesehen hatten, wenn sie aufschauten, bevor die Narkose einsetzte?

»Das weiß ich, Honey«, sagte er. »Wenn wir dort sind, wenn wir Yuri treffen, dann will ich nur eins: Wissen, was er weiß. Ich will dabei sein. Ich behaupte nicht, deine Fähigkeiten zu haben oder deinen Mut. Aber ich will dabei sein.«

Sie nickte.

»Wer weiß, Rowan«, meinte er. »Vielleicht findest du noch eine Verwendung für mich.« Jetzt war der Zorn doch herausgekommen. Es war zu spät, er konnte es nicht mehr zurücknehmen. Er wußte, daß er rot geworden war, und wandte sich ab.

Als sie jetzt sprach, tat sie es mit der geheimen Stimme, die nur er kannte, und in den letzten Monaten hatte sie eine neue Gefühlstiefe gewonnen.

»Michael, ich liebe dich. Aber ich weiß, daß du ein guter Mann bist. Und ich bin keine gute Frau mehr.«

»Rowan, das meinst du nicht ernst.«

»O doch. Ich war bei den Kobolden, Michael. Ich war ganz unten im inneren Zirkel.«

»Und du bist zurückgekommen.« Er sah sie wieder an und bemühte sich, die Gefühle, die aus ihm hervorzubrechen drohten, unter Kontrolle zu halten. »Du bist wieder Rowan, und du bist hier, und es gibt andere Dinge, für die es sich zu leben lohnt, nicht nur die Rache.«

Das war es, nicht wahr? Nicht er hatte sie aus ihrem Wachschlaf geweckt. Es war Aarons Tod gewesen, der sie zu ihnen zurückgebracht hatte.

Die Kränkung schmerzte so sehr, daß er sie nicht im Zaum halten konnte.

»Michael, ich liebe dich«, sagte sie. »Ich liebe dich sehr. Und ich weiß, was du gelitten hast. Glaube nicht, daß ich es nicht wüßte, Michael.«

Er nickte. Das wenigstens gestand er ihr zu.

»Aber glaube nicht, daß du weißt, wie es ist, der Mensch zu sein, der ich bin. Ich war bei der Geburt dabei, denn ich war die Mutter. Ich war die Ursache, könnte man sagen. Ich war das unentbehrliche Werkzeug. Und ich habe dafür bezahlt. Ich habe bezahlt und bezahlt und bezahlt. Und ich bin nicht mehr dieselbe. Ich liebe dich, wie ich dich immer geliebt habe; meine Liebe zu dir hat nie in Frage gestanden. Aber ich bin nicht mehr dieselbe, und ich kann nicht mehr dieselbe sein; das wußte ich, als ich da draußen im Garten saß, außerstande, deine Fragen zu beantworten oder dich anzuschauen oder dich zu umarmen. Ich wußte es. Und doch liebte ich dich, und ich liebe dich noch immer. Kannst du mir folgen?«

Er nickte.

Er fühlte, wie sein Körper sich entspannte und beinahe müde wurde. Er lehnte sich zurück. Und dann sah er sie wieder an.

Sie hatte sich nicht abgewandt. Sie sah weder verängstigt noch betrübt aus. Er fragte sich, ob sie im Grunde ihres Herzens vielleicht gelangweilt war und sich wünschte, er säße sicher zu Hause, während sie ihre nächsten Schritte plante.

Du mußt dir solche Gedanken aus dem Kopf schlagen, Mann, denn wenn du das nicht tust, kannst du sie nie wieder lieben.

Und er liebte sie. Daran bestand plötzlich nicht der geringste Zweifel. Er liebte ihre Kraft, und er liebte ihre Kälte. So war es in ihrem Haus in Tiburon gewesen, wo sie unter den kahlen Dachbalken miteinander geschlafen hatten, wo sie geredet und geredet hatten, ohne sich im geringsten erklären zu können, wie sie sich ihr Leben lang aufeinander zu bewegt hatten.

Er streckte die Hand aus und berührte ihre Wange; ihm war mehr als deutlich bewußt, daß ihre Miene sich nicht verändert hatte, daß sie wie immer völlig beherrscht wirkte.

»Ich liebe dich wirklich!« flüsterte er.

»Ich weiß.«

Er lachte leise.

»Ach ja?« Er spürte, daß er lächelte, und es fühlte sich gut an. Er lachte lautlos und schüttelte den Kopf. »Du weißt es!« sagte er.

»Ja.« Sie nickte leicht. »Ich habe Angst um dich, immer schon. Nicht, weil du nicht stark wärst, tüchtig, alles, was du sein sollst. Ich habe Angst, weil eine Macht in mir ist, die du nicht hast, und Macht ist auch in diesen anderen – in unseren Feinden, die Aaron ermordet haben –, eine Macht, die aus einer absoluten Skrupellosigkeit rührt.« Sie schnippte ein Stäubchen von dem engen, kurzen Rock. Als sie seufzte, schien dieses leise Geräusch den Wagen auszufüllen wir ihr Parfüm.

Sie senkte den Kopf, eine kleine Geste, die ihr Haar sehr

weich und ziemlich lang um ihr Gesicht fallen ließ. Und als sie aufblickte, wirkten ihre Brauen besonders breit, und ihre Augen waren hübsch und geheimnisvoll zugleich.

»Nenne es Hexenmacht, wenn du willst. Vielleicht ist es so einfach. Vielleicht liegt es in den Genen. Vielleicht ist es eine physische Fähigkeit, Dinge zu tun, die normale Menschen nicht tun können.«

»Dann habe ich sie auch«, sagte er.

»Nein. Es ist vielleicht Zufall, daß du die lange Helix hast.«

»Zufall? Den Teufel ist es das. Er hat mich für dich ausgesucht, Rowan. Lasher hat das getan. Vor Jahren, als ich ein Kind war und vor dem Tor dieses Hauses stehenblieb, da hat er mich auserwählt. Warum, glaubst du, hat er das getan? Nicht, weil es ihm jemals eingefallen wäre, daß ich ein guter Mann werden und sein hart erkämpftes Fleisch vernichten würde – nein, das war es nicht. Es war das Hexenblut in mir, Rowan. Wir haben dieselben keltischen Wurzeln. Das weißt du. Ich bin ein Arbeitersohn und kenne meine Geschichte nicht. Aber sie reicht zurück zu denselben Anfängen wie deine. Die Macht ist da. Sie lag in meinen Händen, als ich Vergangenheit und Zukunft anderer Menschen lesen konnte, wenn ich sie berührte. Sie war da, als ich die Musik hörte, die ein Geist eigens für mich spielte, um mich zu Mona zu führen.«

Sie runzelte kurz die Stirn, und ihre Augen wurden für einen winzigen Moment kleiner; aber gleich waren sie wieder groß und nachdenklich.

»Ich habe diese Macht nicht benutzt, um Lasher zur Strecke zu bringen«, sagte er. »Ich hatte zuviel Angst, sie zu benutzen. Ich habe meine Kraft als Mann benutzt und die einfachen Werkzeuge, wie Julien es mir vorausgesagt hatte. Aber die Macht ist da. Sie muß da sein. Und wenn es das ist, was du brauchst, damit du mich lieben, ich meine, wirklich lieben kannst, dann kann ich in mich hineinhorchen und herausfinden, was diese Macht wirklich vermag. Diese Möglichkeit habe ich immer gehabt.«

»Mein unschuldiger Michael«, sagte sie, aber es klang eher wie eine Frage als wie eine Feststellung.

Er schüttelte den Kopf, und dann beugte er sich vor und küßte sie. Er hielt sie bei den Schultern und preßte ihren Rücken in den Sitz und bedeckte ihren Mund mit seinem Mund. Sie reagierte sofort; er spürte es daran, wie ihr Körper in Leidenschaft mit seinem verschmolz, wie ihre Arme über seinen Rükken auf und ab strichen, ihr Mund ihn wiederküßte, ihr Rücken sich bog, als wolle sie ihr ganzes Ich an ihn pressen.

Er ließ sie erst los, als es sein mußte.

Der Wagen glitt zügig über die Autobahn. Vor ihnen ragte der Flughafen. Und es war keine Zeit mehr für die Leidenschaft, die er empfand, für den Vollzug von Kränkung und Zorn und Liebe, den er so verzweifelt brauchte.

Diesmal war sie es, die ihre Hände nach ihm ausstreckte, seinen Kopf umfaßte und ihn küßte.

»Michael, meine Liebe«, flüsterte sie. »Meine eine, einzige Liebe.«

»Ich bin bei dir, Darling«, sagte er. »Und versuche ja nie wieder, das zu ändern. Was wir tun müssen – für Aaron, für Mona, für das Baby, für die Familie, weiß Gott wofür –, das tun wir zusammen.«

Erst als sie über dem Atlantik waren, versuchte er zu schlafen. Sie hatten gierig gegessen und ein bißchen zuviel getrunken, und sie hatten ungefähr eine Stunde lang über Aaron gesprochen. Jetzt war es dunkel und still in der Kabine, und sie lagen eingemummt unter einem halben Dutzend loser Wolldecken.

Sie brauchten Schlaf, dachte er. Aaron würde ihnen auch raten, jetzt zu schlafen, nicht wahr?

In acht Stunden würden sie in London landen; dann wäre es dort früher Morgen, auch wenn es für ihren Körper eigentlich Nacht wäre, und Yuri würde da sein, erpicht darauf und berechtigt dazu, zu hören, wie Aaron zu Tode gekommen war. Schmerz. Trauer. Das Unausweichliche.

Er trieb davon, ohne recht zu wissen, ob er geradewegs in

einen Alptraum eintauchte oder in etwas, das so grell und unsinnig war wie ein schlechter Cartoon, als sie seinen Arm berührte.

Er ließ den Kopf auf dem ledernen Sitz zur Seite rollen, als er sich ihr zuwandte. Sie lehnte sich neben ihm zurück, und ihre Hand hielt die seine fest.

»Wenn wir dies zu Ende bringen«, flüsterte sie, »wenn du nicht zurückschreckst vor dem, was ich tue, und wenn ich dich nicht aus –«

»Ja . . .«

»Dann wird nichts je wieder zwischen uns treten. Nichts und niemand. Und alles, was dich vielleicht mit einer Kindbraut verbindet, wird ungültig sein.«

»Ich will keine Kindbräute«, sagte er. »Ich habe noch nie eine gewollt. Ich habe nicht von anderen Frauen geträumt, als du von mir gegangen bist. Ich liebe Mona auf meine eigene Art, und das werde ich immer tun, aber das ist ein Teil dessen, was wir sind, wir alle. Ich liebe sie, und ich will das Kind. Ich wünsche mir das Kind so sehr, daß ich noch nicht einmal darüber sprechen möchte. Es ist zu früh. Ich bin zu verzweifelt. Aber ich will nur dich, und das ist die Wahrheit seit dem ersten Tag, an dem ich mit dir zusammen war.«

Sie schloß die Augen; ihre Hand lag immer noch fest und warm auf seinem Arm und glitt dann ganz natürlich herunter, als sei sie eingeschlafen. Ihr Gesicht sah heiter und absolut vollkommen aus.

»Weißt du, ich habe getötet«, sagte er flüsternd; aber er war nicht sicher, daß sie noch wach war. »Ich habe dreimal getötet, und ich habe diese Taten keinen Augenblick lang bereut. Das verändert jeden.«

Keine Antwort kam über ihre Lippen.

»Ich kann es wieder tun«, sagte er, »wenn ich muß.«

Ihre Lippen bewegten sich. »Ich weiß, daß du es kannst«, sagte sie leise, ohne die Augen zu öffnen; sie lag weiter wie in tiefem Schlaf. »Aber, weißt du, ich werde es tun, ob ich muß oder nicht. Ich bin es, die tödlich verletzt worden ist.«

9

Es hatte sich wenig verändert. Ein großes Herrenhaus mit feinen Bogenfenstern und Myriaden von Kaminen.

Er ging zwischen den Bäumen hindurch bis dicht an die Grundmauern heran und dann an den Steinen entlang auf der Suche nach den Türen, an die er sich erinnerte. Er trug jetzt keinen Anzug, keinen Mantel, sondern schlichte Kleidung: eine lange Arbeiterhose aus braunem Cord und einen dicken Wollpullover, wie ihn Seeleute gern tragen.

Das Haus schien zu unermeßlicher Größe zu wachsen, je näher er kam. Überall verstreut sah man matte, einsame Lichter, aber immerhin Lichter. Gelehrte in ihren Zellen.

Durch eine Reihe von vergitterten kleinen Fenstern sah er eine Kellerküche. Zwei Köchinnen in Weiß stellten eben den fertig gekneteten Teig zur Seite, damit er gehen konnte. Weißes Mehl bedeckte ihre Hände und das helle Holz der Arbeitsplatte. Kaffeeduft drang aus diesem Raum zu ihm herauf, sehr stark und frisch. Da war eine Tür gewesen ... eine Tür für Lieferanten und dergleichen. Er ging weiter, verließ den hilfreichen Lichtschein, der durch die Fenster fiel, tastete sich mit den Händen an der Steinmauer entlang und kam schließlich zu einer Tür, die aber in letzter Zeit nicht benutzt worden war; sie wirkte mehr oder weniger unpassierbar.

Einen Versuch war es wert. Und er hatte Werkzeug mitgebracht. Vielleicht war sie nicht mit einem Alarm gesichert, wie es jede seiner eigenen Türen gewesen wäre. Tatsächlich sah sie vernachlässigt und vergessen aus, und als er sie genauer betrachtete, sah er, daß sie überhaupt kein Schloß hatte, sondern nur alte, sehr rostige Angeln und einen einfachen Riegel.

Zu seinem Staunen ließ sie sich durch bloße Berührung öffnen; dabei gab sie ein gähnendes Knarren von sich, das ihn erschreckte und nervös machte. Dahinter lag ein gemauerter Gang zu einer schmalen Treppe, die nach oben führte. Frische Fußspuren auf den Stufen. Ein Schwall von warmer, leicht abgestandener Luft, winterlicher Raumluft.

Er trat ein und drückte die Tür zu. Licht sickerte von oben auf die Treppe und beschien ein mit den Worten TÜR STETS GESCHLOSSEN HALTEN sorgfältig beschriebenes Schild.

Gehorsam vergewisserte er sich, daß sie geschlossen war, dann drehte er sich um und stieg die Treppe hinauf zu einem großen, dunkel getäfelten Korridor.

Dies war der Korridor, an den er sich erinnerte. Er ging weiter, ohne zu versuchen, das Geräusch seiner Tennisschuhe zu dämpfen oder sich im Halbdunkel zu verbergen. Hier war die offizielle Bibliothek, an die er sich erinnerte – nicht das tiefe Archiv mit den unbezahlbaren, zerbröckelnden Akten, sondern der alltägliche Lesesaal mit langen Eichentischen, bequemen Stühlen und Stapeln von Zeitschriften aus der ganzen Welt.

Er hatte angenommen, der Raum sei leer, aber bei genauerem Hinsehen entdeckte er einen alten Mann, der in einem Sessel döste, ein stämmiger Mensch mit einem Kahlkopf; eine kleine Brille saß auf seiner Nasenspitze, und er trug einen hübschen Hausmantel über Hemd und Hose.

Es kam nicht in Frage, hier anzufangen. Zu leicht konnte ein Alarm ausgelöst werden. Er ging rückwärts hinaus, und jetzt achtete er darauf, kein Geräusch zu machen; er konnte von Glück sagen, daß er den Mann nicht geweckt hatte. Er ging weiter, bis er zu einer großen Treppe kam.

Früher hatten die Schlafräume im zweiten Stock begonnen. Ob es immer noch so war? Er stieg ganz hinauf. Wahrscheinlich war es immer noch so.

Als er im zweiten Stock das Ende des Korridors erreicht hatte, bog er in einen schmaleren Gang ein und sah Licht unter einer Tür schimmern. Er beschloß, dort anzufangen.

Ohne anzuklopfen drehte er den Türknopf und betrat einen kleinen, aber eleganten Schlafraum. Drinnen war nur eine grauhaarige Frau, die sichtlich erstaunt, aber ohne Angst von ihrem Schreibtisch aufblickte.

Genau darauf hatte er gehofft. Er näherte sich dem Schreibtisch.

Unter ihrer linken Hand lag ein aufgeschlagenes Buch; mit der rechten hatte sie darin etwas unterstrichen.

Es war Boethius. *De topiciis differentiis.* Und unterstrichen hatte sie den Satz: »Syllogismus ist ein Diskurs, in welchem, wenn bestimmte Dinge einvernehmlich festgestellt sind, kraft der einvernehmlichen festgestellten Dinge etwas anderes als die einvernehmlich festgestellten Dinge folgt.«

Er lachte. »Entschuldigen Sie«, sagte er zu der Frau.

Sie schaute zu ihm auf; seit er hereingekommen war, hatte sie sich nicht gerührt.

»Wer sind Sie?«

Der knirschende Ton ihrer Stimme – vielleicht eine Folge des Alters – verblüffte ihn. Ihr graues Haar war schwer; sie trug es in einem altmodischen Knoten am Hinterkopf, nicht im geschlechtslosen Fransenschnitt der geltenden Mode.

»Ich bin unhöflich, ich weiß«, sagte er. »Ich weiß immer, wenn ich unhöflich bin, und ich bitte Sie um Entschuldigung.«

»Wer sind Sie?« fragte sie noch einmal und in fast genau dem gleichen Ton wie beim erstenmal, nur daß sie jetzt zur Betonung auf jedes Wort eine Pause folgen ließ.

»*Was* bin ich«, sagte er. »Das ist die wichtigere Frage. Wissen Sie, was ich bin?«

»Nein«, sagte sie. »Sollte ich?«

»Ich weiß es nicht. Schauen Sie meine Hände an. Wie lang und schmal sie sind.«

»Zart«, sagte sie in dem gleichen knirschenden Ton, und ihr Blick richtete sich nur sehr kurz auf seine Hände, bevor er zu seinem Gesicht zurückkehrte. »Warum kommen Sie hier herein?«

»Meine Methoden sind die eines Kindes«, sagte er. »Anders kann ich nicht vorgehen.«

»Und?«

»Wußten Sie, daß Aaron Lightner tot ist?«

Sie schaute ihm in die Augen und sank dann auf ihrem Stuhl nach hinten; der grüne Marker entglitt ihrer rechten Hand. Sie schaute weg. Es war eine schreckliche Enthüllung für sie.

»Wer hat Ihnen das gesagt?« fragte sie. »Weiß es jeder?«

»Anscheinend nicht«, sagte er.

»Ich wußte, daß er nicht zurückkommen würde.« Sie spitzte den Mund, so daß die tiefen Falten über den Lippen einen Augenblick deutlich und dunkel hervortraten. »Warum kommen Sie her, um mir das zu sagen?«

»Weil ich hören wollte, was Sie dazu zu sagen haben. Weil ich wissen wollte, ob Sie die Hände im Spiel hatten, als er ermordet wurde.«

»Was?«

»Sie haben gehört, was ich gesagt habe, oder?«

»Er wurde ermordet?« Sie stand langsam auf und sah ihn kalt an, zumal nachdem sie jetzt gesehen hatte, wie groß er wirklich war. Sie warf einen Blick zur Tür – ja, sie schien darauf zu gehen zu wollen –, aber er hob sanft die Hand und bat sie damit um Geduld.

Sie bedachte diese Geste.

»Sie wollen sagen, daß Aaron von jemandem ermordet wurde?« Ihre dichten Brauen runzelten sich über dem silbernen Brillengestell.

»Ja. Ermordet. Absichtlich mit einem Auto überfahren.«

Jetzt schloß die Frau die Augen. Als sie sie wieder öffnete, blickte sie stumpf geradeaus, anscheinend ohne einen Gedanken an ihn zu verlieren. Schließlich hob sie den Kopf.

»Die Mayfair-Hexen«, sagte sie in rauhem, dunklem Flüsterton. »Gott, warum mußte er da hingehen?«

»Ich glaube nicht, daß es die Hexen waren«, sagte er.

»Wer dann?«

»Jemand von hier, aus dem Orden.«

»Das meinen Sie doch nicht im Ernst! Sie wissen ja nicht, was Sie da reden! Niemand von uns würde so etwas tun.«

»Ich weiß durchaus, was ich da sage. Yuri, der Zigeuner, hat gesagt, es war einer von Ihnen, und Yuri würde in einer solchen Angelegenheit nicht lügen. Yuri lügt überhaupt nicht, soweit ich es feststellen kann. Überhaupt nicht.«

»Yuri. Sie haben Yuri gesehen. Sie wissen, wo er ist?«

»Sie nicht?«

»Nein. Eines Nachts ging er fort, und mehr weiß niemand. Wo ist er?«

»Er ist in Sicherheit, allerdings nur durch Zufall. Dieselben Schurken, die Aaron ermordet haben, wollten auch ihn umbringen. Sie mußten.«

»Wieso?«

»Sie sind in all dem unschuldig?« Aber er war schon überzeugt.

»Ja! Warten Sie! Wo wollen Sie hin?«

»Ich will die Mörder finden. Bringen Sie mich zum Generaloberen. Ich kannte einmal den Weg, aber alles verändert sich. Ich muß ihn sprechen.«

Sie ließ sich nicht zweimal bitten, sondern huschte an ihm vorbei und winkte ihm, ihr zu folgen. Ihre klobigen Absätze machten laute Geräusche auf dem gebohnerten Boden, als sie den Korridor hinuntermarschierte.

Sie schienen eine Ewigkeit zu gehen, bis sie schließlich am gegenüberliegenden Ende des Hauptkorridors angekommen waren. Die Doppeltür. Er erinnerte sich an sie. Nur war sie früher nicht so blankpoliert gewesen. Sie war mit altem Öl eingerieben worden.

Sie hämmerte an die Tür. Damit würde sie womöglich das ganze Haus aufwecken. Aber er wußte nicht, wie er es sonst anfangen sollte.

Als die Tür sich öffnete, trat sie ein und drehte sich sehr unvermittelt zur Seite, um dem Mann dort drinnen zu zeigen, daß jemand bei ihr war.

Der Mann schaute wachsam zur Tür, und als er Ash sah, wandelte sich seine Miene, und aus dem Erstaunen wurde Schreck und unmittelbar darauf Verstohlenheit.

»Sie wissen, was ich bin, nicht wahr?« sagte Ash leise.

Er drängte sich rasch ins Zimmer und schloß die Tür hinter sich. Es war ein großes Büro mit einem benachbarten Schlafzimmer. Alles war ein bißchen unordentlich; die verstreut stehenden Lampen verbreiteten mattes Licht. Der Kamin war kalt.

Die Frau beobachtete ihn mit unverändert wildem Blick. Der Mann war zurückgewichen, als wolle er sich vor etwas Gefährlichem in Sicherheit bringen.

»Ja, Sie wissen es«, sagte Ash. »Und Sie wissen auch, daß sie Aaron Lightner ermordet haben.«

Der Mann war nicht überrascht, sondern nur zutiefst beunruhigt. Er war groß und schwer, aber gesund, und er wirkte wie ein empörter General, der weiß, daß er in Gefahr schwebt. Er versuchte gar nicht erst, so zu tun, als sei er überrascht. Die Frau sah es wohl.

»Ich wußte nicht, daß sie es tun würden. Sie haben mir gesagt, Sie seien tot, vernichtet.«

»Ich?«

Der Mann wich weiter zurück. Jetzt hatte er Angst. »Ich war es nicht, der den Befehl gegeben hat, Aaron zu ermorden. Ich weiß nicht einmal, welchen Zweck dieser Befehl haben sollte, oder warum man Sie hier haben wollte. Ich weiß so gut wie gar nichts.«

»Was hat das alles zu bedeuten, Anton?« fragte die Frau. »Wer ist diese Person?«

»Person. Person. Was für ein unangemessenes Wort«, antwortete der Mann, der Anton hieß. »Du siehst hier etwas vor dir, das . . .«

»Sagen Sie mir, welche Rolle Sie bei der Sache gespielt haben«, forderte Ash ihn auf.

»Gar keine«, erwiderte der Mann. »Ich bin hier der Generalobere. Ich wurde hergeschickt, damit ich dafür sorge, daß die Wünsche der Ältesten ausgeführt werden.«

»Unabhängig davon, was das für Wünsche sind?«

»Wer sind Sie, daß Sie mich ausfragen?«

»Haben Sie Ihren Leuten gesagt, sie sollten Ihnen den Taltos herbringen?«

»Ja, aber das haben die Ältesten mir aufgetragen! Was werfen Sie mir vor? Was habe ich getan, daß Sie herkommen und Antworten von mir verlangen? Die Ältesten haben diese Leute ausgesucht, nicht ich.« Der Mann holte tief Luft, und dabei musterte er Ash die ganze Zeit und studierte seinen Körper aufs Genaueste. »Ist Ihnen nicht klar, in welcher Lage ich hier bin?« fragte er. »Wenn Aaron Lightner etwas zugestoßen ist, dann muß Ihnen doch klar sein, daß es der Wille der Ältesten war.«

»Sie akzeptieren es. Aber tun das alle anderen auch?«

»Es weiß sonst niemand, und es soll auch niemand wissen«, sagte der Mann empört.

Die Frau schrie leise auf. Vielleicht hatte sie gehofft, daß Aaron doch noch lebte. Und jetzt wußte sie, daß er wirklich tot war.

»Ich muß den Ältesten sagen, daß Sie hier sind«, sagte der Mann. »Ich muß Ihr Auftauchen unverzüglich melden.«

»Auf welche Weise werden Sie das tun?«

Der Mann deutete auf das Faxgerät auf seinem Schreibtisch. Es war ein großes Arbeitszimmer; Ash hatte kaum Notiz davon genommen. Das Faxgerät arbeitete mit Normalpapier; kleine Anzeigelampen blinkten, und das Papierfach war gefüllt. Der Schreibtisch hatte zahlreiche Schubladen. Eine davon enthielt wahrscheinlich eine Pistole.

»Ich soll sie sofort in Kenntnis setzen«, sagte der Mann. »Sie müssen mich jetzt entschuldigen.«

»Das glaube ich nicht«, sagte Ash. »Sie sind korrupt. Sie taugen nichts. Das sehe ich. Sie haben Mitglieder des Ordens beauftragt, Böses zu tun.«

»Die Ältesten haben mich beauftragt.«

»Beauftragt? Oder bezahlt?«

Der Mann antwortete nicht. Voller Panik schaute er die Frau an. »Rufen Sie Hilfe«, sagte er und wandte sich an Ash. »Ich habe ihnen nur gesagt, sie sollten Sie herbringen. Was dann passiert ist, habe ich nicht zu verantworten. Die Ältesten haben gesagt, ich soll herkommen und tun, was zu tun ist – um jeden Preis.«

Wieder war die Frau sichtbar schockiert. »Anton«, flüsterte sie; sie machte keine Anstalten, zum Telefon zu greifen.

»Ich gebe Ihnen eine letzte Chance«, sagte Ash, »mir etwas zu erzählen, das mich davon abhalten könnte, Sie zu töten.« Das war eine Lüge. Es war ihm klar, sobald die Worte aus seinem Mund gekommen waren – aber andererseits, vielleicht würde der Mann ja etwas sagen.

»Wie können Sie es wagen!« sagte der Mann. »Ich brauche nur meine Stimme zu heben, und Hilfe wird kommen.«

»Tun Sie das«, sagte Ash. »Die Mauern hier sind dick. Aber versuchen sollten Sie es.«

»Vera, rufen Sie um Hilfe!«

»Wieviel hat man Ihnen bezahlt?« fragte Ash.

»Sie wissen *nichts*.«

»O doch. Sie wissen, was ich bin, aber viel mehr wissen Sie nicht. Und Sie haben Angst vor mir. Und Sie lügen. Jawohl, Sie lügen. Höchstwahrscheinlich war es ein Kinderspiel, Sie zu bestechen. Man bot Ihnen Beförderung und Geld, und schon beteiligten Sie sich an einer Unternehmung, von der Sie wußten, daß sie böse war.«

Er sah die Frau an, die unverhohlenes Entsetzen zeigte.

»Das ist in Ihrem Orden schon einmal geschehen«, sagte er.

»Raus hier!« sagte der Mann. Er rief um Hilfe, und seine Stimme klang in dem geschlossenen Raum sehr mächtig. Er rief noch einmal, lauter jetzt.

»Ich habe die Absicht, Sie zu töten«, sagte Ash.

»Halt!« Die Frau streckte die Arme aus. »So können Sie es nicht machen. Das ist nicht nötig. Wenn ein gezielter Anschlag auf Aaron durchgeführt wurde, müssen wir unverzüglich den Rat einberufen. Um diese Jahreszeit ist das Haus voll von führenden Mitgliedern. Rufen Sie gleich den Rat zusammen. Ich komme mit Ihnen.«

»Sie können ihn zusammenrufen, wenn ich gegangen bin. Sie sind unschuldig. Ich habe nicht vor, Sie zu töten. Aber Sie, Anton – Ihre Kooperation war notwendig für das, was geschehen ist. Man hat Sie gekauft; warum geben Sie es nicht zu? Wer hat Sie gekauft? Ihre Befehle kamen nicht unmittelbar von den Ältesten.«

»Doch.«

Der Mann wollte hinauslaufen, aber Ash streckte die Hand aus und bekam ihn mit seinen ungewöhnlich langen Armen mühelos zu fassen. Er schloß die Finger sehr fest um seine Kehle, vielleicht fester, als es ein Mensch vermocht hätte, und er begann ihm das Leben aus dem Leib zu quetschen, so schnell er konnte; er hoffte, seine Kraft würde ausreichen, ihm das Genick zu brechen, aber sie genügte nicht.

Die Frau war zurückgewichen. Sie hatte den Telefonhörer hochgerissen und schrie panisch hinein. Das Gesicht des Mannes war rot, und die Augen quollen ihm aus den Höhlen. Er verlor das Bewußtsein, und Ash drückte immer heftiger zu, bis er ganz sicher sein konnte, daß der Mann tot war und nicht nach Luft schnappend wieder aufstehen würde, wie es manchmal vorkam. Er ließ ihn fallen.

Die Frau warf den Telefonhörer hin.

»Sagen Sie mir, was passiert ist!« Sie schrie fast. »Sagen Sie mir, was mit Aaron passiert ist! Wer sind Sie?«

Ash hörte Leute durch den Korridor rennen.

»Schnell, ich brauche die Nummer, unter der ich die Ältesten erreichen kann.«

»Die kann ich Ihnen nicht geben«, sagte sie. »Die wissen nur wir.«

»Madam, seien Sie nicht albern. Ich habe gerade diesen Mann getötet. Beantworten Sie meine Frage.«

Sie rührte sich nicht.

»Tun Sie es für Aaron«, sagte er. »Und für Yuri Stefano.«

Sie starrte auf den Schreibtisch und hob die Hände an die Lippen; dann griff sie nach einem Stift, kritzelte etwas auf ein weißes Blatt und hielt es ihm entgegen.

Jemand hämmerte an die Flügeltür.

Er sah die Frau an. Sie hatten keine Zeit mehr, noch länger zu reden.

Er wandte sich ab, öffnete die Tür und sah sich einer großen Gruppe von Männern und Frauen gegenüber, die eben zum Stehen gekommen war. Sie umringten ihn und starrten ihn an.

Einige waren alt, andere ganz jung, fünf Frauen, vier Männer, ein sehr großer, noch fast bartloser Junge. Der alte Herr aus der Bibliothek war auch dabei.

Er schloß die Tür hinter sich; hoffentlich würde sich die Frau davon aufhalten lassen.

»Weiß jemand – irgend jemand – unter Ihnen, wer ich bin?« fragte Ash. Schnell ging sein Blick von Gesicht zu Gesicht; seine Augen huschten hin und her, bis er sicher war, daß er sich die Züge eines jeden Anwesenden genau eingeprägt hatte. »Wissen Sie, was ich bin? Antworten Sie mir bitte, wenn Sie es wissen.«

Alle schauten ihn verblüfft an. Er hörte die Frau hinter sich im Zimmer weinen; es war ein gepreßtes, schweres Schluchzen, das ihrer Sprechstimme entsprach, rauh vom Alter.

Beunruhigung breitete sich aus. Noch ein junger Mann war dazugekommen.

»Wir müssen hinein«, sagte eine der Frauen. »Wir müssen sehen, was da los ist.«

»Aber Sie kennen mich? Sie da.« Ash wandte sich an den zuletzt Gekommenen. »Wissen Sie, was ich bin und warum ich hier sein könnte?«

Keiner von ihnen wußte es. Keiner von ihnen wußte irgend etwas. Und doch gehörten sie alle dem Orden an, lauter Gelehrte; kein einziger Dienstbote war darunter. Männer und Frauen in den besten Jahren.

Die Frau im Zimmer hinter ihm rüttelte an den Türknöpfen und riß dann die Türflügel auf. Ash trat beiseite.

»Aaron Lightner ist tot!« rief sie. »Aaron Lightner wurde ermordet!«

Einige schnappten nach Luft, andere schrien vor Bestürzung oder Überraschung leise auf. Aber ringsumher war Unschuld. Der alte Mann aus der Bibliothek schien von der Nachricht tödlich getroffen zu sein. Unschuldig.

Es wurde Zeit, daß er verschwand.

Ash drängte sich schnell und entschlossen durch die lose Gruppe und ging auf die Tür zu; er lief hinunter, immer zwei Stufen auf einmal nehmend, ehe jemand ihm folgen konnte.

Die Frau kreischte den anderen zu, sie sollten ihn aufhalten und ihn nicht entkommen lassen. Aber er hatte einen zu großen Vorsprung, und seine Beine waren so viel länger als ihre.

Er hatte den Nebenausgang erreicht, bevor seine Verfolger an der kleinen Treppe waren.

Er trat in die Nacht hinaus, ging mit schnellen Schritten über das nasse Gras, warf noch einen Blick zurück und fing an zu rennen. Er rannte bis zum Eisenzaun, schwang sich mit einer mühelosen Flanke darüber hinweg, ging zu seinem Wagen und befahl dem Fahrer mit hastiger Geste, ihm die Tür aufzumachen und ihn dann schleunigst von hier fort zu bringen.

Er lehnte sich zurück, und der Wagen nahm auf der freien Landstraße Fahrt auf.

Er las die Faxnummer, die ihm die Frau auf das Blatt geschrieben hatte. Es war eine Nummer außerhalb von England, und wenn ihn sein Gedächtnis nicht täuschte, war sie aus Amsterdam.

Er nahm das Telefon ab, das neben ihm an der Wagenwand angebracht war, und tippte die Nummer der Auslandsauskunft ein.

Ja, Amsterdam.

Er prägte sich die Nummer ein – versuchte es zumindest –, und dann faltete er das Papier zusammen und steckte es in die Tasche.

Im Hotel bestellte er sich ein Abendessen, nahm gleich ein Bad und sah dann geduldig zu, wie die Hotelkellner ihm auf einem leinengedeckten Tisch eine üppige Mahlzeit servierten. Seine Assistenten, darunter auch die hübsche junge Leslie, standen besorgt daneben.

»Sie werden mir eine andere Unterkunft suchen, sobald es Tag wird«, sagte er zu Leslie. »Ein Hotel, das so schön ist wie dieses hier, aber ich brauche etwas viel Größeres. Ich brauche ein Büro und mehrere Telefonleitungen.«

Leslie war anscheinend überglücklich über diesen Auftrag und die damit erteilten Vollmachten und zog mit den anderen im Schlepptau davon. Er schickte die Kellner hinaus und machte sich ans Essen: schwere Pasta mit Sahnesauce. Unmengen von kalter Milch und das Fleisch eines Hummers, das er nicht mochte, das aber immerhin weiß war.

Nachher legte er sich auf das Sofa und lauschte still dem Knistern des Feuers.

Schließlich kam Samuel herein, so betrunken, daß er taumelte. Er hatte sich die Tweedjacke über die Schulter geworfen, und sein weißes Hemd war zerknautscht. Erst jetzt sah Ash, daß dieses Hemd maßgeschneidert war, wie es auch der Anzug gewesen war, damit es der grotesken Gestalt Samuels paßte.

Samuel legte sich vor den Kamin, schwerfällig wie ein Wal. Ash stand auf, nahm ein paar weiche Kissen vom Sofa und legte sie Samuel unter den Kopf. Der Zwerg öffnete die Augen – die weiter waren als sonst, wie es schien. Sein Atem duftete nach Alkohol, und er schnaufte. Nichts von alldem stieß Ash ab; er hatte Samuel immer geliebt.

Im Gegenteil, am liebsten hätte er jedem auf der Welt entgegengehalten, daß Samuel von gemeißelter, felsenhafter Schönheit sei – aber was hätte es genützt?

»Hast du Yuri gefunden?« fragte Samuel.

»Nein« sagte Ash; er hockte mit gebeugtem Knie neben Samuel, so daß er fast im Flüsterton mit ihm sprechen konnte. »Ich habe ihn auch nicht gesucht, Samuel. Wo sollte ich hier in London anfangen, ihn zu suchen?«

»Aye, da hat's keinen Anfang und kein Ende«, sagte Samuel mit einem tiefen, verlorenen Seufzer. »Ich habe überall, wohin ich gegangen bin, nach ihm gesucht. Pub für Pub. Ich fürchte, er wird versuchen, zurückzufahren. Und die werden versuchen, ihn umzubringen.«

»Er hat jetzt viele Verbündete«, sagte Ash. »Und einer seiner Feinde ist tot. Der ganze Orden ist in Alarmbereitschaft. Das muß gut sein für Yuri. Ich habe ihren Generaloberen getötet.«

»Wieso um Gottes willen hast du das getan?« Samuel stemmte sich auf dem Ellbogen hoch und versuchte, sich in eine aufrechte Position zu bringen, aber schließlich mußte Ash ihm dabei helfen.

Samuel hockte mit angezogenen Knien da und starrte Ash finster an.

»Ich habe es getan, weil der Mann korrupt war und ein Lügner. In der Talamasca kann es keine Korruption geben, die nicht gefährlich ist. Und er wußte, was ich war. Er hielt mich für Lasher. Er schützte einen Auftrag der Ältesten vor, als ich sein Leben bedrohte. Kein loyales Mitglied des Ordens hätte vor einem Außenstehenden von den Ältesten geredet oder derart durchschaubare Schutzbehauptungen aufgestellt.«

»Und da hast du ihn umgebracht.«

»Mit meinen Händen, wie ich es immer tue. Es ging schnell. Er hat nicht viel gelitten, und ich habe viele andere gesehen. Keiner von ihnen wußte, was ich war. Was heißt das also? Die Korruption ist nah an der Spitze, vielleicht ganz oben, und sie ist keineswegs bis zum Fußvolk vorgedrungen, und wenn doch, dann nur in wirrer Form. Sie erkennen einen Taltos nicht, wenn sie ihn vor sich sehen, nicht einmal, wenn man ihnen reichlich Gelegenheit gibt, das Exemplar zu studieren.«

»Das Exemplar«, sagte Samuel. »Ich will zurück ins Glen.«

»Willst du mir nicht helfen, damit das Glen sicher bleibt? Damit deine abscheulichen kleinen Freunde tanzen und Flöte spielen und arglose Menschen töten können, um in ihren Kesseln das Mark aus den Knochen zu kochen?«

»Deine Zunge ist grausam.«

»Wirklich? Vielleicht.«

»Was machen wir jetzt?«

»Ich weiß noch nicht, was der nächste Schritt sein wird. Wenn Yuri bis morgen früh nicht wieder zurück ist, sollten wir wohl besser von hier verschwinden.«

»Aber mir gefällt es im Claridge's«, murrte Samuel. Er kippte um, und seine Augen schlossen sich, ehe sein Kopf das Kissen berührte.

»Samuel, du mußt mein Gedächtnis auffrischen«, sagte Ash.

»Worüber?«

»Was ist ein Syllogismus?«

Samuel lachte. »Dein Gedächtnis auffrischen? Du hast noch nie gewußt, was ein Syllogismus ist. Was weißt du denn von Philosophie?«

»Zuviel.« Ash versuchte sich zu erinnern. Alle Menschen sind Tiere. Tiere sind wild. Also sind alle Menschen wild.

Er ging ins Schlafzimmer und legte sich auf das Bett.

Einen Augenblick lang sah er wieder die Hexe mit den hübschen Haaren vor sich, Yuris Geliebte. Er stellte sich vor, wie sich ihre nackten Brüste sanft an sein Gesicht schmiegten und wie ihr Haar sie beide umhüllte wie ein weiter Mantel.

Dann schlief er tief. Er träumte, daß er durch das Puppenmuseum in seinem Gebäude ging. Die Marmorfliesen waren eben erst poliert worden, und er konnte die vielen Farben sehen und auch, wie sich Farben verändern, je nachdem, welcher Farbe sie benachbart sind. All die Puppen in ihren Glasvitrinen fingen an zu singen – die modernen, die antiken, die grotesken, die schönen. Die französischen Puppen tanzten und schwenkten dabei ihre kleinen Glockenröcke. Die kleinen, runden Gesichter waren voller Entzücken, und die prächtigen Bru-Puppen, seine Königinnen, seine geliebten Königinnen, sangen mit hohen Sopranstimmen, und ihre Augen funkelten wie Briefbeschwerer im Licht der Leuchtstofflampen. Nie hatte er solche Musik gehört. Er war so glücklich.

Du mußt Puppen machen, die singen können, dachte er in seinem Traum – nicht wie die alten, die schlechte mechanische Spielzeuge waren, sondern Puppen mit elektronischen Stimmen, die ewig singen. Und wenn die Welt untergeht, werden die Puppen noch in den Ruinen singen.

10

»Kein Zweifel«, sagte Dr. Salter und legte die braune Mappe auf den Schreibtischrand. »Aber es ist nicht vor sechs Wochen passiert.«

»Wie kommen Sie darauf?« fragte Mona. Sie verabscheute das kleine Untersuchungszimmer, weil es keine Fenster hatte. Sie hatte das Gefühl zu ersticken.

»Weil der dritte Monat schon fast vorbei ist.« Die Ärztin trat an den Tisch. »Hier, willst du selbst fühlen? Gib mir deine Hand.«

Die Ärztin faßte ihr Handgelenk und legte ihr die Hand auf den eigenen Bauch.

»Fest drücken. Fühlst du das? Das ist das Baby.«

»So schwanger kann ich noch nicht sein. Das ist einfach unmöglich.«

»Geh nach Hause und sieh in deinem Computertagebuch nach, Mona. Es stimmt.«

Mona setzte sich auf und hüpfte vom Tisch herunter; sie strich sich den schwarzen Rock glatt und schob die Füße in die eleganten Schuhe. Überflüssig, die Schnürsenkel auf- und zuzubinden, obwohl – wenn Tante Gifford gesehen hätte, wie sie die Füße in derart teure Schuhe hineinbohrte, hätte sie wahrscheinlich geschrien.

»Ich muß jetzt los«, sagte sie. »Ich werde auf einer Beerdigung erwartet.«

»Doch nicht der arme Mann, der deine Cousine geheiratet hat und von einem Auto überfahren wurde?«

»Doch, der arme Mann. Hören Sie, Annelle, können wir mal eine von den Untersuchungen machen, bei denen man den Fötus sehen kann?«

»Ja, und die wird dir bestätigen, was ich dir sage: daß du schon über die zwölfte Woche hinaus bist. Paß auf, du mußt all die Aufbaustoffe nehmen, die ich dir jetzt gebe. Ein dreizehnjähriger Körper ist noch nicht so weit, daß er ein Kind bekommen kann.«

»Okay. Dann möchte ich jetzt einen Termin für die Untersuchung, bei der wir es uns anschauen können.« Mona ging zur Tür und hatte die Hand schon auf dem Knauf, als sie stehenblieb. »Andererseits, ich glaube, ich möchte es lieber nicht.«

»Warum nicht?«

»Ich weiß nicht. Lassen wir's einfach noch ein Weilchen in Ruhe da drin. Solche Tests können einem angst machen, oder?«

»Mein Gott, du wirst ja ganz weiß.«

»Nein, werde ich nicht. Ich falle bloß in Ohnmacht wie die Frauen im Kino.«

Sie ging hinaus, kam durch das kleine, mit Teppichboden ausgelegte Vorzimmer und verließ die Praxis, obwohl die Ärztin hinter ihr herrief. Die schwere Tür schloß sich seufzend hinter ihr, und sie eilte durch das verglaste Foyer.

Der Wagen wartete draußen am Bordstein. Ryan stand mit verschränkten Armen daneben. In seinem dunkelblauen Beerdigungsanzug sah er fast so aus wie immer, nur daß seine Augen jetzt tränten und er offensichtlich sehr müde war. Er öffnete ihr die Wagentür.

»Nun, was hat Dr. Salter gesagt?« Er drehte sich um und musterte sie von oben bis unten.

Sie wünschte wirklich, die Leute würden aufhören, sie zu mustern.

»Ich bin tatsächlich schwanger«, sagte sie. »Aber es ist alles okay. Laß uns fahren.«

»Wir fahren ja. Bist du unglücklich? Vielleicht wird dir erst jetzt so allmählich alles klar.«

»Selbstverständlich bin ich nicht unglücklich. Weshalb sollte ich unglücklich sein? Ich denke an Aaron. Haben Michael oder Rowan angerufen?«

»Nein, noch nicht. Wahrscheinlich schlafen sie gerade. Was ist denn, Mona?«

»Ryan, mir ist nur kalt, okay? Die Leute fragen mich dauernd, was los ist. Nichts ist los. Es passiert bloß alles . . . schrecklich schnell.«

»Du hast einen ganz ungewohnten Gesichtsausdruck«, stellte Ryan fest. »Als ob du Angst hättest.«

»Nein. Ich frage mich bloß, wie es wohl sein wird. Mein eigenes Kind. Du hast es doch allen gesagt, oder? Keine Predigten, keine Vorträge.«

»Das war gar nicht nötig«, sagte er. »Du bist die designierte Erbin des Vermächtnisses. Niemand wird dir Vorhaltungen machen. Wenn überhaupt jemand dafür in Frage käme, wäre ich es ja wohl. Aber ich bringe es nicht über mich, die erforderlichen Reden zu halten, die üblichen Warnungen und Vorbehalte auszusprechen.«

»Brav«, sagte sie.

»Wir haben so viele verloren, und hier kommt ein ganz neues Leben; ich sehe es wie eine Flamme, und ich möchte immer die Hände davorhalten, um sie zu schützen.«

»Jetzt flippst du aus, Ryan. Du bist wirklich müde. Du mußt dich ein bißchen ausruhen.«

»Möchtest du es mir jetzt sagen?«

»Was?«

»Wer der Vater ist, Mona. Du hast doch vor, es uns zu sagen, oder? Ist es dein Cousin David?«

»Nein, es ist nicht David. Vergiß David.«

»Yuri?«

»Was ist das – Siebzehnundvier? Ich weiß, wer der Vater ist, wenn es dir darum geht. Aber ich will jetzt nicht darüber reden. Die Identität des Vaters kann bestätigt werden, sobald das Baby auf der Welt ist.«

»Das geht vorher.«

»Aber ich will nicht, daß mit Nadeln in das Baby gestochen wird! Ich will nicht, daß es bedroht wird. Ich sage doch, ich weiß, wer der Vater ist, und ich sag's dir, wenn es ... wenn ich die Zeit für richtig halte.«

»Es ist Michael Curry, nicht wahr?«

Sie fuhr herum und funkelte ihn an. Es war zu spät, die Frage abzuwimmeln. Er hatte die Antwort in ihrem Gesicht gelesen. Und er sah so erschöpft aus, gar nicht so kraftvoll und aufrecht wie sonst.

»Gifford hat es mir gesagt.« Er sprach langsam und immer

noch wie benebelt. Er schaute aus dem Fenster; sie fuhren langsam die St. Charles Avenue hinunter, auf ihren hübschesten Abschnitt zu, wo neuere Villen und sehr alte Bäume standen.

»Wie bitte?« fragte sie. »Gifford hat es dir gesagt? Ryan, ist alles in Ordnung mit dir?« Was würde aus der Familie werden, wenn Ryan den Verstand verlor? Sie hatte so schon genug Sorgen. »Ryan, antworte.«

»Es war ein Traum, den ich letzte Nacht hatte.« Er drehte sich endlich zu ihr um. »Gifford sagte, der Vater ist Michael Curry.«

»War sie glücklich oder traurig?«

»Glücklich oder traurig . . .« Er dachte nach. »Ehrlich gesagt, ich erinnere mich nicht.«

»Oh, das ist ja toll. Selbst jetzt, wo sie tot ist, kümmert sich kein Mensch um das, was sie sagt. Sie erscheint dir im Traum, und du paßt überhaupt nicht auf.«

Das erschreckte ihn, aber nur ein wenig. Beleidigt war er nicht, soweit sie es erkennen konnte. Als er sie ansah, war sein Blick abwesend und sehr friedlich.

»Es war ein schöner Traum, ein guter Traum. Wir waren zusammen.«

»Wie sah sie aus?« Irgend etwas stimmte wirklich nicht mit ihm. Ich bin allein, dachte sie. Aaron ist ermordet worden. Bea braucht unser Mitgefühl. Rowan und Michael haben sich noch nicht gemeldet, wir alle haben Angst, und jetzt fängt Ryan an zu spinnen.

»Wie sah Gifford denn aus?« fragte sie.

»Hübsch, wie sie immer ausgesehen hat. Für mich hat sie immer gleich gut ausgesehen, ob sie fünfundzwanzig war oder fünfunddreißig – oder von mir aus fünfzehn. Sie war meine Gifford.«

»Was hat sie getan?«

»Warum willst du das wissen?«

»Ich glaube an Träume. Ryan, bitte erzähl's mir. Überleg doch mal – hat Gifford irgend etwas getan?«

Er zuckte die Achseln und lächelte leise. »Sie hat ein Loch

gegraben. Ich glaube, unter einem Baum. Ich glaube, es war Deirdres Eiche. Ja, dort war es, und um sie herum waren Berge von Erde.«

Mona antwortete nicht gleich. Sie war so erschüttert, daß sie ihrer Stimme nicht vertraute.

Ein Schmerz durchfuhr ihren Kopf, sehr scharf, durch beide Schläfen. Vielleicht wurde ihr von den Bewegungen des Autos schlecht. Das konnte passieren, wenn man schwanger war, auch wenn man ein ganz normales Baby bekam.

»Onkel Ryan, ich kann nicht mit zu Aarons Beerdigung kommen«, sagte sie plötzlich. »Mir wird schlecht im Auto. Ich möchte gern hin, aber ich kann nicht. Ich muß nach Hause. Ich weiß, das klingt dumm und selbstsüchtig, aber . . .«

»Ich bringe dich sofort heim«, sagte er galant und streckte die Hand nach der Sprechanlage aus. »Clem, fahren Sie Mona in die First Street.« Er schaltete das Intercom wieder ab. »Du meinst doch die First Street, oder?«

»Yeah, allerdings.« Sie hatte Rowan und Michael versprochen, dort unverzüglich einzuziehen, und das hatte sie auch getan. Außerdem fühlte sie sich dort mehr zu Hause als in der Amelia Street, seit ihre Mutter nicht mehr da und ihr Vater stets besinnungslos betrunken war und nur noch gelegentlich nachts aufstand, um seine Flaschen oder seine Zigaretten oder seine tote Frau zu suchen.

»Ich werde Shelby anrufen, damit sie bei dir bleibt«, sagte Ryan. »Wenn Beatrice mich nicht brauchen würde, könnte ich selbst bei dir bleiben.«

»Nein, ich brauche Shelby nicht«, sagte sie. »Ich meine, ich möchte allein sein. Einfach nur allein sein dort oben; Eugenia genügt mir. Mir fehlt ja nichts. Ich werde ein bißchen schlafen. Es ist ein wunderschönes Zimmer da oben, wenn man ein Schläfchen machen möchte. Ich war noch nie allein dort. Ich muß nachdenken und sozusagen ein Gefühl für alles entwikkeln. Und vor den Zäunen patrouilliert eine Truppe, die ungefähr der französischen Fremdenlegion entspricht. Da kommt niemand rein.«

Sie waren eben in die First Street eingebogen.

»Du mußt mir auf der Stelle Bescheid sagen, wenn Rowan oder Michael anrufen«, sagte Mona. Sie raffte ihre Handtasche an sich und schickte sich an, hinauszuspringen. »Und . . . und gib Bea einen Kuß von mir . . . und . . . Aaron.«

»Mach ich«, sagte er. »Bist du sicher, daß du allein hierbleiben willst? Was ist, wenn Eugenia nicht da ist?«

»Das wäre zu schön, um wahr zu sein«, rief sie über die Schulter. Zwei junge uniformierte Wachmänner standen am Tor; einer von ihnen hatte gerade für sie aufgeschlossen. Sie nickte ihm zu, als sie vorbeiging.

An der Haustür schob sie den Schlüssel ins Schloß und war binnen weniger Sekunden im Haus. Die Tür schloß sich wie immer mit einem tiefen, gedämpften, schweren Geräusch, und sie ließ sich mit geschlossenen Augen dagegenfallen.

Zwölf Wochen – das war glattweg unmöglich! Dieses Baby war ins Dasein getreten, als sie das zweitemal mit Michael geschlafen hatte. Sie wußte es! Sie wußte es so sicher wie nur irgend etwas. Außerdem hatte es zwischen Weihnachten und Mardi Gras niemanden gegeben! Nein, zwölf Wochen, das kam nicht in Frage.

Eine Krise. Nachdenken.

Sie nahm Kurs auf die Bibliothek.

Gestern abend hatten sie ihren Computer hergebracht, und sie hatte ihn aufgestellt und sich eine kleine Arbeitsecke rechts neben dem großen Mahagonischreibtisch aufgebaut. Jetzt ließ sie sich auf den Stuhl fallen und bootete das System.

Sofort öffnete sie eine Datei:

WS/MONA/SECRET/PAEDIATR.

»Fragen, die gestellt werden müssen«, schrieb sie. »Wie schnell ist Rowans Schwangerschaft vorangeschritten? Gab es Anzeichen für eine beschleunigte Entwicklung? Litt sie unter ungewöhnlicher Übelkeit? Sah man Rowan die Schwangerschaft an? Rowan muß die Chronologie der Ereignisse noch kennen. Rowan kann alles aufklären. Und natürlich war da noch die zweite Schwangerschaft, von der niemand sonst etwas weiß – nur Rowan, Michael und ich. Wagst du es, Rowan nach dieser zweiten . . .«

Blöde Angst. Sie brach ab. Sie lehnte sich zurück und legte eine Hand auf den Bauch. »Mein Baby«, flüsterte sie und schloß die Augen. »Julien, hilf mir, bitte.«

Aber sie nahm keine Antwort wahr. Das alles war vorbei.

Sie ging zum Fenster, das an jenem Tag so geheimnisvoll geöffnet worden war, vielleicht von Lasher; das würde sie nie wissen. Sie spähte zwischen den grünen Holzläden hinaus. Wachmänner an der Ecke. Ein Wachmann auf der anderen Straßenseite.

Mit langsamen Schritten verließ sie die Bibliothek, verfiel beinahe in einen schleifenden Rhythmus; sie wußte nicht warum, wußte nur, daß sie alles anschaute, woran sie vorbeikam, und als sie in den Garten hinaustrat, kam er ihr herrlich grün und voll vor mit den Frühlingsazaleen, die bald blühen würden, und den von Knospen überladenen Ingwerlilien und der Myrte mit den winzigen neuen Blättern, riesig und dicht.

All die leeren Räume des Winters hatten sich gefüllt. Die Wärme hatte alles aufgeschlossen, und sogar die Luft seufzte erleichtert.

Sie stellte sich ans hintere Gartentor und schaute zu Deirdres Eiche hinüber, zu dem Tisch, an dem Rowan gesessen hatte. Frisches, grünes Gras wuchs dort, kräftiger und grüner als das Gras ringsumher.

»Die Geister sind fort«, sagte sie und merkte, daß sie nicht nur mit sich selbst, sondern auch mit dem Baby sprach. »Das ist erledigt. Wir brauchen diese Sachen nicht mehr, du und ich. Nein, nie mehr. Sie sind losgezogen, um den Drachen zu erschlagen, und wenn der Drache tot ist, dann gehört die Zukunft uns – dir und mir –, und du wirst nicht mal wissen müssen, was hier passiert ist. Erst, wenn du erwachsen bist und sehr gescheit. Ich wünschte bloß, ich wüßte, ob du ein Junge oder ein Mädchen bist. Ich wünschte, ich wüßte, welche Haarfarbe du hast – das heißt, wenn du überhaupt schon Haare hast. Ich sollte dir einen Namen geben. Ja, einen Namen.«

Sie beendete ihren kleinen Monolog.

Sie hatte das Gefühl, jemand habe mit ihr gesprochen – jemand ganz in ihrer Nähe hatte etwas geflüstert, nur den winzigen Bruchteil eines Satzes – und es war vorbei, und sie konnte ihn nicht mehr fassen. Sie drehte sich um; ihr gruselte plötzlich. Aber natürlich war niemand in ihrer Nähe. Die Wachleute waren alle am Rand des Anwesens. So lauteten ihre Anweisungen, es sei denn, sie hörten einen Alarm aus dem Haus.

Sie lehnte sich an den eisernen Torpfosten. Ihr Blick wanderte wieder über das Gras und hinauf zu den dicken schwarzen Ästen der Eiche. Das frische Laub brach in minzgrün strahlenden Büscheln hervor. Die alten Blätter sahen staubig und dunkel aus; sie würden bald ganz verdorren und abfallen. Die Eichen in New Orleans waren niemals kahl, dem Himmel sei Dank. Aber im Frühling wurden sie neu geboren.

Sie drehte sich um und schaute nach rechts, zum vorderen Teil des Grundstücks. Ein blaues Hemd blitzte dort durch den Zaun. Es war eine Stille, wie sie sie noch nie erlebt hatte. Vielleicht war ja sogar Eugenia zu Aarons Beerdigung gegangen. Mona hoffte es.

»Keine Gespenster, keine Geister«, flüsterte sie. »Kein Flüstern von Tante Gifford.«

Wollte sie denn wirklich, daß es so etwas gab? Plötzlich, zum erstenmal im Leben, war sie nicht mehr so sicher. Die ganze Vorstellung von Spuk und Gespenstern verwirrte sie plötzlich.

Muß an dem Baby liegen, dachte sie; wahrscheinlich eine von diesen geheimnisvollen geistigen Veränderungen, die einen überkommen, schon in dieser frühen Phase, und einen zu einem sitzenden Dasein anleiten, in dem man keine Fragen stellt. Geister waren jetzt nicht das richtige. Das Baby war alles. Sie hatte am Abend zuvor in ihren neuen Büchern über Schwangerschaft eine Menge über diese körperlichen und geistigen Veränderungen gelesen, und sie hatte noch eine Menge mehr zu lesen.

Der Wind stahl sich durch das Gebüsch wie immer, griff hier und da nach losen Blüten und Blättern und kleinen Blumen, ließ sie über die violetten Steinplatten wirbeln und dann zu Nichts ersterben. Träge Wärme stieg aus dem Boden.

Sie wandte sich um und ging hinein, durch das leere Haus in die Bibliothek.

Sie setzte sich an den Computer und fing an zu schreiben.

»Du wärst kein Mensch, wenn du nicht Zweifel und Mißtrauen empfändest. Wie könntest du dich unter diesen Umständen nicht fragen, ob das Baby in Ordnung ist? Zweifellos hat diese Angst einen hormonellen Ursprung und ist ein Überlebensmechanismus. Du bist kein seelenloser Inkubator. Dein Gehirn wird zwar jetzt mit neuen Chemikalien und chemischen Verbindungen überflutet, aber es ist immer noch dein Gehirn. Sieh dir die Fakten an.

Lasher hat die vorherige Katastrophe von Anfang an gesteuert. Ohne Lashers Eingreifen hätte Rowan vielleicht ein kerngesundes und wunderschönes . . .«

Sie brach ab. Was hieß das denn – Lashers Eingreifen?

Das Telefon klingelte, erschreckte sie, ja, tat ihr ein bißchen weh. Sie griff hastig danach; sie wollte nicht, daß es noch einmal klingelte.

»Mona hier, bitte sprechen Sie jetzt«, sagte sie.

Am anderen Ende lachte jemand. »Das ist 'ne verfluchte Art, sich zu melden, Kleines.«

»Michael! Gott sei Dank. Ich bin wirklich schwanger. Dr. Salter sagt, es gibt absolut keinen Zweifel.«

Sie hörte ihn seufzen. »Wir lieben dich, Sweetheart.«

»Wo seid ihr?«

»Wir sind in irgendeinem schrecklich teuren Hotel in einer Suite im französischen Stil, mit lauter Möbeln aus Obstbaumholz, die auf den Zehenspitzen stehen. Yuri geht es gut; Rowan untersucht gerade seine Schußwunde. Sie hat sich entzündet. Du mußt noch warten, bevor du mit ihm sprechen kannst. Er ist übererregt und redet ein bißchen wirr, aber sonst fehlt ihm nichts.«

»Ja, klar. Ich will ihm jetzt auch nichts von diesem Baby erzählen.«

»Nein, das wäre ganz und gar nicht gut.«

»Gib mir eure Nummer.«

Er gab sie ihr. »Honey, ist alles in Ordnung mit dir?«

Da geht's schon wieder los. Sogar er merkt, daß du dir Sorgen machst.

Vorsichtig jetzt.

»Yeah, mir geht's prima, Michael. Hat Ryans Büro eure Nummer?«

»Wir werden nicht verschwinden, Honey.«

Sie merkte, daß sie auf den Monitor starrte, auf die Fragen, die sie so intelligent und logisch aufgelistet hatte:

Wie schnell ist Rowans Schwangerschaft vorangeschritten? Gab es Anzeichen für eine beschleunigte Entwicklung?

Michael würde die Antworten kennen. Nein, laß dir nichts anmerken.

»Ich muß jetzt aufhören, Honey. Ich rufe später wieder an. Wir lieben dich alle.«

»Bis bald, Michael.«

Sie legte auf.

Lange saß sie so da, und dann fing sie an, eilig zu tippen.

»Es ist zu früh, um ihnen dumme Fragen über dieses Baby zu stellen, zu früh, um eine Angst zu entwickeln, die sich auf deine Gesundheit und deinen Seelenfrieden auswirken könnte, zu früh, um Rowan und Michael zu beunruhigen, die im Moment viel wichtigere Dinge im Kopf haben . . .«

Sie brach ab.

Neben ihr hatte jemand geflüstert! Es war, als stehe jemand unmittelbar neben ihr. Sie sah sich um, stand auf, ging durch das Zimmer und schaute dann zurück, um sich dessen zu vergewissern, was sie bereits wußte: Es war niemand dagewesen, keine schleierzarten Geister, nicht einmal ein Schatten. Dafür hatte die Leuchtstofflampe auf dem Schreibtisch gesorgt.

Die Wachmänner draußen in der Chestnut Street? Vielleicht. Aber wie sollte sie sie durch halbmeterdicke, solide Ziegelmauern flüstern hören?

Minuten tickten vorüber.

Hatte sie Angst, sich zu rühren? Das ist doch verrückt, Mona Mayfair. Wer, glaubst du, ist es dann? Gifford? Oder deine eigene Mutter? Ist Onkel Julien wieder da? Hat er nicht langsam ein bißchen Ruhe verdient? Vielleicht spukte es ganz schlicht in diesem gottverdammten Haus, immer schon, alle möglichen Geister – ein Zimmermädchen von 1859, oder ein Kutscher, der 1872 durch einen tragischen Sturz vom Dach ums Leben gekommen war. Könnte doch sein. Die Familie schrieb ja nicht alles auf.

Mona fing an zu lachen.

Proletarische Geister im Hause der Mayfairs in der First Street? Geister, die nicht mal mit ihnen verwandt waren? Junge, was für ein Skandal! Nein, nein, hier waren überhaupt keine Geister.

Sie betrachtete den vergoldeten Rahmen des Spiegels, den Kaminsims aus dunkelbraunem Marmor, die Regale mit den alten, zerbröckelnden Büchern. Ruhe senkte sich auf sie, behaglich und hübsch. Ich liebe dieses Zimmer am meisten, dachte sie, kein Geistergrammophon spielte, und im Spiegel waren keine Gesichter. Du gehörst hierher. Du bist in Sicherheit. Du bist zu Hause.

»Ja, du und ich, Kleines«, sagte sie zu dem Baby. »Das hier ist jetzt unser Haus, mit Michael und Rowan. Und ich verspreche dir, ich werde mir einen interessanten Namen ausdenken.«

Sie setzte sich wieder und tippte weiter, so schnell wie vorher.

»Nerven überreizt. Bilde mir alles mögliche ein. Proteine essen, Vitamin C für die Nerven und den Allgemeinzustand. Höre Stimmen, die mir ins Ohr flüstern, klingt wie … klingt wie, bin unsicher, aber ich glaube, es klingt wie jemand, der singt oder summt! Geht einem irgendwie auf die Nerven. Könnte ein Geist sein, aber auch Vitamin-B-Mangel.

Aarons Beerdigung ist jetzt im Gange. Dies trägt zweifellos zu einer allgemeinen Schreckhaftigkeit bei.«

11

»Sie sind sicher, daß es ein Taltos war?« fragte Rowan. Sie hatte das Verbandszeug und das Antiseptikum weggeräumt und wusch sich die Hände. Sie stand in der Badezimmertür der Suite und beobachtete Yuri, wie er auf und ab ging, eine dunkle, langgliedrige und unberechenbare Gestalt vor den sorgsam gefältelten Seidendrapagen und dem Überfluß an Blattgold im Zimmer.

»O Gott, Sie glauben mir nicht! Es war ein Taltos.«

»Es könnte ein Mensch gewesen sein, der Grund hatte, Sie zu täuschen. Die Größe allein muß nicht unbedingt bedeuten . . .«

»Nein, nein, nein.« Yuris Ton war immer noch so aufgebracht und manisch wie am Flughafen, als er sie abgeholt hatte. »Er war nicht menschlich. Er war . . . er war schön und scheußlich. Die Knöchel waren enorm, und die Finger waren so lang. Das Gesicht hätte ein menschliches sein können, sicher. Ein sehr, sehr hübscher Mann. Aber es war Ashlar, Rowan, er selbst. Michael, erzählen Sie ihr die Geschichte. St. Ashlar aus der ältesten Kirche in Donnelaith. Erzählen Sie's ihr. Oh, wenn ich doch bloß Aarons Aufzeichnungen hätte. Ich weiß, daß er welche gemacht hat. Er hat die Geschichte niedergeschrieben. Auch wenn der Orden uns exkommuniziert hat, er hätte doch nie versäumt, alles aufzuschreiben.«

»Er hat Notizen gemacht, mein Junge, und wir haben sie«, sagte Michael. »Und ich habe ihr schon alles erzählt, was ich weiß.«

Das hatte Michael bereits zweimal erklärt, wenn Rowan sich recht erinnerte. Die endlosen Wiederholungen und Redereien zogen sich in die Länge. Sie litt sehr unter dem Jetlag. Ihre ganze Konstitution war geschwächt, und sie war gealtert, das wußte sie jetzt mit Sicherheit, falls je eine echte Hoffnung auf das Gegenteil bestanden hatte. Gottlob hatte sie im Flugzeug geschlafen.

Michael saß an die Armlehne einer eleganten französischen Couch gelehnt; seine Füße lagen übereinander auf den goldenen Kissen. Er hatte das Jackett ausgezogen, und sein Brustkorb in dem Rollkragenpullover sah massig aus, als wohnte darin ein Herz, das triumphierend noch fünfzig Jahre schlagen würde. Er warf Rowan einen verstohlenen, mitleidsvollen Blick zu.

Gott sei Dank, daß du hier bist, dachte sie. Gott sei Dank. Michaels gelassene Stimme und seine Art waren mehr als beruhigend. Sie konnte sich nicht vorstellen, ohne ihn hier zu sein.

Noch ein Taltos. Noch einer von ihnen! Gott, was für Geheimnisse birgt diese Welt, was für Ungeheuer tarnen sich in ihren Wäldern, ihren Großstädten, ihren Wildnissen, ihren Meeren? Ihr Verstand trieb seine Späße mit ihr. Sie konnte sich Lasher nicht mehr deutlich vorstellen. Seine Gestalt war völlig unproportioniert gewesen. Seine Kraft wirkte übernatürlich. Aber so war es nicht. Diese Kreaturen waren nicht allmächtig. Sie versuchte diese schmerzhaft schrillen Erinnerungen aus ihrem Kopf zu verbannen: Lashers Finger, die ihre Arme quetschten, sein Schlag mit dem Handrücken, der sie das Bewußtsein verlieren ließ. Sie konnte den Augenblick des Abschaltens spüren, und auch den des Erwachens, als sie wie betäubt versucht hatte, unter das Bett zu kriechen, um sich dort in Sicherheit zu bringen. Aber sie mußte sich jetzt zusammenreißen, mußte sich konzentrieren und auch Yuri dazu bringen, sich zu konzentrieren.

»Yuri«, sagte sie in ihrer überaus ruhigen und unaufdringlich respektgebietenden Art. »Beschreiben Sie noch einmal das Kleine Volk. Sind Sie sicher . . .«

»Das Kleine Volk ist ein wilder Schlag«, sagte Yuri. Die Worte sprudelten aus ihm heraus, während er sich um sich selbst drehte, die Hände ausgestreckt, als halte er eine Kristallkugel, in der er die Bilder dessen sah, was er hier beschrieb. »Sie sind zum Untergang verurteilt, hat Samuel gesagt. Sie haben keine Frauen mehr. Sie haben keine Zukunft. Sie werden aussterben, wenn kein weiblicher Taltos zu ihnen kommt, wenn nicht in irgendeiner entlegenen Gegend Europas oder der Britischen Inseln eine Frau von ihrer Art gefunden wird. Und das geschieht. Hören Sie auf meine Worte: Es geschieht. Samuel hat es mir erzählt. Oder eine Hexe, verstehen Sie? Eine Hexe? Die weisen Frauen in dieser Gegend gehen niemals in die Nähe des Glen. Touristen und Archäologen kommen und gehen nur bei Tag und in Gruppen.«

Sie hatten das schon einmal durchgesprochen, aber Rowan merkte, daß er jedesmal, wenn er davon sprach, ein neues und möglicherweise wichtiges Detail hinzufügte.

»Natürlich hat Samuel mir das alles nur erzählt, weil er dachte, ich würde in dieser Höhle sterben. Als das Fieber nachließ, war er ebenso überrascht wie ich. Und dann Ash. Ash ist frei von jeglicher Doppelzüngigkeit. Man kann sich nicht vorstellen, wie offen und unverstellt dieses Wesen ist. Kein Mensch könnte so geradlinig sein, es sei denn, er wäre ein Idiot. Und Ash ist kein Idiot.«

»Dann hat er also nicht gelogen, als er Ihnen gesagt hat, er will Ihnen helfen.« Rowan beobachtete ihn scharf.

»Nein, er hat nicht gelogen. Und er will die Talamasca beschützen. Warum, das kann ich Ihnen nicht sagen. Es hat etwas mit der Vergangenheit zu tun, vielleicht mit den Archiven, den Geheimnissen, auch wenn niemand weiß, was sich wirklich in den Archiven befindet. Oh, wenn ich nur darauf vertrauen könnte, daß die Ältesten nicht dazugehören. Aber eine Hexe ... verstehen Sie nicht – eine Hexe, so mächtig wie Mona, ist einfach zu wertvoll für Ash und für Samuel. Ich hätte ihnen niemals, niemals von Mona erzählen dürfen. Oh, es war so dumm von mir, ihnen alles über die Familie zu erzählen. Aber dieser Samuel, wissen Sie, der hat mir das Leben gerettet.«

»Aber hat denn dieser Taltos gesagt, daß er keine Partnerin hat?« fragte Michael. »Falls ›Partnerin‹ das richtige Wort dafür ist.«

»Das war ganz offensichtlich. Er ist hergekommen, weil Samuel ihm berichtet hat, daß ein Taltos, Lasher – mit Ihnen, Rowan! – in Donnelaith aufgetaucht war. Ash ist sofort hergekommen, von irgendwo weit her, ich weiß nicht, woher er kommt. Ash ist reich. Er hat Bodyguards und Bedienstete und reist in einem kleinen Konvoi. Sagt Samuel jedenfalls. Samuel redet eigentlich mehr, als gut für ihn ist.«

»Aber von einem weiblichen Taltos hat er nichts gesagt?«

»Nein. Beide machen den Eindruck, daß sie nichts von der Existenz eines weiblichen Taltos wissen. Rowan, verstehen sie doch: Das Kleine Volk stirbt, und der Taltos ist so gut wie ausgestorben! Gott, es könnte sein, daß Ash der einzige ist, der noch lebt, nachdem Lasher nicht mehr da ist. Stellen Sie sich das vor! Ist Ihnen klar, was Mona für die beiden bedeutet?«

»Okay, wollen Sie meine Meinung hören?« Michael griff nach der Kaffeekanne, die neben ihm auf einem Tablett stand, und füllte seine Tasse; er hielt sie wie einen Becher in der Hand, ohne Untertasse. »Was Ashlar und Samuel angeht, haben wir getan, was wir können.« Er sah Rowan an, während er sprach. »Vielleicht haben wir eine Chance von eins zu zehn, sie im Claridge's ausfindig zu machen, obwohl –«

»Nein, Sie dürfen sich ihnen nicht nähern«, unterbrach Yuri. »Sie dürfen sie nicht mal wissen lassen, daß Sie hier sind. Sie ganz besonders nicht.«

»Ja, das verstehe ich.« Michael nickte. »Aber . . .«

»Nein, Sie verstehen es nicht«, sagte Yuri. »Oder Sie glauben mir nicht. Michael, diese Kreaturen erkennen eine Hexe, wenn sie eine sehen, ob männlich oder weiblich. Sie wissen es. Sie brauchen keine modernen medizinischen Tests, um zu wissen, daß Sie die Chromosomen haben, die so wertvoll für sie sind. Sie erkennen Sie, vielleicht am Geruch und bestimmt an der Erscheinung.«

Michael zuckte knapp die Achseln, als wolle er sich sein endgültiges Urteil darüber noch vorbehalten, aber die Sache jetzt nicht weiter verfolgen.

»Okay. Dann gehe ich jetzt also nicht hinüber ins Claridge's. Aber es fällt mir schrecklich schwer, Yuri. Ich meine, Sie sagen mir, daß Ash und Samuel keine fünf Minuten von hier entfernt im Hotel sind.«

»Gott, ich hoffe, daß sie da nicht mehr sind. Und ich hoffe, daß sie nicht nach New Orleans gefahren sind. Warum habe ich es ihnen nur erzählt? Warum war ich nicht klüger? Warum war ich in meiner Dankbarkeit und Angst nur so dumm?«

»Hören Sie auf, sich deshalb Vorwürfe zu machen«, sagte Rowan.

»Die Wachen in New Orleans wurden vervierfacht«, sagte Michael. Seine entspannte Haltung hatte sich nicht geändert. »Lassen wir das Thema Ashlar und Samuel für den Augenblick beiseite, und wenden wir uns noch einmal der Talamasca zu. Wir waren dabei, eine Liste der ältesten Mitglieder in London anzufertigen, von denen, die entweder vertrauenswürdig sind oder ganz sicher gemerkt haben müssen, daß etwas faul ist.«

Yuri seufzte. Er stand vor einem kleinen Satinsessel am Fenster, der mit dem gleichen intensiv schillernden Moiré bezogen war, aus dem auch die Vorhänge bestanden. Er ließ sich auf die Sesselkante fallen, schlug die Hände vor den Mund und atmete langsam aus. Sein Haar war zerzaust.

»Okay«, sagte Yuri. »Die Talamasca. Meine Zuflucht, mein Leben. Ach, die Talamasca.« Er zählte an den Fingern der rechten Hand ab. »Wir hatten Milling. Er ist ans Bett gefesselt, und man kommt nicht an ihn heran. Ich will ihn nicht mit einem Anruf beunruhigen. Dann war da ... da war ...«

»Joan Cross«, sagte Michael. Er nahm den gelben Schreibblock vom Couchtisch. »Ja, Joan Cross. Fünfundsiebzig Jahre alt, invalide. Rollstuhl. Hat es wegen ihrer arthritischen Verkrüppelung abgelehnt, Generaloberin zu werden.«

«Nicht einmal der Teufel persönlich könnte Joan Cross unterwandern«, sagte Yuri, und die Worte sprudelten schneller denn je aus ihm hervor. »Aber Joan ist zu sehr in sich versunken. Sie verbringt ihre ganze Zeit in den Archiven. Sie würde es nicht bemerken, wenn die Ordensmitglieder nackt herumliefen.«

»Der nächste: Timothy Hollingshed«, las Michael von seinem Block ab.

»Ja, Timothy. Wenn ich ihn nur besser kennen würde ... Nein, der, den wir uns aussuchen sollten, ist Stuart Gordon. Habe ich Stuart Gordon genannt? Ich habe Stuart Gordon schon mal genannt, oder?«

»Nein«, sagte Rowan, »aber es genügt ja, wenn Sie es jetzt tun. Warum Stuart Gordon?«

»Er ist siebenundachtzig und lehrt noch, zumindest innerhalb des Ordens. Aaron war Stuarts bester Freund. Es kann sein, daß Stuart Gordon alles über die Mayfair-Hexen weiß. Bestimmt weiß er alles! Ich weiß, daß er einmal beiläufig zu mir sagte – im letzten Jahr war es –, daß Aaron der Familie zu lange zu nah gewesen sei. Ich schwöre bei meiner Seele, daß nichts Stuart Gordon korrumpieren könnte. Er ist der Mann, den wir in unser Vertrauen ziehen sollten.«

»Oder wenigstens zum Reden bringen«, sagte Rowan.

»Wir haben hier noch einen Namen«, sagte Michael. »Antoinette Campbell.«

»Sie ist jünger, viel jünger. Wenn Antoinette korrupt ist, dann ist Gott es auch. Aber wenn jemand auf der Liste steht, der ein Ältester sein könnte – und wir kennen sie ja nicht, wissen Sie –, dann wäre es Stuart Gordon. Er ist unser Mann.«

»Wir behalten uns die anderen Namen im Hinterkopf. Wir sollten nicht mehr als einen von diesen Leuten gleichzeitig ansprechen.«

»Was hätten wir zu verlieren, wenn Yuri Gordon jetzt anriefe?« wollte Michael wissen.

»Dann wissen sie, daß er noch lebt«, sagte Rowan. »Aber vielleicht läßt sich das nicht vermeiden.« Sie beobachtete Yuri. Wie würde er in diesem Zustand mit irgend jemandem ein entscheidendes Telefongespräch führen können? Ja, jetzt war ihm wieder der Schweiß ausgebrochen, und er zitterte. Sie hatte ihm frische Sachen besorgt, aber er hatte sie schon wieder durchgeschwitzt.

»Ja, das läßt sich nicht vermeiden«, sagte Yuri. »Aber wenn sie nicht wissen, wo ich bin, ist das nicht sehr gefährlich. Ich bekomme in fünf Minuten mehr aus Stuart heraus als sonst irgend jemand, den ich kenne, sogar mehr als mein alter Freund Baron in Amsterdam. Lassen Sie mich anrufen.«

»Aber wir dürfen nicht vergessen, daß er vielleicht doch in diese Verschwörung verwickelt ist«, gab Rowan zu bedenken. »Vielleicht ist es der ganze Orden. Vielleicht sind es alle Ältesten.«

»Er würde eher sterben, als der Talamasca schaden. Er hat zwei brillante Novizen, die uns vielleicht sogar helfen können. Tommy Monohan, eine Art Computergenie. Er könnte uns eine große Hilfe bei der Aufspürung der Korruptionswege sein. Und dann der andere, der Blonde, der Hübsche – er hat einen seltsamen Namen ... Marklin, jawohl, Marklin George. Aber das muß Stuart entscheiden.«

»Und wir dürfen Stuart nicht vertrauen, solange wir nicht wissen, daß wir es können.«

»Aber woher sollen wir das wissen?« Yuri schaute Rowan an.

»Es gibt Mittel und Wege, das zu erkennen. Sie werden ihn nicht von hier aus anrufen. Und wenn Sie ihn anrufen, möchte ich, daß Sie bestimmte Dinge zu ihm sagen. Sie dürfen sich diesem Mann nicht offenbaren, verstanden? Ganz gleich, wie sehr Sie ihm vertrauen.«

»Dann müssen Sie mir erklären, was ich sagen soll. Aber es ist Ihnen klar, daß Stuart vielleicht nicht mit mir sprechen wird. Vielleicht spricht niemand mit mir. Ich bin exkommuniziert, denken Sie daran. Es sei denn natürlich, daß ich an seine Freundschaft mit Aaron appelliere. Das ist der Schlüssel bei Stuart. Er hat Aaron sehr geliebt.«

»Okay, der Telefonanruf ist also ein entscheidender Fakt«, stellte Michael fest. »Das hätten wir. Jetzt zum Mutterhaus – können sie uns einen Plan des Hauses zeichnen oder mir die nötigen Informationen geben, damit ich den Plan zeichnen und Ihnen dann zur Kontrolle vorlegen kann? Was meinen Sie?«

»Ja, das ist eine ausgezeichnete Idee«, sagte Rowan. »Zeichnen Sie einen Plan. Zeigen Sie uns, wo die Archive liegen, die Tresorgewölbe, die Ausgänge, alles.«

Yuri war wieder auf den Beinen, als habe ihn jemand vom Sessel geschoben. Er schaute sich um.

»Wo ist Papier? Wo ist ein Bleistift?«

Michael griff zum Telefon und verlangte die Rezeption.

»Wir besorgen Ihnen alles«, sagte Rowan und nahm Yuris Hände. Sie waren feucht und zitterten immer noch. Seine schwarzen Augen waren in heftiger Erregung und huschten von einem Gegenstand zum anderen. Er wollte sie nicht ansehen. »Beruhigen Sie sich«, sagte sie und umfaßte seine Hände fester. *Ruhig*, dachte sie und zog ihn näher zu sich, bis er ihr in die Augen schauen mußte.

»Ich bin völlig bei Verstand, Rowan«, sagte er. »Glauben Sie mir. Ich bin nur ... ich habe Angst um Mona. Ich habe einen entsetzlichen Patzer begangen. Aber wie oft begegnet man solchen Wesen? Lasher habe ich nie zu Gesicht bekommen; ich war nicht dabei, als er Michael und Aaron seine Geschichte erzählt hat. Ich habe ihn nie gesehen. Aber die beiden habe ich gesehen, und zwar nicht in einer Dunstwolke. Sie waren bei mir, wie Sie es jetzt sind, wir waren in einem Zimmer!«

»Ich weiß«, sagte Rowan. »Aber es ist nicht Ihre Schuld, daß Sie ihnen von der Familie erzählt haben. Sie müssen es jetzt gut sein lassen. Denken Sie lieber an den Orden. Was können Sie uns da noch erzählen? Was ist mit dem Generaloberen?«

»Mit dem stimmt etwas nicht. Ich traue ihm nicht.«

Es klopfte. Michael durchsuchte seine Taschen und zog ein paar Pfundnoten heraus, während er die Tür öffnete.

Wie außerordentlich, dachte sie, daß er sich an solche Dinge erinnert, daß er immer alles in Gang hält.

»Yuri, Sie müssen sich jetzt hinsetzen und Zeichnungen machen«, sagte Michael. Er hatte Papier und Bleistift.

»Und wenn Stuart nicht weiß, daß Aaron tot ist?« fragte Yuri. »Ich will nicht derjenige sein, der es ihm sagt. Gott, sie müssen es doch wissen. Sie wissen es, nicht wahr, Rowan?«

»Hören Sie doch zu«, sagte Rowan sanft, »ich habe Ihnen das alles schon erklärt. Ryans Büro hat die Talamasca nicht angerufen. Ich habe darauf bestanden, daß sie noch warten. Die Exkommunikation war ein guter Vorwand. Ich brauchte Zeit. Jetzt können wir ihre Unwissenheit zu unserem Vorteil nutzen. Wir müssen dieses Telefongespräch bis ins Detail planen.«

»Sie wissen es«, sagte Yuri. »Ihre Ausschnittdienste werden die Zeitungen von New Orleans gesehen haben. Mayfair. Sie haben es gesehen und die Ausschnitte nach Hause gefaxt. Sie wissen alles. Absolut alles. Mein ganzes Leben steht in ihren Akten.«

»Um so mehr Grund, sich jetzt an die Arbeit zu machen«, sagte Michael.

Rowan stand still da.

Sie sah ihn an.

»Ich muß diesen Taltos sehen«, erklärte sie. »Wenn er existiert, muß ich ihn sehen.«

»Das ist zu gefährlich«, wandte Yuri ein.

»Nein, ist es nicht. Ich habe einen kleinen Plan. Weit wird er uns nicht bringen, aber es ist ein Plan. Sie haben gesagt, Stuart Gordon war Aarons Freund?«

»Ja, sie haben jahrelang zusammengearbeitet. Sie wollen, daß wir Stuart ins Vertrauen ziehen? Sie wollen darauf vertrauen, daß Ash uns die Wahrheit gesagt hat?«

»Michael, du hast gesagt, Aaron habe das Wort ›Taltos‹ nie gehört, bevor es über Lashers Lippen kam?«

»Ja, das stimmt«, sagte Michael.

»Sie können mit diesen beiden nicht Kontakt aufnehmen, das können Sie nicht machen!« rief Yuri panisch.

»Michael, die Zeichnung kann warten. Ich muß im Claridge's anrufen.«

»Nein!« rief Yuri.

»Ich bin nicht dumm«, sagte sie mit schmalem Lächeln. »Unter welchem Namen sind diese Personen von merkwürdiger Körpergröße eingetragen?«

»Das weiß ich nicht.«

»Beschreibe sie«, sagte Michael. »Und sag ihnen den Namen Samuel. Yuri sagt, sie kannten ihn alle, und sie haben ihn behandelt wie einen drolligen kleinen Weihnachtsmann. Je schneller wir dort anrufen, desto besser. Sie könnten schon weg sein.«

»Aaron hat nicht gewußt, was ein Taltos war. Er hatte nie etwas darüber gelesen, nie etwas gehört . . .«

»Das stimmt«, sagte Yuri. »Rowan, woran denken Sie?«

»Also gut. Ich erledige meinen Anruf zuerst«, sagte Rowan.

»Und dann sind Sie an der Reihe. Wir sollten uns gleich an die Arbeit machen.«

»Willst du mir nicht sagen, was du vorhast?« fragte Michael.

»Mal sehen, ob wir diese beiden erreichen können. Der ganze Plan wird hinfällig, wenn wir sie nicht erreichen können. Dann sind wir wieder da, wo wir angefangen haben. Also los.«

»Ich brauche keine Zeichnungen zu machen?« fragte Yuri. »Sie haben doch vorhin etwas von Zeichnungen gesagt . . .«

»Nicht jetzt. Holen Sie Ihr Jackett. Kommen Sie«, sagte Michael. Aber Yuri sah so hilflos und verwirrt aus wie schon den ganzen Morgen. Michael nahm das Jackett vom Stuhl und legte es ihm über die Schultern. Er sah Rowan an.

Sie hatte Herzklopfen. *Taltos.* Muß jetzt telefonieren.

12

Marklin hatte das Haus noch nie in einem derartigen Aufruhr gesehen. Sein Talent zur Heuchelei wurde auf eine harte Probe gestellt. Im Ratszimmer drängten sich die Ordensmitglieder, aber die Sitzung war noch nicht eröffnet worden. Niemand nahm Notiz von ihm, als er im Korridor vorbeikam.

Sie hatten ihn nicht einmal geweckt, um ihm zu sagen, was passiert war. Er war auf all das erst gestoßen, als er schließlich seine Tür geöffnet und ein paar Ordensmitglieder gesehen hatten, die auf dem Gang »patrouillierten«. Er und Tommy hatten kaum ein Wort gewechselt.

Aber inzwischen war Tommy in Regent's Park angekommen und hatte die Abfangvorrichtung an der Fax-Anlage entfernt. Alle harten Beweise für die gefälschten Korrespondenzen waren vernichtet.

Und wo war Stuart? Nicht in der Bibliothek, nicht in den Salons, nicht in der Kapelle, wo er für seinen geliebten Aaron betete, und auch nicht im Ratszimmer.

Stuart durfte unter diesem Druck nicht zusammenbrechen! Und wenn er weg war, wenn er zu Tessa gegangen war . . . Aber nein, er würde nicht fliehen. Stuart war wieder bei ihnen. Stuart war ihr Führer, und sie standen zu dritt gegen die Welt.

Die große Standuhr im Flur zeigte elf Uhr vormittags. Ein bronzenes Mondgesicht lächelte über den verschnörkelten Ziffern. In dem Lärm war das Läuten beinahe nicht zu hören. Wann würden die formellen Beratungen beginnen?

Ob er es wagen könnte, zu Stuarts Zimmer hinaufzugehen? Aber wäre das nicht ganz natürlich? Stuart war sein Lehrer im Orden. Wäre es nicht richtig, wenn er zu ihm ginge? Und was wäre, wenn Stuart wieder in Panik geriet, wenn er zu zerbrechen drohte und erneut alles in Frage stellte? Wenn Stuart sich wieder gegen ihn wandte, wie er es auf Wearyall Hill getan hatte, und er Tommy nicht an seiner Seite hatte, um Stuart zurückzugewinnen?

Soeben war etwas passiert. Er hörte es im Ratszimmer. Er ging ein paar Schritte weiter, bis er vor der nördlichen Tür stand. Die Ratsmitglieder nahmen ihre Plätze an dem großen Eichentisch ein. Und da war Stuart. Stuart schaute ihm ins Gesicht – ein Vogel mit scharfem Schnabel und kleinen, runden blauen Augen, wie üblich dunkel, beinahe priesterlich gekleidet.

Lieber Gott, Stuart stand neben dem leeren Stuhl des Generaloberen! Er hatte seine Hand auf die Stuhllehne gelegt. Alle schauten Stuart an. Sie hatten Stuart zum Nachfolger ernannt! Natürlich.

Marklin hob die Hand, um ein unkluges, aber unvermeidliches Lächeln zu verdecken; er hüstelte gedämpft. Zu schön um wahr zu sein, dachte er; es ist, als wären die Mächte des Himmels und der Hölle auf unserer Seite. Es hätte ja auch Elvera sein können, oder Joan Cross. Sogar der alte Whitfield hätte es sein können. Aber es war Stuart! Brillant! Aarons ältester Freund.

»Kommen Sie herein, Sie alle, bitte, und nehmen Sie Platz«, sagte Stuart. Er war äußerst nervös, das konnte Marklin sehen. »Sie müssen mir verzeihen«, sagte Stuart und zwang sich zu einem höflichen Lächeln, das sicher nicht erforderlich und kaum angebracht war. *Lieber Gott, er kann es nicht durchziehen!* »Ich habe mich noch nicht vollständig von meinem Schrecken erholt. Aber Sie wissen, daß ich zum Nachfolger ernannt worden bin. In diesem Augenblick warten wir auf eine Mitteilung der Ältesten.«

»Sicher haben sie schon geantwortet, Stuart«, sagte Elvera. Von Freunden umdrängt, war sie der Star des Vormittags gewesen, Zeugin des Mordes an Anton Marcus, diejenige, die mit diesem geheimnisvollen Mann gesprochen hatte, der da ins Haus eingedrungen war, allen, denen er begegnet war, merkwürdige Fragen gestellt und schließlich kaltblütig und methodisch den Generaloberen erwürgt hatte.

»Es ist noch keine Antwort da, Elvera«, sagte Stuart geduldig. »Nehmen Sie Platz dort drüben, Sie alle. Es wird Zeit, daß diese Sitzung beginnt.«

Endlich wurde es still im Saal. Der Riesentisch war von neugierigen Gesichtern umgeben. Dora Fairchild hatte geweint, und man sah es ihr an. Manfield Cotter ebenfalls, und noch andere, die Marklin nicht einmal kannte. Lauter Freunde von Aaron Lightner natürlich, oder Verehrer, um es zutreffender zu sagen.

Marcus hatte hier eigentlich keiner gekannt. Sein Tod hatte natürlich jeden entsetzt, aber Trauer war hier nicht das Problem.

»Stuart, hat die Familie Mayfair schon geantwortet?« wollte jemand wissen. »Haben wir inzwischen weitere Informationen über das, was Aaron zugestoßen ist?«

»Haben Sie bitte alle noch etwas Geduld. Ich werde die Informationen weiterleiten, sobald sie da sind. Was wir jetzt wissen, ist, daß in diesem Hause etwas Schreckliches geschehen ist. Eindringlinge sind gekommen und gegangen. Vielleicht hat es noch weitere Sicherheitsmängel gegeben. Wir wissen noch nicht, ob zwischen all diesen Ereignissen ein Zusammenhang besteht.«

»Stuart«, rief Elvera und ihre Stimme wurde schrill, »dieser

Mann hat mich gefragt, ob ich wüßte, daß Aaron tot ist! Er ist in mein Zimmer gekommen und hat angefangen, von Aaron zu reden!«

»Natürlich besteht ein Zusammenhang«, sagte Joan Cross. Joan saß jetzt seit einem Jahr im Rollstuhl. Sie sah unglaublich gebrechlich aus; sogar ihr kurzes weißes Haar wurde schütter, aber ihre Stimme klang ungeduldig und herrisch wie immer. »Stuart, oberste Priorität ist es, daß wir die Identität dieses Mörders herausfinden. Wir lassen uns von den Behörden erzählen, daß die Fingerabdrücke nicht zurückverfolgt werden können. Aber wir wissen, daß dieser Mann von der Familie Mayfair gekommen sein könnte. Das wissen die Behörden nicht.«

»Ja . . . alles hängt irgendwie zusammen, so sieht's aus, nicht wahr?« Stuart stammelte tatsächlich. »Aber weitere Hinweise haben wir nicht. Das war es, was ich damit sagen wollte.« Plötzlich richteten sich seine tiefliegenden Augen auf Marklin, der am hintersten Ende des Tisches saß und ihn ruhig anschaute.

»Meine Herren, um Ihnen die Wahrheit zu sagen: Ich bin absolut ungeeignet für die Nachfolge Antons.« Stuart riß sich von Marklins Anblick los und schaute suchend in die Runde. »Ich glaube . . . ich glaube, ich sollte das Zepter an Joan weiterreichen, wenn es der ganzen Versammlung recht ist. Ich schaffe es nicht, weiterzumachen!«

Stuart, wie konnten Sie . . .! Marklin starrte auf den Tisch und bemühte sich, seine Enttäuschung zu verbergen, wie er noch vor wenigen Augenblicken versucht hatte, sein triumphierendes Lächeln zu verstecken. Er sitzt am Steuer, dachte er, und kann nicht fahren. Er tritt gerade dann zurück, wenn er die Kommunikation behindern muß, die alles beschleunigen wird. Trottel.

»Ich habe keine Alternative«, sagte Stuart laut, als spreche er mit seinem Novizen. »Ich bin zu . . . ich bin zu bestürzt über Aarons Tod, als daß ich von Nutzen sein könnte.«

Interessantes Statement, kluges Statement, dachte Marklin.

Stuart hatte ihnen immer eingeschärft: Wenn ihr ein Geheimnis habt, das ihr vor den Gedankenlesern in eurer Umgebung verbergen müßt, dann denkt an etwas, das der Wahrheit sehr nahekommt.

Stuart hatte sich erhoben. Er übergab den Vorsitz an Joan Cross. Zustimmende Rufe und Beifall kamen von allen Seiten. Sogar Elvera nickte. Der junge Crawford, einer von Joans Schülern, manövrierte ihren Rollstuhl ans Kopfende des Tisches. Stuart zog sich zur Wand zurück. Er wollte sich hinausschleichen!

Nicht ohne mich, dachte Marklin. Stuart würde ihm nicht entkommen, er würde sich nicht an den geheimen Ort flüchten, an dem er Tessa verwahrte. Nein, das würde nicht geschehen.

Wieder gab es Aufruhr. Einer der alten Männer beschwerte sich; er meinte, in einem solchen Notfall sollten die Ältesten sich zu erkennen geben. Ein anderer befahl dem Alten zu schweigen und so etwas nie wieder zu erwähnen.

Stuart war fort! Marklin rutschte von seinem Stuhl und eilte durch die nördliche Tür hinaus. Er sah Stuart vor sich, meilenweit, wie es schien; er ging auf das Arbeitszimmer des Generaloberen zu. Marklin wagte nicht, ihn zu rufen. Zwei jüngere Ordensmitglieder begleiteten Stuart – Ansling und Perry, zwei Sekretariatsassistenten. Sie waren von Anfang an eine Bedrohung für die Operation gewesen, auch wenn keiner von ihnen genug Verstand gehabt hatte, zu merken, daß etwas nicht stimmte.

Unvermittelt verschwand das Trio durch die Flügeltür, und die Tür schloß sich. Marklin stand allein im leeren Flur.

Ein Holzhammer ertönte im Ratszimmer, oder etwas ganz Ähnliches. Marklin starrte die Tür an. Unter welchem Vorwand konnte er dort eintreten? Sollte er seine Hilfe anbieten, sein Beileid bekunden? Jeder kannte seine Hingabe an Stuart. Lieber Gott, was würde er denn unter normalen Umständen tun, wenn er nicht . . . Nicht nachdenken, niemals klar darüber nachdenken, nicht in diesem Hause.

Er sah auf die Uhr. Was taten sie dort drinnen? Wenn Stuart von seinem Amt zurückgetreten war, wieso hielt er sich dann überhaupt in diesem Büro auf? Vielleicht spulte das Faxgerät gerade eine Nachricht von den Ältesten hervor.

Schließlich konnte er es nicht mehr aushalten. Er marschierte weiter, klopfte an die Tür und öffnete sie, ohne auf die Aufforderung einzutreten zu warten.

Die beiden jungen Männer waren allein im Zimmer. Perry saß an Marcus' Schreibtisch und telefonierte, und Ansling beugte sich über ihn und verfolgte offensichtlich das Gespräch. Das Faxgerät schwieg. Die Türen zu Antons Schlafzimmer waren geschlossen.

»Wo ist Stuart?« fragte Marklin laut und unvermittelt, obwohl beide Männer ihm mit Gesten zu verstehen gaben, er solle schweigen.

»Wo sind Sie jetzt, Yuri«, fragte Perry ins Telefon.

Yuri!

»Sie sollten nicht hier sein«, flüsterte Ansling, zu Marklin gewandt. »Alle müssen jetzt im Ratszimmer sein!«

»Ja, ja . . .«, sagte Perry; offenbar bemühte er sich, den Mann am anderen Ende der Leitung bei Laune zu halten.

»Wo ist Stuart?« fragte Marklin noch einmal.

»Das kann ich Ihnen nicht sagen.«

»Sie werden es mir sagen!« beharrte Marklin.

»Yuri Stefano ist am Telefon«, sagte Ansling. Er war sichtlich unschlüssig, ob er solche Enthüllungen machen sollte, und sein Blick ging besorgt zwischen Perry und Marklin hin und her. »Stuart will sich mit ihm treffen. Er hat verlangt, daß Stuart alleine kommt.«

»Wohin? Wie ist Stuart hinausgekommen?«

»Na, über die Privattreppe des Generaloberen, könnte ich mir denken«, sagte Ansling. »Woher soll ich das wissen?«

»Ruhe, alle beide!« befahl Perry. »Herrgott, jetzt hat er aufgelegt!« Er warf den Hörer auf die Gabel. »Marklin, verschwinden Sie von hier!«

»Reden Sie nicht in diesem Ton mit mir, Sie Idiot!« erwiderte

Marklin wütend. »Stuart ist mein Lehrer. Was erzählen Sie da von einer Privattreppe?«

Er stürmte an ihnen vorbei, ohne auf ihre empörten, herrischen Einwände zu achten. Er lief ins Schlafzimmer und sah dort die scharfen Umrisse einer Tür in der Wandtäfelung. Die nicht markierte Tür stand einen Spaltbreit offen. Er stieß sie auf. Da war die Treppe! Verdammt!

»Wo trifft er sich mit Yuri?« brüllte er Ansling an, der jetzt hereingekommen war.

»Weg von dem Durchgang!« befahl Perry. »Verschwinden Sie aus diesem Schlafzimmer. Sie haben im Schlafzimmer des Generaloberen nichts verloren.«

»Was ist los mit Ihnen, Marklin?« fragte Ansling. »Das letzte, was wir jetzt gebrauchen können, ist Insubordination. Gehen Sie auf der Stelle zurück ins Ratszimmer.«

»Ich habe Ihnen eine Frage gestellt. Ich will wissen, wo mein Lehrer ist!«

»Er hat es uns nicht gesagt, und wenn Sie den Mund gehalten und sich nicht eingemischt hätten, dann hätte ich es vielleicht aus Yuri Stefano herausholen können!«

Marklin starrte die beiden erbosten und verängstigten jungen Männer an. Ihr Idioten, dachte er. Ihr Idioten. Hoffentlich gibt man euch und euren winselnden, unterwürfigen Kollegen die Schuld an allem. Hoffentlich werfen sie euch hinaus. Er machte kehrt und lief die verborgene Treppe hinunter.

Ein langer, schmaler Gang führte nach einer Biegung zu einer kleinen Tür. Dahinter lag der Park. Diese Tür hatte er nie bemerkt! Es gab so viele. Ein paar einzelne Trittsteine im Gras führten in Richtung Garage.

Marklin begann zu rennen, aber er wußte, daß es sinnlos war. Der Garagenwärter empfing ihn im Stehen.

»Jeder soll im Haus bleiben, Sir, bis die Sitzung vorbei ist.«

»Stuart Gordon ... hat er einen Dienstwagen genommen?«

»Nein, Sir, seinen eigenen, Sir. Aber er hat die Anweisung gegeben, niemand dürfe ohne ausdrückliche Genehmigung hinaus, Sir. Das hat er gesagt.«

»Das glaube ich!« antwortete Marklin wütend. Er lief zu seinem eigenen Rolls und hatte die Tür zugeschlagen, ehe der Wärter bei ihm war. Am Tor fuhr der Wagen schon dreißig Meilen pro Stunde.

Auf der Landstraße beschleunigte er rasch auf sechzig, siebzig, achtzig Meilen. Aber Stuart war längst weg. Und er konnte nicht einmal wissen, ob Stuart überhaupt die Landstraße genommen hatte – ob er zu Tessa oder zu Yuri fuhr. Und da er nicht die leiseste Ahnung hatte, wo Tessa – oder Yuri – sich aufhielt, konnte er auch nichts und niemanden verfolgen!

»Tommy, ich brauche dich«, sagte er laut. Er griff nach dem Autotelefon und tippte mit dem Daumen die Nummer ihrer geheimen Wohnung in Regent's Park ein.

Niemand meldete sich.

Tommy hatte vielleicht schon alle Leitungen lahmgelegt. Warum hatten sie keinen Plan für ein Treffen in London gemacht? Bestimmt würde Tommy merken, daß es ein Fehler gewesen war. Bestimmt würde Tommy ihn erwarten.

Das laute Gellen einer Hupe ließ ihn zusammenschrecken. Er schmetterte das Telefon auf die Halterung. Er mußte aufpassen. Sein Fuß trat das Gaspedal nieder, er überholte den Lastwagen vor ihm und brachte den Rolls auf Höchstgeschwindigkeit.

13

Das Apartment lag in Belgravia, nicht weit vom Buckingham-Palast entfernt, und war fachmännisch mit allem Nötigen ausgestattet. Georgianisches Mobiliar umgab ihn, feiner, neuer weißer Marmor in Mengen und sanfte Farben, Pfirsich, Zitrone und Austernweiß. Erfahrenes Büropersonal erwartete seine Anweisungen, äußerst tüchtig aussehende Männer und Frauen, die sich sofort an die Arbeit machten und Faxgerät, Computer und Telefone installierten.

Er sorgte dafür, daß der fast bewußtlose Samuel im größten

Schlafzimmer ordentlich zu Bett gebracht wurde, und nahm dann das Büro in Besitz. Er setzte sich an den Schreibtisch, um rasch die Zeitungen durchzulesen und möglichst viel über die Geschichte von dem Mord am Stadtrand von London zu erfahren, wo ein Mann von einem mysteriösen Einbrecher mit sehr großen Händen erdrosselt worden war.

In den Artikeln wurde seine Körpergröße nicht erwähnt. Merkwürdig. Hatte die Talamasca beschlossen, sie geheimzuhalten? Warum?

»Bestimmt hat Yuri es schon gelesen«, dachte er, »wenn Yuri überhaupt noch normal funktioniert.« Aber das konnte er natürlich nicht wissen.

Schon trafen Nachrichten aus New York ein.

Die junge Leslie, die anscheinend niemals schlief, bediente ihn mit strahlendem Gesicht; sie nahm wieder ein paar Blätter von einer Schreibkraft in Empfang und legte sie ihm auf den Tisch.

»Ihre Leitungen sind jetzt angeschlossen, Sir. Sonst noch etwas?«

»Ja, meine Liebe«, sagte er, »veranlassen Sie, daß die Küche einen großen Braten für Samuel vorbereitet. Er wird einen Bärenhunger haben, wenn er aufwacht.«

Er wählte bereits die Nummer der Direktverbindung mit Remmick in New York, während er noch mit ihr sprach.

»Sorgen Sie dafür, daß mein Wagen und der Fahrer bereitstehen, sobald ich sie brauche. Stellen Sie frische Milch in den Kühlschrank, und kaufen Sie Käse für mich, weiche Doppel- und Triple-Rahmkäse. Alle Sorten vom besten Camembert und Brie, die Sie finden können. Aber Sie müssen jemanden schikken, denn ich brauche Sie hier. Sagen Sie mir sofort Bescheid, wenn das Claridge's anruft und eine Nachricht für mich hat. Und wenn Sie nichts von ihnen hören, rufen Sie selbst jede Stunde dort an. Verstanden?«

»Ja, Mr. Ash«, sagte sie eifrig und kritzelte alles auf einen Block, den sie sich eine Handbreit vor die Augen hielt.

Im Handumdrehen war sie verschwunden, aber jedesmal,

wenn er aufblickte, sah er sie wieder mit bewundernswerter Energie hin und her huschen.

Es war drei Uhr, als sie begeistert wie ein Schulmädchen an seinen Schreibtisch kam.

»Das Claridge's, Sir. Sie wollen Sie persönlich sprechen. Leitung zwei.«

»Entschuldigen Sie mich«, sagte er und sah zufrieden, daß sie sich sofort zurückzog.

Er nahm den Hörer von dem blinkenden Apparat.

»Ja, hier ist Ashlar. Sie rufen aus dem Claridge's an?«

»Nein. Hier spricht Rowan Mayfair. Ich habe Ihre Nummer vor fünf Minuten vom Claridge's bekommen. Man sagte, Sie seien heute morgen ausgezogen. Yuri ist bei mir. Er hat Angst vor Ihnen, aber ich muß mit Ihnen sprechen. Ich muß Sie sehen. Kennen Sie meinen Namen?«

»Allerdings, Rowan Mayfair«, sagte er leise. »Wollen Sie mir bitte sagen, wo ich Sie treffen kann? Und ist Yuri wohlauf?«

»Erst müssen Sie mir sagen, warum Sie bereit sind, sich mit mir zu treffen. Was genau versprechen Sie sich davon?«

»Die Talamasca ist von Verrätern durchsetzt«, sagte er. »Letzte Nacht habe ich ihren Generaloberen getötet.« Keine Reaktion. »Der Mann gehörte der Verschwörung an. Die Verschwörung hat etwas mit der Familie Mayfair zu tun. Ich möchte die Ordnung in der Talamasca wiederherstellen, damit es wieder die Talamasca ist, und auch, weil ich einmal geschworen habe, daß ich immer auf die Talamasca achtgeben würde. Rowan Mayfair, wissen Sie, daß Yuri in Gefahr ist? Daß diese Verschwörung sein Leben bedroht?«

Schweigen am anderen Ende der Leitung.

»Sind Sie noch dran?«

»Ja. Ich dachte nur über den Klang Ihrer Stimme nach.«

»Der Taltos, den Sie geboren haben, hat die Kindheit nicht überlebt. Seine Seele war nicht im Frieden gewesen, bevor er geboren wurde. Sie dürfen nicht in solchen Begriffen von mir denken, Rowan Mayfair, selbst wenn meine Stimme Sie an ihn erinnert.«

»Wie haben Sie den Generaloberen ermordet?«

»Ich habe ihn erwürgt. Ich habe es so barmherzig getan, wie ich konnte. Meine Tat hatte einen Zweck. Ich wollte dem ganzen Orden die Verschwörung vor Augen führen; die Unschuldigen wie auch die Schuldigen sollten es wissen. Aber ich glaube nicht, daß das Problem den ganzen Orden betrifft. Es sind nur wenige.«

Schweigen.

»Bitte lassen Sie mich zu Ihnen kommen«, sagte er. »Ich komme allein, wenn Sie wollen. Wir können uns irgendwo treffen, wo viele Menschen sind. Vielleicht wissen Sie, daß Sie mich in Belgravia erreicht haben. Sagen Sie mir, wo Sie sind.«

»Yuri trifft sich im Augenblick mit einem Mitglied der Talamasca. Ich kann ihn nicht alleinlassen.«

»Sie müssen mir sagen, wo dieses Treffen stattfindet.« Er stand hastig auf und winkte zur Tür. Sofort erschien eine Assistentin. »Ich brauche meinen Fahrer«, flüsterte er. »Sofort!« Er hob die Sprechmuschel wieder vor den Mund. »Rowan Mayfair, dieses Treffen könnte für Yuri gefährlich werden. Es könnte ein sehr schlimmer Fehler sein.«

»Aber der Mann kommt allein«, sagte Rowan. »Und wir werden ihn sehen, bevor er uns sieht. Sein Name ist Stuart Gordon. Sagt Ihnen das etwas?«

»Ich habe den Namen schon gehört. Der Mann ist sehr alt, aber mehr weiß ich nicht.«

Schweigen. Dann: »Wissen Sie gar nichts weiter über ihn? Irgend etwas, das es wahrscheinlich machen könnte, daß er von Ihnen weiß?«

»Nein, gar nichts. Stuart Gordon und andere Ordensmitglieder kommen von Zeit zu Zeit ins Glen von Donnelaith. Aber sie haben mich dort nie gesehen. Auch nicht anderswo. Sie haben mich noch nie zu Gesicht bekommen.«

»Donnelaith? Sind Sie sicher, daß Gordon schon da war?«

»Ja, da bin ich mir sehr sicher. Gordon erschien dort oft. Die Kleinen Leute haben es mir erzählt. Die Kleinen Leute stehlen den Gelehrten nachts alles Mögliche. Sie stehlen ihre Rucksäcke, oder was immer sie sonst in der Hast zu fassen bekommen. Ich kenne den Namen Stuart Gordon. Die Kleinen Leute sind sorgsam darauf bedacht, die Gelehrten von der Talamasca nicht zu töten. Es bringt Ärger, sie zu töten. Sie töten auch keine Menschen, die dort auf dem Land leben. Aber sie töten Leute, die mit Ferngläsern und Gewehren herumwandern. Und sie sagen mir, wer ins Glen kommt.«

Schweigen.

»Bitte vertrauen Sie mir«, sagte Ash. »Der Mann, den ich da getötet habe, Anton Marcus, war korrupt und skrupellos. Ich tue so etwas niemals impulsiv. Bitte glauben Sie mir, wenn ich sage, daß ich keine Gefahr für Sie bin, Rowan Mayfair. Ich muß mit Ihnen sprechen. Wenn Sie nicht wollen, daß ich zu Ihnen komme . . .«

»Kennen Sie die Ecke Brook Street und Spelling?«

»Ich weiß, wo das ist. Sind Sie jetzt dort?«

»Mehr oder weniger. Gehen Sie in die Buchhandlung. Es gibt nur diese eine Buchhandlung an der Ecke. Ich werde Sie sehen, wenn Sie kommen, und ich werde Sie ansprechen. Ach, und beeilen Sie sich. Stuart Gordon dürfte bald hier sein.«

Sie legte auf.

Er lief die beiden Treppen hinunter; Leslie folgte ihm und stellte die nötigen Fragen: Brauchte er seine Leibwache? Sollte sie mitkommen?

»Nein, meine Liebe, bleiben Sie hier«, sagte er. »Ecke Brook und Spelling, oberhalb des Claridge's«, befahl er dem Fahrer. »Und folgen Sie mir nicht, Leslie.« Er setzte sich auf den Rücksitz.

Er wußte nicht, ob er mit dem Auto bis zum Treffpunkt fahren sollte. Bestimmt würde Rowan Mayfair den Wagen sehen und sich das Nummernschild merken, wenn das bei einem überlangen Rolls-Royce noch notwendig war. Aber warum sollte er sich Sorgen machen? Was hatte er von Rowan Mayfair zu fürchten? Was hätte sie zu gewinnen, wenn sie ihm etwas antäte?

Es schien, als übersehe er etwas, irgend etwas extrem Wichtiges, eine Wahrscheinlichkeit, die sich ihm erst mit der Zeit und nach einigem Nachdenken offenbaren würde. Aber solche Gedanken machten ihm Kopfschmerzen. Er brannte zu sehr darauf, seine Hexe zu sehen. Er würde den Weg des Kindes gehen.

Die Limousine schob sich holpernd durch den starken Londoner Verkehr und erreichte das Ziel, die Kreuzung zweier geschäftiger Einkaufsstraßen, in weniger als zwölf Minuten. »Bitte bleiben Sie hier in der Nähe«, trug er dem Fahrer auf. »Behalten Sie mich im Auge und kommen Sie, wenn ich Sie rufe. Haben Sie verstanden?«

»Jawohl, Mr. Ash.«

Elegante Geschäfte beherrschten die Kreuzung. Ash stieg aus, streckte kurz die Beine, ging langsam bis zur Straßenecke und ließ dann den Blick über die Menschenmassen wandern, ohne sich von den unvermeidlichen Gaffern stören zu lassen und auf die vereinzelten lauten, gutmütigen Bemerkungen über seine Größe zu achten.

Da war die Buchhandlung, schräg gegenüber auf der anderen Straßenseite. Sehr elegant, mit blankpolierten Holzfensterrahmen und Messingleuchten. Sie war offen, aber niemand stand vor der Tür.

Kühn überquerte er die Kreuzung; er ging gegen den Verkehrsstrom an, was zwei Autofahrer zu Wutanfällen veranlaßte, aber natürlich kam er unversehrt bei der gegenüberliegenden Straßenecke an.

In der Buchhandlung herrschte einiger Betrieb. Hexen waren nicht da. Aber sie hatte gesagt, sie würde ihn sehen und sich hier mit ihm treffen.

Er drehte sich um. Sein Fahrer hielt die Stellung, obwohl ihn der Verkehr umbrandete; er tat es mit der Arroganz eines Chauffeurs am Steuer einer monströsen Limousine. Das war gut.

Rasch musterte Ash die Läden in der Brook Street zu seiner Linken und schaute dann hinüber, die Spelling hinunter.

Im Gedränge vor dem Schaufenster eines Bekleidungsgeschäfts standen ein Mann und eine Frau. Michael Curry und Rowan Mayfair. Sie mußten es sein.

Sein Herz stand buchstäblich still.

Hexen. Alle beide.

Beide schauten ihn an, und sie hatten Hexenaugen, und sie verströmten den sehr matten Schein, den Hexen in seinen Augen immer verströmten.

Er staunte. Was war es nur, was diesen Schein hervorbrachte? Wenn er sie berührte, wenn er das tatsächlich tun sollte, dann würden sie sich wärmer anfühlen als andere Menschen, und wenn er sein Ohr an ihren Kopf legen könnte, würde er ein leises, organisches Geräusch hören, das er bei anderen Säugetieren oder bei Menschen, die keine Hexen waren, nicht wahrnahm. Gelegentlich, sehr selten, war es allerdings vorgekommen, daß er dieses sanfte, wispernde Raunen aus dem Körper eines lebenden Hundes vernommen hatte.

Guter Gott im Himmel, was für Hexen! Es war so lange her, daß er Hexen mit solcher Macht gesehen hatte, und nie hatte er welche gesehen, die mächtiger gewesen waren. Er rührte sich nicht. Er schaute sie nur an und versuchte, sich vom starren Blick ihrer Augen loszureißen. Es war nicht leicht. Er fragte sich, ob sie es merkten. Er blieb gefaßt.

Der Mann, Michael Curry, war Kelte bis ins Mark. Er hätte eher Ire als Amerikaner sein können. Nichts an ihm war nicht irisch, von den schwarzen Locken bis zu den strahlend blauen Augen und dem Jagdsakko, das er offensichtlich aus modischen Gründen trug, genau wie die weiche Flanellhose. Er war ein großer Mann, ein starker Mann.

Der Vater des Taltos und sein Mörder! Mit dumpfem Schrecken erinnerte er sich. Vater ... Mörder ...

Und die Frau?

Sie war sehr schlank und äußerst schön, wenngleich auf absolut moderne Art. Ihr Haar war schlicht, aber glänzend und verlockend, und ihr Gesicht war schmal. Auch ihre Kleidung war verführerisch, von kalkulierter Knappheit, ja, von beinahe greller Erotik. Ihre Augen waren viel beängstigender als die des Mannes.

Tatsächlich hatte sie die Augen eines Mannes. Es war, als sei dieser Teil ihres Gesichtes von einem männlichen Menschen abgenommen und bei ihr angebracht worden, über dem weichen, breiten, weiblichen Mund. Aber bei modernen Frauen sah er diese Ernsthaftigkeit, diese Aggressivität oft. Nur war diese hier eben eine, nun ja, Hexe.

Beide waren fasziniert.

Sie sprachen nicht miteinander, bewegten sich nicht. Der Wind trug ihre Witterung nicht bis zu ihm. Er wehte in die andere Richtung, was strenggenommen bedeutete, daß sie ihn wittern müßten.

Die Frau durchbrach die Stille plötzlich, aber nur mit einer leichten Bewegung ihrer Lippen. Sie hatte ihrem Begleiter etwas zugeflüstert. Aber er blieb still und musterte Ash unverwandt.

Ash entspannte sich. Er ließ die Hände natürlich herunterhängen, was er wegen seiner langen Arme selten tat. Aber sie mußten sehen, daß er nichts verbarg. Er ging über die Brook Street zurück, ganz langsam, und gab ihnen Zeit, wegzulaufen, wenn sie wollten, obwohl er zum Himmel betete, daß sie es nicht tun würden.

Langsam ging er die Spelling hinunter auf sie zu. Sie rührten sich nicht. Plötzlich stieß eine Fußgängerin ihn versehentlich an und ließ eine Papiertüte mit kleinen Gegenständen krachend auf den Gehweg fallen. Die Tüte platzte. Die kleinen Gegenstände verstreuten sich auf dem Pflaster. Ausgerechnet jetzt, dachte er, aber rasch lächelte er, beugte das Knie und half der armen Frau, alles wieder aufzuheben. »Es tut mir schrecklich leid«, sagte er.

Es war eine ältere Frau, die ihn jetzt fröhlich anlachte und ihm sagte, er sei doch zu groß, um sich so tief zu bücken.

»Das macht mir nichts. Es war ja meine Schuld.« Er zuckte die Achseln. Er war den Hexen vielleicht schon so nah, daß sie ihn hören konnten; er durfte keine Angst zeigen.

Die Frau trug eine große Segeltuchtasche über dem Arm. Endlich hatte er all die kleinen Päckchen aufgesammelt und in die Segeltuchtasche gesteckt. Als sie wegging, winkte sie ihm zu, und er winkte herzlich und respektvoll zurück.

Die Hexen hatten sich nicht bewegt. Das wußte er. Er fühlte, daß sie ihn beobachteten. Er spürte dieselbe Kraft, die für seine Augen auch jenen Schimmer hervorbrachte, dieselbe Energie vielleicht – er wußte es nicht. Höchstens fünf, sechs Schritte trennten sie jetzt noch.

Er drehte den Kopf und sah sie an. Er hatte dem Straßenverkehr den Rücken zugewandt und sah sie deutlich vor dem Schaufenster voller Kleider stehen. Wie furchterregend sie beide aussahen. Das Licht, das von Rowan ausging, war in seinen Augen zu einer kaum merklichen Glut geworden, und jetzt roch er sie auch – blutlos. Eine Hexe, die nicht gebären konnte. Der Geruch des Mannes war stark, und sein Gesicht war schrecklicher: erfüllt von Mißtrauen und vielleicht sogar Zorn.

Es ließ ihn frieren, wie sie ihn ansahen. Aber nicht jeder kann dich lieben, dachte er mit feinem Lächeln. Nicht einmal alle Hexen können dich lieben. Das wäre viel zuviel verlangt. Wichtig war, daß sie nicht weggelaufen waren.

Wieder fing er an, auf sie zuzugehen. Aber Rowan Mayfair verblüffte ihn. Sie hielt die Hand dicht vor der Brust und deutete mit dem Zeigefinger auf die andere Straßenseite.

Vielleicht ist das ein Trick. Sie wollen mich umbringen, dachte er. Der Gedanke amüsierte ihn, aber nur zum Teil. Er schaute in die Richtung, in die sie zeigte. Auf der anderen Straßenseite war ein Coffeeshop. Und eben kam der Zigeuner mit einem alten Mann an seiner Seite heraus. Yuri sah krank aus, schlimmer denn je, und Jeans und Hemd, bunt zusammengewürfelt, waren viel zu dünn für die kalte Luft.

Yuri erblickte Ash sofort. Er trat aus dem Gedränge des Eingangs beiseite und starrte Ash wie ein Verrückter an – so sah es wenigstens aus. Die arme Seele, er hat den Verstand verloren, dachte Ash, wahrhaftig. Der alte Mann redete sehr eindringlich auf Yuri ein und schien gar nicht zu merken, daß Yuri woanders hin schaute.

Dieser alte Mann. Das mußte Stuart Gordon sein! Er trug die düstere, altmodische Kleidung der Talamasca: Budapester

Schuhe und sehr schmale Revers, und eine Weste, die zum Jackett paßte. Beinahe kostbar. Ja, das war sicher Gordon – oder jemand anderes von der Talamasca. Ein Irrtum war ausgeschlossen.

Wie flehentlich redete Gordon auf Yuri ein, wie entsetzt sah er aus. Und Yuri stand keine Armlänge weit von ihm entfernt. Dieser Mann konnte Yuri jeden Augenblick umbringen, auf ein halbes Dutzend verschiedene unauffällige Arten.

Ash trat auf die Straße hinaus, wich einem Auto aus, zwang ein anderes zu jähem, kreischendem Bremsen.

Plötzlich merkte Stuart Gordon, daß Yuri abgelenkt war. Er reagierte verärgert. Er wollte sehen, was Yuri ablenkte, und drehte sich im selben Moment um, als Ash vom Randstein her auf sie zustürzte und die Hand nach Gordons Arm ausstreckte.

Gordon erkannte ihn ohne Zweifel. Er weiß, was ich bin, dachte Ash enttäuscht: Dieser Mann, dieser Freund von Aaron Lightner, ist schuldig. Ja, keine Frage: Der Mann kannte ihn; er starrte ihm ins Gesicht mit einer Mischung aus Grauen und einem tiefen, verstohlenen Erkennen.

»Sie kennen mich«, sagte Ash.

»Sie haben unseren Generaloberen ermordet«, sagte der Mann, aber es war die reine Verzweiflung, die ihn darauf verfallen ließ. Die Verwirrung, das Erkennen – das alles ging weit über das hinaus, was erst letzte Nacht passiert war. Gordon geriet in Panik, und seine Finger krallten sich in Ashs Hand an seinem Arm. »Yuri, halte ihn fest, halte ihn auf.«

»Lügner«, sagte Ash. »Schauen Sie mich an. Sie wissen genau, was ich bin. Sie wissen Bescheid über mich. Ich weiß es. Lügen Sie mich nicht an, schuldiger Mann.«

Sie erregten Aufsehen. Die Leute wichen auf die Straße aus, um ihnen aus dem Weg zu gehen. Andere waren stehengeblieben, um zuzuschauen.

»Nehmen Sie die Hände weg!« sagte Stuart Gordon wütend und mit zusammengebissenen Zähnen. Sein Gesicht lief rot an.

»Genau wie der andere«, sagte Ash. »Haben Sie Ihren

Freund Aaron Lightner ermordet? Und was ist mit Yuri? Haben Sie den Mann geschickt, der im Glen auf ihn geschossen hat?«

»Ich weiß nur das, was man mir heute morgen über diese Dinge erzählt hat!« sagte Stuart Gordon. »Sie müssen mich loslassen.«

»Muß ich?« sagte Ash. »Ich werde Sie töten.«

Die Hexen waren bei ihnen. Ash warf einen Blick nach rechts und sah Rowan Mayfair neben sich. Michael Curry stand neben ihr, und sein Blick war noch immer voller Gift.

Der Anblick der Hexen rief bei Gordon neues Entsetzen hervor.

Ohne Gordon loszulassen, hob Ash die linke Hand und winkte seinem Chauffeur. Der Mann stand neben dem Wagen und hatte den ganzen Vorgang mitangesehen. Sofort schob er sich hinter das Steuer, und der Wagen bog um die Ecke und kam die Straße herunter.

»Yuri! Sie werden nicht zulassen, daß er mir etwas antut, oder?« rief Gordon. Verzweifelt, brillant, wie er den Entrüsteten spielte.

»Haben Sie Aaron ermordet?« fragte Yuri. Er war beinahe wahnsinnig, und Rowan Mayfair trat vor, um ihn zurückzuhalten, als er auf Gordon eindrang. Gordon wand sich in mutiger Wut und krallte die Hände erneut um Ashs Finger.

Der langgestreckte Rolls Royce kam abrupt neben Ash zum Stehen. Der Fahrer sprang heraus.

»Kann ich Ihnen helfen, Mr. Ash?«

»Mr. Ash«, wiederholte Gordon voller Angst und stellte die vergebliche Gegenwehr ein. »Was ist das für ein Name – ›Mr. Ash‹?«

»Sir, da kommt ein Polizist«, sagte der Fahrer. »Sagen Sie mir, was ich tun soll.«

»Lassen Sie uns von hier verschwinden, bitte«, sagte Rowan Mayfair.

»Ja, kommen Sie.« Ash drehte sich um und zerrte den taumelnden Stuart vom Gehweg.

Kaum war die hintere Wagentür aufgerissen, schleuderte er

den hilflosen Gordon auf den Rücksitz. Er schob sich neben ihm hinein und drängte ihn auf die andere Seite. Michael Curry hatte sich vorn neben den Chauffeur gesetzt, und Rowan stieg ein und setzte sich Ash gegenüber auf den Klappsitz. Ihre Haut verbrannte ihn, als sie sein Bein berührte. Yuri sackte neben ihr zusammen. Mit einem Ruck fuhr der Wagen an.

»Wo soll ich Sie hinfahren, Sir?« rief der Fahrer. Die Trennscheibe glitt herunter und verschwand in der Rücklehne der vorderen Sitze. Michael hatte sich umgedreht und schaute an Yuri vorbei Ash in die Augen.

Diese Hexen, ihre Augen, dachte Ash verzweifelt.

»Nur weg von hier«, sagte Ash zu seinem Fahrer.

Gordon langte nach dem Türgriff.

»Türen verriegeln«, rief Ash, aber er wartete nicht erst auf das vertraute elektronische Klicken, sondern packte Gordons Arm mit der rechten Hand wie mit einer Zwinge.

»Loslassen, Bastard!« befahl Gordon mit leise donnernder Autorität.

»Wollen Sie mir jetzt die Wahrheit sagen?« fragte Ash. »Ich werde Sie töten, wie ich Ihren Büttel Marcus getötet habe. Was können Sie mir sagen, um mich daran zu hindern?«

»Wie können Sie es wagen, wie können Sie ...?« begann Stuart Gordon von neuem.

»Hören Sie auf zu lügen«, sagte Rowan Mayfair. »Sie sind schuldig, und Sie haben es nicht allein zustandegebracht. Schauen Sie mich an.«

»Das werde ich nicht tun!« sagte Gordon. »Die Mayfair-Hexen«, fügte er erbittert hinzu; fast spuckte er die Worte aus. »Und dieses Ding, dieses Wesen, das Sie aus den Sümpfen heraufbeschworen haben, dieser Lasher – ist er Ihr Rächer, Ihr Golem?«

Der Mann litt erlesene Qualen. Sein Gesicht war weiß vom Schock. Aber er war noch lange nicht geschlagen.

»Gut«, sagte Ash leise. »Ich werde Sie töten, und die Hexen können mich nicht daran hindern. Glauben Sie ja nicht, daß sie es können.«

»Nein, das werden Sie nicht tun!« Gordon drehte sich so herum, daß er Ash und Rowan Mayfair anschauen konnte. Sein Hinterkopf preßte sich an die gepolsterte Eckstrebe des Wagens.

»Und warum nicht?« fragte Ash sanft.

»Weil ich die Frau habe!« flüsterte Gordon.

Stille.

Nur das Rauschen des Verkehrs ringsum, als der Wagen schnell und aggressiv dahinglitt.

Ash sah Rowan Mayfair an, dann Michael Curry, der ihn über die Lehne des Vordersitzes anstarrte, und schließlich Yuri, der ihm gegenübersaß und anscheinend weder denken noch sprechen konnte. Ash ließ seinen Blick zu Gordon zurückkehren.

»Ich habe sie immer gehabt«, sagte Gordon mit dünner, aufrichtiger und zugleich sarkastischer Stimme. »Für Tessa habe ich es getan. Ich habe es getan, um Tessa den Mann zu bringen. Das war mein Ziel. Und jetzt lassen Sie mich los, oder Sie werden Tessa nie zu sehen bekommen. Keiner von Ihnen. Vor allem nicht Sie, Lasher, oder Mr. Ash, oder wer immer Sie sein mögen. Wie immer Sie sich nennen mögen! Oder bin ich etwa in einem tragischen Irrtum befangen, und Sie haben tatsächlich einen eigenen Harem?«

Ash löste die Finger von seinem Arm, streckte sie, daß Gordon noch einmal Angst bekam, und dann zog er die Hand zurück und legte sie in den Schoß.

Gordons Augen waren rot und tränenfeucht. Immer noch starr vor Empörung, zog er ein großes, zerknülltes Taschentuch heraus und putzte sich die zart aussehende Hakennase.

»Nein«, sagte Ash ruhig. »Ich werde Sie jetzt töten, glaube ich.«

»Nein! Dann werden Sie Tessa niemals sehen!« fauchte Gordon.

Ash beugte sich über ihn, kam ihm sehr nah. »Dann bringen Sie mich zu ihr, sofort bitte, oder ich werde Sie auf der Stelle erwürgen.«

Gordon schwieg, aber nur für einen Augenblick.

»Sagen Sie Ihrem Chauffeur, er soll nach Süden fahren. Aus London hinaus, Richtung Brighton. Wir fahren nicht nach Brighton, aber einstweilen wird das genügen. Es dauert anderthalb Stunden.«

»Dann haben wir ja Zeit, uns zu unterhalten, nicht wahr?« sagte die Hexe Rowan. Ihre Stimme war dunkel, beinahe rauchig. Sie funkelte in Ashs Gesichtsfeld, schimmerte leicht im Dunkel des Wagens. Ihre Brüste waren klein, aber wunderschön geformt unter den schwarzen Revers ihres tief ausgeschnittenen Blazers. »Erzählen Sie mir, wie Sie es fertigbringen konnten«, forderte sie Gordon auf, »Aaron zu ermorden. Sie sind doch selbst ein Mann wie Aaron.«

»Ich habe es nicht getan«, sagte Gordon erbittert. »Ich wollte es nicht. Es war eine dumme, dumme, böse Tat. Und sie war getan, bevor ich sie verhindern konnte. Das gleiche gilt für Yuri und die Schüsse auf ihn. Ich hatte nichts damit zu schaffen. Yuri, als ich Ihnen vorhin im Coffeeshop gesagt habe, ich machte mir Sorgen um Ihr Leben, da habe ich es ernst gemeint. Es gibt Dinge, auf die ich einfach keinen Einfluß habe.«

»Sie werden uns jetzt alles erzählen«, sagte Michael Curry. Er sah Ash an, während er sprach. »Wir können unseren Freund hier wirklich nicht zurückhalten. Und wir würden es nicht einmal tun, wenn wir könnten.«

»Ich erzähle Ihnen gar nichts mehr«, sagte Gordon.

»Das ist dumm von Ihnen«, sagte Rowan.

»Nein, das ist es nicht. Es ist der einzige Trumpf, der mir bleibt. Ich erzähle Ihnen, was ich weiß, bevor wir zu Tessa kommen, und Sie werden mich beseitigen, sobald Sie sie haben.«

»Ich werde es wahrscheinlich sowieso tun«, sagte Ash. »Sie kaufen sich ein paar Stunden Leben.«

»Nicht so hastig. Es gibt vieles, was ich Ihnen erzählen kann. Sie haben keine Ahnung. Sie werden mehr als ein paar Stunden brauchen.«

Ash antwortete nicht.

Gordons Schultern sackten herab. Er holte tief Luft, beäugte seine Bewacher und wandte sich dann wieder Ash zu. Ash war bis in die andere Ecke zurückgewichen. Er wollte nicht mehr in der Nähe dieses Menschen sein, dieses streitbaren bösartigen Menschen, den er am Ende töten würde.

Er sah seine beiden Hexen an. Rowan Mayfair hatte eine Hand auf dem Knie liegen, ganz wie er selbst; jetzt hob sie die Finger in einer kreisenden Bewegung, mit der sie ihn womöglich bat, Geduld zu haben.

Das Schnappen eines Feuerzeugs ließ ihn zusammenfahren.

»Was dagegen, wenn ich in Ihrem feinen Auto rauche, Mr. Ash?« fragte Michael Curry vom Vordersitz; er hatte den Kopf bereits über die Zigarette und die kleine Flamme gesenkt.

»Bitte tun Sie, was Sie wollen«, sagte Ash mit herzlichem Lächeln.

Zu seiner Überraschung lächelte Michael Curry zurück.

»Es gibt Whisky in diesem Wagen«, sagte Ash. »Eis und Wasser auch. Möchte jemand etwas trinken?«

»Ja«, sagte Michael Curry und blies den Rauch von sich. »Aber im Namen der Tugend warte ich, bis es sechs ist.«

Und dieser Hexer kann den Taltos zeugen, dachte Ash und studierte Michaels Profil und die etwas groben, aber bezaubernd proportionierten Züge. Seine Stimme klang lustvoll – eine Lust, die sich sicher auf so mancherlei erstreckt, dachte Ash. Sieh nur, wie er die Gebäude anschaut, an denen wir vorüberfahren. Ihm entgeht nichts.

Rowan Mayfair sah weiterhin nur Ash an.

Sie hatten jetzt das Stadtgebiet verlassen.

»Das ist der richtige Weg«, sagte Gordon mit gepreßter Stimme. »Fahren Sie geradeaus weiter, bis ich Ihnen etwas anderes sage.«

Der alte Mann schaute hinaus, als wollte er ihre Position überprüfen, aber dann schlug seine Stirn hart gegen die Fensterscheibe, und er fing an zu weinen.

Niemand sprach. Ash betrachtete seine Hexen. Dann dachte er an das Foto der Rothaarigen, und als er den Blick auf Yuri richtete, der ihm gegenüber neben Rowan saß, sah er, daß er die

Augen geschlossen hatte. Er hatte sich an der Seitenwand zusammengekrümmt und den Kopf abgewandt, und auch er vergoß Tränen, ohne daß man es hörte.

Ash beugte sich vor und legte Yuri tröstend eine Hand aufs Bein.

14

Es war gegen ein Uhr, als Mona im vorderen Schlafzimmer im ersten Stock aufwachte; ihr Gesicht war den Eichen vor dem Fenster zugewandt. Die Äste waren voll von leuchtendem Auferstehungsfarn, der nach dem letzten Frühlingsregen seine hellgrüne Farbe wiedergewonnen hatte.

»Telefon für dich«, sagte Eugenia.

Beinahe hätte Mona gesagt: Gott, bin ich froh, daß jemand hier ist. Aber sie wollte nicht gern zugeben, daß es sie hier in diesem berühmten Haus gegruselt hatte und daß ihre Träume sie zutiefst beunruhigt hatten.

Eugenia warf einen mißtrauischen Blick auf Monas weites, wehendes weißes Baumwollhemd. Was war denn? So was war schließlich Hauskleidung, oder?

»Solltest aber nicht in deinen hübschen Sachen schlafen!« erklärte Eugenia. »Guck doch – die schönen weiten Ärmel ganz zerknautscht, und die Spitze, die feine Spitze!«

Wenn sie nur sagen könnte: *Hau ab.* »Eugenia, das *soll* zerknautscht aussehen.«

Eugenia hatte ein großes Glas Milch in der Hand, beschlagen und appetitlich aussehend, und in der anderen einen kleinen Teller mit einem Apfel.

»Von wem ist das?« fragte Mona. »Von der bösen Königin?«

Natürlich wußte Eugenia nicht, wovon sie redete, aber das war nicht wichtig. Eugenia deutete noch einmal auf das Telefon. Mona wollte den Hörer abnehmen, als ihre Gedanken noch einmal zu dem Traum zurückschwenkten und sie feststellen mußte, daß der Traum verflogen war. Wie ein Schleier, den man weggerissen hatte, hinterließ er nichts als eine matte Erinnerung an Beschaffenheit und Farbe. Und die höchst seltsame Gewißheit, daß sie ihre Tochter Morrigan nennen müsse, obwohl sie diesen Namen noch nie gehört hatte.

»Und was ist, wenn du ein Junge bist?« fragte sie.

Sie nahm den Hörer ab.

Es war Ryan. Die Beerdigung war vorbei, und die Mayfairs trudelten bei Bea zu Hause ein. Lily würde ein paar Tage dort wohnen bleiben, und Shelby und Tante Vivian ebenfalls. Cecilia war in der Vorstadt und besuchte die uralte Evelyn; ihr ging es gut.

»Könntest du Mary Jane Mayfair für eine Weile ein bißchen altmodische First-Street-Gastfreundschaft gewähren?« fragte er dann. »Ich kann sie erst morgen nach Fontevrault bringen.«

»Bring sie rüber«, sagte Mona. Die Milch schmeckte gut! Es war ungefähr die kälteste Milch, die sie je getrunken hatte, und diese Kälte verdeckte alles Schleimige daran, das sie nie besonders gemocht hatte. »Ihre Gesellschaft ist mir sehr willkommen«, fügte sie hinzu. »Das Haus ist wirklich unheimlich; du hast schon recht.«

Sofort bereute sie, daß sie zugegeben hatte, daß sie, Mona Mayfair, sich in dem großen Haus gefürchtet hatte.

Aber Ryan war ganz mit seinen organisatorischen Pflichten beschäftigt und erläuterte nur, daß die Großmutter, Granny Mayfair, unten in Fontevrault von dem kleinen Jungen aus Napoleonville versorgt wurde und daß dies eine gute Gelegenheit sei, Mary Jane davon zu überzeugen, daß sie aus dieser Ruine ausziehen und in die Stadt umsiedeln müsse.

»Das Mädchen braucht die Familie. Aber sie braucht vorläufig nicht noch mehr Schmerz und Elend. Ihr erster wirklicher Besuch war aus naheliegenden Gründen eine Katastrophe. Sie steht immer noch unter Schock nach diesem Unfall. Du weißt, daß sie den Unfall mitangesehen hat. Ich will sie von hier wegbringen . . .«

»Gut, aber hinterher wird sie sich allen um so enger verbunden fühlen«, sagte Mona achselzuckend. Sie nahm einen großen, saftigen, krachenden Bissen von ihrem Apfel. Mein Gott, sie war so hungrig. »Ryan, hast du den Namen Morrigan schon mal gehört?«

»Ich glaube nicht.«

»Es hat noch nie eine Morrigan Mayfair gegeben?«

»Nicht, daß ich wüßte. Es ist ein alter englischer Name, nicht wahr?«

»Hmmm. Findest du ihn hübsch?«

»Was ist, wenn das Baby ein Junge ist, Mona?«

»Ist es nicht. Ich weiß es.« Sie hielt inne. Woher in aller Welt wollte sie das wissen? Es war der Traum gewesen, nicht wahr? Und Wunschdenken mußte es außerdem gewesen sein – der Wunsch, ein Mädchen zu bekommen und es frei und stark zu erziehen, wie Mädchen fast nie erzogen wurden.

Ryan versprach, in zehn Minuten da zu sein.

Mona lehnte sich in die Kissen und schaute hinaus auf das Farnkraut auf dem Baum und die kleinen Stücke von blauem Himmel dahinter. Das Haus um sie herum war still; Eugenia war verschwunden. Sie schlug die nackten Beine übereinander; das Hemd mit seinem breiten Spitzensaum bedeckte ihre Knie mühelos. Die Ärmel waren wirklich schrecklich zerknautscht, aber was machte das schon?

Sie lachte. Junge, der Apfel war lecker!

Mary Jane Mayfair. In gewisser Weise war sie die einzige Person in der ganzen Familie, bei der sie es aufregend fand, sie zu treffen, aber andererseits – was, wenn Mary Jane anfing, wildes Hexenzeug zu reden? Wenn sie anfing, verantwortungslos daherzuschwatzen? Damit würde Mona nicht fertigwerden können.

Sie biß noch einmal in den Apfel. Das wird bei Vitaminmangel helfen, dachte sie, aber sie brauchte die Aufbaustoffe, die Annelle Salter ihr verordnet hatte: Sie trank die restliche Milch in einem olympischen Zuge aus.

»Was ist mit ›Ophelia‹?« fragte sie laut. Wäre das richtig? Ein

Mädchen nach der armen, wahnsinnigen Ophelia zu taufen, die sich, von Hamlet zurückgewiesen, ertränkt hatte? Wahrscheinlich nicht. Ophelia ist mein geheimer Name, dachte sie, und du wirst Morrigan heißen.

Ein großes Wohlgefühl überkam sie. Morrigan. Sie schloß die Augen und roch das Wasser, hörte, wie die Wellen an die Klippen krachten.

Ein Geräusch weckte sie jäh. Sie hatte geschlafen; sie wußte nicht, wie lange. Ryan stand am Bett, und Mary Jane Mayfair war bei ihm.

»Oh, Entschuldigung«, sagte Mona, schwang die Beine über die Bettkante und kam herum, um sie zu begrüßen. Ryan zog sich schon wieder zurück.

»Vermutlich weißt du«, sagte er, »daß Rowan und Michael in London sind. Michael hat gesagt, er wolle dich anrufen.« Dann war er draußen und ging die Treppe hinunter.

Und hier stand Mary Jane.

Ihr gelbes Haar hing offen und prachtvoll wie Flachs über ihre Schultern, und ihre großen Brüste drängten sich an das eng sitzende weiße Spitzenkleid. Sie hatte ein bißchen Lehm an ihren beigen hochhackigen Schuhen, wahrscheinlich vom Friedhof. Und sie hatte die schmale, mythische Südstaatentaille.

»Hallo, Mona. Ich hoffe, es nervt dich nicht, daß ich hier bin.« Sofort packte sie Monas rechte Hand und bewegte sie heftig wie einen Pumpenschwengel auf und ab; ihre blauen Augen funkelten, als sie aus ihrer scheinbar luftigen Höhe von etwa einem Meter siebzig einschließlich der hohen Absätze auf Mona herabschaute. »Paß auf, ich kann jederzeit verschwinden, wenn du mich hier nicht haben willst. Ich kann trampen; das ist mir nicht fremd, sag ich dir. Nach Fontevrault ist das überhaupt kein Problem. Hey, kann ich da vorn auf die Veranda?«

»Yeah, klar; freut mich, dich hier zu haben.« Monas Hand war ganz klebrig von dem Apfel, aber Mary Jane hatte es nicht bemerkt.

Mary Jane ging an ihr vorbei.

»Du mußt das Fenster hochschieben«, sagte Mona, »und dich drunter durchducken.«

Sie folgte Mary Jane nach draußen. Frische Luft. Wind vom Fluß.

»Nachher kann ich dir meinen Computer zeigen und mein Aktienportefeuille. Ich habe einen Investmentfond, den ich seit sechs Monaten manage, und der macht Millionen. Schade, daß ich es mir in Wirklichkeit nicht leisten konnte, diese Aktien zu kaufen.«

»Ich kann dich hören, Darlin'«, sagte Mary Jane. Sie legte die Hände auf das Verandageländer und schaute auf die Straße hinunter. »Das ist vielleicht 'ne Villa«, sagte sie.

»Onkel Ryan weist immer darauf hin, daß es keine Villa ist, sondern ein Stadthaus, genaugenommen«, sagte Mona.

»Na, es ist ein tolles Stadthaus.«

»Ja, und eine tolle Stadt.«

Mary Jane lachte und bog dabei den ganzen Körper zurück. Dann drehte sie sich zu Mona um, die gerade auf die Veranda herausgetreten war.

Sie musterte Mona plötzlich von Kopf bis Fuß, als habe irgend etwas einen besonderen Eindruck auf sie gemacht. Dann erstarrte sie und sah Mona in die Augen.

»Was ist?« fragte Mona.

»Du bist schwanger«, sagte Mary Jane.

»Ach, das sagst du bloß wegen dieses Kleides oder Kittels, oder was es sonst ist.«

»Nein, du bist schwanger.«

»Na ja, schön«, sagte Mona. »Bin ich.« Sie räusperte sich. »Ich meine, jeder weiß es. Haben sie es dir nicht erzählt? Es wird ein Mädchen.«

»Meinst du?« Irgend etwas bereitete Mary Jane äußerstes Unbehagen. Man hätte erwarten können, daß es ihr großen Spaß machen würde, sich auf Mona zu stürzen und alle möglichen Weissagungen über das Baby von sich zu geben. Das war es doch, was selbsternannte Hexen taten, oder nicht?

»Hast du deine Testergebnisse schon?« fragte Mona. »Hast du auch die Riesenhelix?« Es war hübsch hier oben zwischen den Wipfeln. Sie bekam Lust, in den Garten zu gehen.

Mary Jane betrachtete sie tatsächlich mit schmalen Augen. Dann entspannte sich ihr Gesicht ein bißchen.

»Yeah, ich hab die Gene«, sagte Mary Jane. »Du auch, nicht?«

Mona nickte. »Was haben sie dir sonst noch gesagt?«

»Daß es wahrscheinlich nichts ausmacht; ich würde gesunde Kinder kriegen, die hätten alle in der Familie immer gekriegt, bis auf einen Zwischenfall, über den aber keiner reden will.«

»Hmmmmm«, sagte Mona. »Ich habe immer noch Hunger. Laß uns nach unten gehen.«

Mary Jane wirkte wieder ganz normal, als sie in der Küche ankamen; sie schwatzte über jedes Bild und jedes Möbelstück, das sie sah. Anscheinend war sie noch nie *im* Haus gewesen.

Eugenia hatte Kalbfleisch aus dem Kühlschrank genommen, dünne, zarte Scheiben für Scallopini, die Michael für Rowan beiseitegestellt hatte. Die briet sie jetzt, wie Michael es ihr beigebracht hatte, mit in Scheiben geschnittenen Champignons und Zwiebeln, die sie fix und fertig vorbereitet aus einem kleinen Plastikbeutel nahm.

»Gott, das riecht gut, was?« sagte Mary Jane.

Dann sah sie Mona wieder an, wie sie sie oben angesehen hatte. Sie saßen einander gegenüber, wie Mona und Rowan hier gesessen hatten, nur daß Mona jetzt auf Rowans Platz saß und Mary Jane auf Monas. Mary Jane hatte gerade ihre silberne Gabel betrachtet, und plötzlich bewegte sie sich nicht mehr, machte schmale Augen und schaute Mona an.

»Was ist los?« fragte Mona. »Du guckst mich an, als ob etwas los wäre.«

»Jeder guckt dich an, wenn du schwanger bist; das machen die Leute immer, sobald sie es wissen.«

»Das weiß ich«, sagte Mona. »Aber die Art, wie du mich anguckst, ist anders. Andere Leute gucken schwärmerisch und liebevoll, sie kriegen einen affirmativen Blick, aber du –«

»Was heißt affirmativ?«

»Bestätigend.«

»Also, ich brauche wirklich ein bißchen Schulbildung«, sagte Mary Jane kopfschüttelnd und legte die Gabel hin.

Eugenia hatte ihnen einen Salat aus Kartoffeln und Erbsen hingestellt, auch eines von Michael Currys speziellen Herrenrezepten: mit Olivenöl und Knoblauch. Eugenia klatschte einen großen Löffel voll auf Mary Janes Teller.

»Haben wir noch Milch?« fragte Mona. »Was möchstest du trinken, Mary Jane?«

»Coca-Cola, bitte, Eugenia, wenn Sie nichts dagegen haben; aber ich kann auch aufstehen und mir selbst eine holen.«

Eugenia war empört über dieses Ansinnen, zumal da es von einer unbekannten Cousine kam, die offensichtlich eine hundertprozentige Hinterwäldlerin war. Sie brachte die Dose und ein Glas mit Eis.

»Iß, Mona Mayfair!« befahl sie dann und goß ihr Milch ein. »Komm schon.«

Das Fleisch schmeckte scheußlich; Mona wußte nicht, warum. Sie liebte solches Essen. Kaum hatte es vor ihr gestanden, war ihr Ekel erwacht. Wahrscheinlich bloß die normale Übelkeit, dachte sie, und das beweist, daß alles nach Plan läuft. Annelle hatte gesagt, daß es nach ungefähr sechs Wochen passieren würde. Das heißt, das war, bevor sie dann erklärt hatte, daß das Baby ein drei Monate altes Monster sei.

Mona senkte den Kopf. Dünne Fetzen ihres letzten Traums erfaßten sie, sehr zäh und voller Assoziationen, die sich mit rasanter Geschwindigkeit von ihr wegbewegten, sobald sie versuchte, sie zu fassen und festzuhalten und den Traum selbst noch einmal zu fassen zu kriegen.

Sie lehnte sich zurück und trank langsam ihre Milch. »Laß die Flasche nur stehen«, sagte sie zu Eugenia, die neben ihr wartete, runzlig und ernst, und sie und ihren unberührten Teller erzürnt anstarrte.

»Sie wird schon essen, was sie braucht, nicht wahr?« sagte Mary Jane hilfsbereit. Die Süße. Sie schlang ihr Schnitzel bereits hinunter und spießte mit der Gabel geräuschvoll jedes Stückchen Pilz und Zwiebel auf, das sie finden konnte.

Eugenia stolzierte schließlich davon.

»Hier, willst du?« fragte Mona. »Nimm nur.« Sie schob Mary Jane ihren Teller zu. »Ich hab's nicht angerührt.«

»Bist du sicher, daß du es nicht willst?«

»Mir wird schlecht davon.« Sie goß sich noch ein Glas Milch ein. »Weißt du, ich war nie eine besondere Milchliebhaberin, wahrscheinlich, weil der Kühlschrank bei uns zu Hause sie nie richtig kalt hielt. Aber das ändert sich jetzt. Alles ändert sich.«

»Ach ja? Was denn zum Beispiel?« Mary Jane machte große Augen. Sie ließ sich die ganze Coke in die Kehle gluckern. »Kann ich mir noch eine holen?«

»'türlich«, sagte Mona.

Sie sah zu, wie Mary Jane zum Kühlschrank hüpfte. Ihr Kleid war gerade so weit, daß es einen an ein kleines Mädchen denken ließ. Ihre Beinmuskeln waren wunderschön geformt, dank der hohen Absätze; sie hatten allerdings auch neulich mit flachen Schuhen gut ausgesehen.

Mary Jane ließ sich wieder auf den Stuhl fallen und machte sich daran, Monas Essen hinunterzuschlingen.

Eugenia streckte den Kopf aus der Geschirrkammer.

»Mona Mayfair, du hast überhaupt nichts gegessen! Du ernährst dich von Kartoffelchips und Junk-food!«

»Raus!« sagte Mona in festem Ton. Eugenia verschwand.

»Aber sie will dich doch bloß bemuttern«, sagte Mary Jane. »Warum meckerst du sie an?«

»Weil ich von niemandem bemuttert werden will. Außerdem tut sie das gar nicht. Sie nervt. Sie glaubt, ich bin ein schlechter Mensch. Es würde zu lange dauern, dir das zu erklären. Aber sie nörgelt ständig wegen irgend etwas an mir herum.«

»Na ja, wenn der Vater des Babys so alt ist wie Michael Curry, weißt du, dann werden die Leute entweder ihm oder dir Vorwürfe machen.«

»Woher wußtest du das?«

Mary Jane hörte auf zu schlingen und schaute Mona an.

»Na, er ist es doch, oder? Ich dachte mir schon irgendwie, daß du in ihn verknallt bist, als ich das erstemal hier war. Ich wollte dich nicht ärgern. Ich dachte, du freust dich drüber. Ich kriege ständig so Vibrationen mit, die mir sagen, du bist wirklich glücklich darüber, daß er der Vater ist.«

»Ich bin nicht sicher.«

»Oh, er ist es«, sagte Mary Jane. Sie stach mit der Gabel durch das letzte Stück Kalbsschnitzel, stopfte es sich in den Mund und kaute lustvoll darauf herum. Ihre glatten braunen Wangen arbeiteten heftig, ohne die kleinste Falte, Runzel oder sonstige Verzerrung zu zeigen. Sie war wirklich ein schönes Mädchen. »Ich weiß es«, sagte sie, als sie einen zerkauten Fleischkloß hinuntergewürgt hatte, der groß genug gewesen wäre, um ihr im Halse steckenzubleiben.

»Hör zu«, sagte Mona. »Das ist etwas, das ich noch keinem Menschen erzählt habe, und . . .«

»Aber jeder weiß es«, sagte Mary Jane. »Bea weiß es. Bea hat's mir erzählt. Weißt du, was Beas Rettung sein wird? Die Frau wird aus einem einzigen schlichten Grund über Aarons Tod hinwegkommen: Sie hört niemals auf, sich um alle anderen Sorgen zu machen. Sie macht sich echte Sorgen um dich und Michael, weil er die Gene hat, wie jeder weiß, und weil er Rowans Mann ist. Aber sie meint, der Zigeuner, in den du dich verliebt hast, ist absolut der falsche für dich. Er gehört zu einer ganz anderen Sorte Frau: wild und heimatlos und ohne Familie, wie er selbst.«

»Das hat sie alles gesagt?«

Mary Jane nickte. Plötzlich hatte sie den Teller mit Brot entdeckt, den Eugenia ihnen hingestellt hatte, in Scheiben geschnittenes, einfaches Weißbrot.

Mary Jane nahm die oberste Scheibe, drückte sie zusammen und fing an, den Fleischsaft aufzutunken.

»Yeah, das hat sie alles gesagt. Und sie hat's Tante Viv erzählt und Polly und Anne Marie. Wußte anscheinend nicht, daß ich zuhörte. Aber ich meine, das wird sie retten, daß sie sich ständig den Kopf über die Familie zerbricht.«

»Wie können die alle von mir und Michael wissen?«

Mary Jane zuckte die Achseln. »Fragst du mich das? Darlin', dies ist eine Familie von Hexen; das solltest du besser wissen als ich. Sie können es auf tausend Arten herausgefunden haben. Aber wenn ich's mir überlege: Die uralte Evelyn hat bei Viv geschwatzt, wenn ich mich nicht irre. Daß ihr beide hier zusammen allein wart, du und Michael? So was?«

»Ja.« Mona seufzte. »Na und? Das brauche ich denen nicht zu erzählen. Basta.«

Mona goß sich den Rest Milch ins Glas. Sie war immer noch wunderbar kalt. Vielleicht könnten sie und dieses Baby allein von Milch leben; sie war nicht sicher.

Mary Jane starrte hungrig auf die letzte dünne, einsame Scheibe Weißbrot.

»Du kannst sie haben«, sagte Mona.

»Sicher?«

»Absolut.«

Mary Jane schnappte sich die Brotscheibe, riß die Mitte heraus und fing an, das weiche Brot zu einer Kugel zu formen. »Junge, ich bin verrückt danach«, sagte sie. »Als ich klein war, da hab ich ein ganzes Brot genommen und es zu lauter kleinen Kugeln gedreht!«

»Und die Kruste?«

»Zu Kugeln gedreht«, sagte sie und schüttelte in nostalgischem Staunen den Kopf. »Alles zu Kugeln gedreht.«

»Wow«, sagte Mona nüchtern. »Weißt du, du bist wirklich faszinierend. Eine so herausfordernde Kombination aus Profanem und Mystischem ist mir noch nicht untergekommen.«

Sie sah Mary Jane an. Mary Jane hatte ihren Brotschmaus anscheinend beendet und saß jetzt mit verschränkten Armen da. Die Art, wie sie Mona anschaute, war ein bißchen enervierend. Ihre Augen hatten jenen träumerischen Glanz angenommen, den Augen bekommen, wenn der Geist abschweift, einen Ausdruck, der nicht leer war, sondern täuschend ernsthaft irgendwohin gerichtet.

»Mary Jane?« sagte sie.

Sie erwartete, daß das Mädchen zusammenschrecken und sozusagen aufwachen würde, um ihr dann auf der Stelle zu erzählen, woran sie gedacht hatte. Aber nichts dergleichen geschah. Mary Jane schaute sie weiterhin nur an und sagte:

»Ja, Mona?« In ihrem Gesicht veränderte sich nichts.

Mona stand auf. Sie ging zu Mary Jane hinüber, blieb neben ihr stehen und schaute auf sie hinunter, und Mary Jane blickte sie immer noch mit diesen großen, beängstigenden Augen an.

»Berühre dieses Baby, hier, berühre es, sei nicht schüchtern. Sag mir, was du fühlst.«

Mary Jane richtete ihren Blick auf Monas Bauch und streckte sehr langsam die Hand aus, als wolle sie tun, was Mona verlangt hatte. Dann plötzlich riß sie die Hand zurück. Sie stand auf und wich vor Mona zurück. Ihre Miene war besorgt.

»Ich glaube nicht, daß wir das tun sollten. Laß uns mit diesem Baby keine Hexerei treiben. Du und ich, wir sind junge Hexen. Weißt du, das sind wir wirklich. Und was ist, wenn Hexerei, weißt du, irgendeine Wirkung auf das Baby hat?«

Mona seufzte. Sie wollte plötzlich nicht mehr darüber reden. Das Gefühl der Angst war zu strapaziös und zu schmerzhaft, und sie hatte genug davon.

Der einzige Mensch auf der Welt, der ihre Fragen beantworten konnte, war Rowan, und früher oder später würde sie ihr diese Fragen stellen müssen, denn sie konnte das Baby jetzt fühlen, und eigentlich war es glattweg unmöglich, daß man fühlte, wie ein Baby sich so bewegte, selbst bei solchen ganz winzigen Bewegungen – nicht, wenn das Baby erst sechs oder sogar zehn oder sogar zwölf Wochen alt war.

»Mary Jane, ich muß jetzt allein sein«, sagte sie. »Ich will nicht unhöflich erscheinen. Es ist bloß – das Baby macht mir Sorgen. Das ist die schlichte Wahrheit.«

»Es ist wirklich süß von dir, daß du es mir so erklärst. Mach nur. Ich gehe nach oben, wenn das okay ist.«

»Du kannst meinen Computer benutzen, wenn du willst«, sagte Mona.

Sie spazierte auf die Steinplatten hinaus, auf den hinteren Teil des Gartens zu. Es war noch früh; die Sonne stand hoch am Himmel, und ihre Strahlen fielen auf den Rasen unter der Eiche, wie sie es eigentlich noch bis weit in den Nachmittag hinein tun würden. Die beste, die wärmste Zeit dort hinten im Garten.

Sie ging über das Gras. Hier war es, hier mußten sie begraben sein. Michael hatte Erde angeschüttet, und ganz frisches, zartes Gras wuchs hier.

Sie sank auf die Knie, streckte sich dann auf dem Boden aus, ohne sich darum zu kümmern, daß sie sich das schöne, weiße Kleid mit Lehm beschmierte. Sie hatte ja so viele davon. Das war es, was Reichsein bedeutete, und sie spürte es schon: daß man so viel von allem hatte, und daß man keine Schuhe mit Löchern in den Sohlen zu tragen brauchte. Sie schmiegte die Wange an die kühle Erde und das kühle Gras, und ihr aufgeblähter rechter Ärmel sah aus wie ein großer weißer Fallschirm, der vom Himmel neben sie gefallen war. Sie schloß die Augen.

Morrigan, Morrigan, Morrigan ... Die Boote kamen übers Meer, von Fackeln überstrahlt. Aber die Klippen sahen so gefährlich aus. Morrigan, Morrigan, Morrigan ... Ja, das war der Traum! Die Flucht von der Insel zur Nordküste. Die Klippen waren eine Gefahr, und die Ungeheuer der Tiefe, die in den Lochs hausten.

Sie hörte jemanden graben. Sie war hellwach und starrte über das Gras hinweg zu den fernen Ingwerlilien, den Azaleen.

Niemand grub hier. Einbildung. Du möchtest sie gern ausgraben, du kleine Hexe, sagte sie zu sich. Sie mußte zugeben, daß es Spaß machte, mit Mary Jane Mayfair kleine Hexen zu spielen. Ja, sie war froh, daß sie gekommen war. Nimm noch ein bißchen Brot.

Ihre Augen schlossen sich wieder. Etwas Wunderschönes geschah. Die Sonne schien plötzlich auf ihre Lider, als habe ein Ast oder eine Wolke sie freigegeben; das Licht färbte die Dunkelheit hellorange, und sie fühlte, wie die Wärme ihr über den ganzen Körper kroch. In ihrem Bauch, auf dem sie immer noch schlafen konnte, regte sich wieder das Ding. *Mein Baby.*

Jemand sang wieder das Kinderlied. Das mußte wirklich das

älteste Kinderlied der Welt sein. Es war Altenglisch – oder war es Latein?

Gib acht, sagte Mona. Ich will dir beibringen, wie man einen Computer benutzt, bevor du vier Jahre alt bist, und du sollst wissen, daß nichts dich davon abhalten kann zu werden, was immer du werden willst, hörst du?

Das Baby lachte und lachte. Es schlug Purzelbäume und streckte die winzigen Ärmchen und Händchen aus und lachte und lachte.

Und dann sagte die Stimme von Mary Jane – es war ein reiner Traum jetzt, und auf irgendeiner Ebene wußte Mona es, ja, denn Mary Jane war gekleidet wie die uralte Evelyn, in den Sachen einer alten Dame, einem Gabardinekleid und Schnürschuhen: Es war ohne Zweifel ein Traum – sagte die Stimme von Mary Jane: »Da steckt mehr dahinter, Darlin'. Du solltest dich lieber ziemlich rasch entscheiden.«

15

»Hör zu, vergiß, was du da getan hast – einfach durchzubrennen«, sagte Tommy. Sie fuhren zurück zum Mutterhaus, weil Tommy darauf bestanden hatte. »Wir müssen uns benehmen, als brauchten wir überhaupt kein schlechtes Gewissen zu haben. Alles Beweismaterial ist vernichtet. Sie können kein einziges Telefon zu uns zurückverfolgen. Aber wir müssen zurückfahren und uns benehmen, als wäre nichts passiert, und wir müssen zeigen, daß wir über Marcus' Tod bestürzt sind. Das ist alles.«

»Ich werde erzählen, ich hätte mir große Sorgen um Stuart gemacht«, sagte Marklin.

»Ja, genau das solltest du ihnen erzählen. Du hast dir Sorgen um Stuart gemacht. Stuart stand unter einer so schrecklichen Anspannung.«

»Vielleicht haben sie ja gar nichts gemerkt – ich meine, vielleicht haben die Älteren gar keine Notiz von meiner Abwesenheit genommen.«

»Und du hast Stuart nicht gefunden, und jetzt kommst du wieder nach Hause. Verstanden? Du bist wieder nach Hause gekommen.«

»Und dann?«

»Das hängt von ihnen ab«, sagte Tommy. »Aber was auch passiert, wir müssen dort bleiben, um keinen Verdacht zu erregen. Wir werden sagen: ›Was ist passiert? Kann es uns jemand erklären?‹«

Marklin nickte. »Aber wo ist Stuart denn?« fragte er. Er riskierte einen kurzen Seitenblick auf Tommy. Tommy war so ruhig wie in Glastonbury, als Marklin am liebsten vor Stuart auf die Knie gefallen wäre und ihn angefleht hätte, zurückzukommen.

»Er trifft sich mit Yuri, das ist alles. Stuart steht unter keinem Verdacht, Mark. Du bist derjenige, der möglicherweise unter Verdacht steht, weil du einfach weggelaufen bist. Jetzt fasse dich, mein Alter; wir müssen unsere Rolle gut spielen.«

»Und wie lange?«

»Was weiß ich?« Tommys Stimme blieb unverändert ruhig. »Zumindest, bis wir einen natürlichen Grund haben, wieder zu verschwinden. Dann fahren wir in meine Wohnung in Regent's Park und entscheiden uns. Ist das Spiel aus? Was haben wir zu verlieren, wenn wir beim Orden bleiben? Was haben wir zu gewinnen?«

»Aber wer hat Anton denn ermordet?«

Tommy schüttelte den Kopf. Er beobachtete jetzt die Straße, als brauchte Marklin einen Lotsen. Und Marklin war nicht so sicher, daß er keinen brauchte. Hätte er diesen Weg nicht in- und auswendig gekannt, hätte er es wahrscheinlich nicht geschafft.

»Ich bin nicht davon überzeugt, daß wir zurückfahren sollten«, sagte er.

»Das ist albern. Sie haben keine Ahnung, was wirklich passiert ist.«

»Woher willst du das wissen?« fragte Marklin. »Mein Gott, es könnte doch sein, daß Yuri es ihnen erzählt hat! Tommy, benutze deinen Verstand! Vielleicht ist es kein gesundes Zeichen, im Angesicht all dessen derart ruhig zu bleiben! Stuart ist zu Yuri gefahren, und Yuri ist vielleicht selbst schon im Mutterhaus.«

»Meinst du nicht, daß Stuart so klug war, Yuri einzuschärfen, er solle fortbleiben? Es habe eine Verschwörung gegeben, und Stuart kenne das Ausmaß nicht?«

»Ich meine, daß du so klug sein würdest, es zu tun, und ich vielleicht auch, aber bei Stuart weiß ich es nicht.«

»Und wenn Yuri da ist – was macht das schon? Sie wissen von der Verschwörung, aber sie wissen nichts von uns! Stuart würde Yuri nichts von uns erzählen, was immer auch passiert. Du bist derjenige, der nicht nachdenkt. Was hat Yuri zu berichten? Er wird ihnen berichten, was in New Orleans passiert ist, und wenn das in die Akten kommt . . . Weißt du, ich glaube, ich werde bald bereuen, daß ich die Abfangschaltungen zerstört habe.«

»Ich bereue es überhaupt nicht«, sagte Marklin. Er ärgerte sich immer mehr über Tommys geschäftsmäßige Art und seinen absurden Optimismus.

»Du hast Angst, du schaffst das nicht, was?« fragte Tommy. »Du fürchtest, du könntest zusammenbrechen wie Stuart. Aber, Marklin, du darfst nicht vergessen, daß Stuart sein Leben lang der Talamasca angehört hat. Was ist die Talamasca für dich oder für mich?« Tommy lachte kurz und tonlos auf. »Junge, die haben einen Fehler begangen mit uns, was, Bruder?«

»Nein, haben sie nicht«, sagte Marklin. »Stuart wußte genau, was er tat; er wußte, daß wir den Mut haben würden, Pläne zu verwirklichen, wie er es niemals wagen würde. Stuart hat keinen Fehler begangen. Der Fehler war, daß jemand Anton Marcus umgebracht hat.«

»Und daß keiner von uns lange genug dageblieben ist, um mehr über diese Person, dieses Verbrechen, diese glückliche Fügung herauszufinden. Dir ist doch klar, daß es eine glückliche Fügung war, oder?«

»Natürlich. Wir sind Marcus los. Das ist das eine. Aber was ist im Augenblick des Mordes geschehen? Elvera hat mit dem Mörder gesprochen. Der Mörder hat von Aaron geredet.«

»Wäre es nicht einfach wunderbar, wenn der Einbrecher ein Mitglied der Familie Mayfair gewesen wäre? Eine Hexe der Spitzenklasse? Ich sage dir, ich will die ganze Akte über die Mayfair-Hexen von A bis Z lesen. Ich will alles über diese Leute wissen. Ich habe mir schon überlegt, es muß doch eine Möglichkeit geben, Aarons Unterlagen abzufordern. Du kennst Aaron. Er hat alles aufgeschrieben. Er muß Kisten voll Papier hinterlassen haben. Und die müssen in New Orleans stehen.«

»Nichts überstürzen! Tommy, vielleicht ist Yuri da. Vielleicht ist Stuart zusammengebrochen. Vielleicht wissen sie schon alles!«

»Das bezweifle ich ernsthaft«, sagte Tommy mit der Haltung eines Mannes, der über Wichtigeres nachzusinnen wünscht. »Marklin, die Kurve!«

Marklin hätte sie fast übersehen; er schleuderte quer vor einen anderen Wagen, aber dieser wich aus, und Marklin raste geradeaus weiter. Sekunden später hatten sie die Fernstraße verlassen und fuhren auf einer schmalen Landstraße weiter. Marklin entspannte sich und merkte erst jetzt, daß er sich in Erwartung eines Unfalls so heftig verkrampft und auf die Zähne gebissen hatte, daß ihm die Kinnbacken weh taten.

Tommy funkelte ihn an.

»Hör jetzt auf, an mir herumzuzerren!« fauchte Marklin plötzlich; er spürte die Hitze hinter seiner Stirn, die immer bedeutete, daß er vor Wut kochte, ohne sich dessen vollständig bewußt zu sein. »Ich bin hier nicht das Problem, Tommy. Die anderen sind es. Jetzt laß es gut sein. Wir werden uns ganz natürlich verhalten. Wir wissen beide, was wir zu tun haben.«

Tommy wandte langsam den Kopf, als sie durch das Haupttor in den Park fuhren.

»Der ganze Orden muß hier sein. Ich habe noch nie so viele Autos gesehen«, stellte Marklin fest.

»Wir können wahrscheinlich von Glück sagen, wenn man unser Quartier nicht für irgendeinen taubblinden Achtzigjährigen aus Rom oder Amsterdam in Beschlag genommen hat«, meinte Tommy.

»Ich hoffe, man hat es getan«, sagte Marklin. »Es wäre ein perfekter Vorwand, alles der alten Garde zu überlassen und äußerst rücksichtsvoll von hier zu verschwinden.«

Marklin brachte den Wagen zum Stehen, ein paar Meter vor dem geschäftigen Parkplatzwärter, der das Auto vor ihnen zu einem ziemlich entlegenen Parkplatz hinter der Hecke dirigierte. In all den Jahren hatte Marklin noch nicht gesehen, daß selbst hinter der Hecke die Autos dicht an dicht standen.

Er stieg aus und warf dem Bediensteten die Schlüssel zu. »Parken Sie bitte den Wagen, Will?« Er blätterte ein paar Pfundnoten von einem Bündel, eine Bestechungssumme, die ausreichte, um alle Einwände gegen diesen Verstoß gegen die Bräuche hinfällig werden zu lassen, und wandte sich der Haustür zu.

»Warum zum Teufel hast du das gemacht?« fragte Tommy, als er ihn eingeholt hatte. »Versuche dich an die Regeln zu halten, ja? Nur nicht auffallen. Nichts sagen. Keinerlei Aufmerksamkeit auf sich ziehen. Sind wir uns einig?«

»Du bist selbst viel zu nervös«, erwiderte Marklin grob.

Die Haustürflügel standen offen. Im Flur drängten sich Männer und Frauen; die Luft war zum Schneiden dick vom Zigarrenrauch, und es herrschte ohrenbetäubendes Stimmengewirr. Das Ganze wirkte wie eine gutbesuchte Totenfeier oder das Pausengeplauder in einem Theater.

Marklin blieb stehen. Jeder Instinkt verbot ihm, dort hineinzugehen. Und sein Leben lang hatte er an seine Instinkte geglaubt, wie er auch an seine Intelligenz glaubte.

»Komm schon, Mann«, sagte Tommy mit zusammengebissenen Zähnen und drängte Marklin weiter.

»Oh, hallo«, sagte ein alter Herr mit strahlendem Gesicht, der sich ihnen zugewandt hatte, um sie zu begrüßen. »Und wer sind Sie?«

»Novizen«, sagte Marklin. »Tommy Monohan und Marklin George. Dürfen Novizen hinein?«

»Natürlich, natürlich«, sagte der Mann und trat beiseite. Die Menge drängte sich hinter ihm; Gesichter wandten sich ihm zu und schauten dann gleichgültig wieder weg. Eine Frau flüsterte mit einem Mann gleich hinter der Tür; als sie und Marklin sich anschauten, gab sie einen leisen Laut der Überraschung und der Bestürzung von sich.

»Das ist ganz und gar nicht in Ordnung hier«, sagte Marklin leise.

Sie schoben sich durch das Gedränge. Fremde Gesichter zur Rechten wie zur Linken. Überall tranken die Leute Wein und Bier. Man hörte Französisch, Italienisch und hier und da sogar Holländisch.

Dort saß Joan Cross, im vordersten der offiziellen Salons, umgeben von Gesichtern, die Marklin nicht kannte; alle waren in ernsthafte Gespräche vertieft.

Keine Spur von Stuart.

»Siehst du?« flüsterte Tommy ihm ins Ohr. »Sie machen, was naheliegt, wenn jemand gestorben ist – sie kommen zusammen und plaudern, als wäre es eine Party. Und das müssen wir jetzt auch tun. Ganz natürlich. Verstanden?«

Marklin nickte, aber es gefiel ihm nicht, ganz und gar nicht. Einmal warf er einen Blick zurück und versuchte die Tür zu finden, aber die Tür war anscheinend geschlossen worden, und das Gedränge versperrte ihm auch die Sicht. Er sah nichts. Aber er fand es merkwürdig, daß so viele fremde Gesichter da waren, und er wollte etwas zu Tommy sagen, aber Tommy war davonspaziert.

Tommy plauderte mit Elvera, und er nickte, als sie ihm etwas erklärte. Sie war unansehnlich wie immer; das dunkelgraue Haar war im Nacken zu einem Knoten gebunden, und ihre randlose Brille saß halb heruntergerutscht auf der Nase. Enzo stand neben ihr, dieser verschlagen aussehende Italiener. Wo zum Teufel war sein Zwilling?

Wie grauenhaft, sein Leben an diesem Ort zu verbringen,

dachte Marklin. Ob er es wagen könnte, sich nach Stuart zu erkundigen? Nach Yuri zu fragen, wagte er jedenfalls nicht, obwohl er natürlich Bescheid wußte. Ansling und Perry hatten ihm ja gesagt, daß Yuri angerufen hatte. O Gott, was sollte er nur machen? Und wo waren Ansling und Perry?

Galton Penn, einer der anderen Novizen, drängte sich auf Marklin zu.

»Hallo, Mark. Was sagst du zu all dem?«

»Nun, ich habe nicht gehört, daß die Leute hier darüber reden. Aber ich habe eigentlich auch nicht zugehört.«

»Dann laß uns darüber reden, Mann, bevor sie alle Gespräche über das Thema verbieten. Du kennst ja den Orden. Sie haben keine Ahnung, wer Marcus umgebracht haben könnte. Überhaupt keine Ahnung. Weißt du, was wir alle denken? Daß es da was gibt, das wir nicht wissen sollen.«

»Zum Beispiel?«

»Daß es irgendeine übernatürliche Instanz war, was sonst? Elvera hat etwas gesehen, das ihr einen Heidenschrecken eingejagt hat. Da ist etwas Übles passiert. Weißt du, Mark, es tut mir sehr leid um Marcus, wirklich, aber das ist das Aufregendste, was je passiert ist, seit ich hier aufgenommen wurde.«

»Ja, ich kann dich gut verstehen«, antwortete Marklin. »Stuart hast du wohl nicht gesehen?«

»Nein, überhaupt nicht, seit heute morgen nicht mehr, als er es ablehnte, die Führung des Ordens zu übernehmen. Warst du dabei?«

»Nein. Ich meine, ja. Ich habe mich nur gefragt, ob er weggegangen ist.«

Galton schüttelte den Kopf. »Hast du Hunger? Ich schon. Laß uns etwas essen gehen.«

Es würde heikel werden, sehr heikel. Aber wenn die einzigen Leute, die mit ihm sprachen, grinsende Schwachköpfe wie Galton wären, dann würde er prima zurechtkommen, wirklich ganz prima.

16

Sie waren seit über einer Stunde unterwegs, und es war fast dunkel. Am Himmel gerannen silbrige Wolken, und Schläfrigkeit legte sich über das weite Land mit seinen welligen Hügeln und grünen Feldern, das zu einem säuberlichen Muster zerteilt war, als wäre die Erde von einem großen Flickenteppich bedeckt.

In einem kleinen Dorf, das aus einer Straße mit ein paar schwarzweißen Fachwerkhäusern und einem überwucherten Friefhof bestand, legten sie einen Zwischenstop ein. Der Pub sah mehr als einladend aus. Es gab das sprichwörtliche Dartboard; zwei Männer spielten Darts, und das Bier duftete wundervoll. Aber dies ist kaum der rechte Augenblick für ein Bier, dachte Michael.

Er trat vor die Tür, zündete sich eine Zigarette an und beobachtete mit stiller Faszination die formelle Behutsamkeit, mit der Ash seinen Gefangenen in den Pub und auf die unvermeidliche Toilette führte.

Auf der anderen Straßenseite stand Yuri in einer Telefonzelle und redete hastig; anscheinend hatte er Verbindung mit dem Mutterhaus aufgenommen. Rowan stand mit verschränkten Armen neben ihm und betrachtete den Himmel. Yuri war wieder in Aufregung geraten; er ballte die rechte Hand zur Faust, während er mit der linken den Telefonhörer hielt, und nickte immer wieder. Offensichtlich hörte Rowan ihm zu.

Michael lehnte sich gegen die Fachwerkwand und zog an seiner Zigarette. Es war immer wieder erstaunlich, wie ermüdend eine einfache Autofahrt war. Auch bei dieser Reise war es trotz der quälenden Spannung letzten Endes nichts anderes, und nachdem nun die Dunkelheit die hübsche Landschaft verhüllt hatte, würde er vermutlich noch schläfriger werden, was immer da noch bevorstehen mochte.

Als Ash und sein Gefangener aus dem Pub kamen, machte Gordon ein verdrossenes, verzweifeltes Gesicht. Offenbar war es ihm nicht gelungen, Hilfe zu finden, oder er hatte nicht gewagt, es zu versuchen.

Yuri hängte den Hörer ein. Jetzt war es an ihm, im Pub zu verschwinden; er war immer noch unruhig, ja, panisch. Rowan hatte ihn während der Fahrt die ganze Zeit aufmerksam im Auge behalten, wenn sie nicht gerade Ash gemustert hatte.

Michael beobachtete, wie Ash Gordon jetzt wieder auf den Rücksitz bugsierte; er versuchte gar nicht erst zu verbergen, daß er ihn anstarrte, denn das wäre unnötig lästig gewesen. Das Eigentümliche an diesem großen Mann war die Tatsache, daß er in keiner Weise abscheulich wirkte, wie Yuri behauptet hatte. Die Schönheit war vorhanden, und zwar in einem ziemlich spektakulären Maß, aber die Abscheulichkeit? Michael konnte sie nicht entdecken. Er sah nur eine anmutige Gestalt und lockere, effiziente Bewegungen, die Wachheit und Kraft verrieten. Die Reflexe des Mannes waren erstaunlich. Das hatte er bewiesen, als Stuart Gordon noch einmal nach der Türverriegelung gegriffen hatte, als der Wagen vor einer halben Stunde an einer Kreuzung angehalten hatte.

Das weiche schwarze Haar des Mannes erinnerte ihn allzusehr an Lasher: zu seidig, zu fein, zu voluminös – er wußte es nicht. Die weißen Strähnen verliehen der ganzen Gestalt eine Art von besonderem Glanz. Das Gesicht war viel zu großknochig, um in irgendeinem konventionellen Sinne weiblich zu erscheinen, aber es wirkte zart, und die Länge der Nase schien durch die Tatsache ausgeglichen, daß die Augen so groß waren und so weit auseinanderlagen. Seine Haut war nicht babyzart, sondern die eines Erwachsenen. Aber der eigentliche Zauber des Mannes hatte etwas mit seinen Augen und seiner Stimme zu tun. Seine Stimme könnte einen zu allem möglichen überreden, dachte Michael, und auch die Augen waren von eindringlicher Überzeugungskraft.

Beides war von beinahe kindlicher Schlichtheit, ohne indessen einfältig zu erscheinen. Die Wirkung? Der Mann kam einem vor wie ein engelhaftes Wesen, unendlich weise und geduldig und doch ohne Frage entschlossen, Stuart Gordon umzubringen, wie er es gesagt hatte.

Natürlich gab Michael sich, was das Alter dieses Wesens

anging, keinen Spekulationen hin. Es fiel ziemlich schwer, Ash nicht für einen Menschen zu halten, der nur anders aussah, irgendwie unerklärlich merkwürdig. Aber Michael wußte, daß er kein Mensch war. Er erkannte es an hundert kleinen Details – an der Größe seiner Fingerknöchel, an der wunderlichen Art, wie er hin und wieder die Augen weitete, so daß er einen ehrfurchtsvollen Ausdruck bekam, und vor allem vielleicht an der absoluten Vollkommenheit von Mund und Zähnen. Der Mund war weich wie der eines Babys, eigentlich unmöglich bei einem Mann mit dieser Haut, oder doch höchst unwahrscheinlich, und die Zähne waren so weiß wie auf einer grellen Reklame, die schamlos retouchiert worden war.

Michael glaubte keinen Augenblick lang, daß dieses Wesen uralt war oder daß es sich um den großen Heiligen Ashlar aus den Legenden von Donnelaith handelte, den alten König, der in den letzten Tagen des Römischen Reiches in Britannien zum Christentum übergetreten war und zugelassen hatte, daß seine heidnische Gemahlin Janet auf dem Scheiterhaufen verbrannt wurde.

Aber die düstere Geschichte hatte er geglaubt, als Julien sie ihm erzählt hatte. Und dies war ohne Zweifel einer der vielen Ashlars – einer der mächtigen Taltos aus dem Glen, ein Wesen von derselben Art wie das, das Michael selbst abgeschlachtet hatte.

Diese Tatsache bestritt er mit keiner Faser seines Herzens. Er hatte zuviel erlebt, um noch daran zu zweifeln. Er konnte nur nicht glauben, daß der große, schöne Mann der Hl. Ashlar selbst sein sollte. Vielleicht wollte er auch nur nicht, daß es so war – aus sehr guten Gründen, die innerhalb dieses verzwickten Gefüges, das er inzwischen vorbehaltlos akzeptierte, durchaus plausibel waren.

Ja, du lebst heute mit einer ganzen Reihe von völlig neuen Realitäten, dachte er. Vielleicht nimmst du deshalb alles so ruhig hin. Du hast einen Geist gesehen, du hast ihm zugehört, du weißt, daß er da war. Er hat dir Dinge erzählt, die du dir niemals hättest ausdenken oder einbilden können. Und du hast

Lasher gesehen, hast sein langes Plädoyer um Mitgefühl gehört, und auch das war etwas völlig Unvorstellbares für dich, eine Fülle von neuen Informationen und seltsamen Details, an die du dich noch immer voller Verwirrung erinnerst, nachdem der Jammer, den du empfunden hast, als Lasher das alles erzählte, vorüber ist und Lasher unter dem Baum begraben liegt.

Ach ja, nicht zu vergessen, wie du die Leiche begraben hast, wie du den Kopf dazugeworfen und dann den Smaragd gefunden hast. Wie du ihn aufgehoben und im Dunkeln in der Hand gehalten hast, während der enthauptete Leichnam dort unten in der nassen Erde lag und darauf wartete, bedeckt zu werden.

Vielleicht kann man sich an alles gewöhnen, dachte er, und er fragte sich, ob vielleicht genau das mit Stuart Gordon passiert war. Er hatte keinen Zweifel daran, daß Stuart Gordon schuldig war, furchtbar und unverzeihlich schuldig in jeder Hinsicht. Auch Yuri hatte keinen Zweifel daran. Aber wie hatte der Mann es vermocht, seine Werte zu verraten?

Michael mußte zugeben, daß er für genau diese Art von geheimnisumwobener keltischer Düsterkeit schon immer sehr empfänglich gewesen war. Vielleicht hatte seine Liebe zum Weihnachtsfest ihre Wurzeln in irgendeiner irrationalen Sehnsucht nach den Ritualen, die auf diesen Inseln ihren Ursprung hatten. Und all der zierliche Weihnachtsschmuck, den er im Laufe der Jahre so liebevoll zusammengetragen hatte, war in gewisser Weise nur Sinnbild alter keltischer Gottheiten und eines Ritus, der heidnische Geheimnisse überlagerte.

Seine Liebe zu den Häusern, die er restauriert hatte, hatte ihn dieser Atmosphäre alter Geheimnisse und alter Pläne und einem schlummernden Wissen, das zu entdecken war, manchmal so nahe gebracht, wie das in Amerika nur möglich war.

Ihm war klar, daß er Stuart Gordon in gewisser Weise verstehen konnte. Und sehr bald würde diese Tessa alle seine Opfer und schrecklichen Irrtümer restlos verständlich machen.

Wie dem auch sei, Michael hatte soviel durchgemacht, daß seine Ruhe jetzt unvermeidlich war. Ja, du hast das alles durchgemacht, du bist von ihnen benutzt und von ihnen geprügelt worden, und jetzt stehst du hier vor der Kneipe in einem kleinen Bilderbuchdorf mit seiner sanft abschüssigen Pflasterstraße und denkst ohne Emotionen über all das nach – daß du mit jemandem zusammen bist, der kein Mensch ist, aber genauso intelligent, und der bald einer weiblichen Artgenossin begegnen wird, was ein Ereignis von so gewaltiger Bedeutung sein wird, daß eigentlich niemand es erwähnen möchte, vielleicht nur aus Respekt vor dem Mann, der sterben soll.

Es ist schwer, eine Stunde lang mit einem Mann im Auto zu sitzen, der sterben soll.

Michael hatte seine Zigarette aufgeraucht. Yuri war aus dem Pub gekommen. Sie waren bereit zur Weiterfahrt.

»Haben Sie das Mutterhaus erreicht?« fragte Michael schnell.

»Ja, und zwar mehr als einen dort. Ich habe viermal angerufen und vier verschiedene Personen gesprochen. Wenn diese vier, meine ältesten und besten Freunde, an dieser Verschwörung beteiligt sind, dann werde ich verzweifeln.«

Michael drückte Yuris schmale Schulter und folgte ihm zum Auto.

Ein neuer Gedanke kam ihm: Er würde nicht mehr über Rowan und ihre Reaktion auf den Taltos nachdenken, wie er es auf dem ganzen Weg hierher getan hatte, als ein tiefgründiger Besitzerinstinkt ihn fast dazu gebracht hätte, zu verlangen, daß der Wagen anhielt und Yuri sich nach vorn setzte, damit er neben seiner Frau sitzen könnte.

Nein, dem würde er nicht nachgeben. Er konnte unmöglich wissen, was Rowan dachte oder fühlte, wenn sie diese seltsame Kreatur anschaute. Er mochte seinem genetischen Profil nach ein Hexer sein, vielleicht auch durch irgendein eigentümliches Erbe, von dem er nichts wußte. Aber ein Gedankenleser war er nicht. Und von den ersten Augenblicken ihrer Begegnung mit Ashlar an war ihm klar gewesen, daß Rowan vermutlich keinen Schaden mehr durch den Liebesakt mit dieser Kreatur davontragen würde, denn jetzt, da sie keine Kinder mehr bekommen konnte, konnte sie auch diese schrecklichen Blutungen nicht mehr erleiden, der eine Mayfair nach der anderen Lashers wegen zum Opfer gefallen war.

Und wenn es Ash nach Rowan gelüstete, so ließ er sich davon – ganz Gentleman – jedenfalls nichts anmerken. Aber schließlich fuhr dieses Wesen ja auch einer weiblichen Artgenossin entgegen, die vielleicht der letzte weibliche Taltos auf der Welt war.

Und dann, dachte er beim Einsteigen, ist da noch die unmittelbare Überlegung, ob du daneben stehen und zulassen wirst, daß dieser Riese Stuart Gordon ermordet. Du weißt sehr wohl, daß du das nicht kannst. Du kannst nicht zuschauen, wenn jemand ermordet wird. Das ist unmöglich. Ein einziges Mal hast du es getan, und da ging es so schnell wie ein Pistolenschuß, und du hattest kaum Zeit zum Luftholen.

Natürlich hast du selbst auch dreimal getötet. Und dieser irregeleitete Bastard hier, dieser Wahnsinnige, der behauptet, eine Göttin hinter Schloß und Riegel zu halten, hat Aaron ermordet.

Sie verließen das Dörfchen, das in der aufziehenden Dunkelheit fast verschwunden war. Wie sanft, wie beherrschbar, wie zahm diese Landschaft war. Zu jeder anderen Zeit hätte er den Wagen anhalten lassen, um ein Stück weit zu Fuß die Straße entlangzugehen.

Als er sich zur Seite drehte, sah er überrascht, daß Rowan ihn beobachtete. Sie hatte sich selbst umgewandt und ein Bein auf den Sitz gezogen – anscheinend, damit sie ihn besser anschauen konnte. Ihre halbnackten Beine waren natürlich ein prachtvoller Anblick, aber was tat das schon? Sie hatte ihren Rocksaum sittsam heruntergezogen, und man sah lediglich ein modisches Aufblitzen ihres nylonumhüllten Schenkels.

Er schob seinen Arm über die alte Lederpolsterung und legte ihr seine linke Hand auf die Schulter. Sie ließ es zu und sah ihn ruhig an mit ihren großen, geheimnisvollen grauen Augen; ihr Blick war etwas viel Intimeres als ein Lächeln.

Im Dorf hatte er sie die ganze Zeit gemieden, und jetzt fragte er sich, warum. Warum? Impulsiv beschloß er, etwas Rohes, Vulgäres zu tun.

Er beugte sich hinüber, umfaßte ihren Hinterkopf mit der Hand, küßte sie rasch und lehnte sich zurück. Sie hätte ihm ausweichen können, aber sie tat es nicht. Und als ihre Lippen ihn berührten, hatte er einen scharfen kleinen Schmerz gespürt, der jetzt immer intensiver glühte. *Ich liebe dich! Guter Gott, noch eine Chance!*

Und kaum war ihm dieser Gedanke in den Sinn gekommen, da wurde ihm klar, daß er überhaupt nicht mit ihr sprach; er sprach mit sich selbst *über* sie.

Er lehnte sich zurück, schaute aus dem Fenster und sah zu, wie der dunkle Himmel sich verfestigte und den letzten Rest seines Porzellanglanzes verlor. Er ließ den Kopf zur Seite sinken und schloß die Augen.

Nichts konnte Rowan daran hindern, sich wie verrückt in dieses Wesen zu verlieben, das ihr keine monströsen Babys mehr abpressen konnte – nichts außer ihrem Ehegelübde und ihrem Willen.

Und Michael war klar, daß er sich weder des einen noch des anderen sicher war. Vielleicht würde er sich nie wieder sicher sein.

Nach zwanzig Minuten war alles Licht verschwunden. Die Scheinwerfer bohrten sich in die Dunkelheit, und dies hätte jede beliebige Straße auf der Welt sein können.

Endlich fing Gordon an, etwas zu sagen. Die nächste Straße rechts, und dann gleich wieder links. Der Wagen tauchte in einen Wald aus hohen, dunklen Bäumen ein, Buchen und Eichen, wie es schien, und sogar ein paar hellblühende Obstbäume, die man nicht deutlich erkennen konnte. Die Blüten schimmerten hier und da rosig im Scheinwerferlicht.

Mit der zweiten Abbiegung gelangten sie auf eine unbefestigte Straße. Der Wald wurde dichter. Vielleicht waren dies die Überreste eines uralten Waldes, eines jener großartigen Druidenwälder, die einst ganz England und Schottland, vielleicht sogar das ganze Europa bedeckt hatten, Wälder, die Julius Cäsar mit skurpelloser Überzeugung hatte roden lassen, damit die Götter seiner Feinde entweder fliehen oder sterben mußten.

Der Mond schien ziemlich hell. Michael sah eine schmale Brücke, dann kam wieder eine Biegung, und sie fuhren am Ufer eines kleinen, friedlichen Sees entlang. Auf der anderen Seite des Wassers stand ein Turm, vielleicht eine normannische Festung. Der Anblick war so romantisch, daß die Poeten des vergangenen Jahrhunderts zweifellos vernarrt in diesen Ort gewesen sein mußten. Vielleicht hatten sie den Turm sogar selbst gebaut, und es war eine dieser bezaubernden Fälschungen, die überall aus dem Boden geschossen waren, als die neuerwachte Liebe zum Schauerlichen den Architekturstil auf der ganzen Welt verwandelt hatte.

Aber als sie um den See herum auf den Turm zufuhren und näherkamen, konnte Michael ihn deutlicher sehen. Er erkannte, daß es ein normannischer Rundturm war, ziemlich groß, vielleicht dreistöckig. Die Fenster waren erleuchtet, der untere Teil des Gebäudes war von Bäumen verhüllt.

Ja, das war es – ein normannischer Turm. Als Student hatte er viele davon gesehen, als er auf touristischen Pfaden durch ganz England gereist war. Vielleicht hatte er in irgendwelchen Sommerferien, an die er sich nicht mehr erinnern konnte, auch diesen hier gesehen.

Aber es kam ihm nicht so vor. Der See, der riesige Baum auf der linken Seite, das alles war zu perfekt. Er konnte jetzt auch die Fundamente eines größeren Gebäudes erkennen, die sich in zerfallenden Haufen und Bruchstücken davonschlängelten, zweifellos abgetragen von Wind und Regen und durch wildes Efeugestrüpp weiter verhüllt.

Sie fuhren durch einen dichten Bestand von jungen Eichen und verloren das Gebäude ganz aus den Augen. Als sie aus dem Wäldchen hervorkamen, waren sie überraschend nah herangekommen, und Michael sah zwei Autos, die vor dem Turm parkten. Zwei kleine elektrische Lichter flankierten eine sehr große Tür.

Alles sehr zivilisiert, so schien es. Bewohnbar. Aber wie wundervoll war der Turm erhalten, ganz unbeeinträchtigt durch irgendwelche modernen Hinzufügungen. Efeu kroch über die abgerundeten, vermörtelten Steine und über den schlichten Türbogen hinauf.

Niemand sagte etwas.

Der Fahrer hielt auf einem kleinen, kiesbedeckten Platz an.

Michael stieg sofort aus und sah sich um. Ein üppiger, verwilderter englischer Garten reichte zum See und bis zum Wald. Blumenbeete fingen eben an zu blühen. Er konnte die verschwommenen Umrisse erkennen; die Blüten hatten sich in der Dunkelheit geschlossen, aber wer wußte, welche Pracht sich hier überall entfalten würde, wenn die Sonne aufging?

Würden sie noch hier sein, wenn die Sonne aufging?

Eine mächtige Lärche stand zwischen ihnen und dem Turm, sicher einer der ältesten Bäume, die Michael je gesehen hatte.

Er ging auf den ehrwürdigen Stamm zu und war sich bewußt, daß er sich dabei von seiner Frau entfernte. Aber er konnte nicht anders.

Und als er schließlich unter den weit ausgebreiteten Ästen des Baumes stand, blickte er an der Fassade des Turmes hinauf und sah im dritten Fenster eine einsame Gestalt. Ein kleiner Kopf, schmale Schultern. Eine Frau, das Haar offen oder mit einem Schleier bedeckt, das konnte er nicht genau erkennen.

Einen Augenblick lang überwältigte ihn die ganze Szene – die traumhaft weißen Wolken, der hohe, helle Mond, der Turm selbst in all seiner rauhen Pracht.

Er hörte, wie die anderen mit knirschenden Schritten näherkamen, aber er ging nicht beiseite und rührte sich nicht. Er wollte nur hier stehenbleiben und dies alles sehen: den freundlichen See zur Rechten, dessen Wasser man jetzt von zarten Obstbäumen mit blassen, zitternden Blüten umrahmt sehen konnte – japanische Pflaumenbäume höchstwahrscheinlich, wie sie im Frühling überall in Berkeley, Kalifornien, blühten und in kleinen Straßen manchmal dem Licht selbst einen rosaroten Schimmer verliehen.

Er wollte sich dieses Bild einprägen. Er wollte es nie wieder vergessen. Vielleicht war er immer noch vom Jet-lag geschwächt, vielleicht wurde er erwartungsgemäß verrückt wie

Yuri. Er wußte es nicht. Aber dies war ein Bild, das ihr ganzes Unternehmen mit allem Grauen, allen Offenbarungen beschrieb: der hohe Turm und darin die Verheißung einer Prinzessin.

Der Chauffeur hatte die Scheinwerfer ausgeschaltet. Die anderen gingen an ihm vorbei. Rowan blieb neben ihm stehen. Er schaute noch einmal über den See, und dann sah er den riesenhaften Ash vor sich herschreiten, der noch immer Stuart Gordons Schulter umklammert hielt. Stuart Gordon ging wie jemand, der gleich zusammenbrechen würde, ein alter Mann mit grauen Haaren; die Sehnen an seinem dürren Hals sahen jämmerlich verwundbar aus, als er jetzt ins Licht vor dem Eingang trat.

Ja, dies ist der entscheidende Augenblick, dachte Michael, und die Erkenntnis traf ihn, als habe ihn jemand mit einem Boxhandschuh geschlagen: Ein weiblicher Taltos wohnte in diesem Turm wie Rapunzel, und Ash würde den Mann töten, den er da zur Tür führte.

Vielleicht war die Erinnerung an diesen Augenblick – diese Bilder, die weiche, kühle Nacht – vielleicht war das alles, was er von diesem Erlebnis bewahren würde. Es war eine sehr reale Möglichkeit.

Mit einer bedächtigen, aber entschlossenen Geste entwand Ash Gordons Hand den Schlüssel und schob ihn in das große Eisenschloß. Die Tür öffnete sich reibungslos wie eine moderne Haustür, und sie betraten einen Flur, elektrisch beheizt und mit großen, behaglichen Möbeln ausgestattet, massiven Stücken im Renaissancestil mit birnenförmigen, wunderschön geschnitzten Beinen und Klauenfüßen, die mit verschlissenen aber immer noch sehr hübschen und wirklich alten Gobelinstoffen bezogen waren.

Mittelalterliche Gemälde hingen an den Wänden, viele davon wiesen den unvergänglichen Hochglanz echter Eigelb-Tempera auf. Eine verstaubte Rüstung stand in der Ecke, und andere Schätze häuften sich hier und da in sorglosem Luxus. Dies war die Behausung eines poetischen Mannes, eines Mannes, der in

Englands Vergangenheit verliebt und der Gegenwart womöglich fatal entfremdet war.

Zur Linken führte eine Treppe in diesen Raum herunter; sie folgte der Krümmung der Wand. Aus dem Raum darüber fiel ein Lichtschein herunter – und nach dem, was Michael gesehen hatte, auch aus dem noch höher gelegenen Raum.

Ash ließ Stuart Gordon los und ging zum Fuße der Treppe. Er legte die rechte Hand auf den groben Geländerpfosten und begann, hinaufzusteigen.

Rowan folgte ihm auf dem Fuße.

Stuart Gordon schien nicht zu merken, daß er frei war.

»Tun Sie ihr nichts«, rief er plötzlich und erbost, als wisse er sonst nichts zu sagen. »Rühren Sie sie nicht an, wenn sie es nicht will!« flehte er dann. Die Stimme, die aus dem schädelhaften alten Gesicht kam, schien das letzte Reservoir seiner Manneskraft zu sein. »Sie werden meinem Schatz weh tun!«

Ash blieb stehen, schaute nachdenklich zu Gordon und stieg dann weiter die Treppe hinauf.

Alle anderen folgten ihm, schließlich sogar Gordon, der sich grob an Michael vorbeidrängte und dann auch Yuri beiseiteschob. Oben an der Treppe holte er Ash ein und verschwand dann aus Michaels Augen.

Oben angekommen, fanden sie sich in einem weiteren großen Raum wieder, der so einfach war wie der im Erdgeschoß. Er war reichlich ausgestattet mit weichen Sofas und durchgesessenen alten Sesseln. Verstreute Stehlampen mit Pergamentschirmen bildeten klar abgegrenzte Inseln in der Dunkelheit, aber die Mitte des Zimmers war wunderbar leer. Ein einzelner, eiserner Kronleuchter mit einem Kranz aus tropfenden Kerzen beleuchtete ein blankpoliertes Rund von Bodendielen.

Michael brauchte einen Augenblick, um zu erkennen, daß eine teilweise verhüllte Gestalt im Zimmer war. Yuri betrachtete diese Gestalt bereits.

Auf der anderen Seite des Lichtkreises, ihnen gegenüber, saß eine sehr große Frau auf einem Schemel. Sie arbeitete anscheinend an einem Webstuhl. Eine kleine, geschwungene Tischlampe beleuchtete ihre Hände, aber nicht ihr Gesicht. Ein kleines Stück ihres Gobelingewebes war sichtbar, und Michael sah, daß es ein kompliziertes Muster voll gedämpfter Farben war.

Ash stand stocksteif da und starrte sie an. Die Frau erwiderte seinen Blick. Es war die langhaarige Frau, die Michael am Fenster gesehen hatte.

Die anderen rührten sich nicht. Gordon stürzte auf sie zu.

»Tessa«, sagte er. »Tessa, ich bin hier, mein Liebling.« Er war in seinem eigenen Reich und hatte die anderen vergessen.

Die Frau erhob sich; sie überragte den gebrechlichen Gordon turmhoch, als er sie umarmte. Sie seufzte sanft, hob die Hände und berührte behutsam Gordons schmale Schultern. Trotz ihrer Größe war sie so zierlich gebaut, daß sie die Schwächere von beiden zu sein schien. Er hielt sie in den Armen und führte sie nach vorn ins hellere Licht, in die Mitte des Zimmers.

Rowans Gesichtsausdruck hatte etwas Grimmiges. Yuri war fasziniert. Ashs Miene war unergründlich. Er schaute stumm zu, als die Frau immer näher kam und jetzt unter dem Kronleuchter stehenblieb. Das Licht schien ihr auf Scheitel und Stirn.

Vielleicht lag es an ihrem Geschlecht, daß die Körpergröße der Frau wirklich monströs wirkte.

Ihr Gesicht war völlig rund und makellos wie Ashs, aber sie hatte nicht seine tiefen Falten. Ihr Mund war zart und klein, die Augen groß, aber scheu und nicht ungewöhnlich gefärbt. Es waren blaue Augen, freundlich und wie bei Ash mit langen, üppigen Wimpern umkränzt. Eine mächtige weiße Haarmähne wuchs von der Stirn nach hinten und fiel ihr beinahe magisch über die Schultern. Sie erschien bewegungslos und weich, vielleicht eher wie eine Wolke denn wie eine Haarmähne, und so fein, daß das Licht den ganzen Schopf beinahe transparent aussehen ließ.

Sie trug ein violettes Kleid, das unter den Brüsten wunderschön gerafft war, mit prächtigen, altmodischen Ärmeln, am Schulteransatz ebenfalls gerafft und dann weit gebläht bis hinunter zu den wieder eng schließenden Manschetten.

Unbestimmt dachte Michael an Rapunzel – genauer gesagt,

an jedes romantische Märchen, das er je gelesen hatte, an Reiche von Feenköniginnen und Fürsten von unumschränkter Macht. Die Frau näherte sich Ash, und Michael sah, daß ihre Haut sehr blaß, beinahe weiß war. Wie eine Schwanenprinzessin sah sie aus, mit festen Wangen und einem leicht glänzenden Mund, mit lebhaften Wimpern um die blau leuchtenden Augen.

Sie runzelte die Stirn, wodurch eine einzige Falte zwischen den Brauen entstand, und sah aus wie ein Baby, das gleich losplärren würde.

»Taltos«, flüsterte sie. Aber sie sagte es ohne den leisesten Schrecken. Ja, sie sah beinahe traurig aus.

Yuri schnappte kaum hörbar nach Luft.

Gordon war wie verzaubert vor Erstaunen, als habe ihn eigentlich nichts darauf vorbereitet, daß dieses Zusammentreffen tatsächlich je stattfinden würde. Einen Moment lang wirkte er beinahe jung; in seinen Augen brannten Liebe und Verzükkung.

»Das ist die Frau, die Sie haben?« fragte Ash leise. Er betrachtete sie, lächelte sogar ein wenig, aber er machte keine Anstalten, sie zu begrüßen oder ihre ausgestreckte Hand zu berühren. Er sprach langsam. »Das ist die Frau, für die Sie Aaron Lightner ermordet haben, für die Sie Yuri ermorden wollten, der Sie um jeden Preis den männlichen Taltos bringen wollten?«

»Was reden Sie da?« fragte Gordon in furchtsamem Ton. »Wagen Sie nicht, sie zu verletzen, mit Wort oder Tat, oder ich werde Sie umbringen.«

»Das glaube ich nicht«, sagte Ash. »Meine Liebste«, sagte er zu der Frau. »Kannst du mich verstehen?«

»Ja«, sagte sie mit leiser Glockenstimme. Sie zuckte die Achseln und warf die Hände in die Luft, fast wie eine ekstatische Heilige. »Taltos«, sagte sie, und sie schüttelte kurz und betrübt den Kopf und runzelte von neuem in beinahe traumartiger Bestürzung die Stirn.

War die unglückliche Emaleth so schön, so feminin gewesen?

Mit Schrecken sah Michael Emaleths Gesicht vor sich, wie es

zerfiel, als die Kugeln es trafen, und wie ihr Körper rückwärts kippte! War das der Grund, weshalb Rowan weinte, oder war sie nur müde und verwundert, und tränten ihr die Augen ein bißchen, als sie zusah, wie Ash die Frau anschaute und die Frau zu ihm aufblickte? Was mußte sie dabei empfinden?

»Schöne Tessa«, sagte Ash und zog leicht die Brauen hoch.

»Was stimmt denn nicht?« fragte Gordon. »Irgend etwas stimmt doch nicht – für Sie beide. Sagen Sie mir, was nicht stimmt.« Er kam näher, blieb dann aber stehen; er wollte offenkundig nicht zwischen sie treten. Seine Stimme klang jetzt voll und traurig. Es war eine Rednerstimme, die Stimme eines Mannes, der wußte, wie er sein Publikum beeinflussen konnte. »O Gott im Himmel, so hatte ich es mir nicht vorgestellt – ein Treffen hier an diesem Ort, umgeben von Leuten, die nicht wirklich begreifen können, was es bedeutet.«

Aber er war viel zu aufgewühlt, als daß an dem, was er sagte oder tat, irgend etwas Künstliches hätte sein können. Seine Gesten waren nicht mehr hysterisch. Sie waren tragisch.

Ash stand noch immer reglos da und lächelte Tessa sehr bedächtig an, und dann nickte er zufrieden, als ihr kleiner Mund sich öffnete und verbreiterte und ihre Wangen sich ebenfalls zu einem Lächeln rundeten.

»Du bist sehr schön«, flüsterte Ash, und dann hob er seine Hand an die Lippen, küßte seine Fingerspitzen und drückte ihr diesen Kuß auf die Wange.

Sie seufzte, reckte den langen Hals und schüttelte sich das Haar über den Rücken; dann streckte sie die Hände nach ihm aus, und er nahm sie in die Arme. Er küßte sie, aber er tat es ohne Leidenschaft. Michael konnte es sehen.

Gordon trat zwischen die beiden. Er umfaßte Tessas Taille mit der linken Hand und zog sie sanft zurück.

»Nicht hier, bitte. O bitte – nicht, als wäre dies ein gemeines Bordell.«

Er ließ Tessa los und wandte sich an Ash, die Hände wie zum Gebet gefaltet. Ohne Angst schaute er jetzt zu ihm auf; er war von etwas erfaßt, das wichtiger war als sein eigenes Überleben.

»Was ist der richtige Ort für die Hochzeit des Taltos?« fragte er ehrfürchtig, in vollem, beschwörendem Ton. »Welches ist der heiligste Ort in England, wo St. Michaels Linie über den Kamm des Hügels führt und wo der verfallene Turm der uralten Kirche von St. Michael noch immer wie ein Wächter steht?«

Ash betrachtete ihn beinahe traurig, gefaßt, als die leidenschaftliche Stimme fortfuhr.

»Laßt mich euch dort hinbringen, euch beide. Laßt mich die Hochzeit des Taltos auf dem Glastonbury Tor sehen!« Seine Stimme wurde leiser, und die Worte kamen gleichmäßig, beinahe langsam. »Wenn ich das sehe, wenn ich das Wunder der Geburt sehe, dort auf dem geheiligten Berg, an dem Ort, wo Christus selbst nach England kam – wo die alten Götter gefallen und neue Götter auferstanden sind, wo Blut vergossen ward zur Verteidigung des Heiligen – wenn ich das sehe, die Geburt der Nachkommenschaft, voll ausgewachsen und die Arme nach den Eltern ausstreckend, das Symbol des Lebens selbst – wenn ich das sehe, dann kommt es nicht mehr darauf an, ob ich lebe oder ob ich sterbe.«

Er hatte die Hände erhoben, als halte er den heiligen Gedanken darin; seine Stimme hatte alles Hysterische verloren, und seine Augen blickten klar und beinahe sanft.

Yuri beobachtete ihn mit sichtlichem Mißtrauen.

Ash war das Inbild der Geduld, aber zum ersten Mal sah Michael jetzt eine tiefere, dunklere Emotion hinter seinen Augen und seinem Lächeln.

»Denn dann«, sagte Gordon, »habe ich gesehen, wofür zu sehen ich geboren wurde. Ich war Zeuge des Wunders, von dem die Dichter singen und die alten Männer träumen. Ein Wunder, so groß wie nur irgendeines, das ich kennengelernt habe, seit meine Augen lesen können, seit meine Ohren die Geschichten hören können, die man mir erzählte, und seit meine Zunge Worte formen kann, die die stärksten Neigungen meines Herzens zum Ausdruck bringen. Schenken Sie mir diese letzten kostbaren Augenblicke, die Zeit, dorthin zu reisen. Es ist ja nicht weit. Kaum eine Viertelstunde von hier – ein paar

Minuten nur für uns alle. Und auf dem Glastonbury Tor will ich sie ihnen geben, wie ein Vater seine Tochter geben würde, einen Schatz, meine geliebte Tessa, auf daß ihr tut, was ihr beide ersehnt.«

Er verstummte und schaute Ash an, noch immer verzweifelt und zutiefst betrübt, als stehe hinter diesen Worten, daß er sich mit seinem Tode restlos abgefunden habe.

Von Yuris offensichtlicher, wenngleich wortloser Verachtung nahm er keine Notiz.

Michael sah mit Erstaunen die Verwandlung, die in dem alten Mann vonstatten gegangen war, seine unerschütterliche Überzeugung.

»Glastonbury«, flüsterte Stuart. »Bitte. Nicht hier.« Er schüttelte den Kopf. »Nicht hier«, sagte er noch einmal, und dann schwieg er.

Ash verzog keine Miene. Sehr behutsam, als habe er einem empfindsamen Herzen, mit dem er wirklich Mitleid hatte, ein schreckliches Geheimnis zu eröffnen, sagte er: »Es kann keine Vereinigung geben, keine Nachkommenschaft.« Er ließ sich Zeit mit seinen Worten. »Sie ist alt, Ihr wunderschöner Schatz ist unfruchtbar, ihr Quell ist versiegt.«

»Alt!« Stuart war verblüfft, ungläubig. »Sehen Sie sie doch an!« rief er. »Ihr Gesicht, ihre Gestalt. Sie ist herrlich. Ich habe Sie mit einer so schönen Gemahlin zusammengeführt, daß Sie auf die Knie fallen und mir danken sollten!« Er war plötzlich entsetzt – ungläubig, und doch zusehends niedergeschmettert.

»Ihr Gesicht wird immer so aussehen, vielleicht bis zu dem Tag, an dem sie stirbt«, sagte Ash in seinem charakteristisch milden Ton. »Ich habe nie gesehen, daß ein Taltos ein anderes Gesicht gehabt hätte. Aber ihr Haar ist weiß, ganz weiß; nicht eine lebende Strähne ist mehr darin. Und kein Duft geht von ihr aus. Fragen Sie sie selbst. Menschen haben sie benutzt, wieder und wieder. Ihr Schoß ist tot. Ihr Quell ist versiegt.«

Gordon protestierte nicht weiter. Er schlug vor dem Mund die Hände zusammen, und das kleine Spitzdach, das seine Finger bildeten, knickte ein und drängte seinen Schmerz zurück.

Die Frau sah ein bißchen verwirrt aus, aber nicht mehr beunruhigt. Sie trat vor und umschlang den zitternden Gordon leicht mit einem langen, schlanken Arm, und dann wandte sie sich mit sehr klaren Worten an Ash.

»Du verurteilst mich für das, was Menschen mir angetan haben: dafür, daß sie mich benutzt haben in jedem Dorf, in jeder Stadt, in die ich kam, daß sie im Laufe der Jahre das Blut wieder und wieder fließen ließen, bis keines mehr da war?«

»Nein, ich verurteile dich nicht«, sagte Ash ernst und mit großer Fürsorglichkeit. »Ich verurteile dich nicht, Tessa. Wahrhaftig nicht.«

»Ah!« Sie lächelte wieder, freundlich, beinahe strahlend, als sei dies ein Grund zu überschwenglicher Freude.

Plötzlich schaute sie Michael an, und dann die schattenhafte Gestalt Rowans, die an der Treppe stehengeblieben war. Ihr Blick war eifrig und liebevoll.

»Hier bin ich sicher vor diesem Grauen«, sagte sie. »Stuart liebt mich in Keuschheit. Dies ist meine Zuflucht.« Sie streckte Ash die Hände entgegen. »Willst du nicht bei mir bleiben, mit mir sprechen?« Sie zog ihn in die Mitte des Zimmers. »Willst du nicht mit mir tanzen? Ich höre Musik, wenn ich in deine Augen schaue.« Sie zog Ash an sich und sagte mit tiefem, wahrem Empfinden: »Ich bin so froh, daß du gekommen bist.«

Erst jetzt sah sie Gordon an, der sich mit gefurchter Stirn, die Finger an die Lippen gepreßt, zurückgezogen hatte und rückwärts bis zu einem schweren, alten Holzsessel ging. Er setzte sich, ließ den Kopf gegen die harten Bohlen sinken, aus denen die Lehne bestand, und drehte ihn müde zur Seite. Seine Begeisterung war verflogen. Es war, als weiche das Leben aus ihm.

»Tanz mit mir«, sagte Tessa. »Ihr alle, wollt ihr nicht tanzen?« Sie schleuderte die Arme von sich, warf den Kopf in den Nacken und schüttelte ihr Haar, das in der Tat aussah wie das leblose Haar der sehr, sehr Alten.

Sie drehte sich im Kreis, bis ihr langer violetter Rock wie eine Glocke um sie herumschwang. Sie tanzte auf den Zehenspitzen, auf kleinen Füßchen in Pantoffeln.

Michael konnte den Blick nicht von ihr wenden, von den verhalten schwingenden Bewegungen, mit denen sie dem großen Kreis folgte, erst den rechten Fuß setzte, dann den anderen nachzog, als sei dies ein ritueller Tanz.

Was Gordon anging, so war es zu schmerzhaft, ihn auch nur anzusehen; diese Enttäuschung schien ihm weit wichtiger zu sein als sein Leben. Ja, es war, als habe der tödliche Schlag ihn bereits getroffen.

Auch Ash starrte Tessa hingerissen an – vielleicht gerührt, auf jeden Fall besorgt, und vielleicht sogar jammervoll.

»Sie lügen«, sagte Stuart. Aber es war ein verzweifeltes, gebrochenes Murmeln. »Was Sie da erzählen, ist eine schreckliche, abscheuliche Lüge.«

Ash machte sich nicht die Mühe, ihm zu antworten. Er lächelte und nickte Tessa zu.

»Stuart, meine Musik. Bitte, spiele meine Musik. Spiele meine Musik für . . .für Ash.« Sie verneigte sich tief vor Ash und schenkte ihm wieder ein Lächeln, und auch er lächelte und griff nach ihren Händen.

Die Gestalt auf dem Stuhl war bewegungsunfähig. Wieder murmelte der alte Mann: »Es ist nicht wahr«, aber er glaubte seinem eigenen Leugnen nicht mehr.

Tessa hatte angefangen, ein Lied zu singen, und drehte sich wieder im Kreis.

»Spiele die Musik, Stuart, spiele sie.«

»Ich spiele sie für Sie«, sagte Michael mit leiser Stimme. Er drehte sich um und suchte nach einer möglichen Quelle von Musik; er hoffte gegen alle Vernunft, daß es kein Instrument sein möge, eine Harfe, eine Fiedel, irgend etwas, das einen Musiker erforderte, denn dann würde er der Situation nicht gewachsen sein.

Ihm selbst brach es das Herz; er war unglaublich traurig und außerstande, die große Erleichterung zu genießen, die er eigentlich hätte empfinden müssen. Für einen Moment wanderte sein Blick hinüber zu Rowan, und auch sie schien in Trauer versunken, darin eingehüllt wie in einen Schleier. Sie lehnte mit verschränkten Händen sehr aufrecht am Treppengeländer, und ihr Blick folgte der tanzenden Gestalt, die angefangen hatte, eine erkennbare Melodie zu summen, eine, die Michael kannte und liebte.

Dann hatte Michael die Geräte entdeckt – modernes Stereozubehör, dessen Design wie eine beinahe mystische Technik anmutete: Hunderte von winzigen Digitalanzeigen und Knöpfen, und Drähte, die sich in alle Himmelsrichtungen zu Lautsprechern schlängelten, die in unregelmäßigen Abständen an der Wand hingen.

Er bückte sich und versuchte den Titel zu lesen, der auf der Kassette im Tapedeck stand.

»Es ist das, was sie hören will«, sagte Stuart und starrte unbeirrt die Frau an. »Lassen Sie es nur laufen. Sie spielt es die ganze Zeit. Es ist ihre Musik.«

»Tanzt mit uns«, sagte Tessa. »Wollt ihr nicht mit uns tanzen?« Sie ging zu Ash, und diesmal konnte er ihr nicht widerstehen. Er faßte ihre Hände und nahm sie dann in seine Arme, wie ein Mann eine Frau wohl zu einem Walzer in die Arme nimmt, in einer modernen, intimen Haltung.

Michael drückte auf den Knopf.

Die Musik begann leise, das Vibrieren von langsam gezupften Baßsaiten floß aus den Lautsprechern; dann kamen die Trompeten, glatt und glänzend über den schimmernden Tönen eines Cembalo stiegen sie in derselben melodischen Reihe von Tönen herab und übernahmen dann die Führung, so daß die Streicher folgen mußten.

Sofort führte Ash seine Partnerin mit großen, anmutigen Schritten in einen sanften Kreis.

Es war der Kanon von Pachelbel, Michael erkannte es sofort, gespielt, wie er ihn noch nie gespielt gehört hatte, in einer meisterlichen Wiedergabe, mit dem vollen Bläsersatz, wie ihn der Komponist vielleicht gedacht hatte.

Hatte es je klagendere Töne in der Musik gegeben, irgend etwas, das sich der Romantik so vorbehaltlos hingab? Die Musik schwoll an, ließ die Beschränkungen des Barock hinter sich;

Trompeten, Streicher und Cembalo sangen ihre einander überlagernden Melodien mit einer herzzerreißenden Fülle, so daß die Musik zeitlos klang, ganz und gar aus dem Herzen kommend.

Sie trieb das Paar vor sich her; die beiden hatten die Köpfe leicht geneigt, und ihre großen Schritte waren anmutig und langsam und in perfektem Gleichtakt mit den Instrumenten. Ash lächelte jetzt ebenso wie Tessa. Und als das Tempo schneller wurde, als die Trompeten ihre Noten gefühlvoll und mit vollkommener Beherrschung zu trillern begannen, als die einzelnen Stimmen sich prachtvoll zum Augenblick des größten Jubels vereinten, tanzten sie schneller und immer schneller. Ash schwenkte Tessa beinahe spielerisch umher, in immer kühneren Kreisen. Ihr Rock wehte frei um sie herum, ihre kleinen Füße drehten sich mit vollkommener Anmut, Absätze klapperten leise auf dem Holzboden, und ihr Lächeln war strahlender denn je.

Und noch ein anderer Klang schmolz in diesen Tanz hinein – denn wenn der Kanon so gespielt wurde, war er ohne Zweifel ein Tanz –, und allmählich erkannte Michael, daß es Ash war, der sang. Keine Worte, nur ein süßes Summen mit offenem Mund, in das Tessa rasch einfiel, und ihre makellosen Stimmen erhoben sich über die dunkel glänzenden Trompeten, reisten mühelos durch die Crescendi, und als sie sich jetzt mit kerzengeradem Rücken immer schneller drehte, war es fast, als lachten sie in ihrer scheinbar reinen Glückseligkeit.

Rowans Augen hatten sich mit Tränen gefüllt, während sie die beiden beobachtete, den großen, königlichen Mann und die geschmeidige, anmutige Feenkönigin, und ebenso die Augen des alten Mannes, der sich an die Armlehnen seines Stuhls klammerte, als sei er am Ende seiner Kräfte angelangt.

Yuri wirkte innerlich zerrissen; er sah aus, als werde er bald die Beherrschung über sich verlieren. Aber er blieb regungslos an die Wand gelehnt stehen und schaute zu.

Ashs Blick war jetzt verspielt und anbetungsvoll, als er den Kopf wiegte, immer hemmungsloser umherschwang und sich schneller und schneller bewegte.

Sie tanzten immer weiter, kreisten zusammen am Rande des

Lichtscheins, in den Schatten und wieder ins Helle, und sie sangen einander ihre Serenade. Tessas Gesicht war begeistert wie das eines kleinen Mädchens, dem sein größter Wunsch erfüllt worden ist.

Michael hatte das Gefühl, daß sie sich zurückziehen sollten – Rowan, Yuri und er; sie sollten die beiden ihrer anrührenden und sanften Vereinigung überlassen. Vielleicht war dies die einzige Umarmung, die sie je miteinander erleben würden. Sie schienen ihre Zuschauer und alles, was vor ihnen lag, vergessen zu haben.

Aber er konnte sich nicht entfernen. Niemand machte Anstalten, sich zu entfernen, und der Tanz ging immer weiter, bis der Rhythmus sich verlangsamte, bis die Instrumente leiser spielten und ankündigten, daß sie sich bald verabschieden würden. Die einander überlagernden Stränge des Kanons verschmolzen letztmals zu einer volltönenden Stimme, ließen dann nach, zogen sich zurück, die Trompete spielte eine letzte wehmütige Note, und dann war Stille.

Das Paar blieb in der Mitte des Raumes stehen, und das Licht flutete über ihre Gesichter und ihr schimmerndes Haar.

Michael lehnte an den Mauersteinen; er konnte sich nicht bewegen, konnte sie nur beobachten.

Solche Musik konnte weh tun. Sie konnte einen an seine Enttäuschungen erinnern, an seine Leere. Sie konnte sagen: *So kann das Leben sein. Vergiß das nicht.*

Stille.

Ash hob die Hände der Feenkönigin und betrachtete sie aufmerksam. Er küßte ihre aufwärtsgewandten Handflächen und ließ sie wieder los. Und sie stand da und starrte ihn an, als sei sie verliebt, vielleicht nicht in ihn, vielleicht in die Musik und den Tanz und das Licht, in alles. Er führte sie zurück zu ihrem Webstuhl, drängte sie sanft, sich wieder auf ihren Schemel zu setzen, und drehte dann ihren Kopf, so daß ihr Blick wieder auf ihre Arbeit fiel, und als sie ihren Webteppich betrachtete, schien sie zu vergessen, daß er da war. Ihre Finger griffen nach dem Garn, und sie fing gleich an zu arbeiten.

Ash zog sich zurück, behutsam und ohne einen Laut, und dann drehte er sich um und schaute Stuart Gordon an.

Keine Bitte, kein Protest kam von dem alten Mann. Er war auf seinem Stuhl zur Seite gekippt, und sein Blick ging ohne Hast von Ash zu Tessa und wieder zu Ash.

Vielleicht war der schreckliche Moment gekommen. Michael wußte es nicht. Aber irgendeine Geschichte, eine ausführliche Erklärung, ein verzweifelter Bericht würde ihn doch sicher hinausschieben können. Gordon mußte es versuchen. Irgend jemand mußte es versuchen. Irgend etwas mußte passieren, um diesen elenden Menschen zu retten; einfach, weil er einer war, mußte etwas seine drohende Hinrichtung verhindern.

»Ich will die Namen der anderen wissen«, sagte Ash in seiner gewohnt milden Art. »Ich will wissen, wer Ihre Komplizen waren, sowohl innerhalb als auch außerhalb des Ordens.«

Stuart nahm sich Zeit mit seiner Antwort. Er rührte sich nicht und wandte auch den Blick nicht von Ash. »Nein«, sagte er schließlich. »Diese Namen werde ich Ihnen niemals nennen.«

Es klang so endgültig wie nur irgend etwas. Und in seinem Schmerz schien der Mann für keine Form der Überredung zugänglich zu sein.

Ash ging ruhig auf Gordon zu.

»Warten Sie«, sagte Michael. »Bitte, Ash, warten Sie.«

Ash blieb stehen und sah Michael höflich an.

»Was ist, Michael?« fragte er, als könne er unmöglich ahnen, worum es ging.

»Ash, er soll uns erzählen, was er weiß«, sagte Michael. »Lassen Sie ihn seine Geschichte erzählen!«

17

Alles war verändert. Alles war leichter. Sie lag in Morrigans Armen, und Morrigan lag in ihren, und ...

Es war Abend, als sie die Augen öffnete.

Was für ein großartiger Traum das gewesen war. Es war, als seien Gifford und Alicia und die uralte Evelyn bei ihr gewesen, als gebe es weder Tod noch Leiden, und sie waren zusammengewesen und hatten getanzt, ja, getanzt, in einem Kreis.

Sie fühlte sich so gut! Mochte der Traum verblassen, das Gefühl blieb bei ihr. Die Farbe des Himmels war Michaels Violett.

Und da stand Mary Jane vor ihr und sah so verdammt niedlich aus mit ihrem flachsblonden Haar.

»Du bist Alice im Wunderland«, sagte Mona. »Genau. Ich sollte dich Alice nennen.«

Es wird vorzüglich werden, das verspreche ich dir.

»Ich hab das Abendessen gemacht«, sagte Mary Jane. »Du hast hoffentlich nichts dagegen. Als ich die Speisekammer gesehen hab, bin ich verrückt geworden.«

»Natürlich habe ich nichts dagegen«, sagte Mona. »Hilf mir auf. Du bist eine echte Cousine.«

Erfrischt sprang sie auf; sie fühlte sich leicht und frei wie das Baby, das in ihr herumkullerte, das Baby mit den langen roten Haaren, die in der Flüssigkeit schwammen, ein winziges gummiartiges Püppchen mit den allerwinzigsten knotigen kleinen Knien ...

»Ich habe Yams gekocht und Reis und gebackene Austern in Käse und geschmortes Huhn in Butter mit Estragon.«

»Wo hast du denn so kochen gelernt?« fragte Mona. Dann brach sie ab und warf Mary Jane die Arme um den Hals. »Jemanden wie uns gibt's nicht noch mal, nicht wahr? Ich meine, du kennst unser Blut, nicht wahr?«

Mary Jane strahlte sie an. »Yeah, es ist einfach wundervoll. Ich liebe dich, Mona Mayfair.«

»Oh, das freut mich zu hören«, sagte Mona.

Sie waren an der Küchentür angelangt, und Mona spähte hinein. »Mann, du hast aber ein großes Essen gekocht.«

»Das kannst du zweimal sagen«, erklärte Mary Jane stolz und entblößte ihre makellosen weißen Zähne. »Ich konnte schon kochen, als ich sechs Jahre alt war. Meine Mama lebte damals mit 'nem Koch zusammen. Verstehst du? Später hab ich dann in 'nem schicken Restaurant in Jackson, Mississippi, gearbeitet. Jackson ist die Hauptstadt, erinnerst du dich? Ich hab zu denen gesagt: ›Sie wollen, daß ich hier arbeite? Dann lassen Sie mich zugucken, wenn die Köche ihren Kram machen. Lassen Sie mich lernen, so viel ich kann.‹ Was willst du trinken?«

»Milch. Ich lechze danach«, sagte Mona. »Aber geh noch nicht hinein. Schau, es ist die magische Zeit der Dämmerung. Das ist Michaels Lieblingszeit.«

Wenn sie sich nur erinnern könnte, wer im Traum bei ihr gewesen war. Aber nur das Gefühl von Liebe war noch da, von grenzenlos tröstlicher Liebe.

Einen Moment lang machte sie sich heftige Sorgen um Rowan und Michael. Wie würden sie je das Geheimnis um Aarons Mörder lösen können? Aber gemeinsam konnten sie vermutlich jeden besiegen – das heißt, wenn sie wirklich zusammenarbeiteten. Und Yuri, nun, Yuris Geschick hatte mit dem ihren nie verflochten sein sollen.

Jeder würde es verstehen, wenn die Zeit gekommen wäre.

Die Blumen hatten zu leuchten angefangen. Es war als singe der Garten. Sie fiel gegen den Türrahmen und summte mit den Blumen, summte, als komme die Kenntnis dieses Liedes aus einem entlegenen Teil ihrer Erinnerung, wo schöne und zarte Dinge nicht vergessen, sondern sicher aufbewahrt wurden. Sie roch irgendeinen Duft in der Luft – ah, es waren die süßen Olivenbäume!

»Honey, laß uns jetzt essen«, sagte Mary Jane.

»Schon gut, schon gut!« Mona seufzte, warf die Arme in die Luft, sagte dem Abend Lebwohl, und beide gingen sie ins Haus.

Sie ließ sich in die Küche treiben wie in einer köstlichen Trance und setzte sich an den üppigen Tisch, den Mary Jane für sie gedeckt hatte. Sie hatte das Royal-Antoinette-Porzellan herausgenommen, das feinste Geschirr von allen mit den kanellierten und vergoldeten Rändern an Tellern und Untertassen. Ein cleveres Mädchen, so wunderbar clever. Mit dieser Cousine eröffnete sich ein ganzes Panorama neuer Möglichkeiten, aber wie abenteuerlich war sie denn wirklich? Und wie naiv war Ryan gewesen, daß er sie hier abgesetzt und sie beide alleingelassen hatte!

»Solches Porzellan hab ich noch nie gesehen«, plapperte Mary Jane munter. »Als ob es aus gestärktem Leinen gemacht wäre. Wie geht das bloß?« Sie kam mit einer Flasche Milch und einer Schachtel Schokopulver an den Tisch.

»Tu bitte nichts von diesem Gift in meine Milch«, sagte Mona; sie schnappte sich die Flasche, öffnete sie und goß sich Milch ins Glas.

O Gott, die Milch war gut. Sie hatte ein wenig davon auf dem Tisch verkleckert, aber sie war so gut, so gut, so gut.

Trink mehr davon.

»Mach ich ja, ich trinke ja«, sagte Mona.

»Was du nicht sagst.« Mary Jane setzte sich zu ihr. Alle Schüsseln waren voll mit herrlichen, köstlichen Sachen.

Mona häufte sich dampfenden Reis auf den Teller. Vergiß die Sauce. Das war wunderbar. Sie fing an zu essen und wartete nicht auf Mary Jane, die sich Löffel um Löffel von dem schmutzigen Schokoladenpulver in ihre eigene Milch schüttete.

»Das macht dir hoffentlich nichts aus. Ich liebe Schokolade. Ich kann ohne Schokolade nicht lange auskommen. Es gab Zeiten, da hab ich mir Schokoladensandwiches gemacht, weißt du? Weißt du, wie das geht? Du klatschst zwei Schokoriegel zwischen zwei Scheiben Weißbrot und dazu in Scheiben geschnittene Bananen und Zucker. Ich sage dir, das ist köstlich.«

»Oh, das kann ich mir denken. Ich würde es vielleicht auch mögen, wenn ich nicht schwanger wäre. Ich hab mal eine ganze Schachtel Schokoladenkirschen auf einmal aufgegessen.« Mona stopfte sich eine Gabel voll Reis nach der anderen in den Mund. So gut konnte keine Schokolade sein. Die Schokokirschen waren zu einer Idee verblaßt. Und jetzt kam das Komischste. Das Weißbrot. Es sah ebenfalls gut aus. »Weißt du, ich glaube, ich brauche komplexe Kohlenhydrate. Das sagt mir mein Baby.«

Es lachte – oder sang es?

Kein Problem. Es war alles so einfach, so natürlich. Sie war in vollkommenem Einklang mit der Welt, und es würde nicht schwierig werden, auch Michael und Rowan in Einklang zu bringen. Sie lehnte sich zurück. Eine Vision hatte von ihr Besitz ergriffen, eine Vision des Himmels, der mit allen sichtbaren Sternen gesprenkelt war. Der Himmel wölbte sich über ihr, schwarz und rein und kalt, die Leute sangen, und die Sterne waren prachtvoll, einfach prachtvoll.

»Was ist das für ein Lied, das du da summst?«

»Psst! Hörst du das?«

Ryan war gekommen. Sie hörte seine Stimme im Eßzimmer. Er sprach mit Eugenia. Wie wunderbar, Ryan zu sehen. Aber er würde auf keinen Fall Mary Jane von hier wegbringen!

Kaum hatte er die Küche betreten, hatte Mona schon Mitleid mit ihm und seinem müden Gesicht. Er trug immer noch seinen dunklen Beerdigungsanzug. Baumwollkrepp sollte er tragen, wie andere Männer um diese Jahreszeit. Sie mochte die Männer in ihren Baumwollkreppanzügen im Sommer, und sie mochte die Alten, die immer noch die Strohhüte trugen.

»Ryan, setz dich zu uns«, sagte sie und kaute einen weiteren mächtigen Mundvoll Reis. »Mary Jane hat ein Festmahl gekocht.«

»Setz dich nur gleich hierher«, sagte Mary Jane und sprang auf. »Ich bringe dir einen Teller, Cousin Ryan.«

»Nein, ich kann nicht, Liebes«, sagte er. Er war ausgesucht höflich zu Mary Jane, denn sie war die Cousine vom Lande. »Ich hab's eilig. Aber vielen Dank.«

»Ryan hat es immer eilig«, sagte Mona. »Aber bevor du wieder gehst, Ryan, solltest du draußen einen kleinen Spaziergang machen. Es ist einfach wunderschön. Schau dir den Himmel an und hör den Vögeln zu. Und wenn du die süßen Oliven noch nicht gerochen hast, ist jetzt die richtige Zeit dazu.«

»Mona, du stopfst dich mit diesem Reis voll. Wird es etwa diese besondere Sorte Schwangerschaft?«

Sie bemühte sich, keinen Lachkrampf zu kriegen.

»Ryan, setz dich doch hin. Trink ein Glas Wein. Wo ist Eugenia? Eugenia! Haben wir keinen Wein?«

»Ich möchte keinen Wein, Mona. Vielen Dank.« Er winkte ab, als Eugenia für einen Augenblick in der erleuchteten Tür erschien, knorrig, zornig, mißbilligend, und gleich wieder verschwand.

Ryan sah trotz seiner offenkundigen Verdrossenheit sehr gut aus – wie ein Mann, der mit einem großen Tuch von Kopf bis Fuß poliert worden war. Sie fing wieder an zu lachen. Zeit für einen Schluck Milch – nein, trink gleich das ganze Glas aus. Reis und Milch. Kein Wunder, daß die Leute aus Texas beides zusammen aßen.

»Cousin Ryan, es dauert nicht mal 'ne Sekunde«, sagte Mary Jane. »Ich gebe dir einen Teller.«

»Nein, Mary Jane, vielen Dank. Mona, ich muß dir etwas sagen.«

»Jetzt, beim Essen? Na schön, schieß los. Wie schlimm kann es schon sein?« Mona goß Milch aus der Flasche ins Glas und verschüttete wieder ein bißchen davon auf dem Glastisch. »Nach allem, was schon passiert ist? Weißt du, das Problem bei dieser Familie ist der eingefleischte Konservatismus. Oder ist das ein redundanter Ausdruck? Was meinst du?«

»Miss Piggy«, sagte Ryan stur, »ich wollte mit dir reden.«

»Was gibt's denn, Big Boy?« sagte Mona. »Schieß schon los. Ich kann's ertragen.«

»Das weiß ich nicht«, sagte er leise.

Das stürzte sie in einen erneuten Lachanfall. Vielleicht war es auch Ryans ausdruckslose Miene. Mary Jane konnte ebenfalls nicht aufhören zu kichern. Sie stand neben Ryan und preßte sich eine Hand auf den Mund.

»Mona, ich muß los«, sagte er. »Aber oben im großen Schlafzimmer stehen ein paar Kisten mit Papieren. Es sind Sachen, die Rowan haben wollte, Aufzeichnungen aus ihrem letzten Zimmer in Houston.« Er warf einen vielsagenden Blick zu Mary Jane, als wollte er sagen: Sie darf von all dem nichts wissen.

»O ja, Aufzeichnungen«, sagte Mona. »Ich habe gestern abend gehört, daß du davon gesprochen hast. Weißt du, ich habe mal eine komische Geschichte gehört. Als Daphne Du Maurier – du weißt, wer sie war?«

»Ja, Mona.«

»Als Daphne Du Maurier *Rebecca* schrieb, da war es zunächst ein Experiment, um zu sehen, wie weit sie kommen würde, ohne der Ich-Erzählerin einen Namen zu geben. Michael hat mir das erzählt. Es ist wahr. Und am Ende des Buches war das Experiment unwichtig geworden. Aber du erfährst nie, wie Maxim de Winters zweite Frau heißt, nicht im Roman und auch nicht im Film. Hast du den Film gesehen?«

»Worauf willst du hinaus?«

»Na, du bist auch so, Ryan. Du wirst es bis zum Grabe schaffen, nicht ein einziges Mal Lashers Namen auszusprechen.« Wieder brach sie in Gelächter aus.

Mary Jane schüttete sich aus vor Lachen, als wüßte sie über alles Bescheid.

Es gibt nichts Komischeres als jemanden, der über einen Witz lacht – abgesehen von einem, der nicht mal lächelt, sondern einen entrüstet anstarrt.

»Du darfst diese Kisten nicht anrühren«, sagte Ryan ernst. »Sie gehören Rowan! Aber ich muß dir etwas erzählen, über Michael. Etwas, das ich in einer Genealogie in diesen Papieren gefunden habe. Mary Jane, bitte setz dich hin und iß.«

Mary Jane setzte sich.

»Richtig, die Genealogien«, sagte Mona. »Wow – vielleicht hat Lasher Sachen gewußt, die wir nicht wissen. Mary Jane, Ahnenforschung ist kein besonderes Interessensgebiet in dieser Familie, sondern eine ausgewachsene Obsession. Ryan, die vier Minuten sind fast um.«

»Welche vier Minuten?«

Sie fing wieder an zu lachen. Er mußte jetzt gehen; ihr würde noch schlecht werden von soviel Lachen.

»Ich weiß, was du sagen willst«, sagte Mary Jane. Sie war wieder aufgesprungen, als könne sie wirklich ernsthafte Gespräche nur im Stehen führen. »Du willst sagen, Michael Curry ist ein Mayfair. Ich hab's dir gesagt!«

Alles Lebendige wich aus Ryans Gesicht.

Mona trank ihr viertes Glas Milch. Sie hatte ihren Reis aufgegessen, und jetzt nahm sie die Schüssel, hielt sie schräg und ließ einen Berg von weichen, dampfenden Reiskörnern auf ihren Teller fallen.

»Ryan, hör auf, mich anzustarren«, sagte sie. »Was ist denn mit Michael? Hat Mary Jane recht? Mary Jane hat gesagt, daß Michael ein Mayfair sei, als sie ihm das erstemal begegnet war.«

»Er ist einer«, erklärte Mary Jane. »Ich hab die Ähnlichkeit sofort gesehen. Und wißt ihr, wie er aussieht? Wie dieser Opernsänger.«

»Was für ein Opernsänger?« fragte Ryan.

»Tyrone MacNamara, von dem Beatrice noch Bilder hat, wißt ihr. Die Stiche, die bei ihr an der Wand hängen. Juliens Vater? Er muß dein Urgroßvater gewesen sein, Ryan. Ich hab im genealogischen Labor einen ganzen Schwarm von Verwandten gesehen, die so aussahen – so irisch, wie man nur sein kann. Habt ihr das nie bemerkt? Natürlich nicht, aber ihr habt ja alle irisches Blut, französisches Blut . . .«

»Und holländisches Blut«, ergänzte Ryan knapp. Er sah Mona und dann wieder Mary Jane an. »Ich muß jetzt gehen.«

»Moment mal. War es das?« wollte Mona wissen. Sie schlang einen Mundvoll Reis hinunter und trank einen Schluck Milch. »Wolltest du mir das erzählen? Daß Michael ein Mayfair ist?«

»Es findet sich in diesen Papieren eine Erwähnung«, sagte Ryan, »die sich anscheinend explizit auf Michael bezieht.«

»Gott verdammt, das ist nicht dein Ernst!« sagte Mona.

»Diese Inzucht bei euch, die ist geradezu göttlich!« schwärmte Mary Jane. »Wie in einem Königshaus. Und hier sitzt die Zarin persönlich!«

»Ich fürchte, du hast recht«, sagte Ryan. »Mona, hast du irgendwelche Medikamente genommen?«

»Bestimmt nicht. Würde ich meiner Tochter so etwas antun?«

»Tja, dann muß ich jetzt gehen. Versucht euch zu benehmen. Denkt daran, das Haus ist von Wachleuten umgeben. Ich möchte nicht, daß ihr hinausgeht, und bitte ärgert Eugenia nicht.«

»Mist«, sagte Mona. »Geh noch nicht. Du bringst Leben in die Bude. Und was heißt ›Eugenia ärgern‹?«

»Wenn du wieder zur Vernunft gekommen bist«, sagte Ryan, »würdest du mich dann bitte anrufen? Und was ist, wenn dieses Kind ein Junge ist?«

»Es ist kein Junge, Dummerchen«, sagte Mona. »Es ist ein Mädchen, und ich habe sie bereits Morrigan getauft. Ich rufe dich an. Okay? Okay.«

Er ging, eilte mit seiner eigenen, ganz speziellen Art von Hast davon. Ein bißchen so, wie Nonnen sich beeilten oder Ärzte. Mit einem Minimum an Geräusch oder Getue.

»Rührt die Papiere nicht an«, rief er durch die Tür.

Mona entspannte sich und holte tief Luft. Das war der letzte Erwachsene gewesen, der zu ihnen hereinschauen würde, soweit sie wußte.

Und was war das mit Michael? »Gott, meinst du, es ist wahr? Hey, Mary Jane, wenn wir fertig sind, gehen wir gleich rauf und sehen uns diese Papiere an.«

»Ach, Mona, ich weiß nicht, er hat gesagt, die Papiere gehören Rowan, oder? Nimm noch ein bißchen Sahnesauce. Willst du von dem Huhn nichts? Das ist das beste Huhn, das ich je gemacht habe.«

»Sahnesauce! Du hast mir nicht gesagt, daß es Sahnesauce ist. Morrigan will kein Fleisch. Sie mag kein Fleisch. Hör mal, ich habe ein Recht dazu, mir diese Papiere anzusehen. Wenn *er* etwas aufgeschrieben hat, wenn *er* irgend etwas Schriftliches hinterlassen hat.«

»Wer ist *er*?«

»Lasher. Du weißt, wer er ist. Sag nicht, deine Granny hat dir nichts davon erzählt.«

»Doch, sie hat mir davon erzählt. Glaubst du an ihn?«

»Ob ich an ihn glaube, mein Puppengesicht? Er hätte mich beinahe überfallen. Ich wäre beinahe in die Statistik eingegangen, wie meine Mutter und Tante Gifford und all die anderen armen toten Mayfair-Frauen. Natürlich glaube ich an ihn. Er ist doch ...« Sie fing sich gerade noch, bevor sie in den Garten hinausdeutete, zu dem Baum. Nein, das durfte sie ihr nicht erzählen, das hatte sie Michael geschworen, es niemandem zu erzählen: ... da draußen begraben, und die andere auch, die Unschuldige, Emaleth, die sterben mußte, obwohl sie niemandem etwas getan hatte, niemals.

Nicht du, Morrigan, keine Angst, mein Baby!

»Eine lange Geschichte und keine Zeit, sie zu erzählen«, sagte sie zu Mary Jane.

»Ich weiß, wer Lasher ist«, sagte Mary Jane. »Ich weiß auch, was passiert ist. Granny hat es mir erzählt. Die anderen haben nicht frei heraus gesagt, daß er die Frauen umgebracht hat; sie haben bloß gesagt, Granny und ich sollten nach New Orleans kommen und bei ihnen bleiben. Und weißt du was? Wir haben's nicht gemacht, und uns ist trotzdem nichts passiert.«

Sie zuckte die Achseln und schüttelte den Kopf.

»Das hätte aber ein schrecklicher Fehler sein können«, meinte Mona. Diese Sahnesauce schmeckte wunderbar zum Reis. Warum all diese weißen Speisen, Morrigan?

Die Bäume waren voll von Äpfeln, und ihr Fleisch war weiß, und die Wurzeln und Knollen, die wir aus der Erde zogen, waren weiß, und es war das Paradies. Oh, aber sieh dir doch die Sterne an. War die unverdorbene Welt wirklich so unverdorben, oder waren die alltäglichen Gefahren der Natur so schrecklich, daß alles schon genauso verwüstet war wie heute? Wenn du in Angst lebst, was macht das dann ...

»Was ist los, Mona?« sagte Mary Jane. »Hey, komm zu dir.«

»Ach, es ist nichts weiter«, sagte Mona. »Ich mußte mich bloß plötzlich an den Traum erinnern, den ich da draußen im Garten geträumt habe. Ich habe ein Wahnsinnsgespräch mit jemandem geführt. Weißt du, Mary Jane, die Leute müssen darin unterwiesen werden, einander zu verstehen. Wie im Moment wir beide – wir unterweisen uns gegenseitig, damit wir einander verstehen. Weißt du, was ich meine?«

»Yeah, genau, und dann kannst du zum Telefon greifen und mich in Fontevrault anrufen und sagen: ›Mary Jane, ich brauche dich!‹ Und ich springe in den Pick-up, fahre los und schon bin ich bei dir.«

»Ja, das ist es, genau. Weißt du, ich hab's wirklich, wirklich ernst gemeint; du würdest alles mögliche über mich wissen, und ich würde alles mögliche über dich wissen. Es war der glücklichste Traum, den ich je gehabt habe. Es war ein so ... ein so glücklicher Traum. Wir haben alle getanzt. Ein so großes Feuer würde mir normalerweise angst machen. Aber in dem Traum war ich frei, absolut frei. Ich hatte keine Sorgen. Wir brauchen noch einen Apfel der Erkenntnis. Die Eindringlinge haben den Tod nicht erfunden. Das ist eine lächerliche Vorstellung, aber es ist natürlich klar, warum alle es geglaubt haben ... na ja, irgendwie kommt es ja immer auf die Perspektive an, und wenn du keine feste Vorstellung von Zeit hast, wenn du die grundlegende Bedeutung der Zeit nicht erkennst – die Jäger- und Sammler-Völker taten es natürlich, und die Ackerbauern ebenfalls, aber in den tropischen Paradiesen haben sie diese Beziehung vielleicht nie entwickelt, weil es für sie keine Zyklen gibt. Der Wurm steckt im Himmel. Du weißt, was ich meine?«

»Wovon um alles in der Welt redest du?«

»Na, hör doch zu, Mary Jane, dann wirst du es wissen! So war es in dem Traum; die Eindringlinge hatten den Tod erfunden. Das heißt, jetzt sehe ich etwas anderes: Was sie erfunden hatten, war das *Töten*. Und das ist ein Unterschied.«

»Da drüben steht eine Schale Äpfel. Möchtest du, daß ich dir einen hole?«

»Ja, später. Jetzt will ich nach oben in Rowans Zimmer.«

»Na, laß mich doch erst zu Ende essen«, bat Mary Jane. »Geh nicht ohne mich. Ehrlich gesagt, ich weiß nicht, ob wir überhaupt das Recht haben, da hinaufzugehen.«

»Rowan wird nichts dagegen haben. Michael vielleicht schon.

Aber, weißt du«, sagte Mona und imitierte Mary Jane. »Das ist egal.«

Mary Jane wäre vor Lachen fast vom Stuhl gefallen. »Du bist ein schlimmes Kind«, sagte sie. »Also gut. Huhn schmeckt kalt sowieso besser.«

Und das Fleisch aus dem Meer war weiß, das Fleisch von Krabben und Fischen, von Austern und Muscheln. Ganz weiß. Die Eier der Möwen waren schön, weil sie außen ganz weiß waren, und wenn man sie aufbrach, starrte einen ein großes goldenes Auge an, das in einer glasklaren Flüssigkeit schwamm.

»Mona?«

Sie stand immer noch in der Tür zur Geschirrkammer. Sie schloß die Augen und fühlte, wie Mary Jane nach ihrer Hand griff.

»Nein«, sagte sie mit einem Seufzer. »Es ist wieder weg.« Ihre Hand ging zu ihrem Bauch. Sie legte die gespreizten Finger auf die runde Schwellung und fühlte die winzigen Bewegungen darin. Schöne Morrigan. Haare, so rot wie meine. *Ist dein Haar denn so rot, Mama?*

»Kannst du mich nicht sehen?«

In Mary Janes Augen sehe ich dich.

»Hey, Mona, ich hol dir einen Stuhl!«

»Nein, nein, es ist schon okay.« Sie öffnete die Augen. Ein angenehmer Energiestoß durchströmte sie. Sie streckte die Arme aus und rannte durch die Geschirrkammer und das Eßzimmer, den langen Flur hinunter und die Treppe hinauf.

»Komm schon, gehen wir!« rief sie.

Es tat so gut zu rennen. Das war eines der Dinge aus der Kindheit, die sie vermißte, und sie hatte es nicht mal gewußt: zu rennen, einfach zu rennen, die ganze St. Charles Avenue hinunter, so schnell sie konnte, mit ausgestreckten Armen. Die Treppe hinaufzurennen, immer zwei Stufen auf einmal. Um den Block zu rennen, um zu sehen, ob man es konnte, ohne anzuhalten, ohne in Ohnmacht zu fallen, ohne sich übergeben zu müssen.

Mary Jane kam ihr polternd nach.

Die Schlafzimmertür war geschlossen. Der gute alte Ryan. Wahrscheinlich hatte er abgeschlossen.

Aber nein. Als sie die Tür öffnete, lag das Zimmer im Dunkeln. Sie suchte den Lichtschalter, und dann ging die Deckenleuchte an und goß ihr helles Licht über das glatte Bett, die Frisierkommode, die Kisten.

»Was ist das für ein Geruch?« fragte Mary Jane.

»Du kannst es riechen, nicht wahr?«

»Natürlich.«

»Das ist Lashers Geruch«, flüsterte Mona.

»Im Ernst?«

»Ja.« Dort standen die braunen Pappkartons aufgestapelt. »Wie findest du ihn, diesen Geruch?«

»Hmmmm, es riecht gut. Irgendwie möchte man Toffee essen oder Schokolade oder Zimt. Puh. Woher kommt das? Aber ... weißt du was?«

»Was denn?« Mona umkreiste die Kartons.

»In diesem Zimmer sind Leute gestorben.«

»Was du nicht sagst. Mary Jane, das kann dir hier jeder erzählen.«

»Wovon redest du? Von Mary Beth Mayfair und Deirdre und all denen? Davon weiß ich schon. Granny hat's mir erzählt. Aber hier ist noch jemand gestorben, jemand, der ein bißchen so roch wie er. Riechst du's? Riechst du die drei Gerüche? Der eine ist seiner. Der zweite ist der Geruch des anderen. Und der dritte ist der Geruch des Todes selbst.«

Mona stand ganz still da und versuchte es wahrzunehmen, aber für sie schienen sich die drei Düfte zu mischen. Sie fühlte einen scharfen, beinahe köstlichen Schmerz, als sie daran dachte, was Michael ihr erzählt hatte, von dem dünnen Mädchen, das kein Mädchen gewesen war, kein Mensch. Emaleth. Der Schuß explodierte in ihren Ohren. Sie bedeckte sie mit beiden Händen.

»Was ist los, Mona Mayfair?«

»Lieber Gott, wo ist das passiert?« Mona hielt sich immer noch die Ohren zu und preßte die Augen zu; als sie sie öffnete, schaute sie nur Mary Jane an, die vor der Lampe stand, eine Schattengestalt mit großen, strahlend blauen Augen.

Mary Jane blickte sich um, fast ohne den Kopf zu bewegen. Dann ging sie am Bett entlang auf die andere Seite und blieb stehen. Ihre Stimme klang tief, als sie sprach.

»Hier. Genau hier ist jemand gestorben. Jemand, der roch wie er. Aber es war nicht er.«

Ein Schrei gellte in Monas Ohren, so laut, so wild, daß er zehnmal so schrecklich klang wie der Pistolenschuß, den sie zu hören geglaubt hatte. Sie drückte die Hände auf den Bauch. *Hör auf, Morrigan, hör auf. Ich verspreche dir ...*

»Du meine Güte, Mona, wird dir jetzt schlecht?«

»Nein, absolut nicht.« Mona erschauerte am ganzen Leibe, und sie fing an, ein kleines Liedchen zu summen; sie fragte sich nicht, was es war, etwas Hübsches eben, etwas, das sie sich vielleicht gerade ausgedacht hatte.

Sie drehte sich um und schaute den Stapel der unwiderstehlichen Kartons an.

»Auf den Kartons ist es auch«, sagte Mona. »Riechst du es hier, richtig kräftig? Von ihm. Weißt du, ich habe noch nie ein Mitglied der Familie dazu bringen können, zuzugeben, daß sie diesen Geruch riechen können.«

Sie legte die Hände auf den Pappkarton vor ihr. Das war der richtige. Er roch durchdringend nach ihm. Hatte er diese Blätter mit seinem eigenen Blut beschrieben? Wenn man daran dachte, daß sein Leichnam da unten lag ... Ich sollte diesen Leichnam ausgraben. Ich meine, es hat sich doch alles geändert; das müssen Rowan und Michael akzeptieren. Entweder das, oder ich werde es ihnen gar nicht erst erzählen. Ich meine, das ist doch hier eine völlig neue Entwicklung, und die betrifft *mich*.

»Was für Leichen werden wir ausgraben?« Mary Jane zog die Stirn kraus.

»Ach, hör auf, meine Gedanken zu lesen! Sei keine Mayfair-Schreckschraube, sei eine Mayfair-Hexe. Hilf mir mit dieser Kiste.«

Mona schlitzte den Klebstreifen mit einem Fingernagel auf und bog den Pappdeckel zurück.

»Mona, ich weiß nicht, das Zeug gehört jemand anderem.«

»Ja«, sagte Mona. »Aber dieser Jemand ist Teil meines Erbes.«

Sie hatte das ganze braune Packpapier zurückgeschoben – das Zeug war eingepackt, als wäre es das Marie-Antoinette-Porzellan, das nach Island verfrachtet werden mußte –, und sie sah das oberste Blatt eines in dünnes Plastik gewickelten Stapels, der von einem dicken Gummiband zusammengehalten wurde. Gekritzel, wahrhaftig, spinnenartiges Gekritzel mit sehr langgezogenen *l*s und *t*s und *y*s und kleinen Vokalen, die in manchen Fällen nicht größer als Punkte waren. Aber sie konnte es lesen.

Sie formte die Hand zur Klaue und zerriß das Plastik.

»Mona Mayfair!«

»Mut, Mädchen!« sagte Mona. »Was ich hier tue, hat einen Sinn. Willst du meine Verbündete und Vertraute sein, oder möchtest du mich hier und jetzt im Stich lassen? Du kannst in dein Zimmer gehen und fernsehen, wenn du nicht bei mir sein willst; du kannst nach draußen schwimmen gehen oder Blumen pflücken oder unter dem Baum nach Leichen buddeln –«

»Ich will deine Verbündete und Vertraute sein.«

»Dann leg deine Hand hierher, Cousine vom Lande. Fühlst du etwas?«

»Uuuuuh!«

»Er hat es geschrieben. Was du hier siehst, ist die Handschrift eines nachweislich nicht menschlichen Wesens! Siehe.«

Mary Jane kniete sich neben sie. Ihre Fingerspitzen lagen auf dem Blatt. Sie hatte die Schultern hochgezogen, und ihr flachsblondes Haar hing zu beiden Seiten ihres Gesichts herunter wie eine spektakuläre Perücke. In ihren weißen Brauen auf der bronzebraunen Stirn fing sich das Licht, und man konnte praktisch jedes einzelne Härchen erkennen. Was dachte, fühlte, sah sie da? Was bedeutete der Ausdruck in ihren Augen? Die Kleine ist nicht dumm, das muß man ihr lassen, sie ist wirklich nicht dumm. Das Blöde ist nur . . .

»Ich bin so müde«, sagte Mona plötzlich, und sie merkte es, kaum daß sie es ausgesprochen hatte. Sie legte eine Hand auf die Stirn. »Ich frage mich, ob Ophelia wohl schlafen gegangen ist, bevor sie ertrank.«

»Ophelia? Du meinst Hamlets Ophelia?«

»Oh, du weißt, was ich meine. Das ist super. Weißt du, Mary Jane, ich liebe dich.«

Sie schaute Mary Jane an. Ja, dies war die unübertreffliche Cousine, die Cousine, die eine großartige Freundin sein könnte, die Cousine, die alles wissen könnte, was Mona wußte. Und eigentlich wußte niemand, wirklich niemand alles, was Mona wußte.

»Aber ich bin so schläfrig.« Sie ließ sich sanft zu Boden sinken, streckte erst die Beine, dann die Arme aus, bis sie flach auf dem Rücken lag und zu dem strahlenden, hübschen Kronleuchter hinaufschaute. »Mary Jane, würdest du bitte diese Kiste durchsehen? Wie ich Cousin Ryan kenne – und ich kenne ihn –, ist die Genealogie markiert.«

»Ja«, sagte Mary Jane.

Wie erfrischend, daß sie aufgehört hatte, zu widersprechen.

»Nein, ich widerspreche dir nicht mehr. Ich denke, jetzt sind wir schon so weit gegangen, und wo das nun mal die Schrift eines nachweislich nicht menschlichen Wesens ist und wo wir nun mal so weit gegangen sind . . . na, was ich sagen will: Ich kann ja alles wieder zurücklegen, wenn wir es durchgesehen haben.«

»Genau.« Mona schmiegte die Wange an den kühlen Fußboden. Der Geruch war besonders stark an den Bodendielen!

Wow, etwas ganz Unglaubliches war passiert. Sie hatte die Augen geschlossen, und das Lied sang sich von allein. Sie brauchte nur noch zuzuhören. Sie preßte diese Worte, diese Töne nicht hervor; alles floß von selbst aus ihr heraus.

»Das muß uns beiden klar sein, daß Hexerei eine ungeheure Wissenschaft ist«, sagte sie schlaftrunken, und mühelos redete sie über das hübsche Lied hinweg, das sich nun selbst sang. »Daß sie aus Alchimie und Chemie und Gehirnwissenschaft besteht, und daß all diese Dinge zusammengenommen Magie ergeben, reine, wundervolle Magie. Wir haben im Zeitalter der Wissenschaft unsere Magie nicht verloren. Wir haben einen ganzen Packen von neuen Geheimnissen entdeckt. Wir werden gewinnen.«

»Gewinnen?«

Oh, Maria, dich krönen mit Blumen wir heut', du Engelskönigin, du Königin des Mai. Oh, Maria, dich krönen mit Blumen wir ... »Liest du die Blätter, Mary Jane?«

»Hey, guck mal, er hat hier 'ne ganze Akte mit Fotokopien. ›Laufende Inventur: relevante Blätter, unvollständiger Stammbaum‹.«

Mona rollte sich wieder auf den Rücken. Einen Moment lang wußte sie nicht, wo sie waren. Rowans Zimmer. In den Kristalltropfen über ihr waren winzige Prismen. Der Kronleuchter, den Mary Beth dort hingehängt hatte, aus Frankreich – oder war es Julien gewesen? Julien, wo bist du? Julien, wie konntest du zulassen, daß mir das passiert ist?

Aber die Geister antworten nur, wenn sie wollen, nur, wenn sie ihre eigenen Gründe haben.

»Ich lese hier in diesem unvollständigen Stammbaum.«

»Hast du ihn?«

»Ja. Das Original und die Fotokopie. Alles in zweifacher Ausfertigung. Original und Kopie. In so kleinen Päckchen. Hier hat er einen Kreis um Michael Curry gemacht, tatsächlich, und dann kommt lauter Zeug über Julien, der mit einem irischen Mädchen geschlafen hätte, und das Mädchen hätte das Baby ins Waisenhaus von St. Margaret gegeben und wäre dann ins Kloster gegangen und Schwester Bridget Marie geworden. Und das kleine Mädchen aus dem Waisenhaus hätte einen Feuerwehrmann namens Curry geheiratet, und der hätte einen Sohn gekriegt, und dann ihn, Michael! Genau hier!«

Mona lachte und wollte nicht aufhören. »Onkel Julien war ein Löwe! Weißt du, was Löwenmännchen tun, wenn ihnen der Kamm schwillt? Sie bringen alle Jungen um, so daß die Weibchen sofort wieder heiß werden, und dann zeugen sie so viele

Junge, wie sie nur können. Es geht ums Überleben der Gene. Onkel Julien wußte das. Er hat die Population gefördert.«

»Na ja, nach allem, was ich gehört habe, war er ziemlich wählerisch, wenn es darum ging, wer überleben sollte. Granny hat mir erzählt, daß er unseren Ururgroßvater erschossen hat.«

»Ich weiß nicht, ob das die richtige Zahl von ›Urs‹ ist. Aber was steht denn sonst noch in all diesen Papieren?«

»Tja, mein Zuckerpfläumchen, um die Wahrheit zu sagen, ich hätte nicht mal das hier rausgekriegt, wenn es nicht jemand angestrichen hätte. Hier steht einfach alles mögliche. Guck mal, hier kommt Michael Currys Name wieder vor. Er hat auch wieder einen Kreis drumgemalt.«

»Wer – Lasher oder Ryan?«

»Da fragst du mich was. Das hier ist die Kopie. Ich kann's nicht erkennen. Nein, halt, jetzt sehe ich, daß der Kreis auf der Kopie ist. Dann muß es Ryan gewesen sein. Und hier steht noch was von *hægtessære*. Na, weißt du??? Das bedeutet wahrscheinlich Hexer.«

»Recht hast du«, sagte Mona. »Es ist Altenglisch. Irgendwann hab ich mal die Herkunft jedes einzelnen Wortes nachgeschlagen, das irgendwie mit Hexen und Hexerei zusammenhängt.«

»Yeah. Ich nämlich auch. *Hægtessære*, der Hexer. Du hast recht.«

»Wenn man bedenkt, daß es Onkel Julien war, der wollte, daß ich dies tue – das ist das Rätsel dabei. Aber ein Geist kennt nur seine eigenen Angelegenheiten, und Onkel Julien wußte es vielleicht gar nicht. Die Toten wissen ja nicht alles. Die Bösen wissen alles, ob sie tot sind oder lebendig; zumindest wissen sie genug, um uns in einem Netz zu fangen, aus dem wir niemals entkommen können. Aber Julien wußte nicht, daß Michael sein Nachkomme war. Ich weiß, daß er es nicht wußte. Er hätte mir sonst nicht gesagt, daß ich kommen soll.«

»Wohin kommen?«

»Hierher in dieses Haus, in der Nacht des Mardi Gras, um mit Michael zu schlafen, um dieses Baby zu machen, das nur Michael und ich je würden machen können. Aber vielleicht könntest du es auch mit ihm machen, denn du kannst ja auch diesen Geruch riechen, der aus den Kisten kommt. Seinen Geruch.«

»Ja, vielleicht könnte ich es, Mona. Man kann nie wissen.«

»Richtig, mein Schatz, man kann nie wissen. Ich habe ihn zuerst gekriegt. Ich habe Michael gekriegt, als die Tür offenstand, bevor Rowan nach Hause kam. Bin einfach durch den Spalt geschlüpft, und wamm! ist dieses Baby da, dieses wunderbare kleine Baby.«

Mona rollte sich herum, hob den Kopf und stützte das Kinn auf die Hände, die Ellbogen auf den Teppich.

»Mary Jane, du mußt alles wissen.«

»Yeah, stimmt«, sagte Mary Jane. »Ich will es auch. Ich mach mir irgendwie Sorgen um dich.«

»Um mich? Unnötig. Mir könnte es nicht besser gehen. Ich habe wieder Durst auf Milch, aber ansonsten geht's mir prima. Schau, ich kann immer noch auf dem Bauch liegen – das heißt, eigentlich nicht, nein.« Sie setzte sich auf. »Das war nicht so bequem. Ich schätze, ich werde für ein Weilchen darauf verzichten müssen, weißt du? Auf dem Bauch schlafen?«

Mary Jane hatte die Brauen zusammengezogen und machte ein sehr ernstes Gesicht. Sie sah so niedlich aus! Kein Wunder, daß Männer so verdammt herablassend zu Frauen waren. Mona fragte sich, ob sie selbst auch so niedlich aussah.

»Kleine Hexen!« sagte sie in zischelndem Flüsterton und flatterte mit den Fingern neben ihrem Gesicht.

Mary Jane lachte. »Ja, kleine Hexen! Es war also Onkel Juliens Geist, der dir befohlen hat, heraufzukommen und mit Michael zu schlafen, und Rowan war nicht da.«

»Richtig. Sie war nicht da. Und Onkel Julien hatte heftig die Hand im Spiel, das kann ich dir sagen. Das Dumme ist nur, ich fürchte, er ist in den Himmel aufgefahren und hat uns alleingelassen, aber das ist mir andererseits ganz recht. Ich hätte keine Lust, ihm das hier zu erklären.«

»Wieso nicht?«

»Es ist eine neue Zeit, Mary Jane. Man könnte sagen, es ist die

Hexenkunst unserer Generation. Es hat nichts zu tun mit Julien oder Michael oder Rowan und der Art, wie sie die Probleme gelöst hätten. Es ist etwas völlig anderes.«

»Yeah, ich verstehe.«

»Du verstehst es wirklich, was?«

»Ja. Aber du bist wirklich schläfrig. Ich hole dir Milch.«

»Oh, das wäre göttlich.«

»Leg dich hin und schlaf, Darlin'. Deine Augen sehen wirklich furchtbar aus. Kannst du mich überhaupt noch sehen?«

»Natürlich. Aber du hast recht. Ich werde einfach hier schlafen. Und, Mary Jane: Nutze die Situation aus.«

»Oh, dafür bist du noch zu jung, Mona.«

»Nein, Dummerchen, das habe ich nicht gemeint!« Mona lachte. »Außerdem, wenn ich nicht zu jung für einen Mann bin, bin ich auch nicht zu jung für ein Mädchen. Ehrlich gesagt, es würde mich durchaus reizen, es mal mit einem Mädchen zu treiben, aus Neugier, oder vielleicht auch mit einer Frau, mit einer schönen Frau wie Rowan. Aber ich meinte etwas anderes. Die Kartons sind offen. Nutze diese Tatsache aus und lies, was du kannst.«

»Yeah, vielleicht mache ich das. Seine Handschrift kann ich eigentlich nicht richtig entziffern, aber ihre. Es ist auch Zeug von ihr hier drin.«

Mona drehte sich auf die Seite und schloß die Augen. Und was dich angeht, Morrigan, laß uns zurückreisen, weit, weit zurück. Nichts von diesem Unsinn über Eindringlinge und römische Soldaten. Weit zurück bis auf die Ebene, und du erzählst mir, wie alles anfing. Wer ist dieser Dunkelhaarige, den alle so lieben? »Gute Nacht, Mary Jane.«

»Hey, bevor du von hier wegfliegst, Darlin', sag mir noch, wem du unter all deinen Verwandten am meisten vertraust.«

»Aaah, dir natürlich, Mary Jane.«

»Nicht Rowan und Michael?«

»Keinesfalls. Man muß sie von nun an als Gegner betrachten. Aber es gibt Fragen, die ich Rowan stellen muß, Dinge, die ich von ihr erfahren muß, während sie nicht zu wissen braucht, was mit mir los ist. Ich muß mir noch einen Grund für diese Fragen ausdenken. Was Gifford und Alicia angeht, die beiden sind tot, und die uralte Evelyn ist zu krank, und Ryan ist zu blöd.«

»Mit anderen Worten, du willst nicht, daß ich Rowan oder Michael in London anrufe und sie um ihren Rat bitte?«

»Du liebe Güte, nein.« Sechs Kreise hatten sich gebildet, und der Tanz fing an. Sie wollte ihn nicht versäumen. »Das darfst du nicht, Mary Jane. Das darfst du auf keinen Fall. Versprich mir, daß du es nicht tun wirst, Mary Jane. Außerdem ist es Mitternacht in London, und wir wissen gar nicht, was sie gerade tun, nicht wahr? Gott helfe ihnen. Gott helfe Yuri.«

Mona trieb davon. Ophelia, Blumen im Haar, schwamm sanft stromabwärts. Die Zweige der Bäume senkten sich herab, um ihr Gesicht zu streicheln, das Wasser zu berühren. Nein, sie tanzte im Kreis, und der Dunkelhaarige stand in der Mitte und versuchte, zu ihnen zu sprechen, aber alle lachten und lachten. Sie liebten ihn, aber sie wußten auch, daß er die Gewohnheit hatte, zu reden und zu reden und sich so törichte Sorgen zu machen . . .

»Also, ich mache mir Sorgen um dich, Mona; ich sollte dir sagen . . .«

Mary Janes Stimme war sehr weit weg. Blumen, ganze Sträuße davon. Das erklärte alles – weshalb ich mein Leben lang von Gärten geträumt und immer nur Gärten gemalt habe. Warum malst du immer nur Gärten, Mona? hat Schwester Louise mich gefragt. Ich liebe Gärten, und der Garten in der First Street war so heruntergekommen, bis sie ihn hergerichtet und verändert haben. Und jetzt, getrimmt und gepflegt, beherbergt er das furchtbarste Geheimnis von allen.

Nein, Mutter, nicht . . .

Nein, die Blumen, die Kreise – *sprich du!* Dieser Traum würde genauso gut werden wie der letzte.

»Mona?«

»Laß mich gehen, Mary Jane.«

Mona hörte sie kaum noch; außerdem kam es auch nicht mehr darauf an, was sie sagte.

Und das war nur gut so, denn was in weiter, weiter Ferne aus Mary Janes Mund drang, bevor Mona und Morrigan anfingen zu singen, war dies:

»... weißt du, Mona Mayfair, ich sag's dir wirklich ungern, aber dieses Baby ist gewachsen, seit du da draußen unter dem Baum geschlafen hast!«

18

»Weißt du was, ich glaube, wir sollten jetzt gehen«, sagte Marklin.

Er lag auf Tommys Bett, die Hände hinter dem Kopf verschränkt, und studierte die Knoten im Holz des kassettierten Baldachins über dem Bett.

Tommy saß am Schreibtisch und hatte die Füße übereinandergeschlagen auf die schwarzlederne Ottomane gelegt. Das Zimmer war größer als Marklins und lag an der Südseite, aber das hatte ihn nie gestört. Er hatte sein eigenes Zimmer geliebt. Nun, jetzt war er bereit, auszuziehen. Er hatte alles Wichtige in einen Koffer gepackt und ihn unter seinem Bett versteckt.

»Nenne es Vorahnung«, sagte er. »Ich will hier nicht länger bleiben. Es gibt keinen Grund, länger zu bleiben.«

»Du bist fatalistisch und ein bißchen albern«, sagte Tommy.

»Hör mal, du hast alles, was in den Computern war, gelöscht. Stuarts Quartier ist verrammelt und verriegelt; man kommt nicht hinein, es sei denn, wir wollten die Türen eintreten. Und es gefällt mir nicht, einer Ausgangssperre zu unterliegen.«

»Die Ausgangssperre gilt für alle, wenn ich dich daran erinnern darf, und wenn wir uns jetzt davonmachen wollten, würden wir es nicht bis zum Ausgang schaffen, ohne ein Dutzend Fragen beantworten zu müssen. Außerdem wäre es eine krasse Respektlosigkeit, vor dem Gottesdienst zu verschwinden.«

»Tommy, ich kann jetzt keine düsteren Zeremonien zu nächtlicher Stunde und aufgeblasene Reden über Aaron und Anton ertragen. Ich will jetzt weg. Bräuche, Rituale. Diese Leute sind Narren. Tommy. Es ist zu spät, um noch drumrum zu reden. Es gibt Hintertreppen, es gibt Seitentreppen. Ich bin dafür, auf der Stelle zu verschwinden. Ich habe Pläne. Ich habe Arbeit, die auf mich wartet.«

»Ich möchte tun, worum sie uns gebeten haben«, sagte Tommy, »dazu bin ich entschlossen. Die Ausgangssperre zu beachten, die sie uns zu beachten gebeten haben. Und hinunterzugehen, wenn die Glocke läutet. Bitte, Marklin, wenn du jetzt nicht noch etwas Einsichtiges oder Hilfreiches zu sagen hast, sei lieber still, ja?«

»Warum soll ich still sein? Warum willst du denn hierbleiben?«

»Also schön, wenn du es wirklich wissen willst: Vielleicht haben wir während des Gedenkgottesdienstes, oder was immer das sein wird, Gelegenheit, herauszufinden, wo Stuart Tessa in Verwahrung hält.«

»Wie könnten wir das herausfinden?«

»Stuart ist kein reicher Mann, Marklin. Er muß irgendwo ein Zuhause haben, einen Ort, den wir noch nie gesehen haben, das Haus seiner Väter, oder was weiß ich. Wenn wir unsere Trümpfe jetzt richtig ausspielen, dann können wir zu diesem Thema ein paar Fragen stellen, aus reiner Sorge um Stuart natürlich. Oder hast du eine bessere Idee?«

»Tommy, ich glaube nicht, daß Stuart auf die Idee kommen würde, Tessa in einem Haus zu verstecken, von dem bekannt ist, daß es seines ist. Er mag ein Feigling sein, vielleicht sogar ein melodramatischer Wahnsinniger, aber dumm ist er nicht. Wir werden Stuart nicht finden, und wir werden auch Tessa nicht finden.«

»Was sollen wir dann tun?« fragte Tommy. »Alles aufgeben? Bei dem, was wir wissen?«

»Nein. Wir verschwinden von hier. Wir fahren zurück nach Regent's Park. Und wir denken nach. Wir denken über etwas nach, das sehr viel wichtiger ist für uns als alles, was die Talamasca uns zu bieten hat.«

»Nämlich?«

»Wir denken über die Mayfair-Hexen nach, Tommy. Wir gehen Aarons letztes Fax an die Ältesten noch einmal durch. Und wir studieren die Akte, wir studieren sie aufmerksam und durchforschen sie nach Hinweisen darauf, wer aus diesem Clan für unsere Zwecke am wichtigsten sein könnte.«

»Du überstürzt die Sache«, sagte Tommy. »Was willst du denn machen? Ein paar Amerikaner entführen?«

»Das können wir hier jetzt nicht erörtern. Wir können nicht alles planen. Paß auf, ich warte, bis diese verdammte Zeremonie anfängt, aber dann verschwinde ich. Bei der ersten Gelegenheit bin ich weg. Du kannst ja später nachkommen, wenn du willst.«

»Sei nicht albern«, sagte Tommy. »Ich habe kein Auto. Ich muß mit dir kommen. Und was ist, wenn Stuart zur Zeremonie wieder da ist? Hast du daran schon gedacht?«

»Stuart kommt nicht wieder her. Dazu ist er zu vernünftig. Hör zu, Tommy, mein Entschluß ist unumstößlich: Ich bleibe bis zum Anfang der Zeremonie. Ich erweise ihnen meine Verehrung, ich plaudere mit ein paar Ordensgenossen, und so weiter. Und dann bin ich weg! Und dann, dann kommt mein Rendezvous mit den Mayfair-Hexen, und Stuart und Tessa können zum Teufel gehen.«

»Also gut. Ich komme mit.«

»Das ist besser. Das ist intelligent. Das ist mein praktisch denkender Tommy.«

»Dann schlaf jetzt ein bißchen. Sie haben nicht gesagt, wann sie uns rufen. Und du bist derjenige, der fahren muß.«

19

Im obersten Raum des Turmes saß Yuri am runden Tisch und starrte in die Tasse mit dem dampfenden chinesischen Tee, die vor ihm stand. Der Verurteilte selbst hatte den Tee zubereitet. Yuri wollte ihn nicht anrühren.

Sein ganzes Leben in der Talamasca hatte er Stuart Gordon gekannt. Unzählige Male war er mit Gordon und Aaron essen gewesen. Sie waren zusammen durch die Gärten spaziert, hatten sich gemeinsam nach Rom zurückgezogen. Aaron hatte so frei und offen mit Gordon gesprochen. Die Mayfair-Hexen, die Mayfair-Hexen, die Mayfair-Hexen. Und nun war es Gordon.

Der Verräter.

Warum brachte Ash ihn jetzt nicht um? Was hatte der Mann zu geben, das nicht vergiftet wäre, nicht verdreht von seinem Wahnsinn? Es stand so gut wie fest, daß Marklin George und Tommy Monohan seine Helfershelfer gewesen waren. Aber in diesem Punkt würde der Orden die Wahrheit schon herausfinden. Yuri hatte von der Telefonzelle im Dorf aus mit dem Mutterhaus gesprochen, und schon der Klang von Elveras Stimme hatte ihn in Tränen ausbrechen lassen. Elvera war treu. Elvera war gut. Yuri wußte, daß sich die breite Kluft, die sich zwischen ihm und dem Orden aufgetan hatte, schon wieder schloß. Wenn Ash recht hatte und die Verschwörung nur auf einen kleinen Kreis begrenzt gewesen war, dann mußte Yuri nur Geduld haben. Er mußte Stuart Gordon zuhören. Denn er würde der Talamasca übermitteln müssen, was er heute abend erfahren würde.

Geduld. Aaron würde es so wollen. Aaron würde wollen, daß die Geschichte bekannt würde, daß sie aufgezeichnet würde für andere. Und Michael und Rowan – hatten sie nicht auch ein Recht auf die Tatsachen? Und Ash, dieser geheimnisvolle Ash. Er hatte Gordons Verrat aufgedeckt. Wenn Ash nicht in der Spelling Street aufgetaucht wäre, hätte Yuri Gordons Unschuldsbeteuerungen und den paar törichten Lügen, die er ihm im Coffeeshop erzählt hatte, Glauben geschenkt.

Ash saß auf der anderen Seite des Kreises. Seine monströsen Hände lagen gefaltet auf der Kante des alten, unbearbeiteten Holztisches. Er beobachtete Gordon, der rechts neben ihm saß. Er haßte Gordon wirklich; Yuri sah es daran, daß in seinem Gesicht etwas fehlte, ein Ausdruck von Mitgefühl vielleicht? Die Zärtlichkeit, die Ash sonst gegen jedermann, absolut jedermann zeigte.

Rowan Mayfair und Michael Curry saßen rechts und links neben Yuri, Gott sei Dank. Er hätte es nicht ertragen, in Gordons Nähe zu sein. Michael war der Zornige, der Mißtrauische. Rowan war von Ash fasziniert. Yuri hatte es vorausgesehen. Aber Michael war bis jetzt noch von keinem fasziniert.

Yuri konnte seinen Tee nicht anrühren. Ebenso hätte er den Urin dieses Mannes trinken können.

»Aus dem indischen Dschungel«, sagte Stuart und nahm einen Schluck von seiner eigenen Tasse, in die er einen großzügigen Schuß Whisky geschüttet hatte. »Ich weiß nicht, woher. Ich kenne Indien nicht. Ich weiß nur, daß die Eingeborenen erzählten, sie sei schon immer dagewesen und von Dorf zu Dorf gewandert. Vor dem Krieg sei sie zu ihnen gekommen; sie spreche Englisch und werde nicht älter, und die Frauen in den Dörfern hätten Angst vor ihr.«

Die Whiskyflasche stand mitten auf dem Tisch. Michael Curry hätte gern etwas davon getrunken, aber er konnte die Getränke, die Gordon ihnen anbot, ebenfalls nicht anrühren. Rowan Mayfair saß mit verschränkten Armen da. Michael Curry hatte die Ellbogen auf den Tisch gestützt. Er saß näher bei Stuart und versuchte offensichtlich, aus ihm schlau zu werden.

»Ich glaube, es war eine Fotografie, die ihr zum Verhängnis wurde. Jemand hatte das ganze Dorf fotografiert, alle zusammen. Irgendeine furchtlose Seele mit einem Stativ und einer Plattenkamera. Und sie war auf dem Bild gewesen. Einer der jungen Männer entdeckte das Bild unter den Habseligkeiten seiner Großmutter, als die Großmutter starb. Ein gebildeter Mann. Ein Mann, den ich in Oxford unterrichtet hatte.«

»Und er wußte von der Talamasca?«

»Ja. Ich habe meinen Studenten nicht viel über den Orden erzählt – nur denen, die den Eindruck machten, als wollten sie . . .«

»Diesen jungen Männern beispielsweise«, sagte Yuri.

Er sah, wie das Licht in Stuarts Augen einen Satz machte, als sei die Lampe gehüpft und nicht Stuart zusammengezuckt.

»Ja, diesen jungen Männern beispielsweise.«

»Was für jungen Männern?« fragte Rowan.

»Marklin George und Tommy Monohan«, sagte Yuri.

Stuarts Gesicht war wie erstarrt. Er hob seine Teetasse mit beiden Händen zum Mund und trank einen großen Schluck.

Der Whiskey roch eklig wie Medizin.

»Waren sie es, die Ihnen dabei geholfen haben?« fragte Yuri. »Das Computergenie und der Lateinstudent?«

»Ich trug die Verantwortung«, sagte Stuart, ohne Yuri anzusehen. »Wollen Sie hören, was ich zu sagen habe, oder nicht?«

»Sie haben Ihnen geholfen«, sagte Yuri.

»Ich habe über meine Komplizen nichts zu sagen.« Gordon schaute Yuri eiskalt an und richtete den Blick dann wieder ins Leere, in die Schatten an den Wänden.

»Es waren die beiden Jungen«, sagte Yuri, obwohl Michael versuchte, ihn mit einer Gebärde zurückzuhalten.

»Und was ist mit Joan Cross oder Elvera Fleming oder Timothy Hollingshed?«

Stuart reagierte mit einer ungeduldigen Geste des Abscheus auf diese Namen; ihm war kaum klar, wie man dies in bezug auf die Jungen würde deuten können.

»Joan Cross hat nicht einen Funken Romantik im Leibe«, sagte er plötzlich. »Timothy Hollingshed hat man immer überschätzt, einfach seiner aristokratischen Herkunft wegen. Und Elvera Fleming ist eine alte Närrin! Stellen Sie mir diese Fragen nicht mehr. Ich werde mich nicht dazu verleiten lassen, über meine Komplizen zu sprechen. Ich werde mich nicht dazu verleiten lassen, sie zu verraten. Dieses Geheimnis werde ich mit ins Grab nehmen, da können Sie sicher sein.«

»Dieser Freund«, sagte Ash mit geduldiger, aber überraschend kalter Miene, »dieser junge Mann in Indien, der hat Ihnen also geschrieben, Mr. Gordon.«

»Er hat mich angerufen, genauer gesagt, und mir erzählt, er habe ein Geheimnis für mich. Er meinte, er könne sie mit nach England bringen, wenn ich sie übernähme, sobald sie hier wäre. Sie scheine wahnsinnig zu sein, und dann wieder nicht. Niemand könne sie richtig verstehen. Sie spreche von Zeiten, die den Menschen in ihrer Umgebung unbekannt seien. Und als er Erkundigungen über sie eingezogen habe, um sie vielleicht nach Hause zu schicken, da habe er festgestellt, daß sie in dem Teil Indiens eine Legende sei. Ich habe das Ganze protokolliert. Ich habe unseren Briefwechsel. Es ist alles hier. Im Mutterhaus sind Kopien. Aber die Originale sind hier. Alles, was mir teuer ist, befindet sich in diesem Turm.«

»Sie wußten, was sie war, als Sie sie sahen?«

»Nein. Es war ungewöhnlich. Ich war verzaubert von ihr. Irgendein selbstsüchtiger Instinkt beherrschte mein Handeln. Ich brachte sie hierher. Ich wollte sie nicht mit ins Mutterhaus nehmen. Es war höchst eigenartig. Ich hätte niemandem erzählen können, was ich tat oder warum ich es tat – von der offenkundigen Tatsache abgesehen, daß ich so bezaubert war. Ich hatte diesen Turm erst kurz zuvor vom Bruder meiner Mutter geerbt, einem Antiquar, der in der Familie mein Mentor gewesen war. Es schien genau der richtige Ort zu sein. In der ersten Woche ging ich kaum aus dem Haus. Ich war noch nie mit einer Person wie Tessa zusammengewesen. Sie hatte eine Fröhlichkeit, eine Einfachheit, die mich unaussprechlich glücklich machte.«

»Ja, da bin ich sicher«, sagte Ash mit der Andeutung eines Lächelns. »Bitte fahren Sie mit Ihrem Bericht fort.«

»Ich verliebte mich in sie.« Gordon hielt inne und zog die Brauen hoch, als sei er erstaunt über seine eigenen Worte. Die Enthüllung schien ihn zu erregen. »Ich verliebte mich rettungslos in sie.«

»Und Sie haben sie hier festgehalten?« fragte Yuri.

»Ja, sie war seitdem immer hier. Sie geht nie aus. Sie hat

Angst vor den Menschen. Nur wenn ich eine ganze Weile hier bin, fängt sie an zu reden, und dann erzählt sie ihre erstaunlichen Geschichten. Sie sind selten zusammenhängend – das heißt, ich sollte wohl sagen, chronologisch. Aber die kleinen Geschichten ergeben immer einen Sinn. Ich habe Hunderte von Aufzeichnungen ihrer Erzählungen, Listen von altenglischen und lateinischen Wörtern, die sie benutzt hat.

Wissen Sie, was mir beinahe sofort klar wurde, war, daß sie von zwei verschiedenen Leben sprach, einem sehr langen, das sie jetzt lebt, und einem Leben, das sie früher einmal gelebt hat.«

»Zwei Leben? Sie meinen wohl einfach Reinkarnation?«

»Sie hat es nach einer ganzen Weile erklärt.« Gordon war jetzt so leidenschaftlich in seine Erzählung vertieft, daß er die Gefahr, die ihm drohte, ganz vergessen zu haben schien. »Sie sagte, ihresgleichen habe immer zwei Leben, manchmal mehr. Bei der Geburt wisse man alles, was man zum Leben brauche, aber allmählich erinnere man sich an ein früheres Leben und an Bruchstücke und Fragmente von anderen. Und es seien die Erinnerungen an dieses frühere Leben, was einen davor bewahre, in der Gesellschaft von Menschen wahnsinnig zu werden.«

»Ihnen war doch inzwischen klar, daß sie kein Mensch war«, sagte Rowan. »Mich hätte sie getäuscht.«

»Nein, überhaupt nicht. Ich hielt sie für einen Menschen. Natürlich hatte sie seltsame Eigenschaften – diese durchscheinende Haut, die ungeheure Körpergröße, die ungewöhnlichen Hände. Aber ich dachte nie: ›Nein, dieses Wesen ist kein Mensch.‹

Sie selbst war es, die sagte, sie sei kein Mensch. Sie sagte es mehr als einmal. Ihr Volk habe vor den Menschen gelebt. Sie hätten jahrtausendelang in Frieden auf den Inseln im Nordmeer gelebt. Vulkanische Quellen aus der Tiefe hätten diese Inseln erwärmt, dampfende Geysire und freundliche Seen.

Und das wußte sie nicht, weil sie selbst damals gelebt hatte, sondern weil andere, die sie in ihrem ersten Leben gekannt hatte, sich an ein früheres Leben in diesem Paradies erinnern konnten; daher kannte ihr Volk seine Geschichte, aus den unvermeidlichen und stets einzigartigen Erinnerungen an früheres Leben.

Verstehen Sie nicht? Es war unglaublich – die Vorstellung, daß jedermann mit klaren und wertvollen historischen Erinnerungen auf die Welt kommen könnte! Das bedeutete, daß dieses Volk mehr über sich wußte, als Menschen jemals wissen können. Es kannte die Frühzeit sozusagen aus erster Hand!«

»Und wenn Sie Tessa mit einem Artgenossen kreuzen könnten«, sagte Rowan, »dann hätten Sie ein Kind, das sich an ein früheres Leben erinnern könnte – und dann vielleicht noch ein Kind, und noch eine Erinnerung an ein weiteres Leben.«

»Genau! Die Kette der Erinnerungen wäre geknüpft, und wer weiß, wie weit sie zurückreichen würde? Denn jeder, der sich an ein früheres Dasein erinnert, erinnert sich an die Erzählungen derer, die er in jener Zeit kannte und liebte und die sich selbst wiederum an ihr früheres Dasein erinnerten!«

Ash hörte zu, ohne einen Kommentar abzugeben oder sich seine Stimmung anmerken zu lassen. Nichts von alldem schien ihn zu überraschen oder bei ihm Anstoß zu erregen. Yuri lächelte fast; es war die Schlichtheit, die er auch im Claridge's schon an Ash beobachtet hatte, als er das erstemal mit ihm gesprochen hatte.

»Ein anderer hätte Tessas Behauptungen vielleicht vom Tisch gewischt«, meinte Gordon, »aber ich erkannte die gälischen Wörter, die sie benutzte, die altenglischen Brocken, die lateinischen Wendungen, und als sie eine Runenschrift niederschrieb, konnte ich sie lesen! Da wußte ich, daß sie die Wahrheit sagte.«

»Und Sie haben es für sich behalten«, stellte Rowan in neutralem Ton fest, als gehe es ihr nur darum, Gordons ärgerliche Gefühlsausbrüche zu dämpfen und ihn wieder ins rechte Gleis zu bringen.

»Jawohl! Beinahe hätte ich Aaron davon erzählt. Je mehr Tessa sprach, desto öfter sprach sie vom Hochland, von frühen keltischen Ritualen und Gebräuchen, von keltischen Heiligen und der keltischen Kirche.

Sie wissen, daß unsere Kirche in England damals keltisch oder bretonisch war, oder wie Sie es sonst nennen wollen, gegründet von den Aposteln selbst, die von Jerusalem nach Glastonbury gekommen waren. Wir hatten keine Verbindung mit Rom. Erst Papst Gregor und sein Büttel, der Hl. Augustinus, haben Britannien die römische Kirche aufgezwungen.«

»Ja. Aber Sie haben Aaron Lightner nichts erzählt?« Ash hob seine Stimme kaum merklich. »Sie sagten eben . . .?«

»Aaron war schon nach Amerika gereist, um wieder einmal mit den Mayfair-Hexen Kontakt aufzunehmen und andere Untersuchungen im Bereich des Übersinnlichen zu führen. Ich hatte keine Zeit, Aaron nach seinen früheren Forschungen zu befragen. Und natürlich hatte ich auch etwas Unrechtes getan. Ich hatte eine Frau genommen, die mir als Mitglied des Ordens anvertraut worden war, und ich hatte sie für mich behalten, fast wie eine Gefangene. Selbstverständlich war es Tessa nie verwehrt, fortzugehen – außer durch ihre eigene Angst. Aber ich hatte diese Frau versteckt. Ich hatte dem Orden nichts von ihr erzählt.«

»Wie sind Sie denn auf diesen Zusammenhang gekommen?« fragte Ash. »Zwischen Tessa und den Mayfair-Hexen?«

»Oh, das war nicht schwierig. Eins folgte aus dem anderen. Wie gesagt, Tessas Reden waren voll von Hinweisen auf archaische Highland-Gebräuche. Sie sprach immer wieder von den Steinkreisen, die ihr Volk gebaut habe und die später von den Christen für bizarre Rituale benutzt worden seien, ohne daß ihre Priester diesem Treiben je ein Ende machen konnten.

Sie alle kennen sicher unsere Mythologie. In den alten Mythen der Briten wimmelt es von sagenhaften Riesen. Unsere Legenden behaupten, diese Riesen hätten die Steinkreise gebaut, und Tessa sagt es auch. Unsere Riesen weilten noch lange nach ihrer Zeit an dunklen, entlegenen Orten, in Höhlen am Meer und in den Highlands. Nun, Tessas Riesen, von der Erde verjagt, beinahe ausgerottet, überlebten gleichfalls an geheimen Stätten! Und als sie es schließlich wagten, doch wieder unter Menschen zu erscheinen, da brachte man ihnen Verehrung und Angst entgegen. Genauso, sagte sie, erging es dem Kleinen Volk, dessen Ursprünge in Vergessenheit geraten sind. Einerseits verehrte, andererseits fürchtete man sie. Und die Urchristen in Schottland pflegten oft in den Steinkreisen zu singen und zu tanzen, weil sie wußten, daß die Riesen es einst getan hatten, ja, daß sie diese Kreise eigens zu diesem Zweck errichtet hatten. Sie wollten die Riesen mit ihrer Musik aus ihrem Versteck locken, damit sie herabkämen, um mitzutanzen, und dann wollten die Christen sie abschlachten, um die Priester zufriedenzustellen – nicht ohne sie zuvor zu benutzen, um die alten Götter zufriedenzustellen.«

»Was heißt zufriedenstellen?« fragte Rowan.

Gordons Blick verschleierte sich, und seine Stimme bekam einen sanften, beinahe wohligen Ton, als müsse die bloße Erwähnung dieser Dinge zwangsläufig ein Gefühl des Staunens hervorrufen.

»Hexerei – davon ist hier die Rede. Frühe, bluttriefende Hexerei, in welcher der Aberglaube unter dem Joch des Christentums sich auf der Suche nach Magie in die heidnische Vergangenheit zurückwandte, um *maleficia* zu tun, um Macht zu erringen, oder nur, um Zeugen eines dunklen, geheimen Rituals zu sein, das sie reizte, wie kriminelle Handlungen für die Menschen schon immer reizvoll waren. Jedenfalls brannte ich darauf, die Bestätigung für Tessas Erzählungen zu bekommen.

Ohne jemand ins Vertrauen zu ziehen, stieg ich hinunter in die tiefsten Keller des Mutterhauses, dorthin, wo das älteste, ungeprüfte Material über das britische Volkstum lagerte. Es waren Manuskripte, die von Gelehrten wie Aaron, die Jahre damit zugebracht hatten, alte Dokumente zu übersetzen, als ›Fantasieprodukte‹ und ›irrelevant‹ eingestuft worden waren. Dieses Material existierte in unseren modernen Inventarlisten und Datenbanken nicht einmal. Man mußte die zerbröckelnden Seiten eigenhändig durchsehen.

Oh, was ich da fand! Zerfallende Quartbände, wunderschön

illustrierte Bücher aus Pergament, Werke der irischen Mönche, der Benediktiner und Zisterzienser, die sich über den wahnhaften Aberglauben des gemeinen Volkes beklagten, angefüllt mit Geschichten über diese Riesen und diese Kleinen Leute; hartnäckig glaubte das gemeine Volk an sie, lockte sie hervor und bediente sich ihrer auf verschiedenste Weise.

Und hier, eingestreut zwischen diese wortreichen Verdammungen, fand ich Geschichten von riesengroßen Heiligen! Von Riesenrittern und Königen!

Hier in Glastonbury, gar nicht weit von hier, wurde in früherer Zeit einmal ein Riese von sieben Fuß ausgegraben, und man erklärte, es sei König Arthur. Was war das anderes als einer von Tessas Riesen, frage ich Sie? Und solche Geschöpfe hat man überall in Großbritannien gefunden.

Oh, wohl tausendmal war ich versucht, Aaron anzurufen. Wie hätte Aaron diese Geschichten geliebt, vor allem diejenigen, die geradewegs aus den Highlands kamen, aus der Geisterwelt ihrer Lochs und Glens.

Aber es gab nur eine Person auf der Welt, der ich mich anvertrauen konnte, und das war Tessa.

Und als ich mit meinen sorgfältig ausgegrabenen Geschichten nach Hause kam, erkannte Tessa diese Rituale, diese Muster – ja, sogar die Namen der Heiligen und Könige. Natürlich redete Tessa nicht in ausgefeilten Sätzen. Es kam bruchstückhaft aus ihrem Munde, wie ihr Volk zu einem heiligen Jagdwild wurde, und wie es sich vor Folter und Tod nur retten konnte, indem es zur Macht aufstieg und sich zu Herrschern über die Christen erhob, oder indem es tiefer und tiefer in die großen Wälder flüchtete, die in jenen Jahren noch immer die Berge bedeckten, in die Höhlen und die geheimen Täler, wo sie verzweifelt versuchten, in Frieden zu leben.«

»Und das haben Sie Aaron nie erzählt«, sagte Yuri.

Gordon beachtete ihn nicht. Er fuhr fort:

»Und dann gestand mir Tessa mit schmerzerfüllter Stimme, daß sie einst von christlichen Bauern schrecklich gequält worden war; sie hatten sie eingesperrt und sie gezwungen, nacheinander alle Männer aus den Dörfern der Umgebung zu empfangen. Die Hoffnung war, daß sie einen zweiten Riesen wie sie selbst gebären würde, einen Riesen, der aus ihrem Schoß entspringen und binnen Stunden zu Sprache, Wissen und Erwachsenenreife gelangen würde – eine Kreatur, die diese Bauern dann vor ihren Augen ermorden wollten!

Es war für sie zu einer Religion geworden, verstehen Sie? Fangt den Taltos, vermehrt ihn, opfert seine Kinder. Und Weihnachten, die Zeit uralter heidnischer Rituale, war ihnen die liebste Zeit für diese heilige Jagd. Aus dieser gräßlichen Gefangenschaft war Tessa schließlich entronnen. Nie hatte sie das Opferwesen geboren; der Same eines jeden Mannes hatte ihr immer nur Blutstürze verursacht.«

Er schwieg und zog die Brauen zusammen. Mit trauriger Miene schaute er Ash an.

»Und das war es, was meine Tessa verletzt hat? Das war es, was den Quell hat versiegen lassen?« Es war weniger eine Frage als vielmehr eine Bestätigung dessen, was zuvor enthüllt worden war; Ash, der anscheinend keine Notwendigkeit sah, es zu bestätigen, antwortete nicht.

Gordon schauderte.

»Sie sprach von gräßlichen Dingen«, sagte er. »Sie sprach von den Männern ihres Volkes, die in den Steinkreis hinabgelockt wurden, und von den Dorfjungfern, die ihnen angeboten wurden. Brachte eine solche Jungfer aber keinen Riesen zur Welt, so war der Tod die sichere Folge. Und wenn so viele Jungfrauen gestorben waren, daß die Leute im Dorf an der Kraft des Riesen zu zweifeln begannen, dann wurde er als Opfergabe verbrannt. Tatsächlich wurde er überhaupt immer verbrannt, ganz gleich, wie das Ritual aussah, ob er Nachkommen gezeugt hatte oder nicht, denn man fürchtete diese Männer sehr.«

»Die Frauen also nicht«, sagte Rowan. »Weil die Frauen den Menschenmännern, die mit ihnen schliefen, nicht den Tod brachten.«

»Ganz recht«, sagte Gordon. »Aber!« Er hob mit schmalem, entzücktem Lächeln den Zeigefinger. »Aber! Es geschah tatsächlich hin und wieder, daß der männliche oder der weibliche Riese ein magisches Kind seiner eigenen Art hervorbrachte. Und dann gab es einen neugeborenen Riesen, den alle anschauen konnten!

Kein Zeitpunkt war für eine solche Vereinigung günstiger als Weihnachten, der fünfundzwanzigste Dezember, das Fest des Sonnengottes! Und man sagte dann – wenn ein Riese geboren wurde –, daß der Himmel sich wieder einmal mit der Erde gepaart habe und daß aus dieser Vereinigung große Magie hervorgegangen sei, wie bei jener ersten Schöpfung. Und erst nach gewaltigem Schmausen und unter mancherlei weihnachtlichen Gesängen wurden in Christi Namen das Opfer dargebracht. Bisweilen war ein Taltos Mutter oder Vater mehrerer solcher Nachkommen, und Taltos paarte sich mit Taltos, und die Opferfeuer erfüllten die Glens; ihr Rauch stieg zum Himmel und brachte einen zeitigen Frühling mit warmen Winden und gutem Regen, der die Feldfrüchte gedeihen ließ.«

Gordon brach ab und wandte sich voller Begeisterung an Ash. »Sie müssen das alles doch auch wissen. Sie könnten uns neue Glieder zur Kette der Erinnerungen geben. Sicher haben doch auch Sie ein früheres Leben gelebt. Sie könnten uns Dinge sagen, die kein Mensch je auf andere Art herausfinden könnte. Sie können klar und kraftvoll davon erzählen, denn Sie sind stark und nicht verwirrt wie meine arme Tessa! Sie können uns dieses Geschenk machen.«

Ash sagte nichts. Aber sein Gesicht hatte sich verfinstert, und Gordon schien sich dessen nicht bewußt zu sein.

Er ist ein Narr, dachte Yuri. Vielleicht ist es das, was die großen Gewaltkomplotte immer brauchen: einen romantischen Narren.

Gordon wandte sich um und sah die anderen an, sogar Yuri, an den er jetzt appellierte: »Verstehen Sie denn nicht? Sicher verstehen Sie doch jetzt, was solche Möglichkeiten für mich bedeuteten.«

»Ich weiß nur«, sagte Yuri, »daß Sie Aaron nichts gesagt haben. Und Sie haben es auch den Ältesten verheimlicht, nicht wahr? Die Ältesten haben nie etwas davon gewußt. Ihre Brüder und Schwestern haben es nie erfahren!«

»Ich sagte doch, ich konnte meine Entdeckungen niemandem anvertrauen, und offengestanden wollte ich es auch nicht. Sie gehörten mir. Außerdem, was hätten unsere geliebten Ältesten denn gesagt – wenn ›gesagt‹ der richtige Ausdruck für ihre endlosen, stummen Korrespondenzen ist? Ein Fax wäre gekommen und hätte mir befohlen, Tessa sofort ins Mutterhaus zu bringen und ... Nein! Diese Entdeckung war mein rechtmäßiges Eigentum. Ich hatte Tessa gefunden.«

»Nein, Sie belügen sich selbst und alle anderen«, widersprach Yuri. »Alles, was Sie sind, sind Sie durch die Talamasca.«

»Das ist ein verächtlicher Gedanke! Habe ich der Talamasca denn nichts gegeben? Außerdem war es nicht meine Absicht, unseren Mitgliedern zu schaden. Den Ärzten, die da hineingezogen wurden – ja, damit war ich einverstanden, auch wenn ich selbst dies niemals vorgeschlagen hätte.«

»Sie haben also Dr. Samuel Larkin ermordet?« fragte Rowan mit ihrer dunklen, ausdruckslosen Stimme.

»Larkin, Larkin ... ach, ich weiß nicht. Ich bin verwirrt. Wissen Sie, meine Helfer hatten ganz andere Vorstellungen als ich, wenn es um die Frage ging, was notwendig sei, um die ganze Angelegenheit geheimzuhalten. Man könnte sagen, ich habe mich den waghalsigeren Aspekten des Planes gefügt. In Wahrheit kann ich mir gar nicht vorstellen, einen anderen Menschen einfach so umzubringen.«

Er funkelte Ash vorwurfsvoll an.

»Und Ihre Helfer, wie heißen die?« fragte Michael. Sein Ton glich dem Rowans: gedämpft und äußerst pragmatisch. »Die Männer in New Orleans, Norgan und Stolov, haben Sie denen angeboten, sie in die Geheimnisse einzuweihen?«

»Nein, natürlich nicht«, erklärte Gordon. »Sie waren keine richtigen Mitglieder, genausowenig wie Yuri hier ein Mitglied war. Sie arbeiteten lediglich als Ermittler für uns, als Kuriere und dergleichen. Aber da war die Sache schon ... sie war vielleicht ein bißchen außer Kontrolle geraten. Ich kann es nicht sagen. Ich weiß nur, daß meine Freunde, meine Vertrauten glaubten, sie könnten diese Männer mit Geheimnissen und mit Geld an der Kandare führen. Darum geht es ja immer bei der Korruption – um Geheimnisse und Geld. Aber lassen wir dieses Thema. Wichtig ist hier die Entdeckung an sich. Sie ist rein, und sie rechtfertigt alles.«

»Gar nichts rechtfertigt sie!« rief Yuri. »Aus Gewinnsucht haben Sie Ihr Wissen für sich behalten! Ein gemeiner Verräter, der die Archive um seines persönlichen Vorteils willen plündert!«

»Nichts könnte weiter von der Wahrheit entfernt sein«, behauptete Gordon.

»Yuri, lassen Sie ihn weitererzählen«, mahnte Michael leise.

»Wie sind Sie auf den Zusammenhang gekommen?« fragte Rowan. »Zwischen all dem und den Mayfair-Hexen?«

»Ich habe ihn sofort gesehen. Er hatte etwas mit dem Steinkreis zu tun. Ich kannte schon immer die Geschichte von Suzanne, der ersten Mayfair, jener Hochlandhexe, die im Steinkreis einen Teufel heraufbeschworen hatte. Und ich hatte Petyr van Abels Beschreibung jenes Geistes gelesen und wie der Geist ihn verfolgt, gewürgt und einen Willen an den Tag gelegt hatte, der viel stärker war als der eines menschlichen Verfolgers.

Der Bericht von Petyr van Abel war der erste Bericht über die Mayfair-Hexen, den Aaron übersetzt hatte, und mit etlichen Fragen zum alten Latein kam er natürlich zu mir. Aaron kam damals immer zu mir, wenn er Hilfe brauchte.«

»Sein Unglück«, bemerkte Yuri.

»Natürlich drängte sich mir die Frage auf: Was ist, wenn dieser Lasher die Seele einer anderen Spezies ist, die nach Reinkarnation strebt? Wie gut das in dieses ganze Geheimnis paßte! Und Aaron hatte erst kurz zuvor aus Amerika geschrieben, daß die Familie Mayfair sich in ihrer dunkelsten Stunde befinde, da der Geist, der da ins Fleisch wolle, durchzudringen drohe.

War es die Seele eines Riesen, der sein zweites Leben wollte?

Endlich waren meine Entdeckungen doch zu gewichtig geworden. Ich mußte sie mit jemandem teilen. Ich mußte Menschen, denen ich vertraute, hinzuziehen.«

»Aber das waren nicht Stolov und Norgan.«

»Nein! Meine Freunde ... meine Freunde waren von ganz anderer Art. Aber Sie bringen mich durcheinander. Stolov und Norgan waren damals noch nicht an der Sache beteiligt. Nein. Lassen Sie mich fortfahren.«

»Aber sie gehörten zur Talamasca, diese Freunde«, sagte Rowan.

»Ich werde Ihnen gar nichts über sie sagen, außer daß sie ... es waren junge Männer, an die ich glaubte.«

»Sie haben diese Freunde hierhergebracht, in den Turm?«

»Keineswegs«, sagte Stuart. »So dumm bin ich nicht. Tessa habe ich ihnen gezeigt, aber an einem Ort, den ich für diesen Zweck ausgesucht hatte, in den Ruinen von Glastonbury Abbey, genau an der Stelle, wo man das Skelett des sieben Fuß großen Riesen ausgegraben hat, nur um ihn später wieder zu bestatten.

Es war eine sentimentale Tat, daß ich sie dorthin brachte, wo sie auf dem Grab eines Artgenossen stand. Und dort ließ ich sie von denen anbeten, die mir bei meiner Arbeit helfen sollten. Sie ahnten nicht, daß ihre Wohnung nicht einmal eine Meile weit entfernt war. Sie sollten es nie erfahren.

Aber sie waren engagiert und unternehmungslustig. Sie schlugen mir die allerersten wissenschaftlichen Tests vor. Sie halfen mir, Tessa mit einer Injektionsspritze die erste Blutprobe zu entnehmen, die wir dann zur anonymen Analyse an verschiedene Labors schickten. Und dann hatten wir den ersten unumstößlichen Beweis dafür, daß Tessa kein Mensch war! Enzyme, Chromosomen, von all dem verstand ich nichts. Aber sie verstanden es.«

»Sie waren Ärzte?« fragte Rowan.

»Nein. Nur sehr brillante junge Männer.« Ein Schatten flog über sein Gesicht, und er warf Yuri einen bösartigen Blick zu.

Ja, deine Akolyten, dachte Yuri. Aber er sagte nichts.

»Alles war noch ganz anders in diesem Augenblick! Es gab keine Mordkomplotte gegen irgendwelche Leute. Aber es sollte ja noch so viel passieren.«

»Erzählen Sie weiter«, sagte Michael.

»Mein nächster Schritt lag auf der Hand. Ich würde in den Keller zurückkehren, zu all dem vergessenen Volkstum, und nur das Material über Heilige von ungeheurer Körpergröße durchforschen. Und was fand ich? Einen Stapel von Hagiographien – Manuskripte, die in der Zeit der schrecklichen Unterdrückung der Klöster durch Heinrich den Achten von der Vernichtung verschont geblieben und mit tausenden von anderen solchen Texten in unsere Archive geworfen worden waren.

Und ... und unter diesen Schätzen befand sich ein Karton, auf den irgendein längst verstorbener Sekretär oder Schreiber geschrieben hatte: ›Die Lebensgeschichte der schottischen Heiligen.‹ Und darunter der hastig gekritzelte Untertitel: ›Riesen‹!

Sogleich stieß ich auf die Kopie einer älteren Schrift, die ein Mönch auf Lindisfarne im achten Jahrhundert verfaßt hatte; sie enthielt die Geschichte des Heiligen Ashlar, eines Heiligen von so großer Magie und Kraft, daß er in zwei verschiedenen Zeitaltern unter den Highlandern erschienen war, nachdem Gott ihn auf die Erde zurückgeschickt hatte wie den Propheten Jesaja. Der Legende nach war es ihm bestimmt, immer wieder zurückzukehren.«

Yuri sah Ash an, aber Ash sagte nichts. Yuri konnte sich nicht entsinnen, ob Gordon je Ashs Namen mitbekommen hatte. Aber Gordon starrte Ash bereits an und sagte dann hastig:

»Könnte das die Person sein, nach der Sie benannt wurden? Könnte es sein, daß Sie diesen Heiligen selbst kennen, aus Ihren Erinnerungen oder aus denen, die Sie von anderen gehört haben – angenommen, Sie haben andere Ihresgleichen gekannt?« Gordons Augen funkelten.

Ash gab keine Antwort. Sein Schweigen war steinern. Und wieder änderte sich etwas in seiner Miene. War es der blanke Haß, den er für Gordon empfand?

Gordon nahm den Faden gleich wieder auf; er saß mit hochgezogenen Schultern da, und seine Hände gestikulierten erregt.

»Ich war von Begeisterung überwältigt, als ich las, daß St. Ashlar ein riesenhaftes Wesen war, sicher sieben Fuß groß, und daß er einem heidnischen Volk entstammte, bei dessen Ausrottung er selbst mitgeholfen hatte ...«

»Machen Sie weiter«, sagte Ash leise. »Wie brachten Sie das in einen Zusammenhang mit den Mayfair-Hexen? Wie kam es dazu, daß Menschen deshalb sterben mußten?«

»Schon gut«, sagte Gordon geduldig. »Aber vielleicht werden Sie einem todgeweihten Manne noch eine Bitte erfüllen.«

»Vielleicht nicht«, sagte Ash. »Was wollen Sie?«

»Sie werden mir sagen, ob Ihnen diese Geschichten tatsächlich bekannt sind oder nicht. Ob Sie selbst Erinnerungen an diese frühen Zeiten haben.«

Ash befahl ihm mit einer Geste, fortzufahren.

»Ah, Sie sind grausam, mein Freund«, sagte Gordon.

Ash war allmählich zutiefst erbost. Man sah es ihm deutlich an. Sein volles schwarzes Haar und der glatte, beinahe unschuldige Mund ließen seinen Ausdruck um so bedrohlicher erscheinen. Er war wie ein erzürnter Engel. Auf Gordons Worte antwortete er nicht.

»Haben Sie Tessa diese Geschichten erzählt?« fragte Rowan.

»Ja.« Gordon riß sich endlich von Ash los und sah sie an. Ein falsches kleines Lächeln verzog seinen Mund, als er weitersprach – als wolle er sagen: Jetzt beantworten wir die Fragen der hübschen jungen Dame aus der ersten Reihe.

»Ich habe Tessa diese Geschichten erzählt; beim Abendbrot erzählte ich ihr immer von meiner Lektüre. Und die Geschichte dieses Heiligen kannte sie! Ashlar, einer von ihrem eigenen Volke, ein großer Führer, ein König unter ihnen, der zum Christentum übergetreten war und sein Volk verraten hatte. Ich triumphierte. Jetzt konnte ich seinen Namen durch die Geschichte verfolgen.

Und am nächsten Morgen war ich wieder in den Archiven und arbeitete angestrengt. Und dann, und dann ... dann kam meine folgenschwere Entdeckung, für die andere Gelehrte der Talamasca ihr Augenlicht geben würden, wenn sie nur davon wüßten . . .«

Er schwieg und schaute von einem zum andern; sogar Yuri sah er an und lächelte stolz.

»Es war ein Buch, ein Codex aus Pergament, wie ich ihn in meinem ganzen Forscherleben noch nicht gesehen hatte! Und ich hätte mir nicht träumen lassen, daß ich ›St. Ashlar‹ auf dem Deckel der Holzschatulle lesen würde, in der das Buch aufbewahrt war. ›St. Ashlar‹! Der Name des Heiligen sprang mir aus Staub und Schatten entgegen, als ich mit meiner elektrischen Lampe an den Regalen entlangging.«

Wieder machte er eine Pause.

»Und unter diesem Namen«, sagte er dann und schaute von einem zum anderen, um die Dramatik des Augenblicks zu erhöhen, »darunter standen in Runenschrift die Worte: ›Die Geschichte der Taltos in Britannia‹ und in lateinischer Schrift: ›Riesen der Erde‹! Wie Tessa mir am selben Abend mit einem einfachen Kopfnicken bestätigen sollte: Ich war selbst auf das entscheidende Wort gestoßen.

Taltos. ›Das sind wir‹, sagte sie.

Sofort verließ ich den Turm und fuhr zurück zum Mutterhaus. Ich ging in den Keller. Andere Aufzeichnungen hatte ich immer im Hause studiert, in der Bibliothek, oder wo es mir sonst gefiel. Wann hätte solches Studium je schon einmal Aufmerksamkeit erregt? Aber *dieses* Buch mußte ich besitzen!«

Er stand auf und stützte sich mit den Knöcheln auf den Tisch. Er sah Ash an, als könnte Ash die Absicht haben, ihn aufzuhalten. Ashs Gesicht war dunkel, und eine unmerkliche Veränderung ließ es jetzt eiskalt aussehen.

Gordon trat zurück, wandte sich ab, ging zu einem großen, geschnitzten Schrank an der Wand und nahm einen großen rechteckigen Kasten heraus.

Ash beobachtete ihn ruhig; er rechnete entweder nicht mit einem Fluchtversuch, oder er war zuversichtlich, daß er Gordon würde einholen können, wenn dieser zur Treppe laufen sollte.

Ash starrte den Kasten an, als Gordon ihn vor ihnen auf den Tisch stellte. Etwas in ihm schien sich aufzubauen, etwas, das vielleicht explodieren würde.

Gütiger Gott, dieses Dokument ist echt, dachte Yuri.

»Sehen Sie?« Gordons Finger ruhten auf dem gewachsten Holz wie auf einem Heiligtum. »St. Ashlar«, sagte er und übersetzte noch einmal das übrige. »Und was, glauben Sie, ist in diesem Kasten? Was vermuten Sie?«

»Machen Sie schon weiter, bitte, Gordon«, sagte Michael mit einem vielsagenden Blick zu Ash.

»Sofort!« flüsterte Gordon. Dann klappte er die Schatulle auf, nahm ein großes Buch mit steifem Ledereinband heraus, legte es vor sich auf den Tisch und schob die Schatulle beiseite.

Sogleich klappte er das Buch auf und offenbarte die pergamentene Titelseite, wunderschön illustriert in Karmesinrot und Gold und Königsblau. Winzige Miniaturen sprenkelten den lateinischen Text. Sorgfältig blätterte er die Seite um. Yuri sah weitere prächtige Schriftzüge und wunderbare, winzige Illustrationen, deren ganze Pracht man nur mit einer Lupe studieren konnte.

»Schauen Sie hin, denn noch nie im Leben haben Sie ein solches Dokument gesehen.

Es ist die Geschichte der Taltos von ihren frühesten Anfängen an. Die Geschichte einer vernichteten Rasse und die eines Geständnisses, daß der Schreiber selbst – Priester, Wundertäter, Heiliger, wenn Sie wollen – kein Mensch sei, sondern einer jener verschwundenen Riesen. Es ist sein Appell an den Hl. Columba, den großen Missionar der Pikten, den Abt und Gründer des keltischen Klosters auf Iona: Die Taltos seien keine Ungeheuer, sondern Wesen mit einer unsterblichen Seele, Geschöpfe Gottes, die an der Gnade Christi teilhaben können – es ist zu herrlich!«

Plötzlich sprang Ash auf und riß Gordon das Buch aus den Händen.

Gordon stand wie erstarrt vor seinem Stuhl, und Ash überragte ihn bedrohlich.

Die anderen erhoben sich langsam. Wenn ein Mann so zornig ist, dachte Yuri, dann muß man seinen Zorn respektieren oder ihn zumindest zur Kenntnis nehmen. Still standen sie da und schauten zu ihm auf, während er Gordon anfunkelte, als wolle er ihn im nächsten Augenblick umbringen.

Ashs mildes Gesicht von Wut verzerrt zu sehen, war schrecklich. So müssen Engel mit ihrem flammenden Schwert aussehen, dachte Yuri.

Gordons Empörung wich blankem Entsetzen.

Als Ash schließlich sprach, war es ein leises Flüstern, sein früherer, sanfter Ton, aber so laut, daß die anderen es hören konnten.

»Wie können Sie es wagen, dies hier in Besitz zu nehmen?« Erzürnt hob er die Stimme. »Sie sind nicht nur ein Mörder, sondern auch ein Dieb! Wie können Sie es wagen?«

»Und Sie wollen es mir wegnehmen?« erwiderte Gordon mit loderndem Blick. »Sie wollen es mir nehmen, wie Sie mir das Leben nehmen wollen? Wer sind Sie denn, daß Sie es haben wollen? Wissen Sie über Ihr eigenes Volk so viel wie ich?«

»Ich habe es geschrieben!« erklärte Ashlar, und sein Gesicht war dunkel vor Wut. »Es gehört mir, dieses Buch!« flüsterte er, als wage er nicht, laut zu sprechen. »Jedes Wort habe ich eigenhändig hineingeschrieben. Jedes Bild habe ich gemalt. Für Columba habe ich es geschrieben, ja! Und es gehört mir!« Er wich zurück und drückte das Buch an seine Brust. Er bebte, blinzelte und sprach dann wieder mit leiserer Stimme: »Und all Ihr Gerede von Ihrer Forschung, von der Erinnerung an frühere Leben und von ... Ketten der Erinnerung!«

Die Stille vibrierte von seinem Zorn.

Gordon schüttelte den Kopf. »Sie sind ein Hochstapler«, sagte er.

Niemand sprach.

Gordon blieb standhaft; in seiner Unverschämtheit war sein Gesichtsausdruck beinahe komisch. »Taltos, ja. St. Ashlar – niemals! Ihr Alter wäre unermeßlich!«

Niemand sprach. Niemand rührte sich. Rowan schaute Ash

forschend ins Gesicht. Michael schien sie alle zu beobachten, genau wie Yuri. Ash seufzte tief. Er senkte den Kopf und hielt das Buch fest an sich gedrückt. Seine Finger an den Kanten lockerten sich ein wenig.

»Und wie alt, glauben Sie«, fragte er betrübt, »ist diese erbarmungswürdige Kreatur, die dort unten an ihrem Webstuhl sitzt?«

»Aber sie hat von dem Leben gesprochen, an das sie sich erinnerte, und an andere erinnerte Leben, die mit ihr verbunden . . .«

»Ach, schweigen Sie doch, Sie jämmerlicher alter Dummkopf!« verlangte Ash. Er atmete stockend, und endlich wich die Glut aus seinem Gesicht.

»Und dies haben Sie Aaron Lightner vorenthalten«, sagte er. »Dies haben Sie dem größten Gelehrten Ihres Ordens verheimlicht, um es für sich zu behalten, für sich und ihre jungen Freunde, für Ihr schmutziges Komplott, den Taltos zu stehlen! Sie sind nicht besser als die Bauern im Hochland, jene unwissenden, viehischen Wilden, die den Taltos in den Steinkreis lockten, um ihn zu töten! Die Heilige Jagd hatte also von neuem begonnen.«

»Nein, nicht um ihn zu töten!« rief Gordon. »Niemals! Sondern um die Paarung zu sehen! Um Lasher und Tessa auf dem Glastonbury Tor zu vereinen!« Er fing an zu weinen, würgend, keuchend, und mit halb erstickter Stimme fuhr er fort. »Um das Volk wiederauferstehen zu sehen auf dem Heiligen Berg, auf welchem Christus selbst stand, um die Religion zu verkünden, die die Welt verändern sollte! Nicht um sie zu töten, niemals um sie zu töten, sondern um sie zum Leben zu erwecken! Diese Hexen hier sind es, die getötet haben; sie haben den Taltos vernichtet, als wäre er nur eine Laune der Natur! Haben ihn kalt und skrupellos abgeschlachtet, gleichgültig gegen das, was er war und was er hätte werden können! Sie haben es getan, nicht ich!«

Ash schüttelte den Kopf. Er umklammerte das Buch fester.

»Nein, Sie haben es getan«, widersprach er. »Hätten Sie Ihre

Geschichte nur Aaron Lightner erzählt, hätten Sie ihn nur an Ihrem kostbaren Wissen teilhaben lassen.«

»Aaron hätte niemals mitgemacht!« rief Gordon. »Ich hätte niemals einen solchen Plan schmieden können! Wir waren zu alt, alle beide. Aber die, die noch ihre Jugend besaßen, den Mut, die Visionen – die haben danach getrachtet, die Taltos wohlbehalten zusammenzuführen!«

Wiederum seufzte Ash. Er wartete und atmete gemessen. Dann schaute er Gordon an.

»Wie haben Sie vom Taltos der Mayfairs erfahren?« fragte er dann. »Wie kam der Zusammenhang letzten Endes zustande? Ich will es wissen. Und antworten Sie mir sofort, oder ich reiße Ihnen den Kopf von den Schultern und lege ihn Ihrer geliebten Tessa in den Schoß. Ihr entsetztes Gesicht wird dann das letzte sein, was Sie sehen, bevor Ihr Hirn stockt und stirbt.«

»Aaron«, sagte Gordon. »Es war Aaron selbst.« Er zitterte, als stehe er kurz vor einer Ohnmacht. Sein Blick huschte von links nach rechts, und dann wich er zurück und starrte auf den Schrank, aus dem er das Buch genommen hatte.

»Seine Berichte aus Amerika«, sagte er und bewegte sich langsam auf den Schrank zu. »Der Rat wurde einberufen. Die Informationen waren von entscheidender Bedeutung. Die Mayfair-Hexe Rowan hatte ein monströses Kind zur Welt gebracht. Es war am Weihnachtsabend geschehen. Ein Kind, das binnen weniger Stunden zu Mannesgröße herangewachsen war. Die Ordensmitglieder in der ganzen Welt bekamen eine Beschreibung dieses Wesens. Es war ein Taltos, das wußte ich! Und nur ich wußte es.«

»Du böser Mann«, flüsterte Michael. »Du böser kleiner Mann!«

»Sie nennen mich so? Sie, der Sie Lasher vernichtet haben? Wer hat denn den Geheimnisvollen geschlachtet wie einen gewöhnlichen Kriminellen, den man in einer Kneipenschlägerei ins Jenseits befördert?«

»Sie und die anderen«, sagte Rowan rasch, »Sie haben ganz allein gehandelt?«

»Das habe ich Ihnen schon einmal gesagt.« Er machte wieder einen Schritt auf den Schrank zu. »Hören Sie, ich werde Ihnen nicht sagen, wer die andern sind. Auch das habe ich Ihnen bereits erklärt.«

»Ich meinte nur, daß die Ältesten nicht beteiligt waren«, sagte Rowan.

»Die Exkommunikationen waren nicht echt«, sagte Gordon. »Wir haben die gesamte Korrespondenz abgefangen. Ich habe das nicht getan; ich verstehe davon nichts. Aber es gab eine entsprechende Schaltung, und wir haben nur solche Mitteilungen durchgelassen, die diesen Fall nicht betrafen. Das war nicht weiter schwierig; die Ältesten mit ihrer Neigung zur Geheimniskrämerei und ihrer Arglosigkeit waren für ein solches Manöver ein leichtes Ziel.«

»Danke, daß Sie uns das sagen.« Rowans Gesicht war ernst. »Vielleicht hat Aaron das schon vermutet.«

Yuri konnte es kaum ertragen, wie freundlich sie mit diesem Schurken sprach und ihm noch Trost spendete, während sie ihn doch auf der Stelle hätte erwürgen sollen.

»Was können wir sonst noch von ihm erfahren?« fragte Rowan und schaute Ash an. »Ich glaube, wir sind fertig mit ihm.«

Gordon begriff. Sie gab Ash die Erlaubnis, ihn zu töten. Yuri sah zu, wie Ash das kostbare Buch langsam auf den Tisch legte und sich Gordon zuwandte. Jetzt hatte er die Hände frei, um das Urteil, das er selbst gesprochen hatte, zu vollstrecken.

»Sie wissen noch gar nichts«, erklärte Gordon plötzlich. »Tessas Erzählungen, ihre Geschichte, die Tonbandaufnahmen, die ich gemacht habe. Nur ich weiß, wo sie sind.«

Ash schaute ihn nur an. Seine Augen waren schmal geworden, und seine Stirn war gefurcht.

Gordon drehte sich um und schaute hin und her.

»Hier!« rief er. »Ich habe noch etwas Wichtiges, was ich Ihnen freiwillig zeigen werde!«

Mit einem Satz war er beim Schrank, und als er sich umdrehte, hielt er eine Pistole in beiden Händen. Er zielte erst auf Ash, dann auf Yuri und schließlich auf Rowan und Michael.

»Das kann Ihr Tod sein!« rief Gordon. »Hexen, Taltos, alle. Eine Kugel ins Herz, und jeder von Ihnen ist so tot wie ein gewöhnlicher Mensch!«

»Sie können uns nicht alle erschießen«, sagte Yuri und schob sich langsam um den Tisch herum.

»Wagen Sie es nicht! Ich schieße!« schrie Gordon.

Mit einem schnellen Schritt hatte Ash die Lücke zwischen sich und dem Mann geschlossen. Gordon fuhr herum und spannte den Hahn. Ash erstarrte nicht, aber die Pistole ging auch nicht los.

Mit einer Grimasse richtete Gordon die Mündung auf seine eigene Brust; er zog die Schultern hoch, und seine freie Hand öffnete und schloß sich. »Gott im Himmel!« keuchte er. Die Pistole fiel klappernd auf die Dielen.

»Du!« fauchte er und funkelte Rowan an. »Du Hexe! Mayfair-Hexe! Ich wußte, daß du dazwischenkommen würdest! Ich hab's den anderen gesagt. Ich wußte es . . .« Er krümmte sich zusammen, schloß die Augen und taumelte gegen den Schrank. Es sah aus, als werde er vornüberfallen, aber dann rutschte er am Schrank entlang zu Boden. Mit der rechten Hand stemmte er sich vergebens gegen die Dielen, als wolle er sich noch einmal aufrichten. Dann wurde sein Körper schlaff, seine Lider senkten sich halb über die Augäpfel, und die Augen bekamen den stumpfen Blick des Todes.

Dann lag er da, mit beiläufiger, schmutziger Endgültigkeit . . .

Rowan stand wie zuvor, nichts ließ erkennen, daß sie das Geschehene verursacht hatte. Aber das hatte sie – Yuri wußte es, und er sah, daß Michael es auch wußte. Er sah es an der Art, wie Michael sie anschaute, in seinem Blick lag kein Urteil, sondern stille Ehrfurcht. Dann seufzte er, zog sein Taschentuch hervor und wischte sich das Gesicht ab.

Er wandte dem Toten den Rücken zu und trat kopfschüttelnd in den Schatten neben dem Fenster.

Rowan stand nur da; sie hatte die Arme verschränkt und schaute Gordon an.

Vielleicht, dachte Yuri, sieht sie etwas, das wir nicht sehen. Sie spürt etwas, das wir nicht spüren können.

Aber im Grunde kam es darauf nicht an. Der Bastard war tot. Und zum ersten Mal konnte Yuri frei atmen. Er konnte einen langen, erleichterten Seufzer tun, der ganz anders klang als das betrübte Wispern, das gerade von Michael gekommen war.

Er ist tot, Aaron. Er ist tot. Und die Ältesten waren nicht seine Komplizen gewesen. Sie würden ganz sicher herausfinden, wer seine Gehilfen gewesen waren, wenn es diese stolzen jungen Novizen waren.

Für Yuri stand es so gut wie fest, daß die beiden jungen Männer – Marklin George und Tommy Monohan – schuldig waren. Ja, der ganze Plan schien ihm das Werk junger Leute gewesen zu sein, unbedacht, skrupellos und sinnlos. Vielleicht hatte das alles wirklich die Vorstellungskraft des alten Mannes überstiegen.

Niemand rührte sich, niemand sprach. Sie standen alle nur da und erwiesen dem Toten womöglich irgendeine düstere Ehrerbietung. Yuri wollte Erleichterung fühlen, aber er spürte sie nicht.

Dann ging Ash auf Rowan zu, bedächtig und formell. Er berührte ihre Arme leicht mit seinen langen Fingern und beugte sich herunter, um sie auf beide Wangen zu küssen. Sie hob den Kopf und schaute ihm in die Augen, als habe sie geträumt, und sie machte ein so unglückliches Gesicht, wie Yuri es noch nie gesehen hatte.

Ash trat zurück und wandte sich Yuri zu. Er wartete stumm. Alle warteten. Was gab es zu sagen? Was war jetzt zu tun?

Yuri versuchte einen Plan zu fassen, aber es war ganz unmöglich.

»Wollen Sie jetzt heimgehen, zum Orden?« fragte Ash schließlich.

»Ja«, sagte Yuri und nickte schnell. »Ich kehre heim zum Orden.« Flüsternd fügte er hinzu: »Ich habe sie bereits alarmiert. Ich habe vom Dorf aus angerufen.«

»Das habe ich gesehen«, sagte Ash.

»Ich habe mit Elvera und mit Joan Cross gesprochen. Ich habe keinen Zweifel daran, daß es Marklin George und Tommy Monohan waren, die ihm geholfen haben, aber man wird es herausfinden.«

»Und Tessa?« Ash seufzte leise. »Können Sie Tessa unter Ihrem Dach aufnehmen?«

»Würden Sie mir das erlauben?« fragte Yuri. »Natürlich würden wir sie aufnehmen. Aber würden Sie das zulassen?«

»Wo wäre sie sonst sicher?« fragte Ash unverhohlen traurig und müde. »Sie hat nicht mehr lange zu leben. Ihre Haut ist dünn wie die Seiten in meinem Buch. Sie wird wahrscheinlich sehr bald sterben. Wie bald, das weiß ich nicht. Ich weiß nicht, wie lange unsereiner zu leben hat. Wir sind so oft eines gewaltsamen Todes gestorben. In ganz frühen Zeiten glaubten wir, man könne überhaupt nur so sterben. Ein natürlicher Tod? Wir wußten nicht, was das ...«

Er brach ab und runzelte die Stirn. Seine dunklen Brauen krümmten sich anmutig über den großen Augen.

»Sie können sie mitnehmen«, sagte er abschließend. »Sie werden gut zu ihr sein.«

»Ash«, sagte Rowan leise, »Sie geben ihnen einen unumstößlichen Beweis für die Existenz des Taltos. Warum wollen Sie das tun?«

»Etwas Besseres konnte gar nicht passieren«, sagte Michael mit einer Vehemenz, auf die Yuri nicht vorbereitet war. »Tun Sie's. Tun Sie's um Aarons willen. Nehmen Sie sie mit, bringen Sie sie zu den Ältesten. Sie haben Ihr Bestes getan, um diese ganze Verschwörung auffliegen zu lassen. Geben Sie ihnen die kostbaren Informationen!«

»Und wenn wir uns irren?« wandte Rowan ein. »Wenn es doch nicht nur eine bloße Handvoll Leute war ...« Sie zögerte und schaute auf den schmächtigen, trostlosen Leichnam. »Was haben sie dann?«

»Gar nichts«, sagte Ash. »Ein Wesen, das bald sterben und wieder zur Legende werden wird, ganz gleich, wie viele wissenschaftliche Tests man mit ihrer sanften Duldung durchführen, wie viele Fotos und Tonbandaufnahmen man herstellen mag. Bringen Sie sie hin, Yuri; ich bitte Sie. Zeigen Sie sie dem Rat. Zeigen Sie sie allein. Zerstören Sie das Geheimnis, das Gordon und seine Freunde so grausam mißbraucht haben.«

»Und Samuel?« fragte Yuri. »Samuel hat mir das Leben gerettet. Was wird Samuel tun, wenn er erfährt, daß sie in ihrem Besitz ist?«

Ash dachte nach. Seine Brauen hoben sich anmutig, und seine Miene glättete sich gedankenvoll – ganz so, wie Yuri ihn beim ersten Mal gesehen hatte: die Miene eines großen, liebevollen Mannes, menschlicher vielleicht als die Menschen; das würde er nie erfahren.

Was für ein schöner Gedanke plötzlich: daß der, der ewig lebt, um so mitfühlender werden soll. Aber das stimmte ja nicht. Dieses Wesen hatte getötet, und es hätte auch Gordon getötet, wenn Rowan sein Herz nicht zum tödlichen Stillstand gebracht hätte. Dieses Wesen würde womöglich Himmel und Erde in Bewegung setzen um Mona, die Hexe, die einen neuen Taltos gebären konnte.

Wie um Gottes willen sollte er Mona beschützen?

Es war plötzlich alles zu verwirrend, zu überwältigend. Natürlich würde er Tessa mitnehmen; er würde sie jetzt anrufen und sie bitten zu kommen, und sie würden kommen, und er würde heimkehren, würde wieder mit den Ältesten sprechen, und sie würden seine Beschützer sein und seine Freunde. Sie würden ihm helfen, herauszufinden, was zu tun war. Sie würden ihm die Entscheidung abnehmen.

»Und Mona werde ich beschützen«, sagte Rowan ruhig.

Er erschrak. Die Hexe hatte seine Gedanken gelesen. Wieviel konnte sie in den Herzen und Seelen aller Anwesenden lesen? Wieweit konnte der Taltos sie umgarnen und täuschen?

»Ich bin kein Feind für Mona Mayfair«, sagte Ash, der anscheinend keine Mühe hatte zu folgen. »In diesem Punkt haben Sie sich von Anfang an geirrt. Ich würde das Leben eines Kindes nicht in Gefahr bringen. Ich würde mich keiner Frau aufzwingen. Sie haben Sorgen genug, Yuri. Überlassen Sie Mona Mayfair diesen beiden Hexen, die sie lieben und die sich um sie kümmern werden. Überlassen Sie ihnen die Familie. Das werden Ihnen zweifellos auch die Ältesten sagen, wenn Sie sie erreichen. Überlassen Sie es der Familie, die Familie zu heilen. Und mag der Orden sich selbst reinigen.«

Yuri hätte gern geantwortet, aber er wußte nicht, was er sagen sollte. *Ich wünsche mir so sehr, daß es wahr ist.*

Plötzlich kam Ash auf ihn zu und bedeckte sein Gesicht sanft mit Küssen. Yuri blickte auf, von Liebe überwältigt; seine Hand umfaßte Ashs Nacken, und er drückte seine Lippen auf Ashs Mund.

Der Kuß war fest und keusch.

Irgendwo in seinem Hinterkopf hallten Samuels beiläufige Worte, er habe sich in Ash verliebt. Ihn kümmerte es nicht. Das war es ja, was Vertrauen bedeutete. Vertrauen brachte einem solche Erleichterung, ein so wunderbares Gefühl des Zusammenhalts. Und deshalb ließ man seine Deckung sinken, und so konnte man vernichtet werden.

»Ich nehme den Toten jetzt mit«, sagte Ash. »Ich werde ihn irgendwohin bringen, wo ihn wohl kein Mensch finden wird.«

»Nein«, sagte Yuri und schaute Ash in die großen, ruhigen Augen. »Ich habe bereits mit dem Mutterhaus gesprochen, wie ich schon sagte. Wenn Sie ein paar Meilen weit weg sind, rufen Sie dort an. Hier, ich gebe Ihnen die Nummer. Sagen Sie ihnen, sie sollen herkommen. Wir kümmern uns um den Leichnam von Stuart Gordon und um alles andere.«

Er löste sich von Ash und blieb zu Füßen des eingefallenen Leichnams stehen. Wie schmächtig Gordon im Tode aussah, Gordon, der Gelehrte, den alle so sehr bewundert hatten, der Freund Aarons, der Mentor der jungen Leute. Yuri bückte sich, und ohne sonst etwas zu berühren, schob er die Hand in die Innentasche von Gordons Jackett und fand dort das unvermeidliche Bündel kleiner weißer Karten.

»Hier, das ist die Nummer des Mutterhauses«, sagte er zu Ash, als er sich wieder aufrichtete und Ash eine Karte in die Hand drückte. Dann warf er noch einmal einen Blick auf den

Toten. »Es ist nichts da, was irgend jemanden mit ihm in Verbindung bringen könnte«, stellte er fest. Und als ihm klar wurde, wie wunderbar wahr das war, hätte er beinahe gelacht.

»Fabelhaft«, sagte er. »Er ist einfach tot, ohne irgendeine Spur von Gewalteinwirkung. Ja, rufen Sie diese Nummer an, und sie werden herkommen. Sie werden uns alle nach Hause bringen.«

Er sah Rowan und Michael an. »Ich melde mich bald bei Ihnen.«

Rowans Gesicht war traurig und unergründlich; Michael war offenbar besorgt.

»Wenn nicht«, sagte Michael, »werden wir wissen, daß wir uns geirrt haben.«

Yuri schüttelte lächelnd den Kopf. »Ich verstehe es jetzt; ich verstehe, wie es hat passieren können. Ich sehe die Schwächen und den Reiz.« Er schaute sich in dem Turmzimmer um. Ein Teil seiner selbst haßte es sehr, ein anderer Teil sah es als Zufluchtsort für einen mörderischen Romantizismus, und wieder ein anderer konnte den Gedanken nicht ertragen, hier auf Rettung warten zu müssen. Aber er war zu müde, um sich etwas anderes auszudenken oder es auf andere Weise zu versuchen.

»Ich gehe und rede mit Tessa«, sagte Rowan. »Ich werde ihr erklären, daß Stuart sehr, sehr krank geworden ist und daß Sie bei ihr bleiben werden, bis Hilfe kommt.«

»Oh, das wäre sehr freundlich von Ihnen«, sagte Yuri. Und zum ersten Mal spürte er jetzt, wie erschöpft er wirklich war. Er setzte sich auf einen Stuhl am Tisch.

Sein Blick fiel auf das Buch – auf den Codex, wie Stuart es so zutreffend genannt hatte. Oder war es sehr pedantisch gewesen? Er wußte es nicht.

Er sah, wie Ashs lange Finger das Buch umschlossen und aufhoben. Und wieder drückte Ash es an seine Brust.

»Wie kann ich Sie erreichen?« fragte Yuri.

»Gar nicht«, sagte Ash. »Aber in den nächsten Tagen werde ich Kontakt mit Ihnen aufnehmen; das verspreche ich Ihnen.«

»Bitte vergessen Sie dieses Versprechen nicht«, sagte Yuri müde.

»Ich muß Sie warnen«, sagte Ash leise und nachdenklich, und dabei hielt er das Buch vor sich wie einen heiligen Schild. »In den kommenden Monaten und Jahren werden Sie in Ihrem Alltag hier und da auf mein Bild stoßen, wenn Sie eine Zeitung oder eine Illustrierte zur Hand nehmen. Versuchen Sie nicht, zu mir zu kommen. Versuchen Sie nicht, mich anzurufen. Ich werde auf eine Weise bewacht, wie Sie es sich nicht träumen lassen. Es wird Ihnen nicht gelingen, mich zu erreichen. Sagen Sie das auch Ihrem Orden. Niemals werde ich gegenüber irgend jemandem von dort zugeben, was ich Ihnen gerade erzählt habe. Und um Himmels willen warnen Sie sie davor, ins Glen zu gehen. Die Kleinen Leute sterben aus, aber solange sie da sind, können sie äußerst gefährlich sein. Warnen Sie sie alle: Haltet euch fern vom Glen.«

»Mit anderen Worten, ich kann ihnen erzählen, was ich gesehen habe.«

»Ja, das müssen Sie sogar. Sie müssen ganz offen mit ihnen sein. Sonst können Sie nicht heimkehren.«

Yuri sah Rowan an, dann Michael. Sie kamen an seine Seite, und er spürte Rowans Hand an seinem Gesicht, als sie ihn küßte. Michaels Hand lag auf seinem Arm.

Er sagte nichts. Er konnte nicht; er hatte keine Worte mehr. Vielleicht hatte er auch keine Tränen mehr.

Aber die Freude in ihm war seinen Erwartungen so fremd, sie war so wundervoll, daß er ihnen zu gern davon erzählt hätte. Der Orden würde ihn holen kommen. Die katastrophale Verschwörung war zerschlagen. Sie kamen, seine Brüder und Schwestern, und er konnte ihnen das Grauen und die Geheimnisse, die er gesehen hatte, offenbaren.

Er blickte nicht auf, als sie ihn verließen. Er hörte, wie sie die Wendeltreppe hinuntergingen. Er hörte das ferne Geräusch der Haustür. Er hörte auch die leisen Stimmen unter sich.

Langsam stand er auf und ging die Treppe hinunter in den ersten Stock.

Vor dem Webstuhl im Schatten stand Tessa wie ein hochgewachsener Weidensproß; sie hatte die Hände zusammengepreßt und nickte, während Rowan mit ihr sprach, so leise, daß Yuri nichts verstehen konnte. Schließlich gab Rowan der Frau einen Abschiedskuß und ging rasch auf die Treppe zu.

»Auf Wiedersehen, Yuri«, sagte sie, als sie an ihm vorbeiging. Mit der Hand auf dem Treppengeländer drehte sie sich noch einmal um. »Yuri, erzählen Sie ihnen alles. Sorgen Sie dafür, daß die Akte über die Mayfair-Hexen geschlossen wird, wie es sich gehört.«

»Alles?« fragte er.

»Warum nicht?« Sie lächelte seltsam. Und dann war sie verschwunden.

Er sah Tessa an; für ein paar Augenblicke hatte er sie vergessen. Tessa würde tiefbetrübt sein, wenn sie Stuart sähe. Gott, wie sollte er sie nur daran hindern, die Treppe hinaufzugehen?

Aber Tessa saß schon wieder an ihrem Webstuhl und arbeitete; sie sang leise vor sich hin.

Er näherte sich ihr und wagte doch nicht, sie zu stören.

»Ich weiß«, sagte sie plötzlich; sie sah zu ihm auf und lächelte freundlich, und ihr Gesicht war rund und strahlend. »Stuart ist tot und fort, vielleicht im Himmel.«

»Sie hat es dir gesagt?«

»Ja.«

Yuri schaute aus dem Fenster. Er wußte nicht, was er da im Dunkeln eigentlich sah. War es das glitzernde Wasser des Sees? Er konnte es nicht sagen.

Aber dann waren es unverkennbar die Rücklichter eines davonfahrenden Autos. In den dunklen Nischen des Waldes blitzten sie auf, und dann war das Auto verschwunden.

Einen Augenblick lang fühlte er sich verlassen und schrecklich wehrlos. Aber sie würden für ihn anrufen, natürlich würden sie es tun.

Plötzlich war er so müde. Wo war hier ein Bett? Er hätte gern gefragt, aber er tat es nicht. Er stand nur da und beobachtete sie bei ihrer Handarbeit und lauschte ihrem Summen, und als sie schließlich aufblickte, lächelte sie wieder.

»Oh, ich wußte, daß es geschehen würde«, sagte sie. »Ich

wußte es jedesmal, wenn ich ihn ansah. Ich habe nie erlebt, daß es bei euresgleichen einmal nicht geschehen wäre. Früher oder später werdet ihr alle schwach und klein, und dann sterbt ihr. Ich habe Jahre gebraucht, um das zu erkennen, um zu begreifen, daß dem niemand entkommt. Und Stuart, der Ärmste, er war so schwach; ich wußte, daß der Tod jederzeit zu ihm kommen könnte.«

Yuri sagte nichts. Er verspürte eine machtvolle Abneigung gegen sie, so machtvoll, daß er sich mit aller Kraft mühen mußte, sie zu verbergen, damit sie die Kälte nicht spürte, damit sie nicht verletzt war. Verschwommen dachte er an seine Mona; er sah sie lodern von menschlichem Leben, duftend und warm und immer wieder überraschend. Ob die Taltos die Menschen so sahen? fragte er sich. Rauher? Wilder? Sind wir rohe Tiere für sie, vielleicht Tiere von flüchtigem, gefährlichem Zauber? Wie es Löwen und Tiger für uns sind?

Mona. Im Geiste griff er in Monas Haar. Er sah, wie sie sich zu ihm umdrehte und ihn ansah mit ihren grünen Augen und lächelnden Lippen, und ihre Worte kamen in schnellem Fluß, mit einer wunderbaren amerikanischen Vulgarität und voller Charme.

Er war sicherer denn je, daß er Mona nie wiedersehen würde.

Er wußte, daß es ihr so bestimmt war, daß ihre Familie sie in ihre Mitte nahm. Jemand aus ihrem eigenen Holz, aus ihrer eigenen Sippe, würde unausweichlich ihr Geliebter werden.

»Laß uns nicht hinaufgehen«, sagte Tessa jetzt in vertraulichem Flüsterton. »Lassen wir Stuart allein. Das ist doch in Ordnung, meinst du nicht? Ich glaube, wenn sie tot sind, ist es ihnen gleich, was man tut.«

Yuri nickte langsam und schaute wieder hinaus in die geheimnisvolle Nacht hinter der Fensterscheibe.

20 Wunderbar satt stand sie in der dunklen Küche. Die Milch war ausgetrunken bis zum letzten Tropfen, und Frischkäse und Cottage Cheese und Butter waren auch weg. Glatt verputzt, könnte man sagen. Hoppla, da hatte sie noch was vergessen: dünne Scheiben von gelbem Schmelzkäse, zum Würgen, voll von Chemie und Farbstoffen. Pfui bah. Sie zerkaute das Zeug. Runter damit. Weg, vielen Dank.

»Weißt du, Darling, wenn aus dir eine Idiotin geworden wäre...«, sagte sie.

Die Möglichkeit hat nie bestanden, Mutter. Ich bin du und ich bin Michael. Und auf eine sehr reale Art bin ich jeder, der von Anfang an mit dir gesprochen hat, und ich bin auch Mary Jane.

Sie brach in lautes Lachen aus, ganz allein in der dunklen Küche an den Kühlschrank gelehnt. Was war mit Eiscreme! Scheiße, fast vergessen!

»Tja, Honey, du hast gute Karten gezogen. Hätte gar nicht besser sein können. Und darf ich vermuten, daß dir keine einzige Silbe entgangen...«

Häagen Dazs, Vanille! Ein ganzer Liter!

»Mona Mayfair!«

Wer rief da? Eugenia? Will nicht mit ihr sprechen. Will nicht, daß sie mich oder Mary Jane stört.

Mary Jane saß noch in der Bibliothek mit den Papieren, die sie aus Michaels Schreibtisch geklaut hatte – oder war es Rowans, nachdem Rowan nun wieder mit von der Partie war? Egal, es war jedenfalls eine Menge medizinisches Zeug und Anwaltskram und Unterlagen, die mit Sachen zu tun hatten, die erst vor drei Wochen passiert waren. Als Mary Jane all die Akten und Geschichten gesehen hatte, war sie nicht mehr zu halten gewesen. Die Familiengeschichte war für sie sozusagen wie Eiscreme.

»Die Frage ist nun, teilen wir dieses Eis hier mit Mary Jane, wie es sich für brave Cousinen gehört, oder fressen wir alles alleine?«

Alleine fressen.

Es wurde Zeit, Mary Jane alles zu erzählen! Es war soweit. Als sie vor ein paar Minuten an der Tür vorbeigekommen war, vor der endgültigen Plünderung der Küche, hatte Mary Jane etwas von diesen toten Ärzten vor sich hin gemurmelt, Gott helfe ihnen, von Dr. Larkin und dem da draußen in Kalifornien, und von den Autopsien an den toten Frauen. Entscheidend war, daß sie daran dachte, das ganze Zeug so zurückzulegen, daß Rowan und Michael nicht unnötig aufmerksam wurden. So was machte man schließlich nicht so nebenher, sondern es war mit Sinn und Zweck verbunden, und Mary Jane war diejenige, auf die sie sich voll und ganz verlassen mußte.

»Mona Mayfair!«

Es war Eugenia. Wie lästig! »Mona Mayfair, Rowan Mayfair ist am Telefon, aus England, und sie will dich sprechen!«

Mecker, mecker. Was sie jetzt brauchte, war ein Eßlöffel für dieses Eis, auch wenn sie die Hälfte der Packung schon fast aufgegessen hatte. Die andere war noch da. Na, wem gehörten denn die kleinen Füßchen, die da tripptrapp im Dunkeln herankamen? Jemand lief durch das Eßzimmer. Morrigan schnalzte mit ihrer kleinen Zunge im Takt mit dem Getrippel.

»Ja, das ist ja meine geliebte Cousine Mary Jane Mayfair!«

»Psst.« Mary Jane legte einen Finger an die Lippen. »Sie sucht dich. Sie hat Rowan am Telefon. Rowan will mit dir sprechen; sie hat ihr gesagt, sie soll uns wecken.«

»Nimm du das Gespräch an, in der Bibliothek. Ich kann jetzt nicht riskieren, mit ihr zu reden. Du mußt ihr was vormachen. Sag ihr, uns geht's prima, ich bin in der Badewanne oder so was, und dann erkundigst du dich nach allen. Wie es Yuri geht und wie es Michael geht, und ob mit ihr alles in Ordnung ist.«

»Alles klar.« Und die kleinen Füßchen trippelten davon, tripptrapp über den Fußboden.

Mona kratzte den letzten Rest Eiscreme aus dem Karton und warf ihn dann in die Spüle. Was für eine versaute Küche! Mein Leben lang war ich so ordentlich, und jetzt guck, das Geld hat mich verdorben. Sie riß die zweite Packung auf.

Und wieder kamen die Zauberfüßchen heran. Mary Jane stürmte in die Geschirrkammer und kam um die Ecke geflogen mit ihrem weizenblonden Haar und den langen, dünnen, braunen Beinen und der Wespentaille. Der weiße Spitzenrock umschwang sie wie eine Glocke.

»Mona!« wisperte sie.

»Yeah!« wisperte Mona zurück. Was denn? Sie nahm einen großen Löffel Eis.

»Rowan sagt, sie hat wichtige Neuigkeiten für uns.« Mary Jane war sich offensichtlich über die Bedeutung dieser Nachricht im klaren. »Sie will uns alles erzählen, wenn wir uns sehen, aber vorläufig hat sie noch etwas zu erledigen. Das gilt auch für Michael. Und Yuri geht es gut.«

»Das hast du ausgezeichnet gemacht. Was ist mit den Wachleuten draußen?«

»Sie sagt, wir sollen sie behalten und nichts an den Sicherheitsmaßnahmen ändern. Sie hätte schon Ryan angerufen und es ihm gesagt. Du sollst im Haus bleiben und Ruhe halten und tun, was die Ärztin dir sagt.«

»Eine praktische Frau, eine intelligente Frau. Hmmmmm . . .« So, dieser zweite Karton war auch schon leer. Genug ist genug. Sie fröstelte plötzlich am ganzen Leibe. So kaaaalt! Wieso hatte sie die Wachleute nicht schon weggeschickt?

Mary Jane rieb ihr die Arme: »Alles in Ordnung, Darlin'?«

Dann fiel ihr Blick auf Monas Bauch, und ihr Gesicht wurde ausdruckslos vor Angst. Sie ließ die rechte Hand sinken, wollte Monas Bauch berühren und wagte es nicht.

»Paß auf, es wird Zeit, dir alles zu erzählen«, sagte Mona. »Damit du dich entscheiden kannst. Ich wollte dich Schritt für Schritt heranführen, aber das ist nicht fair und auch nicht notwendig. Ich kann tun, was ich tun muß, auch wenn du mir nicht helfen willst, und vielleicht wärst du besser dran, wenn du mir nicht hilfst. Entweder gehen wir jetzt, und du hilfst mir, oder ich gehe allein.«

»Wohin?«

»Das ist es ja. Wir verschwinden von hier, sofort. Wachen hin, Wachen her. Du kannst doch Auto fahren.«

Sie schob sich an Mary Jane vorbei in die Geschirrkammer und öffnete den Schlüsselschrank. Das Lincoln-Emblem suchen. Die Limousine war doch ein Lincoln, oder? Als Ryan ihr den Wagen gekauft hatte, hatte er gesagt, sie sollte sich nie in eine Limousine setzen, die nicht schwarz und kein Lincoln sei. Richtig, da waren die Schlüssel. Michael hatte seine eigenen und die Schlüssel zu Rowans Mercedes, aber die Schlüssel der Limousine hingen hier, wo Clem sie aufbewahren sollte.

»Na klar kann ich Auto fahren«, sagte Mary Jane. »Aber wessen Wagen nehmen wir denn?«

»Meinen. Bloß den Fahrer nehmen wir nicht mit. Fertig?«

»Du wolltest mir alles erzählen, damit ich mich entscheiden kann.«

Mona blieb stehen. Sie standen beide im Dunkeln. Im Haus brannte kein Licht; nur vom Garten schien welches herein, aus der großen, blau illuminierten Zone des Swimmingpools. Mary Janes Augen waren groß und rund, so daß ihre Nase winzig und ihre Wangen sehr weich aussahen. Das Licht schien auf das Tal zwischen ihren Brüsten.

»Wieso erzählst *du* es nicht *mir*?« fragte Mona.

»Okay«, sagte Mary Jane. »Du wirst es zur Welt bringen, egal, was es ist.«

»Richtig.«

»Und du wirst nicht zulassen, daß Rowan und Michael es umbringen, egal, was es ist.«

»Richtig!«

»Und der beste Ort für uns ist einer, wo niemand uns finden kann.«

»Richtig!«

»Aber ich kenne bloß Fontevrault. Und wenn wir alle Boote am Landungssteg losschneiden, können sie uns nur nachkommen, wenn sie sich selbst ein Boot mitbringen, falls die überhaupt auf die Idee kommen sollten, uns dorthin zu folgen.«

»Oh, Mary Jane, du bist ein Genie! Du hast recht!«

Mama, ich liebe dich, Mama.

Ich liebe dich auch, meine kleine Morrigan. Vertraue mir. Und vertraue Mary Jane.

»Hey, werde mir nicht ohnmächtig! Paß auf, ich hole jetzt Kissen, Decken und so Zeug. Hast du Bargeld?«

»Massenhaft. Zwanzig-Dollar-Scheine im Nachtschrank.«

»Setz dich hin; komm hier herein und setz dich hin.« Mary Jane führte sie an den Küchentisch. »Leg den Kopf auf den Tisch.«

»Mary Jane, du darfst mir aber nicht ausflippen – egal, wie es aussieht.«

»Jetzt ruh dich aus und warte, bis ich zurückkomme.«

Und die klappernden Absätze hallten durch das Haus.

Das Lied fing wieder an, süß, hübsch, ein Lied von Blumen und vom Glen.

Hör auf, Morrigan.

Sprich mit mir, Mutter – Onkel Julien hat dich hergebracht, damit du mit meinem Vater schläfst, aber er wußte nicht, was passieren würde, aber dir ist klar, Mutter, du hast gesagt, es ist dir klar, daß die Riesenhelix in diesem Fall nichts mit irgendeinem überkommenen Bösen zu tun hat, sondern nur der Ausdruck des genetischen Potentials bei dir und bei Vater ist, das immer schon vorhanden war . . .

Mona wollte antworten, aber es war nicht nötig, die Stimme redete weiter und weiter, in leisem Singsang, sehr schnell.

Hey, langsamer. Du hörst dich an wie eine Hummel, wenn du das machst.

. . . ungeheuere Verantwortung, zu überleben, mich zu gebären und zu lieben, Mutter, vergiß nicht, mich zu lieben, ich brauche dich, deine Liebe, mehr als alles andere, denn ohne sie verliere ich in meiner Zartheit vielleicht den Willen, zu leben . . .

Sie waren alle versammelt im Steinkreis, fröstelnd, weinend, und der große Dunkelhaarige war gekommen, um sie zu beruhigen. Sie drängten sich dicht ans Feuer.

»Aber warum? Warum wollen sie uns töten?«

Und Ashlar sagte: »Es ist ihre Art. Sie sind ein kriegerisches

Volk. Sie töten alle, die nicht zu ihrem Clan gehören. Das ist für sie so wichtig wie für uns das Essen, das Trinken oder die Liebe. Der Tod ist ein Festmahl für sie.«

»Paß auf«, sagte sie laut. Die Küchentür war zugeschlagen. Sei leise, Mary Jane! Nicht, daß Eugenia herunterkommt. Aber wir müssen hier wissenschaftlich vorgehen; ich hätte alles in den Computer eingeben sollen, es eintippen, während ich es sehe, aber es ist ja praktisch unmöglich, akkurate Aufzeichnungen zu machen, wenn man sich in einer Trance befindet. Wenn wir in Fontevrault sind, werden wir Mary Janes Computer haben. Mary Jane ist ein Geschenk des Himmels.

Mary Jane war zurückgekommen; diesmal machte sie die Küchentür gottlob leise zu.

»Das ist es, was die anderen verstehen müssen«, sagte Mona, »daß es nicht aus der Hölle kommt, sondern von Gott. Lasher war aus der Hölle, könnte man sagen, weißt du, metaphysisch oder metaphorisch gesprochen. Ich meine, religiös oder poetisch. Aber wenn ein Wesen auf diese Weise aus zwei Menschen geboren wird, die beide ein geheimnisvolles Genom besitzen, dann ist das von Gott. Von wem, wenn nicht von Gott? Emaleth war ein Kind der Gewalt, aber dieses Kind doch nicht. Die Mutter zumindest wurde nicht vergewaltigt.«

»Pssst, laß uns von hier verschwinden. Ich habe den Wachleuten gesagt, ich hätte vorn vor dem Haus einen komischen Mann gesehen, und ich fahre dich jetzt zu dir nach Hause, damit du dir ein paar Kleidungsstücke holen kannst, und dann zu deiner Ärztin. Komm schon!«

»Mary Jane, du bist ein Genie.«

Aber als sie aufstand, geriet die Welt ins Schwanken. »Du lieber Gott.«

»Ich hab dich. Halte dich an mir fest. Hast du Schmerzen?«

»Na ja, nicht mehr, als man erwarten kann, wenn man eine Atomexplosion im eigenen Bauch erlebt. Laß uns verschwinden!«

Sie schlichen sich den Weg hinunter, und Mary Jane hielt sie fest, wenn sie es nötig hatte; aber sie kam zurecht, solange sie sich am Tor und am Zaun festhielt, und dann waren sie auch schon im Carport. Und da war die große, elegante Limousine, und Mary Jane, der Himmel sollte sie segnen, hatte bereits den Motor angelassen, und die Tür stand offen. Also los.

»Morrigan, hör auf zu singen! Ich muß jetzt nachdenken, muß ihr sagen, wie der Garagenöffner funktioniert. Du mußt den kleinen Zauberknopf drücken.«

»Das weiß ich. Steig schon ein!«

Der Motor brüllte auf, das Tor rollte knarrend zur Seite.

»Hör mal, Mona, ich muß dich was fragen. Ich muß es einfach. Was ist, wenn dieses Ding nicht geboren werden kann, ohne daß du stirbst?«

»Pssst, hüte deine Zunge, Cousine! Rowan ist nicht gestorben, oder? Und sie hat den einen und anderen zur Welt gebracht! Ich werde nicht sterben. Morrigan wird es gar nicht zulassen.«

Nein, Mutter. Ich liebe dich. Ich brauche dich, Mutter. Sprich nicht vom Sterben. Wenn du vom Tod sprichst, kann ich den Tod riechen.

»Schhh. Mary Jane, ist Fontevrault wirklich der beste Ort? Bist du da sicher? Haben wir alle Möglichkeiten in Betracht gezogen – vielleicht ein Motel irgendwo . . .?«

»Hör zu, Granny ist dort, und Granny kann man absolut vertrauen, und dieser kleine Junge, der bei ihr ist, wird verschwinden, sobald ich ihm einen von diesen Zwanzigern hier in die Hand gedrückt habe.«

»Aber er darf sein Boot nicht am Steg lassen, wo es jemand anderer . . .«

»Nein, das wird er nicht, Honey; jetzt sei nicht albern. Er fährt mit seiner Piroge nach Hause. Er kommt überhaupt nicht am Landungssteg vorbei. Er wohnt oben in der Stadt. Jetzt lehnst du dich zurück und ruhst dich aus. Wir haben genügend Vorräte in Fontevrault. Und wir haben den Dachboden; da ist es trocken und warm.«

»O ja. Das wird wunderbar.«

»Und wenn morgens die Sonne aufgeht, scheint sie durch alle Dachbodenfenster herein . . .«

Mary Jane trat auf die Bremse. Sie waren schon auf der Jackson Avenue. »Sorry, Honey, das ist ein so starker Wagen.«

»Hast du Probleme? Gott, ich hab noch nie hier vorn gesessen, mit der ganzen verdammten überlangen Kiste hinter mir. Das ist ja unheimlich – als ob man ein Flugzeug fliegt.«

Morrigan rief nach ihr, sang wieder, aber in ihrem schnellen Summton. Sang vielleicht auch für sich selbst.

Ich kann es nicht erwarten, dich zu sehen, dich im Arm zu halten! Ich liebe dich um so mehr, weil du bist, was du bist. Oh, das ist Schicksal, Morrigan, das deckt alles andere zu, die ganze Welt der Wiegen und Rasseln und glücklichen Väter, na ja, er wird am Ende schon glücklich sein, wenn er erst begreift, daß die Bedingungen sich ganz und gar geändert haben . . .

Die Welt drehte sich. Der kalte Wind rauschte über die Ebene. Sie tanzten trotzdem, versuchten verzweifelt, sich warm zu halten. Warum hatte die Wärme sie verlassen? Wo war ihre Heimat? Ashlar sagte: »Dies ist jetzt unsere Heimat. Wir müssen die Kälte erlernen, wie wir die Wärme erlernt haben.«

Laß nicht zu, daß sie mich töten, Mama.

Morrigan lag verkrampft in der Flüssigkeit, füllte sie aus, ihr Haar fiel um sie herum, ihre Knie drückten sich an ihre Augen.

»Honey, wie kommst du darauf, daß dir jemand etwas antun könnte?«

Ich denke es, weil du es denkst, Mama. Ich weiß, was du weißt.

»Sprichst du mit diesem Baby?«

»Ja, und es antwortet mir.«

Ihr Augen schlossen sich, als sie auf den Freeway kamen.

»Schlaf nur, Darlin'. Wir reißen die Meilen nur so runter, Honey. Diese Kiste fährt neunzig Meilen, ohne daß man's merkt.«

»Paß auf, daß du keinen Strafzettel kriegst.«

»Honey, glaubst du nicht, daß eine Hexe wie ich mit einem Polizisten fertig wird? Die schaffen's nie, den Zettel zu Ende auszufüllen.«

Mona lachte. Die Dinge hätten keine bessere Wendung nehmen können. Wirklich nicht. Und das Beste stand noch bevor.

21 Die Glocke läutete ...

Er träumte nicht richtig, er plante eher. Aber wenn er das an der Schwelle des Schlafes tat, dann sah Marklin lebhafte Bilder, er sah Möglichkeiten, die er auf andere Weise niemals wahrnehmen konnte.

Sie würden nach Amerika reisen. Sie würden jeden Fetzen der wertvollen Informationen, die sie zusammengetragen hatten, mitnehmen. Zum Teufel mit Stuart und mit Tessa. Stuart hatte sie im Stich gelassen. Stuart hatte sie zum letztenmal enttäuscht. Sie würden die Erinnerung an Stuart mitnehmen, an Stuarts Glauben und seine Überzeugung, an Stuarts Verehrung für das Geheimnisvolle. Aber mehr würden sie von Stuart nie wieder brauchen.

Sie würden ein kleines Apartment in New Orleans beziehen und mit der Beobachtung der Mayfair-Hexen beginnen. Es könnte Jahre dauern. Aber sie hatten beide Geld. Marklin hatte richtiges Geld, und Tommy hatte jenes irreale Geld, das sich in Multimillionen ausdrückte. Bis jetzt hatte Tommy immer alles bezahlt.

Aber Marklin konnte auch selbst für sich aufkommen, kein Problem. Und den Familien würden sie irgendeine Ausrede von einem informellen Sabbatjahr zu kauen geben. Vielleicht würden sie sich sogar an der nahen Universität in irgendwelche Kurse einschreiben. Egal.

Wenn sie die Mayfairs im Visier hätten, würde der Spaß wieder losgehen.

Die Glocke, lieber Gott, diese Glocke ...

Mayfair-Hexen. Er wünschte, sie wären jetzt in Regent's Park, mit der ganzen Akte. All die Bilder, Aarons letzte Berichte, noch in Form kopierter Typoskripte. Michael Curry. Aarons umfangreiche Notizen an Michael Curry lesen. Das war der Mann, den Lasher in seiner Kindheit dazu auserkoren hatte. Aarons Berichte, so hastig, aufgeregt und sorgenvoll sie letzten Endes gewesen waren, hatten in diesem Punkt keinen Zweifel gelassen.

War es möglich, daß ein gewöhnlicher Mensch Hexenkräfte erwerben konnte? Oh, ginge es doch nur um einen schlichten Teufelspakt! Aber wenn ihm eine Transfusion mit Hexenblut telepathische Fähigkeiten verleihen konnte? Blanker Unsinn höchstwahrscheinlich. Aber man bedenke, welche Macht die beiden hatten: Rowan Mayfair, Ärztin und Hexe, und Michael Curry, der Vater dieser schönen Bestie.

Wer hatte es »schöne Bestie« genannt? War es Stuart gewesen? Wo zum Teufel war Stuart? Zur Hölle mit dir, Stuart! Du bist weggelaufen wie eine aufgeschreckte Gans. Du hast uns verlassen, Stuart, ohne uns auch nur anzurufen, ohne ein hastiges Abschiedswort, ohne den geringsten Hinweis, wo und wann wir uns treffen könnten.

Ohne Stuart weitermachen.

Nun, alles beruhte nur auf einer Voraussetzung: Sie mußten mit einem makellosen Ruf von hier verschwinden. Sie mußten um Urlaub bitten, ohne auch nur den leisesten Verdacht zu erregen.

Er schrak hoch und öffnete die Augen. Mußte raus hier. Wollte keine Minute mehr bleiben. Aber da war die Glocke. Das mußte das Zeichen für die Totenfeier sein. Hör nur, wie sie läutet, ein grauenvolles, nervenzerreißendes Geräusch.

»Aufwachen, Tommy«, sagte er.

Tommy hing schlaff in seinem Sessel vor dem Schreibtisch und schnarchte. Ein feiner Speichelfaden rann ihm übers Kinn. Die schwere Schildpattbrille war ihm bis auf die Spitze der runden Nase hinuntergerutscht.

»Tommy, die Glocke.«

Marklin richtete sich auf und strich seinen Anzug glatt, so gut er konnte. Er kletterte vom Bett und schüttelte Tommy an der Schulter.

Einen Augenblick lang hatte Tommy diesen verblüfften, verärgerten Ausdruck des eben Erwachten; dann kehrte sein Menschenverstand zurück.

»Ja, die Glocke«, sagte er ruhig und fuhr sich mit den Händen durch das unordentliche rote Haar. »Endlich, die Glocke.«

Sie wuschen sich nacheinander das Gesicht. Marklin nahm ein Kleenex, schmierte etwas von Tommys Zahnpasta darauf und putzte sich mit dem Finger die Zähne. Er hätte sich auch rasieren müssen, aber dazu war keine Zeit. Sie würden nachher nach Regent's Park fahren, sich alles holen und mit der nächsten Maschine nach Amerika fliegen.

»Urlaubsschein, zum Teufel damit«, sagte er jetzt. »Ich bin dafür, daß wir einfach verschwinden. Ich will nicht noch mal in mein Zimmer, um zu packen. Ich bin dafür, sofort loszufahren. Zum Teufel mit der Feier.«

»Sei nicht albern«, sagte Tommy. »Wir sagen, was wir zu sagen haben, und wir werden erfahren, was wir erfahren können. Und dann reisen wir ab – wenn es sich gehört und nicht weiter auffällt.«

Verdammt!

Es klopfte.

»Wir kommen schon!« rief Tommy und zog leicht die Brauen hoch. Er zog sein Tweedjackett zurecht; er sah zerzaust und erhitzt aus.

Marklins Wollblazer war arg zerknautscht. Und er hatte seine Krawatte verloren. Na ja, das Hemd unter dem Pulli war ganz okay. Würde eben reichen müssen, was? Vielleicht lag die Krawatte im Wagen. Er hatte sie heruntergerissen, als er das erstemal losgefahren war. Er hätte niemals, niemals zurückkommen sollen.

»Noch drei Minuten«, rief eine Stimme vor der Tür. Einer der Alten. Es würde wimmeln von ihnen.

»Weißt du«, sagte Marklin, »so was war schon unerträglich, als ich mich noch für einen treuen Novizen hielt. Jetzt finde ich es einfach unerhört. Morgens um vier geweckt zu werden ... du lieber Gott, es ist ja schon fünf ... für eine Trauerfeier. Das ist genauso albern wie diese Neuzeit-Druiden, die sich zur Sommersonnenwende mit Bettlaken behängt in Stonehenge herumtreiben – oder wann immer sie es da sonst treiben mögen. Vielleicht lasse ich dich die nötigen Worte für uns beide sprechen. Vielleicht warte ich im Auto.«

»Den Teufel wirst du tun«, sagte Tommy. Er fuhr sich ein paarmal mit dem Kamm durch die trockenen Haare. Sinnlos.

Sie gingen zusammen hinaus. Tommy blieb stehen und schloß die Tür ab. Im Korridor war es erwartungsgemäß kalt.

»Du kannst nicht noch mal hier herauf in dieses Stockwerk. Was in meinem Zimmer ist, können sie behalten.«

»Das wäre absolut töricht. Du wirst packen, als ob du aus ganz normalen Gründen verreisen wolltest. Warum denn nicht, zum Teufel?«

»Ich kann hier nicht bleiben, ich sag's doch.«

»Und wenn du in deinem Zimmer etwas übersehen hast? Etwas, das die ganze Sache auffliegen lassen könnte?«

»Habe ich nicht. Das weiß ich.«

Korridore und Treppenhaus waren leer. Womöglich waren sie die letzten Novizen, die die Glocke gehört hatten.

Leises Flüstern drang aus dem Erdgeschoß. Als sie am Fuße der Treppe ankamen, sah Marklin, daß es noch schlimmer war, als er vermutet hatte.

Kerzen überall! Jeder bis auf den letzten Mann in Schwarz gekleidet! Alle elektrischen Lampen ausgeschaltet. Ein ekliger Schwall warmer Luft umwogte sie. Beide Feuer brannten lodernd. Gütiger Himmel – und sie hatten jedes Fenster im Haus mit Krepp drapiert!

»Oh, das ist zuviel«, flüsterte Tommy. »Wieso hat uns keiner gesagt, wie wir uns anziehen sollen?«

»Das ist absolut ekelhaft«, sagte Marklin. »Hör zu, ich gebe dieser Sache fünf Minuten.«

»Sei kein Trottel, verdammt«, zischte Tommy. »Wo sind die anderen Novizen? Ich sehe alte Leute, überall bloß alte Leute.«

Es mußten hundert sein, die da in kleinen Gruppen oder allein an den dunklen eichenholzgetäfelten Wänden standen. Graue Haare, wohin man schaute. Na, sicher waren die jüngeren Ordensmitglieder auch irgendwo.

»Komm schon.« Tommy umklammerte Marklins Arm und zog ihn in die Halle.

Die Bankettafel bog sich unter einem gewaltigen Essen.

»Herrgott, das ist ja ein verdammtes Festmahl«, sagte Marklin. Ihm wurde schlecht, wenn er da nur hinschaute – Lamm- und Rinderbraten, Schüsseln mit dampfenden Kartoffeln, Stapel von glänzenden Tellern und silbernes Besteck. »Ja, sie essen. Die essen tatsächlich«, flüsterte er Tommy zu.

Eine ganze Reihe von älteren Männern und Frauen füllte sich ruhig und langsam ihre Teller. Joan Cross in ihrem Rollstuhl war auch da. Sie hatte geweint. Und da war der entsetzliche Timothy Hollingshed, der wie immer seine ungezählten Titel im Gesicht trug, der arrogante Bastard, und dabei besaß er keinen Penny.

Elvera kam mit einer Rotweinkaraffe durch die Menge. Gläser standen auf dem Sideboard. Ja, das ist was, das ich gebrauchen kann, dachte Marklin. Diesen Wein kann ich gut gebrauchen.

Plötzlich dachte er daran, frei zu sein, im Flugzeug nach Amerika, entspannt und in Socken, während die Stewardeß ihn mit Drinks und köstlichem Essen traktierte. Nur noch ein paar Stunden.

Die Glocke läutete immer noch. Wie lange sollte das dauern? Ein paar Männer in seiner Nähe sprachen Italienisch, sie waren alle eher klein. Die alten, bärbeißigen Briten waren auch da, Aarons Freunde, die meisten inzwischen im Ruhestand. Und dort war eine junge Frau – na ja, zumindest sah sie jung aus. Schwarzes Haar, stark geschminkte Augen. Ja, wenn man genau hinschaute, sah man, daß es lauter langjährige Ordensmitglieder waren, aber nicht nur gebrechliche. Da stand Bryan Holloway aus Amsterdam, und dort die anämischen, froschäugigen Zwillinge, die von Rom aus operierten.

Überall hörte man leises Murmeln: Aaron hier, Aaron da ... Aaron immer geliebt, immer verehrt.

Marcus hatten sie anscheinend völlig vergessen – und das war nur recht so, dachte Marklin; wenn sie bloß wüßten, wie billig er sich hatte kaufen lassen.

»Nehmen Sie einen Schluck Wein, bitte, meine Herren.« Elvera deutete auf die zahllosen Reihen der Kristallgläser. Alte, langstielige Gläser. All die antike Pracht. Sieh doch nur, die ehrwürdigen Silberbestecke mit ihren tiefen Ziselierungen. Und da, die alten Teller, wahrscheinlich aus irgendeinem Tresorgewölbe heraufgeschleppt, randvoll mit Toffee und Zuckergußtorten.

»Nein, danke«, sagte Tommy knapp. »Ich kann nicht essen mit einem Teller in der einen und einem Glas in der anderen Hand.«

Jemand lachte im leisen Gemurmel und Geflüster ringsumher. Noch eine Stimme übertönte die anderen. Joan Cross saß einsam inmitten der Versammlung und hatte die Stirn auf die Hand gestützt.

»Aber wen betrauern wir hier?« fragte Marklin im Flüsterton. »Aaron oder Marcus?« Er mußte etwas sagen. Das Licht der Kerzen war aufreizend grell in all der verschwimmenden Dunkelheit um ihn herum. Er blinzelte. Den Duft von reinem Wachs hatte er immer geliebt, aber das hier war zuviel, es war absurd.

Blake und Talmage diskutierten ziemlich hitzig in einer Ecke. Hollingshed trat zu ihnen. Soweit Marklin wußte, waren sie Ende Fünfzig. Wo waren nur die anderen Novizen? Nirgends zu sehen. Nicht einmal Ansling und Perry, die aufgeblasenen kleinen Monster. Was sagt dir dein Instinkt? Hier stimmt etwas nicht, und zwar ganz und gar nicht.

Marklin ging Elvera nach und hielt sie am Ellbogen fest.

»Erwartet man, daß wir hier sind?«

»Natürlich.«

»Aber wir sind nicht richtig angezogen.«

»Das macht nichts. Hier, trinken Sie etwas.« Diesmal drückte sie ihm ein Glas in die Hand. Er stellte seinen Teller auf die Kante des langen Tisches. Wahrscheinlich ein Verstoß gegen die Etikette; niemand sonst hatte es getan. Und, lieber Gott, sieh dir diesen Überfluß an. Da war ein mächtiger gebratener Eberkopf mit einem Apfel im Maul, und dampfende Spanferkel, umgeben von Früchten, lagen auf einer silbernen Platte. Die Vielfalt der Fleischdüfte war köstlich, das mußte er zugeben. Er bekam wirklich Hunger! Wie absurd.

Elvera war weg, aber Nathan Harberson stand sehr dicht

neben ihm; das bemooste Haupt schaute aus luftiger Höhe auf ihn herab.

»Macht der Orden das immer?« fragte Marklin. »Daß er ein solches Bankett gibt, wenn jemand stirbt?«

»Wir haben unsere Rituale«, sagte Nathan Harberson in beinahe traurigem Ton. »Wir sind ein uralter Orden. Wir nehmen unsere Gelübde ernst.«

»Ja, sehr ernst«, sagte einer der glotzäugigen Zwillinge aus Rom. Das war Enzo, nicht wahr? Oder Rodolpho? Marklin wußte es nicht mehr. Die Augen erinnerten ihn an einen Fisch – zu groß, um noch Ausdruck zu haben, deuteten sie nur noch auf eine Krankheit hin. Wenn man sich vorstellte, daß es beide erwischt hatte ... Und wenn beide Zwillinge lächelten, wie sie es jetzt taten, sah es ziemlich scheußlich aus. Ihre Gesichter waren faltig und dürr. Aber es sollte irgendeinen entscheidenden Unterschied zwischen ihnen geben. Was war es nur? Marklin konnte sich nicht erinnern.

»Es gibt bestimmte Grundprinzipien«, sagte Nathan Harberson, und sein samtener Bariton wurde ein bißchen lauter, vielleicht auch ein bißchen zuversichtlicher.

»Und gewisse Dinge«, sagte der Zwilling Enzo, »können von uns nicht in Frage gestellt werden.

Timothy Hollingshed war herangekommen und schaute mit hocherhobener Adlernase auf Marklin herab, wie er es immer tat. Sein Haar war weiß und dicht, wie Aarons Haar es gewesen war. Marklin gefiel sein Aussehen nicht; es war, als habe er eine grausame Version Aarons vor sich, größer und von eher demonstrativer Eleganz. Gott, sieh dir bloß an, was dieser Mann für Ringe trägt. Regelrecht vulgär, und jeder hatte angeblich seine Geschichte, lauter Legenden von Schlachten, Verrat und Vergeltung. Wann können wir hier weg? Wann ist das alles zu Ende?

»Ja, für uns sind gewisse Dinge heilig«, sagte Timothy. »Als wären wir ein kleiner Staat für uns.«

Elvera war zurückgekommen. »Ja, es ist nicht nur eine Sache der Tradition.«

»Nein«, ergänzte ein großer Mann mit dunklen Haaren, tintenschwarzen Augen und bronzebraunem Gesicht. »Es geht um tiefe moralische Verpflichtung, um Loyalität.«

»Und um Ehrfurcht«, sagte Enzo. »Die Ehrfurcht nicht zu vergessen.«

»Es ist ein Konsens.« Elvera sah ihn an. Aber sie sahen ihn alle an. »Einigkeit darüber, was wertvoll ist, und darüber, wie es zu schützen sei – um jeden Preis.«

Weitere Leute hatten sich hereingedrängt, lauter alte Ordensmitglieder. Das leise Geplauder schwoll dementsprechend an. Wieder lachte jemand. Hatten diese Leute nicht Verstand genug, einmal nicht zu lachen?

Es ist absolut oberfaul, daß wir hier die einzigen Novizen sind, dachte Marklin. Und wo ist Tommy? Voller Panik begriff er, daß er Tommy aus den Augen verloren hatte. Nein – da war er. Aß Trauben vom Tisch wie ein römischer Plutokrat. Sollte genug Anstand haben, so etwas nicht zu tun.

Marklin nickte den Umstehenden rasch und voller Unbehagen zu, schob sich durch das dichte Gedränge von Männern und Frauen und wäre fast über einen fremden Fuß gestolpert, bevor er an Tommys Seite ankam.

»Was zum Teufel ist denn los mit dir?« wollte Tommy wissen. Er schaute zur Decke. »Um Gottes willen, entspanne dich. In ein paar Stunden sitzen wir im Flugzeug, und dann . . .«

»Psst. Sag nichts.« Marklin merkte, daß seine Stimme nicht mehr normal klang; er hatte sie nicht mehr in der Gewalt. Er konnte sich nicht erinnern, im Leben schon einmal soviel Angst gehabt zu haben.

Jetzt sah er, daß auch die Wände allesamt mit schwarzem Tuch verhangen waren. Die beiden Uhren in der großen Halle waren zugedeckt! Und die Spiegel, die Spiegel waren schwarz verschleiert. Es war absolut enervierend. Noch nie hatte er eine solche altmodische Trauerstaffage gesehen. Wenn in seiner Familie jemand gestorben war, hatte man ihn verbrannt. Jemand rief dann später an und teilte mit, daß es geschehen war. Genauso war es bei seinen Eltern gewesen. Er hatte im Internat im

Bett gelegen und Ian Fleming gelesen, als der Anruf kam; er hatte genickt und gleich weitergelesen. *Und jetzt hast du alles geerbt, absolut alles.*

Plötzlich war ihm richtig schlecht von den Kerzen. Überall sah er die Kandelaber, teure Silberstücke. Einige waren sogar mit Edelsteinen besetzt. Gott, wieviel Geld mochte dieser Orden in seinen Gewölben und Tresoren horten? Ein kleiner Staat für sich, in der Tat! Aber das lag nur an Trotteln wie Stuart, der schon vor langer Zeit sein ganzes Vermögen dem Orden vermacht hatte; wenn man alles bedachte, hatte er dieses Testament allerdings inzwischen sicher geändert.

Wenn man alles bedachte. Tessa. Der Plan. Wo war Stuart jetzt – bei Tessa?

Das Stimmengewirr wurde immer lauter. Man hörte Gläser klingen. Elvera kam und schenkte ihm Wein nach.

»Trinken Sie, Mark«, sagte sie.

»Benimm dich, Mark«, flüsterte Tommy unangenehm dicht vor seinem Gesicht.

Marklin wandte sich ab. Dies war nicht seine Religion. Dies war nicht seine Tradition, im Morgengrauen im schwarzen Anzug herumzustehen und zu essen und zu trinken.

»Ich gehe jetzt!« erklärte er unvermittelt. Seine Stimme kam beinahe explosionsartig aus seinem Mund und hallte durch den ganzen Saal! Alle waren verstummt.

In der lastenden Stille hatte er eine Sekunde lang Mühe, nicht laut aufzuschreien. Sein Wunsch, zu schreien, war reiner als er es jemals in seiner Kindheit gewesen war. Vor lauter Panik, vor Entsetzen zu schreien – er wußte nicht, was es war.

Tommy zwickte ihn in den Arm und streckte den Zeigefinger aus.

Die Flügeltür zum Speisesaal hatte sich geöffnet. Aha, das also war der Grund für die plötzliche Stille. Du lieber Gott, hatten sie Aarons Überreste nach Hause geholt?

Die Kerzen, die schwarzen Drapagen – im Speisesaal sah es genauso aus: noch eine düstere Höhle. Er war entschlossen, da nicht hineinzugehen, aber bevor er sich versah, schob die

Menge ihn langsam und feierlich auf die offene Tür zu. Er und Tommy wurden beinahe getragen.

Will nichts mehr sehen, will hier weg . . .

Das Drängen ließ nach, als sie durch die Tür gekommen waren. Männer und Frauen stellten sich um den langen Tisch. Wirklich, da lag jemand auf dem Tisch! O Gott, nicht Aaron! Ich kann Aaron nicht ansehen! *Und sie wissen, daß du es nicht kannst, nicht wahr? Sie warten nur darauf, daß du in Panik gerätst und daß Aarons Wunden wieder anfangen zu bluten!*

Grauenhaft. Und dumm. Er klammerte sich an Tommys Arm und hörte wiederum Tommys Ermahnung. »Sei still!«

Endlich standen sie an der Kante des großen alten Tisches. Da lag ein Mann in einer staubigen Wolljacke, mit Lehm an den Schuhen. Das war kein ordentlich aufgebahrter Leichnam.

»Das ist doch lächerlich«, sagte Tommy leise.

»Was für eine Art Beerdigung ist denn das?« hörte Marklin sich laut fragen.

Langsam beugte er sich vor, bis er das tote Gesicht sehen konnte, das von ihm abgewandt war. Stuart. Stuart Gordon tot auf diesem Tisch – Stuarts übermäßig schmales Gesicht mit der Hakennase und leblosen blauen Augen. Du lieber Gott, sie hatten ihm nicht mal die Augen geschlossen! Waren die denn alle wahnsinnig?

Unbeholfen wich er zurück, stieß gegen Tommy, spürte seinen Absatz auf Tommys Schuh; Tommy zog hastig den Fuß zurück. Er war unfähig, noch zu denken. Das Grauen hatte ihn ganz und gar erfaßt. Stuart ist tot, Stuart ist tot, Stuart ist tot.

Tommy starrte die Leiche an. Wußte er, daß es Stuart war?

»Was hat das zu bedeuten?« fragte Tommy. Seine Stimme war leise und zornig. »Was ist mit Stuart passiert . . .?« Aber seine Worte hatten wenig Überzeugungskraft. Seine Stimme, die schon monoton klang, war kraftlos vom Schock.

Die anderen rückten immer näher heran, drängten sie gegen den Tisch. Stuarts schlaffe linke Hand lag dicht vor ihnen.

»Um der Liebe des Himmels willen«, sagte Tommy, »kann ihm denn keiner die Augen schließen?«

Die Ordensmitglieder umstanden die Tafel von einem Ende zum anderen, eine Phalanx von Trauergästen in Schwarz. Trauerten sie wirklich? Sogar Joan Cross war da, am Kopfende; ihre Arme ruhten auf den Armlehnen ihres Rollstuhls, und ihre roten Augen starrten ihn an!

Niemand sprach. Niemand rührte sich. Das erste Stadium der Stille war die Abwesenheit von Geplauder gewesen. Dies nun war das zweite Stadium: die Abwesenheit von Bewegung. Die Ordensmitglieder standen so reglos, daß er nicht einmal jemanden atmen hörte.

»Was ist mit ihm passiert?« verlangte Tommy zu wissen.

Noch immer antwortete niemand. Marklin konnte seinen Blick auf nichts mehr konzentrieren; immer wieder schaute er den kleinen Totenschädel mit den feinen weißen Haaren an. *Hast du Selbstmord begangen, du Trottel, du verrückter Trottel? Ist es das? Gleich bei der ersten Gefahr einer Entdeckung?*

Und ganz plötzlich merkte er, daß die anderen nicht Stuart anschauten, sondern ihn, ihn und Tommy.

Er fühlte einen Schmerz in der Brust, als habe jemand angefangen, mit unglaublich starken Händen auf sein Brustbein zu drücken.

Er drehte sich um und durchforschte verzweifelt die Gesichter der Umstehenden – Enzo, Harberson, Elvera und die anderen starrten ihn mit bösen Augen an. Timothy Hollingshed stand neben ihm und schaute kalt auf ihn herunter.

Nur Tommy starrte ihn nicht an. Tommy starrte über den Tisch hinweg, und als Marklin seinem Blick folgte, um zu sehen, was ihn da ablenkte und ihn das Grauen dieser ganzen Szene vergessen ließ, da erblickte er ein paar Schritte vor sich Yuri Stefano in schwarzer Trauerkleidung.

Yuri! Yuri war hier, und er war die ganze Zeit hiergewesen! Hatte Yuri etwa Stuart umgebracht? Warum in Gottes Namen war Stuart nicht schlauer gewesen, warum hatte er Yuri nicht ablenken können. Und dieser Idiot Lanzing – hätte er Yuri doch nur nicht aus dem Glen entkommen lassen!

»Nein, nein«, sagte Elvera. »Die Kugel hat ihr Ziel durchaus getroffen. Aber sie war nicht tödlich. Und er ist wieder zu Hause.«

»Ihr wart Gordons Komplizen«, sagte Hollingshed verächtlich. »Ihr beide. Und nur noch ihr beide seid übrig.«

»Seine Komplizen«, sagte Yuri auf der anderen Seite des Tisches. »Seine gescheiten Schüler, seine Genies.«

»Nein!« rief Marklin. »Das ist nicht wahr! Wer klagt uns denn an?«

»Stuart hat euch angeklagt«, sagte Harberson. »Die Papiere, die in seinem Turm verstreut waren, klagen euch an, sein Tagebuch klagt euch an, seine Gedichte klagen euch an, und Tessa klagt euch an.«

Tessa!

»Wie könnt ihr es wagen, in sein Haus einzudringen!« donnerte Tommy und funkelte rot vor Wut in die Runde.

»Ihr habt Tessa nicht! Das glaube ich euch nicht!« schrie Marklin. »Wo ist Tessa? Es war doch alles nur für Tessa!« Und als ihm sein schrecklicher Fehler bewußt wurde, erkannte er, was er die ganze Zeit gewußt hatte.

Warum hatte er nicht auf seinen Instinkt gehört? Sein Instinkt hatte ihm geraten, zu verschwinden, und jetzt sagte sein Instinkt ihm ohne jeden Zweifel: *Es ist zu spät.*

»Ich bin britischer Staatsbürger«, erklärte Tommy flüsternd. »Ich lasse mich hier nicht von einer Bürgerwehr vor Gericht stellen.«

Sogleich geriet die Menge in Bewegung und schob sie langsam vom oberen zum unteren Ende des Tisches. Hände hatten Marklins Arme ergriffen. Dieser unsägliche Hollingshed hatte ihn gepackt. Er hörte, wie Tommy wieder protestierte – »Loslassen!« –, aber es war jetzt völlig vergebens. Man drängte sie in den Korridor hinaus und immer weiter; das weiche Getrappel der Füße auf den gebohnerten Dielen hallte bis unter die hölzernen Bögen. Es war ein Mob, der ihn ergriffen hatte, ein Mob, vor dem es kein Entrinnen gab.

Mit lautem metallischem Scharren und Dröhnen wurden die Türen des alten Aufzugs aufgerissen. Marklin wurde hineingeschoben und drehte sich panisch um sich selbst; Klaustrophobie packte ihn, so daß er schon wieder schreien wollte.

Aber die Türen schlossen sich. Er und Tommy standen aneinandergedrängt da, umringt von Harberson, Enzo, Elvera, dem großen Dunkelhaarigen, Hollingshed und mehreren anderen, kräftigen Männern.

Der Aufzug schaukelte klappernd abwärts. In den Keller.

»Was haben Sie mit uns vor?« fragte er plötzlich.

»Ich bestehe darauf, daß man uns auf der Stelle wieder hinaufbringt«, sagte Tommy verächtlich. »Ich verlange unsere unverzügliche Freilassung.«

»Es gibt Verbrechen, für die wir keine Worte haben«, sagte Elvera leise und schaute dabei Tommy an. »Bestimmte Dinge, die wir als Orden unmöglich vergeben oder vergessen können.«

»Was soll denn das bedeuten? Das wüßte ich gern!« sagte Tommy.

Der schwere alte Fahrstuhl kam mit einer ruckartigen Erschütterung zum Stehen. Im nächsten Augenblick waren sie draußen im Gang; die Hände umklammerten schmerzhaft Marklins Arme.

Man führte sie auf einem unbekannten Weg durch die Kellergewölbe und einen Korridor hinunter, der wie ein Bergwerksstollen mit rohen Holzstreben abgestützt war. Der Geruch von Erde umgab sie. Alle anderen waren jetzt neben oder hinter ihnen. Am Ende des Ganges sahen sie zwei Türflügel, große Holztüren unter einem niedrigen Bogen, fest verriegelt.

»Glauben Sie, Sie können mich hier gegen meinen Willen festhalten?« fragte Tommy. »Ich bin britischer Staatsbürger.«

»Ihr habt Aaron Lightner ermordet«, sagte Harberson.

»Und ihr habt in unserem Namen andere ermordet«, sagte Enzo. Und da, neben ihm, war sein Bruder und wiederholte seine Worte wie ein irres Echo.

»Ihr habt uns beschmutzt in den Augen anderer«, sagte Hollingshed. »Ihr habt in unserem Namen unsagbare Frevel begangen.«

»Ich streite alles ab«, sagte Tommy.

»Wir brauchen euer Geständnis nicht«, sagte Elvera.

»Wir brauchen überhaupt nichts von euch«, sagte Enzo.

»Aaron ist gestorben, weil er euren Lügen geglaubt hat!« sagte Hollingshed.

»Verdammt, das lasse ich mir nicht bieten!« brüllte Tommy.

Aber Marklin brachte es nicht mehr über sich, Entrüstung zu heucheln, Empörung, oder was immer er sonst hätte zeigen müssen, weil sie ihn hier gefangenhielten und auf die Tür zuschoben.

»Moment, warten Sie doch, bitte nicht. Warten Sie«, stammelte er flehentlich. »Hat Stuart Selbstmord begangen? Was ist mit ihm passiert? Wenn Stuart hier wäre, würde er uns entlasten. Sie können doch nicht ernsthaft glauben, daß jemand, der so viele Jahre wie Stuart . . .«

»Spar dir deine Lügen für Gott«, sagte Elvera. »Die ganze Nacht hindurch haben wir das Material gesichtet. Wir haben mit eurer weißhaarigen Göttin gesprochen. Befreie deine Seele von der Last der Wahrheit, wenn du willst, aber behellige uns nicht mit deinen Lügen.«

Die Gestalten schlossen sich dichter um sie. Man schob sie immer näher zu dieser Kammer, dieser Zelle, diesem Verlies; Marklin wußte nicht, was hinter der Tür lag.

»Halt!« schrie er plötzlich. »In Gottes Namen! Halt! Es gibt Dinge, die Sie über Tessa nicht wissen, Dinge, die Sie einfach nicht verstehen können.«

»Hör auf, ihnen gefällig zu sein, du Idiot!« fauchte Tommy. »Glaubst du, mein Vater wird keine Fragen stellen? Ich bin kein gottverdammter Waisenknabe. Ich habe eine große Familie. Glaubst du etwa –«

Ein starker Arm packte Marklin um den Leib, ein zweiter umschlang seinen Hals. Die Türflügel wurden aufgezogen. Aus dem Augenwinkel sah er, wie Tommy sich mit verkrümmten Knien sträubte, wie er nach den Männern hinter sich trat.

Ein eisiger Luftstrom wehte durch die offene Tür. Schwarze Finsternis. Ich halte es nicht aus, im Dunkeln eingesperrt zu sein! Ich halte es nicht aus!

Und jetzt endlich schrie er. Er konnte es nicht mehr zurückhalten. Er schrie, und sein schrecklicher Schrei begann, als man ihn vorwärts stieß, bevor er über die Schwelle kippte, bevor er merkte, daß er fiel, tief und immer tiefer in die Dunkelheit, ins Nichts, und daß Tommy mit ihm fiel, sie verfluchte, ihnen drohte – so schien es jedenfalls. Wissen konnte er es nicht mehr. Zu laut hallte sein Schrei von den Steinwänden wider.

Dann schlug er auf. Um ihn herum und in ihm war es schwarz. Schmerzen in allen Gliedern ließen ihn erwachen. Er lag auf etwas Hartem, Scharfkantigem. Es schnitt ihn. Du lieber Gott! Als er sich hochstemmte, grub seine Hand sich in bröckelnde, zerbrechende Dinge, die einen dumpfen Aschegeruch verbreiteten.

Er blinzelte in den einzelnen Lichtstrahl, der auf sie herabfiel, und als er hochschaute, erkannte er mit Entsetzen, daß er durch die Tür kam, durch die sie herabgefallen waren; er schien über Köpfe und Schultern der Silhouetten hinweg, die zu ihnen herunterspähten.

»Nein, das dürft ihr nicht!« schrie er. Hastig kroch er im Dunkeln vorwärts und kam dann, ohne sich an irgendeinem Anhaltspunkt zu orientieren, auf die Beine.

Er konnte ihre dunklen Gesichter nicht sehen, konnte nicht einmal die Form der Köpfe erkennen. Er war tief gefallen, an die zehn Meter womöglich – er wußte es nicht.

»Halt! Ihr könnt uns nicht hierlassen, ihr könnt uns hier nicht einsperren!« brüllte er und hob beschwörend die Hände zu ihnen hinauf. Aber die Gestalten wichen aus der hellen Öffnung zurück, und zu seinem Entsetzen hörte er ein vertrautes Geräusch. Türangeln knarrten, und das Licht erstarb, als die Türflügel sich schlossen.

»Tommy, Tommy, wo bist du?« rief er verzweifelt. Das Echo machte ihm angst. Es war mit ihm eingesperrt. Es konnte nirgends hin außer zu ihm, in seine Ohren. Er streckte die Hände aus und tastete über den Boden, berührte die spröden, zerbrochenen, bröckelnden Gegenstände und fühlte plötzlich etwas Weiches, Warmes!

»Tommy!« rief er erleichtert. Er ertastete Tommys Lippen, seine Nase, seine Augen. »Tommy!«

Und dann, binnen eines Sekundenbruchteils, der vielleicht länger dauerte als sein ganzes Leben, verstand er alles. Tommy war tot. Er war bei dem Sturz gestorben. Und es war ihnen gleichgültig gewesen, daß das passieren konnte. Und sie würden nicht zurückkommen, um ihn zu holen. Nie mehr. Wäre das Gesetz mit all seinen Annehmlichkeiten und seinen Sanktionen für sie anwendbar gewesen, dann hätten sie ihn und Tommy nie aus solcher Höhe hinuntergestürzt. Und jetzt war Tommy tot. Marklin war allein hier unten im Dunkeln neben seinem toten Freund und klammerte sich an ihn. Und diese anderen Gegenstände, die Dinge, um die seine Finger sich krümmten, waren Knochen.

»Nein, das kannst du nicht! Du kannst so etwas nicht ertragen!« Wieder schwoll seine Stimme zu einem Schrei. »Laßt mich hier raus! Laßt mich raus!« Das Echo kam zurück, als wären seine Schreie Luftschlangen, die hinaufwehten und dann wieder herabgeflattert kamen. »Laßt mich raus!« Und seine Schreie waren keine Worte mehr. Sie wurden leiser, gequälter, und ihr schrecklicher Klang spendete ihm seltsamen Trost. Er wußte, daß es der letzte, der einzige Trost war, den er je bekommen würde.

Endlich lag er still neben Tommy, und seine Finger umschlossen Tommys Arm. Vielleicht war Tommy ja nicht tot. Er würde wieder aufwachen, und dann würden sie diese Kammer zusammen durchsuchen. Vielleicht war es ja das, was sie tun sollten. Vielleicht gab es ja einen Ausweg, und die anderen wollten, daß er ihn fand, wollten, daß er durch das Tal des Todes wanderte, um ihn zu finden; sie wollten ihn nicht töten, nicht seine Brüder und Schwestern im Orden, nicht Elvera, die liebe Elvera, und nicht Harberson und Enzo und sein alter Lehrer Clermont. Nein, dazu waren sie doch gar nicht fähig!

Schließlich drehte er sich um und richtete sich auf den Knien auf, aber als er auf die Füße kommen wollte, knickte der linke Knöchel mit grellem Schmerz unter ihm weg.

»Na, ich kann immer noch kriechen, verdammt!« flüsterte er. »Ich kann kriechen!« kreischte er. Und er kroch, stieß die Knochen vor sich her, den Schutt, das zerbröckelte Gestein oder was immer es sonst war. Nicht darüber nachdenken! Und auch nicht an Ratten denken. Gar nicht denken!

Plötzlich stieß sein Kopf an eine Wand, wie es schien.

Nach sechzig Sekunden war er an der Wand entlanggekrochen, und dann an noch einer und an noch einer und schließlich an einer vierten. Die Kammer war nur so eng wie ein Schacht.

Na ja, mir scheint, ich brauche mir erst dann Sorgen zu machen, wie ich hier herauskomme, wenn ich mich besser fühle und wieder stehen kann; dann kann ich eine andere Öffnung suchen, einen Durchgang, vielleicht ein Fenster oder so was. Hier gibt es ja schließlich Luft, frische Luft.

Ruh dich ein Weilchen aus, dachte er und schmiegte sich an Tommy; er drückte die Stirn an Tommys Ärmel. Ruh dich aus und überleg dir, was zu tun ist. Es kommt absolut nicht in Frage, daß du so stirbst, du, so jung, daß du so stirbst, in diesem Kerker, eingesperrt von einer Meute alter Priester und Nonnen, unmöglich ... Ja, ruh dich aus und befasse dich jetzt nicht mit diesem großen Problem, noch nicht. Ruh dich aus ...

Er döste. Wie dumm von Tommy, seine Stiefmutter so vor den Kopf zu stoßen, ihr zu sagen, daß er keinen weiteren Kontakt zu ihr wünsche. Ja, jetzt konnte es sechs Monate dauern, vielleicht sogar ein Jahr ... Nein, die Bank würde sie suchen, Tommys Bank, seine Bank, wenn er seinen Quartalsscheck nicht einlöste, und wann wäre der fällig? Nein, das konnte nicht ihre endgültige Entscheidung sein, sie an diesem schrecklichen Ort lebendig zu begraben!

Ein seltsames Geräusch ließ ihn hochschrecken.

Wieder hörte er es, dann noch einmal. Er wußte, was es war, aber er konnte es nicht identifizieren. Verdammt, in dieser schwarzen Finsternis konnte er nicht einmal sagen, aus welcher Richtung es kam. Er mußte lauschen. Es war eine Folge von Geräuschen, genaugenommen. Stell's dir vor, versuche, dir ein Bild zu machen – und dann gelang es ihm.

Steine wurden an ihren Platz gerückt, und dann wurde Mörtel draufgestrichen. Steine und Mörtel, hoch über ihm.

»Aber das ist doch absurd, vollkommen absurd! Das ist mittelalterlich, absolut unerhört! Tommy, wach auf! Tommy!« Er hätte wieder gekreischt, aber das wäre eine zu große Demütigung gewesen, wenn diese Schweine da oben ihn hören könnten, wenn sie ihn brüllen hörten, während sie die verdammte Tür zumauerten.

Leise weinte er an Tommys Arm. Nein, das war nur vorübergehend, ein Trick, um ihnen angst zu machen, sie zur Zerknirschung zu bringen, bevor man sie am Ende den Behörden übergäbe. Sie hatten nicht die Absicht, sie hierzulassen, sie hier *sterben* zu lassen! Es war irgendeine rituelle Bestrafung und sollte ihnen Angst einjagen. Das Furchtbare war allerdings, daß Tommy tot war! Aber er würde immer noch mit Vergnügen bestätigen, daß es ein Unfall gewesen war. Wenn sie kämen, würde er sich in jeder Hinsicht kooperativ erweisen. Wenn er nur hier rauskam! Das war das einzige, was er die ganze Zeit wollte: raus!

Ich kann so nicht sterben; es ist unvorstellbar, daß ich so sterbe. Es ist unmöglich, mein ganzes Leben ungültig, meine Träume dahin, die Größe, auf die ich nur einen Blick habe werfen können mit Stuart und mit Tessa ...

Irgendwo im Hinterkopf wußte er, daß seine Logik einen fatalen Fehler hatte, mehrere sogar, aber er hörte nicht auf, dachte sich die Zunkunft aus, stellte sich vor, wie sie wiederkämen und ihm sagten, sie hätten ihn nur erschrecken wollen und es sei ein Unfall gewesen, daß Tommy nun tot war; sie hätten nicht daran gedacht, daß der Sturz so gefährlich sein könnte – wie dumm von ihnen. Mörderische, rachsüchtige Lügner und Trottel! Es kam nur darauf an, bereit zu sein, ruhig zu sein, vielleicht zu schlafen, ja, zu schlafen und dem Geräusch von Steinen und Mörtel zu lauschen. Nein, das Geräusch hat aufgehört. Die Tür ist jetzt vielleicht zugemauert, aber das macht nichts. Es muß noch andere Wege in diesen Kerker geben und auch andere Wege wieder hinaus. Er würde sie später finden.

Einstweilen hielt er sich am besten an Tommy, schmiegte sich fest an ihn und wartete, bis die anfängliche Panik verflogen war und er sich überlegen konnte, was er als nächstes tun sollte.

Oh, wie dumm von ihm, daß er Tommys Feuerzeug vergessen hatte. Tommy rauchte genausowenig wie er, aber Tommy trug immer dieses elegante Feuerzeug mit sich herum und ließ es aufschnappen, wenn hübsche Mädchen eine Zigarette an den Mund hoben.

Er wühlte in Tommys Taschen – Hosentasche, nein, Jackett, ja. Da hatte er es, das kleine goldene Feuerzeug. Hoffentlich war auch Benzin drin oder eine Butanpatrone, oder was immer es sonst brennen ließ.

Er setzte sich langsam auf und zerschrammte sich die linke Handfläche an etwas Rauhem. Er ließ das Feuerzeug aufschnappen. Die kleine Flamme blakte und brannte dann hoch. Das Licht breitete sich ringsum aus, und er sah die kleine Kammer, die tief, tief in die Erde gegraben war.

Und die scharfkantigen Gegenstände, die da zerbröckelten, waren Knochen, Menschenknochen. Da lag ein Schädel neben ihm; leere Augenhöhen starrten ihn an. Und da war noch einer, o Gott! Knochen, so alt, daß manche schon zu Asche geworden waren. Knochen! Und Tommys totes, starres Gesicht. Rotes Blut trocknete an seinem Mundwinkel und an seinem Hals, wo es ihm in den Kragen gelaufen war. Und vor ihm und neben ihm und hinter ihm – Knochen!

Er ließ das Feuerzeug fallen. Seine Hände flogen zum Kopf, seine Augen schlossen sich, sein Mund öffnete sich zu einem haltlosen, ohrenbetäubenden Schrei. Da war nichts als dieser Schrei und die Dunkelheit, und der Schrei fuhr aus ihm heraus und riß all seine Angst und sein Grauen himmelwärts, und in seiner Seele wußte er, es würde alles gut werden, alles, wenn er nur nicht mehr aufhörte zu schreien, sondern den Schrei aus sich herausströmen ließ, lauter und immer lauter, in alle Ewigkeit, ohne Ende.

22

In einem Flugzeug war man selten vollkommen abgeschirmt. Selbst in diesem Flugzeug, das so üppig gepolstert war mit seinen tiefen Sesseln und dem großen Tisch, wußte man, daß man in einem Flugzeug saß. Man wußte, daß man achtunddreißigtausend Fuß hoch über dem Atlantik war, und man spürte das leichte Auf und Ab, mit dem das Flugzeug auf dem Wind ritt wie ein großes Schiff auf dem Meer.

Sie saßen in drei Sesseln rund um den Tisch an den drei Spitzen eines unsichtbaren gleichschenkeligen Dreiecks. Ein Sessel war eine Sonderanfertigung für Ash, das war unverkennbar, und er hatte hinter diesem Sessel gestanden, als er Michael und Rowan gebeten hatte, in den beiden anderen Platz zu nehmen.

Die vorherrschenden Farben hier waren Caramel und Gold. Alles stromlinienförmig, nahezu perfekt. Die junge Amerikanerin, die ihnen die Drinks serviert hatte: perfekt. Die Musik, die kurz gespielt hatte, Vivaldi: perfekt.

Samuel, dieser erstaunliche kleine Mann, schlief zusammengerollt hinten in einer Kabine; die Flasche, die er aus dem Appartement in Belgravia mitgebracht hatte, hielt er fest umklammert. Er hatte eine Bulldogge verlangt, und Ashs Mitarbeiter hatten ihm keine besorgt. »Ash, du hast gesagt, ich soll kriegen, was ich will. Ich habe gehört, wie du ihnen das gesagt hast. So, und ich wollte eine Bulldogge! Ich will immer noch eine Bulldogge!«

Rowan lehnte sich im Sessel zurück und umfaßte ihre Oberarme.

Sie wußte nicht mehr, wann sie das letztemal geschlafen hatte. Irgendwann vor der Landung in New York würde sie schlafen müssen. Aber jetzt war sie seltsam elektrisiert, wenn sie die beiden Männer vor sich anschaute – Michael, der seinen kurzen Zigarettenstummel mit zwei Fingern festhielt, so daß die rote Glut zur Handfläche zeigte. Und Ash, der wieder eines dieser gestreckten, weit geschnittenen zweireihigen Seidenjacketts trug, die jetzt der letzte Schrei waren, die Ärmel nachlässig hochgekrempelt, die weißen Hemdmanschetten mit goldenen Knöpfen verziert; die Steine darauf erinnerten sie an Opale, aber ihr war klar, daß sie keine Expertin auf dem Gebiet der Edel- und Halbedelsteine war. Opale. Seine Augen hatten einen opalisierenden Glanz – das hatte sie schon ein paarmal gedacht. Seine Hose war weit geschnitten wie eine Pyjamahose, aber auch das entsprach der Mode. Er hatte einen Fuß achtlos auf den Rand des Ledersessels, seines Ledersessels, hochgezogen. Am rechten Handgelenk trug er ein dünnes goldenes Armband ohne erkennbaren Zweck, einen feinen Metallstreifen, der glitzerte und aufreizend sexuell auf sie wirkte, auch wenn sie nicht hätte sagen können, warum.

Er hob die Hand und fuhr sich damit durch das dunkle Haar; der kleine Finger pflügte sich durch die weiße Strähne, als wollte er sie nicht vergessen, nicht vernachlässigen, sondern sie zu all den andern dunklen Wellen dazunehmen. Sein Gesicht wurde dabei in ihren Augen wieder lebendig; es lag nur an dieser kleinen Bewegung und an der Art, wie seine Augen die Kabine überflogen und auf ihr verharrten.

Sie selbst hatte kaum bemerkt, was für ein Kleidungsstück sie da hastig aus ihrem Koffer gezogen hatte – etwas Rotes, Weiches, Lockeres und Kurzes, das kaum ihre Knie berührte. Michael hatte ihr die Perlen um den Hals gelegt, eine kleine, adrette Kette. Das hatte sie überrascht. Sie war so benommen gewesen.

Jetzt flogen sie über die Arktis. Sie schloß die Augen und öffnete sie wieder. Die Kabine schimmerte.

»Ich würde diesem Kind Mona niemals etwas antun«, sagte Ash plötzlich und erschreckte sie damit; sofort war sie hellwach. Er beobachtete Michael mit ruhigem Blick.

Michael zog ein letztes Mal an seinem Zigarettenstummel und drückte ihn dann in dem großen Glasaschenbecher aus, zerquetschte ihn zu einem ekligen, kleinen Wurm. Seine Finger sahen groß und stark aus, von schwarzem Haar überhaucht.

»Das weiß ich«, sagte Michael. »Aber ich verstehe noch immer nicht alles. Wie sollte ich auch? Yuri war so verängstigt.«

»Das ist meine Schuld. Dummheit. Darum müssen wir miteinander reden, wir drei. Und es gibt noch andere Gründe.«

»Aber warum wollen Sie uns vertrauen?« fragte Michael. »Warum sich mit uns anfreunden? Sie sind ein vielbeschäftigter Mann und offensichtlich so etwas wie ein Milliardär.«

»Ah, gut, dann haben wir auch das gemeinsam, nicht wahr?« sagte Ash mit ernster Miene.

Rowan lächelte.

Es war eine faszinierende Kontraststudie, der Mann mit der tiefen Stimme, den blitzblauen Augen und den dunklen, beinahe buschigen Brauen und dieser große, so betörend schlanke Mann, dessen anmutige Bewegungen des Handgelenks schwindelerregend sein konnten. Zwei exquisite Formen von Männlichkeit, in perfekte Proportionen und intensive Persönlichkeiten gegossen. Beide Männer schienen – wie große Männer so oft – in machtvollem Selbstvertrauen und innerer Ruhe zu schwelgen.

Rowan schaute zur Decke. In ihrer Erschöpfung sah sie die Dinge verzerrt. Ihre Augen waren trocken, und sie würde bald schlafen müssen, aber jetzt konnte sie es nicht. Nicht jetzt.

Ash sprach wieder.

»Sie haben eine Geschichte zu erzählen, die niemand außer mir hören kann«, sagte er. »Ich will sie hören. Und ich habe eine Geschichte, die ich nur Ihnen erzählen werde. Oder wollen Sie mein Vertrauen nicht? Wollen Sie meine Freundschaft nicht – oder, vielleicht, sogar meine Liebe?«

Michael überlegte. »Doch, ich glaube, ich will das alles, wenn Sie schon mal fragen.« Er zuckte die Achseln und lachte leise. »Wenn Sie schon mal fragen.«

»Erwischt«, sagte Ash leise.

Michael lachte wieder; es war nur ein leises Grollen. »Aber Sie wissen, daß ich Lasher getötet habe, nicht wahr? Das hat Yuri Ihnen erzählt. Nehmen Sie mir das übel, daß ich einen der Ihren getötet habe?«

»Er war nicht einer der Meinen.« Ash lächelte freundlich. Das Licht schimmerte auf der weißen Strähne, die an seiner linken

Schläfe begann. Ein Mann von vielleicht dreißig Jahren mit eleganten grauen Haarsträhnen. Eine Art Wunderknabe der Geschäftswelt – so mußte er auf andere gewirkt haben: vorzeitig reich, vorzeitig grau. Jahrhunderte alt, unendlich geduldig.

Stolz stieg plötzlich in ihr auf wie eine kleine, warme Woge, weil sie Gordon getötet hatte. Nicht ihn.

Sie hatte es getan. Zum ersten Mal in ihrem ganzen traurigen Leben hatte es ihr gefallen, diese Kraft zu benutzen, einen Mann mit ihrem Willen zum Tode zu verurteilen, das Gewebe in ihm zu zerreißen, und sie hatte bestätigt gefunden, was sie schon vermutet hatte: Wenn sie es wirklich wollte, wenn sie mit dieser Kraft zusammenarbeitete, statt sich gegen sie zu wehren, dann konnte es schrecklich schnell gehen.

»Ich will Ihnen alles erzählen«, sagte Ash. »Ich will, daß Sie wissen, was geschehen ist und wie wir ins Glen gekommen sind. Nicht jetzt – dazu sind wir sicher alle zu müde. Aber ich will es Ihnen erzählen.«

»Ja«, sagte Michael, »und ich will es hören.« Er griff in die Tasche, zog die Schachtel halb hervor und nahm eine Zigarette heraus. »Ich möchte selbstverständlich alles über Sie wissen. Und ich möchte das Buch lesen, wenn Sie immer noch die Absicht haben, es uns zu gestatten. Das Buch zu lesen.«

»All dies ist möglich«, sagte Ash mit einer lässigen Geste, die eine Hand auf dem Knie. »Sie sind ein richtiger Hexenstamm. Wir sind einander sehr nah, Sie und ich. Oh, es ist eigentlich nicht so schrecklich kompliziert. Ich habe gelernt, mit einer profunden Einsamkeit zu leben. Ich vergesse sie für Jahre. Und dann kommt sie wieder an die Oberfläche, diese Sehnsucht, von jemand anderem in einen Kontext gesetzt zu werden. Der Wunsch nach jemandem, der mich kennt und versteht, nach einem kultivierten Verstand, der mich moralisch bewertet. Das war stets die Verlockung der Talamasca, von Anfang an: daß ich hingehen und mich meinen Erforschern anvertrauen konnte und daß wir nächtelang miteinander sprechen konnten. Das hat schon so manchen anderen verborgenen Nichtmenschen verlockt. Ich bin nicht der einzige.«

»Na ja, das brauchen wir doch alle, oder?« Michael warf einen Blick zu Rowan hinüber, und wieder ereignete sich einer dieser stillen, geheimen Augenblicke, ganz wie ein unsichtbarer Kuß.

Sie nickte.

»Ja«, pflichtete Ash ihm bei. »Menschen überleben nur sehr selten ohne diese Art von Austausch, Kommunikation, Liebe. Und unser Volk war ein so liebevolles Volk. Es hat so lange gedauert, bis wir verstanden, was Aggression ist. Wir erscheinen den Menschen immer wie Kinder, wenn sie uns das erstemal sehen, aber wir sind keine Kinder. Es ist nur eine andere Art von Milde. Es liegt Halsstarrigkeit darin, der Wunsch, auf der Stelle befriedigt zu werden, der Wunsch, die Dinge einfach zu halten.« Er verstummte für einen Moment und fragte dann mit großer Aufrichtigkeit: »Was bedrückt Sie wirklich? Warum haben Sie beide gezögert, als ich Sie bat, mit mir nach New York zu kommen? Was ist Ihnen da durch den Kopf gegangen?«

»Daß ich Lasher umgebracht habe«, sagte Michael. »Für mich war es eine Frage des Überlebens, nicht mehr und nicht weniger. Es gab einen Zeugen; ein Mann war dabei, der es hätte verstehen und mir verzeihen können, falls ein verzeihender Zeuge notwendig ist. Und dieser Mann ist tot.«

»Aaron.«

»Ja. Er wollte Lasher mitnehmen, aber er hat verstanden, warum ich es nicht erlauben wollte. Und die beiden anderen Männer – nun, da könnte man sagen, es war Notwehr.«

»Und Sie leiden unter diesen Todesfällen«, sagte Ash sanft.

»Lasher – das war vorbedachter Mord«, sagte Michael, als rede er mit sich selbst. »Dieses Wesen hatte meine Frau verletzt, und es hatte mein Kind gestohlen, irgendwie hatte es mein Kind gestohlen. Obwohl – wer weiß, was dieses Kind gewesen wäre? Da gibt es so viele Fragen, so viele Möglichkeiten. Und es hatte den Frauen nachgestellt, hatte sie getötet, in seinem Drang, sich fortzupflanzen. Es durfte ebensowenig mit uns leben wie irgendeine Seuche oder ein Insekt. Koexistenz war undenkbar, und dann war da noch – um Ihr eigenes Wort zu benutzen – der Kontext, die Art und Weise, wie es sich von Anfang an in

Geistgestalt präsentiert hatte und wie es ... wie es mich von Anfang an benutzt hatte.«

»Natürlich, ich verstehe Sie«, sagte Ash. »Ich an Ihrer Stelle hätte ihn auch getötet.«

»Wirklich?« fragte Michael. »Oder hätten Sie ihn verschont, weil er einer der wenigen von Ihrer Art war, die es auf der Erde noch gibt? Das hätten Sie doch empfinden müssen, eine Art Stammesloyalität.«

»Nein«, sagte Ashlar. »Ich glaube, Sie verstehen mich nicht, und ich meine das in einem sehr grundlegenden Sinne. Ich habe mein Leben damit zugebracht, mir selbst zu beweisen, daß ich genauso gut bin wie ein Mensch. Erinnern Sie sich. Papst Gregor gegenüber vertrat ich einmal die Ansicht, daß wir eine Seele hätten. Und ich bin nicht der Freund einer wandernden Seele mit Machthunger, einer alten Seele, die einen neuen Körper in Besitz nimmt. So etwas weckt in mir keine Loyalität.«

Michael nickte, als wolle er sagen: Ich verstehe.

»Mit Lasher zu sprechen«, sagte Ash, »über seine Erinnerungen zu sprechen, das hätte mir vielleicht erheblich zu denken gegeben. Aber nein, Loyalität hätte ich für ihn nicht empfunden. Eines haben Christen und Römer nie glauben können: daß ein Mord ein Mord ist, ob es ein Mord an Menschen ist oder ein Mord an einem von uns. Aber ich glaube das. Ich lebe schon zu lange, um noch dem törichten Glauben nachzuhängen, Menschen seien unseres Mitleids nicht würdig, weil sie ›anders‹ sind. Wir sind alle miteinander verbunden; alles hängt mit allem zusammen. Wie und warum, das kann ich Ihnen nicht sagen. Aber es ist wahr. Lasher hat gemordet, um sein Ziel zu erreichen, und wenn dieses kleine Übel für alle Zeit ausgelöscht werden konnte, nur dieses eine ...« Er hob die Schultern, und sein Lächeln kehrte zurück, ein wenig bitter vielleicht, oder auch nur süß und traurig. »Ich habe immer gedacht, mir vorgestellt, geträumt, wenn wir doch noch einmal wiederkämen, wenn wir noch einmal eine Chance auf dem Angesicht der Erde bekämen, dann könnten wir dieses eine Verbrechen vielleicht tilgen.«

Michael lächelte. »Aber das denken Sie jetzt nicht mehr.«

»Nein. Aber es gibt gute Gründe, nicht an solche Möglichkeiten zu denken. Das werden Sie verstehen, wenn wir in meinen Räumen in New York zusammensitzen und miteinander reden.«

»Ich habe Lasher gehaßt«, sagte Michael. »Er war bösartig, und er hatte bösartige Gewohnheiten. Er hat über uns gelacht. Außerdem habe ich geglaubt, auch andere wollten, daß ich ihn umbringe, Lebende wie Tote. Glauben Sie an Vorherbestimmung?«

»Ich weiß es nicht.«

»Was soll das heißen, Sie wissen es nicht?«

»Vor Jahrhunderten wurde mir gesagt, mir sei vorherbestimmt, der einzige Überlebende meines Volkes zu werden. Und so ist es auch gekommen. Aber bedeutet das denn, daß es mir wirklich vorherbestimmt war? Ich war listig; ich habe Winter und Schlachten und unsagbares Leid überlebt. Bestimmung oder Überlebenskunst? Ich weiß es nicht. Aber wie dem auch sei, diese Kreatur war Ihr Feind. Warum brauchen Sie jetzt Vergebung von mir für das, was Sie getan haben?«

»Das ist eigentlich nicht seine Sorge«, sagte Rowan. Sie sprach, bevor Michael antworten konnte. Sie saß zusammengerollt in ihrem Sessel und hatte den Kopf seitwärts an die Lehne sinken lassen. Sie hatte beide mühelos im Blick, und beide schauten sie an. »Das glaube ich zumindest nicht.«

Michael unterbrach sie nicht.

»Seine Sorge ist etwas, das ich getan habe«, sagte sie. »Etwas, das er selbst nicht tun konnte.«

Ash wartete genau wie Michael.

»Ich habe noch einen Taltos getötet, einen weiblichen«, sagte Rowan.

»Einen weiblichen?« wiederholte Ash leise. »Einen echten weiblichen Taltos?«

»Ja. Meine Tochter von Lasher. Ich habe sie getötet. Ich habe sie erschossen. Ich habe es getan, als ich erkannt hatte, was sie war und wer sie war, und daß sie da war, bei mir. Ich habe sie getötet. Ich habe sie ebenso gefürchtet wie ihn.«

Ash wirkte fasziniert, aber keineswegs beunruhigt.

»Ich fürchtete, daß ein männlicher und ein weiblicher Taltos sich paaren könnten«, sagte Rowan. »Ich fürchtete die grausamen Prophezeiungen, die er abgegeben hatte, und die dunkle Zukunft, die er beschrieben hatte. Ich fürchtete, irgendwo da draußen unter den übrigen Mayfairs könnte er einen männlichen Nachkommen gezeugt haben, und der könnte sie finden, und sie könnten sich vermehren. Das wäre sein Sieg gewesen. Trotz allem, was ich gelitten hatte und was Michael gelitten hatte und all die anderen Mayfair-Hexen von Anfang an, für diese ... für diese Paarung, für den Triumph des Taltos.«

Ash nickte.

»Meine Tochter war in Liebe zu mir gekommen«, sagte Rowan.

»Ja«, flüsterte Ash. Er brannte offenbar darauf, ihr weiter zuzuhören.

»Ich habe meine eigene Tochter erschossen«, sagte sie. »Ich habe mein eigenes schutzloses und einsames Kind erschossen. Dabei hatte sie mich geheilt; sie war mit ihrer Milch zu mir gekommen und hatte sie mir gegeben und mich vom Trauma ihrer Geburt geheilt.

Das ist es, was mich bedrückt und was Michael bedrückt; daß Sie es wissen könnten, daß Sie es erfahren könnten, daß Sie, der Sie uns nah sein möchten, entsetzt sein könnten, wenn sie herausfinden, daß eine Frau für Sie da sein könnte, wenn ich ihr Leben nicht beendet hätte.«

Ash hatte sich vorgebeugt und die Ellbogen auf die Knie gestützt; ein gekrümmter Zeigefinger lag unter der weichen Unterlippe und drückte leicht dagegen. Mit hochgezogenen Brauen schaute er ihr ins Gesicht.

»Was hätten Sie getan?« fragte Rowan. »Wenn Sie sie entdeckt hätten, meine Emaleth?«

»Das war ihr Name?« flüsterte er staunend.

»Es war der Name, den ihr Vater ihr gegeben hatte. Ihr Vater hatte mich vergewaltigt, wieder und wieder, obwohl die Fehlgeburten mein Leben bedrohten. Und diese eine, Emaleth, war aus irgendeinem Grunde schließlich stark genug, um geboren zu werden.«

Ash lehnte sich seufzend zurück, legte eine Hand auf die lederne Armlehne seines Sessels und betrachtete sie; er wirkte weder niedergeschlagen noch erbost. Aber woran wollte man es erkennen?

Für einen Sekundenbruchteil erschien es wie Wahnsinn, daß sie es ihm überhaupt erzählt hatte, ausgerechnet hier in seinem eigenen Flugzeug auf dem lautlosen Flug durch den Himmel. Andererseits war es wohl einfach unausweichlich; es mußte getan werden, wenn es irgendwie weitergehen sollte, wenn aus ihrer Begegnung etwas entstehen sollte, wenn aus dem, was sie bereits erlebt und gehört hatten, tatsächlich schon so etwas wie Liebe zwischen ihnen erwachsen war.

»Hätten Sie sie haben wollen?« fragte Rowan. »Hätten Sie womöglich Himmel und Erde in Bewegung gesetzt, um sie zu bekommen, sie zu retten, sie in Sicherheit zu bringen, Ihr Volk von neuem zu zeugen?«

Michael hatte Angst um sie, das sah sie in seinen Augen. Und als sie die beiden anschaute, erkannte sie, daß sie das alles eigentlich nicht nur für sie sagte. Sie sprach auch um ihrer selbst willen, die Mutter, die ihre Tochter erschossen, die auf den Abzug gedrückt hatte. Sie fuhr plötzlich zusammen und schloß fest die Augen; ein Schauder überlief sie, und sie zog die Schultern hoch und lehnte sich dann, den Kopf zur Seite gewandt, im Sessel zurück. Sie hatte gehört, wie der Körper zu Boden fiel, und vorher hatte sie gesehen, wie das Gesicht zerfiel, und sie hatte die Milch geschmeckt, die dicke, süße Milch, fast wie ein weißer Sirup, die ihr so gut getan hatte.

»Rowan«, sagte Ash behutsam. »Rowan, Rowan, Sie müssen das alles nicht um meinetwillen noch einmal durchleiden.«

»Aber Sie hätten Himmel und Erde in Bewegung gesetzt, um sie zu bekommen«, sagte Rowan. »Deshalb sind Sie nach England gefahren, als Samuel sie rief, als er Ihnen Yuris Geschichte erzählte. Sie sind gekommen, weil in Donnelaith ein Taltos gesehen worden war.«

Langsam nickte Ash. »Ich kann Ihnen Ihre Frage nicht beantworten. Ich weiß die Antwort nicht. Ja, ich wäre gekommen, ja. Aber hätte ich versucht, sie fortzubringen? Ich weiß es nicht.«

»Oh, ich bitte Sie – wie hätten Sie es denn nicht tun können?«

»Sie meinen, wie hätte ich darauf verzichten können, das Volk neu zu zeugen?«

»Ja.«

Er schüttelte den Kopf und schaute nachdenklich zu Boden; wieder drückte er den verkrümmten Finger unter seine Unterlippe, und sein Ellbogen ruhte auf der Armlehne des Sessels.

»Was für seltsame Hexen Sie sind, alle beide«, flüsterte er.

»Inwiefern?« fragte Michael.

Ash erhob sich plötzlich; sein Kopf berührte fast die Decke. Er streckte sich, wandte sich ab und ging mit gesenktem Kopf ein paar Schritte, bevor er sich umdrehte.

»Hören Sie, es geht nicht, daß wir uns gegenseitig solche Fragen beantworten«, sagte er. »Aber was ich Ihnen jetzt sagen kann, ist dies: Ich bin froh, daß die Frau tot ist. Ich bin froh, daß sie tot ist!« Er schüttelte den Kopf und legte eine Hand auf die schräge Sessellehne. Dabei schaute er ins Leere, und das Haar fiel ihm in die Augen, ziemlich wild jetzt, so daß er hager und dramatisch wirkte, fast wie ein Zauberer. »So wahr mir Gott helfe«, sagte er. »Ich bin erleichtert, daß Sie mir in einem Atemzug sagen, daß sie da war und daß sie nicht mehr existiert.«

Michael nickte. »Ich glaube, allmählich begreife ich.«

»Wirklich?« sagte Ash.

«Wir können diese Welt nicht miteinander teilen, nicht wahr? Unsere beiden Völker, die einander scheinbar so ähnlich und doch so ganz und gar verschieden sind.«

»Nein, wir können sie nicht miteinander teilen.« Ash schüttelte nachdrücklich den Kopf. »Welche Rasse kann schon mit einer anderen zusammenleben? Welche Religion? Kriege gibt es auf der ganzen Welt, und es sind Stammeskriege und Ausrottungskriege, ob nun die Türken gegen die Kurden kämpfen oder die Europäer gegen die Araber oder die Russen gegen die Asiaten. Es wird niemals aufhören. Die Menschen träumen davon, aber es kann nicht aufhören, solange es Menschen gibt. Freilich, wenn mein Volk wiederkäme und die Menschen von der Erde vertilgt würden, nun, dann könnte mein Volk in Frieden leben – aber glaubt das nicht jeder Stamm von sich?«

Michael schüttelte den Kopf. »Es muß ja keinen Streit geben. Es ist doch vorstellbar, daß alle Stämme aufhören, gegeneinander zu kämpfen.«

»Vorstellbar, ja, aber nicht möglich.«

»Das eine Volk braucht nicht über das andere zu herrschen«, beharrte Michael. »Sie brauchen nicht einmal von einander zu wissen.«

»Sie meinen, wir sollten in geheimer Abgeschiedenheit leben?« fragte Ash. »Wissen Sie, wie schnell sich unsere Zahl verdoppelt, verdreifacht, vervierfacht? Wissen Sie, wie stark wir sind? Sie können es nicht wissen, sie haben nie gesehen, wie er in den ersten paar Minuten oder Stunden oder Tagen zu seiner vollen Größe heranwächst. Sie haben das nie gesehen.«

»Aber ich«, sagte Rowan. »Zweimal.«

»Und was meinen Sie? Was würde dabei herauskommen, daß ich mir eine Frau wünsche? Daß ich um Ihre verlorene Emaleth trauere und sie zu ersetzen suche? Daß ich Ihre unschuldige Mona mit dem Samen behellige, der vielleicht den Taltos zeugt, vielleicht aber auch ihren Tod herbeiführt?«

»Ich kann Ihnen nur eines sagen«, antwortete Rowan. »In dem Augenblick, als ich Emaleth erschoß, gab es in meinen Gedanken nicht den leisesten Zweifel daran, daß sie eine Gefahr für meine Art sei und daß sie sterben müsse.«

Ash lächelte und nickte. »Und Sie hatten recht.«

Alle schwiegen. Dann ergriff Michael das Wort.

»Jetzt kennen Sie unser schlimmstes Geheimnis.«

»Ja, jetzt kennen Sie es«, bestätigte Rowan leise.

»Und ich frage mich«, sagte Michael, »ob wir Ihres auch kennen.«

»Sie werden es erfahren«, versprach Ash. »Jetzt sollten wir schlafen, wir alle. Meine Augen tun weh. Und in der Firma warten hundert kleine Aufgaben auf mich, die nur ich erfüllen kann. Schlafen Sie jetzt; in New York erzähle ich Ihnen alles. Und Sie werden alle meine Gedanken erfahren, vom schlimmsten bis zum geringsten.«

23

»Mona, wach auf.«

Sie hörte den Sumpf, bevor sie ihn sah. Sie hörte die Ochsenfrösche schreien, die Nachtvögel und das Geräusch des Wassers ringsumher, trüb, still und doch irgendwie in Bewegung, vielleicht in einem verrosteten Rohr oder an der Wand eines Ruderboots; sie wußte es nicht. Sie hatten angehalten. Hier mußte der Landungssteg sein.

Der Traum war der seltsamste von allen gewesen. Sie hatte eine Prüfung zu absolvieren gehabt, und wer sie bestand, würde die Welt regieren; also hatte Mona jede einzelne Frage beantworten müssen. Fragen zu allen Gebieten waren es gewesen, zu Naturwissenschaft, Mathematik und Geschichte, zu ihrer geliebten Computertechnik, zum Börsen- und Aktienwesen und Fragen zum Sinn des Lebens, und die waren am schwierigsten gewesen, denn sie fühlte sich so lebendig, daß sie es nicht annähernd hätte rechtfertigen können. *Wissen Sie, man weiß einfach, daß es herrlich ist, zu leben.* Hatte sie die perfekten hundert Prozent erreicht? Würde sie die Welt regieren?

»Wach auf, Mona!« flüsterte Mary Jane.

Mary Jane sah nicht, daß Monas Augen schon offen waren. Mona schaute durch die Scheibe in den Sumpf hinaus, auf die zerklüfteten, schräggeneigten Bäume, kränkelnd und mit Moos behangen, und auf die Lianen, die sich wie Seile um die mächtigen alten Zypressen knoteten. Da draußen im Mondlicht sah sie Wasser zwischen den stillen Flächen der Entengrütze und den Knien der Zypressen, zahllose gefährliche Stacheln, die allenthalben rings um die dicken Stämme der alten Bäume emporragten. Und schwarze Etwas, kleine, schwarze Lebewesen, die durch die Nacht flogen. Konnten Kakerlaken sein, aber man dachte besser nicht darüber nach!

Mona tat der Rücken weh. Als sie versuchte, sich aufzusetzen, fühlte sie sich am ganzen Körper schwer und zerschlagen, und sie wollte wieder Milch. Zweimal hatte sie angehalten, damit sie Milch trinken konnte, und sie wollte immer noch mehr. Sie hatten Unmengen davon in der Kühltasche; am besten brachten sie alles ins Haus. Und dann trinken.

»Komm, Honey, du mußt aussteigen und genau hier auf mich warten; ich werd' den Wagen irgendwo verstecken, wo ihn wahrscheinlich keiner findet.«

»Diesen Wagen verstecken, diesen riesenhaften Wagen?«

Mary Jane öffnete die Tür und half ihr heraus. Dann wich sie zurück; offenbar erfüllte es sie mit neuem Entsetzen, als sie sie jetzt sah, und sie war bemüht, sich nichts anmerken zu lassen. Das Licht aus dem Wageninneren schien Mary Jane ins Gesicht.

»O Gott, Mona Mayfair, was ist, wenn du stirbst?«

Mona packte Mary Janes Handgelenk, als sie sich aufrichtete; sie stellte beide Füße fest auf den weichen, von leeren, weiß schimmernden Muschelschalen durchsetzten Boden. Dort ragte der Steg in die Dunkelheit hinaus.

»Hör auf, das dauernd zu sagen, Mary Jane, sonst gebe ich dir für alle Fälle noch was, woran du dich erinnern kannst.« Mona wollte den Beutel mit den Lebensmitteln aufheben, aber sie konnte sich nicht mehr so tief bücken.

Mary Jane hatte die Laterne angezündet. Sie drehte sich um, und das Licht schien ihr von unten ins Gesicht und ließ sie gespenstisch aussehen. Licht fiel auch auf den verwitterten Schuppen hinter ihr und auf den kurzen, verfallenen Landungssteg und auf die Moosfetzen, die von den abgestorben aussehenden Ästen über ihr herabhingen.

Gott, da flog soviel Zeugs in der Dunkelheit herum.

»Mona Mayfair, deine Wangenknochen stehen richtig hervor!« jammerte Mary Jane. »Ich schwöre bei Gott, ich kann deine Zähne durch die Haut um den Mund sehen!«

»Ach, hör auf, du bist verrückt. Das macht das Licht, du siehst ja selber aus wie ein Gespenst.« Junge, sie fühlte sich gräßlich. Schwach und ganz zerschlagen. Sogar die Füße taten ihr weh.

»Und du würdest nicht glauben, was du für 'ne Hautfarbe hast, mein Gott; du siehst aus, als ob du in Talkummilch getaucht worden wärst.«

»Mir fehlt nichts. Ich kann bloß dieses Zeug nicht hochheben.«

»Das hole ich schon. Lehn dich da an den Baum; das ist der Baum, von dem ich dir erzählt habe, die Zypresse, der älteste Baum hier in der Gegend, weißt du, das hier war nämlich der Teich, der kleine Teich. Weißt du? Wo die Familie immer gerudert ist.«

Die Scheinwerfer des Wagens bohrten sich in den Sumpf, tief hinaus in den endlosen Wald von Baumstämmen, dicken und dünnen, wilden, abgebrochenen Palmettostrünken und gezackten Bananenstauden. Das Wasser atmete und seufzte und rieselte, obwohl es stand, stinkend und regungslos.

»Du lieber Gott, das ist aber 'ne wilde Gegend«, wisperte Mona. Aber in gewisser Weise war sie entzückt. Sie liebte diese kühle Luft, träge und weich, ohne jede Brise und trotzdem immer bewegt, vielleicht vom Wasser.

Mary Jane ließ die schwere Eistasche fallen.

»Hör mal, geh da zur Seite; wenn ich mich in den Wagen setze und drehe, um rauszufahren, dann guckst du da rüber, wo das Licht hinscheint. Dann siehst du Fontevrault.«

Sie schlug die Tür zu, und die Reifen knirschten im Kies.

Der große Wagen setzte rückwärts nach rechts, und die Strahlen der Scheinwerfer schwenkten über die spindeldürren Phantombäume, und sieh da, sieh da, dort war es, gewaltig und grausam schief im Licht. Die Dachbodenfenster im Giebel blitzten auf und erloschen wieder, als der Wagen seine Kurve vollendete.

Die Nacht wurde dunkel, aber was sie gesehen hatte, blieb zurück, eine riesige, schwarze Masse vor dem Himmel, unglaublich. Das Haus kippte um.

Fast hätte sie geschrien, obwohl sie nicht genau wußte,

warum. Das konnte doch nicht das Haus sein, zu dem sie wollten, dieses schiefe Haus, dieses verkrüppelte Haus. Ein Haus, das unter Wasser stand, war eine Sache, aber das hier? Als der Wagen in einer kleinen, kraftvollen weißen Rauchwolke verschwand, sah sie, daß in dieser unglaublichen Ruine Licht brannte. Durch das halbrunde Fenster im ersten Stock, in der Mitte der Veranda, weit hinten, tief drinnen, sah sie Licht. Und als das Motorgeräusch verklungen war, glaubte sie einen Augenblick lang so etwas wie ein Radio zu hören.

Die Laterne war hell genug, aber hier auf dem Land war es finster, stockfinster. Da war nichts als die Laterne und dieser trübe Glutfunke von Licht in der verfallenen Villa.

Lieber Gott, Mary Jane weiß nicht, daß diese verdammte Bude in ihrer Abwesenheit gekentert ist! Wir müssen Granny da rausholen – vorausgesetzt, daß Granny nicht schon ohnehin mir nichts, dir nichts in den Bach gefallen ist! Und was für ein Bach, was für ein Schleim! Es war der grünste Geruch, den sie je gerochen hatte, oh, aber wenn sie hochschaute, glühte der Himmel in jenem Rosa, das die Nacht von Louisiana manchmal kreieren kann; die versinkenden Bäume streckten ihre hilflosen kleinen Äste aus, um sich aneinander festzuhalten, und das Moos wurde durchsichtig, Schleier um Schleier aus Moos. Die Vögel, hör nur, wie die Vögel weinen. Die obersten Äste waren dünn und von Netzen bedeckt, von silbrigen Netzen; waren das Spinnen oder Seidenraupen?

»Ich sehe durchaus den Zauber dieser Gegend«, sagte Mona. »Wenn bloß das Haus nicht umkippen würde.«

Mama.

Ich bin hier, Morrigan.

Auf der Straße hinter ihr war ein Geräusch. O Gott, Mary Jane kam auf sie zugerannt, ganz allein im Dunkeln.

Und diese Evolutionstheorie soll absolut jede Spezies erklären, die zu diesem Zeitpunkt auf dem Planeten existiert? Ich meine, es gibt nicht vielleicht eine Sekundärtheorie über spontane Entwicklung?

Sie schüttelte sich wach. Sie wußte überhaupt keine Antwort auf diese Frage. Ehrlich gesagt, die Evolution war ihr nie besonders logisch vorgekommen. *Die Wissenschaft ist an einem Punkt angelangt, wo wieder einmal unterschiedliche Glaubensrichtungen, die man früher als metaphysisch verdammt hat, absolut möglich sind.*

Mary Jane kam aus der Finsternis; sie rannte wie ein kleines Mädchen und hielt ihre hochhackigen Schuhe mit den Fingern der rechten Hand. Vor Mona blieb sie stehen, beugte sich vornüber, um nach Luft zu schnappen, und dann sah sie Mona an.

»Meine Güte, Mona Mayfair«, sagte sie unter sorgenvollem Japsen, und ihr hübsches Gesicht glänzte unter einer dünnen Schweißschicht, »ich muß dich schleunigst in dieses Haus schaffen.«

»Deine Strumpfhose ist zerrissen.«

»Na, das will ich hoffen«, sagte Mary Jane. »Ich hasse die Dinger.« Sie hob die Kühlbox auf und lief den Steg hinunter. »Komm schon, Mona, beeil dich, sonst stirbst du mir gleich hier.«

»Würdest du bitte aufhören? Das Baby kann dich hören!«

Sie hörte ein lautes Klatschen. Mary Jane hatte die Box ins Boot gehievt. Also *war* da ein Boot. Mona bemühte sich, möglichst schnell über die knarrenden, splitternden Planken zu laufen, aber jeder Schritt bereitete ihr Höllenqualen. Und dann, plötzlich, fing es wirklich an. Das mußte es sein: Es war soweit. Wie ein Peitschenhieb umschlang der Schmerz vom Kreuz her ihre Taille, oder was von ihrer Taille noch übrig war. Sie erstarrte und biß die Zähne zusammen, um nicht laut zu schreien.

Mary Jane rannte bereits mit der zweiten Ladung zurück zum Boot.

»Ich möchte dir helfen«, sagte Mona, aber sie bekam das letzte Wort fast nicht heraus. Langsam ging sie bis an den Rand des Steges; sie war froh, daß sie ihre flachen Slipper angezogen hatte, obwohl sie sich gar nicht daran erinnern konnte. Dann sah sie die breite, flache Piroge; Mary Jane stellte eben den letzten Sack hinein und kippte Kissen und Decken hinterher.

»Jetzt gib mir die Laterne und bleib hier stehen, bis ich zurückgesetzt habe.«

»Mary Jane, ich hab irgendwie, na ja, sozusagen ein bißchen

Angst vor dem Wasser. Ich meine, ich fühle mich ziemlich unbeholfen, Mary Jane. Ich weiß nicht, ob ich da in dieses Boot klettern sollte.«

Wieder blitzte der Schmerz auf. *Mama, ich liebe dich. Ich habe Angst.*

»Na, hab keine Angst, sondern halt die Klappe!« sagte Mona.

»Was hast du gesagt?« fragte Mary Jane.

Mary Jane sprang in die große Metallpiroge, packte die lange Stange, die irgendwie an der Seite befestigt gewesen war, und schob das Boot mit ein paar schnellen Stößen zurück. Die Laterne stand ganz vorn im Bug; anscheinend war dort eigens für sie eine kleine Bank. Die ganze Ladung lag hinter Mary Jane.

»Komm schon, Honey, mach einfach einen Schritt herein, ganz flink. Ja, so ist es richtig – mit beiden Füßen.«

»O Gott, wir werden ertrinken.«

»Nein, Darlin', das ist Quatsch. Das Wasser ist hier höchstens anderthalb Meter tief. Wir werden vielleicht dreckig, aber ertrinken werden wir nicht.«

»Ich könnte locker in anderthalb Meter Wasser ertrinken«, behauptete Mona. »Und das Haus, Mary Jane, guck dir doch das Haus an!«

»Was ist damit?«

Die Welt hörte barmherzigerweise auf zu schaukeln. Mona hielt Mary Janes Hand so fest umklammert, daß es wahrscheinlich weh tat. Und jetzt mußte Mary Jane loslassen. Okay, ganz cool! Mary Jane packte die Stange mit beiden Händen, und sie entfernten sich vom Steg.

»Aber Mary Jane, guck doch, Mary Jane!«

»Ja, so ist es richtig. Wir fahren keine zwanzig Meter weit. Du brauchst nur ganz ruhig stehenzubleiben. Das hier ist eine große, solide Piroge. Die bringt nichts zum Kentern. Du kannst dich hinknien, wenn du willst; du kannst dich sogar setzen. Aber die Mühe kannst du dir auch sparen, würde ich sagen.«

»Das Haus, Mary Jane, das Haus! Es kippt zur Seite!«

»Darlin', das Haus steht seit fünfzig Jahren so.«

»Ich wußte, daß du das sagen würdest. Aber wenn es nun

sinkt, Mary Jane? O Gott, ich kann diesen Anblick nicht ertragen! Es ist schrecklich, wenn etwas so Großes so schief steht! Das ist, als ob . . .«

Wieder blitzte der Schmerz auf, ganz kurz, aber dennoch intensiv und niederträchtig.

»Na, dann schau doch nicht hin!« sagte Mary Jane. »Du wirst es nicht glauben, aber ich habe selbst mit einem Kompaß und einem Stück Glas den Neigungswinkel gemessen, und es sind weniger als fünf Grad. Es liegt bloß an all den Säulen mit ihren senkrechten Linien, die aussehen, als wollten sie gleich umkippen.«

Sie hob die Stange, und das flachkielige Boot glitt vom eigenen Schwung vorangetrieben schnell dahin. Die traumartige Nacht umschloß sie blättrig und weich; Lianen hingen von den Ästen eines schiefen Baumes herunter, der aussah, als wolle er gleichfalls umkippen.

Mary Jane versenkte die Stange wieder ins Wasser und stieß sie hart in den Grund. Das Boot flog dem riesigen Schatten entgegen, der vor ihnen aufragte.

»O mein Gott, ist das die Haustür?«

»Na ja, sie ist inzwischen aus den Angeln gekippt, wenn du das meinst, aber da wollen wir hin, ja. Honey, ich fahre dich gleich dort hinein bis an die Treppe. Da binden wir das Boot fest wie immer.«

Sie hatten die Veranda erreicht. Mona schlug sich die Hände vor den Mund; am liebsten hätte sie sich die Augen zugehalten, aber sie wußte, daß sie dann hinfallen würde. Sie blickte starr nach oben in den wilden Wust der Ranken über ihnen. Wohin sie auch blickte, sah sie Dornen. Mußten einmal Rosen gewesen sein und würden vielleicht auch wieder welche werden. Und da, schau, leuchtende Blüten in der Dunkelheit. Das waren Glyzinien. Sie liebte Glyzinien.

Warum fielen die großen Säulen nicht einfach um? Hatte sie überhaupt schon mal so dicke Säulen gesehen? Gott, als sie sich die Zeichnungen angesehen hatte, wäre sie niemals auf die Idee gekommen, daß das Haus solche Ausmaße hatte. Ja, es war die absolute neoklassizistische Pracht. Aber sie hatte eigentlich nie jemanden gekannt, der tatsächlich hier gewohnt hatte, jedenfalls niemanden, der sich noch daran erinnern konnte.

Der Vorbau des Verandadaches war verrottet, und darüber klaffte ein scheußliches dunkles Loch, in dem durchaus eine Riesenpython wohnen konnte – oder wie wär's mit einem ganzen Nest von Kakerlaken? Vielleicht fraßen die Frösche die Kakerlaken. Die Frösche sangen und sangen; es klang hübsch – stark und laut, verglichen mit dem sanfteren Zirpen von Gartenzikaden.

»Mary Jane, es gibt doch hier keine Kakerlaken, oder?«

»Kakerlaken! Darlin', es gibt Mokassinschlangen und Cottonmouthschlangen und Alligatoren, massenhaft! Aber die Kakerlaken frißt meine Katze.«

Sie glitten durch die Haustür hinein, und plötzlich tat sich die Eingangshalle riesenhaft vor ihnen auf, erfüllt vom Duft nach nassem Stuck und aufgelöstem Tapetenkleister und nach dem Holz an sich. Oh, es gab zu viele Gerüche: Fäulnis und Sumpf und lebende Dinge, das gekräuselte Wasser, das ein gespenstisches Licht über Wände und Decken warf, Flirren um Flirren, man konnte ganz benommen davon werden.

Plötzlich sah sie Ophelia vor sich, wie sie mit Blumen im Haar in ihrem Bach davontrieb.

Aber schau doch! Man konnte durch die große Flügeltür in einen verfallenen Salon sehen, und da, wo das Licht auf der Wand tanzte, sah man die feuchten Überreste von Vorhängen, die vom aufgesogenen Wasser so dunkel waren, daß man ihre Farben nicht mehr erkennen konnte. Tapeten hingen wie Girlanden lose von der Decke.

Das Boot stieß mit einem dumpfen Schlag gegen die Treppe. Mona streckte die Hand aus und packte das Geländer; sie war sicher, daß es wackeln und umkippen würde, aber das tat es nicht. Ein Glück, denn wieder schlang sich der Schmerz um ihren Leib und biß ihr tief ins Kreuz. Sie hielt die Luft an.

»Mary Jane, wir müssen uns beeilen.«

»Wem sagst du das, Mona Mayfair? Ich hab solche Angst!«

»Brauchst du nicht. Sei tapfer. Morrigan braucht dich.«

Das Licht der Laterne schien zitternd hinauf bis unter die hohe Decke im ersten Stock. Die Tapete hatte ein Muster aus kleinen Blumensträußen, das inzwischen so ausgeblichen war, daß nur die weißen Umrisse der Sträuße im Dunkeln leuchteten. Im Putz der Wände klafften große Löcher.

»Die Wände sind Ziegelmauern, mach dir da keine Sorgen – jede einzelne Mauer, drinnen, draußen, Ziegelsteine, genau wie in der First Street.« Mary Jane band das Boot fest. Anscheinend waren sie wirklich auf einer Treppenstufe gestrandet. Das Boot schaukelte nicht mehr. Mona klammerte sich am Geländer fest; vor dem Aussteigen hatte sie genausoviel Angst wie davor, im Boot zu bleiben.

»Geh schon hinauf; ich bringe den Plunder nach. Geh rauf und geradewegs durch nach hinten und sag Granny guten Tag. Mach dir keine Sorgen um deine Schuhe; ich hab jede Menge trockener Schuhe. Ich bringe dir alles.«

Vorsichtig und mit leisem Stöhnen beugte Mona sich vor, packte das Geländer mit beiden Händen und trat aus dem Boot. Unbeholfen zog sie sich hoch, bis sie wohlbehalten auf der Stufe stand und die trockene Treppe vor ihr lag.

Wenn das Haus nicht schief gewesen wäre, hätte sie sich jetzt völlig sicher gefühlt, dachte sie. Und unversehens stand sie da, die eine Hand auf dem Geländer, die andere links am weichen, schwammigen Putz der Wand, schaute in die Höhe und fühlte das Haus um sich herum, fühlte seine Fäulnis, seine Kraft und seine störrische Weigerung, in dieses alles verschlingende Wasser zu fallen.

Es war ein massives, robustes Ding, das nur ganz langsam nachgab und vielleicht für alle Zeit in dieser Schräglage verharren würde. Aber wenn sie an den Modder dort unten dachte, wußte sie nicht, warum sie nicht auf der Stelle beide hinabgesogen wurden, wie zwei Filmschurken auf der Flucht in den Treibsand.

»Geh schon hoch«, sagte Mary Jane, die bereits einen Sack vor Mona auf die nächsthöhere Stufe gewuchtet hatte. Rumms, wumms. Das Mädchen war wirklich flott.

Mona setzte sich in Bewegung. Ja, fest und erstaunlich trokken, als sie oben ankam, trocken, als wäre die Sonne an diesem Frühlingstag glühend heiß gewesen und habe, hier gefangen, die Bodendielen ausgebleicht, sieh doch, ja, ausgebleicht wie Treibholz.

Dann stand sie oben im ersten Stock. Sie schätzte, daß der Winkel hier weniger als fünf Prozent betrug, aber es genügte, um einen verrückt zu machen. Sie machte schmale Augen, um das hintere Ende des Korridors besser erkennen zu können. Wieder so eine großartige, wunderschöne Tür. Unter der Decke baumelten Glühbirnen an kreuz und quer gespannten Drähten. Und Moskitonetze, so sah es jedenfalls aus, jede Menge davon, und das weiche elektrische Licht fiel hübsch und gleichmäßig hindurch.

Mona tat ein paar Schritte und drückte sich dabei an die Wand, die sich hier oben tatsächlich fest und trocken anfühlte; dann hörte sie vom Ende des Ganges her ein leises kleines Lachen, und als Mary Jane mit der Laterne heraufkam und sie oben an der Treppe neben einen Sack stellte, sah Mona ein Kind dort hinten in der Tür stehen.

Es war ein Junge, sehr dunkelhäutig, mit großen, tintenschwarzen Augen, weichen schwarzen Haaren und einem Gesicht wie ein kleiner Hindu-Heiliger.

»Hey, du, Benjy, komm her und hilf mir mit diesem ganzen Zeug. Du mußt mir helfen!« schrie Mary Jane.

Der Junge schlenderte heran; als er näherkam, sah man, daß er gar nicht so klein war. Er war wohl fast so groß wie Mona, was natürlich nicht viel bedeutete, denn Mona hatte die einsfünfundfünfzig noch nicht erreicht und würde es vielleicht nie mehr schaffen.

Er war eins jener wunderschönen Kinder mit einer Blutmischung von geheimnisvoller Vielfalt – afrikanisches, indianisches, spanisches, französisches und wahrscheinlich auch Mayfair-Blut. Mona hätte ihn gern angefaßt, seine Wange berührt, um zu sehen, ob seine Haut sich so anfühlte, wie sie aussah: wie sehr, sehr feines, gegerbtes Leder. Sie erinnerte sich an etwas, das Mary Jane erzählt hatte – daß er sich in der Stadt verkaufte –, und in einem kurzen Aufstrahlen von geheimnisvollem Licht sah sie violett tapezierte Zimmer, Lampenschirme mit Fransen, dekadente Gentlemen wie Onkel Julien in weißen Anzügen und ausgerechnet sich selbst im Bett mit diesem anbetungswürdigen Knaben!

Verrückt. Der Schmerz ließ sie wieder erstarren. Sie hätte an Ort und Stelle zusammenbrechen mögen, aber sie hob sehr bedächtig erst den einen, dann den anderen Fuß. Und richtig, da waren die Katzen, du lieber Gott, Hexenkatzen, große, langschwänzige, pelzige Katzen mit dämonischen Augen. Es mußten fünf Stück sein, die da an der Wand entlanghuschten.

Der schöne Knabe mit dem schwarzglänzenden Haar schleppte zwei Säcke mit Lebensmitteln vor ihr her den Gang hinunter.

Ihre Schuhe waren patschnaß. Sie würde umfallen.

»Bist du das, Mary Jane? Benjy, ist das mein Mädchen? Mary Jane!«

»Ich komme schon, Granny, ich komme. Was machst du denn?«

Mary Jane rannte an ihr vorbei und hielt die Eisbox unbeholfen vor sich: ihre Ellbogen flatterten, und ihr langes, flachsblondes Haar wehte hinter ihr her.

»Hey, Granny!« Sie verschwand um die Ecke. »Was machst du?«

»Ich esse Graham-Cracker und Käse. Willst du auch was?«

»Nein, jetzt nicht, gib mir 'n Kuß, Fernseher kaputt?«

»Nein, Honey, ich hab nur keine Lust mehr. Benjy schreibt meine Lieder auf, während ich singe. Benjy!«

»Hör mal, Granny, ich muß noch mal los; ich hab Mona Mayfair mitgebracht. Ich muß sie auf den Dachboden bringen, wo es richtig warm und trocken ist.«

»Ja, o ja, bitte«, wisperte Mona und lehnte sich an die Wand, die sich von ihr wegneigte. Ja, auf so einer schrägen Wand konnte man beinahe liegen. Ihre Füße pochten, und der Schmerz kam wieder.

Mama, ich komme.

Warte noch, Sweetheart, nur noch eine Treppe.

»Du bringst Mona Mayfair hier herein. Bring sie her.«

»Nein, Granny, jetzt nicht.«

Mary Jane kam aus dem Zimmer geflogen; der weite weiße Rock schlug gegen den Türrahmen, und sie streckte Mona die Arme entgegen.

»Gleich weiter rauf, Honey, geradewegs nach oben, dreh dich nur um.«

Man hörte ein Rascheln und ein Trappeln, und als Mary Jane sie umdrehte und zur nächsten Treppe zeigte, sah Mona eine winzigkleine Frau, die dort hinten aus dem Zimmer gewieselt kam. Ihr graues Haar war zu langen, losen Zöpfen mit Schleifen an den Enden geflochten. Sie hatte ein Gesicht wie aus zerknülltem Tuch mit erstaunlichen, kohlschwarzen Augen, das sichtlich gutgelaunt in Falten gelegt war.

»Muß mich beeilen«, sagte Mona und bewegte sich, so schnell sie konnte, am Geländer entlang. »Mir wird schlecht, weil hier alles so schief ist.«

»Dir wird schlecht, weil du ein Baby kriegst.«

»Lauf du nur vor und mach Licht!« schrie die alte Frau und packte Monas Arm mit einer erstaunlich festen, trockenen kleinen Hand. »Warum hast du mir nicht gesagt, daß dieses Kind schwanger ist? Gott, das ist ja Alicias Kind, das beinah gestorben wäre, als sie ihm den sechsten Finger abgeschnitten haben!«

»Ich hatte einen sechsten Finger?« fragte Mona.

»Allerdings, den hattest du, Honey, und fast wärst du in den Himmel gekommen, als sie dich eingeschläfert haben. Das hat dir keiner erzählt? Wie die Krankenschwester dir die Spritze zweimal gegeben hat? Wie dein Herz beinah stehengeblieben ist, und wie Evelyn kam und dich gerettet hat?«

Benjy flitzte vorbei und die Treppe hinauf; seine nackten Füße klangen staubig auf den blanken Holzstufen.

»Nein, das hat mir keiner erzählt. O Gott, der sechste Finger!«

»Aber begreifst du denn nicht – das wird dir helfen!« erklärte Mary Jane. Sie waren jetzt auf der Treppe. Es schienen höchstens hundert Stufen zu sein bis zum Licht dort oben und bis zu Benjy, der das Licht eingeschaltet hatte und jetzt langsam und träge herunterkam, obwohl Mary Jane ihn schon wieder anbrüllte.

Granny war unten an der Treppe stehengeblieben. Ihr weißes Nachthemd streifte über den schmutzigen Boden. Ihre schwarzen Augen musterten Mona berechnend. Eine echte Mayfair, dachte Mona.

»Benjy, hol die Decken und die Kissen und das ganze Zeug«, sagte Mary Jane. »Beeil dich. Und die Milch, bring auch die Milch.«

»Aber einen Augenblick mal«, rief Granny. »Dieses Mädchen sieht nicht so aus, als ob sie Zeit hätte, noch eine Nacht auf dem Dachboden zu verbringen. Sie gehört ins Krankenhaus. Wo ist der Laster? Ist der Laster am Steg?«

»Vergiß es! Sie wird das Baby hier bekommen!« rief Mary Jane.

»Mary Jane!« schrie Granny. »Verdammt, ich kann doch mit meiner Hüfte nicht mehr die Treppe raufklettern!«

»Geh du nur wieder ins Bett, Granny. Benjy soll sich mit dem Zeug beeilen. Benjy, ich bezahle dich nicht!!!!!«

Sie stiegen weiter die Treppe zum Dachboden hinauf, und mit jedem Schritt wurde die Luft wärmer.

Es war ein riesiger Raum.

Das gleiche Gewirr von elektrischen Lichtleitungen, das sie auch unten gesehen hatte, und schau nur diese Überseekisten und Schrankkoffer in jedem Giebel. In jedem bis auf einen, in dem ein Bett stand, und daneben eine Öllampe.

Es war ein großes Bett aus jenem dunklen, schlichten Holz, das man auf dem Land so oft benutzte. Der Baldachin war nicht mehr da; nur Moskitonetze spannten sich über die Pfosten, Schicht um Schicht. Netze verschleierten auch den Eingang in den Giebelalkoven; Mary Jane hob sie hoch, und Mona fiel vornüber auf die weiche Matratze.

Oh, es war alles trocken! Wirklich. Das Federbett machte *pffff* rings um sie herum. Kissen über Kissen. Die Öllampe stand zwar gefährlich nah, aber sie ließ das Ganze ein bißchen wie ein Zelt erscheinen.

»Benjy! Hol jetzt die Kühltasche!«

»*Chère*, ich hab die Kühltasche eben auf die hintere Veranda geschleppt.« Es war unverkennbar ein Cajun-Akzent, mit dem der Junge sprach. Klang ganz anders als die alte Frau. Sie klingt wie eine von uns, dachte Mona, vielleicht ein kleines bißchen anders . . .

»Na, dann holst du sie wieder rein«, sagte Mary Jane.

Die Moskitonetze fingen all das goldene Licht ein und verwandelten dieses große, weiche Bett in einen wunderschönen, einsamen Ort. Ein schöner Platz zum Sterben, vielleicht besser als der Bach mit den Blumen.

Der Schmerz kam wieder, aber jetzt war ihr viel wohler dabei. Was hatte man zu tun? Sie hatte darüber gelesen. Die Luft heftig einsaugen oder so was? Sie wußte es nicht mehr. Das war ein Thema, das sie nicht gründlich erforscht hatte. O Gott, es würde wirklich gleich passieren!

Sie griff nach Mary Janes Hand. Mary Jane lag neben ihr, schaute ihr ins Gesicht und wischte ihr die Stirn mit etwas Weichem, Weißem ab, weicher als ein Taschentuch.

»Ja, Darlin', ich bin hier, und es wird größer und größer, Mona, es ist einfach kein – es ist . . .«

»Es wird geboren«, flüsterte Mona. »Es ist meins. Es wird geboren, aber wenn ich sterbe, mußt du es für mich machen, du und Morrigan. Ihr beide zusammen.«

»Was denn?«

»Macht eine Bahre aus Blumen für mich.«

»Eine was?«

»Sei jetzt still und hör zu; was ich dir sage, ist wirklich wichtig!«

»Mary Jane!« brüllte Granny vom Fuße der Treppe herauf. »Komm runter und hilf Benjy, mich da raufzutragen, Mädchen!«

»Baut ein Floß, ein Floß voller Blumen«, sagte Mona. »Glyzinien, Rosen, alles, was da draußen wächst. Sumpflilien ...«

»Ja, ja, ja, und was dann?«

»Aber baut es zerbrechlich, ganz zerbrechlich, und wenn ich dann drauf wegschwimme, wird es in der Strömung langsam auseinanderfallen, und ich werde im Wasser untergehen ... wie Ophelia!«

»Yeah, okay, alles, was du willst. Aber ich hab' jetzt Angst, Mona. Ich hab' echt Angst!«

»Dann sei eine Hexe, denn jetzt ist es für alle zu spät, um es sich noch anders zu überlegen, nicht wahr?«

Etwas war geplatzt. Als wäre irgendwo ein Loch hineingestochen worden. O Gott, war sie tot da drinnen?

Nein, Mutter, aber ich komme jetzt. Bitte nimm meine Hand. Ich brauche dich.

Mary Jane kniete jetzt aufrecht neben ihr und hatte sich die Hände an die Wangen gelegt.

»Um Gottes willen!«

»Hilf ihr Mary Jane! Hilf ihr!« kreischte Mona.

Mary Jane preßte die Augen zu und legte die Hände auf den Berg von Monas Bauch. Mona war blind vor Schmerzen. Sie wollte etwas sehen, wollte das Licht in den Netzen sehen, wollte sehen, wie Mary Jane die Augen zupreßte, und ihre Hände fühlen und ihr Flüstern hören, aber es ging nicht. Sie fiel, fiel mit ausgestreckten Armen durch die Sumpfbäume hinunter und versuchte, die Äste zu fassen.

»Granny, komm und hilf mir!« kreischte Mary Jane.

Und dann das eilige Getrappel der alten Frau!

»Benjy, raus mit dir!« schrie die alte Frau. »Lauf die Treppe runter. Raus hier, verstanden?«

Hinunter, immer weiter hinunter durch den Sumpf, und der Schmerz wurde immer stärker und stärker. Jesus Christus – kein Wunder, daß die Frauen es gräßlich finden! Kein Witz. Das ist entsetzlich. Gott, hilf mir.

»Herr im Himmel, Mary Jane«, rief Granny. »Es ist ein wandelndes Baby!«

»Granny, hilf mir, nimm ihre Hand, nimm sie! Granny, weißt du, was es ist?«

»Ein wandelndes Baby, Kind. Ich hab mein Leben lang davon gehört, aber gesehen hab' ich noch keins. Als Ida Bell Mayfair draußen im Sumpf ein wandelndes Baby kriegte, da war ich noch ein Kind. Es hieß, es war größer als die Mutter, als es herausspaziert kam, und Grandpère Tobias fuhr gleich runter und hat's mit der Axt zerhackt, während die Mutter im Bett lag und schrie! Hast du noch nie von wandelnden Babys gehört, Kind? In Santo Domingo haben sie sie verbrannt.«

»Nein, nicht dieses Baby!« heulte Mona. Sie tastete im Dunkeln umher und versuchte, die Augen zu öffnen. O Gott, dieser Schmerz. Und plötzlich faßte eine kleine, schlüpfrige Hand nach der ihren. *Stirb nicht, Mama.*

»Gegrüßet seist du, Maria, voll der Gnaden«, betete Granny, und Mary Jane stimmte ein, nur einen Vers später, als wäre es ein Kanon. »Du bist gebenedeit unter den Weibern, und gebenedeit ist die . . .«

Sieh mich an, Mama, wisperte es an Monas Ohr. *Sieh mich an! Mama, ich brauche dich, hilf mir, laß mich groß werden, groß, groß, groß!*

»Werde groß!« riefen die Frauen, aber ihre Stimmen kamen aus weiter Ferne. »Werde groß! Gegrüßet seist du, Maria, voll der Gnaden, hilf ihr, groß zu werden!«

Mona lachte. So ist's richtig, Muttergottes, hilf meinem wandelnden Baby!

Aber sie fiel noch immer unaufhörlich durch die Bäume, und ganz plötzlich packte jemand ihre beiden Hände, jawohl, und sie blickte hoch durch das funkelnde, grüne Licht und sah ihr eigenes Gesicht über sich! Ihr eigenes Gesicht, genauso blaß und mit all den Sommersprossen und den grünen Augen und den herabwallenden roten Haaren. War das ihr eigenes Ich, das da nach ihr griff, ihren Sturz beendete und sie rettete? Es war ihr eigenes Lächeln!

»Nein, Mama, ich bin's.« Beide Hände umfaßten ihre Hände. »Sieh mich an. Ich bin Morrigan.«

Langsam öffnete sie die Augen. Sie schnappte nach Luft, versuchte zu atmen, zu atmen unter der Last, ihren Kopf hochzuheben, in die wunderschönen roten Haare zu greifen und den Kopf zu heben, hoch genug, um das Gesicht in den Händen zu halten, um es zu halten und ... sie zu küssen.

24

Es schneite, als sie aufwachte. Sie trug den langen Baumwollbademantel, den sie ihr gegeben hatten, einen sehr dicken Mantel für den New Yorker Winter, und das Schlafzimmer war sehr weiß und still. Michael lag auf seinem Kopfkissen und schlief fest.

Ash arbeitete unten in seinem Büro. Das hatte er jedenfalls gesagt; vielleicht hatte er seine Aufgaben inzwischen auch erledigt und war ebenfalls schlafen gegangen.

Sie hörte nichts in diesem Marmorzimmer, in diesem stillen Schneehimmel über New York. Sie trat ans Fenster und schaute hinaus in den grauen Himmel und sah, wie die Schneeflocken ringsum Gestalt annahmen, wie sie deutlich und klein hervortraten, um schwer auf die Dächer zu fallen, auf das Fenstersims und in kleinen, anmutigen Böen sogar gegen die Scheibe.

Sie hatte sechs Stunden geschlafen. Das war genug.

Sie zog sich an, so leise sie konnte – ein einfaches schwarzes Kleid aus dem Koffer, auch eines von diesen neuen, teuren Stücken, die eine andere Frau für sie ausgesucht hatte, vielleicht extravaganter als alles, was sie sich jemals selbst gekauft hätte. Perlen über Perlen. Schuhe mit Schnürsenkeln, aber auch mit gefährlich hohen Absätzen. Schwarze Strümpfe. Ein Hauch von Make-up.

Und dann ging sie durch die stillen Korridore. Drücken Sie auf den Knopf mit dem *M*, hatte man ihr gesagt, und Sie werden die Puppen sehen.

Die Puppen. Was wußte sie von Puppen? In der Kindheit

waren sie ihre heimliche Liebe gewesen; sie hatte sich immer geniert, es Ellie und Graham oder ihren Freundinnen zu gestehen. Zu Weihnachten hatte sie sich einen Chemiekasten gewünscht oder einen neuen Tennisschläger oder eine neue Stereoanlage für ihr Zimmer.

Der Wind heulte im Aufzugschacht wie in einem Kamin. Sie mochte dieses Geräusch.

Die Aufzugtür glitt auf und offenbarte eine holzgetäfelte Kabine mit Zierspiegeln; sie konnte sich kaum erinnern, sie am Morgen gesehen zu haben, als sie kurz vor der Dämmerung angekommen waren. Sie waren in der Dämmerung abgereist. Sie waren in der Dämmerung angekommen. Sechs Stunden waren ihnen zurückgegeben worden. Für ihren Körper war es Abend, und so fühlte sie sich, wachsam und bereit für die Nacht.

In mechanischer Lautlosigkeit ging es abwärts. Sie lauschte dem Heulen des Windes; es klang absolut gespenstisch, und sie fragte sich, ob Ash es wohl auch so gern hörte.

Am Anfang mußte es Puppen gegeben haben, Puppen, an die sie sich nicht erinnern konnte. Bekamen Mädchen nicht immer Puppen? Vielleicht nicht. Vielleicht hatte ihre liebende Stiefmutter die Hexenpuppen in der Truhe auf dem Dachboden gekannt, die aus echten Haaren und echten Knochen gemacht waren. Vielleicht hatte sie gewußt, daß es für jede Mayfair-Hexe eine solche Puppe gab. Vielleicht bekam Ellie bei Puppen eine Gänsehaut. Und es gab ja auch Leute, die unabhängig von ihrem Hintergrund, ihrem Geschmack oder ihrer religiösen Überzeugung einfach Angst vor Puppen hatten.

Hatte sie Angst vor Puppen?

Die Tür öffnete sich. Ihr Blick fiel auf Vitrinen, Messingbeschläge, den gleichen jungfräulich glänzenden Marmorboden wie oben. Eine Messingplakette an der Wand trug die schlichte Inschrift: »DIE PRIVATSAMMLUNG«.

Sie trat aus dem Fahrstuhl, ließ die Tür hinter sich seufzend zugleiten und sah, daß sie in einem riesigen, strahlend hell erleuchteten Raum stand.

Puppen. Wohin sie auch schaute, sie sah ihre starren Glasaugen, ihre makellosen Gesichter, die Münder, halb geöffnet, mit einem Ausdruck von unverhohlener, zarter Ehrfurcht.

In einer großen Glasvitrine vor ihr stand eine etwa einen Meter große Puppe aus Biskuitporzellan mit langen Mohairzöpfen und einem Kleid aus maßgeschneiderter verblichener Seide. Es war eine französische Schönheit aus dem Jahr 1888, hergestellt von Casimir Bru, dem vielleicht größten Puppenmacher der Welt; so stand es auf der kleinen Karte darunter.

Die Puppe war verblüffend, ob sie einem nun gefiel oder nicht. Die blauen Augen waren dick und von Licht erfüllt und makellos mandelförmig. Die blaßrosa Porzellanhände waren so fein gearbeitet, daß man glaubte, sie bewegten sich. Aber natürlich war es das Gesicht der Puppe, ihr Ausdruck, was Rowan besonders faszinierte. Die auf das feinste gemalten Brauen unterschieden sich kaum merklich voneinander, so daß ihr Blick Leben bekam. Neugierig und unschuldig und nachdenklich war er.

Es war ein unvergleichliches Einzelstück, daran bestand kein Zweifel. Und ob sie sich je Puppen gewünscht hatte oder nicht, sie hatte jetzt den Wunsch, diese hier zu berühren, die runden, mit Rouge überhauchten Wangen zu spüren, vielleicht die etwas geöffneten roten Lippen zu küssen, mit dem rechten Zeigefinger die feingeformten Brüste zu berühren, die sich so erotisch unter dem engen Mieder abzeichneten. Das goldene Haar war im Laufe der Zeit natürlich dünner geworden, und die eleganten kleinen Lederschuhe waren verschlissen und rissig. Aber die ganze Wirkung war immer noch zeitlos, unwiderstehlich, »eine immerwährende Freude«. Rowan wünschte, sie hätte die Vitrine öffnen und die Puppe in den Arm nehmen können.

Sie sah es vor sich, wie sie sie wiegte wie ein Neugeborenes und ihr vorsang, obwohl sie kein Säugling war, sondern ein kleines Mädchen. Kleine blaue Perlen hingen an den makellos geformten Ohren. Sie trug eine Kette um den Hals, elegant, eine Frauenkette vielleicht. Ja, wenn man alle Aspekte berücksichtigte, war sie überhaupt kein Kind, sondern eine sinnliche kleine Frau von außerordentlicher Frische, vielleicht eine gefährliche, raffinierte Kokette.

Auf einer kleinen Karte waren ihre besonderen Eigenschaften erläutert: Warum sie so groß war. Daß sie ihre Originalkleidung trug. Daß sie vollkommen war. Daß sie die erste Puppe war, die Ash Templeton erworben hatte. Weitere Erklärungen zu der Frage, wer Ash Templeton war, wurden nicht gegeben und waren anscheinend auch nicht erforderlich.

Die erste Puppe. Und er hatte ihr, als er von dem Museum gesprochen hatte, beiläufig erzählt, daß er sie in einem Pariser Geschäft im Schaufenster gesehen hatte, kurz nachdem sie auf den Markt gekommen war.

Kein Wunder, daß sie sein Auge und sein Herz gefangengenommen hatte. Kein Wunder, daß er sie hundert Jahre lang mit sich herumgeschleppt hatte; kein Wunder auch, daß er sein gewaltiges Unternehmen als eine Art Tribut an sie gegründet hatte: um, wie er sagte, »ihre Anmut und Schönheit in neuer Form für alle zugänglich zu machen«.

Es war nichts Triviales an ihr; es war, als berge sie ein süßes Geheimnis. Verwirrt, ja, fragend, versonnen: eine Puppe, die mit Nachdenken beschäftigt war.

Indem ich sie sehe, dachte Rowan, verstehe ich alles.

Sie ging weiter, zwischen den anderen Schauvitrinen entlang. Sie sah noch andere französische Kostbarkeiten, Werke von Jumeau und Steiner und anderen, deren Namen sie sich niemals merken würde; Hunderte und Aberhunderte von kleinen französischen Gören mit runden Mondgesichtern, winzigen roten Mündern und immergleichen Mandelaugen. »Oh, was für Unschuldslämmer ihr seid«, flüsterte Rowan. Und hier kamen die Modepuppen mit ihren Turnüren und den exquisiten Hüten.

Sie hätte stundenlang hier umherspazieren können. Es gab unendlich viel mehr zu sehen, als sie sich vorgestellt hatte. Und die Stille war so verlockend, der Blick auf den unablässig rieselnden Schnee vor den Fenstern.

Aber sie war nicht allein.

Durch mehrere Glasscheiben sah sie, daß Ash zu ihr hereingekommen war und sie beobachtete, vielleicht schon seit einer Weile. Das Glas verzerrte seinen Gesichtsausdruck ein wenig. Als er sich bewegte, war sie froh.

Er kam auf sie zu; seine Schritte auf dem Marmor waren völlig lautlos. Sie sah, daß er die wunderschöne Bru in den Händen hielt.

»Hier. Sie dürfen sie in den Arm nehmen«, sagte er.

»Sie ist zerbrechlich«, sagte sie.

»Sie ist eine Puppe.«

Es rief unbändige Gefühle in ihr hervor, nur die linke Hand um den Kopf zu wölben. Sie hörte das zarte Klirren der Ohrringe, die den Porzellanhals berührten. Das Haar war weich, aber spröde, und an vielen Stellen sah man das Unterfutter der Perücke.

Ah, aber sie liebte die winzigen Finger. Sie liebte diese Spitzenstrümpfe und die seidenen Petticoats, sehr alt, sehr verblichen; sie mußte fürchten, daß sie bei ihrer Berührung zerrissen.

Ash stand sehr still da und schaute auf sie herab. Sein Gesicht war ausgeruht und beinahe ärgerlich hübsch. Das gesträhnte Haar war glänzend gebürstet, und seine Hände formten ein spitzes Dach unter seinen Lippen. Sein Anzug war heute aus weißer Seide, sehr weit geschnitten, sehr modisch, wahrscheinlich italienisch, sie wußte es wirklich nicht. Sein Hemd war aus schwarzer Seide, die Krawatte weiß. Ein großer, gertenschlanker Mann, geheimnisumwoben, mit riesigen, goldenen Manschettenknöpfen und geradezu lächerlich schönen schwarzweißen Budapester Schuhen.

»Was für ein Gefühl gibt Ihnen die Puppe?« fragte er unschuldsvoll, als wollte er es wirklich wissen.

»Es liegt Tugend darin«, flüsterte sie. Sie hatte Angst, ihre Stimme könnte lauter klingen als seine, und sie legte die Puppe wieder in seine Hände.

»Tugend«, wiederholte er. Er drehte die Puppe um und sah sie an, strich ihr mit ein paar flinken, natürlichen Gesten das Haar glatt, schob es zurecht, ordnete die Rüschen ihres Kleides.

Dann hob er sie hoch, küßte sie zärtlich, ließ sie langsam wieder sinken und schaute sie an. »Tugend.« Er sah Rowan an. »Aber was für ein Gefühl gibt sie Ihnen?«

»Sie macht mich traurig«, sagte Rowan und wandte sich ab. Sie legte eine Hand auf die Vitrine neben ihr und betrachtete die deutsche Puppe, die unendlich viel natürlicher aussah, wie sie da auf einem kleinen Holzstuhl saß. MEIN LIEBLING stand in deutscher Sprache auf der Karte. Die Puppe war längst nicht so übertrieben dekorativ; sie war nicht die Kokette aus irgend jemandes Fantasien, aber sie war auf ihre Weise ebenso strahlend und vollkommen wie die Bru.

»Traurig?« fragte er.

»Traurig wegen einer Art von Weiblichkeit, die ich verloren oder niemals besessen habe. Es ist kein Bedauern, sondern Trauer, Trauer vielleicht um etwas, wovon ich geträumt habe, als ich jung war. Ich weiß es nicht.« Sie schaute ihn wieder an. »Ich kann keine Kinder mehr bekommen. Und die Kinder, die ich bekommen habe, waren Ungeheuer für mich. Und meine Kinder liegen zusammen begraben unter einem Baum.«

Er nickte. Sein Gesicht zeigte Mitgefühl, so beredt, daß er kein Wort zu sprechen brauchte.

Sie hätte gern noch mehr gesagt: daß sie im Reich der Puppen soviel Handwerkskunst und Schönheit nicht vermutet hatte, daß sie einen so interessanten Anblick nicht erwartet hatte, daß sie sich doch sehr voneinander unterschieden und daß sie einen so offenen und schlichten Zauber ausstrahlten.

Aber unterhalb dieser Gedanken, in den kältesten Tiefen ihres Herzens, dachte sie: Ihre Schönheit ist eine traurige Schönheit, und ich weiß nicht, warum. Und die Ihre ebenfalls.

Sie fühlte plötzlich, wenn er versuchen sollte, sie zu küssen, wenn er diese Neigung verspürte, dann würde sie ihm sehr leicht nachgeben; ihre Liebe zu Michael würde sie daran nicht hindern. Sie hoffte und betete, daß er solche Gedanken nicht im Herzen tragen möge.

Ja, sie würde ihm gar nicht erst die Zeit dafür geben. Sie verschränkte die Arme und ging an ihm vorbei in einen neuen, noch unerforschten Bereich, wo die deutschen Puppen herrschten. Hier gab es lachende und schmollende Kinder, einfache kleine Mädchen in Baumwollkittelchen. Aber sie sah die Ausstellungsstücke nicht mehr. Unaufhörlich mußte sie daran denken, daß er hinter ihr stand und sie beobachtete. Sie fühlte seinen Blick, hörte das leise Geräusch seines Atems.

Schließlich drehte sie sich um. Sein Blick überraschte sie; er war emotionsgeladen und erfüllt von offenkundigen Konflikten, und Ash gab sich praktisch keine Mühe, dies vor ihr zu verbergen.

Wenn du das tust, Rowan, dachte sie, dann wirst du Michael für immer verlieren. Und langsam senkte sie den Blick und ging leise weiter.

»Es ist ein magischer Ort«, sagte sie über die Schulter hinweg. »Aber ich kann es kaum erwarten, mit Ihnen zu reden und Ihre Geschichte zu hören. Ich besuche dieses Museum besser ein andermal.«

»Ja, natürlich. Michael ist jetzt auch wach, und er dürfte gleich zu Ende gefrühstückt haben. Warum fahren wir nicht hinauf? Ich bin bereit für die Qual. Ich bin bereit für das seltsame Vergnügen, alles zu erzählen.«

Sie sah zu, wie er die große französische Puppe wieder in die Vitrine stellte. Noch einmal strichen seine dünnen Finger mit flinker, geschäftiger Bewegung über Haare und Kleid. Dann drückte er einen Kuß auf die Fingerspitzen und gab ihn der Puppe. Er schloß die Glastür, drehte den kleinen goldenen Schlüssel um und steckte ihn ein.

»Sie sind meine Freunde«, sagte er und wandte sich zu Rowan um. Er langte an ihr vorbei nach dem Aufzugknopf. »Ich glaube, ich fange an, Sie zu lieben. Eine gefährliche Sache.«

»Ich möchte nicht, daß es gefährlich ist«, sagte sie. »Ich stehe zu sehr unter Ihrem Bann, um zu wollen, daß unser Wissen übereinander jemanden verletzen oder enttäuschen könnte. Aber sagen Sie mir, was den heutigen Stand der Dinge angeht – lieben Sie uns *beide*?«

»O ja«, sagte er. »Sonst würde ich Sie auf den Knien anflehen, mit Ihnen schlafen zu dürfen.« Seine Stimme senkte sich zu einem Flüstern. »Ich würde Ihnen folgen bis ans Ende der Welt.«

Sie wandte sich ab und trat in den Fahrstuhl; ihr Gesicht glühte, und ihre Gedanken gerieten ins Schwimmen. Noch einmal schimmerten die Puppen in ihrem ganzen Staat herrlich auf, bevor die Tür sich schloß.

»Es tut mir leid, daß ich Ihnen das gesagt habe«, flüsterte er schüchtern. »Es war unehrlich, es Ihnen zu sagen und es zugleich zu bestreiten. Es war falsch.«

Sie nickte. »Aber ich verzeihe Ihnen«, sagte sie leise. »Es ist zu . . . schmeichelhaft. Ist das das richtige Wort?«

»Nein. ›Faszinierend‹ ist das Wort, das Sie suchen. Vielleicht auch ›verlockend‹, aber nicht unbedingt schmeichelhaft. Und Sie lieben ihn aus so tiefem Herzen, daß ich das Feuer spüren kann, wenn ich mit Ihnen zusammen bin. Ich will das. Ich will, daß Ihr Licht mich bescheint. Ich hätte diese Worte nie aussprechen dürfen.«

Sie gab keine Antwort. Wenn ihr etwas eingefallen wäre, hätte sie es vielleicht gesagt, aber sie wußte nichts. Gleichwohl konnte sie sich nicht vorstellen, jetzt von Ash getrennt zu werden, und sie glaubte auch nicht, daß Michael es konnte. In gewisser Weise hatte es den Anschein, als brauche Michael ihn mehr als sie, auch wenn Michael und sie eigentlich keinen Augenblick Zeit gehabt hatten, um über diese Dinge zu reden.

Als die Tür aufglitt, sah sie ein großes Wohnzimmer vor sich. Der Boden war mit rosa- und cremefarbenem Marmor gefliest, und die großen, behaglichen Ledersessel waren die gleichen wie im Flugzeug.

Und wieder versammelten sie sich um einen Tisch; nur war es diesmal ein sehr niedriger Tisch mit einem runden Dutzend kleiner Schalen mit Käse und Nüssen und Früchten und Broten, die sie im Laufe der kommenden Stunden vielleicht essen würden.

Ein großes, kühles Glas Wasser war alles, was sie im Augenblick brauchte.

Michael trug seine Hornbrille und eine Norfolk-Jacke aus verschlissenem Tweed; er war über die *New York Times* vom Tage gebeugt.

Erst als sie beide saßen, riß er sich von der Zeitung los, faltete sie säuberlich zusammen und legte sie beiseite.

Sie wollte nicht, daß er die Brille abnahm; er gefiel ihr damit zu gut. Und plötzlich mußte sie lächeln, als ihr klar wurde, daß sie es eigentlich genoß, diese beiden Männer links und rechts neben sich zu haben.

Vage Fantasien von einer *ménage à trois* schwirrten ihr durch den Kopf; aber nach allem, was sie wußte, funktionierte so etwas nie richtig, und sie konnte sich auch nicht vorstellen, daß Michael es tolerieren oder sich daran irgendwie beteiligen würde. Im Grunde war es viel reizvoller, sich die Dinge so vorzustellen, wie sie wirklich waren.

Du hast noch einmal eine Chance mit Michael, dachte sie. Du weißt, daß es so ist, unabhängig von allem, was er vielleicht denkt. Wirf nicht die einzige Liebe weg, die dir je wirklich wichtig war.

Michael hatte seine Brille abgenommen, sich zurückgelehnt und die Beine übereinandergeschlagen.

Auch Ash saß entspannt in seinem Sessel.

Wir sind das Dreieck, dachte sie, und ich bin die einzige mit bloßen Knien, und ich habe die Füße seitlich unter mich gezogen, als hätte ich etwas zu verbergen.

Darüber mußte sie lachen. Kaffeeduft lenkte sie ab, und sie sah, daß Kanne und Tasse vor ihr standen, mühelos zu erreichen.

Aber Ash schenkte ihr Kaffee ein, bevor sie es tun konnte, und gab ihr die Tasse in die Hand. Er saß rechts von ihr, näher als im Flugzeug. Sie saßen einander überhaupt näher, und es war wiederum ein gleichschenkeliges Dreieck.

»Lassen Sie mich einfach zu Ihnen sprechen«, sagte Ash plötzlich. Er hatte die Hände wieder zu einem Spitzdach geformt und drückte damit gegen seine Unterlippe. Zwischen seinen Augenbrauen erschien wieder die winzige Runzel und schmolz sofort, und die Stimme fuhr ein wenig traurig fort. »Es ist schwer für mich, sehr schwer, aber ich will es tun.«

»Das ist mir klar«, sagte Michael. »Aber warum wollen Sie es tun? Oh, ich brenne darauf, Ihre Geschichte zu hören, aber wieso ist es Ihnen diese Pein wert?«

Ash überlegte kurz; Rowan ertrug es kaum, die winzigen Anzeichen von Streß an seinen Händen und in seinem Gesicht mitanzusehen.

»Weil ich will, daß Sie mich lieben«, sagte Ash leise.

Wieder war sie sprachlos, und sie fühlte sich ein wenig elend.

Aber Michael lächelte auf seine gewohnte, offene Art und sagte: »Dann erzählen Sie uns alles, Ash. Ganz einfach ... schießen Sie los.«

Ash lachte sofort. Und dann schwiegen sie alle, aber es war ein unbeschwertes Schweigen.

Und er begann.

25

Alle Taltos werden wissend geboren. Sie kennen geschichtliche Tatsachen, ganze Legenden, bestimmte Lieder; sie kennen die Notwendigkeit bestimmter Rituale, kennen die Sprache der Mutter und die Sprachen, die um sie herum gesprochen werden, besitzen das Grundwissen der Mutter und vermutlich auch ihr detaillierteres Wissen.

Tatsächlich gleichen diese grundlegenden Begabungen einer unerforschten Goldader in den Bergen. Kein Taltos weiß, wieviel er aus diesen Erinnerungsstücken zutage fördern kann. Mit einiger Mühe lassen sich im eigenen Kopf erstaunliche Dinge entdecken. Manche Taltos finden sogar den Heimweg nach Donnelaith, und niemand weiß, warum das so ist. Manche zieht es an die hoch im Norden gelegene Küste von Unst, der nördlichsten Insel Großbritanniens, und dort spähen sie über den Burrafirth hinaus zum Leuchtturm von Muckle Flugga und suchen das verlorene Land unserer Herkunft.

Die Erklärung dafür liegt in der Chemie des Gehirns verborgen. Sie wird enttäuschend einfach sein, aber verstehen werden wir sie wohl erst, wenn wir genau wissen, warum die Lachse zum Laichen in den Fluß zurückkehren, in dem sie geboren wurden, und warum bestimmte Arten von Schmetterlingen den Weg zu einem winzigen Waldstück finden, wenn die Zeit der Fortpflanzung gekommen ist.

Wir haben ein hochentwickeltes Gehör; laute Geräusche tun unseren Ohren weh. Musik kann uns regelrecht lähmen. Wir müssen sehr auf der Hut sein vor Musik. Andere Taltos erkennen wir instinktiv – am Geruch oder am Aussehen; Hexen erkennen wir ebenfalls, wenn wir sie sehen, und die Anwesenheit von Hexen ist stets überwältigend. Eine Hexe ist der einzige Mensch, den der Taltos nicht ignorieren kann.

Aber ich werde im Laufe meiner Geschichte eingehender auf diese Dinge zu sprechen kommen. Einstweilen will ich allerdings sagen, daß wir – nach allem, was ich weiß – *keine* zwei Leben haben, wie Stuart Gordon glaubte, auch wenn dies eine Zeitlang ein unter den Menschen weitverbreiteter Irrglaube gewesen ist.

Ihr Lasher war eine Seele, die schon einmal gelebt hatte, ja. Eine rastlose Seele, die sich weigerte, den Tod zu akzeptieren, und der ein tragischer, tölpelhafter Wiedereintritt ins Leben gelang, für den andere den Preis bezahlten.

Zur Zeit des Königs Heinrich und der Königin Anne war der Taltos nur noch eine Legende in den Highlands. Lasher wußte nicht, wie er die Erinnerungen ergründen sollte, mit denen er geboren war; seine Mutter war nur ein Mensch gewesen, und er richtete all sein Trachten darauf, auch ein Mensch zu werden, wie es schon so mancher Taltos getan hat.

Ich möchte gern sagen, daß das eigentliche Leben für mich begann, als wir noch ein Volk des verlorenen Landes waren und Großbritannien ein Land des Winters war. Wir wußten vom

Land des Winters, aber wir gingen nie dorthin, denn auf unserer Insel war es immer warm. Meine angeborenen Erinnerungen drehten sich alle um dieses Land. Sie waren voller Sonnenschein und ohne Bedeutung, und sie sind unter der Last der Ereignisse langsam verblaßt, unter der drückenden Last meines langen Lebens und meiner Reflexionen.

Das verlorene Land lag im Nordmeer, gerade noch in Sichtweite der Küste von Unst, an einer Stelle, wo der Golfstrom jener Tage anscheinend für eine sehr gemäßigte Temperatur des Wassers sorgte, das unsere Gestade umspülte.

Aber das geschützte Land, in dem wir uns ursprünglich entwickelten, war – so glaube ich heute, wenn ich mich daran erinnere – der gewaltige Krater eines ungeheuren Vulkans mit einem Durchmesser von vielen Meilen, der sich wie ein großes Tal darstellte, umgeben von dräuenden, aber wunderschönen Steilwänden, ein tropisches Tal mit zahllosen Geysiren und warmen Quellen, die aus der Erde sprudelten und erst kleine Bäche, dann große und klare Seen bildeten. Die Luft war stets feucht, und die Bäume, die unsere kleinen Seen und Flüßchen umstanden, waren gewaltig, und auch die Farne waren von riesenhafter Größe. Es gab Früchte aller Arten und Farben im Überfluß – Mangos, Birnen und Melonen in allen Größen –, an den Steilwänden hingen Ranken mit wilden Beeren und Trauben, und das Gras war immer fett und grün.

Die besten Früchte waren Birnen. Die besten Meeresfrüchte waren Austern, Muscheln, Schnecken, und auch ihr Fleisch war weiß. Es gab eine Brotfrucht, die weiß war, wenn man sie geschält hatte. Es gab Milch von den Ziegen, wenn man sie fangen konnte, aber sie war nicht so gut wie die Milch von der Mutter oder von den anderen Frauen, die dem, den sie liebten, von ihrer Milch zu trinken gaben.

Kaum je einmal kam Wind ins Tal, so abgeschirmt war es, von zwei, drei Pässen abgesehen, von der Küste. Die Küste war gefährlich, denn obschon das Wasser dort wärmer war als an der Küste Britanniens, war es gleichwohl kalt, und der Wind wehte heftig; man konnte davon fortgerissen werden. Ja, wenn einmal ein Taltos sterben wollte – was durchaus vorkam, wie man mir erzählte –, dann wanderte er hinaus ins Meer.

Ich glaube, daß unser Land wirklich eine Insel war – wissen werde ich es nie –, sehr groß, aber doch eine Insel. Einige sehr Weißhaarige pflegten sie ganz und gar zu umwandern, immer am Strand entlang, und man sagte, diese Wanderung dauere viele, viele Tage.

Feuer hatten wir immer gekannt, denn es gab Stellen oben in den Bergen, wo das Feuer aus der Erde atmete. Und heiße Erde, geschmolzene Lava, kam in schmalen Rinnsalen von einigen dieser Orte und lief ins Meer.

Wir hatten auch immer verstanden, das Feuer zu holen, es am Leben zu erhalten und zu nähren. Wir benutzten das Feuer, um die langen Nächte des Winters zu erhellen, auch wenn wir diesen Namen nicht kannten und es auch nicht kalt war. Gelegentlich bedienten wir uns des Feuers zudem, um einen großen Festschmaus zu kochen. Manchmal ließen wir das Feuer in unserem Zirkel brennen, wenn eine Geburt vonstatten ging. Wir tanzten um das Feuer und spielten auch damit. Ich habe nie erlebt, daß einer von uns durch ein Feuer je verletzt worden wäre.

Wie weit die Winde der Erde Samen, Vögel, Zweige, Äste, entwurzelte Bäume tragen können, weiß ich nicht, aber alles, was Wärme liebte, gedieh in diesem Land, und hier nahmen wir unseren Anfang.

Dann und wann erzählte einer unter uns von Besuchen auf den Inseln Britanniens – die heute Shetlands und Orkneys heißen – oder sogar an der Küste Schottlands. Die Inseln des Winters, so nannten wir diese Weltgegend – genauer gesagt, die Inseln der bitteren Kälte. Es waren immer aufregende Geschichten. Manchmal wurde ein Taltos vom Wasser hinausgetragen, und es gelang ihm, zum Land des Winters zu schwimmen und sich dort ein Floß für die Heimkehr zu bauen.

Es gab Taltos, die absichtlich in Einbäumen aufs Meer hinausfuhren, um das Abenteuer zu suchen, und wenn sie nicht ertranken, kamen sie oft halbtot vor Kälte zurück und wollten nie wieder zum Land des Winters reisen.

Alle wußten, daß es pelzbedeckte Bestien in diesem Land gab, die uns töten würden, wenn sie könnten. Und so hatten wir tausend Legenden und Ideen und falsche Vorstellungen und Lieder über den Schnee des Winters und die Bären des Waldes und das Eis, das in großen Massen dort auf den Seen trieb.

Ganz selten kam es vor, daß ein Taltos ein Verbrechen beging. Er oder sie paarte sich dann ohne Erlaubnis und machte so einen neuen Taltos, der aus irgendeinem Grunde nicht willkommen war. Oder einer verletzte mutwillig einen anderen, und dieser andere starb. Es kam sehr selten vor. Ich habe nur davon gehört; gesehen habe ich es nie. Aber solche wurden ausgestoßen und mit den Langbooten nach Britannien gebracht, und dort überließ man sie dem sicheren Tod.

Den Kreislauf der Jahreszeiten kannten wir im übrigen nicht; für uns war selbst der Sommer in Schottland mörderisch kalt. Wir rechneten unsere Zeit nach Monden, und wie ich mich erinnere, hatten wir keinerlei Vorstellung von einem Jahr.

Natürlich gab es auch bei uns eine Legende, wie man ihr auf dem ganzen Planeten begegnet: von einer Zeit, bevor es den Mond gab.

Das war die legendäre Zeit vor der Zeit, so dachten wir; aber eigentlich erinnerte sich niemand daran.

Ich kann Ihnen nicht sagen, wie lange ich in diesem Land lebte, bevor es zerstört wurde. Ich kannte den machtvollen Duft des Taltos in diesem Land, aber er war so natürlich wie die Luft. Erst später wurde er auffällig und markierte den Unterschied zwischen Taltos und Mensch.

Ich erinnere mich an den ersten Tag, wie jeder Taltos. Ich wurde geboren, meine Mutter liebte mich, ich blieb stundenlang bei meinen Eltern und redete, und dann stieg ich die Klippen hinauf, hoch hinauf bis unter den Rand des Kraters, wo die Weißhaarigen hockten und redeten und redeten. Jahrelang trank ich bei meiner Mutter. Es war bekannt, daß die Milch versiegen würde, wenn eine Frau keinen an ihren Brüsten trinken ließ, und dann würde sie erst wiederkommen, wenn die Frau gebar. Die Frauen wollten nie, daß ihre Milch versiegte. Sie liebten es, wenn die Männer an ihnen tranken; es gab ihnen göttliches Wohlbehagen, dieses Säugen, die Stimulation, und es war allgemeiner Brauch, bei einer Frau zu liegen und das Ausmaß der Liebe in dieser oder jener Form durch das Saugen zu verkörpern. Der Samen der Taltos war natürlich weiß wie der Samen der Menschen.

Auch Frauen tranken selbstverständlich bei Frauen und neckten die Männer, weil aus deren Brust keine Milch kam. Aber unser Samen, fand man, war wie Milch, nicht so wohlschmekkend, aber auf seine Art ebenso nahrhaft und gut.

Ein Spiel der Männer bestand darin, eine Frau zu finden, die allein war, sich auf sie zu stürzen und ihre Milch zu trinken, bis andere ihre Proteste hörten und herbeikamen, um uns zu vertreiben. Aber keiner hätte daran gedacht, mit dieser Frau einen neuen Taltos zu machen! Und wenn sie wirklich nicht wollte, daß wir ihre Milch tranken, nun, dann hörten wir nach einer angemessenen Zeit damit auf.

Auch die Frauen rotteten sich hin und wieder zusammen und lauerten anderen Frauen auf. Und der Reiz derer, die für solche Spiele auserkoren wurden, hatte viel mit ihrer Schönheit zu tun; mit ihrer Persönlichkeit natürlich auch. Wir hatten sehr unterschiedliche Persönlichkeiten, wenngleich eigentlich alle ziemlich gutmütig waren.

Es gab Bräuche. Aber an Gesetze kann ich mich nicht erinnern.

Der Tod kam durch Unfälle. Und da der Taltos von Natur aus verspielt ist, ja, körperlich rauh und rücksichtslos, starben immer viele Taltos durch Unfälle; sie rutschten von einer Steilwand ab, erstickten an einem Pfirsichkern oder wurden von einem wilden Nager attackiert und gebissen, und die Blutung ließ sich nicht zum Stillstand bringen. Die Knochen brach der Taltos sich selten, wenn er jung war. Aber wenn seine Haut ihre kindliche Weichheit verloren hatte und vielleicht ein paar weiße Haare auf seinem Kopf waren, nun, dann konnte ein Sturz von den Felsen ihn das Leben kosten. Und in diesen Jahren, glaube ich, starben die meisten. Wir waren ein Volk von Weißhaarigen,

Blonden, Rothaarigen und Schwarzhaarigen. Mischungen davon gab es nicht oft, und natürlich gab es viel mehr Junge als Alte.

Manchmal kamen Seuchen über das Tal, die unsere Zahl stark dezimierten; Geschichten von diesen Seuchen waren die traurigsten, die je erzählt wurden.

Aber ich weiß immer noch nicht, was für Seuchen das waren. Diejenigen, an denen die Menschen sterben, können uns anscheinend nichts anhaben.

Ich konnte mich an die Seuche »erinnern«, und auch an die Pflege der Kranken. Als ich geboren wurde, wußte ich, wie man Feuer holt und es wohlbehalten ins Dorf bringt. Ich wußte, wie man Feuer machte, so daß ich nicht erst losgehen und es holen mußte. Die einfachste Methode bestand allerdings darin, es von jemand anderem zu bekommen. Als ich geboren wurde, wußte ich, wie man mit dem Feuer Muscheln und Schnecken kochte. Ich wußte, wie man aus der Asche des Feuers eine schwarze Paste zum Malen machte.

Aber um zum Thema Sterben zurückzukehren: Es gab keinen Mord. Die Vorstellung, daß ein Taltos es in seiner Macht habe, einen anderen zu töten, stieß allgemein auf Unglauben. Ja, wenn man im Streit jemanden von der Felswand stieß und dieser dabei zu Tode kam, so galt das immer noch als »Unfall«. Man hatte es im Grunde nicht getan, auch wenn die anderen einen vielleicht wegen abscheulicher Fahrlässigkeit verurteilten und vielleicht sogar verbannten.

Die Weißhaarigen, die gern Geschichten erzählten, lebten sicher schon am längsten, aber niemand betrachtete sie als »alt«. Und wenn sie sich eines Abends hinlegten und am nächsten Morgen nicht mehr aufstanden, glaubte man allgemein, sie seien an einem Unfall gestorben, den nur niemand mitangesehen habe. Die Weißhaarigen hatten oft sehr dünne Haut, so dünn, daß man fast das Blut darunter fließen sah, und nicht selten hatten sie auch ihren Geruch nicht mehr. Aber davon abgesehen wußten wir nichts vom Alter.

Alt zu sein bedeutete nur, die längsten und besten Geschichten zu kennen, Geschichten von Taltos, die nicht mehr da waren.

Die Geschichten wurden in ungezwungenen Versen erzählt oder als Lieder gesungen; manchmal sprudelten sie auch nur so aus einem heraus, voll von bunten Bildern und Rhythmen und Melodiefetzen und viel Gelächter. Erzählen, Erzählen war fröhlich, Erzählen war prachtvoll, Erzählen war die spirituelle Seite des Lebens.

Und die materielle Seite? Ich bin nicht sicher, daß es im strengen Sinne eine gab. Eigentum gab es nicht, mit Ausnahme vielleicht von Musikinstrumenten und Pigmenten zum Malen, aber auch diese Dinge wurden ziemlich freizügig geteilt. Alles war so leicht.

Es kam vor, daß ein Wal an den Strand gespült wurde, und wenn das Fleisch verrottet war, nahmen wir die Knochen und machten allerlei daraus; aber diese Dinge waren für uns Spielzeug. Im Sand zu graben machte Spaß; lose Steine auszugraben und sie den Berg hinunterrollen zu lassen, machte Spaß. Und auch, mit einem scharfen Stein oder mit einem anderen Knochen kleine Formen und Kreise in einen Knochen zu schnitzen, machte Spaß.

Aber Erzählen, ah, das erforderte ein respektables Talent und ein gutes Gedächtnis, und man mußte sich nicht nur an das erinnern, was man in seinem eigenen Kopf hatte, sondern auch an das, woran andere Leute sich erinnert und was sie erzählt hatten.

Sie sehen schon, worauf ich hinauswill. Unsere Mutmaßungen über Leben und Tod gründeten auf diesen speziellen Bedingungen und Vorstellungen. Gehorsam war dem Taltos naturgegeben. Freundlichkeit war ihm anscheinend ebenfalls naturgegeben. Selten gab es Rebellen oder Visionäre, bis das Menschenblut sich mit unserem mischte.

Es gab sehr wenige weißhaarige Frauen – vielleicht kam eine auf zwanzig Männer. Und diese Frauen waren sehr gesucht, denn ihr Quell war versiegt wie bei Tessa, und sie gebaren nicht, wenn sie sich den Männern hingegeben hatten.

Aber vor allem war es das Gebären, was die Frauen tötete, auch wenn wir es damals nicht sagten. Es schwächte die Frauen, und wenn eine bei der vierten oder fünften Entbindung nicht starb, schlief sie fast immer wenig später ein und ging zugrunde. Viele Frauen hatten deshalb keine Lust, Kinder zu bekommen, oder sie taten es nur einmal.

Auf eine echte Paarung zweier echter Taltos folgte immer eine Geburt. Erst später, als wir uns mit Menschen vermischten, geschah es, daß Frauen wie Tessa verschlissen wurden, indem sie wieder und wieder bluteten. Aber die Taltos, die von menschlichen Vorfahren abstammen, haben viele eigentümliche Züge, von denen ich beizeiten noch berichten werde. Und wer weiß, ob Tessa keine Nachkommen hat? Es ist ja durchaus möglich.

Im allgemeinen war Gebären etwas, das eine Frau durchaus gern tun wollte, aber erst lange Zeit nach ihrer eigenen Geburt. Die Männer paarten sich immer gern; es machte ihnen Spaß. Aber niemand dachte an Paarung, ohne zu wissen, daß dabei ein Kind geboren werden würde, das so groß war wie seine eigene Mutter oder noch größer. Deshalb fiel es niemandem ein, dies nur zum Spaß zu tun.

Nur zum Spaß gab es die vielfältige Liebe von Frau zu Frau und von Mann zu Mann; mancher Mann suchte sich auch eine weißhaarige Schönheit, der es freistand, sich zu vergnügen. Oder es näherten sich mehrere jungfräuliche Frauen ein und demselben Mann, allesamt erpicht darauf, sein Kind zur Welt zu bringen. Zuweilen fand sich auch eine Frau, die sechs oder sieben Kinder unbeschadet zur Welt gebracht hatte, oder eine andere, die dies aus unbekannten Gründen überhaupt nicht konnte. Das Trinken an den Brüsten der Frauen war ein exquisites Vergnügen; sich dazu in Gruppen zu versammeln, war herrlich, und die Frauen, die ihre Brüste dazu gaben, gerieten oft in eine sinnliche Trance. Ja, Frauen konnten auf diese Weise zum Höhepunkt der Lust gelangen und ohne jeden anderen Kontakt Befriedigung finden.

An Vergewaltigung kann ich mich nicht erinnern; an Hinrichtungen kann ich mich nicht erinnern, und daß jemand besonders lange irgendeinen Groll gehegt hätte, weiß ich auch nicht.

Ich erinnere mich aber an inständige Bitten, an Diskussionen und lange Reden, ja, sogar an Zank und Streit um Partner, aber dergleichen blieb immer im Reich der Worte und der Lieder.

An schlechte Laune oder Grausamkeit erinnere ich mich nicht. An ungebildete Seelen erinnere ich mich nicht. Das heißt, alle kamen mit einem Konzept von Sanftmut, Güte und dem Wert der Glückseligkeit zur Welt; sie hatte eine starke Liebe zur Lust und den Wunsch, andere an ihrer Lust teilhaben zu lassen, um so den ganzen Stamm glücklich zu machen.

Männer verliebten sich innig in Frauen und umgekehrt. Sie sprachen tage- und nächtelang miteinander, und schließlich wurde die Entscheidung getroffen, sich zu paaren, oder Argumente verhinderten, daß dies jemals stattfand.

Es wurden mehr Frauen als Männer geboren – so hieß es jedenfalls; niemand hat sie wirklich gezählt. Ich glaube aber, daß es stimmt und daß sie schneller starben. Ich glaube auch, daß dies ein Grund dafür war, daß die Männer ihnen so vollendete Zärtlichkeit entgegenbrachten: Sie wußten, daß die Frauen wahrscheinlich sterben würden. Die Frauen gaben die Kraft ihres Körpers weiter; einfache Frauen schätzte man besonders, weil sie die ganze Zeit fröhlich waren, sich des Lebens freuten und keine Angst vor dem Gebären hatten. Alles in allem waren die Frauen kindlicher, aber auch die Männer waren einfältig.

Auf einen Unfalltod folgte unweigerlich eine zeremonielle Paarung, um so den Toten zu ersetzen, und auf Zeiten der Seuche folgten wilde und orgiastische Paarungen, mit denen der Stamm das Land neu zu bevölkern trachtete.

Es herrschte kein Mangel. Das Land war nie zu klein. Nie stritten Leute um Früchte oder Eier oder milchspendende Tiere. Es gab zuviel von allem. Es war zu warm und zu schön, und es gab zu viele angenehme Dinge zu tun.

Es war das Paradies, es war Eden, es war das Goldene Zeitalter, von dem alle Völker erzählen, die Zeit, bevor die Götter zürnten, die Zeit, bevor Adam vom tödlichen Apfel aß, eine Zeit der Seligkeit und der Fülle. Nur: Ich erinnere mich an diese Zeit. Ich habe sie erlebt.

An Gesetze erinnere ich mich nicht.

An Rituale erinnere ich mich – Tänze, Lieder, und wie wir konzentrische Kreise bildeten, die sich in entgegengesetzten Richtungen drehten. Ich erinnere mich an die Männer und Frauen, die Flöten und Trommeln spielen konnten, sogar saitenbespannte Harfen, die sehr klein waren und manchmal aus Muscheln gemacht wurden. Ich erinnere mich, wie wir in einem ganzen Trupp mit Fackeln an den tückischsten Steilwänden entlangliefen, um zu sehen, ob wir es konnten, ohne abzustürzen.

Ich erinnere mich an Malerei. Diejenigen, die diese Kunst beherrschten, übten sie an den Felswänden aus und in den Höhlen, die das Tal umgaben. Manchmal machten wir ganze Tagesreisen, um all diese Höhlen zu besuchen.

Es galt als unschicklich, allzuviel auf einmal zu malen. Jeder Maler mischte sich seine eigenen Farben aus Erde oder aus seinem Blut oder dem einer armen, abgestürzten Bergziege oder eines Schafes und anderen natürlichen Stoffen.

Mehrmals, so erinnere ich mich, kam der ganze Stamm zusammen und bildete Kreis um Kreis um Kreis. Es ist denkbar, daß dabei die gesamte Bevölkerung versammelt war. Niemand wußte es.

Zu anderen Gelegenheiten versammelten wir uns in kleinen, einfachen Kreisen und bildeten die Kette der Erinnerung, wie wir sie kannten – nicht so, wie Stuart Gordon es Ihnen beschrieben hat.

Einer von uns rief: »Wer erinnert sich an alte, alte Zeiten?« Und jemand meldete sich zu Wort und erzählte eine Geschichte von längst dahingegangenen Weißhaarigen, die er als Neugeborener hatte erzählen hören. Solche Geschichten bot er als die ältesten an, bis ein anderer die Stimme erhob und Geschichten erzählte, die noch früher spielten.

Andere gaben ihre frühesten Erinnerungen zum besten; man debattierte über diese Geschichten, ergänzte oder erweiterte sie. Abfolgen von Ereignissen wurden zusammengefügt und ausgemalt.

Das war etwas Faszinierendes. Das war etwas Besonderes. Es war vielleicht unsere schönste geistige Leistung neben der reinen Musik und dem Tanz.

Solche Sequenzen waren nie besonders ereignisreich. Was uns interessierte, war der Humor, die geringe Abweichung von der Norm, und es waren natürlich die schönen Dinge. Zu gern unterhielten wir uns über schöne Dinge. Wenn eine Frau mit roten Haaren geboren wurde, fanden wir das herrlich.

Wenn ein Mann größer war als die andern, war das herrlich. Wenn eine Frau eine begabte Harfenspielerin war, fanden wir das herrlich. An schreckliche Unfälle erinnerte man sich nur sehr, sehr kurz. Es gab Geschichten von Visionären – von jenen also, die behaupteten, Stimmen zu hören und die Zukunft zu kennen –, aber die waren selten. Es gab Geschichten über das Leben eines Musikers oder Malers, einer rothaarigen Frau oder eines Bootsbauers, der sein Leben aufs Spiel gesetzt hatte, um nach Britannien zu segeln, und zurückgekehrt war, um seine Geschichte zu erzählen. Es gab Geschichten von wunderschönen Männern und Frauen, die sich nie gepaart hatten; sie waren sehr berühmt und gesucht, aber sobald sie sich paarten, verloren sie ihren Zauber.

Diese Erinnerungsspiele wurden vor allem an den langen Tagen gespielt – das heißt, an jenen Tagen, an denen es kaum drei Stunden dunkel war. Nun hatten wir ein gewisses Empfinden für Jahreszeiten, das auf Hell und Dunkel basierte, aber es war nie schrecklich wichtig gewesen, denn zwischen den langen Tagen des Sommers und den kurzen Tagen des Winters gab es für unser Leben keinen besonders großen Unterschied. Wir dachten dabei nicht in jahreszeitlichen Begriffen. Wir achteten nicht auf den Wechsel von Licht und Dunkelheit. Wenn die Tage länger waren, tollten wir länger umher, aber davon abgesehen nahmen wir wenig Notiz davon. Für uns waren die dunkelsten Tage so warm wie die längsten; alles wuchs im Überfluß, denn die Geysire sprudelten immer warm.

Aber das, was später daraus wurde, aus dieser Kette der Erinnerungen, diesem rituellen Erzählen und Wiedererzählen, macht sie zu dem, was sie heute für mich ist. Nachdem wir in das Land der bitteren Kälte gezogen waren, konnten wir mit ihrer Hilfe wissen, wer wir waren und wer wir gewesen waren. Das war entscheidend wichtig für den Überlebenskampf in den Highlands. Wir, die wir keinerlei Schrift kannten, bewahrten unser ganzes Wissen auf diese Weise.

Doch damals? Im verlorenen Land? Da erschien es uns wie ein Zeitvertreib. Ein großartiges Spiel.

Das ernsthafteste Ereignis, das wir kannten, war die Geburt. Nicht der Tod – der kam zwar häufig und willkürlich und galt allgemein als traurig, aber bedeutungslos –, sondern die Geburt einer neuen Person.

Jemanden, der dies nicht ernst nahm, betrachtete man als Narren.

Damit die Paarung stattfinden konnte, mußten die Hüterinnen dieser Frau ihre Einwilligung dazu geben, und auch die Männer mußten erklären, daß dieser spezielle Mann mit ihrer Erlaubnis handelte.

Man wußte immer, daß die Kinder den Eltern glichen, daß sie sofort ausgewachsen waren und den Charakter des einen oder anderen Elternteils oder aller beider erbten. Daher wandten sich die Männer heftig dagegen, wenn ein Mann von schlechter physischer Verfassung sich paaren wollte, auch wenn jeder der Sitte nach das Recht hatte, es einmal zu tun.

Was die Frau anging, so war die Frage: War sie sich darüber im klaren, wie schwer es womöglich sein würde, das Kind zu gebären? Sie würde Schmerzen erleiden, ihr Körper würde beträchtlich geschwächt werden, sie würde nachher vielleicht bluten oder gar sterben, wenn das Kind kam oder kurz danach.

Überdies hielt man manche physischen Kombinationen für besser als andere. Tatsächlich war dies der Anlaß für das, was man als unsere Dispute bezeichnen könnte. Diese waren niemals blutig, aber sie konnten einen äußerst lautstarken Verlauf nehmen; die Taltos brüllten einander an, stampften mit den Füßen auf und so weiter. Die Taltos liebten es, einander zu überschreien oder in einem machtvoll rasenden Geschwirr von Worten übereinander herzuziehen, bis der Gegner erschöpft war und nicht mehr denken konnte.

Und sehr, sehr selten kam es vor, daß ein Mann oder eine Frau in ihrer Vorzüglichkeit für so makellos von Gestalt und schön von Angesicht gehalten wurde, für so groß und so gut proportioniert, daß die Paarung mit ihm oder ihr zur Hervorbringung wunderschöner Nachkommen als große Ehre galt. Dies führte zu Wettbewerben und Spielen, von denen es eine große Vielfalt gab.

Aber sie sind die einzigen schmerzhaften oder schwierigen Dinge, an die ich mich erinnern kann, und ich will jetzt nicht davon erzählen. Vielleicht, weil diese Spiele die einzigen Male waren, bei denen ich Verzweiflung empfand. Auch verloren sich diese Rituale, als wir in das Land des bitteren Winters reisten. Von da an hatten wir zu viele wirkliche Sorgen.

Wenn das Paar schließlich die Erlaubnis erhalten hatte – ich erinnere mich, daß ich einmal zwanzig verschiedene Leute um Erlaubnis anflehen und endlose Tage lang debattieren und warten mußte –, versammelte sich der Stamm und bildete den Kreis und noch einen und noch einen, immer weiter, bis es den Leuten keinen Spaß mehr machte.

Das Trommeln und Tanzen begann. Wenn es Nacht wurde, erschienen die Fackeln. Das Paar umarmte sich und spielte liebevoll miteinander, solange es ging, bevor der entscheidende Augenblick gekommen war. Es war ein langsames Fest. Wenn es eine Stunde dauerte, war es schön, wenn es zwei wurden, war es unvergleichlich. Viele konnten es nur eine halbe Stunde durchhalten. Aber wie dem auch sei, wenn der Höhepunkt kam, hielt er das Paar erstaunlich lange gefangen. Wie lange? Ich weiß es nicht. Länger, glaube ich, als Menschen oder von Menschen geborene Taltos es ertragen könnten. Vielleicht eine Stunde, vielleicht länger.

Wenn das Paar sich schließlich voneinander löste, dann geschah es, weil der neue Taltos geboren wurde. Die Mutter schwoll schmerzhaft an. Der Vater half mit, das lange, ungelenke Kind aus der Mutter zu ziehen; er wärmte es mit seinen Händen und legte es der Mutter an die Brust.

Alle drängten sich heran, um dieses Wunder zu sehen, denn das Kind, das als Wesen von vielleicht sechzig bis neunzig Zentimetern Länge auf die Welt gekommen war, sehr schlank und zart und leicht zu verletzen, wenn man nicht behutsam damit umging, begann sofort zu wachsen und länger und größer zu werden. Und innerhalb der nächsten fünfzehn Minuten wuchs es oft schon zu voller, majestätischer Größe heran. Sein Haar wallte herab, die Finger streckten sich, und die zarten Knochen des Körpers, elastisch und stark, formten sich zu einer großen Gestalt.

Die Mutter lag danach wie tot und schlief den oberflächlichen Schlaf der Wöchnerin. Aber das Kind war bei ihr und sprach mit ihr, und oft versank die Mutter überhaupt nicht in Träumen, sondern sprach und sang zu ihrem Jungen, obwohl sie immer benommen und oft naßgeschwitzt war, und sie entlockte dem Jungen seine ersten Erinnerungen, damit das Junge sie nicht vergaß.

Wir können durchaus vergessen.

Wir vergessen sehr leicht. Wenn man aber etwas erzählt, so merkt man es sich, man prägt es sich dabei ein. Etwas zu erzählen, das bedeutet, gegen die furchtbare Einsamkeit des Vergessens zu kämpfen, gegen die schreckliche Unwissenheit, die Traurigkeit. Das dachten wir wenigstens.

Diese Nachkommenschaft, ob männlich oder weiblich – und meist war sie weiblich –, rief große Freude hervor. Sie bedeutete uns mehr als nur die Geburt eines einzelnen Wesens. Sie bedeutete, daß das Leben des Stammes gut war; das Leben des Stammes würde weitergehen.

Natürlich zweifelten wir nie daran; aber es gab immer Legenden, denen zufolge es zuzeiten anders gewesen war: Da hätten die Frauen verkümmerten Nachwuchs zur Welt gebracht oder gar keinen, und der Stamm sei auf ein paar wenige zusammengeschrumpft. Gelegentliche Seuchen machten die Frauen und manchmal auch die Männer unfruchtbar.

Der Nachwuchs wurde sehr geliebt und von beiden Eltern versorgt. Wenn es allerdings eine Tochter war, wurde sie unter Umständen nach einer Weile an einen Ort geschafft, wo nur Frauen lebten. Allgemein aber war der Nachwuchs das Band der Liebe zwischen Mann und Frau. Sie strebten nicht danach, einander noch auf andere, vielleicht auf heimliche Weise zu lieben. In Anbetracht dessen, was die Geburt bei uns bedeutete, hatten wir keinerlei Vorstellungen von Ehe oder Monogamie, und wir dachten nicht daran, immer bei einer Frau zu bleiben – im Gegenteil, das kam uns frustrierend vor, gefährlich und töricht.

Es kam durchaus manchmal vor, da bin ich sicher. Ein Mann und eine Frau liebten einander so sehr, daß sie sich nicht voneinander trennen wollten. Aber ich kann mich nicht erinnern, es selbst einmal erlebt zu haben. Nichts hinderte einen daran, sich mit jeder beliebigen Frau, mit jedem beliebigen Mann zu treffen, und Liebe und Freundschaft waren nichts Romantisches; sie waren rein.

Es gibt noch vieles, was ich zu diesem Leben sagen könnte; von den verschiedenen Arten von Liedern, die wir sangen, könnte ich erzählen, von der Natur unserer Streitigkeiten, die nämlich eine eigene Struktur aufwiesen, von den Arten der Logik, die bei uns gebräuchlich waren und die Sie wahrscheinlich lachhaft finden werden, und von den schrecklichen Irrtümern und Fehlern, die junge Taltos unausweichlich begingen. Es gab kleine, affenartige Säugetiere auf der Insel, aber uns fiel es nie ein, sie zu jagen, zu kochen und zu essen. Eine solche Idee wäre unerträglich vulgär gewesen.

Ich könnte Ihnen auch die Behausungen beschreiben, die wir bauten – es gab verschiedene Arten –, und den kargen Schmuck, den wir trugen; wir mochten keine Kleider, wir brauchten keine, und wir wollten etwas so Schmutziges nicht gern auf der Haut tragen. Unsere Boote könnte ich Ihnen schildern, und wie schlecht sie waren – und noch tausend andere Dinge.

Es kam vor, daß einige von uns sich an einen Ort schlichen, wo die Frauen wohnten, nur um zu sehen, wie sie einander in den Armen hielten und sich liebten. Wenn die Frauen uns entdeckten, bestanden sie darauf, daß wir uns entfernten. Es gab Stellen in den Felsenklippen – Grotten, Höhlen, kleine Nischen, in denen Quellen sprudelten –, die zu wahren Tempeln der Liebe geworden waren, für Männer und Frauen wie auch für die Frauen unter sich.

Langeweile gab es nie in diesem Paradies. Es war zuviel zu tun. Man konnte stundenlang am Strand umhertollen und sogar schwimmen, wenn man es wagte. Man konnte Eier und Früchte sammeln, tanzen und singen. Die Maler und die Musiker waren die fleißigsten, glaube ich, aber auch die Boots- und Hüttenbauer hatten alle Hände voll zu tun.

Für den Gescheiten bot sich ein weites Feld. Ich galt als sehr gescheit; ich erkannte Zusammenhänge in den Dingen, die andere nicht bemerkten: daß beispielsweise bestimmte Muscheln in den warmen Tümpeln schneller wuchsen, wenn die Sonne die Tümpel beschien, und daß gewisse Pilze am besten an den dunklen Tagen gediehen. Auch gefiel es mir, Systeme zu erfinden, einfache Aufzüge etwa, aus Ranken und Reisigkörben, mit denen sich das Obst von den Baumwipfeln zur Erde befördern ließ.

Aber so sehr mich die Leute deshalb auch bewunderten, sie lachten auch darüber. Eigentlich war es nicht nötig, so etwas zu tun, fanden sie.

Von öder Plackerei wußte man nichts. Jeder Tag dämmerte mit Myriaden neuer Möglichkeiten herauf. Niemand zweifelte daran, daß Vergnügen etwas absolut Gutes sei.

Und Schmerz war schlecht.

Deshalb erregte die Geburt soviel Ehrfurcht und Vorsicht bei uns allen, denn sie bedeutete Schmerzen für die Frau. Wohlgemerkt, die Frauen der Taltos waren keine Sklavinnen der Männer. Sie waren oft ebenso stark wie die Männer, ihre Arme waren genauso lang und ebenso geschmeidig.

Und die Geburt, die mit Lust und mit Schmerz verbunden war, bildete das bedeutsamste Geheimnis in unserem Leben.

Jetzt wissen Sie, was Sie wissen müssen. Wir lebten in einer Welt der Harmonie und des wahren Glücks, in der es ein großes Geheimnis und viele kleine, wundersame Dinge gab.

Es war ein Paradies, und nie wurde ein Taltos geboren, der sich – mochte noch soviel Menschenblut verkommener Vorfahren in seinen Adern fließen – nicht an das verlorene Land und die Zeit der Harmonie erinnerte. Kein einziger.

Lasher erinnerte sich sicher daran. Emaleth erinnerte sich sicher daran.

Die Geschichte vom Paradies liegt uns im Blut. Wir können es sehen, wir hören den Gesang der Vögel, und wir fühlen die Wärme der vulkanischen Quellen. Wir schmecken die Früchte, wir hören die Lieder; wir können unsere Stimmen erheben und die Lieder selbst erklingen lassen. Und daher wissen wir es; wir wissen, was Menschen nur glauben können: daß das Paradies wiederkehren kann.

Bevor wir zu der Katastrophe kommen, die uns ins Land des Winters führt, will ich noch eines hinzufügen.

Ich glaube durchaus, daß es Böse unter uns gab, Gewalttäter. Ich glaube, es gab sie. Es gab vielleicht welche, die töteten, und welche, die getötet wurden. Ich bin sicher, daß es so gewesen sein muß. Aber niemand wollte darüber sprechen! Solche Dinge kamen in den Geschichten nicht vor! Wir hatten keine Erinnerung an blutige Auseinandersetzungen, Vergewaltigungen, Unterwerfungen einer Gruppe durch eine andere. Und es herrschte großes Entsetzen vor der Gewalt.

Wie Gerechtigkeit geübt wurde, weiß ich nicht. Wir hatten keine Führer im strengen Sinne, aber wir hatten Erinnerungen an Weise, an Leute, die sich bei Bedarf versammelten und sozusagen eine formlose Elite bildeten, an die man sich wenden konnte.

Ein Grund für die Annahme, daß es Gewalt gegeben haben muß, besteht darin, daß wir klare Vorstellungen von Gut und Böse hatten. Der gute Gott war der – oder die; diese Gottheit war unteilbar –, der uns das Land und unseren Unterhalt und unsere Freuden gegeben hatte. Der Böse aber hatte das schreckliche Land der bitteren Kälte geschaffen. Der Böse hatte seine Freude an Unfällen, bei denen Taltos ums Leben kamen, und hin und wieder fuhr der Böse auch in einen Taltos, aber das kam wirklich selten vor!

Wenn diese vage Religion mit Mythen und Legenden ausgestattet war, so habe ich sie nie gehört. Blutopfer oder Beschwichtigungen waren kein Bestandteil unseres Gottesdienstes. Wir feierten stets den guten Gott, mit Liedern und Gedichten und in unseren Kreistänzen. Wenn wir tanzten und wenn wir das Kind machten, waren wir dem Guten Gott nah.

Viele dieser alten Lieder gehen mir immer wieder durch den Kopf. Hin und wieder steige ich am frühen Abend auf die Straße hinunter und spaziere durch New York, einsam im Gedränge, und ich singe die Lieder, an die ich mich erinnere, und ich fühle mich wieder im verlorenen Land; ich höre den Klang der Trommeln und der Flöten und sehe die Männer und Frauen, wie sie im Kreis tanzen. In New York kann man so etwas tun; niemand nimmt Notiz. Ich finde es wirklich amüsant.

Manchmal kommen andere New Yorker, die vor sich hin singen oder murmeln oder laut schwatzen, in meine Nähe; dann schwatzen oder singen sie mir etwas vor und lassen sich weitertreiben. Mit anderen Worten: Die Verrückten von New York akzeptieren mich. Und obwohl wir ganz allein sind, haben wir einander doch in diesen wenigen Augenblicken. Die Dämmerwelt der Großstadt.

Danach fahre ich dann mit dem Auto hinaus und bringe Mäntel und wollene Schals zu denen, die so etwas nicht haben. Manchmal schicke ich auch Remmick, meinen Kammerdiener. Manchmal holen wir die Obdachlosen von der Straße herein, damit sie im Foyer schlafen können; wir geben ihnen zu essen und ein Bett. Doch dann fängt einer eine Prügelei an, zieht vielleicht sogar das Messer gegen einen anderen, und alle müssen wieder hinaus in den Schnee.

Ah, das bringt mich zu einer weiteren Gefahr in unserem Leben im verlorenen Land. Wie habe ich das vergessen können? Es gab immer Taltos, die von der Musik gefangengenommen wurden und sich nicht mehr daraus befreien konnten. Es konnte die Musik der anderen sein, so daß diese aufhören mußten zu spielen, damit sie wieder freikamen. Aber sie konnten sich auch in ihren eigenen Gesang verstricken, und dann sangen sie, bis sie tot umfielen. Oder sie tanzten sich in den Tod.

Ich bin oft in den Bann des Singens und Tanzens und Reimens geraten, aber ich bin doch immer wieder daraus aufgewacht, oder die Musik erreichte ihr zeremonielles Ende, oder ich wurde müde und geriet aus dem Takt. Wie dem auch sei, in Todesgefahr geriet ich nie. Und vielen anderen ging es wie mir. Aber es kamen immer auch welche auf diese Art um.

Jeder glaubte, daß ein Taltos, der tanzend oder singend gestorben war, zu dem guten Gott gegangen war.

Aber niemand redete viel darüber. Der Tod war einfach kein geeignetes Thema für die Taltos. Alles Unangenehme wurde vergessen. Das war eines unserer fundamentalen Ideale.

Als die Katastrophe kam, lebte ich schon lange. Aber ich weiß nicht, wie ich es messen soll. Ich schätze, es waren an die zwanzig, dreißig Jahre.

Die Katastrophe war eine ganz und gar natürliche Angelegenheit. Später erzählten die Leute Geschichten von römischen Soldaten oder Pikten, die uns aus unserem Land vertrieben hätten. Aber so etwas hat es nicht gegeben. Im verlorenen Land haben wir nie einen Menschen zu Gesicht bekommen. Wir kannten keine anderen Völker. Wir kannten nur uns selbst.

Eine große Umwälzung der Erde brachte unser Land ins Wanken und ließ es auseinanderbrechen. Es begann mit leisem Rumoren und mit Rauchwolken, die den Himmel bedeckten. Die Geysire fingen an, uns zu verbrühen. Das Wasser in den Tümpeln wurde so heiß, daß man es nicht mehr trinken konnte. Das Land bewegte sich und ächzte Tag und Nacht.

Viele Taltos starben. Die Fische in den Teichen waren tot, und die Vögel waren von den Felsen geflüchtet. Männer und Frauen liefen in alle Himmelsrichtungen davon und suchten nach Orten, wo es weniger turbulent zuging, aber sie fanden keine, und manche kamen zurückgelaufen.

Als es schon zahllose Tote gegeben hatte, machte sich der ganze Stamm daran, Flöße, Boote, Einbäume und dergleichen zu bauen, um die Fahrt zum Land der bitteren Kälte zu unternehmen. Wir hatten keine andere Wahl. Unsere Heimat wurde von Tag zu Tag aufgewühlter und heimtückischer.

Ich weiß nicht, wie viele zurückblieben, ich weiß nicht, wie viele davonkamen. Tag und Nacht bauten die Leute Boote und stachen damit in See. Die Klugen halfen den Törichten – nach diesen Kategorien unterschieden wir Alte und Junge, und um den zehnten Tag herum, wie ich es nachträglich berechnen würde, stach ich mit zweien meiner Töchter, zwei Männern, die ich liebte, und einer Frau in See.

Und im Land des Winters war es, an dem Nachmittag, da ich meine Heimat im Meer versinken sah, daß die Geschichte meines Volkes wirklich begann.

Damals begannen Mühsal und Plage, damals begann das eigentliche Leiden, und damals erwachte auch die Vorstellung von Mut und Opferbereitschaft. Damals begann alles, was den Menschen als heilig gilt, Dinge, die nur aus Widrigkeiten und Kampf und aus der wachsenden Idealisierung von Glückseligkeit und Vollkommenheit entstehen können, und diese wiederum blüht im Geiste erst dann, wenn das Paradies unwiderbringlich verloren ist.

Von einer hohen Steilwand aus sah ich, wie die große Katastrophe ihr Ende nahm; von meiner hohen Warte sah ich, wie das Land in Stücke brach und im Meer versank. Von dort oben sah ich die winzigen Gestalten der Taltos, die im Meer ertranken. Und ich sah die gewaltige Flutwelle, wie sie die Steilküste und die Berge umbrandete, in die verborgenen Täler rauschte und die Wälder überflutete.

Der Böse hat triumphiert, sagten die, die bei mir waren. Und zum ersten Mal gerieten die Lieder, die wir sangen, und die Geschichten, die wir erzählten, zu wahren Klagen.

Es muß im Spätsommer gewesen sein, daß wir uns ins Land der bitteren Kälte flüchteten. Es war eisig. Das Wasser, das an die Gestade brandete, war kalt genug, um einen Taltos bewußtlos werden zu lassen. Und wir begriffen sofort, daß es nie wieder warm sein würde.

Aber der wahre Atem des Winters war etwas, das wir uns immer noch nicht hatten träumen lassen. Die meisten der Taltos, die aus dem verlorenen Land entkommen waren, starben in diesem ersten Winter. Die Hinterbliebenen vermehrten sich wie rasend, um den Stamm zu erneuern. Und da wir im Grunde nicht geahnt hatten, daß der Winter wiederkommen würde, starben auch im nächsten Jahr wieder viele.

Im dritten oder vierten Jahr hatten wir begriffen, was der Kreislauf der Jahreszeiten war.

Aber diese ersten Jahre waren eine Zeit des rasenden Aberglaubens: endlos plapperten und diskutierten wir über die Frage, warum wir aus dem verlorenen Land verstoßen worden waren, warum Schnee und Wind über uns gekommen waren, um uns zu töten, und ob der gute Gott sich gegen uns gewandt hatte oder nicht.

Meine Neigung, alles mögliche zu beobachten und Dinge zu bauen, machte mich zum unumstrittenen Anführer. Aber der ganze Stamm lernte schnell, wie warm der Kadaver eines toten Bären oder eines anderen großen Tieres war, und wie warm auch ihre pelzigen Häute halten konnten. Erdlöcher waren natürlich wärmer als Höhlen, und mit den Hörnern einer toten Antilope konnten wir uns tiefe unterirdische Behausungen graben, die wir dann mit Baumstämmen und Steinen abdeckten.

Wir wußten, wie man Feuer machte, und sehr bald verstanden wir uns vorzüglich darauf, denn hier fanden wir kein Feuer, das aus irgendeiner Felsenspalte wehte und umsonst zu haben war. Zu verschiedenen Zeiten entwickelten einzelne Taltos ähnlich konstruierte Räder, und bald bauten wir rohbehauene Karren, mit denen wir unseren Proviant und unsere Kranken transportierten.

Allmählich erlernten wir, die wir alle Winter im Land der bitteren Kälte überlebt hatten, manche wertvollen Dinge, die wir den Jungen beibringen mußten. Zum ersten Mal kam es darauf an, achtzugeben. Die Aufzucht der Kinder war ein Mittel zum Überleben geworden. Jede Frau gebar mindestens einmal, um die entsetzliche Todesrate auszugleichen.

Wenn das Leben nicht so hart gewesen wäre, hätte man dies vielleicht als eine Zeit der großen, kreativen Lust sehen können. Ich könnte eine Liste der Entdeckungen, die damals gemacht wurden, anführen.

Es mag aber genügen, wenn ich sage, daß wir ein primitives Volk von Jägern und Sammlern waren; allerdings aßen wir das Fleisch der Tiere nur dann, wenn wir wirklich kurz vor dem Verhungern standen, und der Fortschritt verlief bei uns willkürlich und ganz anders als bei den Menschen.

Mit unserem großen Gehirn, unseren ausgeprägten verbalen Fähigkeiten, mit jener seltsamen Vermählung von Instinkt und Intelligenz bei jedem von uns waren wir in mancherlei Hinsicht sowohl schlauer als auch ungeschickter, sowohl einsichtiger als auch törichter.

Natürlich brach zuweilen auch Streit aus unter uns, infolge irgendeines Mangels, oder wenn Entscheidungen zu treffen waren – ob wir auf der Jagd nach Wild etwa hierhin oder dorthin ziehen sollten. Einzelne Gruppe lösten sich vom Stamm und gingen ihrer eigenen Wege.

Inzwischen hatte ich mich daran gewöhnt, der Anführer zu sein, und ich machte kein Hehl daraus, daß ich es niemandem sonst zutraute. Man kannte mich einfach bei meinem Namen, Ashlar, denn Titel waren unter uns nicht notwendig. Ich übte einen ungeheuren Einfluß auf die andern aus und lebte in ständiger Angst davor, daß sie sich verirren oder von wilden Tieren gefressen werden oder sich auf gefährliche Weise miteinander streiten könnten. Streitigkeiten und Prügeleien waren jetzt an der Tagesordnung.

Aber mit jedem Winter, der verging, nahmen unsere Fertigkeiten zu. Und als wir südwärts wanderten – ich weiß nicht mehr, folgten wir dem Wild oder zogen wir instinktiv oder zufällig in diese Richtung –, kamen wir in wärmere Gegenden mit einem ziemlich ausgedehnten Sommer, und hier begannen wir, die Jahreszeiten wirklich zu ehren und uns auf sie zu verlassen.

Wir fingen an, zum Spaß auf wilden Pferden zu reiten. Es war ein großartiger Sport. Aber wir glaubten eigentlich nicht, daß Pferde wirklich gezähmt werden konnten. Mit den Ochsen, die unsere Karren zogen, ging es ganz gut, obwohl wir die Karren zu Anfang natürlich auch selbst gezogen hatten.

Hier kam es zu unserer intensivsten Beschäftigung mit der Religion. Ich rief den Namen des guten Gottes an, wenn das Chaos uns zu überwältigen drohte, um unser Leben so wieder in Ordnung zu bringen. Hinrichtungen fanden statt, zuweilen zweimal im Jahr.

Über diese Jahrhunderte könnte ich so viel schreiben oder sagen. Aber in einem sehr realen Sinne bilden sie eine einzigartige Zeit – zwischen dem Untergang unserer Heimat und der Ankunft der Menschen –, und viel von dem, was wir damals folgerten, vermuteten, lernten und uns einprägten, wurde sozusagen in alle Winde verstreut, als die Menschen kamen.

Es genügt, wenn ich sage, daß wir zu einem hochentwickelten Volk wurden; den guten Gott ehrten wir hauptsächlich durch Bankette und Tänze, wie wir es immer getan hatten. Wir spielten immer noch das Spiel der Erinnerungen, und wir bewahrten uns unsere strengen Verhaltensregeln, obwohl die Männer sich jetzt schon bei der Geburt daran »erinnerten«, wie man Gewalt ausübte und kämpfte, wie man einander übertraf und miteinander wetteiferte, und die Frauen erinnerten sich von vornherein an die Angst.

Und gewisse seltsame Ereignisse hatten eine unglaubliche Wirkung auf uns – mehr als irgend jemandem damals klar war.

Es waren andere Männer und Frauen in Britannien unterwegs. Wir hörten von ihnen durch andere Taltos. Sie seien so abscheulich und niederträchtig wie Tiere. Die Taltos hätten sie in schierer Notwehr niedergemetzelt. Aber diese seltsamen Leute, die keine Taltos waren, hatten Töpfe aus sprödem Lehm hinterlassen, die mit hübschen Bildern bemalt waren, und Waffen aus magischem Stein. Und wunderliche, kleine Kreaturen hatten sie auch zurückgelassen; sie sahen aus wie Äffchen, waren aber unbehaart und sehr hilflos, und vielleicht waren es ihre Jungen.

Damit war die Frage, ob sie Tiere waren, geklärt, denn unserer Ansicht nach hatten nur die Tiere solche hilflosen kleinen Jungen. Und die Jungen der anderen Tiere waren nicht so hilflos wie diese kleinen Geschöpfe.

Aber die Taltos hatten Erbarmen mit ihnen; sie nährten sie mit Milch und behielten sie. Schließlich hatten wir soviel von ihnen gehört, daß wir fünf Stück davon kauften. Inzwischen weinten sie nicht mehr die ganze Zeit und konnten sogar alleine gehen.

Diese Wesen lebten nicht lange, vielleicht fünfunddreißig Jahre, aber in dieser Zeit veränderten sie sich dramatisch; die kleinen, rosigen Würmchen verwandelten sich in große, starke Wesen, nur um sogleich zu welken, alten Gestalten zu schrumpfen. Nichts als Tiere, so mutmaßten wir, und ich glaube, daß wir diese primitiven Primaten nicht besser behandelten als sie ihre Hunde.

Sie hatten keinen besonders flinken Verstand; unsere sehr schnelle Sprache konnten sie nicht verstehen. Ja, es war eine aufsehenerregende Entdeckung, als wir herausfanden, daß sie uns verstehen konnten, wenn wir langsam sprachen. Sie selbst hatten anscheinend keine eigenen Worte.

Überhaupt kamen sie dumm zur Welt, vermuteten wir; sie besaßen weniger angeborenes Wissen als ein Vogel oder ein Fuchs, und auch wenn ihre Verstandeskraft allmählich größer wurde, blieben sie doch immer ziemlich schwach und klein, und sie waren mit scheußlichen Haaren bedeckt.

Wenn einer von unseren Männern sich mit einer von ihren Frauen paarte, dann fing die Frau an zu bluten und starb. Ihre Männer aber brachten auch unsere Frauen zum Bluten. Außerdem waren sie plump und ungeschickt.

Im Laufe der Jahrhunderte stießen wir mehr als einmal auf diese Kreaturen oder kauften sie von anderen Taltos, aber wir trafen sie nie als selbständige, organisierte Macht an. Wir hielten sie für harmlos. Wir hatten auch eigentlich keinen Namen für sie. Sie lehrten uns nichts, und sie ließen uns vor Verzweiflung weinen, wenn sie sich unfähig zeigten, etwas von uns zu lernen.

Wie traurig, dachten wir, daß diese großen Tiere aussehen wie Taltos; sie gehen sogar aufrecht und haben keine Schwänze, aber leider auch keinen Verstand.

Unsere Gesetze waren unterdessen sehr streng geworden. Die Hinrichtung war die Höchststrafe für Ungehorsam. Es war ein Ritual daraus geworden, wenngleich nie eines, das wir gern gefeiert hätten. Der straffällige Taltos wurde mit gezielten, schweren Schlägen auf den Kopf zu Tode befördert.

Aber der Tod weckte noch immer unser Entsetzen. Mord kam sehr selten vor. Die Todesstrafe galt für diejenigen, die unsere gesamte Gemeinschaft bedrohten. Noch immer war unsere zentrale, unsere heiligste Zeremonie die Geburt. Wenn wir gute Gegenden fanden, die für eine dauerhafte Besiedlung geeignet waren, dann erwählten wir zahlreiche Plätze für unsere religiösen Kreistänze, und wir stellten Steine auf, um diese Plätze zu markieren, manchmal sehr, sehr große Steine, auf die wir stolz waren.

Ah, die Steinkreise! Wir wurden, auch wenn wir daran niemals dachten, das Volk der Steinkreise im ganzen Land.

Wenn wir gezwungen waren, ein neues Gebiet aufzusuchen – durch Hunger, oder weil ein anderer Trupp Taltos im Anzug war, den wir alle nicht leiden konnten und mit dem niemand in allzu enger Nachbarschaft leben wollte –, dann bauten wir, so wurde es Brauch, sofort einen neuen Steinkreis. Ja, der Durchmesser unseres Kreises und das Gewicht der Steine wurde zum Zeichen unseres Anspruchs auf ein bestimmtes Territorium, und der Anblick eines großen Kreises, den andere gebaut hatten, war für uns ein Zeichen dafür, daß dieses Land ihnen gehörte und daß wir weiterziehen mußten.

Und wer töricht genug war, einen heiligen Kreis zu mißachten? Nun, der würde nicht Ruhe und Frieden finden, bis er seine Zelte abbräche. Natürlich war es oft der Mangel, der solche Regeln begründete; eine weite Ebene konnte nur sehr wenige Jäger ernähren. Gute Stellen an Seen, Flüssen und an der Küste waren besser, aber nirgends war das Paradies, nirgends gab es nie versiegende warme Quellen und Überfluß wie im verlorenen Land.

Gegen Eindringlinge, die sich auf unserem Gebiet festsetzten, führten wir heiligen Schutz ins Feld. Ich weiß noch, daß ich in einen riesigen Stein in einem unserer Kreise die Figur des guten Gottes meißelte, wie ich mir diesen Gott vorstellte – mit Brüsten und einem Penis –, eine Bitte an andere Taltos, unseren heiligen Kreis und somit auch unser Land zu respektieren.

Wenn es aufgrund von persönlichen Mißverständnissen oder blanker Gier nach einem bestimmten Gebiet zu einer richtigen Schlacht kam, dann stießen die Sieger die Steine derer, die dort lebten, um und bauten einen ganz neuen, eigenen Steinkreis.

Vertrieben zu werden war ermüdend, aber in einer neuen Heimat brannte der Wunsch nach einem größeren, imposanteren Zirkel heiß in uns allen. Steine würden wir suchen, so schworen wir uns, die so groß wären, daß keiner sie je von der Stelle bringen oder es auch nur versuchen würde.

Unsere Kreise verrieten Ehrgeiz und Einfalt – unsere Freude am Tanz und unsere Bereitwilligkeit, für das Territorium des Stammes zu kämpfen und zu sterben.

Unsere Grundwerte waren zwar seit den Tagen der verlorenen Heimat unverändert geblieben, aber sie waren um bestimmte Rituale herum erstarrt. So war es nun für alle Pflicht, bei der Geburt eines neuen Taltos anwesend zu sein. Das Gesetz gebot, keine Frau dürfe mehr als zwei Kinder zur Welt bringen. Das Gesetz gebot, daß Ehrfurcht und Sinnlichkeit mit diesen Geburten verknüpft sei; tatsächlich wurde oft eine beträchtliche sexuelle Euphorie erreicht.

Der neue Taltos galt als Omen; war er nicht makellos an Leib und Gliedern, schön anzusehen und vollständig ausgewachsen, so legte sich eine schreckliche Furcht über das Land. Das vollkommene Neugeborene war wie früher ein Segen des guten Gottes, aber, sehen Sie, unser Glaube hatte sich verfinstert. Und wie er sich verfinsterte, wie wir lauter falsche Schlüsse aus ganz natürlichen Ereignissen zogen, so verfinsterte sich auch unsere Besessenheit in der Beschäftigung mit den großen Steinkreisen, unser Glaube daran, daß sie dem guten Gott wohlgefällig seien und eine moralische Notwendigkeit für den Stamm.

Endlich kam das Jahr, in dem wir uns in der Ebene niederließen.

Es war im Süden Britanniens, dort, wo heute Salisbury liegt. Das Klima war uns angenehm, das beste, das wir bis dahin gefunden hatten. Die Zeit? Vor der Ankunft der Menschen.

Wir wußten inzwischen, daß der Winter immer bei uns sein würde; wir hielten es nicht mehr für möglich, daß man irgendwo auf der Welt dem Winter entkommen könne. Wenn man darüber nachdenkt, so ist es eine völlig logische Annahme. Ach, in dieser Gegend von Britannien waren die Sommer am längsten und am süßesten, das wußte ich jetzt aus erster Hand. Die Wälder waren dicht und voller Wild, und das Meer war auch nicht weit entfernt.

Herden von wilden Antilopen wanderten über die Ebene.

Hier beschlossen wir, uns für immer anzusiedeln.

Der Gedanke daran, ständig auf der Wanderschaft zu sein, um Auseinandersetzungen aus dem Weg zu gehen oder der Nahrung nachzujagen, hatte seinen Reiz schon lange verloren. Wir waren in einem gewissen Maß ein Volk von Siedlern geworden. Das ganze Volk war auf der Suche nach einer dauerhaften Zuflucht, nach einem Ort, wo der heilige Gesang und das heilige Spiel der Erinnerung auf die Dauer betrieben werden konnten.

Wir glaubten uns den anderen Stämmen ungeheuer überlegen – aus verschiedenen Gründen, nicht zuletzt, weil wir viele bei uns hatten, die noch im verlorenen Land gelebt hatten, und viele auch mit weißem Haar. In mancher Hinsicht waren wir die am deutlichsten organisierte Gruppe, und wir hatten die größte Zahl von Gebräuchen. Einige von uns besaßen inzwischen Pferde und konnten darauf reiten. Unsere Karawane bestand aus vielen Wagen. Und wir hatten beträchtliche Viehbestände, Schaf- und Ziegenherden und eine Form von Wildrindern, die es nicht mehr gibt.

Andere machten sich über uns lustig, vor allem weil wir auf

Pferden ritten und nicht selten herunterfielen, aber im allgemeinen hatten die anderen Taltos Ehrfurcht vor uns, und in Notzeiten kamen sie zu uns gelaufen und baten um Hilfe.

In der Ebene von Salisbury nun, die wir für alle Zeit in Besitz zu nehmen beschlossen, entschieden wir uns, den größten Steinkreis zu erbauen, den die Welt je gesehen hatte.

Inzwischen wußten wir auch, daß schon das Errichten des Kreises den Stamm einte, die Leute organisierte und sie daran hinderte, Dummheiten zu machen, und das Tanzen wurde immer fröhlicher, während Stein um Stein hinzugefügt wurde und der Kreis sich zu einem immer eindrucksvolleren Anblick entwickelte.

Dieses große Unternehmen, der Bau des größten Steinkreises der Welt, prägte mehrere Jahrhunderte unseres Daseins und brachte uns, was Erfindungsreichtum und Organisationsgeschick betraf, zusehends voran. Die Suche nach den Sandsteinblöcken – Druidensteine nennt man sie heute –, die Methoden, mit denen wir sie transportierten, bearbeiteten und aufrichteten, und die Technik, mit der wir schließlich die waagerechten Decksteine an Ort und Stelle brachten, das alles verzehrte uns und wurde zum Sinn des Lebens an sich.

Die Lust an Spaß und Spiel war uns fast vergangen. Wir waren die Überlebenden der bitteren Kälte. Der Tanz war etwas Heiliges geworden. Alles war zu etwas Heiligem geworden. Gleichwohl war dies eine großartige, erregende Zeit.

Alle, die unser Leben mit uns teilen wollten, schlossen sich uns an, und wir waren bald so viele, daß wir jede Invasion zurückdrängen konnten; tatsächlich rief der erste ungeheure Stein auf unserer Ebene solche Begeisterung hervor, daß andere Taltos kamen, um zu beten oder sich unserem Kreis anzuschließen oder auch nur zuzuschauen, statt uns einen Teil der Ebene zu rauben.

Der Bau des Steinkreises wurde zur Kulisse unserer Entwicklung.

In diesen Jahrhunderten erreichte unser Leben seinen Höhepunkt. Wir gründeten unsere Siedlungen überall in der Ebene, so daß wir den großen Steinkreis leicht zu Fuß erreichen konnten, und trieben unser Vieh in kleine Gehege. Wir pflanzten Holunderbeeren und Schlehdorn um unsere Lager, und aus den Lagern wurden Festungen.

Wir sorgten dafür, daß die Toten ordentlich begraben wurden, ja, wir legten in dieser Zeit sogar einige unterirdische Gräber an. Überhaupt machten sich die Folgen einer dauerhaften Ansiedlung bemerkbar. Wir fingen zwar nicht mit der Töpferei an, aber wir kauften viele Töpfe von anderen Taltos, die behaupteten, sie hätten sie von den kurzlebigen behaarten Wesen gekauft, die in Booten aus Tierhäuten an die Küste kamen.

Bald kamen Stämme aus ganz Britannien und bildeten den lebenden Kreis des Tanzes in unserem Steinkreis.

Aus den Tanzkreisen wurden langgezogene, gewundene Prozessionen. Man glaubte, daß es Glück bringe, in unserem Kreis zu gebären. Handel und Wohlstand kamen zu uns.

Unterdessen wurden weitere große Steinkreise in unserem Land errichtet. Riesige und wunderbare Kreise, aber keiner, wirklich keiner kam dem unseren gleich. Irgendwann in dieser produktiven und wunderbaren Ära wurde bekannt, daß der unsrige in der Tat der Kreis aller Kreise war; die Leute trachteten nicht mehr danach, ihn zu übertreffen, sondern sie wollten ihn nur noch sehen, darin tanzen und sich der Prozession anschließen, die sich durch die Tore aus aufrecht stehenden Steinen und Querblöcken schlängelte.

Natürlich ist Ihnen klar, daß unser Kreis heute Stonehenge heißt. Er und viele andere unserer heiligen Steinkreise stehen ja noch heute. Aber ich will Ihnen etwas erläutern, was vielleicht nur für Stonehenge-Experten offenkundig ist. Wir haben nicht alles gebaut, was heute da ist oder heutigen Mutmaßungen nach einmal da war.

Wir haben nur zwei Kreise aus Sandsteinen errichtet, die anderswo gebrochen worden waren – unter anderem in den fernen Marlboro Downs, aber auch in Amesbury, das ganz in der Nähe von Stonehenge liegt. Der innere Kreis bestand aus zehn aufrechten Steinen, der äußere aus dreißig. Und über die

Frage, ob Querblöcke auf solche Steine gelegt werden sollten, gab es große Debatten. Wir waren von Anfang an dafür, aber ich habe sie nie besonders geschätzt. Ich hatte von einem Kreis geträumt, dessen Steine Männer und Frauen darstellen sollten. Jeder Stein sollte ungefähr zweimal so groß wie ein Taltos sein und so dick, wie ein Taltos groß ist. Das war meine Vision.

Aber auf andere unseres Stammes wirkten die Querblöcke wie ein Schutz; sie erinnerten sie an den großen Vulkankrater, dessen Wände einst das tropische Tal des verlorenen Landes geschützt hatten.

Spätere Völker bauten den Kreis der Blausteine und etliche andere Formationen in Stonehenge. Zu einer Zeit war unser gesamter offener Tempel, den wir so liebten, von einer Art Holzgebäude umschlossen, das ein wilder Menschenstamm gebaut hatte. Und nur ungern denke ich an die blutigen Rituale zurück, die dort verübt wurden. Aber damit hatten wir nichts zu tun.

Was die Embleme angeht, die in die Steine eingraviert wurden, so haben wir nur eines davon benutzt, auf einem zentralen Stein, der längst nicht mehr da ist. Es war ein Symbol des guten Gottes mit Brüsten und Phallus, und es war tief eingemeißelt und für einen Taltos erreichbar, so daß er es auch im Dunkeln ertasten konnte.

Später brachten Menschen noch andere Gravierungen auf den Steinen an, wie sie Stonehenge überhaupt zu anderen Zwecken benutzten.

Aber ich kann Ihnen sagen, daß niemand – weder Taltos noch Mensch noch irgendeine andere Spezies – je unseren großen Kreis besucht hat, ohne ein gewisses Maß an Respekt aufzubringen oder in seinem Inneren die Anwesenheit des Heiligen zu spüren. Lange vor seiner Vollendung war der Kreis ein Ort der Inspiration und ist es seitdem immer gewesen.

In diesem Monument haben Sie das Wesen unseres Volkes. Es ist das einzige große Monument, das wir je bauen sollten.

Aber um ganz zu begreifen was wir waren, müssen Sie sich

ins Gedächtnis rufen, daß wir uns unsere Werte bewahrten. Wir beklagten den Tod und feierten ihn nicht. Wir brachten keine Blutopfer dar. Für uns war Krieg nicht glorreich, sondern unangenehm. Und der höchste Ausdruck unserer Kunst war das Singen und Tanzen im Kreis in Stonehenge und Umgebung.

In der größten Zeit kamen Tausende Taltos von nah und fern zu unseren Geburtsfesten und zu den Festen der Erinnerung und der Musik.

Versuchen Sie es sich vorzustellen: die weite, verschneite Ebene, den klaren blauen Himmel, den Rauch, der in der Nähe des Steinkreises von den Lagern und den Hütten aufsteigt, die man gebaut hat, um es warm zu haben und um Proviant zu lagern. Sehen Sie sich die Taltos an, Männer und Frauen, alle so groß wie ich, mit langem Haar, oft bis zur Hüfte oder sogar bis zu den Knöcheln reichend, in säuberlich genähte Felle und Häute gekleidet, mit hohen Lederstiefeln an den Füßen, wie sie einander zu schönen, schlichten Formationen die Hände reichen, während ihre Stimmen sich im Gesang erheben.

Efeulaub, Mistelzweige, Stechpalmen, was immer sonst im Winter grün war, trugen wir in den Haaren, und wir brachten es mit und legten es auf den Boden, und auch die Zweige der Fichten und anderer Bäume, die ihre Blätter nicht verloren.

Im Sommer brachten wir Unmengen von Blumen; ja, es waren Tag und Nacht Abordnungen in den Wäldern unterwegs, die Blumen und frische grüne Zweige holten.

Der Gesang und die Musik allein waren prachtvoll. Man konnte sich kaum von den Kreisen losreißen. Manche gingen von allein überhaupt nicht mehr weg. Manche tanzten und sangen und umarmten einander, bis sie ohnmächtig wurden oder gar tot zu Boden fielen.

Am Anfang führte niemand den Vorsitz, aber das änderte sich. Man rief mich in die Mitte, damit ich die Harfe schlug und den Tanz eröffnete. Wenn ich viele Stunden dort verbracht hatte, trat ein anderer an meinen Platz, und dann wieder ein anderer und wieder einer, und jeder neue Sänger oder Musiker machte eine Musik, die andere nachahmten, und das neue Lied wanderte aus dem kleinen Kreis in den großen Kreis wie die Wellen in einem Teich, wenn man einen Stein hineinwirft.

Die Geburt des Taltos war für den Neugeborenen ein Erlebnis, das selbst im verlorenen Land nicht vergleichbar gewesen war, denn dort waren nur diejenigen, die Lust dazu hatten, spontan zu einem kleinen Kreis zusammengekommen. Hier aber öffnete das neue Geschöpf die Augen und erblickte eine ungeheure Schar von seiner eigenen Art; es hörte einen Chor wie von Engeln, und es ruhte während der ersten Tage und Nächte seines Lebens in diesem Kreis, wurde gesäugt und gestreichelt und gepflegt.

Natürlich veränderten wir uns. Wie sich unser angeborenes Wissen veränderte, so veränderten auch wir uns. Das heißt, was wir lernten, änderte die genetische Struktur unserer Neugeborenen.

Diejenigen, die zur Zeit der Steinkreise geboren wurden, hatten ein stärkeres Empfinden für das, was heilig war, als wir Älteren, und offengestanden neigten sie auch nicht dazu, so zügellos humorvoll oder ironisch oder mißtrauisch zu sein wie wir. Die in der Zeit der Steinkreise Geborenen waren aggressiver; sie konnten morden, wenn es sein mußte, ohne sogleich in Tränen auszubrechen.

Hätten Sie mich damals gefragt, ich hätte erklärt, daß unser Volk in Ewigkeit regieren würde. Hätten Sie gesagt: »Ah, aber es werden Menschen kommen, die andere zum Spaß niedermetzeln, die vergewaltigen und mordbrennen und verwüsten, nur weil dies ihr Lebensunterhalt ist« – ich hätte es nicht geglaubt. Ich hätte gesagt: »Oh, mit denen werden wir reden; wir werden ihnen unsere Geschichten und Erinnerungen erzählen und sie bitten, uns die ihren zu erzählen, und sie werden anfangen zu tanzen und zu singen, und sie werden aufhören zu kämpfen und Dinge zu begehren, die nicht ihnen gehören.«

Als die Menschen dann wirklich über uns kamen, nahmen wir natürlich an, daß es einfach kleine, behaarte Leute sein würden; Leute von sanfter Art wie die liebenswerten, grunzenden kleinen Händler, die manchmal mit ihren Lederbooten an der Küste an Land gingen, um uns ihre Waren zu verkaufen und gleich darauf wieder abzufahren.

Wir hörten Geschichten von Überfällen und Massakern, aber wir konnten sie nicht glauben. Denn warum sollte jemand so etwas tun?

Und dann entdeckten wir zu unserem Erstaunen, daß die Menschen, die da nach Britannien kamen, glatte Haut wie wir hatten und daß sie ihren magischen Stein zu Schilden und Helmen und Schwertern gehämmert hatten. Sie brachten eigene dressierte Pferde zu Hunderten mit, und zu Pferde ritten sie uns nieder, setzten unsere Siedlungen in Brand, durchbohrten unsere Leiber mit ihren Speeren oder schlugen uns die Köpfe ab.

Sie raubten unsere Frauen und vergewaltigten sie, bis sie an ihren Blutungen starben. Sie raubten unsere Männer und versuchten sie zu versklaven; sie lachten sie aus, machten sie lächerlich und trieben sie in einigen Fällen in den Wahnsinn.

Anfangs waren ihre Überfälle selten. Ihre Krieger kamen übers Meer und fielen bei Nacht aus den Wäldern heraus über uns her. Bei jedem Überfall dachten wir, es sei der letzte.

Oft konnten wir sie auch abwehren. Wir waren von Natur aus nicht annähernd so wild wie sie, aber verteidigen konnten wir uns schon. Außerdem traten große Kreise zusammen und diskutierten über ihre Metallwaffen, und wie wir uns auch welche anfertigen könnten. Wir nahmen sogar einige Menschen gefangen, Eindringlinge allesamt, und versuchten ihnen ihr Wissen abzupressen. Wir stellten fest, daß ihre Frauen starben, wenn wir – mit ihrer Erlaubnis oder ohne sie – mit ihnen schliefen. Und die Männer hegten einen tiefen, eingefleischten Haß auf unsere Sanftheit. Sie nannten uns »die Narren der Kreise« oder einfach »das einfältige Volk der Steine«.

Die Illusion, wir könnten diesen Leuten standhalten, zerbrach innerhalb eines Sommers. Erst später erfuhren wir, daß nur eine einzige schlichte Tatsache uns davor bewahrt hatte, schon früher vernichtet zu werden: Wir hatten kaum etwas, das diese Leute haben wollten. Vor allem wollten sie unsere Frauen für ihr Vergnügen, und außerdem ein paar der kostbareren Geschenke, die Pilger zu unserem Heiligtum gebracht hatten.

Andere Taltos-Stämme strömten in die Ebene. Sie waren von den menschlichen Eindringlingen, die ihnen eine Todesangst einjagten, aus ihren Siedlungen an der Küste vertrieben worden. Die Pferde verliehen diesen Menschen ein fanatisches Machtgefühl. Die Invasionen machten ihnen Spaß. Das Massaker war für sie ein Sport.

Wir befestigten unsere Lager für den Winter. Die, die zu uns gestoßen waren, ersetzten viele der verlorenen Kämpfer.

Dann kam der Schnee. Wir hatten reichlich zu essen, und wir hatten Frieden. Vielleicht gefiel den Eindringlingen der Schnee nicht. Wir wußten es nicht. Wir waren so viele, und wir hatten den Toten so viele Speere und Schwerter abgenommen, daß wir uns ganz sicher fühlten.

Es wurde Zeit, den winterlichen Geburtskreis zusammenzurufen, und diesmal war es überaus wichtig, weil im Jahr davor so viele gefallen waren. Nicht nur für unsere eigenen Dörfer mußten wir neue Taltos machen, sondern auch, um sie in andere Dörfer zu schicken, in denen die Bewohner ausgerottet worden waren.

Von nah und fern waren sie zahlreich zusammengeströmt, um den Winterkreis zu bilden, und wir bekamen immer neue Geschichten von Blutbädern und Leiden zu hören.

Aber wir waren viele. Und es war unsere heilige Zeit.

Wir bildeten die Kreise, wir zündeten die heiligen Feuer an; es war an der Zeit, dem guten Gott zu erklären, daß wir an die Ankunft des nächsten Sommers glaubten, und zum Zeichen dieses Glaubens die Geburten geschehen zu lassen, zum Zeichen auch dafür, daß der gute Gott uns überleben lassen wollte.

Wir hatten vielleicht zwei Tage gesungen und getanzt und geboren, geschmaust und getrunken, als Scharen von Menschen über die Ebene hereinbrachen.

Wir hörten das gewaltige Donnern der Hufe, bevor wir sie sahen; es dröhnte wie das Bersten beim Untergang unseres verlorenen Landes. Reiter fielen von allen Seiten über uns her, und die großen Steinblöcke der Kreise wurden mit unserem Blut bespritzt.

Viele der Taltos, trunken von Musik und erotischen Spielen, leisteten überhaupt keinen Widerstand. Diejenigen, die zu den Lagern liefen, kämpften heldenhaft.

Aber als der Rauch sich verzogen hatte, als die Reiter abgezogen waren und unsere Frauen zu Hunderten in unseren eigenen Fuhrwerken davongeschleppt hatten, als sämtliche Lager in Schutt und Asche lagen, da waren wir nur noch eine Handvoll, und wir hatten genug vom Krieg.

Das Grauen, das wir gesehen hatten, wollten wir nie wieder erleben müssen. Die Neugeborenen waren allesamt tot. Sie hatten kaum ein paar Tage gelebt und waren erschlagen worden. Nur wenige Frauen waren uns geblieben, und einige von ihnen hatten in der Vergangenheit schon zu oft geboren.

Am zweiten Abend nach dem Massaker kamen unsere Späher zurück und berichteten, daß unsere Befürchtungen wahr geworden waren: Die Fremden hatten im Wald ihr Lager aufgeschlagen und bauten sich feste Häuser; man redete sogar schon davon, daß ihre Dörfer überall im Süden aus dem Boden schossen.

Wir mußten in den Norden.

Wir mußten zurück in die verborgenen Täler des Hochlandes oder zu anderen Orten, die für diese grausamen Eindringlinge allzu unzugänglich wären. Es war eine lange Reise; sie dauerte den Rest des Winters, und in ihrem Verlauf wurden Geburt und Tod zu alltäglichen Vorgängen. Mehr als einmal wurden wir von kleinen Menschenbanden angegriffen, und mehr als einmal beobachteten wir heimlich ihre Siedlungen und erfuhren nach und nach, wie sie lebten.

Mehr als einmal massakrierten wir auch Banden des Feindes. Zweimal überfielen wir Tieflandfestungen, um unsere Männer und Frauen zu retten, deren Gesang wir schon aus großer Entfernung hören konnten.

Und als wir das Hochlandtal von Donnelaith entdeckten, war es Frühling. Der Schnee schmolz, die dichten Wälder waren wieder grün, der See war nicht mehr zugefroren, und bald hatten wir ein Versteck gefunden, das von der Außenwelt nur über einen gewundenen Fluß erreichbar war, dessen Lauf so verschlungen war, daß der See vom Meer aus nicht zu sehen war. Ja, die große Bucht, durch die ein Schiff vom Meer hereinkommt, sieht für das ahnungslose Auge aus wie eine Höhle.

Wohlgemerkt, in späteren Zeiten wurde der See zu einem Hafen. Die Menschen arbeiteten lange daran, ihn zum Meer hin zu öffnen.

Damals aber fanden wir uns endlich in einem sicheren Versteck.

Wir hatten viele gerettete Taltos bei uns. Und was für Geschichten sie zu erzählen hatten! Die Menschen hatten das Wunder unserer Geburt entdeckt, und der Zauber hatte sie in seinen Bann geschlagen! Sie hatten Taltos-Männer und -Frauen erbarmungslos gefoltert, um sie dazu zu zwingen, und dann hatten sie vor Entzücken und kribbelnder Furcht gekreischt, wenn der neue Taltos erschienen war. Einige dieser Frauen hatten sie zu Tode gepeinigt. Aber viele von uns hatten Widerstand geleistet und sich geweigert, sich derart schänden zu lassen, und etliche Frauen hatten Mittel und Wege gefunden, sich das Leben zu nehmen. Viele waren getötet worden, weil sie sich gewehrt und jeden Menschen angegriffen hatten, der in ihre Nähe kam, und weil sie schließlich versucht hatten, zu fliehen.

Als die Menschen entdeckten, daß die Neugeborenen sich unverzüglich selbst fortpflanzen konnten, zwangen sie auch sie dazu, und die Neugeborenen, verwirrt und verängstigt, wußten nichts weiter zu tun als zu gehorchen. Die Menschen kannten die Macht der Musik über den Taltos und wußten sie zu nutzen. Die Menschen hielten den Taltos für sentimental und feige; wie diese Worte damals lauteten, weiß ich nicht.

Alles in allem wuchs ein tiefer Haß zwischen uns und den menschlichen Kriegern. Wir hielten sie natürlich für Tiere, die sprechen und Dinge herstellen konnten, absolut entsetzliche Kreaturen, Verirrungen der Natur, die womöglich das ganze schöne Leben vernichten würden. Und uns hielten sie für lustige und relativ harmlose Ungeheuer. Denn bald wurde klar, daß die ganze weite Welt mit Leuten von ihrer Größe oder noch kleineren gefüllt war, die lebten und sich vermehrten wie sie, und nicht mit Leuten wie uns.

Bei unseren Überfällen hatten wir mancherlei Gegenstände in unseren Besitz gebracht, die diese Leute aus allen möglichen Weltgegenden zusammengetragen hatten. Die Sklaven erzählten von großen Königreichen, die mit Mauern umgeben waren, von Palästen in Ländern des Wüstensands und des Dschungels, von kriegerischen Stämmen und von riesigen Menschenmassen in Ansiedlungen, so groß, daß man es sich nicht vorstellen konnte. Und diese Ansiedlungen hatten Namen.

Alle diese Völkerschaften, das wußten wir, vermehrten sich nach Art der Menschen. Alle hatten winzige, hilflose Kleinkinder. Alle zogen sie zu halbintelligenten Halbwilden auf. Alle waren aggressiv, liebten den Krieg, töteten gern. Für mich lag es auf der Hand, daß die Aggressivsten unter ihnen überlebt und im Lauf der Jahrhunderte alles ausgemerzt hatten, was nicht aggressiv war. Insofern hatten sie selbst dazu beigetragen, daß sie geworden waren, was sie waren.

Unsere erste Zeit im Glen von Donnelaith – und lassen Sie mich hier einfügen, daß *wir* ihm diesen Namen gegeben haben – war eine Zeit des intensiven Nachdenkens und der Diskussionen, in der wir einen Kreis bauten, so gut wir konnten, ihn weihten und beteten.

Wir feierten die Geburt zahlreicher neuer Taltos, und diese schulten wir tatkräftig für die Strapazen, die vor ihnen lagen. Viele begruben wir, die an alten Wunden gestorben waren. Aber wir begruben auch andere, die nach der Vertreibung aus Salisbury einfach nicht mehr leben wollten.

Es war die Zeit des schlimmsten Leids für mein Volk, schlimmer noch, als es das Massaker gewesen war. Ich sah, wie starke Taltos – weißhaarig, große Sänger – sich vollständig ihrer Musik überließen und schließlich leblos ins hohe Gras sanken.

Schließlich wurde ein neuer Rat aus Neugeborenen und weiseren Taltos einberufen, aus Weißhaarigen und solchen, die etwas an diesem Zustand ändern wollten, und wir kamen zu der einzig folgerichtigen Lösung.

Können Sie sich denken, wie sie aussah?

Wir begriffen, daß die Menschen ausgerottet werden mußten. Würden sie es nicht, würden sie mit ihrem Krieg alles zerstören, was der gute Gott uns geschenkt hatte. Sie verbrannten alles Leben mit ihrer Kavallerie, mit ihren Fackeln und Schwertern. Wir mußten sie vernichten.

Was die Wahrscheinlichkeit betraf, daß sie überall in fernen Ländern in großen Scharen existierten – nun, wir vermehrten uns viel schneller als sie, nicht wahr? Wir konnten unsere Toten schnell ersetzen. Sie brauchten Jahre, um einen Ersatz für einen gefallenen Krieger zu haben. Gewiß konnten wir ihnen zahlenmäßig überlegen sein, wenn wir mit ihnen kämpften, wenn wir nur ... wenn wir das Kämpfen nur ertragen könnten.

Nach endlosen Diskussionen kamen wir binnen Wochenfrist zu dem Schluß, daß wir es nicht konnten. Einige von uns vielleicht; wir waren so wütend und von Haß und Ironie erfüllt, daß wir imstande waren, sie niederzureiten und in Stücke zu hakken. Aber für gewöhnlich konnte der Taltos nicht so einfach töten; die bösartige Mordlust der Menschen konnte er nicht erreichen. Und das wußten wir. Die Menschen würden am Ende siegen, durch schlichte Niedertracht und Grausamkeit.

Natürlich ist es seitdem – und sicher auch tausendmal vorher – vorgekommen, daß ein Volk ausgerottet wurde, weil es ihm an Aggression mangelte oder weil es der Grausamkeit eines anderen Stammes, Clans oder Volkes nichts entgegenzusetzen hatte.

Der einzige wirkliche Unterschied in unserem Fall bestand darin, daß wir es wußten. Während die Inkas in völliger Ahnungslosigkeit von den Spaniern niedergemetzelt wurden, verstanden wir viel besser, was vor sich ging.

Selbstverständlich waren wir sicher, daß wir den Menschen überlegen seien; es war uns unbegreiflich, daß sie unseren Gesang und unsere Geschichten nicht zu schätzen wußten. Wir glaubten, daß sie gar nicht richtig begriffen, was sie taten, wenn sie uns niederschlugen.

Und da uns klar war, daß wir ihnen im Kampf nicht gewachsen waren, nahmen wir an, daß wir sie mit Argumenten würden überzeugen können, daß wir sie lehren und ihnen zeigen könnten, um wieviel schöner und angenehmer das Leben war, wenn man nicht mordete.

Aber natürlich hatten wir sie noch lange nicht verstanden.

Als das Jahr zu Ende ging, hatten wir gewagt, das Glen zu verlassen und ein paar Menschen gefangenzunehmen; von ihnen erfuhren wir, daß die Lage sehr viel hoffnungsloser war, als wir gedacht hatten. Das Morden war die Grundlage ihrer Religion, es war für sie ein heiliger Akt!

Für ihre Götter töteten sie, und bei ihren Ritualen opferten sie Hunderte ihrer eigenen Art. Ja, der Tod stand im Zentrum ihres Lebens!

Wir waren vom Grauen überwältigt.

Wir kamen zu dem Schluß, daß es ein Leben für uns nur im Glen gab. Was die anderen Taltos-Stämme anging, so fürchteten wir das Schlimmste für sie. Bei unseren kleinen Streifzügen auf der Suche nach menschlichen Gefangenen hatten wir mehr als ein niedergebranntes Dorf gesehen, mehr als einen Acker voll verrottender, sehniger Taltos-Gebeine, die der Winterwind auseinandertrieb.

Die Jahre vergingen, und wir blieben wohlbehalten im Glen und wagten uns nur mit äußerster Vorsicht hinaus. Unsere tapfersten Späher reisten so weit, wie sie nur wagten, und am Ende des Jahrzehnts wußten wir, daß es in unserem Teil Britanniens keine Taltos-Siedlungen mehr gab. Alle alten Steinkreise waren verlassen! Von den wenigen Gefangenen, die wir machten – denn das war nicht leicht – erfuhren wir, daß wir inzwischen gejagt wurden und als göttliche Opfergaben der Menschen sehr gesucht waren.

Die Massaker waren vorbei. Taltos wurden nur noch gejagt, um sie gefangenzunehmen, und getötet wurden sie nur, wenn sie sich weigerten, sich fortzupflanzen.

Sie hatten festgestellt, daß ihr Samen den Menschenfrauen den Tod brachte, und deshalb wurden die Männer aufs Unerträglichste gefesselt und mit Eisenketten beladen.

Und innerhalb des nächsten Jahrhunderts eroberten die Eindringlinge die Erde!

Viele Kundschafter, die auszogen, um andere Taltos zu suchen und ins Glen zu bringen, kamen einfach nicht mehr zurück. Aber es gab immer Junge, die losziehen wollten, um das Leben hinter den Bergen zu erkunden, oder die zum See hinunterwandern mußten, um aufs Meer hinauszufahren.

Und während die Erinnerungen in unserem Blut weitergegeben wurden, wurden unsere jungen Taltos immer kriegerischer. Sie wollten einen Menschen schlachten! Das glaubten sie wenigstens.

Die Wanderer, die doch zurückkehrten – und häufig mit wenigstens zwei menschlichen Gefangenen –, bestätigten uns unsere schlimmsten Befürchtungen. Von einem Ende Britanniens bis zum anderen waren die Taltos im Aussterben begriffen. In den meisten Gegenden waren sie nur noch Legende, und manche Städte – so mußte man die neuen Siedlungen schon nennen – bezahlten ein Vermögen für einen Taltos. Aber die Menschen jagten sie nicht mehr, und manche glaubten nicht einmal mehr, daß es solche merkwürdigen Tiere überhaupt je gegeben hatte.

Die, die noch gefangen wurden, waren wild.

Wild? fragten wir. Was um Gottes willen ist ein wilder Taltos?

Nun, bald sollten wir es erfahren.

Wenn der Augenblick gekommen war, den Göttern zu opfern, wurden in zahlreichen Orten die Frauen, die oft fanatisch danach lechzten, zu einem gefangenen Taltos geschleift, um ihn zu umarmen, seine Leidenschaft zu wecken und dann an seinem Samen zu sterben. Dutzende von Frauen fanden auf diese Weise den Tod, so wie ihre Männer in kochenden Kesseln ertränkt oder enthauptet oder in schaurigen Korbkäfigen verbrannt wurden – alles zum Wohlgefallen der Menschengötter.

Aber im Laufe der Jahre war es vorgekommen, daß einige

dieser Frauen nicht gestorben waren. Einige von ihnen hatten den heiligen Altar lebend verlassen. Und einige von diesen wiederum hatten binnen weniger Wochen geboren!

Ein Taltos kam aus ihrem Leib, ein wilder Sproß unserer Art. Dieser Taltos tötete seine Mutter beinahe unweigerlich, natürlich nicht absichtlich, sondern weil sie die Geburt eines solchen Geschöpfes nicht überleben konnte. Aber es geschah nicht immer. Und wenn die Mutter lange genug überlebte, um ihren Sproß zu stillen – und Milch hatte sie immer reichlich –, dann wuchs dieser Taltos innerhalb der üblichen Zeit von etwa drei Stunden zu seiner vollen Größe heran.

In manchen Dörfern galt dies als ein gutes Omen für eine großartige Zukunft. Anderswo war es eine Katastrophe. Die Menschen waren sich nicht einig. Aber das Spiel bestand nunmehr darin, ein Paar solcher von Menschenmüttern geborener Taltos zusammenzubringen und sie zu zwingen, weitere Taltos zu gebären, die dann gefangengehalten wurden und tanzen und singen und gebären mußten.

Wilde Taltos.

Und wer waren die Sterblichen, die sich auf diese Weise mit dem Taltos paaren konnten? Was zeichnete sie aus? Am Anfang wußten wir es nicht; wir konnten keine erkennbaren Muster wahrnehmen. Aber später, als mehr und mehr Mischungen zustande kamen, wurde uns klar, daß eine bestimmte Art Menschen eher dazu geeignet war als andere, den Taltos zu empfangen oder zu zeugen: Menschen mit einer großen spirituellen Begabung, die in die Herzen anderer Menschen schauen oder die Zukunft vorhersagen oder anderen heilende Hände auflegen konnten. Diese Menschen wurden für unser Auge bald leicht erkennbar und schließlich unverwechselbar.

Aber diese Entwicklung dauerte Jahrhunderte. Blut mischte sich, hier wie dort.

Wilde Taltos entkamen ihren Kerkermeistern. Menschenfrauen, monströs aufgeschwollen vom Taltos in ihrem Leib, flüchteten sich schutzsuchend ins Glen. Natürlich nahmen wir sie auf.

Und wir lernten von diesen Menschenmüttern.

Während unsere eigenen Jungen innerhalb weniger Stunden geboren wurden, brauchten ihre zwei Wochen oder auch einen ganzen Monat, je nachdem, ob die Mutter von der Existenz des Kindes wußte oder nicht. Wenn die Mutter es wußte und das Kind ansprach, es in seiner Angst beruhigte und ihm Lieder vorsang, dann wurde das Wachstum dadurch stark beschleunigt. Taltos-Hybriden kamen zur Welt und wußten, was ihre menschlichen Vorfahren gewußt hatten! Mit anderen Worten, unser genetisches Erbe vermählte sich mit jenem der menschlichen Spezies.

Natürlich verfügten wir damals nicht über eine solche Ausdrucksweise, um diese Dinge zu erörtern. Wir wußten nur, daß ein Hybride zum Beispiel menschliche Lieder in menschlicher Sprache singen konnte oder daß er es äußerst geschickt verstand, Stiefel aus Leder anzufertigen, wie wir sie noch nie gesehen hatten.

Auf diese Weise kam Menschenwissen jeglicher Art zu unserem Volk.

Aber diese Wilden, geboren in der Gefangenschaft, waren auch immer erfüllt von Taltos-Erinnerungen, und auch in ihnen erwachte Haß auf die menschlichen Tyrannen. Sie entsprangen in die Freiheit, sobald sie konnten. Sie flohen in die Wälder und nach Norden, möglicherweise um das verlorene Land zu finden. Ein paar Unglückliche, so erfuhren wir später, kehrten in die große Ebene zurück, und als sie dort keine Zuflucht fanden, lebten sie im nahen Wald von der Hand in den Mund, oder sie wurden wieder gefangen und ermordet.

Ein paar dieser wilden Taltos vermehrten sich zwangsläufig untereinander; sie fanden einander auf der Flucht, oder sie wurden in der Gefangenschaft miteinander gekreuzt. Mit reinrassigen Taltos-Gefangenen konnten sie immer gekreuzt werden, und dann gebaren sie auf die reine Art, nämlich sofort. So kam es, daß ein verletzlicher Stamm von Taltos in der Wildnis Britanniens Fuß faßte, eine verzweifelte Minderheit von Ausgestoßenen, unablässig auf der Suche nach ihren Vorfahren und dem Paradies ihrer Erinnerungen, und mit Menschenblut in den Adern.

Sehr, sehr viel Menschenblut gelangte in diesen Jahrhunderten in die Adern der wilden Taltos, und sie entwickelten ihren eigenen Glauben und ihre eigenen Gewohnheiten. Sie lebten in den grünen Wipfeln und malten sich oft zur Tarnung von Kopf bis Fuß grün an; die Farbe dazu machten sie sich aus verschiedenen natürlichen Pigmenten, und sie kleideten sich, wenn sie konnten, mit Efeu und Blättern.

Sie waren es, das behauptet man jedenfalls, die auf irgendeine Weise das Kleine Volk hervorbrachten.

Tatsächlich hatte das Kleine Volk vielleicht schon immer im Schatten und an verborgenen Orten gelebt. In unseren frühen Jahren hatten wir sie sicher schon einmal zu Gesicht bekommen, und während wir Britannien beherrschten, hatten sie sich gänzlich von uns ferngehalten. Sie waren nur eine Art Ungeheuer unserer Legenden, und wir nahmen von ihnen nicht mehr Notiz als von den haarigen Menschen.

Aber jetzt kam uns zu Ohren, daß sie angefangen hatten, Taltos und Menschen hervorzubringen – wenn es zur Befruchtung kam, die Entwicklung aber scheiterte, wurde ein buckliger Zwerg geboren, kein drahtiger, anmutiger Taltos.

Stimmte das? Oder entstammten sie derselben Wurzel wie wir? Waren wir irgendwann in einer Zeit vor dem verlorenen Land Vettern gewesen, hatten wir uns vielleicht in einem früheren Paradies miteinander vermischt? Bevor es den Mond gegeben hatte? War das die Zeit gewesen, als wir auseinandergestrebt waren, als sich der eine Stamm vom anderen entfernt hatte?

Wir wußten es nicht. Aber in der Zeit der Hybriden und derartiger Experimente, da wilde Taltos versuchten, herauszufinden,was sie tun konnten und was nicht und wer sich mit wem vermehren konnte – in dieser Zeit erfuhren wir, daß diese grausigen kleinen Ungeheuer, diese bösartigen, mutwilligen, seltsamen kleinen Leute, sich mit uns vermehren konnten. Ja, wenn sie es schafften, einen von uns, ob Mann oder

Frau, zu einer Paarung zu bringen, dann war die Nachkommenschaft in den meisten Fällen ein Taltos.

Eine kompatible Art? Ein Experiment der Evolution, das nah mit uns verwandt war?

Auch das sollten wir nie erfahren.

Aber die Legenden breiteten sich aus, und die Kleinen Leute jagten uns ebenso bösartig nach wie die Menschen. Sie stellten uns Fallen, sie versuchten uns mit Musik zu locken. Aber sie kamen nicht als kriegerische Banden, sondern schlichen sich heimtückisch heran und versuchten uns mit Zaubersprüchen zu bannen, die sie mit der Kraft ihres Geistes gegen uns schleuderten. Sie wollten den Taltos machen. Sie träumten davon, selbst zu einem Volk von Riesen zu werden, wie sie uns nannten. Wenn sie unsere Frauen fangen konnten, paarten sie sich mit ihnen, bis sie starben, und wenn sie unsere Männer in ihre Gewalt bekamen, zwangen sie sie mit der gleichen Grausamkeit wie die Menschen dazu, sich zu paaren.

Im Laufe der Jahrhunderte wuchs die Mythologie. Das Kleine Volk sei einst gewesen wie wir, groß und schön. Sie hätten alle unsere Vorzüge besessen. Aber Dämonen hätten sie zu dem gemacht, was sie waren, hätten sie ausgestoßen, sie zum Leiden verdammt. Sie waren genauso langlebig wie wir. Ihre monströsen kleinen Nachkommen kamen genauso schnell und im Verhältnis ebenso entwickelt auf die Welt wie unsere.

Aber wir fürchteten sie, wir haßten sie, wir wollten uns nicht von ihnen benutzen lassen, und bald glaubten wir die Legenden, die behaupteten, unsere Kinder könnten werden wie sie, wenn man ihnen keine Milch gab und sie nicht liebte.

Und die Wahrheit – wie immer sie aussehen mochte, falls sie je einer gekannt hat – war unter einem Berg von Volkstum begraben.

Im Glen hält das Kleine Volk sich immer noch; es gibt wenige Menschen in Großbritannien, die nichts von ihm wissen. Sie sind unter unzähligen Namen bekannt und werden mit anderen Sagenwesen in einen Topf geworfen – mit Feen und Kobolden, mit den Sluagh und Ganfers und den Elfen.

Jetzt sterben sie aus in Donnelaith, aus vielen verschiedenen Gründen. Aber an anderen dunklen, geheimen Orten leben sie immer noch. Hin und wieder rauben sie Menschenfrauen, um sich fortzupflanzen, aber sie haben mit Menschen genausowenig Erfolg wie wir. Sie sehnen sich nach einer Hexe – nach einem Menschen mit diesem besonderen Sinn, einem Mann oder einer Frau von der Sorte, die mit ihnen den Taltos zeugen kann. Und wenn sie so jemanden finden, können sie skrupellos werden.

Glauben Sie ja nicht, daß sie Ihnen im Glen oder in anderen Hochlandtälern und entlegenen Wäldern nichts antun werden. Sie würden es tun. Und sie würden Sie töten und das Fett aus Ihrem Körper nur so zum Spaß an ihren Fackeln verbrennen.

Aber ich will nicht ihre Geschichte erzählen.

Über sie kann auch eine Geschichte erzählt werden, von Samuel vielleicht, sollte er sich je dazu bewegen lassen. Aber Samuel hat eine eigene Geschichte, jene von seiner Wanderschaft, fern vom Kleinen Volk, und das ist vielleicht ein besseres Abenteuer als die Geschichte des Kleinen Volkes.

Lassen Sie mich nun aber zu den wilden Taltos zurückkehren, zu den Hybriden mit den menschlichen Genen. Sie versammelten sich, wenn sie konnten, außerhalb des Glen, tauschten ihre Erinnerungen und ihre Geschichten aus und gründeten ihre eigenen kleinen Siedlungen.

In regelmäßigen Abständen machten wir uns auf die Suche nach ihnen und holten sie zu uns. Sie paarten sich mit uns, sie gaben uns Nachkommen; wir gaben ihnen Rat und Wissen.

Und überraschenderweise blieben sie nie bei uns! Sie kamen von Zeit zu Zeit ins Glen, um zu rasten, aber sie mußten immer in ihre wilde Welt zurückkehren, wo sie die Menschen mit Pfeilen beschossen und dann lachend in den Wald flüchteten, und dabei hielten sie sich für die magischen Wesen, für die auch die Menschen sie hielten, wenn sie sie als Götteropfer jagten.

Und die größte Tragödie, die sie mit ihrer Wanderlust bewirkten, bestand darin, daß sie das Geheimnis des Glen unvermeidlich in die Menschenwelt hinaustrugen.

Einfältig, das ist es, was wir sind, im wahrsten Sinne des Wortes. Einfältig, weil wir es nicht kommen sahen, daß diese Wilden, wenn sie schließlich in Gefangenschaft gerieten, Geschichten von unserem Glen erzählen würden, oft um ihren Feinden mit der Rache eines geheimen Volkes zu drohen, oft aber auch aus blanker Naivität, oder weil sie eine Geschichte weitererzählten, die sie von anderen Taltos gehört hatten, die uns nie gesehen hatten.

Können Sie sich vorstellen, was geschah? Die Sage vom Glen, von den großen Wesen, deren Kinder sofort gehen und sprechen konnten, verbreitete sich allmählich. In ganz Britannien wußte man von uns. Wir gingen mit dem Kleinen Volk ins Reich der Sagen ein, wo es auch andere seltsame Geschöpfe gab, die der Mensch selten zu Gesicht bekam, aber um jeden Preis einfangen wollte.

Und so kam es, daß unser Leben in Donnelaith, ein Leben mit mächtigen runden Steintürmen, mit denen wir hofften, eines Tages unser Reich gegen Eindringlinge verteidigen zu können, ein Leben der alten, sorgfältig erhaltenen und zelebrierten Rituale, ein Leben der kostbaren Erinnerungen und Werte und des Glaubens an die Liebe und die Geburt vor allem anderen, was uns heilig war – so kam es, daß dieses Leben aufs höchste bedroht wurde von denen, die aus jedem beliebigen Grund Ungeheuer jagen, wie auch von denen, die nur »mit eigenen Augen sehen« wollten.

Und noch eine andere Entwicklung fand statt. Wie ich schon sagte, es kamen immer welche im Glen zur Welt, die fortgehen wollten. Ihnen wurde nachdrücklich eingeschärft, den Weg nach Hause nicht zu vergessen. Sie mußten die Sterne anschauen und durften die jeweiligen Konstellationen nicht vergessen, die ihnen den Heimweg weisen würden. Dies wurde sehr schnell zu einem Teil unseres angeborenen Wissens, weil wir es mit Bedacht pflegten, und diese Pflege hatte Wirkung. Ja, die Wirkung war sogar erstaunlich gut, und plötzlich taten sich allerlei neue Möglichkeiten vor uns auf.

Ich selbst, der ich stets erfindungsreich und vorwärtsschauend bin und niemals aufgebe – selbst als das ganze verlorene Land explodierte, gab ich nicht auf –, ich selbst hielt unsere Sache inzwischen jedoch für so gut wie verloren. Freilich, einstweilen konnten wir das Glen verteidigen, wenn Fremde gelegentlich versuchten, zu uns einzufallen, aber im Grunde waren wir gefangen!

Doch der Gedanke an die, die für Menschen gehalten wurden, die dort draußen unter den Menschen lebten und sich als einen alten Stamm oder Clan ausgaben – dieser Gedanke faszinierte mich. Ich wurde nachdenklich ... Was wäre, wenn wir es versuchten? Wenn wir die Menschen, statt sie auszusperren, langsam hereinließen und sie glauben machten, wir wären ein menschlicher Stamm? Wenn wir in ihrer Mitte lebten und unsere Geburtsrituale vor ihnen verheimlichten?

Unterdessen fanden in der Außenwelt große Veränderungen statt, die uns fesselten. Wir wollten mit Reisenden sprechen, wollten lernen.

Und so kam es schließlich, daß wir eine gefährliche List ersannen ...

26

»Yuri Stefano am Apparat. Kann ich Ihnen helfen?« Eine kleine Pause entstand.

»Ob Sie mir helfen können? O Gott, tut das gut, Ihre Stimme zu hören«, sagte Michael. »Wir sind seit nicht mal achtundvierzig Stunden getrennt, aber zwischen uns liegt der Atlantische Ozean!«

»Michael! Gott sei Dank, daß Sie mich anrufen. Ich wußte nicht, wie ich Sie erreichen kann. Sie sind immer noch mit Ash zusammen, oder?«

»Ja, und das wird auch noch zwei Tage so bleiben, denke ich. Ich erzähle Ihnen gleich alles, aber was machen die Dinge bei Ihnen?«

»Es ist vorbei, Michael. Es ist vorbei. Das Böse ist fort, und die Talamasca ist wieder sie selbst. Heute morgen habe ich meine erste Mitteilung von den Ältesten erhalten. Wir ergreifen ernsthafte Maßnahmen, um dafür zu sorgen, daß diese Art von Eingriffen in die Kommunikationswege nie wieder vorkommen kann. Meine Arbeit ist klar umrissen; ich muß meine Berichte schreiben. Der neue Generalobere hat mir zwar empfohlen, mich auszuruhen, aber das ist unmöglich.«

»Aber irgendwann müssen Sie sich auch ausruhen, Yuri. Das wissen Sie. Das müssen wir alle.«

»Ich schlafe vier Stunden. Dann stehe ich auf. Ich denke über das Geschehene nach. Ich schreibe. Ich schreibe vier, vielleicht fünf Stunden lang. Dann schlafe ich wieder. Zu den Mahlzeiten kommen sie mich holen; sie zwingen mich, hinunterzugehen. Aber es ist schön. Es ist schön, wieder bei ihnen zu sein. Wie steht's denn bei Ihnen, Michael?«

»Yuri, ich liebe diesen Mann. Ich liebe Ash, wie ich Aaron geliebt habe. Ich habe ihm stundenlang zugehört. Es ist natürlich nicht geheim, was er uns erzählt, aber er will nicht, daß wir Tonbandaufnahmen machen. Er sagt, wir sollten nur das mitnehmen, an das wir uns erinnern können. Yuri, ich glaube nicht, daß dieser Mann uns oder irgend jemanden, der mit uns in Verbindung steht, jemals verletzen wird. Da bin ich sogar sicher. Wissen Sie, die Situation ist so. Ich habe mein Vertrauen in ihn gesetzt. Und falls er uns aus irgendeinem Grund doch etwas antut, nun, dann soll es eben so sein.«

»Ich verstehe. Und Rowan? Wie geht es ihr?«

»Ich glaube, sie liebt ihn auch. Ich weiß es sogar. Aber wie sehr und auf welche Weise – tja, das ist ihre eigene Geschichte. Ich könnte niemals für Rowan sprechen. Wir bleiben jetzt, wie gesagt, noch zwei Tage hier, vielleicht länger, und dann müssen wir wieder nach New Orleans hinunter. Wir sind ein bißchen beunruhigt wegen Mona.«

»Warum?«

»Nichts Schlimmes. Sie ist mit ihrer Cousine Mary Jane Mayfair weggefahren – das ist eine junge Frau, die Sie leider noch nicht kennengelernt haben –, und die zwei sind ein bißchen zu jung, um ohne elterliche Aufsicht durch die Gegend zu kurven.«

»Michael, ich habe Mona einen Brief geschrieben. Ich mußte ihn schreiben. Wissen Sie, bevor ich New Orleans verließ, habe ich Mona mein Herz versprochen. Aber Mona ist zu jung für ein solches Versprechen, und jetzt, wo ich wieder zu Hause bei meinem Orden bin, wird mir klarer denn je, wie ungeeignet ich bin, um Mona den Hof zu machen. Ich habe den Brief in die Amelia Street geschickt; ich fürchte, Mona wird mir zumindest eine Zeitlang böse sein.«

»Yuri, Mona hat im Moment andere Dinge im Kopf. Wahrscheinlich war es die beste Entscheidung, die Sie treffen konnten. Wir vergessen immer, daß Mona erst dreizehn ist. Jeder vergißt das. Und Mona vergißt es als erste. Aber Sie haben es richtig gemacht. Außerdem kann sie doch Kontakte mit Ihnen aufnehmen, wenn sie will, oder?«

»Ja, ich bin ja hier. Ich bin in Sicherheit. Ich bin zu Hause.«

»Und Tessa?«

»Nun, die haben sie weggebracht, Michael. So ist die Talamasca. Ich bin sicher, daß es richtig so ist. Man hat sie sehr höflich eingeladen, mitzugehen, wahrscheinlich nach Amsterdam. Ich habe ihr einen Abschiedskuß gegeben, bevor sie verschwand. Man sprach von einem hübschen Ort, an dem sie sich ausruhen könnte; dort würde man all ihre Erinnerungen und Geschichten aufzeichnen. Niemand scheint zu wissen, wie man ihr Alter ermitteln kann. Und niemand weiß, ob es stimmt, was Ash gesagt hat – daß sie bald sterben wird.«

»Aber sie ist glücklich, und die Talamasca hat sie in ihre Obhut genommen.«

»Ja, absolut. Natürlich kann sie jederzeit gehen, wenn sie will. Aber ich glaube nicht, daß Tessa in solchen Kategorien denkt. Ich glaube, sie ist jahrelang – wie viele Jahre, das weiß niemand – von einem Beschützer zum anderen geirrt. Sie hat übrigens nicht allzu lange um Gordon getrauert. Sie sagt, sie beschäftigt sich nicht gern mit traurigen Dingen.«

Michael lachte. »Das weiß ich. Glauben Sie mir. Hören Sie, ich muß jetzt wieder gehen. Wir essen zusammen zu Abend, und dann wird Ash seine Erzählung fortsetzen. Es ist schön hier, wo wir sind. Es schneit und ist kalt, aber es ist schön. Alles, was Ash umgibt, ist ein Spiegelbild seiner Persönlichkeit. Das ist immer so. Die Gebäude, die wir uns aussuchen, sind immer Spiegelbilder von uns selbst. Hier gibt es lauter farbigen Marmor und Gemälde und ... und Dinge, die ihn interessieren. Ich glaube, ich sollte nicht soviel darüber reden. Er will ungestört bleiben und in Frieden gelassen werden, wenn wir hier wegfahren.«

»Ich weiß. Das verstehe ich. Hören Sie, Michael, wenn Sie Mona sehen, müssen Sie ihr etwas von mir sagen ... nämlich ... Sie müssen ihr sagen, daß ...«

»Sie wird es schon verstehen, Yuri. Mona hat im Augenblick andere Dinge im Kopf. Es ist eine aufregende Zeit für sie. Die Familie möchte, daß sie die Schule vom Heiligen Herzen verläßt und bei Privatlehrern Unterricht nimmt. Ihr Intelligenzquotient sprengt alle Tabellen, wie sie es schon immer gesagt hat. Und sie ist die Erbin des Mayfair-Vermächtnisses. Ich denke, in den nächsten paar Jahren wird Mona eine Menge Zeit mit Rowan und mir verbringen, studieren, reisen und sozusagen die ideale Beziehung für eine Dame mit ... wie soll ich sagen – großen Erwartungen genießen. Aber jetzt muß ich Schluß machen. Ich rufe Sie aus New Orleans wieder an.«

»Bitte tun Sie das, bitte. Ich liebe Sie beide. Ich liebe ... Sie alle drei. Werden Sie das den anderen ausrichten? Ash und Rowan?«

»Ja. Übrigens, was ist mit Gordons Komplizen?«

»Erledigt. Sie sind fort, und sie können dem Orden nie wieder schaden. Wir sprechen uns bald wieder, Michael.«

»Auf Wiedersehen, Yuri.«

27

Alle hatten ihm immer wieder gesagt, die Fontevrault-Mayfairs seien verrückt. »Deshalb kommen sie zu Ihnen, Dr. Jack.« Jeder einzelne von denen sei verrückt, hieß es in der Stadt, sogar die reiche Verwandtschaft in New Orleans.

Aber mußte er es ausgerechnet an solch einem Nachmittag selbst herausfinden, wo es dunkel war wie in der Nacht und die Hälfte aller Straßen unter Wasser stand?

Und bei einem solchen Unwetter ein kleines, neugeborenes Baby herauszubringen! Es in muffige kleine Decken zu wickeln und in eine Plastikkühltasche zu legen, wahrhaftig! Und da erwartete Mary Jane Mayfair, daß er gleich hier in der Praxis eine Geburtsurkunde ausstellte.

Er verlangte, die Mutter zu sehen!

Wenn er natürlich gewußt hätte, daß sie die Limousine in dieser Weise über die Kieswege treiben würde, mitten durch das Unwetter, und daß er am Ende das Baby in den Armen halten würde, dann hätte er darauf bestanden, mit seinem Pickup hinter ihr herzufahren.

Als sie auf die Limousine gezeigt hatte, war er davon ausgegangen, daß die Frau einen Chauffeur hatte. Es war ein nagelneues Auto, sicher acht Meter lang, mit Glasdach und getönten Scheiben, CD-Player und einem gottverdammten Telefon. Und diese halbwüchsige Amazonenkönigin am Steuer – in einem schmutzigen weißen Spitzenkleid, mit Schlammspritzern an den nackten Beinen und den Sandalen.

»Und Sie wollen mir erzählen«, brüllte er durch den prasselnden Regen, »daß Sie die Mutter dieses Babys mit einem so großen Auto nicht ins Krankenhaus bringen konnten?«

Das Baby sah okay aus, Gott sei Dank – etwa einen Monat zu früh, schätzte er, und natürlich unterernährt! Aber sonst ganz okay, und es schlief jetzt, tief unten in der Kühltasche mit all den stinkenden kleinen Wolldecken auf seinem Knie. Ja, diese Decken stanken nach Whiskey!

»Gott im Himmel, Mary Jane Mayfair, fahren Sie langsamer!«

sagte er schließlich. Die Zweige machten einen Höllenlärm auf dem Wagendach. Er zuckte zusammen, als nasse Laubklumpen vorn gegen die Frontscheibe klatschten. Es war kaum auszuhalten, wie sie geradewegs über die Fahrspuren holperte! »Sie werden das Baby wecken!«

»Dem Baby geht es prima, Doktor«, sagte Mary Jane und ließ ihren Rock über die Schenkel bis zum Slip hinaufrutschen. Eine höchst anrüchige junge Dame, das brauchte ihm niemand zu sagen. Er war verdammt sicher gewesen, daß das Baby ihr selbst gehörte und daß sie ihm weismachen würde, sie habe es vor ihrer Haustür gefunden. Aber nein, da draußen im Sumpf gab es eine Mutter, gottlob! Das würde er in seine Memoiren aufnehmen.

»Wir sind fast da!« rief Mary Jane und wäre fast in ein Bambusdickicht zur Linken gekracht; im letzten Moment zog sie daran vorbei. »Jetzt müssen Sie das Baby ins Boot tragen, okay, Doktor?«

»In welches Boot?« schrie er. Aber er wußte verdammt genau, in welches Boot. Alle hatten ihm von diesem alten Haus erzählt; er solle nur mal zum Landungssteg von Fontevrault hinausfahren und es sich anschauen. Es war kaum zu glauben, daß es noch stand, so wie die Westseite abgesackt war, und wenn man sich vorstellte, daß dieser Clan weiterhin darauf beharrte, darin zu wohnen! In den letzten sechs Monaten hatte Mary Jane Stück für Stück den Supermarkt am Ort leergeräumt und das Haus für sich und ihre Großmutter in Schuß gebracht. Jeder wußte, was los war, wenn Mary Jane in weißen Shorts und T-Shirt in die Stadt kam.

Aber ein hübsches Mädchen war sie, das mußte man ihr lassen, selbst mit diesem Cowboyhut. Sie hatte die strammsten und spitzesten Brüste, die er je gesehen hatte, und ihr Mund hatte die Farbe von Kaugummi.

»Hey, Sie haben diesem Baby doch nicht etwa Whisky gegeben, um es ruhigzustellen, oder?« wollte er wissen. Das kleine Würmchen schnarchte vor sich hin und blies mit seinen winzigen rosa Lippen eine dicke Blase auf. Armes Kind, wenn es an einem solchen Ort aufwachsen mußte. Und sie hatte ihm nicht einmal erlaubt, das Baby zu untersuchen; Granny habe das schon alles getan! Granny, wahrhaftig!

Die Limousine hatte angehalten. Es regnete Bindfäden. Er konnte kaum etwas erkennen, aber vor ihnen schien das Haus zu stehen, und davor ein Palmetto mit großen, grünen Blattfächern. Aber da brannte wenigstens elektrisches Licht, Gott sei Dank. Jemand hatte ihm erzählt, sie hätten kein Licht da draußen.

»Ich komme mit dem Schirm herum«, sagte sie und schlug die Wagentür hinter sich zu, bevor er erwidern konnte, sie solle warten, bis der Regen nachlasse. Dann flog seine Tür auf, und ihm blieb nichts anderes übrig, als die Kühltasche wie eine Kinderwiege an die Brust zu drücken.

»Hier, legen Sie das Handtuch drüber; das Kerlchen wird sonst naß!« rief Mary Jane. »Und jetzt laufen Sie zum Boot!«

»Ich werde langsam gehen, vielen Dank. Wenn Sie mir freundlicherweise den Weg weisen könnten, Miss Mayfair.«

»Aber lassen Sie es nicht fallen!«

»Ich muß doch sehr bitten! In Picayune, Mississippi, habe ich achtunddreißig Jahre lang Babys auf die Welt geholt, bevor ich in dieser gottverlassenen Gegend gelandet bin.«

Und warum bin ich eigentlich hergekommen? fragte er sich, wie er es sich schon tausendmal gefragt hatte.

Herr des Himmels, das war eine große, dicke, schwere Aluminium-Piroge, und sie hatte keinen Motor! Aber da war wirklich das Haus. Das ganze Ding hatte die Farbe von Treibholz, und violette Glyzinien hatten sich vollständig um die Kapitelle der oberen Säulen gerankt und griffen jetzt nach dem Verandageländer. Zumindest war das Baumdickicht in diesem Teil des Dschungels so dicht, daß er für den Augenblick fast im Trockenen stand. Ein grüner Tunnel führte zu der schiefen Vorderveranda. Oben brannte Licht; nun, das war eine Erleichterung. Hätte er sich hier im Schein einer Kerosinlaterne vorantasten müssen, wäre er vermutlich wahnsinnig geworden. Vielleicht war es ja schon wahnsinnig, daß er hier mit dieser verrückten jungen Frau durch die mit Entengrütze überwucherte Brühe plantschte, während die Bude da vorn jeden Augenblick darin versinken konnte.

Mit der einen Hand schleppte er die Kühltasche mitsamt ihrem stillen kleinen Insassen, bis er zu dem flachen Boot gelangte. Zu seinem Entzücken stellte er fest, daß das Wasser darin fünf Zentimeter hoch stand. »Das Ding wird untergehen. Sie hätten es ausschöpfen sollen.« Seine Schuhe füllten sich auf der Stelle mit Wasser. Wieso hatte er sich bereitgefunden, hierherzukommen?

»Es wird nicht untergehen. Das ist doch Pipiregen.« Mary Jane stieß ihre lange Stange in den Grund. »Jetzt halten Sie sich bitte fest und lassen Sie das Baby nicht naß werden.«

Das Mädchen war unerträglich! Wo er herkam, redete niemand so mit einem Arzt! Dem Baby ging es prima unter seinen Handtüchern; es machte für ein Neugeborenes eine Menge mit.

Und siehe da, sie glitten geradewegs über die Vorderveranda dieser verfallenen Ruine und durch die offene Haustür hinein.

»Mein Gott, das ist ja wie in einer Höhle!« erklärte er. »Wie um alles in der Welt kann eine Frau denn hier entbinden? Sehen Sie sich das an. Da stehen Bücher im obersten Regal da vorn im Bücherschrank, dicht über dem Wasser.«

»Na ja, es war niemand hier, als das Wasser hereinkam.« Mary Jane stemmte sich angestrengt gegen die Stange.

Er hörte die dumpfen Geräusche der Stange unter ihnen auf den Bodendielen.

»Ich schätze, da schwimmt noch 'ne Menge Zeug rum im Wohnzimmer. Und Mona Mayfair hat ihr Baby nicht hier unten gekriegt, sondern oben. Frauen kriegen ihre Babys doch nicht im Wohnzimmer, selbst wenn es nicht unter Wasser steht.«

Das Boot kollidierte mit der Treppe und schleuderte ihn so heftig nach links, daß er nach dem schleimig nassen Geländer greifen mußte. Er sprang hinaus und stampfte sofort mit beiden Füßen auf, um sich zu vergewissern, daß die Stufen nicht unter ihm versinken würden.

Warmes Licht flutete von oben herunter, und durch das tosende Rauschen des Regens hörte er noch ein anderes Geräusch, ein sehr schnelles Klicken. Er kannte dieses Geräusch. Und dazu summte eine Frauenstimme. Irgendwie hübsch.

»Wieso löst sich diese Treppe nicht einfach von der Wand?« fragte er. Die Kühltasche mit dem Kind fühlte sich allmählich an wie ein Sack Steine. »Wieso fällt diese ganze Bude nicht auseinander?«

»Na, ich schätze, irgendwie ist sie schon dabei«, sagte Mary Jane. »Es dauert bloß ein-, zweihundert Jahre, wissen Sie?« Sie polterte vor ihm die Treppe hinauf und kam ihm in die Quere, als sie auf dem Absatz im ersten Stock stehenblieb und sich umdrehte. »Kommen Sie mit, wir müssen rauf auf den Dachboden.«

Aber woher kam dieses *klickedi-klickedi-klick*? Und das Summen? Sie gab ihm keine Gelegenheit, sich umzusehen, sondern trieb ihn die Dachbodentreppe hinauf.

Und dann sah er ganz oben Granny Mayfair in ihrem geblümten Flanellmorgenmantel, die ihm mit ihrer kleinen Hand zuwinkte.

»Hallo, Dr. Jack. Wie geht's meinem hübschen Jungen? Kommen Sie her, geben sie mir einen Kuß. Freut mich, Sie zu sehen.«

»Ganz meinerseits, Grandma«, sagte er und erklomm den Rest der Treppe, obwohl Mary Jane sich schon wieder an ihm vorbeidrückte, wiederum mit der nachdrücklichen Ermahnung, nur ja das Kind gut festzuhalten. Noch vier Stufen, und er würde das Bündel mit Vergnügen auf den Boden stellen. Wieso mußte er es eigentlich überhaupt schleppen?

Endlich war er in der warmen, trockenen Luft des Dachbodens angekommen. Die kleine alte Dame erhob sich auf die Zehenspitzen, um ihm einen Kuß auf die Wange zu drücken. Grandma Mayfair liebte er wirklich, das mußte er zugeben.

»Wie geht's Ihnen, Grandma? Nehmen Sie auch alle Ihre Tabletten?« fragte er.

Mary Jane hob die Kühltasche auf, kaum daß er sie hingestellt hatte, und lief davon. Hier auf dem Speicher war es gar nicht so schlecht. Überall baumelten elektrische Lampen, und an den Leinen hing saubere Wäsche an hölzernen Wäscheklammern.

Unmengen von behaglichen alten Möbeln standen überall verstreut, und es roch nicht nach Schimmel – im Gegenteil, es roch nach Blumen.

»Was ist dieses Klicken, das man da unten im ersten Stock hört?« fragte er, als Grandma Mayfair seinen Arm nahm.

»Kommen Sie nur hier herein, Dr. Jack, und tun Sie, was Sie tun müssen, und dann füllen Sie die Geburtsurkunde aus. Wir wollen keine Probleme mit der Anmeldung dieses Babys haben. Hab ich Ihnen je erzählt, was für Probleme ich hatte, als ich Yancy Mayfair erst zwei Monate nach seiner Geburt anmeldete? Sie glauben gar nicht, was ich im Rathaus für Schwierigkeiten gekriegt habe; die sagten mir, ich hätte . . .«

»Und Sie haben diesen kleinen Stöpsel entbunden, ja, Granny?« Er tätschelte ihr die Hand. Seine Krankenschwestern hatten ihn gewarnt, als sie das erstemal gekommen war: Am besten warte er gar nicht erst darauf, daß sie ihre Geschichten zu Ende erzählte, denn das tat sie nie. Zwei Tage nach der Eröffnung war sie in seine Praxis gekommen und hatte verkündet, daß keiner der anderen Ärzte in der Stadt sie je wieder anrühren dürfe. Das war eine Geschichte!

»Hab ich, allerdings, Doktor.«

»Die Mama ist da drüben«, sagte Mary Jane und deutete auf den Seitengiebel des Dachbodens, der mit ungebleichten Moskitonetzen verhangen war, so daß er aussah wie ein Zelt mit spitzem Dach. Hinten leuchtete fern das Rechteck des regenüberspülten Fensters.

Beinahe hübsch, wie das aussah. Drinnen brannte eine Öllampe, das konnte er riechen, und er sah auch das warme Licht in dem verräucherten Glaszylinder. Das Bett war groß, und darauf türmten sich Steppdecken und Oberbetten. Es machte ihn plötzlich traurig, als er an seine eigene Großmutter dachte, und an Betten wie dieses, vor vielen, vielen Jahren; die Steppdecken waren so schwer gewesen, daß man die Zehen darunter nicht bewegen konnte, und wie warm es darunter gewesen war an einem kalten Morgen in Carriere, Mississippi . . .

Er hob die langen dünnen Schleier hoch und zog den Kopf ein

wenig ein, als er unter den First des Giebels trat. Die Zypressenholzdielen waren hier blank, von dunklem, bräunlichem Rot und sauber. Und nirgends regnete es durch, obwohl durch das regennasse Fenster triefendes Licht auf alles fiel.

Das rothaarige Mädchen lag warm zugedeckt im Bett. Es war halb eingeschlafen. Die Augen wirkten eingefallen, die Haut um sie herum war erschreckend dunkel, und ihre Lippen waren rissig. Sie atmete offensichtlich mit Mühe.

»Diese junge Frau gehört ins Krankenhaus.«

»Sie ist erschöpft, Doktor. Das wären Sie auch«, sagte Mary Jane mit ihrer scharfen Zunge. »Wieso bringen Sie es nicht hinter sich, damit sie sich ein bißchen ausruhen kann.«

Zumindest war das Bett sauber, sauberer jedenfalls als die behelfsmäßige Tragewiege. Das Mädchen lag auf frischen Laken und trug ein feines altes Hemd mit altmodischem Spitzenbesatz und kleinen Perlmuttknöpfen. Sie hatte die rötesten Haare, die er je gesehen hatte; lang und voll und gebürstet lagen sie auf dem Kopfkissen. Das Baby würde eines Tages vielleicht auch so rote Haare haben, aber jetzt waren sie noch blasser.

Apropos Baby – jetzt gab es endlich ein Geräusch von sich in seinem kleinen Kühltaschenbettchen, Gott sei Dank. Er hatte schon angefangen, sich Sorgen zu machen. Granny Mayfair nahm das Kind auf den Arm, und an der Art, wie sie es hochhob, sah er, daß es bei ihr in guten Händen war, auch wenn er lieber nicht daran denken wollte, daß eine Frau in diesem Alter hier die Verantwortung für alles trug. Und man brauchte sich nur das Mädchen im Bett anzuschauen. Sie war noch jünger als Mary Jane.

Er trat näher heran, ließ sich mühsam auf die Knie sinken und legte der Mutter eine Hand auf die Stirn. Langsam öffnete sie die Augen, und überrascht sah er, wie tiefgrün sie waren. Das war ja selbst noch ein Kind. Hätte nie ein Baby kriegen dürfen!

»Alles in Ordnung, Schatz?« fragte er.

»Ja, Doktor«, sagte sie mit heller, klarer Stimme. »Würden Sie bitte die Papiere ausfüllen für mein Baby?«

»Du weißt genau, daß du eigentlich . . .«

»Doktor, das Baby ist geboren.« Sie war nicht aus dieser Gegend. »Ich blute nicht mehr. Ich gehe nirgends hin. Tatsächlich geht es mir prima. Besser, als ich erwartet hatte.«

Die Haut unter ihren Fingernägeln war hübsch rosig. Ihr Puls war normal. Ihre Brüste waren riesig. Und neben dem Bett stand ein großer Krug Milch, erst halb ausgetrunken. Gut für sie.

Ein intelligentes Mädchen, selbstsicher, gut erzogen, dachte er. Nicht vom Lande.

»Ihr beide laßt uns jetzt allein«, sagte er zu Mary Jane und der Alten, die wie zwei Riesenengel über seinen Schultern schwebten. Das Baby wimmerte ein wenig, als habe es eben wieder festgestellt, daß es lebte, und als wisse es noch nicht, ob ihm das gefiel. »Gehen Sie da rüber, damit ich dieses Mädchen untersuchen und mich vergewissern kann, daß sie keine Blutungen hat.«

»Doktor, ich habe das Mädchen versorgt«, sagte Granny sanft. »Glauben Sie, ich würde sie da liegen lassen, wenn sie Blutungen hätte?« Aber sie zog sich zurück und wiegte das Baby in den Armen, ziemlich heftig für ein Neugeborenes, wie er fand.

Er war sicher, daß die junge Mutter ebenfalls Einwände erheben würde, aber sie tat es nicht.

Es blieb ihm nichts anderes übrig, als die Öllampe selbst zu halten, um sich zu vergewissern, daß alles in Ordnung war. Dies würde kaum eine besonders gründliche Operation werden.

Sie setzte sich aufrecht in die Kissen; das rote Haar umrahmte ihr Gesicht. Er schlug die dicken Oberbetten zurück. Alles hübsch sauber, das mußte er ihnen lassen. Sie war makellos, als hätte sie in der Badewanne gelegen, wenn so etwas möglich gewesen wäre, und sie lag auf einer Schicht weißer Handtücher. Kaum noch Ausfluß. Aber sie war wirklich die Mutter. Arg strapaziert von der Geburt. Aber ihr weißes Nachthemd war fleckenlos.

Warum um alles in der Welt hatten sie das Kleine nicht auch

so saubergemacht? Drei Frauen, und das Bedürfnis, mit Puppen zu spielen, war nicht mal groß genug, um dem Baby saubere Decken zu geben?

»Leg dich wieder hin, Honey«, sagte er zu der Mutter. »Das Baby hat nichts zerrissen, das sehe ich schon, aber es wäre alles verdammt viel leichter für dich gegangen, wenn es das getan hätte. Wie wär's, wenn du es nächstes Mal mit dem Krankenhaus versuchst?«

»Klar, warum nicht?« sagte sie mit schläfriger Stimme und schenkte ihm ein kurzes Lachen. »Es wird schon gehen.« Äußerst ladylike. Sie würde nie wieder ein Kind sein, dachte er, obwohl sie noch ein Dreikäsehoch war. Warte, bis diese Geschichte sich in der Stadt herumgesprochen hat . . .

»Ich hab Ihnen doch gesagt, es geht ihr gut.« Granny schob die Netze beiseite. Das Baby weinte jetzt an ihrer Schulter. Die Mutter schaute das Baby nicht einmal an.

Hat wahrscheinlich für den Augenblick genug davon, dachte er. Ruht sich wahrscheinlich aus, solange es geht.

»Schon gut, schon gut«, sagte er und strich die Oberbetten glatt. »Aber wenn sie anfängt zu bluten, oder wenn sie Fieber bekommt, dann schaffen Sie sie runter in Ihre Limousine und fahren sie nach Napoleonville! Und zwar schnurstracks ins Krankenhaus.«

»Natürlich, Dr. Jack. Es freut mich, daß Sie kommen konnten«, sagte Mary Jane. Sie nahm ihn bei der Hand und führte ihn aus dem kleinen Zelt hinaus, weg vom Bett.

»Danke, Doktor«, sagte das rothaarige Mädchen leise. »Tragen Sie bitte alles ein? Geburtsdatum und all das? Und lassen sie es die beiden bezeugen?«

»Hab' einen Holztisch hier drüben, auf dem Sie schreiben können«, sagte Mary Jane. Sie deutete auf einen behelfsmäßigen Tisch; zwei Kiefernbretter lagen auf zwei Stapeln von alten hölzernen Colaflaschenkästen. Es war lange her, daß er solche Colakästen gesehen hatte.

Es war mörderisch für seinen Rücken, sich so vorzubeugen, um zu schreiben, aber es lohnte sich nicht, sich zu beschweren.

Er zog seinen Stift heraus. Mary Jane hob die Hand und schob die nackte Glühbirne zu ihm herüber.

Da kam wieder das Geräusch von unten. *Klickedi-klickedi-klickedi*. Und dann ein Surren. Er kannte diese Geräusche.

»Was ist das für ein Geräusch?« fragte er. »Also, mal sehen, Name der Mutter, bitte?«

»Mona Mayfair.«

»Name des Vaters?«

»Michael Curry.«

»Rechtmäßig getrautes Ehepaar.«

»Nein. Lassen Sie so was bitte weg, ja?«

Er schüttelte den Kopf. »Geboren letzte Nacht, sagten Sie?«

»Um zehn Minuten nach zwei heute früh. Entbunden von Dolly Jean Mayfair und Mary Jane Mayfair. Fontevrault. Sie wissen, wie man das schreibt?«

Er nickte. »Name des Kindes?«

»Morrigan Mayfair.«

»Morrigan – nie gehört, den Namen Morrigan. Ist das ein Heiligenname, Morrigan?«

»Buchstabier es für ihn, Mary Jane«, sagte die Mutter mit sehr, sehr leiser Stimme aus ihrer Giebelkammer. »Mit zwei r, Doktor.«

»Ich kann es schreiben, Honey.« Der Doktor buchstabierte den Namen zu ihrer Kontrolle.

»Nun hab ich's nicht gewogen . . .«

»Acht Pfund neun Unzen«, sagte Granny, die mit dem Baby auf und ab ging und es tätschelte, während es an ihrer Schulter ruhte. »Ich hab's auf der Küchenwaage gewogen. Größe: normal!«

Wieder schüttelte er den Kopf. Rasch füllte er den Rest aus und übertrug dann hastig alles auf das zweite Formular. Was hatte es für einen Sinn, noch weiter auf sie einzureden?

Ein schimmernder Blitz erleuchtete alle Giebel, nach Norden, Süden, Osten und Westen, und danach lag der große Raum in wohliger, schattiger Dunkelheit. Der Regen prasselte leise auf das Dach.

»Okay, ich lasse Ihnen die Kopie hier.« Er legte Mary Jane den Schein in die Hand. »Und den hier schicke ich von der Praxis aus an die Gemeindeverwaltung. In zwei Wochen bekommen Sie die amtliche Meldeurkunde für Ihr Baby. Und jetzt sollten Sie versuchen, Ihr Baby ein bißchen zu stillen; Sie haben zwar noch keine Milch, aber was Sie haben, ist Kolostrum, und das . . .«

»Das habe ich ihr alles schon erklärt, Dr. Jack«, unterbrach Granny. »Sie wird das Baby stillen, sobald Sie weg sind. Sie ist ein schüchternes kleines Ding.«

»Kommen Sie, Doktor. Ich fahre Sie nach Hause«, sagte Mary Jane.

»Verdammt,ich wünschte, es gäbe noch eine andere Möglichkeit, nach Hause zu kommen«, sagte er.

»Na, wenn ich einen Besen hätte, dann könnten wir fliegen, nicht?« Mary Jane winkte ihm, ihr zu folgen, und begann ihren storchenbeinigen Marsch zur Treppe. Ihre losen Sandalen klapperten auf den Dielen.

Die Mutter lachte leise, ein Kleinmädchenkichern. Einen Moment lang sah sie ganz normal aus. Ihre Wangen hatten eine leicht rosige Farbe. Ihre Brüste sahen aus, als wollten sie platzen. Wenn man es genau betrachtete, konnte man unmöglich sagen, welche von diesen beiden jungen Frauen die hübschere war.

Er hob die Moskitonetze hoch und trat noch einmal ans Bett. Das Wasser quoll ihm aus den Schuhen.

»Du fühlst dich wohl, stimmt's, Honey?« fragte er.

»Ja.« Sie hielt den Milchkrug in den Händen. Sie hatte in großen Schlucken daraus getrunken. Na, warum nicht? Aber nötig hatte sie es nicht, verdammt. Sie schenkte ihm ein strahlendes Schulmädchenlächeln, wie er es strahlender noch nie gesehen hatte; er sah eine Reihe weißer Zähne und ein paar Sommersprossen, die ihre Nase sprenkelten. Ja, ein Dreikäsehoch, aber ungefähr der hübscheste Rotschopf, den er je zu Gesicht bekommen hatte.

»Kommen Sie schon, Doktor.« Mary Jane brüllte ihn regelrecht an. »Mona muß sich ausruhen, und das Baby fängt gleich an zu heulen. Wiedersehen, Morrigan. Wiedersehen, Mona. Wiedersehen, Granny.«

Und Mary Jane schleifte ihn durch das Bodenzimmer und machte nur einmal halt, um sich den Cowboyhut aufzustülpen, den sie beim Hereinkommen abgenommen hatte. Wasser tropfte von der Krempe.

»Sssch, Kind, sssch«, sagte Granny zu dem Baby. »Mary Jane, beeil dich. Dieses Baby wird allmählich störrisch.«

Er wollte eben sagen, daß sie das Baby der Mutter geben sollten, aber Mary Jane hätte ihn die Treppe hinuntergestoßen, wenn er nicht gegangen wäre. Sie jagte ihn buchstäblich vor sich her, bohrte ihm ihre Brüste ins Kreuz. Brüste, Brüste, Brüste. Gottlob war sein Gebiet die Geriatrie; nie hätte er das alles ausgehalten, halbwüchsige Mütter in dünnen Kleidchen, junge Mädchen, die einen mit ihren Brustwarzen anschauten, unerhört, verdammt, das war es.

»Doktor, ich werde Ihnen fünfhundert Dollar für diese Visite bezahlen«, sagte sie ihm ins Ohr, und ihre Bubblegumlippen berührten sein Ohrläppchen. »Denn ich weiß, was es heißt, an einem solchen Nachmittag herauszukommen, und Sie sind ein so netter, liebenswürdiger . . .«

»Yeah, und wann werde ich dieses Geld zu sehen bekommen, Miss Mary Jane Mayfair?« Er war übellaunig genug, um nach all dem jetzt auch zu sagen, was er dachte. Ein Mädchen in diesem Alter. Ein Paar neue Schuhe sollte er ihr verschreiben, dachte er – sieh dir bloß diese Schuhe an. Sie konnte sich die Schuhe ja von ihren reichen Verwandten in New Orleans verschreiben lassen.

Oh, Moment mal. Wenn das kleine Mädchen da oben nun eine von den reichen Mayfairs war, die hier heruntergekommen war, um . . .

»Jetzt machen Sie sich mal keine Sorgen«, erklärte Mary Jane. »Sie haben das Päckchen ja nicht ausgeliefert, Sie haben es nur quittiert.«

»Wovon reden Sie?«

»Und jetzt müssen wir wieder zum Boot zurück.«

Sie sprang bis zur unteren Treppe, und er patschte und quietschte hinter ihr her. Na ja, ganz so schräg war das Haus doch nicht, wenn man erst mal drin war, dachte er. *Klickedi-klickedi-klickedi.* Da war es wieder. Vermutlich konnte man sich an ein schräges Haus gewöhnen, aber die Vorstellung, in einer halb unter Wasser stehenden Bude zu hausen, war absolut –

Der Blitz erstrahlte mittagshell, und der Hausflur erwachte zum Leben.

Das war es! Ein Computer! In dem weißen Licht, einen Sekundenbruchteil lang, hatte er sie sehen können – im hinteren Zimmer – eine sehr große Frau, die über die Maschine gebeugt saß und mit fliegenden Fingern tippte, Haare, so rot wie die der jungen Mutter oben im Bett, aber doppelt so lang, und ein Lied kam von ihr, während sie arbeitete, als murmle sie laut vor sich hin, was sie da in den Computer schrieb.

Die Dunkelheit schloß sich wieder um sie und ihren leuchtenden Bildschirm; eine geschwungene Stehlampe warf einen gelben Lichtkreis auf ihre flatternden Finger.

Klickedi-klickedi-klick!

Dann donnerte es, laut und dröhnend, wie er es noch nie erlebt hatte, so daß jedes Stück Glas im Hause klirrte. Mary Jane schlug sich die Hände vor die Ohren.

Das große junge Ding am Computer sprang kreischend vom Stuhl auf, und dann gingen die Lichter im Haus aus, ganz und gar, so daß alles in einer tiefen, stumpfen Nachmittagsdüsternis versank.

Die große Schönheit kreischte wie von Sinnen. Sie war noch größer als er!

»Sschh, sschh, Morrigan, sei still!« schrie Mary Jane und stürzte auf sie zu. »Der Blitz ist in die Stromleitung gefahren, weiter nichts! Das Licht geht gleich wieder an!«

»Aber es ist tot, es ist tot!« weinte das junge Mädchen. Sie drehte sich um, schaute herunter und sah Dr. Jack. Und einen Augenblick lang glaubte er, jetzt habe er den Verstand verloren. Es war der Kopf der jungen Mutter, der da oben auf dem Hals dieses Mädchens saß – die gleichen Sommersprossen, die roten Haare, die weißen Zähne, die grünen Augen. Guter Gott, als ob jemand dem Kind da oben den Kopf abgerissen und ihn diesem Geschöpf hier auf den Hals gesteckt hätte. Und sieh dir nur an, wie lang diese Bohnenstange ist! Sie hätten Zwillinge sein können, diese beiden. Er selbst war einsfünfundsiebzig groß, und dieses dünne Hemd hier war sicher einen knappen halben Meter größer. Sie trug nichts als ein weites, weißes Hemd, genau wie die Mutter, und ihre zarten, weißen Beine waren endlos. Mußten Schwestern sein, dachte er. Was anderes war nicht möglich.

»Hoo!« sagte sie und schaute auf ihn herab; dann kam sie barfuß auf blanken Holzdielen auf ihn zu, obwohl Mary Jane versuchte, sie aufzuhalten.

»Geh zurück und setz dich wieder hin«, sagte Mary Jane. »Das Licht geht in ein paar Sekunden wieder an.«

»Sie sind ein Mann«, sagte die große junge Frau, die eigentlich eher ein Mädchen war, nicht älter als dieser Dreikäsehoch, die Mutter oben im Bett, oder als Mary Jane. Vor dem Arzt blieb sie stehen und musterte ihn, die roten Augenbrauen gerunzelt. Ihre grünen Augen waren größer als die der Kleinen dort oben, und sie hatte große, geschwungene Wimpern. »Sie sind ein Mann, nicht wahr?«

»Ich habe dir gesagt, das ist der Doktor«, schaltete Mary Jane sich ein. »Er hat den Geburtsschein für das Baby ausgefüllt. Dr. Jack, das ist Morrigan, die Tante des Babys. Morrigan, das ist Dr. Jack. Jetzt setz dich wieder hin, Morrigan! Laß den Doktor seine Arbeit machen. Gehen wir, Doktor.«

»Sei nicht so theatralisch, Mary Jane«, antwortete die Bohnenstange, und ein breites Lächeln erstrahlte auf ihrem Gesicht. Sie rieb sich die langen, seidig aussehenden Hände. Ihre Stimme klang genauso wie die der kleinen Mutter. Die gleiche, wohlerzogene Stimme. »Sie müssen mir verzeihen, Dr. Jack, meine Manieren sind noch nicht so, wie sie sein sollten, ich habe immer noch ein paar rauhe Kanten, während ich mich bemühe, vielleicht ein bißchen mehr an Informationen in mich aufzunehmen, als Gott für meinesgleichen je vorgesehen hat, aber wir haben ja auch so viele verschiedene Probleme zu bewältigen, zum Beispiel jetzt, wo wir die Geburtsurkunde haben, die haben wir doch, nicht wahr, Mary Jane, das war es doch, was du mir klarzumachen versuchtest, als ich mich so grob und aufdringlich bemerkbar machte, und was ist jetzt mit der Taufe dieses Babys, denn wenn meine Erinnerung nicht trügt, ist im Vermächtnis mit einigem Nachdruck festgelegt, daß das Baby katholisch getauft werden müsse. Ja, mir scheint, in einigen Dokumenten, auf die ich soeben zugegriffen, die ich aber nur überflogen habe, ist diese Taufe sogar ein wichtigerer Punkt als die eigentliche Meldebestätigung.«

»Wovon reden Sie eigentlich?« fragte Dr. Jack.

Sie brach in hübsches, perlendes Lachen aus und klatschte laut in die Hände; ihr rotes Haar wallte über die Schultern, als sie den Kopf schüttelte.

»Doktor, wovon reden *Sie* nur?« fragte sie. »Wie alt sind Sie? Sie sind ein ziemlich großer Mann, nicht wahr, lassen Sie sehen, ich schätze, Sie sind ungefähr siebenundsechzig Jahre alt, habe ich recht? Darf ich mir Ihre Brille anschauen?«

Sie riß sie ihm von der Nase, bevor er protestieren konnte, und spähte durch die Gläser in sein Gesicht. Er war völlig verdattert, und er war achtundsechzig. Mit bloßem Auge sah er sie nur verschwommen, aber er roch ihren Duft.

»Oh, also das ist toll, sehen Sie sich das an.« Flink und zielgenau setzte sie ihm die Brille wieder auf die Nase, und er sah sie wieder in all ihren Details, mit runden Wangen und einem wie ein Amorbogen geformten Mund, so vollkommen, wie er es nur je gesehen hatte. »Ja, es macht alles um einen Bruchteil größer, nicht wahr, und wenn man bedenkt, daß dies noch eine der gewöhnlicheren, alltäglichen Erfindungen ist, denen man in den ersten paar Stunden des Lebens erwartungsgemäß begegnet, Brillen, Augengläser, habe ich recht? Brille, Mikrowellenherd, Ohrclips, Telefon, NEC Multisyne 5D Computermonitor. Mir scheint fast, daß man später, zu einer Zeit der Reflexion, in der Lage sein sollte, eine gewisse Poesie in der

Liste jener Objekte zu entdecken, denen man zuerst begegnet ist, zumal wenn wir recht haben und nichts im Leben völlig zufällig geschieht, sondern daß die Dinge von unterschiedlichen Warten aus betrachtet sich nur den Anschein geben, zufällig zu geschehen, und daß wir am Ende, wenn wir all unsere Beobachtungswerkzeuge besser geeicht haben, zu der Erkenntnis gelangen, daß sogar die Erfindungen, denen man auf zwei Stockwerken eines verlassenen, verfallenen Hauses begegnet, sich durchaus zu einer Aussage über die Bewohner gruppieren, die sehr viel profunder ist, als man zunächst denken möchte. Was ist *Ihre* Meinung?«

Jetzt war es an ihm, laut aufzulachen. Er schlug sich auf den Schenkel. »Honey, ich weiß nicht, was meine Meinung dazu ist, aber mir gefällt der Stil, in dem Sie es vortragen!« erklärte er. »Wie, sagten Sie, war Ihr Name? Morrigan? Dann sind Sie diejenige, nach der das Baby getauft wird, Morrigan. Sagen Sie nicht, daß Sie auch eine Mayfair sind.«

»O doch, Sir, absolut: Morrigan Mayfair!« Sie riß die Arme hoch wie ein Cheerleader.

Etwas flimmerte, man hörte ein leises Surren, und dann ging das Licht wieder an, und der Computer hinter ihnen machte seine mahlenden, brummenden Startgeräusche.

»Uuups, da geht's wieder los!« rief sie, und die roten Haare flogen um ihre Schultern. »Online mit Mayfair und Mayfair, bis zu dem Augenblick, da Mutter Natur es für angebracht hält, uns alle erneut zu demütigen, ganz gleich, wie wir ausgestattet, konfiguriert, programmiert und installiert sein mögen. Mit anderen Worten: bis der Blitz wieder einschlägt!«

Sie sauste zu ihrem Stuhl vor dem Schreibtisch, nahm ihren Platz vor dem Bildschirm wieder ein und tippte weiter, als habe sie ihn völlig vergessen.

Granny schrie von oben: »Mary Jane, beeil dich, dieses Baby hat Hunger!«

Mary Jane zog ihn am Ärmel.

»Jetzt warten Sie doch einen Moment.« Aber er hatte den Kontakt zu dieser erstaunlichen jungen Frau verloren, und zwar restlos; das erkannte er sofort, ebenso wie er erkannte, daß sie unter dem weißen Hemd splitternackt war, und daß das Licht der Stehlampe auf ihre Brust und ihren flachen Bauch und ihre nackten Schenkel fiel. Sah nicht so aus, als ob sie ein Höschen anhätte. Und diese langen, nackten Füße. Was für große Füße. War es ungefährlich, bei einem Gewitter barfuß am Computer zu sitzen? Ihre roten Haare fluteten bis auf den Stuhl herunter.

Granny rief wieder von oben.

»Mary Jane, du mußt dieses Baby bis fünf Uhr wegbringen!«

»Ich geh ja schon, ich geh ja schon. Dr. Jack, kommen Sie!«

»Wiedersehen, Dr. Jack!« rief die bohnenstangenförmige Schönheit und winkte plötzlich mit der rechten Hand, die an einem erstaunlich langen Arm saß; dabei wandte sie den Blick nicht von ihrem Computer.

Mary Jane hastete an ihm vorbei und sprang ins Boot. »Kommen Sie jetzt oder nicht? Ich fahre jetzt los. Ich habe zu tun. Wollen Sie hier sitzenbleiben?«

»*Wohin* müssen Sie das Baby bis fünf Uhr bringen?« fragte er, als er wieder zur Besinnung kam und ihm klar wurde, was die alte Frau da gesagt hatte. »Sie wollen doch nicht schon wieder mit dem Baby losfahren, um es taufen zu lassen!«

»Beeil dich, Mary Jane!«

»Hievt Anker!« schrie Mary Jane und stemmte die Stange gegen die Treppenstufe.

»Halt!«

Er machte einen Satz und landete mit einem Klatsch in der Piroge; das Boot schaukelte gegen das Geländer und dann gegen die Wand. »Schon gut, schon gut. Machen Sie bloß langsam, ja? Bringen Sie mich zum Steg, ohne mich in den Sumpf zu werfen; könnten Sie so freundlich sein, bitte?«

Klickedi-klickedi-klick.

Der Regen hatte ein bißchen nachgelassen. Gott sei Dank. Und ein bißchen brach jetzt sogar die Sonne durch die schweren grauen Wolken, gerade genug, um die Tropfen glitzern zu lassen!

»So, Doktor, hier, nehmen Sie das«, sagte Mary Jane, als er in den Wagen stieg. Es war ein dicker Briefumschlag voller Scheine, und als er sie mit dem Daumen durchblätterte, sah er, daß es lauter neue Zwanziger waren. Grob geschätzt mußten das tausend Dollar sein. Sie schlug die Tür zu und lief um den Wagen herum auf die andere Seite.

»Also, das ist zuviel Geld, Mary Jane«, sagte er, aber er dachte bereits an automatische Jäter, Rasenmäher, nagelneue elektrische Heckenscheren *und* Farbfernseher von Sony, und es gab keinen einzigen Grund auf der Welt, das hier in seiner Steuererklärung aufzuführen.

»Ach, hören Sie auf, behalten Sie es!« befahl sie. »An so 'nem Tag hier rauszukommen – das haben Sie sich verdient.« Da rutschte schon wieder ihr Rock nach oben, weit über die Schenkel. Aber diesem flammendroten Herzchen dort im ersten Stock konnte sie nicht das Wasser reichen. Wie mochte es wohl sein, wenn man so was mal in die Finger bekam, nur für fünf Minuten, etwas so Junges, Glattes, Frisches, Schönes, mit so langen Beinen! Still jetzt, du alter Trottel, sonst kriegst du noch einen Herzanfall!

Mary Jane warf den Rückwärtsgang ein, daß die Räder in den nassen Muschelschalen des Fahrwegs schwirrten, und nach einer halsbrecherischen Hundertachtzig-Grad-Wende jagte sie über die vertrauten Schlaglöcher davon.

Er drehte sich noch einmal nach dem Haus um, diesem Berg aus verrottenden Säulen und Holz, der da turmhoch über die Zypressen ragte, während die trübe, von Entengrütze bedeckte Suppe an den halbversunkenen Fenstern leckte. Dann schaute er auf die Straße vor ihnen. Junge, er war doch froh, von hier wegzukommen.

Und wenn er wieder zu Hause wäre und seine kleine Frau Eileen ihn fragte: »Was hast du denn da draußen in Fontevrault erlebt, Jack?« – was würde er dann sagen? Nichts von den drei hübschesten jungen Frauen, die er je unter einem Dach gesehen hatte, das stand fest. Und auch nichts von diesem dicken Bündel Zwanzig-Dollar-Scheine in seiner Tasche.

28

Wir erfanden eine menschliche Identität für uns. Wir »wurden« zu einem alten Stamm namens »Pikten«. Wir waren groß, weil wir aus dem Nordland kamen, wo die Menschen hochgewachsen sind, und wir waren darauf bedacht, mit denen in Frieden zu leben, die uns in Ruhe ließen.

Natürlich mußten wir Schritt für Schritt vorgehen. Kunde über uns verbreitete sich, bevor wir es taten. Zuerst gab es eine Wartezeit, in der kein Fremder das Glen betreten durfte; dann ließen wir vereinzelt Reisende durch, von denen wir wertvolle Kenntnisse erhielten. Schließlich wagten wir uns selbst hinaus, und wir nannten uns Pikten und boten allen, denen wir begegneten, unsere erleuchtete Freundschaft an.

Trotz der Legende vom Taltos, die es immer noch gab und die jedesmal neuen Schwung bekam, wenn irgendein armer Taltos gefangen wurde, gelang uns diese List. Und so verstärkten wir unsere Sicherheit nicht mit neuen Festungsanlagen, sondern durch die langsame Integration in die Menschheit.

Wir waren der stolze und zurückgezogene Clan von Donnelaith, aber Fremde fanden Gastfreundschaft in unseren Rundtürmen, den Brochs. Wir sprachen nicht viel über unsere Götter. Wir ermunterten nicht zu Fragen nach unserem Leben oder unseren Kindern.

Aber wir lebten als Edelleute, und wir achteten das Konzept der Ehre und waren stolz auf unsere Heimat.

Es ging zunächst alles wunderbar. Und als die Tore des Glen sich schließlich öffneten, kamen zum erstenmal neue Kenntnisse von außen zu uns herein. Rasch lernten wir nähen und weben, und das Weben erwies sich als Falle für die oft so besessenen Taltos. Männer, Frauen, alle webten. Wir webten Tag und Nacht. Wir konnten überhaupt nicht mehr aufhören damit.

Das einzige Mittel bestand darin, sich einem neuen Handwerk zuzuwenden und es zu meistern. Das Bearbeiten von Metall. Wir erlernten es. Und auch wenn wir nie mehr als ein paar Münzen schmiedeten und ein paar Pfeilspitzen fertigten, waren wir doch eine ganze Weile völlig verrückt danach.

Auch das Schreiben war zu uns gelangt. Andere Völker waren an den Gestaden Britanniens gelandet, und anders als die ungehobelten Krieger, die unsere Welt der Ebene zerstört hatten, schrieben diese Leute alles mögliche auf Steine oder Tafeln oder Schafhäute, die sie besonders bearbeitet hatten, so daß sie haltbar waren und wunderbar anzusehen und zu fühlen.

Die Schriften auf diesen Steinen, Tafeln und Pergamenten waren Griechisch und Latein! Und wir erlernten das Schreiben von unseren Sklaven, kaum daß wir den wunderbaren Zusammenhang zwischen Wörtern und Symbolen erkannt hatten. Später dann lernten wir von den reisenden Gelehrten, die in unser Tal kamen.

Tatsächlich wurde es für viele von uns zur Obsession, besonders für mich. Wir schrieben und lasen unaufhörlich und übersetzten unsere eigene Sprache, die viel älter ist als jede andere in Britannien, in geschriebene Wörter. Wir entwickelten eine Schrift namens Ogham, und aus ihr entstanden unsere geheimen Niederschriften. Sie können diese Schrift auf vielen Steinen im nördlichen Schottland sehen, aber heute kann sie niemand mehr entziffern.

Unsere Kultur, der Name, den wir angenommen hatten – Pikten –, unsere Kunst und unsere Schrift sind noch heutigen Tages ein gänzlich ungelöstes Rätsel. Den Grund dafür werden Sie bald erfahren – den Grund für den Verlust der piktischen Kultur.

Unter praktischen Erwägungen frage ich mich manchmal, was wohl aus den Wörterbüchern geworden sein mag, die ich so mühevoll zusammenstellte; endlose Monate lang arbeitete ich ohne Unterbrechung daran, und nur hin und wieder fiel ich für ein paar Stunden Schlaf auf mein Lager oder schickte nach einem Imbiß.

Ich versteckte sie in den unterirdischen Behausungen, in den Erdhäusern, die wir unter dem Talboden des Glens anlegten, als letzte Zuflucht für den Fall, daß die Menschen erneut über uns herfielen. Auch viele der griechischen und lateinischen Manuskripte, die ich in jenen ganz frühen Tagen studierte, versteckte ich dort.

Eine andere gefährliche Falle für uns, ein Gegenstand, der uns in Trance versetzen konnte, war die Mathematik. Einige der Bücher, die in unseren Besitz gelangten, befaßten sich mit Theoremen der Geometrie; tagelang diskutierten wir darüber und zeichneten Dreiecke in die Erde.

Was ich sagen will: Es waren aufregende Zeiten für uns. Unsere List verschaffte uns vortrefflichen Zugang zu neuen Entwicklungen. Und auch wenn wir die törichten jungen Taltos die ganze Zeit im Auge behalten und schelten mußten, um zu verhindern, daß sie sich Fremden anvertrauten oder sich in ihre Männer oder Frauen verliebten, erfuhren wir im großen und ganzen doch eine Menge über die Römer, die nach Britannien gekommen waren, und wir erkannten, daß diese Römer die keltischen Barbaren bestraft hatten, die uns solche Grausamkeiten zugefügt hatten.

Die Römer schenkten dem Taltos-Aberglauben der Einheimischen übrigens keinen Glauben. Sie sprachen von einer zivilisierten Welt, unermeßlich und voll großer Städte.

Aber wir fürchteten auch die Römer. Zwar bauten sie prachtvolle Häuser, wie wir sie noch nie gesehen hatten, aber sie verstanden sich auch besser auf das Kriegshandwerk als andere. Wir hörten zahllose Geschichten von siegreichen Schlachten. Sie hatten die Kriegskunst vervollkommnet und waren noch erfolgreicher im Zerstören von Leben. Wir blieben in unserem entlegenen Glen. Wir wollten ihnen nicht auf dem Schlachtfeld begegnen.

Mehr und mehr Händler brachten uns ihre Bücher und Schriftrollen, und ich verschlang die Werke ihrer Philosophen, ihrer Schriftsteller, ihrer Dichter, ihrer Satiriker und ihrer Rhetoriker.

Natürlich konnte keiner von uns erfahren, wie ihr Leben wirklich war, ihr Milieu, um ein modernes Wort zu benutzen, ihre Volksseele, ihr Charakter. Aber wir lernten. Wir wußten jetzt, daß nicht alle Menschen Barbaren waren. Das war übrigens das Wort, das die Römer für jene Stämme benutzten, die Britannien jetzt in seiner Gänze bevölkerten, Stämme, die sie im Namen eines mächtigen Reiches zu unterwerfen gedachten.

Unser Glen erreichten sie nie, obwohl sie zweihundert Jahre lang Feldzüge in Britannien unternahmen. Der Römer Tacitus schrieb die Geschichte von Agricolas frühem Feldzug, der bis Schottland vordrang. Im nächsten Jahrhundert wurde der Antoninuswall gebaut, ein Wunderwerk für die Barbarenstämme, die Rom widerstanden hatten, und ganz in der Nähe davon die fünfundvierzig Meilen lange Militärstraße, eine großartige Straße, auf der nicht nur Soldaten, sondern auch Händler reisten, die mit allen möglichen Waren und verlockenden Hinweisen auf andere Zivilisationen von der Küste ins Land kamen.

Schließlich setzte der römische Kaiser Septimus Severus selbst nach Britannien über, um die schottischen Stämme zu unterwerfen, aber bis zu unseren Festungen drang er nicht vor.

Danach blieben die Römer noch viele Jahre im Lande und brachten unserer kleinen Nation so manchen sonderbaren Gewinn.

Als sie sich aus jenen Landstrichen zurückzogen und sie schließlich doch den Barbaren überließen, da waren wir eigentlich kein verborgenes Volk mehr. Hunderte von Menschen hatten sich in unserem Tal angesiedelt, entrichteten uns als ihren Herren ihren Tribut, bauten kleinere Brochs um unsere größeren und sahen in uns eine große, geheimnisvolle, aber alles in allem doch menschliche Herrscherfamilie.

Es war nicht immer leicht, diesen Anschein aufrechtzuerhalten. Aber nirgends eignete sich das Leben in jener Zeit besser dafür. Andere Clans erblühten in ihren entlegenen Festungen. In unserem Land gab es keine Städte, sondern nur kleine Feudalsitze. Wegen unserer Körpergröße und unserer Weigerung, Mischehen einzugehen, hielt man uns für ungewöhnlich, aber in jeder anderen Hinsicht waren wir völlig akzeptiert.

Natürlich kam es entscheidend darauf an, niemals irgendwelchen Außenseitern zu gestatten, unserem Geburtsritual beizuwohnen. Und dabei half uns das Kleine Volk, das von Zeit zu Zeit unseres Schutzes bedurfte, als Wächter.

Wenn wir zwischen den Steinen unseren Kreis bilden wollten, teilten wir den geringeren Clans von Donnelaith mit, daß unsere Priester die Familienrituale nur in strengster Abgeschiedenheit zelebrieren konnten.

Als wir kühner wurden, ließen wir die anderen dazukommen, aber nur bis zu den weit entfernten Außenkreisen. Nie konnten sie sehen, was die Priester im innersten Herzen der Versammlung taten. Nie sahen sie die Geburt. Sie stellten sich vor, es handle sich um irgendeine vage Art von Sonnen- und Himmelsanbetung, von Mond- und Sternenverehrung. Und so nannten sie uns eine Sippe von Zauberern.

All das hing natürlich von der beträchtlichen, friedlichen Zusammenarbeit mit denen ab, die das Glen mit uns bewohnten, und dieser Zustand blieb jahrhundertelang stabil.

Zusammenfassend gesagt, wir galten als Menschen unter Menschen. Und andere Taltos nahmen an unserer List teil; sie erklärten sich zu Pikten, erlernten unsere Schrift und trugen sie mitsamt unserem Bau- und Schmuckstil in ihre eigenen Festungen. Alle Taltos, die wirklich überleben wollten, lebten so und hielten die Menschen zum Narren.

Nur die wilden Taltos huschten weiter in den Wäldern umher und riskierten Kopf und Kragen. Aber selbst sie kannten die Ogham-Schrift und unsere zahlreichen Symbole.

So mochte es vorkommen, daß ein einzelner Taltos, der im Wald wohnte, ein Zeichen in einen Baum schnitzte, um andere Taltos wissen zu lassen, daß er da war, ein Zeichen, das für Menschen keinerlei Bedeutung hatte. Und wenn ein Taltos einen anderen in einem Gasthaus entdeckte, dann sprach er ihn oft an und machte ihm ein Geschenk, und dabei handelte es sich dann um eine Brosche oder eine Nadel mit unseren Emblemen.

Ein schönes Beispiel dafür ist die Bronzenadel mit dem menschlichen Gesicht, die viele Jahrhunderte später von modernen Menschen in Sutherland entdeckt wurde. Wenn Menschen über diese Nadel schreiben, ist ihnen nicht klar, daß das Bild einen neugeborenen Taltos darstellt, der eben aus dem Mutterleib hervorkommt; der Kopf ist groß, die Arme sind noch gefaltet, aber bereit, sich zu entfalten und zu wachsen, ganz wie die Flügel eines jungen Schmetterlings.

Andere Symbole meißelten wir in Felsen, in Höhleneingänge oder auf unsere heiligen Steine, fantasievolle Darstellungen der Tiere im verlorenen Land des tropischen Überflusses.

Was war unsere schlimmste Befürchtung? Die furchtbarste Bedrohung, sozusagen? Es war genug Zeit vergangen, so daß wir nicht mehr fürchteten, die Menschen könnten wirklich etwas über uns wissen. Aber die Kleinen Leute kannten uns, und die Kleinen Leute sehnten sich danach, sich mit uns fortzupflanzen, und auch wenn sie uns und unseren Schutz brauchten, machten sie uns doch bisweilen Schwierigkeiten.

Aber die eigentliche Gefahr für unseren Frieden waren die Hexen. Hexen – jene einzigartigen Menschen, die uns wittern und die sich aus irgendeinem Grund mit uns fortpflanzen konnten oder die die Nachkommen jener waren, die sich mit uns fortgepflanzt hatten. Denn die Hexen – die natürlich sehr selten waren – überlieferten einander von der Mutter zur Tochter, vom Vater zum Sohn die Legenden über uns und die wunderbare Vorstellung, sie könnten, wenn es ihnen nur gelänge, sich mit uns zu paaren, riesengroße und schöne Ungeheuer schaffen, die niemals sterben würden. Andere, fantastische Ideen wucherten um diese Vorstellung herum: Wenn sie das Blut des Taltos tränken, würden die Hexen Unsterblichkeit erlangen, und wenn sie uns mit den richtigen Worten und den richtigen Flüchen töteten, könnten sie unsere Kräfte an sich binden.

Und das Furchtbarste an all dem, der einzig reale, wirkliche Teil, bestand darin, daß die Hexen oft schon auf den ersten Blick erkannten, daß wir nicht bloß hochgewachsene Menschen waren, sondern echte Taltos.

Wir hielten sie fern von unserem Glen, und auf unseren Reisen achteten wir sorgsam darauf, der Dorfhexe oder dem

Zauberer, der im Wald wohnte, aus dem Weg zu gehen. Aber natürlich hatten auch sie Grund, uns zu fürchten, denn auch wir erkannten sie unfehlbar auf den ersten Blick, und da wir sehr gescheit und sehr reich waren, konnten wir ihnen eine Menge Schwierigkeiten bereiten.

Aber im großen und ganzen waren wir in unseren Festungen sicher.

Das Glen von Donnelaith war inzwischen bekannt in der Welt. Und während die anderen Stämme miteinander stritten, ließ man unser Tal in Frieden, nicht weil die Menschen die Ungeheuer fürchteten, die dort hausten, sondern weil es die Festung geachteter Edelleute war.

Es war ein großartiges Leben in jenen Jahren, aber ein Leben, dessen Kern eine Lüge war. Und so mancher junge Taltos ertrug das nicht. Er zog in die Welt hinaus und kehrte nie zurück. Und manchmal kamen Taltos-Hybriden zu uns, die keine Ahnung hatten, wer oder was sie geschaffen hatte.

Und ganz allmählich, im Laufe der Zeit, geschah etwas Törichtes: Einige von uns vermählten sich mit Menschen.

Das geschah auf folgende Weise. Einer unserer Männer begab sich zum Beispiel auf eine weite Pilgerreise und begegnete in einem dunklen Wald einer einsamen Hexe, in die er sich verliebte, eine Hexe, die ohne Schwierigkeiten seine Nachkommenschaft zur Welt bringen konnte. Er liebte diese Hexe, sie liebte ihn, und als armes Lumpengeschöpf lieferte sie sich ihm auf Gnade und Ungnade aus. Er nahm sie mit nach Hause, und irgendwann später gebar sie ihm vielleicht noch ein Kind, bevor sie starb. Und manche dieser Hybriden heirateten andere Hybriden.

Manchmal kam es auch vor, daß eine schöne Taltos-Frau sich in einen Menschen verliebte und um seinetwillen alles verließ. Sie waren oft jahrelang zusammen, bevor sie gebar, aber dann kam ein Hybride zur Welt, und das ließ die kleine Familie noch enger zusammenwachsen, denn der Vater sah die Ähnlichkeit zwischen sich und dem Kind und erhob Anspruch auf seine Loyalität, und natürlich war es ein Taltos.

Und so kam es, daß der Anteil des Menschenbluts in unseren Adern zunahm, und so gelangte unser Blut in den menschlichen Clan von Donnelaith, der uns am Ende überlebte.

Ich will stillschweigend über die Trauer hinweggehen, die wir zuweilen empfanden, und auch über die Gefühle, denen wir bei unseren geheimen Ritualen Ausdruck verliehen. Ich möchte nicht erst versuchen, unsere langen Gespräche wiederzugeben, in denen wir den Sinn dieser Welt und die Frage erwogen, weshalb wir unter Menschen leben mußten.

Was ist heute vom Glen noch übrig?

Wo sind die zahllosen Brochs und Rundhütten, die wir bauten? Wo sind unsere Steine mit den wunderlichen Inschriften und den seltsamen Schlangenfiguren? Was wurde aus den piktischen Herrschern jener Zeit, die so stattlich auf ihren Pferden saßen und die Römer mit ihrem sanftmütigen Benehmen so sehr beeindruckten?

Was von Donnelaith noch geblieben ist, wissen Sie: ein altmodisches Gasthaus, eine Burgruine, eine ungeheure Ausgrabungsstätte, an der nach und nach eine große Kathedrale zutage gefördert wird, Geschichten von Hexerei und Herzeleid, von Earls, die eines frühen Todes starben, und von einer seltsamen Familie, die durch Europa nach Amerika zog und eine böse Ader in sich trug, das Potential, Kinder wie Ungeheuer zu gebären, eine böse Ader, die durch den Glanz der Hexentalente offensichtlich wurde. Um dieser Gaben, dieses Blutes willen umwarb sie Lasher, der verschlagene, rachsüchtige Geist eines Wesens aus *unserem* Volk.

Wie wurden die Pikten von Donnelaith vernichtet? Warum sind sie untergegangen, so gewiß wie das Volk des verlorenen Landes und das Volk der Ebene? Was ist passiert?

Es waren nicht die Bretonen, die Angeln oder die Schotten, die uns besiegten. Es waren nicht die Sachsen, nicht die Iren und auch nicht die germanischen Stämme, die über die Insel kamen. Denn sie alle waren zu sehr damit beschäftigt, sich gegenseitig zu vernichten.

Im Gegenteil, uns besiegten Leute, die so sanftmütig waren

wie wir selbst, deren Regeln so streng waren wie unsere eigenen und die genauso wunderbare Träume hatten wie wir. Der Führer, dem sie folgten, der Gott, den sie anbeteten, der Erlöser, an den sie glaubten, war der Herr Jesus Christus. Er war unser Untergang.

Es war Christus selbst, der fünfhundert Jahre Wohlstand zu Ende gehen ließ. Es waren seine sanften irischen Mönche, die unseren Sturz bewirkten.

Können Sie ahnen, wie es geschehen konnte?

Können Sie sich vorstellen, wie verwundbar wir waren, die wir in der Einsamkeit unserer Steintürme spielten, webten, schrieben, wie kleine Kinder, die den ganzen Tag singen, weil es ihnen Freude macht? Wir, die wir an die Liebe und den guten Gott glaubten und uns weigerten, den Tod für sakrosankt zu erachten?

Was war die reine Botschaft der frühen Christen? Der römischen wie auch der keltischen Mönche, die an unsere Gestade kamen, um den neuen Glauben zu predigen? Was ist noch heute die reine Botschaft dieser Kulte, die sich Christus und seinen Lehren stets von neuem weihen?

Die Liebe. Der Gegenstand auch unseres Glaubens!

Die Vergebung, die auch wir für unentbehrlich hielten. Die Demut, die auch wir in unserem Stolz für weit edler hielten als die tobende Hybris derer, die endlos Kriege gegeneinander führten. Güte, Barmherzigkeit, Freude an der Gerechtigkeit – alle unsere alten Werte. Und was verdammten die Christen? Das Fleisch, das auch für uns stets den Untergang bedeutet hatte! Die Sünden des Fleisches, die uns in den Augen der Menschen zu Ungeheuern gemacht hatten, wenn wir in den großen Kreisen kopulierten und unsere ausgewachsene Nachkommenschaft zur Welt brachten.

Oh, wir waren reif dafür. Oh, das alles war wie geschaffen für uns.

Und der Trick, der raffinierte Trick, bestand darin, daß das Christentum in seinem Kern nicht nur dies alles enthielt, sondern daß es ihm irgendwie auch gelang, den Tod mit der Weihe des Sakralen zu versehen und dafür sofort einen Ausgleich zu liefern.

Folgen Sie meiner Logik. Christus war nicht in der Schlacht gestorben; sein Tod war nicht der Tod des Kriegers mit dem Schwert in der Hand, sondern ein demütiges Opfer, eine Hinrichtung, für die es keine Rache gab, die totale Unterwerfung des Gottmenschen zur Erlösung seiner menschlichen Kinder. Aber es war ein Tod, und es bedeutete alles!

Oh, es war herrlich! Keine andere Religion hätte eine Chance bei uns gehabt. Wir verabscheuten die Pantheone der Barbarengötter. Wir lachten über die Götter der Griechen und Römer, und die Götter Sumers und Indiens hätten wir wohl ebenso fremdartig und abscheulich gefunden. Aber dieser Christus – ja, mein Gott, er war das Ideal eines jeden Taltos.

Und obschon er nicht ausgewachsen aus dem Schoß seiner Mutter entsprungen war, so war er doch gleichwohl aus einer Jungfrau geboren, und das war ja ebenso wunderbar! Ja, die Geburt Christi war genauso wichtig wie sein demütiger Tod am Kreuz. Das war unser Wesen, der Triumph unseres Wesens! Es war der Gott, dem wir uns ohne Vorbehalte anheimgeben konnten!

Und was es vollends unwiderstehlich machte, will ich auch noch anmerken: Diese Christen waren einst ebenfalls gejagt und verfolgt und mit Vernichtung bedroht worden. Diokletian, der römische Kaiser, hatte ihnen diese Dinge angetan. Flüchtlinge kamen und suchten Schutz in unserem Glen, und wir gewährten ihn.

Und die Christen eroberten unsere Herzen. Wenn wir mit ihnen sprachen, gelangten wir zu der Überzeugung, daß die Welt sich möglicherweise änderte. Wir glaubten, daß ein neues Zeitalter heraufgedämmert und daß die Wiedereinsetzung in unseren früheren Stand nun nicht mehr unvorstellbar sei.

Uns vollends zu verführen, war nicht mehr schwer.

Ein einzelner Mönch kam zufluchtsuchend in unser Glen. Wilde, umherstreifende Heiden hatten ihn dorthin gejagt, und er bat um Unterschlupf. Natürlich hätten wir einen solchen

Menschen niemals abgewiesen; ich holte ihn zu mir in meinen eigenen Broch, in meine eigene Behausung, um ihn über die Außenwelt auszufragen; ich hatte mich nämlich seit einer Weile nicht mehr hinausgewagt.

Es war um die Mitte des sechsten Jahrhunderts nach Christus, aber das wußte ich nicht. Wenn Sie wissen wollen, wie wir aussahen, stellen Sie sich Männer und Frauen in langen, ziemlich schlichten, pelzbesetzten Gewändern vor, bestickt mit Gold und Edelsteinen. Denken Sie sich die Männer mit Haaren, die über der Schulter abgeschnitten waren. Ihre Gürtel waren breit, die Schwerter stets griffbereit. Die Frauen bedeckten ihr Haar mit Seidenschleiern unter schlichten goldenen Diademen. Unsere Türme sehr kahl, aber warm und behaglich, mit Pelzen und bequemen Sesseln eingerichtet. Tosende Feuer, die uns warm hielten. Und wir alle natürlich groß, wir alle groß.

Sehen Sie mich vor sich in meinem Broch, allein mit diesem kleinen, flachsblonden Mönch in brauner Kutte, der eifrig den guten Wein entgegennimmt, den ich ihm anbiete.

Er schleppte ein dickes Bündel mit sich, das er unbedingt retten müsse, wie er sagte, und sogleich bat er mich um eine Eskorte, die ihn wohlbehalten zur Insel Iona begleiten könne.Ursprünglich seien sie zu dritt gewesen, aber Räuber hätten die beiden anderen ermordet, und jetzt sei er erbärmlich allein und auf den guten Willen anderer angewiesen, und er müsse sein kostbares Bündel nach Iona bringen – lieber verlöre er sein Leben als dieses Bündel.

Ich versprach ihm, dafür zu sorgen, daß er unversehrt nach Iona gelangte. Er stellte sich als Bruder Ninian vor, benannt nach jenem vormaligen Heiligen, Bischof Ninian, der zu Whittern in seiner Kapelle oder seinem Kloster – oder was es sonst gewesen war – so manchen Heiden bekehrt hatte. Auch ein paar wilde Taltos hatte der Bischof schon bekehrt.

Der junge Ninian, ein sehr gewinnender und hübscher irischer Kelte, breitete sein Bündel aus und offenbarte dessen Inhalt.

Nun hatte ich im Laufe der Zeit schon viele Bücher gesehen,

römische Pergamentrollen wie auch den Codex, der jetzt die verbreitete Form war. Ich konnte Latein, ich konnte Griechisch. Ich hatte sogar schon ein paar sehr kleine Bücher gesehen, sogenannte *cathachs*, die die Christen als Talismane bei sich trugen, wenn sie in die Schlacht ritten. Die wenigen Bruchstücke christlicher Schriften, die ich schon gesehen hatte, hatten mich fasziniert, aber auf den Schatz, den Ninian mir jetzt zeigte, war ich nicht vorbereitet.

Es war ein prachtvolles Altarbuch, das er da bei sich trug, ein großartiges, illustriertes und illuminiertes Exemplar der vier Evangelien. Der vordere Deckel war mit Gold und Edelsteinen verziert, das ganze Buch war in Seide gebunden, und die Seiten waren mit atemberaubenden kleinen Bildern gefüllt.

Ich stürzte mich sofort auf dieses Buch und verschlang es buchstäblich. Ich las das Lateinische laut, und wenn auch ein paar Unregelmäßigkeiten darin enthalten waren, so verstand ich doch das meiste, und ich verfolgte die Geschichte wie ein Besessener – was freilich für einen Taltos nicht ungewöhnlich war. Es war wie Singen.

Aber als ich die Pergamentseiten eine nach der anderen betrachtete, staunte ich nicht nur über die Geschichte, die mir da erzählt wurde, sondern auch über die unglaublichen Bilder mit den fantastischen Tieren und kleinen Gestalten. Es war eine Kunst, die mich wirklich entzückte, denn ich hatte ganz Ähnliches vollbracht.

Tatsächlich gab es auf den Inseln zu jener Zeit viel derartige Kunst. In späteren Zeiten würde man sagen, sie sei ungehobelt, dann aber doch ihre Komplexität und ihren Einfallsreichtum schätzen lernen.

Um nun die Wirkung der Evangelien selbst zu begreifen, müssen Sie sich daran erinnern, wie sehr sie sich von jeglicher Literatur unterschieden, die es bis dahin gegeben hatte. Die Thora der Hebräer will ich dabei nicht einschließen, denn ich kannte sie nicht; aber auch von ihr unterscheiden sich die Evangelien.

Sie waren anders als alles! Zunächst einmal betrafen sie nur diesen einen Mann, Jesus, und wie er Liebe und Frieden gepredigt hatte und verfolgt, gejagt, gefoltert und gekreuzigt worden war. Eine erschütternde Geschichte! Und es war ein demütiger Mann gewesen, mit äußerst dürftigen Verbindungen zu den alten Königen; soviel lag auf der Hand. Im Gegensatz zu jedem anderen Gott, von dem mir je zu Ohren gekommen war, hatte dieser Jesus seinen Anhängern alles mögliche erzählt, und sie hatten die Aufgabe gehabt, alles niederzuschreiben und es die Völker zu lehren.

Die Wiedergeburt im Geiste, das war die Essenz dieser Religion. Einfach zu werden, demütig, bescheiden, liebevoll, darauf kam es an. Jetzt treten Sie für einen Augenblick zurück und betrachten Sie das ganze Bild. Nicht nur dieser Gott war erstaunlich, nicht nur diese Geschichte; die ganze Frage der Beziehung zwischen Erzählung und Schrift war erstaunlich.

Wie Sie an meiner Geschichte erkennen, hatten wir mit unseren barbarischen Nachbarn eines gemeinsam: Wir mißtrauten dem Schreiben. Das Gedächtnis war uns heilig, und wir fanden, das Niederschreiben sei nicht gut dafür; wir konnten lesen und schreiben, aber wir mißtrauten der Sache. Und hier war dieser bescheidene Gott, der aus dem heiligen Buch der Hebräer zitierte und sich mit den zahllosen Prophezeiungen bezüglich eines Messias in Verbindung brachte und der dann seine Jünger beauftragte, *über ihn zu schreiben*.

Aber lange bevor ich das letzte Evangelium zu Ende gelesen hatte, da liebte ich diesen Jesus schon um der seltsamen Dinge willen, die er gesagt hatte,und auch wegen der Art, wie er sich selbst widersprach, und wegen seiner Geduld mit denen, die ihn ermordeten. Und was seine Auferstehung anging, so war meine erste Schlußfolgerung die, daß er genauso langlebig sein müsse wie wir – die Taltos. Und daß er seine Jünger hinters Licht geführt haben müsse, weil sie bloße Menschen waren.

Wir mußten solche Täuschungsmanöver ständig vollführen und eine andere Identität annehmen, wenn wir mit unseren menschlichen Nachbarn sprachen, um sie zu verwirren, damit sie nicht merkten, daß wir schon seit Jahrhunderten lebten.

Aber bald wurde mir durch Ninians eifrige Unterweisung klar – und er war ein frohsinniger, ekstatischer Mönch –, daß Christus tatsächlich von den Toten auferstanden und in den Himmel aufgefahren war.

Gleichsam in einem mystischen Aufblitzen sah ich das ganze Bild vor mir – diesen Gott der Liebe, gemartert um der Liebe willen, und auch die radikale Natur seiner Botschaft. Auf irrsinnige Weise packte mich die Sache, weil sie so absolut unglaublich war. Ja, die ganze Kombination der einzelnen Elemente war schwer faßlich und lachhaft.

Und noch eine Sache: Alle Christen glaubten, daß das Ende der Welt nahe sei. Und anscheinend – dies ging nach und nach aus meinen Gesprächen mit Ninian hervor – glaubten sie dies schon immer! Aber die Vorbereitung auf dieses Ende der Welt war auch die Essenz dieser Religion. Und der Umstand, daß die Welt bisher noch nicht untergegangen war, entmutigte keinen von ihnen.

Ninian erzählte wie im Fieber vom Wachstum der Kirche seit der Zeit Christi, etwa fünfhundert Jahre zuvor, und er berichtete, wie Joseph von Arimathaia, sein lieber Freund, und Maria Magdalena, die ihm die Füße gewaschen und sie mit ihren eigenen Haaren getrocknet hatte, in den Süden Englands gekommen waren und auf einem heiligen Hügel in Somerset eine Kirche gegründet hatten. Der Kelch von Christi letztem Abendmahl war dorthin gebracht worden, und tatsächlich entsprang ihm das ganze Jahr über blutrot ein großartiger Quell, hervorgerufen durch die magische Wirkung des Blutes Christi, das hineingegossen worden war. Und der Stab Josephs, den er am Wearyall Hill in den Boden gesteckt hatte, war zu einem Weißdorn herangewachsen, der niemals aufhörte zu blühen.

Sofort wollte ich dorthin, um den heiligen Ort zu sehen, wo die Jünger unseres Herrn den Fuß auf unsere Insel gesetzt hatten.

»Oh, aber bitte, mein gutherziger Ashlar!« rief Ninian. »Du hast versprochen, mich heim zu meinem Kloster nach Iona zu bringen.«

Der Abt, Pater Columba, erwarte ihn dort. In den Klöstern überall auf der Welt würden viele solcher Bücher gemacht, und dieses Exemplar sei überaus wichtig für die Studien auf Iona.

Ich mußte diesen Columba kennenlernen. Was man von ihm hörte, klang ebenso sonderbar wie das von Jesus Christus! Wahrscheinlich kennen Sie die Geschichte – Sie, Michael, kennen sie sicher.

Ninian beschrieb Columba folgendermaßen. Er sei als Sohn einer reichen Familie auf die Welt gekommen und wäre, wenn alles seinen geordneten Lauf genommen hätte, vielleicht König von Tara geworden. Statt dessen aber wurde er Priester und begründete zahlreiche christliche Klöster. Dann aber geriet er in einen Streit mit Finnian, einem anderen heiligen Mann, und zwar über die Frage, ob er, Columba, das Recht hatte, eine Abschrift vom Psalter des heiligen Hieronymus anzufertigen, den Finnian nach Irland gebracht hatte, oder ob es ihm nicht erlaubt war. Ein Streit um den Besitz eines Buches? Um das Recht zum Abschreiben?

Es war zu Handgreiflichkeiten gekommen. Dreitausend Mänenr waren in diesem Disput ums Leben gekommen, und man hatte Columba die Schuld daran gegeben. Er hatte das Urteil angenommen und sich nach Iona zurückgezogen, um *uns*, die Pikten, zum Christentum zu bekehren. Er hatte die Absicht, dreitausend heidnische Seelen zu retten, um die dreitausend zu sühnen, die im Gefolge seines Streits gestorben waren.

Ich weiß nicht mehr, wer die Kopie des Psalters bekam.

Aber Columba war jetzt auf Iona, und von dort aus schickte er Missionare überall in die Welt. In den christlichen Ansiedlungen wurden schöne Bücher wie dieses hergestellt, und alle waren eingeladen, sich dem neuen Glauben anzuschließen. Wahrhaftig, die Kirche Christi war für die Erlösung aller da!

Und bald wurde deutlich, daß Columba und mit ihm viele Missionare und Mönche zwar Könige oder von königlichem Geblüt waren, daß aber das Regiment der Klöster außerordentlich streng war und ständige Kasteiungen des Fleisches und Selbstaufopferung verlangte.

Wenn zum Beispiel ein Mönch Milch verschüttete, während er bei den gemeinschaftlichen Mahlzeiten das Essen auftrug, so mußte er während des Psalmengesangs in die Kapelle gehen und sich flach auf den Bauch legen, bis zwölf Psalmen vollständig gesungen waren. Wenn Mönche ihr Schweigegebot brachen, wurden sie geschlagen. Dennoch konnte nichts die Reichen und Mächtigen der Erde davon abhalten, in Scharen in die Klöster zu strömen.

Ich war völlig verblüfft. Wie konnte ein Priester, der an Christus glaubte, einen Krieg anzetteln, der dreitausend Mann das Leben kostete! Wieso ließen sich Königssöhne für gewöhnliche Verfehlungen auspeitschen? Doch, ah, das alles war von schlichter Kraft und fesselnder Logik.

Ich machte mich mit Ninian und zweien meiner jüngsten Söhne auf den Weg nach Iona. Natürlich hielten wir unsere Maskerade als Menschen aufrecht. Auch Ninian hielt uns ja für Menschen.

Aber kaum war ich auf Iona angekommen, schlug das Kloster selbst wie auch die Persönlichkeit Columbas mich weiter in ihren Bann.

Es war eine herrliche Insel, bewaldet und grün und mit einer prachtvollen Aussicht von den Klippen, wo das offene, saubere Meer der Seele auf der Stelle Frieden schenkte.

Tatsächlich senkte sich auch eine wunderbare Ruhe auf mich herab. Mir war, als hätte ich das verlorene Land wiedergefunden – nur, daß die vorherrschenden Themen jetzt Strenge und Buße waren. Aber die Harmonie war wieder da, der Glaube an das reine Gute im Dasein.

Nun war dieses Kloster keltisch und daher ganz anders als die Benediktinerklöster, die später Europa bedeckten. Es war von einer großen Ringmauer umgeben, dem sogenannten Vallum, was an eine Festung denken ließ, und die Mönche lebten darin in kleinen, einfachen Hütten, deren Durchmesser manchmal keine drei Schritte betrug. Die Kirche war kein großartiges Gebäude, sondern ein bescheidener Holzbau.

Aber nie standen Gebäudekomplexe in größerem Einklang

mit der Natur, die sie umgab. Hier konnte man in aller Stille den Vögeln zuhören, spazierengehen, nachdenken, beten und mit dem bezaubernden, freundlichen und wirklich gütigen Columba sprechen. Der Mann war von königlichem Blut, und ich war lange Zeit König gewesen. Die nördlichen Gefilde von Irland und Schottland gehörten uns; wir kannten einander, und etwas in mir berührte auch den Heiligen – die Aufrichtigkeit des Taltos, seine törichte Art, geradewegs zur Sache zu kommen, seine leicht hervorzurufenden Begeisterungsausbrüche.

Columba überzeugte mich bald davon, daß das rauhe Mönchsleben und die Kasteiung des Fleisches die Schlüssel zu der Liebe seien, die das Christentum vom Menschen verlange. Diese Liebe aber sei keine sinnliche Sache. Diese Liebe werde durch den Körper in unsagbare spirituelle Höhen gehoben.

Er sehnte sich danach, meinen ganzen Stamm oder meinen Clan zu bekehren. Er sehnte sich danach, mich als geweihten Priester in meinem Volke zu sehen.

»Aber du weißt ja nicht, was du da sagst«, erwiderte ich. Und unter dem Siegel des Beichtgeheimnisses – das heißt, ihn zu ewiger Geheimhaltung verpflichtend – erzählte ich ihm die Geschichte meines langen Lebens; ich erzählte ihm von unserer geheimen und wundersamen Art, zu gebären, und wie es den Anschein habe, daß viele von uns zu einem scheinbar endlosen Leben in ewiger Jugend fähig seien, wenn wir nicht durch Unfälle, Katastrophen oder eine besondere Seuche ums Leben kämen.

Manches erzählte ich ihm nicht. Ich erzählte ihm nicht, daß ich einmal der Anführer bei den großen Kreistänzen in Stonehenge gewesen war.

Aber den Rest offenbarte ich ihm, sogar vom verlorenen Land, und wie wir viele Jahrhunderte im Glen gelebt hatten, erst heimlich, dann als Menschen maskiert.

All das hörte er sich äußerst fasziniert an. Dann sagte er etwas Erstaunliches. »Kannst du mir das alles beweisen?«

Ich begriff, daß ich es nicht konnte. Daß der Taltos ein Taltos ist, kann er nur beweisen, indem er sich mit einem anderen paart und so den Nachwuchs erzeugt.

»Nein«, sagte ich. »Aber sieh uns genau an. Sieh, wie groß wir sind.«

Das wischte er beiseite; es gab große Menschen auf der Welt. »Die Leute kennen deinen Clan seit Jahren; du bist König Ashlar von Donnelaith, und man weiß, daß du ein guter Herrscher bist. Wenn du diese Dinge von dir selbst glaubst, dann nur, weil ein Teufel sie dir ins Ohr geblasen hat. Vergiß sie. Tu, was Gott von dir will.«

»Frag Ninian. Der ganze Stamm ist so groß wie ich.«

Aber das hatte er schon gehört; es gab sehr große Pikten im Hochland. Anscheinend funktionierte meine eigene List nur allzu gut!

»Ashlar«, sagte er, »ich zweifle nicht daran, daß du gut bist. Noch einmal rate ich dir, mißachte diesen Wahn, denn er kommt vom Teufel.«

Schließlich willigte ich ein, aus einem bestimmten Grund. Ich spürte, daß es gleichgültig war, ob er mir die Geschichten über meine Vergangenheit glaubte oder nicht. Wichtig war, daß er eine Seele in mir erkannt hatte.

Michael, Sie wissen, daß dies ein entscheidender Punkt in Lashers Geschichte war – daß er, als er zur Zeit Heinrichs des Achten lebte, gerne glauben wollte, er habe eine Seele; er wollte nicht akzeptieren, daß er kein Priester Gottes sein könne wie ein Mensch.

Ich kenne dieses furchtbare Dilemma. Alle, die auf irgendeine Weise Außenseiter sind, kennen es. Ob wir von rechtmäßiger Nachkommenschaft reden, von Seele, von Bürgerrecht, von Bruder- oder Schwesternschaft, immer meinen wir das gleiche: Wir wollen als echtes Individuum gesehen werden, innerlich genauso wertvoll wie jeder andere.

Ich sehnte mich danach, und ich beging den schrecklichen Fehler, Columbas Rat anzunehmen. Ich vergaß die Wahrheit, die ich kannte.

Dort auf Iona wurde ich in den christlichen Glauben aufgenommen. Ich wurde getauft, und meine Söhne ebenfalls. Eine weitere Taufe sollte folgen, aber für mich und meine Söhne war sie nur Zeremonie. Auf jener Insel, fern vom Nebel der Highlands, wurden wir zu christlichen Taltos.

Ich verbrachte viele Tage im Kloster. Ich las alle Bücher, die dort waren. Ich war bezaubert von den Bildern und fing bald an, sie abzuschreiben – natürlich mit offizieller Erlaubnis. Ich kopierte einen Psalter, dann ein Evangelium, und ich setzte die Mönche mit meiner für den Taltos typischen Besessenheit in Erstaunen. Stündlich malte ich seltsame Tiere in leuchtenden Farben. Manchmal brachte ich die Priester mit Versen, die ich abschrieb, zum Lachen, und ich erfreute sie mit meinen guten Kenntnissen in Latein und Griechisch.

Welche Gemeinschaft hätte dem Taltos je besser entsprochen? Kindsmönche schienen sie zu sein; die Vorstellung vom Dasein als kultivierte Erwachsene gaben sie auf, um dem Abt als ihrem Herrn und damit dem Herren Jesus selbst zu dienen, dem gekreuzigten Christus, der für sie gestorben war.

Es waren überaus glückliche Tage.

Nach und nach sah ich, was so mancher Heidenfürst im Christentum gesehen hatte: die absolute Erlösung von allem! All mein Leiden ergab plötzlich einen Sinn im Angesicht des Jammers in der Welt und Christi Auftrag, uns von der Sünde zu befreien. All die Katastrophen, die ich miterlebt hatte, hatten nur eines bewirkt: Sie hatten meine Seele gereinigt und sie auf diesen Augenblick vorbereitet. Meine Monstrosität, ja, die Monstrosität aller Taltos, würde in dieser Kirche sicher Aufnahme finden, denn ihr waren alle willkommen, ungeachtet ihrer Volkszugehörigkeit; es war ein Glaube, der allen offenstand, und wir konnten uns wie jeder Mensch der Taufe mit Wasser und dem Heiligen Geist unterziehen, den Gelübden der Armut, der Keuschheit und des Gehorsams.

Die strikten Regeln, die sogar Laien zu Keuschheit und Enthaltsamkeit verpflichteten, würden uns helfen, unseren furchtbaren Fortpflanzungsdrang im Zaum zu halten, unsere schreckliche Schwäche für Musik und Tanz. Dabei würden wir die

Musik nicht einmal verlieren; innerhalb der Einschränkungen des mönchischen Lebens – das für mich zu jener Zeit gleichbedeutend mit christlichem Leben war – würden wir unsere großartigsten und freudigsten Lieder aller Zeiten singen.

Kurz gesagt: Wenn diese Kirche uns aufnahm, wenn sie uns in ihre Arme schloß, dann würde all unser vergangenes und zukünftiges Leiden einen Sinn haben. Unsere wahre, liebende Natur würde erblühen dürfen. Wir würden uns nicht länger verstellen müssen. Und diejenigen unter uns, die das Gebären inzwischen fürchteten, wie ich es tat – aus der Erfahrung des Alters, und weil ich so viele Junge hatte sterben sehen –, konnten sich Gott in Keuschheit weihen.

Es war vollkommen!

Sogleich kehrte ich mit einer kleinen Eskorte von Mönchen ins Glen von Donnelaith zurück und versammelte mein Volk. Wir mußten Christus Gefolgschaft geloben, sagte ich, und ich erklärte ihnen auch, warum; ich hielt lange, sprudelnde Reden, nicht so schnell, daß meine menschlichen Gefährten nichts verstehen konnten, und ich sprach voller Leidenschaft von dem Frieden und der Harmonie, die uns wiedergegeben werden würden.

Ich erzählte auch vom christlichen Glauben an das Ende der Welt. Sehr bald würde all dieses Grauen vorüber sein! Und dann sprach ich vom Himmel, den ich mir vorstellte wie das verlorene Land – nur, daß niemand mehr der Fortpflanzung würde frönen wollen: Alle würden mit den Chören der Engel singen.

Wir mußten nun alle unsere Sünden bekennen und uns auf die Taufe vorbereiten. Tausend Jahre lang war ich der Führer gewesen, und alle mußten mir folgen. Wie hätte ich mein Volk jetzt besser führen können?

Als ich zu Ende gesprochen hatte, tat ich einen Schritt zurück. Die Mönche waren von ihren Gefühlen überwältigt, und ebenso die Hunderte von Taltos, die sich im Glen um mich versammelt hatten.

Sogleich begannen die hitzigen Diskussionen, für die wir

bekannt waren, die endlosen Debatten, die kleinen Geschichten; dies wurde mit jenem in Beziehung gesetzt, Erinnerungen wurden ins Spiel gebracht, wo sie etwas auszusagen schienen, und allem lag das große Thema zugrunde: Wir konnten Christus umarmen. Er war der gute Gott! Er war unser Gott. Die Seelen der anderen waren ebenso offen für Christus wie meine eigene.

Viele erklärten sogleich, daß sie glaubten. Andere verbrachten den Nachmittag, den Abend und die Nacht damit, die Bücher zu studieren, die ich mitgebracht hatte; sie diskutierten eine Weile über das, was sie gehört hatten, und so mancher raunte beklommen, es sei aber absolut wider unsere Natur, keusch zu sein, und niemals könnten wir in der Ehe leben.

Ich begab mich unterdessen zu den Menschen von Donnelaith und predigte auch ihnen die große Bekehrung, und die Mönche begleiteten mich. Wir riefen alle Clans unseres Tals zusammen.

Und auf unserem großen Versammlungsplatz zwischen den Steinen erklärten Hunderte ihren Wunsch, zu Christus zu kommen; einige Menschen gestanden sogar, daß sie bereits bekehrt seien, und daß sie es nur zu ihrem eigenen Schutz bisher geheimgehalten hätten.

Ich war sehr verblüfft darüber, zumal als ich erfuhr, daß ein paar menschliche Familien schon seit drei Generationen Christen waren. »Wie ähnlich ihr uns doch seid«, dachte ich. »Ihr wißt es nur nicht.«

Es schien, als stünden alle im Begriff, sich bekehren zu lassen. Gemeinsam baten wir die Priester, mit Taufen und Segnungen zu beginnen.

Aber eine der großen Frauen unseres Stammes, Janet – wie wir sie nannten, ein Name, der damals sehr gebräuchlich war –, erhob die Stimme und sprach gegen mich.

Auch Janet war im verlorenen Land geboren, was sie jetzt vor den Ohren der Menschen ganz offen erklärte. Diese wußten natürlich nicht, was sie meinte, aber wir. Und sie erinnerte mich daran, daß sie keine weißen Strähnen im Haar habe. Mit anderen Worten: Wir seien beide weise und jung, die perfekte Kombination.

Ich hatte einen Sohn von Janet bekommen und liebte sie wirklich. Viele, viele Nächte hatte ich beim Spiel in ihrem Bett verbracht, ohne natürlich den Koitus zu wagen; ich hatte aus ihren runden kleinen Brüsten getrunken und allerlei raffinierte Umarmungen mit ihr geübt, die uns köstliche Lust verschafften.

Ich liebte Janet. Aber nie hatte ich einen Zweifel daran gehabt, daß Janet eigene, hitzige Überzeugungen hegte.

Und jetzt trat sie also vor und verdammte die neue Religion als einen Haufen Lügen. Sie wies auf alle ihre logischen Schwächen und Unstimmigkeiten hin. Sie lachte darüber, und sie erzählte zahlreiche Geschichten, in denen die Christen aussahen wie Prahlhänse und Trottel. Und die Geschichte, die das Evangelium erzählte, erklärte sie für unverständlich.

Sofort war der Stamm gespalten. So laut wurden die Diskussionen, daß ich nicht einmal mehr sagen konnte, wie viele für und wie viele gegen Janets Ansichten waren. Heftige Wortgefechte brachen aus. Und wieder begann eine unserer Marathondebatten.

Die Mönche zogen sich in unseren heiligen Kreis zurück. Dort weihten sie den Boden Christus und beteten für uns. Noch hatten sie nicht ganz begriffen, wie sehr wir uns von ihnen unterschieden, aber sie wußten schon jetzt, daß wir nicht waren wie andere Völker.

Und schließlich kam es zur großen Spaltung. Ein Drittel der Taltos lehnte es kategorisch ab, sich bekehren zu lassen, und sie drohten, die übrigen zu bekämpfen, wenn wir das Glen zu einem Hafen des Christentums machten. Einige brachten große Angst vor dem Christentum und vor dem Streit, den es verursachen würde, zum Ausdruck. Anderen gefiel es einfach nicht; sie wollten unsere Eigenarten beibehalten und nicht fortan in Askese und Bußfertigkeit leben.

Die Mehrheit aber wollte sich bekehren lassen, ohne zugleich ihre Heimat aufzugeben – das heißt, wir wollten nicht das Glen verlassen und anderswo wohnen. Für mich war diese Möglichkeit undenkbar. Ich war hier der Herrscher.

Und wie so mancher Heidenkönig erwartete ich, daß mein Volk mir in meiner Bekehrung nachfolgen werde.

Die Wortgefechte gingen in handfeste Drohungen und Rempeleien über, und kaum eine Stunde später sah ich, daß die ganze Zukunft des Tales bedroht war.

Aber das Ende der Welt stand bevor. Christus hatte es gewußt und war gekommen, um uns darauf vorzubereiten. Die Feinde der Kirche waren die Feinde Christi!

Blutige Scharmützel wurden im Grasland des Glen ausgefochten. Brände brachen aus.

Beschuldigungen flogen hin und her. Menschen, die uns immer loyal erschienen waren, wandten sich plötzlich gegen die Taltos und warfen ihnen vor, elende Perversionen zu betreiben, keine rechtmäßigen Ehen zu führen, keine sichtbaren Kinder zu haben und böse Zauberer zu sein.

Andere erklärten, sie hätten die Taltos längst im Verdacht, frevelhafte Dinge zu tun, und jetzt sei die Zeit gekommen, dies zur Sprache zu bringen. Wieso sah man niemals Kinder bei uns?

Ein paar Rasende brüllten aus Gründen, die nur sie selbst kannten, die Wahrheit heraus. Eine Menschenfrau, die zwei Taltos geboren hatte, deutete mit dem Finger auf ihren Taltos-Ehemann und erzählte aller Welt, was er sei und daß wir die Menschen bald ausgerottet haben würden, wenn wir mit Menschenfrauen schliefen.

Die fanatischen Eiferer, von denen ich der eifrigste war, erklärten, daß es auf diese Dinge nicht mehr ankomme. Wir, die Taltos, waren von Christus und von Vater Columba in der Kirche willkommen geheißen worden. Wir würden unsere alten, freizügigen Gewohnheiten aufgeben, und wir würden leben, wie Christus es wollte.

Neuerliche Verwirrung brach aus. Es kam zu Handgreiflichkeiten. Leute schrien.

Jetzt sah ich, wie es kommen konnte, daß dreitausend Mann

im Streit um das Recht auf Abschrift eines Buches starben! Jetzt begriff ich alles.

Aber zu spät. Die Schlacht war bereits im Gange. Alle stürmten in ihre Brochs, um ihre Waffen zu holen und ihre Position zu verteidigen. Bewaffnete stürmten aus den Türen heraus und fielen über ihre Nachbarn her.

Das Grauen des Krieges, das Grauen, vor dem ich mich all die Jahre hindurch in Donnelaith hatte verstecken wollen, brach über uns herein. Und meine Bekehrung hatte es heraufbeschworen!

Wie vom Donner gerührt stand ich da, das Schwert in der Hand, und wußte nicht, was ich davon halten sollte. Aber dann kamen die Mönche zu mir. »Ashlar, führe sie zu Christus«, sagten sie, und ich wurde wie so mancher Zelotenkönig vor mir: Ich führte meine Bekehrten in den Kampf gegen ihre Brüder und Schwestern.

Aber das eigentliche Grauen sollte noch kommen.

Als die Schlacht vorüber war, hatten die Christen die Mehrheit; ich sah – ohne daß es mir noch vollständig ins Bewußtsein drang –, daß die meisten davon Menschen waren. Die Taltos-Elite, die dank unserer strengen Kontrolle ohnehin nie sehr zahlreich gewesen war, hatte die Schlacht nicht überlebt. Nur ungefähr *fünfzig der unsrigen* hatten überlebt, die Ältesten, Weisesten, in vieler Hinsicht auch die Hingebungsvollsten, und wir waren allesamt immer noch überzeugt von unserer Bekehrung.

Aber was sollten wir nun mit den paar Menschen und Taltos anfangen, die nicht auf unserer Seite standen, die nur deshalb nicht getötet worden waren, weil das Töten beendet worden war, bevor alle tot waren? Jetzt sammelten sich diese Rebellen, angeführt von Janet, auf dem Schlachtfeld, hinkten verwundet davon, verfluchten uns. Aus dem Glen würden sie sich nicht vertreiben lassen, erklärten sie; lieber würden sie im Widerstand gegen uns an Ort und Stelle sterben.

»Du, Ashlar, sieh nur, was du getan hast«, rief Janet. »Sieh allüberall die Leichen deiner Brüder und Schwestern, Männer und Frauen, die gelebt haben seit der Zeit, da es noch keine Kreise gab! Du hast ihren Tod herbeigeführt!«

Aber kaum hatte sie dieses schreckliche Urteil über mich gesprochen, da fingen die eifernden Menschen an zu schreien: »Wie könnt ihr gelebt haben, als es noch keine Kreise gab? Was wart ihr denn, wenn nicht Menschenwesen?«

Und schließlich trat der kühnste dieser Menschen, einer, der schon seit Jahren heimlich Christ gewesen war, an mich heran und schnitt mit seinem Schwert mein Gewand auf. Unversehens stand ich nackt vor ihnen im Kreis.

Ich begriff, weshalb. Sie wollten sehen, ob unsere hochgewachsenen Körper wirklich Menschenkörper waren. Nun, sie mochten nur schauen, rief ich aus und trat über das zu Boden gefallene Gewand hinweg. Ich legte nach uralter Art zum Schwur die Hand auf meine Zeugungsorgane – »Zeugnis ablegen« – und gelobte, Christus ebensogut zu dienen wie nur jeder Mensch.

Aber das Blatt hatte sich gewendet. Die übrigen christlichen Taltos verloren den Mut. Der Anblick des Gemetzels hatte ihren Abscheu erregt. Sie fingen an zu weinen und vergaßen die Kunst der Zunge, und statt dessen redeten sie in unserer eigenen hohen, schnellen Sprache, was die Menschen bald in Angst und Schrecken versetzte.

Ich hob die Stimme und forderte Ruhe, verlangte Gefolgschaft. Mein zerschnittenes Gewand hatte ich wieder angelegt.

Was würde Christus zu dem, was wir getan hatten, wohl sagen? Worin bestand denn hier das Verbrechen – darin, daß wir ein fremder Stamm waren? Oder darin, daß wir im Streit unsere Brüder und Schwestern erschlagen hatten? Ich weinte mit großer Geste und riß mir die Haare aus, und die anderen weinten mit mir.

Aber die Mönche waren jetzt voller Angst, und die menschlichen Christen nicht minder. Der Argwohn, den sie ein Leben lang im Glen gehegt hatten, hatte unvermittelt Nahrung bekommen. Und wieder begann der Strom der Fragen. Unsere Kinder – wo waren sie?

Und schließlich trat ein Taltos-Mann, den ich sehr liebte, vor die anderen und erklärte, von diesem Augenblick an werde er im Namen Christi und der Heiligen Jungfrau im Zölibat leben. Weitere Taltos gelobten das gleiche, Männer wie Frauen.

»Was immer wir waren«, erklärten die Frauen, »ist nicht mehr wichtig, denn wir werden zu Bräuten Christi werden und unser eigenes Kloster gründen im Geiste von Iona.«

Laute Rufe brachen los, Rufe des Jubels und der Zustimmung, und die Menschen, die uns immer geliebt, die mich als ihren König geliebt hatten, sammelten sich eilig um uns.

Doch die Gefahr schwebte in der Luft. Jeden Augenblick konnten die blutigen Schwerter wieder aneinanderklirren, und das wußte ich. »Rasch, ihr alle, vermählt euch mit Christus«, rief ich. Im Zölibatsgelübde des Taltos sah ich unsere einzige Chance zum Überleben.

Janet schrie, ich solle diesen unnatürlichen und frevelhaften Plan fallenlassen. Und in einem machtvollen Strom von Worten, manchmal zu schnell, dann wieder zu langsam sprach sie von unseren Bräuchen, unserer Nachkommenschaft, unseren sinnlichen Ritualen und unserer langen Geschichte – von allem, was ich nun zu opfern bereit war.

Es war ein tödlicher Fehler.

Sofort stürzten sich die Christenmenschen auf sie, fesselten sie an Händen und Füßen, und wer sie verteidigen wollte, wurde niedergeschlagen. Ein paar der bekehrten Taltos wandten sich zur Flucht, und auch sie wurden niedergemacht. Wieder kam es zu einem erbitterten Kampf; Hütten und Häuser gingen in Flammen auf, und die Leute rannten in ihrer Panik durcheinander und schrien zu Gott um Hilfe. »Tötet die Ungeheuer!« so schrie es allenthalben.

Einer der Mönche erklärte, dies sei das Ende der Welt. Einige Taltos pflichteten ihnen bei und fielen auf die Knie. Als die Menschen sie in dieser unterwürfigen Haltung erblickten, töteten sie auf der Stelle alle diejenigen, die sie nicht kannten, die sie fürchteten oder die sie nicht mochten, und sie verschonten nur wenige, die bei allen beliebt waren.

Nur ich und eine Handvoll anderer blieben übrig – diejenigen, die in der Stammesführung am aktivsten gewesen waren und hypnotische Persönlichkeiten besaßen. Die wenigen, die den Mut hatten, uns anzugreifen, schlugen wir zurück, und andere bändigten wir mit wilden Blicken oder stimmgewaltigen Flüchen.

Und schließlich, als die Raserei ihren Höhepunkt erreicht hatte und die Männer unter der Last ihres Schwertes zusammenbrachen, während andere heulten und um die Gefallenen jammerten, da waren nur noch fünf von uns übrig – fünf Taltos, die sich Christus geweiht hatten. Die aber, die Christus nicht hatten annehmen wollen, waren vernichtet – alle außer Janet.

Die Mönche riefen die Menge zur Ordnung.

»Sprich zu deinem Volk, Ashlar. Sprich, oder alles ist verloren. Donnelaith wird es nicht mehr geben, und das weißt du.«

»Ja, sprich«, sagten die anderen Taltos, »und sag nichts mehr, was jemandem angst machen könnte. Sei klug, Ashlar.«

Ich weinte so sehr, daß diese Aufgabe meine Kräfte zu übersteigen schien. Wohin ich auch schaute, sah ich die Toten, Hunderte, die seit dem Steinkreis in der Ebene geboren waren, tot und dahin, in die Ewigkeit eingegangen oder vielleicht auch in die Flammen der Hölle, weil sie Christi Gnade nicht gefunden hatten.

Ich fiel auf die Knie. Ich weinte, bis ich keine Tränen mehr hatte, und als ich aufhörte, war es still im Tal.

»Du bist unser König, Ashlar«, riefen die Menschen. »Sag uns, daß du kein Teufel bist, und wir werden dir glauben.«

Die anderen Taltos hatten verzweifelte Angst. Ihr Schicksal hing jetzt an dem meinen. Aber sie waren diejenigen, die unter den Menschen am besten bekannt waren und am meisten verehrt wurden. Wir hatten also eine Chance – das heißt, wenn ich jetzt nicht verzweifelte und unser aller Schicksal besiegelte.

Aber was war von meinem Volk denn noch übrig? Was? Und was hatte ich hier in unser Tal getragen?

Die Mönche kamen näher. »Ashlar, Gott prüft den, welchen er liebt.« Sie meinten es ernst. Auch ihre Augen waren von

Trauer erfüllt. »Gott versucht denjenigen, den er zum Heiligen machen will.« Ungeachtet dessen, was andere über unsere Monstrosität, unsere Sündhaftigkeit denken mochten, warfen sie mir die Arme um den Hals und standen fest an meiner Seite gegen den Rest, und sie setzten damit ihre eigene Sicherheit aufs Spiel.

Janet, die von ihren Bewachern festgehalten wurde, ergriff noch einmal das Wort.

»Ashlar, du bist der Verräter deines Volkes. Du hast im Namen eines fremden Gottes den Deinen den Tod gebracht. Du hast den Clan von Donnelaith vernichtet, der seit undenklichen Zeiten in diesem Glen gelebt hat.«

»Bringt die Hexe zum Schweigen!« schrie einer.

»Verbrennt sie«, ein anderer. Und noch einer und noch einer.

Und während sie noch redete, erhob sich ein Raunen, und etliche schickten sich an, im Steinkreis einen Scheiterhaufen zu errichten.

All das sah ich aus dem Augenwinkel, und sie ebenfalls, und dennoch verlor sie den Mut nicht.

»Ich verfluche dich, Ashlar. Ich verfluche dich in den Augen des guten Gottes!«

Ich konnte nicht sprechen, und doch wußte ich, was ich zu tun hatte. Ich mußte sprechen, um mich, die Mönche und meine Anhänger zu retten. Ich mußte sprechen, wenn ich den Tod Janets verhindern wollte.

Man hatte Holz zum Scheiterhaufen getürmt. Kohle wurde daraufgestreut. Menschen brachten Fackeln herbei.

»Sprich«, flüsterte Ninian neben mir. »Für Christus, Ashlar.«

Ich schloß die Augen, ich betete, ich bekreuzigte mich, und dann bat ich alle, mir zuzuhören.

»Ich sehe vor mir einen Kelch«, sagte ich leise, aber doch laut genug, daß alle mich hören konnten. »Ich sehe den Kelch mit Christi Blut, den Joseph von Arimathaia nach England brachte. Ich sehe das Blut Christi, wie es in den Brunnen gegossen wird, ich sehe, wie das Wasser rot fließt, und ich weiß, was es bedeutet. Das Blut Christi ist unser Sakrament und unsere Nahrung.

Für alle Zeit soll es ersetzen die verfluchte Milch, die wir in unserer Wollust bei unseren Frauen gesucht haben, und es soll uns fortan zur Nahrung und zum Trunke dienen.

Und das furchtbare Gemetzel dieses Tages möge Christus als unser erstes großes Opfer annehmen. Denn wir verabscheuen das Töten. Wir verabscheuen es, und wir haben es immer verabscheut. Und wir wenden es nur an gegen die Feinde Christi, auf daß Sein Reich komme auf Erden und Er für alle Zeiten herrschen möge.«

Das war die Kunst der Zunge, wie ich sie verstand. Ich sprach eloquent und tränenreich, und die ganze Meute, Menschen wie Taltos, jubelte und lobte Christus, und sie warfen ihre Schwerter zu Boden, sie rissen sich ihren Schmuck ab, ihre Ringe und Armbänder, und erklärten, sie seien wiedergeboren.

Und kaum waren die Worte über meine Lippen gekommen, da wußte ich im selben Augenblick, daß es Lügen waren. Diese Religion war eine trügerische Sache, und Fleisch und Blut Christi konnten auch töten, so sicher wie Gift.

Aber wir waren gerettet, wir, die wir als Ungeheuer entlarvt waren. Die Menge wollte unseren Tod nicht mehr. Wir waren in Sicherheit – alle außer Janet.

Sie schleiften sie zum Scheiterhaufen, und obgleich ich protestierte, weinte und bettelte, sagten die Priester, nein: Janet müsse sterben, damit all denen eine Lektion erteilt werde, die sich Christus verweigerten.

Das Feuer wurde angezündet.

Ich warf mich zu Boden; ich konnte es nicht ertragen. Dann sprang ich wieder auf, stürzte zu dem langsam aufflammenden Feuersbrand, wurde aber gleich zurückgerissen und wider Willen festgehalten.

»Ashlar, dein Volk braucht dich!«

»Ashlar, setze ein Beispiel!«

Janet richtete den Blick auf mich. Die Flammen leckten an ihrem rosenroten Gewand und an ihren langen blonden Haaren. Sie blinzelte im aufsteigenden Rauch und rief mir zu:

»Verflucht, Ashlar, verflucht für alle Zeit! Möge der Tod dich in Ewigkeit meiden. Mögest du wandern, ungeliebt und kinderlos und ohne dein Volk, bis unsere wunderbare Geburt der einzige Traum in deiner Einsamkeit ist. Ich verfluche dich, Ashlar. Möge die Welt um dich herum zerfallen, bevor dein Leiden ein Ende hat.«

Die Flammen sprangen hoch und verhüllten ihr Gesicht, und ein dunkles Brüllen drang aus dem schnell verbrennenden Holz. Dann erklang noch einmal ihre Stimme, lauter, voller Qualen, aber auch voller Mut.

»Fluch über Donnelaith, und Fluch über sein Volk für alle Zeit! Fluch über den Clan von Donnelaith! Und Fluch über Ashlars Volk!«

Etwas wand sich in den Flammen. Ich wußte nicht, ob es Janet in ihrem Todeskampf war oder ein Trugbild aus Licht und Schatten und züngelnden Flammen.

Ich war auf die Knie gefallen. Ich konnte die Tränen nicht zurückhalten, und es gelang mir auch nicht, mich abzuwenden. Es war, als müsse ich den Weg dieser Qual soweit wie möglich mit ihr gehen, und ich betete zu Christus: »Sie weiß nicht, was sie sagt. Nimm sie zu dir in den Himmel. Weil sie gut war zu anderen, gut auch zu ihrem Volk, nimm sie in den Himmel auf.«

Die Flammen züngelten himmelwärts und erstarben im nächsten Moment. Der Scheiterhaufen wurde sichtbar, ein glühender Haufen aus Holz und verkohltem Fleisch und Knochen, die Überreste jenes anmutigen Geschöpfes, das älter und weiser gewesen war als ich.

Im Glen war es still. Von meinem Volk war nichts übrig außer fünf Männern, die gelobt hatten, im christlichen Zölibat zu leben.

Leben, die Jahrhunderte überdauert hatten, waren ausgelöscht worden. Abgerissene Gliedmaßen, abgehackte Köpfe, verstümmelte Leiber lagen überall.

Die Christenmenschen weinten. Wir weinten.

Fluch über Donnelaith, hatte sie gesagt. Ein Fluch. Aber Janet, meine geliebte Janet, betete ich, was kann uns denn noch mehr passieren?

Ich brach zusammen.

In diesem Augenblick hatte ich genug vom Leben. Ich hatte genug von Leiden und Tod, von den besten Absichten, die doch nur in grauenvolles Verderben führten.

Aber die Mönche kamen zu mir und hoben mich auf. Meine Anhänger riefen nach mir. Ich solle kommen, sagten sie, und ein Wunder sehen, das sich vor der ausgebrannten Ruine des Turms ereignet habe, in dem Janet und die ihr Nahestehenden gewohnt hatten.

Benommen und sprachlos ließ ich mich dort hinschleifen, und nur allmählich begriff ich, daß eine alte, längst versiegte Quelle wieder zum Leben erwacht war. Klares Wasser sprudelte aus der Erde und bahnte sich seinen Weg durch das alte, eingetrocknete Bett, zwischen Hügeln und Baumwurzeln hindurch in eine große Wiese voll blühender Wildblumen.

Ein Wunder!

Ein Wunder. Ich dachte nach. Sollte ich darauf hinweisen, daß dieser Bach in diesem Jahrhundert schon oft gekommen und wieder gegangen war? Daß die Blumen schon gestern und vorgestern geblüht hatten, weil der Boden dort bereits feucht gewesen war, was den kleinen Quell schon angekündigt hatte, der nun aus der Erde gebrochen war?

Oder sollte ich ebenfalls sagen: »Ein Wunder!«

Ich sagte: »Ein Zeichen von Gott!«

»Kniet alle nieder«, rief Ninian. »Badet in diesem heiligen Wasser. Wascht ab das Blut derer, die Gottes Gnade nicht annehmen wollten und nun in die ewige Verdammnis eingegangen sind!«

Janet, die für alle Zeit in der Hölle brannte, auf jenem Scheiterhaufen, der niemals erlischt, die Stimme, die mich noch weinend verfluchte . . .

Mich schauderte, und ich wäre fast wieder in Ohnmacht gefallen, aber ich sank auf die Knie.

Im Grunde meiner Seele wußte ich, daß der neue Glaube mich mit sich reißen, daß er mein ganzes Leben verzehren mußte, denn sonst wäre ich verloren in Ewigkeit!

Ich hatte keine Hoffnung mehr, keine Träume. Ich hatte keine Wörter mehr, und es dürstete mich nach nichts! Und dies mußte mich retten, oder ich würde an Ort und Stelle sterben, durch reine Willenskraft, würde nie wieder sprechen, mich bewegen oder Nahrung zu mir nehmen, bis der Tod sich über mich stähle.

Ich fühlte, wie das kalte Wasser mir ins Gesicht klatschte. Ich fühlte, wie es in meine Kleider lief. Die anderen hatten sich versammelt. Auch sie badeten. Die Mönche hatten begonnen, die ätherischen Psalmen zu singen, die ich auf Iona gehört hatte. Mein Volk, die Menschen von Donnelaith, die traurig weinten und nach der gleichen großen Erlösung lechzten, stimmten auf altmodische Weise in das Lied ein und sangen jeden Vers den Mönchen nach, bis überall Stimmen ertönten zum Lobpreis Gottes.

Und wir alle wurden getauft im Namen des Vaters und des Sohnes und des Heiligen Geistes.

Von da an war der Clan von Donnelaith christlich. Lauter Menschen, und nur fünf Taltos.

Bis zum nächsten Morgen fanden sich noch ein paar Taltos ein, überwiegend sehr junge Frauen, die zwei fast neugeborene Männer in ihrem Haus verborgen hatten; von dort aus hatten sie die ganze Tragödie mitangesehen, auch Janets Hinrichtung. Es waren alles in allem sechs.

Die Menschen brachten sie zu mir. Sie wollten nicht sprechen, wollten Christus weder annehmen noch zurückweisen, sondern sahen mich nur voller Entsetzen an. Was sollten wir tun?

»Laßt sie gehen, wenn sie wollen«, sagte ich. »Laßt sie aus dem Tal entfliehen.«

Niemand hätte noch mehr Blut und Tod verdauen können. Und ihre Jugend, ihre Schlichtheit, ihre Unschuld umgaben sie wie ein Schild. Und als die Neubekehrten zurückwichen, flüchteten diese Taltos nur mit dem, was sie am Leibe trugen, in den Wald.

In den folgenden Tagen gewannen wir fünf Männer, die wir

übriggeblieben waren, die Zuneigung des ganzen Volkes. Mit der Inbrunst ihres neuen Glaubens priesen sie uns, weil wir ihnen Christus gebracht hätten, und sie ehrten uns wegen unseres Keuschheitsgelübdes. Die Mönche unterwiesen uns Tag und Nacht und bereiteten uns auf den Eintritt in den Ordensstand vor. Wir brüteten über unseren heiligen Büchern. Wir beteten ohne Unterlaß.

Man begann die Arbeit an der Kirche, einem machtvollen romanischen Bauwerk aus trockenem Stein mit runden Bogenfenstern und einem langgestreckten Kirchenschiff.

Und ich selbst führte eine Prozession durch den alten Steinkreis, wo wir alle Symbole aus alter Zeit unkenntlich machten und neue Embleme in den Stein meißelten, Bilder aus dem Altarbuch der Evangelien.

Da war der Fisch, der für Christus stand, die Taube, die den Apostel Johannes versinnbildlichte, der Löwe für Markus, der Ochse für Lukas und der Mensch für Matthäus. Und in einer kleinen Taltos-Raserei schnitten wir biblische Szenen in flachere Steine und schafften sie auf den Friedhof; wir stellten Kreuze, wie sie in unserem Buch zu sehen waren, auf die alten Gräber, prunkvoll und verschnörkelt.

Es war ein kurzes Zwischenspiel, das ein wenig von der alten Glut wiederkehren ließ, wie sie uns auf der Ebene von Salisbury allesamt erfaßt hatte. Aber jetzt waren wir nur noch fünf und kein ganzes Volk mehr – fünf, die ihrer eigenen Natur abgeschworen hatten, um Gott und den Christenmenschen zu gefallen, fünf, die sich in die Rolle von Heiligen hatten drängen lassen, um nicht massakriert zu werden.

Aber in mir und den anderen lauerte ein dunkles Grauen. Wie lange würde dieser unbehagliche Waffenstillstand halten? Würde uns nicht schon die geringste Sünde von unserem Podest werfen?

Und noch während ich zu Gott betete, er möge mir helfen, möge mir all meine Irrtümer verzeihen und mich an sich binden als einen guten Priester, da wußte ich schon, daß wir fünf nicht viel länger in Donnelaith würden bleiben können.

Und ich ertrug es auch nicht! Selbst wenn ich betete, selbst wenn ich mit den Mönchen die Psalmen sang, gellte mir Janets Fluch in den Ohren, und ich sah mein Volk blutbedeckt. Christus, schenke mir deinen Glauben, betete ich, aber in meinem geheimsten Herzen glaubte ich nicht daran, daß der einzige Weg für mich und meinesgleichen in dieser Selbstverleugnung und Keuschheit bestand. Wie konnte das sein? Wollte Gott denn, daß wir ausstarben?

Dies war keine Selbstaufopferung, sondern es war absolute Selbstverleugnung. Für Christus waren wir zu nichts geworden!

Und dennoch brannte die Liebe Christi heiß in mir. Sie brannte verzweifelt. Und ein sehr starkes persönliches Gefühl für meinen Erlöser entwickelte sich in mir, wie es das bei Christen schon immer getan hat. Nacht für Nacht sah ich in meinen Meditationen den Kelch Christi vor mir, den heiligen Berg, auf dem Josephs Weißdornbusch blühte, das Blut im Wasser des Brunnens, der Chalice Well hieß. Ich gelobte, eine Wallfahrt nach Glastonbury zu unternehmen.

Gerüchte rumorten außerhalb des Glen. Die Menschen hatten von der heiligen Schlacht von Donnelaith gehört, wie man sie schon nannte. Sie hatten von großen, keuschen Priestern mit seltsamen Kräften gehört. Mönche hatten anderen Mönchen geschrieben und die Geschichte weitererzählt.

Die Legende vom Taltos erwachte wieder. Andere, die als Pikten in kleinen Gemeinden gelebt hatten, mußten jetzt aus ihrem Heim flüchten, weil ihre heidnischen Nachbarn sie verhöhnten und bedrohten, während Christen zu ihnen kamen und sie beschworen, von ihrem unheiligen Leben abzulassen und zu »heiligen Vätern« zu werden.

Im Wald wurden wilde Taltos gefunden, und man munkelte, in dieser oder jener Stadt sei die magische Geburt bezeugt worden. Und die Hexen waren wieder auf der Jagd und brüsteten sich damit, sie könnten uns zwingen, uns zu offenbaren, und uns machtlos machen.

Andere Taltos hatte man entlarvt als das, was sie waren; reich gekleidet und bis an die Zähne bewaffnet, kamen sie in hochgerüsteten Trupps ins Glen und verfluchten mich für das, was ich getan hatte.

Ihre Frauen, wunderschön gewandet und von allen Seiten bewacht, sprachen von Janets Fluch, von dem sie hatten flüstern hören – ohne Zweifel von den Taltos, die aus Donnelaith geflüchtet waren –; sie verlangten, daß ich den Fluch vor aller Ohren wiederholte und ihr Urteil hörte.

Ich weigerte mich. Ich sagte nichts.

Und zu meinem Entsetzen wiederholten diese Taltos den Fluch daraufhin selbst, denn tatsächlich kannten sie ihn schon längst.

»Verflucht, Ashlar, verflucht für alle Zeit! Möge der Tod dich in Ewigkeit meiden. Mögest du wandern, ungeliebt und kinderlos und ohne dein Volk, bis unsere wunderbare Geburt der einzige Traum in deiner Einsamkeit ist. Möge die Welt um dich herum zerfallen, bevor dein Leiden ein Ende hat.«

Es war für sie zu einem Gedicht geworden, das sie hersagen konnten, und als sie fertig waren, spuckten sie mir vor die Füße.

»Ashlar, wie konntest du das verlorene Land vergessen?« fragten die Frauen. »Wie konntest du den Kreis in der Ebene von Salisbury vergessen?«

Dieser tapfere Rest wanderte zwischen den Ruinen der alten Brochs umher, und die Menschen von Donnelaith beobachteten sie mit kalten Augen und voller Angst, und sie seufzten erleichtert, als der Trupp das Tal verließ.

In den folgenden Monaten kamen einige Taltos, die Christus angenommen hatten, und wollten Priester werden. Wir hießen sie willkommen.

Im ganzen nördlichen Britannien war die Zeit der Ruhe für mein Volk zu Ende gegangen.

Die Pikten verschwanden zusehends. Diejenigen, die die Ogham-Schrift beherrschten, schrieben schreckliche Flüche gegen mich, oder sie schnitten ihren neugefundenen christlichen Glauben mit Inbrunst in Mauern und Steine.

Ein enttarnter Taltos konnte sich retten, indem er Priester

oder Mönch wurde, eine Wandlung, die die Bevölkerung nicht nur beschwichtigte, sondern in großes Frohlocken versetzte. Dörfer wollten einen Taltos als Priester; Christen aus anderen Stämmen baten darum, daß ein zölibatärer Taltos zu ihnen kommen und die besondere Messe für sie lesen möge. Jeder Taltos aber, der bei diesem Spiel nicht mitmachte, der seinem heidnischen Leben nicht abschwor, der nicht den Schutz Gottes für sich in Anspruch nahm, war Freiwild für jedermann.

Einstweilen legten wir fünf und noch einmal vier, die später gekommen waren, die Ordensgelübde ab. Zwei Taltos-Frauen, die ins Glen gekommen waren, wurden Nonnen unserer Gemeinschaft, und sie weihten sich der Obsorge für Schwache und Kranke. Mich ernannten sie zum Vater Abt des Klosters von Donnelaith, und meine Autorität erstreckte sich auf das Glen und die angrenzenden Gemeinden.

Unser Ruhm wuchs.

Es gab Zeiten, da mußten wir uns in unserem neuerbauten Kloster verbarrikadieren, um den Pilgern zu entrinnen, die kamen, »um zu sehen, was ein Taltos war«, und um uns zu berühren. Es sprach sich herum, daß wir »heilen« und »Wunder wirken« konnten.

Tagaus, tagein drängte mich meine Herde, zur heiligen Quelle zu gehen und die Pilger dort zu segnen, die gekommen waren, um das heilige Wasser zu trinken.

Janets Broch hatte man abgerissen. Die Steine ihres Heims und alles Metall, das man aus ihrem Geschirr und den paar Armbändern und Ringen schmelzen konnte, verwandte man für den Bau der neuen Kirche. Und am heiligen Bach wurde ein Kreuz errichtet und mit lateinischen Worten beschriftet, zum feierlichen Gedenken an Janets Verbrennung und das darauf folgende Wunder.

Ich konnte es kaum mitansehen. Ist das Barmherzigkeit? Ist das Liebe? Aber für die Feinde Christi war es mehr als offensichtlich, daß die Gerechtigkeit so bitter schmecken konnte, wie es Gott beliebte.

Aber war denn dies alles Gottes Plan?

Mein Volk vernichtet, und die wenigen Überlebenden in heilige Tiere verwandelt? Ich flehte unsere Mönche von Iona an, all diesem Aberglauben den Garaus zu machen. »Wir sind keine magische Priesterschaft!« erklärte ich. »Es fehlt nicht mehr viel, und diese Leute werden behaupten, wir hätten Zauberkräfte!«

Aber zu meinem absoluten Entsetzen meinten die Mönche, so sei es Gottes Wille.

»Siehst du denn nicht, Ashlar«, rief Ninian, »daß Gott dein Volk eigens für dieses besondere Priesteramt auserkoren hat?«

Aber alles, was mir einmal vorgeschwebt hatte, war zunichte gemacht worden. Der Taltos war nicht erlöst worden, er hatte keinen Weg zum friedlichen Zusammenleben mit den Menschen gefunden.

Die Kirche wurde immer berühmter, und die christliche Gemeinde wurde gewaltig. Und ich fürchtete die Unbeständigkeit derer, die uns anbeteten.

Und endlich nahm ich mir jeden Tag eine oder zwei Stunden, da meine Tür verschlossen wurde und niemand mit mir reden durfte. Und in der Abgeschiedenheit meiner Zelle begann ich, ein großes illustriertes Buch zu schreiben, und ich benutzte all die Fertigkeiten, die ich von meinem Lehrer auf Iona gelernt hatte.

Im Stil der vier Evangelien sollte es geschrieben werden, mit goldenen Lettern auf jeder Seite und winzigen Bildern, die alles illustrierten: die Geschichte meines Volkes.

Mein Buch.

Es war das Buch, das Stuart Gordon in den Krypten der Talamasca fand.

Für Vater Columba schrieb ich jedes Wort, und all meine Begabung für Verse, für Lieder und Gebete ließ ich hineinfließen, während ich das verlorene Land beschrieb, unsere Wanderung zur Ebene im Süden und den Bau unseres großen Stonehenge. In lateinischer Sprache erzählte ich, was ich wußte, von unseren Kämpfen in der Welt der Menschen; ich erzählte, wie wir gelitten und zu überleben gelernt hatten und wie mein Volk, mein Stamm, schließlich zu dem geworden war, was es jetzt war: fünf Priester in einem Meer von Menschen, verehrt um einer Macht willen, die wir nicht besaßen, Verbannte ohne Namen, ohne Land, ohne eigenen Gott, die wir mühsam den Gott eines Volkes, das uns fürchtete, um Erlösung anflehten.

»Lies hier meine Worte, Vater«, schrieb ich, »der Du sie nicht hören wolltest, als ich versuchte, sie Dir zu sagen. Sieh sie hier aufgeschrieben in der Sprache des Hieronymus, des Augustinus, des Papstes Gregor. Und wisse, daß ich die Wahrheit sage und mich danach sehne, in die Kirche Gottes einzugehen als das, was ich wirklich bin. Denn wie sonst werde ich je das himmlische Königreich betreten können?«

Schließlich war meine Aufgabe vollendet.

Ich lehnte mich zurück und betrachtete den Buchdeckel, den ich selbst mit Juwelen geschmückt, die Bindung, die ich selbst aus Seide gefertigt, die Lettern, die ich selbst geschrieben hatte.

Sogleich schickte ich nach Pater Ninian und legte ihm das Buch vor. Ganz still saß ich da, während er das Werk in Augenschein nahm.

Ich war zu stolz auf das, was ich geschaffen hatte, zu sicher, daß unsere Geschichte in den gewaltigen Bibliotheken der Kirchendoktrin und Kirchengeschichte schon irgendwo ihren bestätigenden Kontext finden würde. »Was immer sonst noch geschehen mag«, dachte ich, »ich habe die Wahrheit berichtet. Ich habe berichtet, wie es war und wofür Janet lieber sterben wollte.«

Nichts hätte mich auf Ninians Miene vorbereiten können, als er das Buch zuklappte.

Eine ganze Weile sagte er gar nichts. Dann fing er an zu lachen, und er lachte und lachte.

»Ashlar«, sagte er. »Hast du den Verstand verloren? Oder warum erwartest du, daß ich so etwas zu Vater Columba bringe?«

Ich war wie vom Donner gerührt. Mit zaghafter Stimme sagte ich: »Ich habe mein Bestes getan.«

»Ashlar«, sagte er, »dies ist das schönste Buch seiner Art, das ich je gesehen habe. Die Illustrationen sind vollkommen ausgeführt, der Text in makellosem Latein verfaßt, strotzend von hundert anrührenden Formulierungen. Es ist unvorstellbar, daß ein Mann so etwas in weniger als drei oder vier Jahren erschaffen könnte, in der Einsamkeit des Skriptoriums von Iona, und wenn ich mir vorstelle, daß du es hier und binnen eines einzigen Jahres gemacht hast, dann kann ich es nur noch als wunderbar bezeichnen.«

»Aber?«

»Aber der Inhalt, Ashlar! Das ist Blasphemie! Im Latein der Heiligen Schrift und im Stil eines Altarbuches schreibst du heidnische Verse und Geschichten voller Wollust und Monstrosität! Ashlar, dies ist die Form für die frohe Botschaft des Herrn, für einen Psalter! Was ist nur in dich gefahren, daß du deine frivolen Zaubergeschichten auf diese Weise zu Papier bringst?«

»Vater Columba soll diese Worte lesen und sehen, daß sie wahr sind.«

Aber ich hatte bereits verstanden, was er meinte. Meine Verteidigungsschrift bedeutete nichts.

Als er mich so niedergeschmettert sah, lehnte er sich zurück, faltete die Hände und sah mich an.

»Vom ersten Tag an, da ich in dein Haus kam«, sagte er, »wußte ich, wie einfältig und wie gut du bist. Nur du hättest einen so törichten Irrtum begehen können. Leg es beiseite; leg deine ganze Geschichte ein für allemal beiseite! Widme deine außergewöhnlichen Talente den richtigen Gegenständen.«

Einen Tag und eine Nacht lang dachte ich darüber nach.

Ich wickelte mein Buch sorgfältig ein und gab es Ninian.

»Ich bin dein Abt hier in Donnelaith. Man hat mich feierlich dazu ernannt. Nun, dies ist der letzte Befehl, den ich dir geben werde. Bringe dieses Buch zu Vater Columba, wie ich es dir gesagt habe. Und sag ihm, ich hätte beschlossen, auf eine Wallfahrt zu gehen. Ich weiß nicht, wie lange ich fort sein werde, oder wo ich hingehe. Wie du aus diesem Buch ersehen kannst, erstreckt mein Leben sich bereits über viele Generationen. Vielleicht werde ich ihn nie wieder zu Gesicht bekommen, und dich auch nicht. Aber ich muß gehen. Ich muß die Welt sehen. Und ob ich jemals hierher oder zu unserem Herrn zurückkehre, das weiß nur Er.«

Ninian wollte protestieren. Aber ich blieb unerbittlich. Er wußte, daß er ohnehin bald nach Iona würde heimkehren müssen, und so gab er nach. Er wies mich warnend darauf hin, daß ich keine Erlaubnis von Columba hätte, fortzugehen, aber ihm war klar, daß mich das nicht kümmerte.

Endlich machte er sich auf den Weg, mit dem Buch und einer starken Eskorte von fünf Menschen.

Ich habe das Buch nie wiedergesehen, bis Stuart Gordon es in seinem Turm in Somerset vor mir auf den Tisch legte.

Ob es Iona je erreicht hat, weiß ich nicht.

Ich vermute aber, daß es hingelangt ist und daß es viele Jahre auf Iona blieb, bis alle die, die wußten, was es war oder wer es geschrieben hatte oder warum es dort war, längst dahingegangen waren.

Ich sollte überdies nie erfahren, ob Vater Columba es gelesen hat oder nicht. Noch am Abend von Ninians Abreise beschloß ich, Donnelaith für immer zu verlassen.

Ich rief die Taltos-Priester in der Kirche zusammen und gebot ihnen, die Türen zu verriegeln. Die Menschen mochten denken, was sie wollten – und in der Tat, es machte sie natürlich unruhig und mißtrauisch.

Ich teilte meinen Priestern mit, daß ich fortgehen wollte.

Ich sagte ihnen, daß ich Angst hätte.

»Ich weiß nicht, ob ich das Richtige getan habe. Ich glaube es, aber ich weiß es nicht. Und ich fürchte die Menschen um uns herum. Ich fürchte, daß sie sich jeden Augenblick gegen uns wenden können. Wenn ein Unwetter kommt, wenn eine Seuche das Land heimsucht, wenn eine schlimme Krankheit die Kinder der mächtigen Familien befällt – jede Katastrophe könnte einen Aufstand gegen uns auslösen.

Sie sind nicht unser Volk! Und ich war ein Narr, daß ich geglaubt habe, wir könnten je mit ihnen in Frieden leben.

Jeder von euch mag tun, was er will, aber ich rate euch als Ashlar, der euch geführt hat, seit wir das verlorene Land verließen: Geht fort von hier. Sucht die Absolution in irgendeinem fernen Kloster, wo man von eurer Natur nichts weiß, und erbittet die Erlaubnis, dort in Frieden euren Gelübden entsprechend zu leben. Aber verlaßt dieses Tal.

Ich selbst will auf eine Wallfahrt gehen. Erst nach Glastonbury, wo Joseph von Aritmathaia das Blut Christi ins Wasser goß. Dort will ich um Anleitung beten. Dann reise ich nach Rom, und dann vielleicht nach Konstantinopel, um die heiligen Ikonen zu sehen, denen man nachsagt, sie bergen wie durch magische Kraft das Antlitz Christi. Dann nach Jerusalem, um den Berg zu sehen, auf dem Christus für uns gestorben ist. Und hiermit widerrufe ich mein Gehorsamsgelübde gegen Vater Columba.«

Ein Aufschrei erhob sich, und alle weinten, aber ich blieb fest. Es war eine sehr taltostypische Art, eine Sache zu beenden.

»Wenn ich mich irre, möge Christus mich in Seine Herde zurückführen. Möge er mir vergeben. Oder ... ich möge zur Hölle fahren.« Ich zuckte die Achseln. »Doch ich gehe.«

Und so traf ich meine Reisevorbereitungen ...

Bevor ich diese Abschiedsworte zu meiner kleinen Herde sprach, hatte ich meine ganze persönliche Habe aus meinem Turm geholt, darunter alle meine Bücher, meine eigenen Schriften, meine Briefe von Vater Columba und alles, was mir sonst noch wichtig war, und es in zwei Erdkellern verborgen, die ich vor Jahrhunderten angelegt hatte. Dann holte ich die letzten meiner schönen Kleider hervor, die ich noch besaß aus der Zeit bevor ich alles für das Priestergewand und die Kirche aufgegeben hatte, und kleidete mich in einen grünen Wollmantel, lang und dick und mit schwarzem Pelz besetzt, und ich schlang mir meinen letzten Gürtel aus feinem Leder und Goldbesatz um den Leib, schnallte mein Breitschwert mit der juwelenbesetzten Scheide an, setzte mir eine alte Pelzmütze auf den Kopf und darauf einen Bronzehelm von ehrwürdigem Alter. Wie ein Edelmann gekleidet, machte ich mich auf den Weg. Ein kleiner Sack enthielt meine Habe, als ich das Glen verließ.

Dies alles war bei weitem nicht so prunkvoll und schwer, wie meine königliche Staffage es gewesen war, aber auch keineswegs so bescheiden wie die Kutte eines Priesters. Es war einfach gute Reisekleidung.

Ich ritt vielleicht eine Stunde lang durch den Wald und folgte alten Pfaden, die nur diejenigen kannten, die einmal hier gejagt hatten.

Immer höher ging es, über dicht bewaldete Hänge zu einem geheimen Paß, der zur Landstraße führte.

Es war schon spät am Nachmittag, aber ich wußte, daß ich die Straße erreichen würde, bevor es dunkel wäre. Der Vollmond würde scheinen, und ich gedachte zu reiten, bis ich zu müde wäre, um weiter voranzukommen.

Es war dunkel in diesen dichten Wäldern, so dunkel, glaube ich, daß Leute von heute es sich gar nicht so recht vorstellen können. Es war die Zeit, bevor die großen Wälder Britanniens vernichtet wurden, und die Bäume waren dick und alt.

Wir glaubten, daß diese Bäume die einzigen Lebewesen auf der Welt seien, die älter seien als wir. Wir liebten den Wald und hatten ihn niemals gefürchtet.

Aber ich war noch nicht sehr lange im finstersten Wald gewesen, als ich die Stimmen des Kleinen Volkes hörte.

Ich hörte sie zischeln und wispern und lachen.

Samuel war damals noch nicht geboren, und so war er nicht dabei, aber Aiken Drumm und andere, die heute noch leben, waren unter denen, die da riefen. »Ashlar, der Narr der Christen, hat sein Volk verraten!« Oder: »Ashlar, kommt mit uns, mach ein neues Volk von Riesen, und wir werden die Welt beherrschen!« und anderes solches Zeug. Aiken Drumm war mir schon immer zuwider gewesen. Er war damals noch jung, und sein Gesicht war nicht so knorrig, daß man die Augen nicht mehr sehen konnte. Und als er jetzt durch das Unterholz huschte und mir die Faust entgegenschüttelte, da war sein Gesicht voller Bosheit.

»Ashlar, jetzt verläßt du das Glen, nachdem du alles zerstört hast? Möge Janets Fluch über dich kommen!«

Schließlich aber wichen alle vor mir zurück, und zwar aus einem schlichten Grund: Ich näherte mich einer Höhle im Berghang, die ich – aus naheliegenden Gründen – völlig vergessen hatte.

Ohne nachzudenken, hatte ich einen Weg eingeschlagen, den frühere Stämme benutzt hatten, um dort zu beten. In den alten Zeiten, als die Taltos noch in der Ebene von Salisbury lebten, hatten diese Stämme die Höhle mit Schädeln gefüllt, und spätere Völker hatten die Höhle als einen Ort finsterer Götzenanbetung verehrt.

In den letzten Jahrhunderten hatten die Bauern geschworen, in dieser Höhle gebe es eine offene Tür, durch die man die Stimmen der Hölle oder den Gesang des Himmels hören könne.

Im Wald in der Nähe hatte man Geister gesehen, und mitunter trotzten Hexen unserem Zorn und wagten sich hierher. Es hatte zwar Zeiten gegeben, da wir in furchterregenden Horden in die Berge hinaufgeritten waren,um sie zu vertreiben, aber in den letzten zweihundert Jahren hatten wir uns kaum noch um sie gekümmert.

Ich selbst war in meinem ganzen Leben nur zweimal dort gewesen, aber ich hatte nicht die geringste Angst vor der Höhle. Und als ich sah, daß die Kleinen Leute sich fürchteten, da war ich nur froh, sie los zu sein.

Aber als mein Pferd sich über den alten Pfad der Höhle näherte, sah ich, daß flackernde Lichter in der dichten Dunkelheit spielten. Allmählich erkannte ich, daß da eine rohe Behausung im Berghang saß, vielleicht auch eine Höhle, mit Steinen verschlossen, so daß nur eine kleine Tür und ein Fenster offenblieben; weiter oben war noch ein Loch, durch das der Rauch entkam.

Und das Licht flackerte durch Risse und Spalten in der groben Mauer.

Und dort, ein ganzes Stück höher, lag der Pfad zu der großen Höhle, deren klaffendes Maul jetzt von Kiefern und Eichen und Eiben vollständig verborgen wurde.

Ich wollte mich der kleinen Behausung fernhalten, kaum daß

ich sie entdeckt hatte. Wer in der Nachbarschaft dieser Höhle wohnte, konnte nur Unheil bringen.

Die Höhle selbst aber übte eine unbestimmte Faszination auf mich aus. Ich glaubte an Christus, auch wenn ich gegen meinen Abt ungehorsam gewesen war, und ich fürchtete die Heidengötter nicht, denn ich glaubte nicht an sie. Aber ich verließ meine Heimat, und ich würde vielleicht niemals zurückkehren. Und ich fragte mich, ob ich die Höhle nicht besuchen und vielleicht sogar ein Weilchen dort rasten sollte, verborgen und sicher vor dem Kleinen Volk.

29

»Jetzt hört mir zu, alle beide«, sagte sie, ohne den Blick von der Straße zu wenden. »An diesem Punkt werde ich die Führung übernehmen. Ich denke darüber nach, seit ich geboren wurde, und ich weiß genau, was wir tun müssen. Schläft Granny da hinten?«

»Tief und fest«, antwortete Mary Jane vom Beifahrersitz, wo sie sich seitwärts hingestreckt hatte, um Morrigan am Steuer zu beobachten.

»Was heißt das?« fragte Mona. »Du willst die Führung übernehmen?«

»Genau das«, sagte Morrigan. Ihre beiden Hände lagen nebeneinander oben auf dem Lenkrad und hielten es locker umfaßt; sie fuhren jetzt seit einer Weile neunzig Meilen pro Stunde, und offensichtlich würde kein Cop sie anhalten. »Ich habe euch zugehört, wie ihr diskutiert und diskutiert, und ihr klebt an Dingen fest, um die es absolut nicht geht, sozusagen an moralischen Formalitäten.«

Morrigans Haar fiel ihr zerzaust über Schultern und Arme – in leuchtendem Rot, soweit Mona es erkennen konnte, aber in dem gleichen Farbton wie ihr eigenes Haar. Und die gespenstische Ähnlichkeit zwischen ihren Gesichtern brachte Mona völlig aus der Fassung, wenn sie Morrigan zu lange anschaute. Und was die Stimme anging, nun, da lag die große Gefahr auf der Hand: Morrigan konnte sich am Telefon für Mona ausgeben. Sie hatte es ohne Mühe getan, als Onkel Ryan schließlich in Fontevrault angerufen hatte. Was für ein umwerfendes Gespräch das gewesen war! Ryan hatte »Mona« äußerst taktvoll gefragt, ob sie etwa Amphetamine nehme, und sie behutsam daran erinnert, daß alles, was sie einnehme, dem Baby schaden könne. Aber der springende Punkt war, Onkel Ryan war nicht auf den Gedanken gekommen, daß die schnellsprechende, neugierige Frauenstimme am anderen Ende der Leitung gar nicht Mona gehörte.

Sie alle trugen ihre besten Osterkleider, wie Mary Jane es genannt hatte, auch Morrigan, die sie in den Boutiquen von Napoleonville eingekleidet hatten. Das weiße, taillierte Baumwollkostüm hätte Mona und selbst Mary Jane bis zu den Knöcheln gereicht. Bei Morrigan ging es nur bis zum Knie; die Taille war sehr schmal, und der schlichte V-Ausschnitt, Symbol matronenhafter Nüchternheit, wurde auf ihren recht gut entwikkelten Brüsten zu einem atemberaubenden Decolleté. Es war die alte Geschichte: Man streife ein schlichtes, einfaches Kleid über ein hinreißend schönes Mädchen, und es wird auffälliger sein als Blattgold und Zobel.

Granny schlummerte in ihrem besten Baumwolljersey-Hosenanzug aus dem Supermarkt unter der Thermodecke. Der Himmel war blau mit prachtvoll weißen Wolken. Mona war es gottlob überhaupt nicht mehr übel; sie fühlte sich nur schwach. Elend schwach.

Sie waren jetzt noch eine halbe Stunde von New Orleans entfernt.

»Was heißt denn hier ›moralische Formalitäten‹?« wollte Mary Jane wissen. »Es sind Fragen der Sicherheit, weißt du, und was meinst du damit, daß du ›die Führung‹ übernimmst?«

»Nun, ich rede von etwas Unvermeidlichem«, sagte Morrigan. »Aber ich möchte es euch Schritt für Schritt beibringen.«

Mona lachte.

»Ah, siehst du, Mutter ist natürlich klug genug, um Bescheid zu wissen und die Zukunft zu erkennen, wie es eine Hexe wohl kann, nehme ich an; aber du, Mary Jane, benimmst dich hartnäckig wie eine Kreuzung aus mißbilligender Tante und *Advocatus diaboli*.«

»Bist du sicher, daß du weißt, was alle diese Worte bedeuten?«

»Meine Liebe, ich habe den kompletten Inhalt zweier Wörterbücher in mich aufgenommen. Ich kenne alle Wörter, die meine Mutter kannte, bevor ich geboren wurde, und einen großen Teil derer, die mein Vater im Kopf hatte. Woher sollte ich sonst wissen, was ein Steckschlüssel ist und wieso der Kofferraum dieses Autos einen ganzen Satz davon enthält?

Doch jetzt zurück zu diesem kritischen Augenblick: Wo fahren wir hin? In welches Haus? Und all dieser Unfug.«

Sogleich beantwortete sie ihre eigenen Fragen.

»Nun, wie ich es sehe, ist es gar nicht so schrecklich wichtig, zu wessen Haus wir fahren. Die Amelia Street wäre eine schlechte Idee, einfach weil es dort von anderen Leuten nur so wimmelt, wie ihr mir inzwischen dreimal erklärt habt, und auch wenn es in gewissem Sinne das Haus meiner Mutter ist, gehört es doch in Wirklichkeit der uralten Evelyn. Fontevrault ist zu weit weg. Wir fahren nicht mehr zurück, egal, was passiert! Ein Apartment ist ein Unterschlupf, den ich in meiner antizipatorischen Angst nicht ertragen könnte! Ein kleines, unpersönliches Quartier, angemietet unter falschen Voraussetzungen, lehne ich ab. Ich kann nicht in einer Schachtel leben. Das Haus in der First Street gehört Rowan und Michael, das stimmt, aber Michael ist mein Vater! Alles was wir brauchen, ist in der First Street. Ich brauche Monas Computer, ihre Aufzeichnungen, die Blätter, die Lasher vollgekritzelt hat, und die Notizen, die mein Vater in seiner Kopie der berühmten Talamasca-Akte angefertigt hat – alles also, was sich zur Zeit in diesem Hause befindet und worauf Mona unumstrittenen Zugriff hat. Nun, nicht auf Lashers Kritzeleien, aber auch hier handelt es sich wiederum um eine Formalität. Ich beanspruche aufgrund meiner Artverwandtschaft das Recht, diese Aufzeichnungen einzusehen! Und ich habe nicht den leisesten Skrupel, Michaels Tagebuch zu lesen, wenn ich es finde. Und jetzt fangt nicht an zu schreien, ihr beide!‹

»Ja, aber zunächst mal könntest du dich ein bißchen bremsen!« schrie Mary Jane. »Und irgendwie krieg ich ein komisches Gefühl in den Knochen, wenn du sagst, du willst ›die Führung übernehmen‹!«

»Laß uns darüber noch ein bißchen ausführlicher nachdenken«, sagte Mona.

»Ihr habt euch in meiner Anwesenheit oft genug gegenseitig daran erinnert, daß dieses Spiel ›Überleben‹ heißt«, antwortete Morrigan. »Ich brauche alle diese Informationen – Tagebücher, Akten, Aufzeichnungen – zum Überleben. Das Haus in der First Street steht jetzt leer; das wissen wir, und wir können uns in Ruhe auf Michaels und Rowans Heimkehr vorbereiten. Also treffe ich hier und jetzt die Entscheidung, daß wir dort hinfahren, zumindest bis Michael und Rowan wieder zurück sind und wir sie über die Lage in Kenntnis gesetzt haben. Wenn mein Vater mich dann aus dem Hause verbannen will, suchen wir uns eine angemessene Behausung, oder wir verwirklichen Mutters Plan und beschaffen die nötigen Mittel zur vollständigen Restaurierung von Fontevrault. So, habt ihr euch das alles gemerkt?«

»Es gibt Waffen in dem Haus«, sagte Mary Jane. »Das hat sie dir erzählt. Pistolen oben, Pistolen unten. Diese Leute werden Angst haben vor dir. Das Haus gehört ihnen. Sie werden schreien! Begreifst du das nicht? Sie glauben, daß Taltos böse Wesen sind – böse! Daß sie versuchen, die Weltherrschaft zu übernehmen!«

»Ich bin eine Mayfair!« erklärte Morrigan. »Ich bin die Tochter meines Vaters und meiner Mutter. Und zum Teufel mit den Pistolen. Sie werden nicht mit einer Pistole auf mich zielen. Das ist völlig absurd, und ihr vergeßt, daß sie überhaupt nicht mit mir rechnen und gänzlich unvorbereitet sein werden, und außerdem werdet ihr ja da sein, ihr beide, um mich zu beschützen und für mich zu sprechen und sie streng davor zu warnen, mir ein Haar zu krümmen, und bitte versucht doch auch einmal, euch zu merken, daß auch ich eine Zunge im Munde habe, mit der ich mich zu schützen verstehe, und daß diese Situation keinerlei Analogie zu irgendeiner anderen, schon dagewesenen Situation aufweist, und daß es am besten ist, wenn wir uns dort niederlassen, wo ich alles studieren kann, was ich studieren sollte, einschließlich dieses berühmten Victrola und des Gartens – da habt ihr's schon wieder! Hört auf zu schreien, alle beide!«

»Grab du bloß nicht die Leichen aus!« schrie Mona.

»Genau! Laß diese Leichen unter dem Baum liegen!« ergänzte Mary Jane.

»Absolut, will ich ja, werde ich ja, sagte ich ja. Keine Leichen ausgraben. Schlimme, ganz schlimme Idee. Morrigan tut es leid. Morrigan wird es nicht tun. Morrigan hat es Mona und Mary Jane versprochen. Keine Zeit für Leichen! Außerdem, was gehen mich diese Leichen an?« Morrigan schüttelte den Kopf, daß das rote Haar wild hin und her flog, und warf es dann kraftvoll und entschlossen nach hinten. »Ich bin die Tochter von Michael Curry und Mona Mayfair. Und darauf kommt es an, nicht wahr?«

»Wir haben Angst, das ist alles!« erklärte Mary Jane. »Wenn wir jetzt gleich umkehren und nach Fontevrault zurückfahren . . .«

»Nein. Nicht ohne die nötigen Pumpen, Gerüste, Hebewerkzeuge und Balken, um dieses Haus geradezurichten. Ich werde ihm natürlich mein Leben lang sentimental verbunden bleiben, aber im Augenblick kann ich einfach nicht dort bleiben! Ich brenne darauf, die Welt zu sehen, versteht ihr beide das denn nicht, und die Welt ist nicht der Supermarkt von Napoleonville und die neuesten Ausgaben von *Time* und *Newsweek* und *New Yorker*. Ich kann nicht länger dableiben und abwarten. Außerdem, was wißt ihr schon, vielleicht sind sie schon zu Hause, Rowan und Michael, und ich bin dafür, ihnen auf der Stelle entgegenzutreten. Ohne Zweifel werden sie mir die Unterlagen zur Verfügung stellen, auch wenn sie sich im tiefsten Grunde ihres Herzens für die Ausrottung entschieden haben.«

»Sie sind nicht zu Hause«, sagte Mona. »Ryan hat gesagt, sie kommen erst in zwei Tagen.«

»Na, wovor zum Teufel habt ihr dann solche Angst?«

»Ich weiß es nicht«, rief Mona.

»Dann bleibt es bei der First Street, und ich will jetzt kein Wort mehr darüber hören. Es gibt doch ein Gästezimmer, nicht wahr? Dort werde ich schlafen. Und ich möchte, daß diese Zankerei jetzt aufhört. Wir können uns dort in aller Ruhe für einen sicheren Heimatstützpunkt entscheiden. Außerdem will ich dieses Haus sehen; ich will das Haus sehen, das die Hexen gebaut haben. Begreift ihr denn alle beide nicht, in welchem Maße mein Dasein und mein Schicksal mit diesem Hause verknüpft sind, mit dem Haus, das dazu gedacht ist, die Familie mit der Riesenhelix zu erhalten? Ja, wenn wir den sentimentalen Nebel einmal beiseite blasen, wird doch absolut offensichtlich, daß Stella, Antha und Deirdre gestorben sind, damit ich leben kann, und die tölpelhaften, literalistischen Träume dieses bösen Geistes Lasher haben eine Inkarnation zur Folge gehabt, die er niemals hat vorhersehen können, die aber jetzt meine Bestimmung ist. Ich hänge am Leben, und ich hänge an meiner Position!«

»Okay«, sagte Mona, »aber du mußt still sein, und du darfst nicht mit den Leuten vom Sicherheitsdienst sprechen, und du darfst nicht noch mal ans Telefon gehen.«

»Ja – schon allein die Art, wie du nach dem Hörer grabschst, wenn das Telefon klingelt«, sagte Mary Jane, »irgendein Telefon, das ist regelrecht bescheuert.«

Morrigan zuckte die Achseln. »Was ihr nicht begreift, ist, daß jeder Tag für mich eine enorme Serie von Entwicklungen mit sich bringt. Ich bin nicht mehr das Mädchen, das ich noch vor zwei Tagen war!« Sie zuckte plötzlich zusammen und stöhnte leise.

»Was ist los, was hast du?« fragte Mona.

»Die Erinnerungen ... wie sie kommen. Mutter, schalte den Recorder ein, ja? Weißt du, es ist äußerst seltsam, wie manche verblassen und andere nicht, und es ist, als wären es Erinnerungen von vielen, vielen Leuten, von Leuten wie mir, meine ich. Ich sehe Ashlar mit den Augen aller ... Das Glen ist das gleiche, wie in der Talamasca-Akte, und ich kenne es. Donnelaith. Ich kann hören,wie Ashlar das Wort sagt.«

»Sprich laut«, sagte Mary Jane, »damit ich dich auch hören kann.«

»Es geht wieder um die Steine; wir sind noch nicht im Glen, wir sind am Fluß, und die Männer ziehen die Steine heraus auf die rollenden Stämme. Ich sage euch, es gibt keine Zufälle auf dieser Welt; die Natur ist so willkürlich und reichhaltig, daß die Dinge beinahe unausweichlich geschehen. Das ergibt vielleicht zunächst keinen Sinn, aber ich will damit folgendes sagen: Aus all dem Chaos und dem Leid der widerstrebenden und trotzigen Hexen ist der Augenblick entstanden, wo aus dieser Familie eine Familie aus Hexen und Taltos werden muß. Die seltsamsten Gefühle überkommen mich. Ich muß dort hin, muß diesen Ort sehen. Und das Glen. Der Kreis ist kleiner, aber auch er gehört uns, Ashlar hat beide Kreise geweiht, und die Sternbilder am Himmel sind die des Winters. Ashlar will, daß der dunkle Wald uns Schutz bietet, daß er zwischen uns und der feindseligen Welt liegt. Ich bin müde. Schläfrig.«

»Laß das Lenkrad nicht los«, warnte Mary Jane. »Beschreibe diesen Mann noch mal, diesen Ashlar. Ist er immer derselbe – ich meine, in beiden Kreisen und beiden Zeiten?«

»Ich glaube, ich werde gleich weinen. Ich höre dauernd die Musik. Wir müssen tanzen, wenn wir hinkommen.«

»Wenn wir wo hinkommen?«

»In die First Street oder sonstwohin. Ins Glen. In die Ebene. Wir müssen in einem Kreis tanzen. Ich zeige es euch, ich singe die Lieder. Wißt ihr? Mehr als einmal ist meinem Volk etwas Schreckliches passiert! Tod und Leid, das ist die Regel geworden. Nur die ganz Geschickten können es vermeiden; die ganz Geschickten sehen die Menschen als das, was sie sind. Aber wir übrigen sind geblendet.«

»Ist er der einzige, der einen Namen hat?«

»Nein. Nur der einzige, dessen Namen jeder kennt, jeder. Wie ein Magnet, der die Empfindungen aller anzieht. Ich will nicht . . .«

»Nur die Ruhe«, sagte Mona. »Wenn wir da sind, kannst du wieder alles aufschreiben, dann hast du Ruhe und Frieden, zwei volle Tage lang, bis sie zurückkommen.«

»Und wer werde ich bis dahin sein?«

»Ich weiß, wer du bist«, sagte Mona. »Ich wußte, wer du warst, als du in mir warst. Du bist ich und Michael und noch etwas anderes, etwas Mächtiges und Wunderbares, und ein Teil all der anderen Hexen außerdem.«

»Sprich, Honey«, sagte Mary Jane.»Erzähl's uns, erzähl uns, wie er und alle anderen die kleinen Kreidepuppen gemacht haben. Davon möchte ich hören – wie sie die Puppen am Fuße der Steine vergraben haben. Weißt du noch, was du da gesagt hast?«

»Ich glaube, ja. Es waren Puppen mit Brüsten und Penissen.«

»Na, davon hast du aber noch nichts gesagt.«

»Es waren heilige Puppen. Aber es muß einen Sinn haben, es muß einen Ausgleich für dieses Leid geben, ich . . . ich möchte, daß diese Erinnerungen weggehen, aber erst, wenn ich ihnen alles Wertvolle entrissen habe. Mary Jane, wärst du so lieb und würdest dir ein Kleenex schnappen, um mir die Augen abzuwischen? Was ich jetzt sage, gebe ich zu Protokoll, also paßt auf. Es ist das Strömen der Gedanken. Wir schaffen den langen Stein in die Ebene. Alle werden lange Zeit um ihn herum tanzen und singen, bevor sie anfangen, aus Balken das Gerüst zu bauen, mit dem wir ihn aufrichten werden. Alle haben ihre Puppen gemacht. Man kann die Unterschiede erkennen; jede Puppe sieht irgendwie so aus wie der, der sie gemacht hat. Ich bin schläfrig. Hungrig bin ich auch. Ich will tanzen. Ashlar ruft alle zur Ordnung.«

»In einer Viertelstunde sind wir am hinteren Tor«, warf Mary Jane ein. »Also halte die verheulten kleinen Guckerchen offen.«

»Sprich kein Wort mit den Sicherheitsleuten«, sagte Mona. »Um die kümmere ich mich. Woran erinnerst du dich sonst noch? Sie schaffen den Stein in die Ebene. Wie heißt die Ebene? Sag es in ihrer Sprache.«

»Ashlar nennt sie einfach ›das flache Land‹ oder ›das sichere Land‹ oder ›das Grasland‹. Wenn ich es richtig sagen soll, muß ich sehr, sehr schnell sprechen,und für euch hört es sich dann an wie ein Pfeifen. Aber jeder kennt diese Steine. Das weiß ich. Mein Vater kennt sie; er hat sie gesehen. Gott, glaubt ihr, es gibt noch jemanden wie mich auf der ganzen Welt? Glaubt ihr nicht, daß es noch jemanden geben muß? Noch jemanden außer denen, die unter dem Baum begraben liegen? Ich kann doch nicht die einzige sein, die lebt!«

»Beruhige dich, Honey«, sagte Mary Jane. »Wir haben jede Menge Zeit, das rauszukriegen.«

»Wir sind deine Familie«, sagte Mona. »Vergiß das nicht. Was immer du sonst sein magst, du bist Morrigan Mayfair, von mir zur Erbin des Vermächtnisses ernannt, und wir haben eine Geburtsurkunde und einen Taufschein und fünfzehn Polaroidfotos mit meinem feierlichen Ehrenwort hinten draufgeklebt.«

»Irgendwie klingt das unzureichend.« Morrigan weinte jetzt; sie machte ein Schmollmündchen wie ein Baby, und die Tränen ließen sie blinzeln. »Hoffnungslos aufgesetzt, und möglicherweise juristisch irrelevant.« Sie waren inzwischen in Metairie, und der Verkehr wurde dichter. »Vielleicht ist ein Videoband nötig, was meinst du, Mutter? Aber letzten Endes genügt gar nichts außer der Liebe, nicht wahr? Warum sprechen wir überhaupt von juristischen Dingen?«

»Weil sie wichtig sind.«

»Aber Mutter, wenn sie mich nicht lieben . . .«

»Morrigan, wir machen ein Video in der First Street, sobald wir da sind. Und du wirst deine Liebe bekommen; denk an meine Worte. Ich werde dafür sorgen. Ich werde nicht zulassen, daß diesmal etwas schiefgeht.«

»Wie kommst du auf diese Idee bei all deinen Vorbehalten und Ängsten und deinem Verlangen, dich vor neugierigen Augen zu verstecken?«

»Weil ich dich liebe. Deshalb komme ich auf diese Idee.«

Die Tränen sprangen Morrigan aus den Augen wie aus einem Regenrohr. Mona konnte es kaum ertragen.

»Sie brauchen keine Pistole zu benutzen, wenn sie mich nicht lieben«, sagte Morrigan.

Unsagbarer Schmerz, mein Kind, ist dies.

»Zum Teufel damit.« Mona bemühte sich, sehr ruhig, sehr beherrscht zu klingen, wie eine erwachsene Frau. »Unsere Liebe genügt, und das weißt du! Wenn du die anderen vergessen mußt, vergißt du sie eben.« Sie starrte die anmutige Gazelle an, die den Wagen fuhr und gleichzeitig weinte und jeden, der langsamer fuhr, überholte. *Das ist meine Tochter.* Monströs war schon immer mein Ehrgeiz, monströs meine Intelligenz, monströs mein Mut, und monströs ist jetzt auch meine Tochter. Aber wie *ist* ihre Natur – davon abgesehen, daß sie brillant ist, impulsiv, liebevoll, enthusiastisch, supersensibel gegenüber Kränkungen und Freuden und mit einer Neigung zu Sturzbächen der Fantasie und Ekstase? Was wird sie tun? Was bedeutet es, sich an uralte Dinge zu erinnern? Bedeutet es, daß man sie besitzt und von ihnen weiß? Was kann alles dabei herauskommen? Eigentlich ist es mir ja egal, dachte sie. Ich meine, zumindest jetzt, wo es anfängt und wo alles so aufregend ist.

Es war jetzt alles so anders.

»Schon gut, schon gut«, rief Mary Jane. »Laß mich jetzt weiterfahren: hier wird's ziemlich voll.«

»Du bist verrückt, Mary Jane«, rief Morrigan, und sie beugte sich auf dem Sitz nach vorn und trat aufs Gas, um den Wagen, der von links aufschloß, hinter sich zu lassen. Sie reckte das Kinn nach vorn und wischte sich mit dem Handrücken die Tränen ab. »Ich fahre dieses Auto nach Hause. Das möchte ich um nichts auf der Welt versäumen!«

30 Wie mochte es wohl in dieser Höhle sein, fragte ich mich. Die Stimmen der Hölle zu hören, danach hatte ich kein Verlangen, aber den Gesang des Himmels?

Ich überdachte die Sache und beschloß, vorbeizureiten. Ich hatte noch eine weite Reise vor mir, und es war zu früh, um schon jetzt Rast zu machen. Ich wollte weg von hier.

Eben wollte ich weiterreiten, um den Berghang herum, als eine Stimme mich rief.

Es war eine Frauenstimme, sehr sanft und scheinbar von nirgendwoher, und ich hörte sie rufen:

»Ashlar, ich habe auf dich gewartet.«

Ich drehte mich um, schaute hierhin und dorthin. Die Dunkelheit war beunruhigend. Das Kleine Volk, dachte ich, eine seiner Frauen, entschlossen, mich zu verführen. Und noch einmal beschloß ich, weiterzureiten, aber wieder kam dieser Ruf, sanft wie ein Kuß.

»Ashlar, König von Donnelaith, ich warte auf dich.«

Ich schaute zu der kleinen Hütte hinüber, deren Licht in der Dunkelheit flackerte, und da stand die Frau. Ihr Haar war sehr rot, ihre Haut sehr blaß. Sie war ein Mensch, eine Hexe, und sie verströmte den feinen Duft einer Hexe, was bedeuten konnte, daß sie das Blut des Taltos in sich hatte, aber vielleicht auch nicht.

Ich hätte weiterreiten sollen. Ich wußte es sofort. Hexen bedeuteten immer Unheil. Aber die Frau war wunderschön, und im Schatten spielten meine Augen mir einen Streich, und sie sah ein bißchen so aus wie meine verlorene Janet.

Als sie mir entgegenkam, sah ich, daß sie Janets strenge grüne Augen und ihre gerade Nase hatte, und ihr Mund war wie aus Marmor geschnitten. Sie hatte die gleichen kleinen, sehr runden Brüste und einen langen und anmutigen Hals. Dazu kam das prächtige rote Haar, das für den Taltos schon immer Verlokkung und Entzücken bedeutete.

»Was willst du von mir?« fragte ich.

»Komm, lege dich zu mir«, sagte sie. »Komm in mein Haus. Ich lade dich ein.«

»Du bist eine Närrin«, sagte ich. »Du weißt, was ich bin. Ich lege mich zu dir, und du stirbst.«

»Nein«, sagte sie. »Ich nicht.« Und sie lachte, wie so viele Hexen vor ihr gelacht hatten. »Ich werde den Riesen gebären, den du zeugst.«

Ich schüttelte den Kopf. »Geh deiner Wege, und sei dankbar dafür, daß ich nicht so leicht in Versuchung zu führen bin. Du bist schön. Ein anderer Taltos könnte sich deiner bedienen. Wer ist denn hier, um dich zu schützen?«

»Komm«, sagte sie. »Komm in mein Haus.« Sie näherte sich weiter, und in den paar matten Lichtstrahlen, die durch das Astwerk drangen, in den langen, sehr goldenen Strahlen des verlöschenden Tages, sah ich ihre schönen weißen Zähne, und ich sah auch, wie ihre Brüste aussahen unter der feinen Spitzenbluse über dem schmerzhaft engen, ledernen Mieder.

Nun, es könnte ja nichts schaden, einfach bei ihr zu liegen und meine Lippen auf ihre Brüste zu drücken, dachte ich. Aber andererseits . . . sie ist eine Hexe. Warum erlaube ich mir, auch nur daran zu denken?

»Ashlar«, sagte sie, »wir alle kennen deine Geschichte. Wir wissen, daß du der König bist, der sein Volk verraten hat. Willst du die Geister der Höhle nicht fragen, wie du Vergebung finden kannst?«

»Vergebung? Nur Christus kann mir meine Sünden vergeben, Kind«, antwortete ich.

»Welche Macht hätte Christus, den Fluch abzuwenden, den Janet über dich gesprochen hat?«

»Verhöhne mich nicht weiter.« Ich wollte sie. Und je zorniger ich wurde, desto weniger kümmerte mich ihr Schicksal.

»Komm mit mir«, sagte sie. »Trinke das Gebräu, das ich am Feuer habe, und dann geh in die Höhle, und du wirst die Geister sehen, die alles wissen, König Ashlar.«

Sie trat an mein Pferd und legte ihre Hand auf die meine, und ich fühlte, wie das Verlangen in mir weiter anschwoll. Sie hatte die durchdringenden Augen einer Hexe, und Janets Seele schien aus ihnen hervorzuschauen.

Kaum hatte ich mich entschlossen, als sie mir auch schon vom Pferd geholfen hatte und wir zusammen durch dichtes Farnkraut und Holundergestrüpp gingen.

Die kleine Hütte war ein scheußlicher, furchterregender Ort! Sie hatte keine Fenster. Über dem Feuer hing ein Kessel an einer langen Stange. Aber das Bett war sauber und mit hübsch besticktem Linnen bezogen.

»Gut für einen König«, sagte sie.

Ich schaute mich um und entdeckte eine dunkle Tür, die jener gegenüberlag, durch die wir eben hereingekommen waren.

»Das ist ein geheimer Weg in die Höhle«, sagte sie, und plötzlich küßte sie meine Hand und zog mich auf das Bett. Dann ging sie zu dem Kessel und füllte einen rohen, irdenen Becher mit der Brühe, die darin schwamm.

»Trinke das, Majestät«, sagte sie, »und die Geister der Höhle werden dich sehen und hören.«

Oder ich werde *sie* sehen und hören, dachte ich, denn Gott allein weiß, was sie da hineingetan hat – Kräuter und Öle, von denen die Hexen wahnsinnig werden und tanzen wie der Taltos unter dem Mond. Ich kannte ihre Tricks.

»Trink nur, es ist süß«, sagte sie.

»Ja«, antwortete ich. »Man riecht den Honig.«

Und während ich noch in den Becher starrte und mir vornahm, keinen Tropfen davon zu trinken, sah ich, wie sie lächelte, und als ich das Lächeln erwiderte, merkte ich, daß ich den Becher hob und einen großen Schluck daraus trank. Ich schloß die Augen.

»Was nun?« wisperte ich. »Was ist, wenn doch Magie darin ist?« Ich war ein wenig erheitert und träumte auch schon.

»Jetzt leg dich zu mir«, sagte sie.

»Um deinetwillen – nein«, antwortete ich, aber sie nahm mir bereits das Schwert ab, und ich ließ es geschehen. Ich stand noch einmal lange genug auf, um ihre Tür zu verriegeln, und dann fiel ich wieder ins Bett und drängte sie unter mich. Ich zog ihr die Bluse von den Brüsten und glaubte, ich müsse weinen bei ihrem bloßen Anblick. Ah, die Taltos-Milch – wie sehnte ich mich danach. Sie war keine Mutter, diese Hexe; sie würde keine Milch haben, ob Taltos- oder Menschen-Milch. Aber die Brüste, die süßen Brüste – wie gern wollte ich an ihnen saugen, in die Warzen beißen und daran ziehen und mit der Zunge daran lecken.

Nun, das wird ihr nicht schaden, dachte ich, und wenn sie dann feucht ist und heiß vor Verlangen, dann werde ich die Finger zwischen ihre verborgenen behaarten Lippen legen und sie zum Erschauern bringen.

Sofort begann ich an ihr zu saugen. Ich küßte sie und drückte das Gesicht an sie. Ihre Haut war glatt und jung, und sie roch auch jung. Ich liebte den Klang ihrer sanften Seufzer und das Gefühl ihres weißen Bauches an meiner Wange, und ich liebte auch das Haar dort unten, als ich den Rock herunterzog und sah, daß es rot war, so rot wie das Haar ihres Kopfes, flammend und leicht gelockt.

»Du schöne, schöne Hexe«, flüsterte ich.

»Nimm mich, König Ashlar«, sagte sie.

Ich saugte hart an ihrer Brust; mein Glied aber ließ ich leiden und dachte, nein, ich will sie nicht töten. Sie ist eine Närrin, aber dafür verdient sie nicht zu sterben. Sie aber zog mein Glied zwischen ihre Beine, preßte seine Spitze in ihr Haar, und unversehens, wie es schon bei so manchem Mann gegangen ist, beschloß ich, wenn sie es wirklich wollte, würde ich es tun.

Ich kam mit Macht in ihr, und so unbekümmert, wie ich es bei einer Taltos getan hätte; ich ritt sie und war davon entzückt. Sie aber glühte und weinte und rief die Namen von Geistern, die ich nicht kannte.

Und gleich war es vorüber. Schläfrig schaute sie vom Kissen zu mir auf, und ein triumphierendes Lächeln lag auf ihren Lippen. »Trink«, sagte sie, »und geh dann in die Höhle.« Und sie schloß die Augen und schlief.

Ich stürzte den Rest, der im Becher war, hinunter. Warum auch nicht? So weit war ich nun schon gegangen. Wenn es in dieser abgeschiedenen Dunkelheit nun wirklich noch etwas gab, ein letztes Geheimnis, das mein eigenes Land Donnelaith mir anzuvertrauen hatte? Gott wußte, daß die Zukunft Prüfungen, Pein und wahrscheinlich Enttäuschungen für mich barg.

Ich stieg aus dem Bett, hängte mir mein Schwert wieder um, schnallte alles sorgfältig zu, damit ich bereit wäre, falls ich in Schwierigkeiten geraten sollte. Ich nahm einen groben Wachsklumpen mit einem Docht darin, zündete den Docht an und betrat die Höhle durch den geheimen Eingang.

Im Dunkeln stieg ich immer weiter aufwärts und tastete mich an der Erdwand voran, bis ich in einen kühlen, offenen Raum gelangte, und dort sah ich in weiter Ferne ein bißchen Licht, das sich aus der Außenwelt hereinstahl. Ich befand mich über dem Haupteingang der Höhle.

Ich stieg weiter hinauf. Das Licht trug ich vor mir her. Erschrocken blieb ich stehen. Ich sah Schädel, die mich anstarrten. Reihen um Reihen von Schädeln! Einige waren so alt, daß sie schon zu Pulver zerfielen.

Dies mußte eine Grabstätte gewesen sein, überlegte ich, eine Grabstätte jenes Volkes, das nur die Köpfe der Toten verwahrte und glaubte, daß die Geister durch diese Köpfe sprechen würden, wenn man sie nur richtig heraufbeschwor.

Ich sagte mir, ich sollte keine so törichte Angst haben. Zugleich aber fühlte ich mich sonderbar geschwächt.

»Das kommt von der Brühe, die du da getrunken hast«, flüsterte ich. »Setz dich hin und ruh dich aus.«

Und das tat ich auch; ich lehnte mich links an die Wand und schaute in die große Kammer hinein, wo die vielen Totenmasken mir entgegengrinsten.

Die plumpe Kerze fiel mir aus der Hand, aber sie erlosch nicht. Sie blieb im Lehm liegen, und als ich danach greifen wollte, konnte ich es nicht.

Langsam hob ich den Kopf und sah meine verlorene Janet.

Sie kam durch die Schädelkammer auf mich zu, langsam, nicht wie eine wirkliche Frau, sondern wie eine Gestalt in einem Traum.

»Aber ich bin doch wach«, sagte ich laut.

Ich sah, wie sie nickte und lächelte. Vor der kraftlos flackernden kleinen Kerze blieb sie stehen.

Sie trug das gleiche rosenrote Gewand wie an dem Tag, als man sie verbrannt hatte, und dann sah ich zu meinem Entsetzen, daß die Seide von den Flammen zerfressen war und ihre weiße Haut durch die Risse im Stoff schimmerte. Und ihr langes blondes Haar war versengt und an den Spitzen schwarz, und ihre Wangen, die bloßen Füße und die Hände waren mit Asche verschmiert. Aber da war sie, lebendig und neben mir.

»Was ist, Janet?« fragte ich. »Was willst du mir jetzt sagen?«

»Ah, aber was sagst du zu mir, mein geliebter König? Ich bin dir gefolgt, vom großen Kreis im Südland hinauf nach Donnelaith, und du hast mich vernichtet.«

»Verfluche mich nicht, du schöner Geist.« Ich richtete mich auf den Knien auf. »Gib mir, was uns allen helfen wird! Ich habe den Weg der Liebe gesucht. Aber es war der Weg in den Untergang.«

Eine Veränderung kam über ihr Gesicht, ein Ausdruck der Ratlosigkeit, dann Wachsamkeit.

Ihr schlichtes Lächeln verlor sich; sie nahm meine Hand und sprach Worte, die klangen wie ein Geheimnis zwischen uns.

»Möchtest du ein neues Paradies finden, Euer Ehren? Möchtest du noch einmal ein Monument bauen wie dieses, welches du in der Ebene hinterlassen hast für alle Zeit? Oder möchtest du lieber einen Tanz finden, so einfach und anmutig, daß alle Völker der Welt ihn tanzen könnten?«

»Den Tanz, Janet, den möchte ich. Und wir hätten einen großen, lebendigen Kreis.«

»Und möchtest du ein Lied machen, so süß, daß kein Mann und keine Frau auf Erden ihm je widerstehen könnte?«

»Ja«, sagte ich. »Und wir würden es in Ewigkeit singen.«

Ihr Gesicht hellte sich auf, ihre Lippen teilten sich. Und in ihrem Blick lag leises Erstaunen, als sie sagte:

»So nimm den Fluch, den ich dir gebe.«

Ich fing an zu weinen.

Sie bedeutete mir mit einer Geste, still zu sein, aber sie blieb geduldig. Und dann sprach sie dieses Lied in der sanften, schnellen Sprache des Taltos:

Dein Weg ist lang, deine Suche verdammt
Dein Winter hat gerade erst begonnen
Diese bittere Zeit zur Legende verblaßt
Die Erinn'rung ihren Sinn verliert
Doch wenn du am Ende dann siehst ihre Arme
Ausgestreckt in kühner Vergebung
So scheu' nicht vor dem, was die Erde vermag
Wenn Regen und Wind sie befruchten mit neuer Saat
Soll'n sprießen die Schößlinge, sich entfalten die Blätter
Und sollen die Äste erblühen
Wo einst die Nessel wohl alles erstickte
Und Männer das Grün nur zertraten
Der Tanz und der Kreis und dazu noch das Lied
Das ist der Schlüssel zum Himmel
Und ein Leben, wie einst es die Mächt'gen verschmähten
Gereicht ihnen endlich zum Segen

Das Licht schwand in der Höhle, die kleine Kerze erlosch, und mit einer zarten Abschiedsgeste ihrer Hand lächelte sie mir noch einmal zu und verschwand dann vollends.

Die Worte, die sie gesprochen hatte, waren in mein Herz graviert, als wären sie in die flachen Steine des Kreises gemeißelt. Und ich sah sie und hielt sie für alle Zeit dort fest, noch bevor der Klang ihrer Stimme vollends verhallt war.

Es war dunkel in der Höhle. Ich tastete vergebens nach der Kerze. Aber als ich aufsprang, sah ich das Feuer, das in der kleinen Hütte am Ende des Tunnels brannte, durch den ich hereingekommen war.

Ich wischte mir über die Augen, überwältigt von meiner Liebe zu Janet und einem schrecklichen Wirrwarr aus Verzückung und Schmerz. Ich hastete zurück in die kleine, warme Stube und sah die rothaarige Hexe, deren Kopf auf dem Kissen ruhte.

Einen Moment lang war es Janet! Und nicht dieser sanfte Geist, der mich angeschaut hatte mit liebevollem Blick und Verse gesprochen hatte, die ein wenig Erlösung verhießen.

Es war die verbrannte, die leidende, sterbende Frau; kleine Flammen tanzten in ihrem Haar, und ihre Knochen verglühten. In Todespein bog sich ihr Rücken, und ihre Arme streckten sich mir entgegen. Ich schrie auf und versuchte, sie den Flammen zu entreißen, und da war es wieder die Hexe mit den roten Haaren, die mich in ihr Bett geholt und mir den Trank gegeben hatte.

Tot, weiß, still für immer. Blut tränkte ihre gerafften Röcke, die kleine Hütte war eine Gruft, das Feuer ein Grablicht.

Ich machte das Kreuzzeichen.

Ich rannte hinaus.

Doch nirgends fand ich mein Pferd dort draußen im dunklen Wald, und gleich hörte ich das Gelächter der Kleinen Leute.

Ich wußte mir keinen Rat mehr; die Vision hatte mich in Angst und Schrecken versetzt, und ich stieß abwechselnd Gebete und Flüche aus. Wütend fuhr ich herum, forderte sie auf, doch herauszukommen und zu kämpfen, und im nächsten Augenblick war ich umzingelt. Zwei schlug ich mit meinem Schwert nieder, die übrigen ergriffen die Flucht, nicht ohne mir meinen grünen Mantel vom Leibe zu fetzen, meinen Ledergürtel herunterzureißen und meine armselige Habe zu stehlen. Mein Pferd hatten sie auch.

Ich war ein Vagabund, der nichts besaß als sein Schwert, und ich setzte ihnen nicht mehr nach.

Ich folgte meinem Instinkt und den Sternen, was ein Taltos immer vermag, und machte mich so auf den Weg zur Landstraße, und als der Mond aufging, wanderte ich nach Süden und ließ meine Heimat hinter mir.

Ich schaute nicht nach Donnelaith zurück.

Ich wanderte ins Sommerland, wie man es nannte, nach Glastonbury, und dort stand ich auf dem heiligen Berg, wo Joseph seinen Weißdornbusch gepflanzt hatte. Ich wusch mir die Hände in Chalice Well. Ich trank aus dem Brunnen. Ich durchquerte Europa, um Papst Gregor zu finden in den Ruinen von Rom. Ich reiste weiter nach Byzanz und schließlich auch ins Heilige Land.

Aber lange bevor meine Reise mich endlich zu Papst Gregors römischem Palast führte, hatte meine Suche sich im Grunde schon geändert. Ich war kein Priester mehr. Ich war ein Wanderer, ein Suchender, ein Forscher.

Ich könnte Ihnen tausend Geschichten aus jenen Tagen erzählen – auch, wie ich schließlich die Väter der Talamasca kennenlernte. Aber ich kann nicht behaupten, ihre Geschichte zu kennen. Ich weiß von ihnen, was auch Sie wissen und was jetzt Bestätigung gefunden hat, nachdem Gordon und seine Komplizen entlarvt wurden.

In Europa traf ich hin und wieder Taltos, Männer wie Frauen. Ich dachte, es würde immer so gehen. Es würde immer ein leichtes sein, früher oder später jemanden wie mich zu finden und die Nacht hindurch an gastlichem Feuer vom verlorenen Land zu reden, von der Ebene und den Dingen, an die wir alle uns erinnerten.

Im Jahr 1228 kehrte ich schließlich nach Donnelaith zurück. Es war zu lange her, daß ich auch nur einen einzelnen Taltos zu Gesicht bekommen hatte. Eine leise Furcht war diesbezüglich in mir erwacht, und Janets Fluch und ihre Verse wollten mir nicht mehr aus dem Sinn gehen.

Als einsamer Schotte durchwanderte ich das Land, erpicht darauf, mit den Barden der Highlands über ihre alten Sagen und Legenden zu reden.

Mir brach das Herz, als ich sah, daß die alte ehrwürdige Kirche nicht mehr da war; eine große Kathedrale stand an ihrer Stelle, am Eingang einer großen Marktstadt.

Ich hatte gehofft, die alte Kirche wiederzusehen. Aber wer wäre nicht beeindruckt gewesen von diesem mächtigen Bauwerk und der großen, finsteren Burg der Earls von Donnelaith, die das ganze Tal bewachte?

Ich krümmte den Rücken und zog die Kapuze weit über den Kopf, um meine Größe zu verbergen, und auf einen Stock gestützt ging ich hinunter, um meinen Dank dafür abzustatten, daß mein Turm im Glen noch stand, und mit ihm viele der Steintürme, die mein Volk errichtet hatte.

Und noch einmal vergoß ich Tränen der Dankbarkeit, als ich den Steinkreis entdeckte, weitab von den Bastionen der Festung. Die Steine standen wie immer im hohen Gras, unvergängliche Zeichen der Tänzer, die sich hier einst versammelt hatten.

Aber der große Schrecken kam, als ich die Kathedrale betrat, die Hand ins Weihwasserbecken tauchte und dann zu dem großen Buntglasfenster hinaufschaute. Es zeigte das Bild des Heiligen Ashlar.

Dort im Glas sah ich das Bildnis meiner selbst, angetan mit den Gewändern eines Priesters, mit langen, wallenden Haaren, wie ich sie in jenen Tagen gehabt hatte. Und ich schaute auf mein eigenes Ich, mit dunklen Augen, die so sehr meinen eigenen glichen, daß ich Angst bekam. Wie vom Donner gerührt, las ich das Gebet in lateinischer Sprache:

St. Ashlar, Geliebter des Herrn Jesus Christus
Und der Heiligen Jungfrau Maria
Der du wiederkommen wirst

Heile die Kranken
Tröste die Leidenden
Und lindere den Schmerz derer
Die sterben müssen

Errette uns
Aus ewiger Finsternis
Vertreibe die Dämonen aus dem Tal
Und führe uns
Zum Licht

Lange Zeit war ich von Tränen überwältigt. Ich begriff nicht, wie so etwas hatte geschehen können. Ich vergaß nicht, weiter den Krüppel zu spielen, als ich zum Hochalter trat, um meine Gebete zu sprechen, und dann in die Schenke ging.

Dort bezahlte ich den Barden dafür, daß er alle alten Lieder sang, die er kannte, und keines davon war mir geläufig. Die piktische Sprache war ausgestorben. Niemand konnte die Inschriften an den Kreuzen auf dem Friedhof noch lesen.

Aber dieser Heilige – was konnte er mir über ihn erzählen?

Ob ich wirklich Schotte sei, wollte der Barde wissen.

Ob ich denn noch nie von dem großen Heldenkönig der Pikten gehört hätte, der das ganze Tal zum Christentum bekehrt habe?

Ob ich denn noch nie von der magischen Quelle gehört hätte, durch die er seine Wunder wirke? Ich brauchte doch nur den Berg hinunterzugehen, um sie zu sehen.

Ashlar der Große habe an dieser Stelle seine erste christliche Kirche erbaut, im Jahr 586, und dann sei er auf seine erste Wallfahrt nach Rom gegangen, doch bevor er das Tal noch verlassen habe, sei er von Briganten ermordet worden.

Im Schrein dort lägen seine heiligen Reliquien: die Reste seines blutigen Mantels, sein Ledergürtel, sein Kruzifix und ein Brief an den Heiligen selbst, den kein anderer als St. Columba geschrieben habe. Im Skriptorium könnte ich einen Psalter sehen, den Ashlar selbst im Stil des großen Klosters von Iona geschrieben habe.

»Ah, das verstehe ich alles«, sagte ich. »Aber was bedeutet dieses seltsame Gebet mit den Worten ›der du wiederkommen wirst‹?«

»Ah, das – nun, also, das ist eine Geschichte. Geh morgen früh zur Messe und sieh dir den Priester genauer an. Du wirst einen jungen Mann von ungeheurer Größe finden, fast so groß wie du. Solche Männer sind hier nicht ungewöhnlich. Der aber ist Ashlar, der wiedergekommen ist, sagt man, und von seiner Geburt erzählt man sich die fabelhaftesten Geschichten: Sprechend und singend sei er aus dem Leib seiner Mutter gekommen, bereit zum Dienst an Gott, und in Visionen habe er den großen Heiligen und die Heilige Schlacht von Donnelaith gesehen und die heidnische Hexe Janet, die auf dem Scheiterhaufen verbrannte, als die Stadt sich ihr zum Trotze taufen ließ.«

»Ist das wahr?« fragte ich in stiller Ehrfurcht.

Wie konnte das sein? Ein wilder Taltos, von Menschen geboren, die nicht ahnten, daß sie die Saat in ihrem Blut trugen? Nein. Das war unmöglich. Was für Menschen konnten denn zusammen den Taltos machen? Es mußte ein Hybrid sein, gezeugt von einem geheimnisumwobenen Riesen und einer Frau, die mit der Gabe der Hexen geschlagen war, und er mußte sie mit ihrem monströsen Nachwuchs alleingelassen haben.

»Das ist im Laufe unserer Geschichte schon dreimal passiert«, erzählte der Barde. »Manchmal weiß die Mutter gar nicht, daß sie schwanger ist, und dann wieder ist sie im dritten oder vierten Monat. Niemand weiß, wann das Wesen in ihr anfängt zu wachsen und zum Ebenbild des Heiligen wird, der wieder zu seinem Volk kommt.«

»Und wer sind die Väter solcher Kinder?«

»Hervorragende Männer aus dem Clan von Donnelaith, die sind es, denn St. Ashlar war der Begründer ihrer Familie. Aber du weißt ja, es gibt viele seltsame Geschichten in diesen Wäldern. Jeder Clan hat seine Geheimnisse. Wir sollen hier nicht darüber sprechen, aber dann und wann wird ein solches Riesenkind geboren. Eins habe ich mit meinen eigenen Augen gesehen; es war schon einen Kopf größer als sein Vater, kaum daß der die Mutter vor dem Feuer hat sterben lassen. Ein rasendes Ding, weinend vor Angst, aber es war nicht von göttlichen Visionen besessen, sondern heulte nach dem heidnischen Steinkreis! Die arme Seele. Hexe, sagten die Leute, Ungeheuer. Und du weißt, was sie mit solchen Kreaturen machen?«

»Sie verbrennen sie.«

»Ja. Es ist ein schrecklicher Anblick. Besonders wenn die arme Kreatur ein Weib ist. Denn die gilt als Kind des Teufels, weil sie ja unmöglich Ashlar selbst sein kann. Aber hier ist das Hochland, und hier ging es schon immer geheimnisvoll zu.«

»Hast du selbst schon mal ein solches weibliches Wesen gesehen?« fragte ich.

»Nein«, sagte er. »Ich noch nie. Aber es gibt Leute, die behaupten, sie hätten jemanden gekannt, der es schon gesehen hat. Und unter den Zauberern wird gemunkelt, und unter denen, die an den heidnischen Bräuchen festhalten. Die Leute träumen davon, den männlichen und den weiblichen zusammenzubringen. Aber wir sollten von so was nicht reden. Wir lassen diese Hexen am Leben, weil sie hin und wieder jemanden zu heilen verstehen. Aber die Geschichten, die sie erzählen, glaubt niemand, und sie schicken sich auch nicht für die Ohren guter Christenmenschen.«

»Ja, ja«, sagte ich. »Das kann ich mir gut vorstellen.« Und ich dankte ihm.

Ich wartete nicht bis zur Frühmesse ab, um diesen seltsamen, hochgewachsenen Priester zu sehen.

Ich witterte ihn, als ich mich dem Pfarrhaus näherte, und als er zur Tür kam, weil er mich gerochen hatte, da starrten wir einander an. Ich erhob mich zu meiner vollen Größe, und natürlich hatte er nichts unternommen, um die seine zu verbergen. So standen wir nur da und schauten einander an.

Ich sah die alte Sanftheit in ihm; sein Blick war beinahe schüchtern, die Lippen waren weich, die Haut so frisch und makellos wie die eines Babys. War er wirklich von zwei Menschen gezeugt, von zwei mächtigen Hexen vielleicht? Glaubte er an seine Bestimmung?

Mit Erinnerungen geboren, ja, mit Wissen geboren, ja, und gottlob, es war die richtige Zeit gewesen, an die er sich erinnerte – und die richtige Schlacht und der richtige Ort. Und jetzt ging er dem alten Beruf nach, der vor Jahrhunderten für uns vorgezeichnet worden war.

Er kam mir entgegen. Er wollte etwas sagen. Vielleicht traute er seinen Augen nicht, daß er jemanden vor sich sah, der war wie er.

»Vater«, sagte ich auf Latein, das er höchstwahrscheinlich verstehen würde. »Waren dein Vater und deine Mutter wirklich Menschen?«

»Was sonst?« fragte er, offensichtlich zu Tode erschreckt. »Geh doch selbst zu meinen Eltern, wenn du willst. Frag sie.« Er war bleich geworden und zitterte.

»Vater«, sagte ich, »wo gibt es eine wie dich unter den Frauen?«

»Es gibt keine!« erklärte er. Aber jetzt konnte er sich kaum noch beherrschen und wäre beinahe vor mir davongerannt. »Bruder, woher kommst du?« fragte er. »Hier, bitte Gott um Vergebung für deine Sünde, was immer du sein magst.«

»Du hast noch nie eine Frau von deiner Art gesehen?«

Er schüttelte den Kopf. »Bruder, ich bin der Auserwählte Gottes«, sagte er. »Der Auserwählte des Heiligen Ashlar.« Er senkte demütig den Kopf, und ich sah, daß er errötete, denn er hatte offenkundig die Sünde des Stolzes begangen, indem er dies verkündet hatte.

»Dann lebe wohl«, sagte ich. Und ich verließ ihn.

Ich verließ die Stadt und ging wieder hinaus zu den Steinen; ich sang ein altes Lied und ließ mich vom Wind hin und her wiegen, und dann wandte ich mich dem Wald zu.

Hinter mir dämmerte eben der Morgen herauf, als ich die bewaldeten Hänge erklomm, um die alte Höhle zu finden. Es war ein trostloser Fleck, finster wie vor fünfhundert Jahren. Von der Hütte der Hexe keine Spur mehr.

Im Licht des frühen Morgens, das kalt und bitter war wie an einem Winterabend, hörte ich, wie eine Stimme nach mir rief.

»Ashlar!«

Ich drehte mich um und spähte durch den dunklen Wald.

»Ashlar, der Verfluchte! Ich sehe dich!«

»Du bist es, Aiken Drumm!« rief ich, und ich hörte sein niederträchtiges Gelächter. Ah, die Kleinen Leute waren da, in Grün gekleidet, damit sie mit Laub und Farnkraut verschmolzen. Ich sah ihre grausamen kleinen Gesichter.

»Hier ist kein großes Weib für dich, Ashlar!« krähte Aiken Drumm. »Wird auch keins geben. Keine Männer von deiner Art; bloß ein quäkender Pfaffe, von Hexen geboren, der gleich auf die Knie fällt, wenn er unsere Flöten hört. Hier! Komm her. Nimm dir eine kleine Braut, einen süßen Happen verschrumpeltes Fleisch, und sieh, was du da zeugst! Sei dankbar für das, was Gott dir gibt!«

Sie hatten angefangen, ihre Trommeln zu schlagen. Ich hörte das Wimmern ihrer Lieder, disharmonisch, gespenstisch und doch seltsam vertraut. Und dann setzten die Flöten ein. Es waren die alten Lieder, die wir gesungen hatten, die Lieder, die wir sie gelehrt hatten!

»Wer weiß, Ashlar, der Verfluchte?« schrie er. »Aber deine Tochter und einer von uns könnten noch heute morgen ein Weib zeugen! Komm mit uns, wir haben genug kleine Frauen, um dich damit zu erfreuen! Denk doch – eine Tochter, königliche Majestät! Das Große Volk wird von neuem das Hochland beherrschen.«

Ich wandte mich ab und rannte durch die Bäume davon; ich blieb erst stehen, als ich den Paß hinter mir gelassen und die Landstraße erreicht hatte.

Natürlich stimmte es, was Aiken Drumm da gesagt hatte. In ganz Schottland hatte ich keine Frau von meiner Art gefunden. Und ich war nur hergekommen, um mir eine zu suchen.

Damals, an jenem kalten Morgen, glaubte ich nicht, daß ich nie wieder eine junge oder fruchtbare Taltos zu Gesicht bekommen würde. Oh, wie oft hatte ich in den frühen Jahrhunderten unsere Frauen gesehen und mich von ihnen abgewandt. Vorsichtig, reserviert hatte ich es abgelehnt, einen jungen Taltos zu zeugen, der um all der süßen Umarmungen des verlorenen Landes willen die Wirrnisse dieser fremden Welt erleiden würde.

Und wo waren sie jetzt, diese duftenden Schönheiten?

Alt und weißhaarig, mit süßem Atem, geruchlos – so hatte ich sie oft gesehen, und so würde ich sie noch öfter sehen, wilde, verlorene Kreaturen, oder eingehüllt in die Träume einer Zauberin. Nur keusche Küsse hatten sie mir gegeben.

So manche menschliche Hexe habe ich in mein Bett gelockt; manchmal habe ich sie vor den Gefahren meiner Umarmung gewarnt, manchmal auch nicht, wenn ich nämlich glaubte, sie sei stark und fähig, meine Nachkommenschaft zur Welt zu bringen.

Die ganze Welt habe ich durchstreift, auf jede denkbare

Weise, um die geheimnisvolle, alterslose Frau zu finden, die sich an längst vergangene Zeiten erinnert und die Männer, die zu ihr kommen, mit süßem Lächeln willkommen heißt, ohne ihnen jemals Kinder zu gebären.

Sie ist ein Mensch, oder sie ist gar nicht da.

Ich war zu spät gekommen oder an den falschen Ort, oder die Seuche hatte die Schönheit schon vor vielen Jahren hingerafft. Ein Krieg hatte die Stadt verwüstet. Oder niemand kannte die Geschichte.

Würde es immer so sein?

Es gibt Geschichten von Riesen im Überfluß auf der Erde, von großen, schönen, begnadeten.

Sie können doch sicher nicht alle fort sein. Was ist denn aus denen geworden, die aus dem Glen geflüchtet sind? Werden in der Welt der Menschen keine wilden Taltos-Frauen mehr geboren?

Sicher lebt doch irgendwo in den tiefen Wäldern Schottlands oder im Dschungel von Peru oder in den verschneiten Einöden Rußlands eine Taltos-Familie, ein Clan in seinem warmen, gut bewehrten Turm.

Mein Volk kann nicht verschwunden sein.

Die Welt ist riesig. Die Welt ist endlos. Sicher bin ich nicht der letzte. Sicher war das doch nicht der Sinn von Janets furchtbaren Worten, daß ich einsam in Ewigkeit durch die Zeiten irren soll.

Aber jetzt kennen Sie meine Geschichte.

Ich könnte Ihnen noch vieles mehr erzählen. Ich könnte Ihnen von meinen Reisen durch zahlreiche Länder erzählen, von den verschiedenen Berufen, die ich im Laufe der Jahre hatte. Von den paar männlichen Taltos könnte ich Ihnen erzählen, denen ich im Laufe der Jahre begegnet bin, und von den Geschichten, die ich von unserem untergegangenen Volk erzählen hörte, das einst in diesem oder jenem sagenumwobenen Dorf wohnte.

Die Geschichte, die man erzählt, ist die Geschichte, die man erzählen will.

Und dies ist die Geschichte, die wir miteinander gemeinsam haben, Rowan und Michael.

Sie wissen jetzt, wie der Clan von Donnelaith entstanden ist. Sie wissen, wie es kam, daß das Blut des Taltos ins Blut der Menschen geriet. Sie kennen die Geschichte der ersten Frau, die je in diesem schönen Tal verbrannt wurde. Und die traurige Geschichte des Ortes, an den der Taltos so viel Elend gebracht hat, nicht einmal, sondern wieder und wieder, wenn denn alle unsere Geschichten auch Geschichte sind.

Janet, Lasher, Suzanne, ihre Nachkommen bis hin zu Emaleth.

Und Sie sehen jetzt: Als Sie Ihre Pistole in die Hand nahmen, als Sie sie hoben, Rowan, und als Sie die Schüsse abfeuerten, die dieses Kind, dieses Mädchen niederstreckten, das Ihnen seine Milch gegeben hatte, da war dies keine niedere Tat, deretwegen Sie sich jemals schämen müßten, sondern es war Schicksal.

Sie haben uns beide gerettet. Vielleicht haben Sie uns alle gerettet. Sie haben mich vor dem schrecklichsten Dilemma bewahrt, das ich je erfahren könnte, vor einem, das ich vielleicht nicht erfahren soll.

Wie dem auch sei, weinen Sie nicht um Emaleth. Weinen Sie nicht um ein Volk von seltsamen, sanftäugigen Leuten, das längst von einer stärkeren Art von der Erde vertrieben wurde. So geht es zu auf der Welt, und wir sind beide ein Teil davon.

Welche fremdartigen und namenlosen Kreaturen leben denn noch in den Städten und Dschungeln unseres Planeten? Ich habe so manches gesehen. Ich habe viele Geschichten gehört. Regen und Wind befruchten die Erde, wie Janet es gesagt hat. Was wird als nächstes aus irgendeinem verborgenen Garten entspringen?

Könnten wir heute zusammenleben, Taltos und Mensch, in ein und derselben Welt? Wie sollte das möglich sein? Dies ist eine Welt, in der die menschlichen Völker endlos gegeneinander Kriege führen und wo die Menschen des einen Glaubens noch immer die des anderen niedermetzeln.

Volk, Stamm, Clan, Familie.

Tief in uns allen liegt die Saat des Hasses auf alles, was anders ist. Das alles braucht man uns nicht erst zu lehren. Lehren muß man uns, ihm *nicht* nachzugeben. Es liegt uns im Blut; aber in unserem Herzen haben wir die Barmherzigkeit und die Liebe, um es zu überwinden.

Und wie würde es meinem sanften Volk heute ergehen, wenn es zurückkäme, töricht wie damals, außerstande, der Wildheit des Menschen etwas entgegenzusetzen, aber mit seiner unverschämten Erotik ein Schrecken noch für den unschuldigsten Menschen? Würden wir uns tropische Inseln erwählen, um unsere sinnlichen Spiele zu spielen, unsere Tänze aufzuführen und in die Trance des Singens und Tanzens zu verfallen?

Oder wäre unser Reich das des elektronischen Zeitvertreibs? Würden wir uns in die Quantenphysik verlieben, wie wir uns einst ins Weben verliebt haben?

Mein Gehirn ist zweimal so groß wie das des Menschen. Mein Altern verläuft nach keiner bekannten Uhr. Meine Fähigkeiten auf dem Felde der modernen Wissenschaft und Medizin sind unvorstellbar.

Und wenn sich nur ein einziger Mann, eine einzige Frau voller Ehrgeiz unter uns erhöbe, ein Lasher, wenn Sie so wollen, der die Vorherrschaft unseres Volkes wiederherstellen möchte, was würde dann geschehen? Binnen einer einzigen Nacht könnte ein Paar Taltos ein Bataillon von Erwachsenen hervorbringen, bereit, die Zitadellen menschlicher Macht zu erstürmen, die Waffen zu zerstören, die der Mensch soviel besser zu nutzen weiß, bereit, Nahrung und Trank, den Ressourcenüberfluß dieser Welt für sich in Anspruch zu nehmen und ihn jenen weniger Sanften, weniger Gütigen, weniger Geduldigen zu verweigern und ihnen ihre äonenlange blutige Herrschaft heimzuzahlen.

Selbstverständlich habe ich nicht den Wunsch, es herauszufinden.

Ich habe die Jahrhunderte nicht mit dem Studium der materiellen Welt verbracht, mich auch nicht im Gebrauch der Macht geübt. Aber wenn es mir einmal beliebt, einen Sieg für mich zu erringen, dann weicht die Welt vor mir zurück, als wären alle ihre Hindernisse nur aus Papier. Mein Reich, meine Welt – das alles besteht aus Spielzeug und Geld. Aber wieviel leichter wäre es aus Medikamenten zu schaffen, die den männlichen Menschen zur Ruhe bringen, das Testosteron in seinen Adern verdünnen und sein Schlachtgebrüll für immer zum Verstummen bringen?

Und wenn Sie wollen, stellen Sie sich einen Taltos mit echtem Ehrgeiz vor. Nicht einen Träumer, der ein paar kurze Jahre in nebligen Regionen verbracht hat, genährt mit heidnischer Poesie, sondern einen Visionär, der getreu den Prinzipien Christi beschließt, daß die Gewalt abgeschafft werden müsse und daß der Frieden auf Erden jedes Opfer wert sei.

Stellen Sie sich die Legionen von Neugeborenen vor, die seiner Sache treu ergeben wären, die Armeen, die da herangezüchtet würden, um in jedem Dorf, jedem Tal die Liebe zu predigen und buchstäblich jeden auszurotten, der dagegen spräche?

Was bin ich letzten Endes? Ein Reservoir von Genen, das die Welt zum Einsturz bringen *könnte*? Und was sind Sie, meine Mayfair-Hexen – haben Sie die gleichen Gene über die Jahrhunderte hervorgebracht, damit wir dem Königreich Christi mit unseren Söhnen und Töchtern ein endgültiges Ende machen?

Die Bibel hat einen Namen dafür, nicht wahr? Das Tier, der Dämon, der Antichrist.

Wer hat den Mund für solche Glorie? Törichte alte Dichter, die heute noch in Türmen wohnen und von Ritualen am Glastonburytor träumen, mit denen sie die Welt erneuern wollen.

Und war nicht selbst für diesen verrückten alten Mann, diesen törichten Narren, ein Mord die erste Erfordernis für seine Vision?

Ich habe Blut vergossen. Es klebt jetzt noch an meinen Händen, um der Rache willen – eine erbärmliche Methode, um eine Wunde zu heilen, aber eine, zu der wir in unserem Elend immer wieder greifen. Die Talamasca ist wieder heil. Es war den Preis nicht wert, aber es ist geschehen. Und unsere Geheimnisse sind einstweilen sicher.

Wir sind Freunde, so hoffe ich, und wir werden einander niemals etwas antun. Ich kann im Dunkeln nach Ihren Händen greifen. Sie können mich rufen, und ich werde antworten.

Aber was ist, wenn etwas *Neues* passiert? Etwas ganz Neues? Ich glaube, ich kann es sehen, ich glaube, ich kann es mir vorstellen, doch dann . . . entzieht es sich mir wieder.

Ich weiß *die Antwort* nicht.

Ich weiß, ich werde Ihre rothaarige Hexe, Mona, niemals behelligen. Keine Ihrer mächtigen Frauen werde ich je behelligen. Viele Jahrhunderte sind vergangen, seit Lust oder Hoffnung mich zu diesem Abenteuer verleitete.

Ich bin allein, und wenn ich verflucht bin, so habe ich es vergessen.

Mir gefällt mein Imperium der kleinen, schönen Dinge. Mir gefällt das Spielzeug, das ich der Welt zu bieten habe. Die Puppen mit den tausend Gesichtern sind meine Kinder.

Im kleinen sind sie mein Tanz, mein Kreis, mein Lied. Embleme des ewigen Spielens, vielleicht ein Werk des Himmels.

31

Und der Traum wiederholt sich. Sie steigt aus dem Bett, läuft die Treppe hinunter. »Emaleth!« Die Schaufel liegt unter dem Baum. Wer würde sich je die Mühe machen, sie wegzuschaffen?

Sie gräbt und gräbt, und da ist ihr Mädchen mit den langen, glatten Haaren und den großen blauen Augen.

»Mutter!«

»Komm, mein Liebling.«

Sie kauern zusammen in der Grube. Rowan hält sie in den Armen, wiegt sie. »Oh, es tut mir so leid, daß ich dich getötet habe.«

»Es ist schon gut, liebe Mutter.«

»Es war Krieg«, sagte Michael. »Und im Krieg werden Leute getötet, und dann, später ...«

Sie erwachte und schnappte nach Luft.

Es war still im Zimmer; nur das leise Summen der Heizung drang aus den kleinen Lüftungsschlitzen über dem Fußboden. Michael schlief neben ihr, und seine Fingerknöchel berührten ihre Hüfte, als sie dasaß, die Hände vor den Mund gepreßt, und auf ihn hinabschaute.

Nein, wecke ihn nicht. Laß ihn dieses Elend nicht noch einmal durchleben. Aber sie wußte es.

Als alles, was zu sagen war, gesagt worden war, als sie zu Abend gegessen und einen langen Spaziergang durch die verschneiten Straßen gemacht hatten, als sie bis zum Morgengrauen geredet und dann gefrühstückt, als sie wieder geredet und einander ewige Freundschaft geschworen hatten, da hatte sie es gewußt. Sie hätte niemals ihr Mädchen töten dürfen. Es gab keinen Grund dafür.

Wie hätte dieses rehäugige Wesen, das sie so getröstet hatte, mit dieser gütigen Stimme, mit der Milch, die aus ihren Brüsten floß, hmmmm, der Geschmack dieser Milch, wie hätte dieses zitternde Wesen jemandem etwas anhaben können?

Was war es für eine Logik gewesen, die sie dazu gebracht hatte, die Pistole zu heben und den Abzug zu drücken? Ein Kind der Vergewaltigung, ein Kind der Verirrung, ein Kind des Alptraums. Aber dennoch ein Kind ...

Sie stand auf, tastete im Dunkeln nach ihren Pantoffeln und griff nach dem langen, weißen Negligé auf dem Stuhl.

Getötet, getötet, getötet, dieses zarte, vertrauensvolle Geschöpf, erfüllt vom Wissen um längst vergangene Länder, von Tal und Glen und Ebene, und wer weiß von welchen Mysterien noch? Ihre Trösterin im Dunkeln, als sie ans Bett gefesselt gewesen war. *Meine Emaleth.*

Ein fahlweißes Fenster hing im Dunkeln am Ende des Flures, ein großes Rechteck aus leuchtendem Nachthimmel, und das Licht floß auf den langgestreckten Weg aus farbigem Marmor.

Diesem Licht ging sie entgegen, und ihr Negligé blähte sich auf wie ein Ballon; ihre Füße tappten leise wieselnd über den Boden, und ihre Hand streckte sich dem Fahrstuhlknopf vor ihr entgegen.

Abwärts, abwärts, abwärts, bring mich zu den Puppen. Bring mich hier raus. Wenn ich aus dem Fenster schaue, springe ich. Ich werde das Fenster öffnen und über die endlosen Lichter der größten Stadt der Welt hinausschauen, und dann werde ich auf das Sims klettern und die Arme ausbreiten und hinunterfallen in die eiskalte Dunkelheit.

Abwärts, abwärts, abwärts, mit dir, meine Tochter.

All die Bilder aus seiner Erzählung gingen ihr durch den Kopf, das sonore Timbre seiner Stimme, der sanfte Blick seiner Augen beim Sprechen. Und jetzt ist sie Abfall unter den Wurzeln einer Eiche, ausgelöscht aus dieser Welt ohne einen Tintenstrich auf einem Stück Papier, ohne ein Lied, das man gesungen hätte.

Die Tür schloß sich. Der Wind machte Geräusche im Schacht, dieses leise Wispern, wie der Wind in den Bergen vielleicht, und als die Kabine nach unten fuhr, wurde daraus ein Heulen wie in einem Riesenkamin. Sie wollte zusammensacken und auf den Boden sinken, erschlaffen ohne Willen, Absicht oder Kampfesmut, einfach im Dunkeln versinken.

Nichts mehr zu sagen, nichts mehr zu denken. Nichts mehr zu wissen oder zu lernen. Ich hätte ihre Hand nehmen, hätte sie in den Armen halten sollen. So leicht wäre es gewesen, sie zu behalten, sie zärtlich an meine Brüste zu schmiegen, meinen Liebling, meine Emaleth.

Die Tür glitt auf. Die Puppen haben sie erwartet. Das goldene Licht der Stadt kommt zu hundert hohen Fenstern herein, fängt sich und schwebt in hundert Quadraten und Rechtecken und schimmerndem Glas, und die Puppen, die Puppen warten und wachen mit erhobenen Händen. Winzige Mündchen, stets im Begriff zu grüßen. Kleine Finger verharren still.

Lautlos ging sie zwischen den Puppen hindurch, Korridor um Korridor voller Puppen, die Augen wie pechschwarze Löcher im Raum oder wie blinkende Knöpfe im Lichtschein. Puppen sind still; Puppen sind geduldig, Puppen sind aufmerksam.

Und hier sind wir wieder bei der Bru, der Königin der Puppen.

Erwache zum Leben. Werde lebendig, nur für einen Augenblick. Sei mein. Sei warm. Sei lebendig.

Dich in meinen Armen halten ...

Ihre Hände lagen gespreizt am kalten Glas der Vitrine. Sie preßte die Stirn dagegen. Das Licht malte zwei Halbmonde in ihre Augen. Die langen mohairfarbenen Haare lagen flach und schwer auf der Seide ihres Mantels, als wären sie feucht von klammer Erde, von der Feuchte des Grabes vielleicht.

Wo war der Schlüssel? Hatte er ihn an einer Kette um den Hals getragen?

Sie wußte es nicht mehr. Sie sehnte sich danach, die Tür zu öffnen und die Puppe in die Arme zu nehmen. Sie für einen Moment fest an die Brust zu pressen.

Er war da. Er stand vor der Scheibe. Man konnte ihn mit niemandem verwechseln. Niemand sonst war so groß, und selbst wenn es das nicht gewesen wäre – sie kannte sein Gesicht inzwischen zu gut, die Konturen seines Profils.

Er hatte sie im Dunkeln gehört, wie sie den Korridor hinunter gegangen war. Aber er rührte sich nicht. Er lehnte nur so am Fensterrahmen und sah zu, wie das Licht sich draußen sammelte, wie die Dunkelheit verblaßte und milchig wurde, und wie die Sterne sich auflösten, als seien sie darin geschmolzen.

Was dachte er? Daß sie gekommen war, um ihn aufzusuchen?

Sie fühlte sich innerlich wund, kraftlos. Außerstande, sich zu überlegen, was zu tun sei. Vielleicht sollte sie zu ihm hinübergehen und sich neben ihn stellen und hinunterschauen auf die rauchige Düsternis der Dächer und Türme in der Frühe, auf die Lichter, die in dunstigen Straßen funkelten, auf den Rauch, der sich aus hundert Kaminen und Schornsteinen kräuselte und wölkte.

Sie tat es. Sie stellte sich neben ihn.

»Wir lieben einander jetzt«, sagte er. »Nicht wahr?«

Sein Gesicht war so traurig. Es tat ihr weh. Es war ein frischer Schmerz, der sie in der Mitte des alten berührte, etwas Unmittelbares, das Tränen hervorbringen konnte, wo zuvor nur etwas Schwarzes und Leeres wie das Grauen gewesen war.

»Ja, es ist wahr«, sagte sie. »Wir lieben einander. Von ganzem Herzen.«

»Und das immerhin werden wir haben«, sagte er. »Nicht wahr?«

»Ja, immer. Solange wir leben. Wir sind Freunde und werden es immer sein, und nichts und niemand wird jemals zerstören können, was wir einander versprochen haben.«

»Und ich werde wissen, daß Sie da sind. So einfach ist es.«

»Und wenn Sie nicht mehr allein sein wollen, kommen Sie. Kommen Sie und bleiben Sie bei uns.«

Er wandte sich zum erstenmal um, als habe er sie eigentlich gar nicht anschauen wollen. Der Himmel verblaßte so rasch; der Raum füllte sich und öffnete sich weit, und sein Gesicht war müde und nur eine Idee weniger als vollkommen.

Ein Kuß, ein keuscher und lautloser Kuß, und nicht mehr, nur ein enges Verschränken der Finger.

Und dann war sie fort, benommen, wund, froh über den Tag, der sich über das weiche Bett ergoß. Jetzt kann ich schlafen; es ist endlich hell. Jetzt kann ich schlafen, kann unter die weiche Decke kriechen, wieder zu Michael.

32

Es war zu kalt, um draußen unterwegs zu sein, aber der Winter wollte New York nicht aus seinen Klauen lassen. Und wenn der kleine Mann sich mit ihm in der Trattoria treffen wollte, dann sollte es eben so sein.

Ash hatte nichts gegen einen Spaziergang. Er wollte nicht allein sein in seinen einsamen Turmräumen, und er war ziemlich sicher, daß Samuel schon unterwegs war und sich nicht würde überreden lassen, zurückzukehren.

Er genoß das Treiben auf der Seventh Avenue, die Hast in der frühen Abenddämmerung, die strahlenden Schaufenster, voll von buntem asiatischem Porzellan, prachtvollen Uhren, Bronzestatuen und Teppichen aus Wolle und Seide – all der Geschenkware, die in diesem Teil der Midtown verkauft wurde. Paare eilten zum Abendessen, damit sie es noch rechtzeitig zur Carnegie Hall schafften, wo ein junger Geiger weltweites Aufsehen erregte. Die Schlangen an der Abendkasse waren lang. Die schicken Boutiquen waren noch nicht geschlossen; zwar fiel der Schnee in winzigen Flocken, aber der beständige Donner menschlicher Füße verhinderte, daß er Straße und Gehweg bedeckte.

Nein, dies ist kein schlechter Augenblick, um zu Fuß unterwegs zu sein. Es ist ein schlechter Augenblick, um zu vergessen, daß du eben deine Freunde Michael und Rowan zum letztenmal umarmt hast, bis du wieder von ihnen hörst.

Nein, er wollte nicht allein sein.

In der Trattoria war es bereits voll; das sah er durchs Fenster. Die Gäste saßen Schulter an Schulter an der langen, geschwungenen Bar und an den zahllosen kleinen Tischen.

Aber da war Samuel, wie versprochen; er paffte an einer feuchten kleinen Zigarette und trank Whiskey aus einem schweren kleinen Glas, während er nach ihm Ausschau hielt.

Ash schob sich sehr behutsam an den Ein- und Ausgehenden vorbei; er nickte dem gehetzten Türsteher kurz zu und deutete mit dem Finger auf Samuel, um ihm zu verstehen zu geben, daß er erwartet wurde.

Die Kälte erstarb sofort, und mit dem Lärmen der Stimmen und Töpfe und Pfannen und Teller und scharrenden Füße kam ihm auch die warme Luft entgegen und umgab ihn wie eine Flüssigkeit.

Samuels Tisch stand unmittelbar am Fenster.

»Los, sag's schon«, forderte Ash ihn leise auf, als er sich neben ihm niederließ. »Du reist ab, du willst zurück nach England.«

»Das hast du schon vorher gewußt; ich will nicht hier drüben sein. Ich denke immer, es wird wunderbar, und dann werde ich müde und muß wieder nach Hause. Ich muß zurück ins Glen, bevor die Trottel von der Talamasca dort einfallen.«

»Das werden sie nicht tun«, sagte Ash. »Ich hatte gehofft, du würdest ein Weilchen bleiben.« Er wunderte sich, wie gut er seine Stimme in der Gewalt hatte. »Daß wir uns noch über ein paar Dinge unterhalten könnten . . .«

»Du hast geweint, als du dich von deinen Menschenfreunden verabschiedet hast, was?«

»Warum fragst du mich jetzt danach? Legst du es darauf an, unseren Abschied von schroffen Tönen begleiten zu lassen?«

»Wieso vertraust du denen, diesen beiden Hexen? Hier, der Kellner redet mit dir. Iß was.«

Ash deutete auf die Speisekarte, auf die Standardpasta, die er in solchen Lokalen immer aß, und wartete, bis der Mann verschwunden war, bevor er weitersprach.

»Wenn du nicht betrunken gewesen wärst, Samuel, wenn du nicht alles durch einen verdrießlichen Nebel gesehen hättest, dann wüßtest du jetzt die Antwort auf deine Frage.«

»Mayfair-Hexen. Ich weiß, was sie sind. Yuri hat mir alles über sie erzählt. Er hat im Fieber viel geredet. Ash, sei nicht schon wieder so dumm. Erwarte nicht, daß diese Leute dich lieben.«

»Deine Worte ergeben keinen Sinn«, sagte Ash. »Sie haben es noch nie getan. Sie sind ein Geräusch, das ich inzwischen zu hören gewohnt bin, wenn ich in deiner Nähe bin.«

Der Kellner stellte ihm Mineralwasser hin, Milch, Gläser.

»Du bist nicht auf der Höhe, Ash«, sagte Samuel und winkte nach einem neuen Glas Whiskey, und es war purer Whiskey, das konnte Ash riechen. »Und das ist nicht meine Schuld.« Samuel ließ sich auf dem Stuhl nach hinten fallen. »Hör zu, mein Freund, ich will dich nur warnen. Laß es mich so ausdrükken, wenn dir das lieber ist. Du darfst diese beiden nicht lieben.«

»Weißt du, wenn du darauf bestehst, mir weiter diesen Vortrag zu halten, dann könnte es sein, daß ich die Geduld verliere.«

Der kleine Mann lachte laut auf. Es war ein dunkles, polterndes Lachen, aber sogar die Falten über seinen Augen zeigten, wie erheitert er plötzlich war.

»Dafür würde ich glatt noch ein oder zwei Stunden in New York bleiben«, sagte er, »wenn ich dächte, daß ich so was wirklich mal zu sehen kriege.«

Ash antwortete nicht.

Nach einer Weile sagte er: »Und wen darf ich lieben?« Er sagte es mit dem leisesten Unterton eines Vorwurf. »Ich werde froh sein, wenn du weg bist. Ich meine ... ich meine, ich werde froh sein, wenn dieses unangenehme Gespräch vorüber ist.«

»Ash, du hättest ihnen niemals so nah kommen dürfen, hättest ihnen niemals erzählen dürfen, was du ihnen erzählt hast. Und dann der Zigeuner – läßt ihn einfach zur Talamasca zurücklaufen.«

»Yuri? Was sollte ich denn tun? Wie hätte ich ihn denn daran hindern sollen, zur Talamasca zurückzukehren?«

»Du hättest ihn nach New York locken und ihn auf irgendeine Weise für dich arbeiten lassen können. Sein Leben war zerbrochen, aber du schickst ihn nach Hause und läßt ihn Bände vollschreiben über das, was passiert ist. Zum Teufel, er hätte dir ein Gefährte sein können.«

»Das war nicht das Richtige für ihn. Er mußte nach Hause.«

»Natürlich war es das Richtige für ihn. Und für dich war er auch der Richtige – ein Ausgestoßener, ein Zigeuner, der Sohn einer Hure.«

»Bitte laß deine Rede doch nicht so anstößig und vulgär klingen. Du machst mir angst. Weißt du, es war Yuris Entscheidung. Hätte er nicht zurückgehen wollen, dann hätte er es gesagt. Der Orden war sein Leben. Er mußte zurück, zumindest um alle Wunden zu heilen. Und danach? Er wäre nicht glücklich geworden hier in meiner Welt. Puppen sind reine Magie für den, der sie liebt und versteht. Für andere sind sie nicht einmal

Spielzeug. Yuri ist ein Mann mit groben, nicht mit subtilen spirituellen Qualitäten.«

»Das hört sich gut an«, sagte Samuel. »Aber es ist Blödsinn.« Er wartete, während der Kellner ihm einen neuen Drink vorsetzte. »Deine Welt ist voll von Dingen, die Yuri hätte tun können. Du hättest ihm freie Hand geben können, damit er mehr Parks anlegt, mehr Bäume pflanzt – all diese grandiosen Pläne, die du da hast. Du hättest den Bengel sein Leben lang beschäftigen können, und du hättest seine Gesellschaft gehabt . . .«

»Ich wünschte, du wolltest aufhören. Es ist nicht geschehen. Es ist einfach nicht geschehen.«

»Aber was anderes ist geschehen: Du willst die Freundschaft dieser Hexen, eines Mannes und einer Frau, die miteinander verheiratet sind, umgeben von einem großen Clan. Leute, die *a priori* auf ein Familienleben eingeschworen sind, das absolut menschlich ist . . .«

»Was kann ich tun, damit du aufhörst?«

»Gar nichts. Trink deine Milch. Ich weiß, du willst sie. Du schämst dich nur, sie vor mir zu trinken, und du hast Angst, ich könnte sagen: ›Ashlar, trink deine Milch!‹«

»Was du jetzt getan hast, obwohl ich sie nicht angerührt habe, wie dir doch klar ist.«

»Aah, das ist es ja. Du liebst diese beiden, die Hexen. Mir ist es ein Greuel, wenn du Leute liebst, die dir bloß den Rücken zuwenden werden. Und diese beiden müssen es tun.«

Ash gab keine Antwort.

»Sie sind umgeben von Hunderten von Leuten, für die sie aus diesem Teil ihres Lebens eine Lüge machen müssen.« Samuel fuhr mit seiner Strafpredigt fort. »Sie werden vergessen wollen, daß du existierst; sie werden nicht wollen, daß das große Reich ihres Alltagslebens im gleißenden Licht deiner Gegenwart untergeht.«

»Ich verstehe.«

»Es gefällt mir nicht, wenn du leidest.«

»Ach nein?«

»Nein! Ich schlage gern Illustrierte und Zeitungen auf und lese von deinen kleinen unternehmerischen Triumphen und sehe dein lächelndes Gesicht über einer nichtsnutzigen kleinen Liste der zehn exzentrischsten Milliardäre der Welt oder der begehrtesten Junggesellen von New York. Und ich weiß, jetzt wirst du dir selbst das Herz brechen, indem du dich dauernd fragst, ob diese Hexen wirklich deine Freunde sind und ob du sie anrufen kannst, wenn du Kummer hast, und ob du dich darauf verlassen kannst, daß sie dich im Innersten kennen, wie es jedes lebende Wesen nötig hat . . .«

»Bleib hier, Samuel, bitte.«

Damit brachte er ihn zum Verstummen. Der kleine Mann seufzte. Er trank etwas von seinem Whiskey, ungefähr die Hälfte, und leckte sich dann mit einer überraschend rosigen Zunge über die schwere, krumme Unterlippe.

»Verflucht, Ash, ich will nicht.«

»Ich bin gekommen, als du mich gerufen hast, Samuel.«

»Bereust du das jetzt?«

»Auf diese Weise denke ich nicht darüber. Außerdem, wie könnte ich es bereuen?«

»Vergiß das alles, Ash. Im Ernst, vergiß es. Vergiß, daß ein Taltos im Glen war. Vergiß diese Hexen. Vergiß, daß du jemanden brauchst, der dich liebt, weil du bist, was du bist. Das ist unmöglich. Ich habe Angst. Ich habe Angst vor dem, was du jetzt tun wirst. Das Muster ist mir nur allzu vertraut.«

»Welches Muster wäre das?« fragte Ash leise.

»Du wirst alles zerstören, die Firma, das Unternehmen. Du wirst in Apathie versinken. Du wirst die Dinge einfach laufen lassen. Das hast du schon einmal gemacht. Und dann bist du verloren, genauso, wie ich verloren bin, und an irgendeinem kalten Winterabend – und wieso du dir immer den kältesten Winter dafür aussuchen mußt, weiß ich auch nicht – wirst du wieder ins Glen kommen und nach mir suchen.«

»Aber dies ist wichtiger für mich, Samuel. Es ist aus vielen Gründen wichtig.«

»Parks, Bäume, Gärten, Kinder«, sang der kleine Mann.

Ash antwortete nicht.

»Denk an all die, die von dir abhängig sind, Ash.« Dieselbe Predigt für dieselbe Gemeinde. »Denk an all die Leute, die herstellen und verkaufen und kaufen und die lieben, was du produzierst.«

Das Essen war gekommen, ein großer Salat für den kleinen Mann, die Pasta für Ash. Wein wurde in die Gläser gegossen. Er roch wie etwas, das restlos schlecht geworden war.

»Ich bin zu betrunken, um zu essen«, sagte Samuel.

»Ich kann verstehen, wenn du gehst«, sagte Ash leise. »Das heißt, wenn du entschlossen bist zu gehen, dann solltest du es vielleicht tun.«

Sie saßen einen Moment lang schweigend da. Dann hob der kleine Mann die Gabel und fing an, den Salat zu verschlingen; er schaufelte sich alles in den Mund, und seinen sorgfältigsten Bemühungen zum Trotz fielen Fetzen und Brocken immer wieder auf den Teller. Geräuschvoll kratzte er jedes bißchen Olive, Käse und Salat von seinem Teller und trank dann einen großen Schluck von seinem Mineralwasser.

Samuel rutschte vom Stuhl auf die Füße und hob seine lederne Reisetasche auf. Er schlenderte zu Ash hinüber und schlang ihm seinen Arm um den Hals. Ash küßte ihn rasch auf die Wange; die ledrige Beschaffenheit der Haut wirkte leicht abstoßend auf ihn, aber er war entschlossen, sich um keinen Preis etwas anmerken zu lassen.

»Kommst du bald zurück?« fragte er.

»Nein«, sagte Samuel. »Aber wir werden uns wiedersehen. Achte auf meinen Hund. Er ist leicht zu kränken.«

»Ich werde es mir merken.«

»Und stürze dich in die Arbeit.«

»Sonst noch etwas?«

»Ich liebe dich.«

Und damit drängte Samuel sich breitbeinig durch die Scharen derer, die zu ihren Tischen geführt wurden, und derer, die sich zum Gehen erhoben, zwischen Ellbogen und Rücken hindurch, die ihn hin und her schoben. Er trat zur Tür hinaus und ging draußen vor dem Fenster vorbei. Schneeflocken fingen sich bereits in seinem Haar und auf den buschigen Augenbrauen und hinterließen dunkle feuchte Flecken auf seinen Schultern.

Er hob zum Abschied die Hand und verschwand dann aus der Begrenzung des Fensters, und die Menge war wieder die Menge.

Ash hob das Glas Milch und trank es langsam leer. Dann schob er ein paar Geldscheine unter den Teller, betrachtete sein Essen, als wolle er sich von ihm verabschieden, ging ebenfalls hinaus und stemmte sich auf der Seventh Avenue gegen den Wind.

Als er in seinem Schlafzimmer hoch über den Straßen angekommen war, erwartete Remmick ihn.

»Sie sind zu kalt angezogen, Sir, viel zu kalt.«

»Ja?« murmelte Ash. Geduldig ließ er sich von Remmick den Seidenblazer und den Schal abnehmen. Er zog die flanellene Hausjacke aus satingefütterter Wolle an und nahm das Handtuch entgegen, das Remmick ihm reichte, um sich damit die Feuchtigkeit aus Gesicht und Haaren zu wischen.

»Setzen Sie sich, Sir, damit ich Ihnen die nassen Schuhe ausziehen kann.«

»Wenn Sie meinen.« Der Sessel war so weich, daß er sich nicht vorstellen konnte, nachher wieder aufzustehen, um ins Bett zu gehen. Und alle Zimmer leer. Rowan und Michael fort. Wir werden heute abend nicht in die Stadt gehen und uns angeregt miteinander unterhalten.

»Ihre Freunde sind wohlbehalten in New Orleans eingetroffen, Sir«, sagte Remmick, während er die nassen Socken herunterschälte und ihm frische, trockene anzog, so geschickt, daß seine Finger kaum die Haut an Ashs Beine berührten. »Der Anruf kam, kurz nachdem Sie zum Abendessen ausgegangen waren. Das Flugzeug ist auf dem Heimweg. Es dürfte in ungefähr zwanzig Minuten landen.«

Ash nickte. Die ledernen Slipper waren mit Pelz gefüttert. Er wußte nicht, ob sie alt oder neu waren. Er konnte sich nicht erinnern. Plötzlich war es, als hätten sich alle unbedeutenden

Details verflüchtigt. Sein Kopf war entsetzlich leer, und er spürte die Einsamkeit und Stille des Zimmers mit ungebremster Deutlichkeit.

Remmick bewegte sich wie ein Geist vor den Schranktüren.

Wir engagieren unauffällige Leute, dachte Ash, und dann können sie uns keinen Trost spenden; was wir nur tolerieren, kann uns nicht retten.

»Wo ist die junge Leslie, Remmick? Ist sie in der Nähe?«

»Ja, Sir, und sie hat eine Million Fragen, wie es scheint. Aber Sie sehen so müde aus.«

»Schicken Sie sie herein. Ich muß mich mit irgend etwas beschäftigen.«

Er ging den Korridor hinunter ins erste seiner Büros, in das private Arbeitszimmer, wo die Papiere sich hier und da stapelten, wo ein Aktenschrank offenstand, wo niemand saubermachen durfte und wo es unerträglich unaufgeräumt war.

Leslie erschien nach wenigen Sekunden; ihr Gesicht strahlte vor Aufregung, Engagement, Ergebenheit und unerschöpflicher Energie. »Mr. Ash, nächste Woche ist die Internationale Puppenmesse, und eben hat eine Frau aus Japan angerufen und gesagt, Sie wollten unbedingt ihre Arbeiten sehen, das hätten Sie selbst gesagt, als Sie das letzte Mal in Tokio waren, und Sie haben ungefähr zwanzig Termine versäumt, während Sie weg waren, ich habe hier die ganze Liste . . .«

»Dann setzen Sie sich, und wir kümmern uns darum.«

Der Schnee draußen war sehr dicht geworden, sehr weiß vor der Scheibe.

Alles andere war wieder schwarz. Kleine, regellose Geräusche kamen von den Straßen herauf – oder kamen sie aus den Leitungen, oder war es der Schnee, der oben auf das Dach rieselte, oder war es nur das Stahlglas des Gebäudes, das unweigerlich atmete, wie Holz atmet? Oder schwankte das Gebäude mit seinen Dutzenden von Stockwerken kaum merklich im Wind wie ein Riesenbaum im Wald?

Er redete und redete und beobachtete, wie ihre wütende kleine Hand sich mit dem feinen Stift über das Papier bewegte.

»Ach ja, und einen Spezialauftrag, etwas, das Sie morgen erledigen sollen, oder vielleicht übermorgen. Nein, später. Sie tun folgendes. Sie gehen hinunter ins Privatmuseum...«

»Ja, Sir.«

»Die Bru – kennen Sie die Bru, die große französische Puppe? Meine Prinzessin?«

»Die Bru, Sir, jawohl, Sir.«

»Bru Jne 14, Größe sechsunddreißig Zoll, Haar, Schuhe, Kleid, Höschen etc. komplett original. Ausstellungsstück Nummer eins.«

»Ja, Sir, ich weiß genau, welche Sie meinen.«

»Sie werden sie einpacken, Sie und niemand sonst. Und dann schicken Sie sie... schicken Sie sie...« Aber an wen? War es anmaßend, sie direkt an das ungeborene Kind zu schicken? Nein, sie sollte an Rowan Mayfair gehen, nicht wahr? Natürlich. Und für Michael irgendein anderes Erinnerungsstück, auf seine Art genauso kostbar, etwas sorgfältig aus Holz Geschnitztes, eins der ganz, ganz alten Spielzeuge, der Ritter auf seinem Pferd, jawohl, ganz aus Holz, der soll es sein, mit Resten der Originalbemalung... Aber nein, das war nicht das richtige Geschenk, nicht für Michael. Es gab ein Geschenk, ein kostbares Geschenk, etwas, das ebenso prächtig war wie die Bru und das er in Michaels Hände geben wollte.

Er stand hinter seinem Schreibtisch auf und bat die junge Leslie, ruhig sitzenzubleiben. Er durchquerte den geräumigen Sitzbereich und ging den Gang hinunter zu seinem Schlafzimmer.

Er hatte es unter das Bett geschoben, ein einfaches Zeichen für Remmick: Es handelte sich um etwas Kostbares und durfte nicht einmal von den wohlmeinendsten Bediensteten angerührt werden. Er fiel auf die Knie und tastete danach, und dann zog er es hervor. Das Licht funkelte wunderschön auf dem edelsteinbesetzten Deckel.

Auf einmal kam ihm alles wieder zu Bewußtsein, der Schmerz, die Demütigung, Ninians Gelächter, während er ihm sagte, welch schreckliche Blasphemie er hier begangen habe, indem er ihre Geschichte in den heiligen Stil, in die heilige Sprache gegossen habe.

Lange saß er so da, die Beine über kreuz, die Schulter seitlich ans Bett gelehnt. Er hielt das Buch in den Händen. Ja, für Michael. Michael, der Junge, der Bücher liebte. Michael würde es vielleicht nie lesen können, aber das war nicht so wichtig. Michael würde es behalten, und es wäre ein bißchen so, als hätte er es auch Rowan gegeben. Sie würde es verstehen.

Als er wieder ins Arbeitszimmer kam, hatte er das Buch in ein großes weißes Handtuch geschlagen.

»Das hier, dieses Buch, ist für Michael Curry, und die Bru für Rowan Mayfair.«

»*Die* Bru, Sir? Die Prinzessin?«

»Ja. Die. Und jetzt lassen Sie uns zu anderen Dingen übergehen. Lassen Sie sich etwas zu essen kommen, wenn Sie Hunger haben. Ich habe hier eine Aktennotiz, derzufolge die Primaballerina weltweit vergriffen ist. Sagen Sie mir, daß das nicht wahr ist.«

»Doch, es ist wahr.«

»Ich diktiere. Dies ist das erste von sieben Faxen, die Primaballerina betreffend . . .«

Und so arbeiteten sie sich durch die Liste, und als er schließlich wieder ernsthaft auf die Uhr schaute, war es weit nach Mitternacht, ja, der Zeiger war auf die schmale Eins gerückt. Es schneite noch immer. Die kleine Leslie war inzwischen weiß wie Papier. Er war müde genug, um schlafenzugehen.

Er fiel in das große, weiche, leere Bett, und undeutlich war ihm bewußt, daß die junge Leslie immer noch nicht gegangen war, sondern Fragen stellte, die er nicht mehr so gut hören konnte.

»Gute Nacht, Darling«, sagte er.

Remmick öffnete das Fenster einen Spaltbreit, wie es sein Auftrag war, und der Wind löschte mit seinem wilden Geheul alle anderen Klänge aus, alle Zeit, jedes denkbare Geräusch, das durch die schmalen Klüfte zwischen den dunklen, traurigen Gebäuden heraufwehte. Ein Hauch von eisiger Luft berührte seine Wange und ließ die Wärme der schweren Oberbetten um so köstlicher werden.

Träume nicht von Hexen; träume nicht von ihren roten Haaren; denke nicht an Rowan in deinen Armen. Denke nicht an Michael, wie er das Buch in seinen Händen hält und es genießt wie keiner sonst, abgesehen von jenen üblen Brüdern, die Lightner betrogen haben. Wandle nicht zwischen Steinkreisen; besuche keine Höhlen; ergib dich nicht der Versuchung durch sterbliche Schönheiten, die an deiner Berührung zugrunde gehen können ... Rufe sie nicht an; fordere es nicht heraus, die Kälte in ihren Stimmen zu hören, die Entfremdung, das Ausweichen.

Und als die Tür sich schloß, schlief er schon.

Die Bru. Die Straße in Paris, die Frau in dem Geschäft; die Puppe in ihrer Schachtel; die großen Augen, die zu ihm aufschauten, farbiges Glas. Der jähe Gedanke unter einer Straßenlaterne: daß ein Punkt in der Geschichte gekommen sei, da das Geld alle Arten von Wundern möglich machen könne, daß das Streben selbst eines einzelnen Individuums nach Geld einen gewaltigen spirituellen Widerhall für Tausende hervorbringen könne ... daß in einem Reich der Fabrikation und Massenproduktion auch die Ansammlung von Reichtum überaus kreativ sein könne.

Er war in ein Geschäft in der Fifth Avenue gegangen, nur wenige Schritte von seiner Haustür entfernt, und hatte sich das »Book of Kells« angeschaut, eine perfekte Reproduktion, die heutzutage jedermann besitzen, durchblättern und lieben konnte, dieses kostbare Buch, an dessen Anfertigung auf Iona so viele Hände beteiligt gewesen waren.

»Für den Mann, der Bücher liebt« – das würde er auf die Karte schreiben. Er sah, wie Michael ihn anlächelte, die Hände in den Taschen, genau wie Samuel immer die Hände in die Taschen schob.

Das ist kein Traum. Das ist Kopfzerbrechen. Alles noch einmal Revue passieren lassen, es wieder zum Leben erwecken, es festhalten. Wie ist es, wenn sie beieinander liegen? Ist ihr Gesicht eine Skulptur aus Eis? Ist er ein Satyr des Waldes? Hexe berührt Hexe, Hexe liegt auf Hexe ...

Wird die Bru diese Dinge je vom marmornen Kaminsims aus mitansehen? »Etwas an der Art, wie Sie sie hielten ...« würde er auf Rowans Karte schreiben, mehr nicht.

Und Rowan würde zu entscheiden haben, und Michael würde zu entscheiden haben, ob sie diese kostbaren Geschenke in ihrer Nähe behalten wollten, Jahrzehnt um Jahrzehnt, wie er es getan hatte. Und vielleicht würden die großen Glaskugelaugen der Bru Jne 14 dieses kleine Kind anschauen und das Hexenblut sehen, wie er es vielleicht sehen würde, wenn er es je wagen sollte, sie dort unten zu besuchen, irgendwann, nachdem das Baby zur Welt gekommen war, wie sie zu sagen pflegten – wenn er es wagte, nur um sie alle heimlich zu beobachten, von dem sagenhaften Garten aus, wo einst der Geist Lasher umhergegangen war und wo jetzt seine Überreste der Erde anvertraut waren – von dem Garten aus, der sicher noch ein weiteres Phantom verbergen könnte, nicht wahr, das da durch ein kleines, unbemerktes winterliches Fenster spähte.

33

Pierce hatte sie vom Flughafen abgeholt, viel zu höflich, um sich zu erkundigen, wem dieses Flugzeug gehörte oder wo sie gewesen seien; außerdem hatte er zu sehr darauf gebrannt, sie zum Gelände des neuen Medical Center zu fahren.

Es war so warm, daß man erstickte, fand Michael. Genau meine Stadt. Er war so froh, wieder zu Hause zu sein, und gleichzeitig so überaus unsicher in allem – ob das Gras weiter wachsen würde, ob Rowan wieder warm und vertrauensvoll in seinen Armen liegen würde, ob er sich von dem großen Mann in New York würde fernhalten können, mit dem ihn eine überaus ungewöhnliche Freundschaft verband.

Und die Vergangenheit – die Vergangenheit machte keinen Spaß mehr und würde nie wieder welchen machen. Sie war jetzt ein Erbe, mit allen Lasten, Flüchen und Geheimnissen.

Sie stiegen am Rande des gewaltigen Rechtecks von aufgewühlter Erde aus. Auf Schildern stand MAYFAIR MEDICAL und ein Dutzend Namen und Daten. Und noch etwas, so klein, daß seine alternden Augen es nicht lesen konnten.

Er versuchte sich auf den Bauplatz zu konzentrieren, zu begreifen, was sein Verstand ihm da sagte: daß erstaunliche Fortschritte gemacht worden waren, daß zirka hundert Männer da draußen in den vier Blocks arbeiteten, daß Mayfair Medical wirklich und wahrhaftig Gestalt annahm.

Hatte Rowan Tränen in den Augen? Ja, die elegante Lady mit den gerade geschnittenen Haaren und dem schlanken Schneiderkostüm aus geschmeidigem Tuch, sie weinte lautlos. Er trat näher an sie heran, was zum Teufel sollte all dieser Abstand, dieses Respektieren der Privatsphäre, der Gefühle eines anderen? Er nahm sie fest in die Arme, suchte sich die weichste Stelle an ihrem Hals und küßte sie dort, bis sie sich raschelnd an ihn schmiegte und sich leicht zurückbog. Ein hübsches Beben lief durch ihre Hände, als sie seinen Kopf umfaßte und sagte: »Ihr habt weitergemacht, ihr alle. Damit hätte ich nie gerechnet.« Ihr Blick ging zu Pierce, dem schüchternen Pierce, der bei diesem Kompliment errötete.

»Es ist ein Traum, den du uns geschenkt hast, Rowan, und jetzt ist es auch unser Traum, und weil alle unsere Träume wahr werden – weil du hier bist, wieder bei uns –, da soll eben auch dieser hier wahrgemacht werden.«

»Na, das war ja eine Anwaltsrede, mit Rhythmus und genau der richtigen Durchschlagskraft«, bemerkte Michael. War er etwa eifersüchtig auf diesen jungen Bengel? Frauen hatten allerdings die Neigung, Schmachtaugen zu bekommen, wenn sie Pierce Mayfair anschauten. Wenn Mona das nur auch so sehen könnte, wenn sie sehen könnte, daß er der Richtige für sie war, zumal da er sich jetzt, nach Giffords Tod, mehr und mehr von seiner Verlobten Clancy entfernte. Immer öfter kam es vor, daß

Pierce nur ein Stück weit von Mona entfernt saß und sie anstarrte. Yeah, vielleicht erwachte da auch ein bißchen Interesse bei Mona . . .

Michael berührte Rowans Wange. »Küß mich.«

»Dies ist eine vulgäre Vorführung«, schnurrte sie, »und das weißt du. Alle Arbeiter starren uns an.«

»Das hoffe ich«, sagte er.

»Laß uns nach Hause fahren«, flüsterte sie.

»Pierce, was macht Mona, hast du Neuigkeiten?« fragte Michael. Sie stiegen in den Wagen. Er hatte vergessen, wie es war, in normalen Autos zu fahren, in einem normalen Haus zu wohnen, normale Träume zu haben. Ashs Stimme sang für ihn im Schlaf. Sogar jetzt hörte er das musikalische Wispern in den Ohren. Und würden sie Ash je wirklich wiedersehen? Oder würde Ash verschwinden hinter all den Bronzetüren, würde er sie aussperren und sich nur vielleicht durch gelegentliche Zeilen an sie erinnern, obwohl sie natürlich anrufen, nach New York kommen, mitten in der Nacht an seiner Haustür läuten konnten: »Ich brauche Sie!«

»Ah, Mona, ja«, sagte Pierce. »Sie benimmt sich sonderbar. Wenn Dad mit ihr spricht, hört sie sich an, als wäre sie völlig high. Aber es geht ihr gut. Sie ist bei Mary Jane. Und gestern hat in Fontevrault eine Kolonne mit der Arbeit angefangen.«

»Oh, das freut mich zu hören«, sagte Michael. »Dann werden sie das Haus also noch retten.«

»Na ja, es war klar, daß es getan werden mußte, denn weder Mary Jane noch Dolly Jean würden zulassen, daß es abgerissen wird. Ach, ich glaube, Dolly Jean ist auch bei ihnen. Dolly Jean mag ja aussehen wie ein verschrumpelter Apfel, aber es heißt, sie ist noch sehr flott.«

»Ich bin froh, daß sie da ist«, sagte er. »Ich mag alte Leute.« Rowan lachte leise und ließ den Kopf auf seine Schulter sinken. »Vielleicht bitten wir Tante Viv herüber«, fuhr er fort. »Und wie geht's Bea? Was ist mit Bea?«

»Tja«, sagte Pierce und legte den Kopf schräg, »da hat die uralte Evelyn das Wunder gewirkt, einfach indem sie aus dem

Krankenhaus nach Hause kam und Pflege brauchte. Rate mal, wer auf der Stelle in die Amelia Street geflitzt ist, um sie mit weichgekochten Eiern zu füttern und sie zum Reden zu bringen? Dad sagt, das ist das perfekte Gegenmittel gegen die Trauer. Ich frage mich, ob Mutters Geist nicht auch irgendwo über allem schwebt.«

»Alle Neuigkeiten sind plötzlich gute Neuigkeiten«, sagte Rowan mit leisem Lächeln; ihre Stimme klang dunkel wie immer. »Und die Mädchen werden im Haus wohnen, und die Stille wird warten müssen, und die Geister weichen zurück in die Wände.«

»Glaubst du, sie sind immer noch da?« fragte Pierce mit rührender Unschuld.

Gott segne die Mayfairs, die es nie gesehen haben und die eigentlich nicht richtig daran glauben.

»Nein, mein Junge«, sagte Michael. »Es ist nur ein großes, schönes Haus, und es wartet auf uns und auf ... neue, kommende Generationen.«

»Auf die Mayfairs, die noch nicht geboren sind«, flüsterte Rowan.

Sie waren gerade in die St. Charles Avenue eingebogen, diesen himmlischen grünen Korridor. Eichen in blendendem Frühlingslaub, milder Sonnenschein, gemächlicher Verkehr, ein hübsches Haus nach dem anderen aufscheinend. Meine Stadt, zu Hause, alles in Ordnung, Rowans Hand in meiner.

»Ah, und die Amelia Street, schau doch«, sagte er.

Wie adrett das Mayfair-Haus im San-Francisco-Stil aussah mit seinem frischen, pfirsichfarbenen Anstrich und den weißen Friesen und den grünen Fensterläden. Und alles Unkraut weg. Am liebsten hätte er angehalten, um Evelyn und Bea zu besuchen, aber er wußte, zuerst mußte er Mona sehen, Mutter und Kind in einer Person. Und er mußte mit seiner Frau allein sein, leise dort oben im großen Schlafzimmer mit ihr über alles sprechen, was geschehen war, über die Geschichten, die sie gehört, die seltsamen Dinge, die sie gesehen hatten und die sie vielleicht nie jemandem erzählen würden ... außer Mona.

Und morgen würde er zum Mausoleum hinausfahren, wo Aaron begraben lag, und er würde die irische Nummer abziehen und einfach so mit Aaron reden, laut, als könnte Aaron antworten, und wenn das jemandem dort nicht paßte, na, dann konnte der ja verschwinden, oder? Seine Familie hatte es immer so gehalten; sein Vater war zum Friedhof von St. Joseph hinausgefahren und hatte mit seinen Großeltern gesprochen, wann immer er Lust dazu gehabt hatte. Und Onkel Shamus – als der so krank gewesen war, da hatte er zu seiner Frau gesagt: »Du kannst immer noch mit mir reden, wenn ich nicht mehr da bin. Der Unterschied ist dann bloß, daß ich dir keine Antwort mehr geben werde.«

Und wieder veränderte sich das Licht; es wurde dunkler, und die Bäume breiteten sich aus, überwucherten den Himmel und zerbrachen ihn zu winzigen, gleißenden Splittern. Der Garden District. Die First Street. Und, Wunder über Wunder, das Haus an der Ecke Chestnut Street inmitten seiner Bananenstauden und Farne und blühenden Azaleen, wo es sie erwartete.

»Pierce, du mußt mit hereinkommen.«

»Nein, sie warten in der Stadt auf mich. Ihr ruht euch jetzt aus. Ruft uns an, wenn ihr uns braucht.« Er war bereits hinausgesprungen, um Rowan beim Aussteigen seine Manneshand zu leihen. Dann steckte sein Schlüssel im Tor, und er winkte ihnen zum Abschied zu.

Ein uniformierter Wachmann ging am Seitenzaun entlang und verschwand diskret hinten ums Haus.

Die Stille war wieder eine heilsame, der Wagen glitt in Licht und Schatten davon, lautlos und fern, und der ersterbende Nachmittag war glänzend und warm und bot nicht den leisesten Widerstand. Der Duft von süßer Olive hing über dem ganzen Garten. Und heute abend würde er wieder den Jasmin riechen.

Ash hatte gesagt, Duft sei ein äußerst wirkungsvoller Auslöser von Erinnerungen, ein Transportmittel in vergessene Welten. Und er hatte so recht gehabt.

Er schloß seiner Frau die Haustür auf und verspürte plötzlich den Impuls, sie über die Schwelle zu tragen. Zum Teufel, warum nicht?

Sie stieß einen kleinen, unverhohlenen Freudenschrei aus und klammerte sich an seinen Nacken, als er sie hochhob.

Entscheidend bei solchen Gesten war es, daß man die fragliche Lady nicht fallen ließ.

»Und jetzt, meine Liebe, sind wir zu Hause«, grummelte er, und er drückte den Mund wieder an die weiche Stelle an ihrem Hals, drückte ihren Kopf in den Nacken und küßte sie unterm Kinn, »und der Duft der süßen Olive weicht Eugenias allgegenwärtigem Bohnerwachs und dem Duft von altem Holz und etwas, das dumpf und teuer riecht und köstlich einzuatmen ist.«

»Amen«, sagte sie.

Als er sie absetzen wollte, hielt sie sich noch einen Moment lang fest. Ah, das war schön! Und sein alterndes, ramponiertes Herz hatte nicht angefangen zu hämmern. Das würde sie doch hören, oder, mit ihrem ärztlichen Gehör? Nein, gesund und still stand er da und hielt sie an sich gedrückt; er roch ihr sauberes, weiches Haar und schaute durch die gebohnerte Diele, durch die hochaufgeschwungene weiße Tür, auf die fernen Wandbilder im Speisezimmer, auf denen noch immer die Nachmittagssonne lag. Zu Hause. Hier. Jetzt, wie es für uns beide niemals, niemals gewesen ist.

Endlich entglitt sie ihm, landete auf den Füßen. Der Hauch eines Stirnrunzelns. »Oh, es ist nichts«, sagte sie. »Nur, bestimmte Erinnerungen sterben nicht so schnell, weißt du. Aber dann denke ich an Ash, und das zu betrachten ist besser als all diese traurigen Dinge.«

Er wollte ihr antworten, wollte etwas über seine eigene Liebe zu Ash sagen, und noch etwas, das ihn beinahe marterte. Es wäre besser, es auf sich beruhen zu lassen – das würden andere ihm raten. Aber das konnte er nicht. Er schaute ihr in die Augen, und seine eigenen Augen wurden sehr groß, groß genug vielleicht, um zornig zu wirken, obwohl er das überhaupt nicht wollte.

»Rowan, meine Geliebte«, sagte er. »Ich weiß, daß du hättest bei ihm bleiben können. Ich weiß, daß du eine Wahl getroffen hast.«

»Du bist mein Mann«, sagte sie. »Mein Mann, Michael.«

Es wäre hübsch, sie auch die Treppe hinaufzutragen, aber das würde er nie schaffen, nicht alle neunundzwanzig Stufen – und wo waren die jungen Damen und Granny, die Wiederauferstandene? Nein, sie konnten sich jetzt nicht einfach zurückziehen – es sei denn, die ganze Bande wäre zu einem frühen Abendessen ausgeflogen.

Er schloß die Augen und küßte sie noch einmal. Niemand konnte ihn hindern, das wenigstens ein Dutzendmal zu tun. Küssen. Und als er wieder aufschaute, sah er die rothaarige Schönheit am Ende des Flures, zwei, genau gesagt, die eine sehr, sehr groß, und die schelmische Mary Jane, die sich die blonden Zöpfe wieder um den Kopf geschlungen hatte, drei der hinreißendsten Hälse im ganzen Universum, solche jungen Mädchen sind wie Schwäne. Aber wer war diese neue Schönheit, so unglaublich groß – und sie sah aus, ja, sie sah genauso aus wie Mona!

Rowan drehte sich um und starrte durch den Flur.

Die drei Grazien waren es, die da vor der Eßzimmertür standen, und Monas Gesicht schien an zwei Stellen gleichzeitig zu sein. Das war keine Ähnlichkeit, das war eine Verdoppelung. Und wieso standen sie so still, alle drei, in ihren Baumwollkleidern, und wieso starrten sie wie aus einem Gemälde hervor?

Er hörte, wie Rowan nach Luft schnappte. Er sah, wie Mona plötzlich losrannte und über den blankgebohnerten Boden auf ihn zukam.

»Nein, du darfst nichts machen, du darfst nicht, du mußt zuhören.«

»Lieber Gott«, sagte Rowan. Sie sank schwer gegen ihn und zitterte am ganzen Körper.

»Sie ist mein Kind«, sagte Mona. »Meins und Michaels, und du wirst ihr nichts tun.«

Und plötzlich brachen die Dinge über ihn herein, wie sie es

manchmal tun, und ein ganzer Schwall von verschiedenen Bewußtseinszuständen rasselte übereinander, daß es ihm den Atem verschlug. »Das Kind« ist diese junge Frau. Die Riesenhelix hat es hervorgebracht. Es ist ein Taltos, so sicher, wie Ash ein Taltos ist, so sicher, wie da draußen zwei Taltos unter dem Baum liegen. Rowan wird ohnmächtig, sie wird umfallen, und der Schmerz in meiner Brust bringt mich um.

Er klammerte sich an den Treppenpfosten.

»Sagt es mir sofort, daß keiner von euch ihr etwas antun wird.«

»Ihr etwas antun? Wie könnte ich das?« fragte Michael.

Und dann fing Rowan an zu weinen, blubberte hoffnungslos in die geballten Hände. »O Gott.«

Das große Mädchen hatte einen zittrigen Schritt getan, dann noch einen. Und jetzt, würde jetzt diese hilflose Stimme ertönen, die Kinderstimme, die er von der anderen gehört hatte, bevor der Schuß gefallen war? Ihm war schwindlig. Die Sonne verschwand wie aufs Stichwort, und die natürliche Dunkelheit kehrte in das Haus zurück.

»Michael, setz dich, setz dich da auf die Treppe«, sagte Mona.

»O Gott, ihm wird schlecht«, sagte Mary Jane.

Und Rowan kam jäh wieder zu sich und schlang ihm die langen, tränennassen Finger um den Nacken.

Und das große Mädchen sagte:

»Nun, ich weiß, es ist ein schrecklicher Schock für euch beide, und Mutter und Mary Jane machen sich schon seit Tagen Sorgen, aber ich persönlich bin erleichtert, euch endlich zu sehen und eine Entscheidung zu erzwingen, ob ich nun unter diesem Dach, wie man so sagt, bleiben darf, als deine Tochter ebenso wie Monas Tochter. Wie ihr hier sehen könnt, hat sie mir den Smaragd um den Hals gehängt, aber ich beuge mich eurer Entscheidung.«

Rowan war sprachlos. Er ebenfalls. Es klang wie Monas Stimme, nur älter und ein bißchen weniger kraftvoll, als wäre sie bereits von der Welt geläutert worden.

Er blickte zu ihr auf und sah sie dastehen mit der mächtigen Flut strahlendroter Locken, den Brüsten einer Frau, den langen, geschwungenen Beinen und ihren Augen, Augen wie aus grünem Feuer.

»Vater«, flüsterte sie und fiel auf die Knie. Ihre langen Finger fuhren heran und umfaßten sein Gesicht.

Er schloß die Augen.

»Rowan«, sagte sie. »Liebe mich, und vielleicht tut er es dann auch.«

Rowan weinte, und ihre Finger spannten sich um seinen Hals. Sein Herz donnerte ihm in den Ohren; es stampfte, als werde es größer und immer größer.

»Morrigan ist mein Name.«

»Sie ist mein Kind, meins«, sagte Mona, »und deins, Michael.«

»Und ich glaube, es wird Zeit, daß ihr mich sprechen laßt«, sagte Morrigan, »und daß ich die Last der Entscheidung von euch nehme.«

»Nicht so schnell«, sagte er und blinzelte langsam mit den Lidern, um den Blick zu klären.

Aber irgend etwas hatte die lange Nymphe in Unruhe versetzt. Etwas hatte sie veranlaßt, die Hände zurückzuziehen und an ihren Fingern zu riechen. Ihr Blick ging blitzartig zu Rowan und dann wieder zu ihm. Sie erhob sich und stürzte auf Rowan zu, noch bevor Rowan zurückweichen konnte; sie schnupperte an Rowans Wangen und fuhr zurück.

»Was ist das für ein Geruch?« fragte sie. »Was ist es! Ich kenne diesen Geruch!«

»Hör mir zu«, sagte Rowan. »Wir werden miteinander sprechen. Das hast du ja gesagt. Jetzt komm.« Sie trat vor und ließ ihn ganz allein, sie schlang dem Mädchen die Arme um die Taille, und das Mädchen starrte mit komisch angstvollen Augen auf sie herunter.

»Der Geruch ist überall an dir.«

»Was glaubst du, was ist es?« fragte Mona. »Was könnte es sein?«

»Ein Mann«, flüsterte das Mädchen. »Sie waren bei ihm, diese beiden.«

»Nein, er ist tot«, sagte Mona. »Was du riechst, kommt aus den Bodendielen und aus den Wänden.«

»O nein«, flüsterte sie. »Es ist ein lebender Mann.« Unvermittelt packte sie Rowan bei den Schultern. Mona und Mary Jane sprangen ihr zur Seite und zogen sanft ihre Arme zurück. Michael war wieder aufgestanden. Gott, dieses Wesen war so groß wie er. Es war Monas Gesicht, aber es war nicht Mona, nein, ganz und gar nicht Mona.

»Der Geruch macht mich rasend«, flüsterte sie. »Ihr haltet es geheim vor mir? Warum?«

»Laß ihnen Zeit zum Erklären«, bat Mona. »Morrigan, hör auf damit und hör mir zu.« Und dann hatte sie die Hände des Mädchens ergriffen und hielt sie fest. Und Mary Jane stand auf den Zehenspitzen.

»Jetzt gib schon Ruhe, Long Tall Sally, und laß sie erzählen, was Sache ist.«

»Ihr versteht das nicht«, sagte Morrigan; ihre Stimme klang plötzlich gepreßt, und Tränen sammelten sich in ihren großen grünen Augen, als sie wieder Michael und dann Rowan anschaute. »Es gibt einen Mann, versteht ihr? Es gibt einen Mann wie mich! Mutter, du kannst es riechen. Mutter, sag die Wahrheit!« Es war ein Schrei. »Mutter, bitte, ich halte es nicht aus!« Und ihr Schluchzen klang, als purzele etwas die Treppe herunter; ihr Gesicht war verbissen vor Schmerz, und ihr langer, eckiger Körper schlotterte und bog sich sanft, als sie sich von den beiden anderen umarmen und aufrechthalten ließ.

»Überlaßt sie jetzt besser uns«, sagte Mary Jane.

»Tut ihr nichts, das müßt ihr mir schwören«, flehte Mona.

»Sagt es mir«, wisperte das verstörte Mädchen. »Sagt mir, *wo ist er?*«

Rowan schob Michael zum Aufzug und zog die alte Holztür auf. »Hinein.«

Und das letzte, was er sah, als er sich an die Rückwand des

Aufzugs lehnte, waren diese hübschen Baumwollkleider, als die drei zusammen die Treppe hinaufflüchteten.

Er lag auf dem Bett.

»Nein, denk jetzt nicht daran. Nicht denken«, sagte Rowan.

Der nasse Lappen fühlte sich genauso an wie ein nasser Lappen. Es gefiel ihm nicht.

»Ich werde nicht sterben«, sagte er leise. Was für eine Anstrengung, diese Worte. War es wieder eine Niederlage, war es eine große, grausige Niederlage, unter deren Last die Gerüste der normalen Welt einknickten, während die Zukunft sich wiederum in den Farben des Todes und der Fastenzeit kleidete – oder war es etwas, das sie annehmen und aufnehmen konnten, das sie irgendwie akzeptieren konnten, ohne daß ihnen der Verstand zerbarst?

»Was sollen wir tun?« flüsterte sie.

»Das fragst du mich, du? Was sollen wir tun?« Er drehte sich auf die Seite. Der Schmerz ließ ein bißchen nach. Er schwitzte am ganzen Körper, und es war ihm zuwider, dieses Gefühl und der unvermeidliche Geruch. »Ich weiß nicht, was wir tun sollen.«

Sie saß regungslos auf der Bettkante, die Schultern ein wenig hochgezogen; das Haar fiel ihr über die Wange, und ihr Blick ging ins Leere.

»Wird *er* wissen, was er zu tun hat?« fragte Michael.

Ihr Kopf fuhr herum, als habe jemand heftig an einem Draht gezogen.

»*Er*? Du kannst es ihm nicht erzählen. Du kannst nicht erwarten, daß er so etwas erfährt und nicht . . . genauso verrückt wird wie sie. Willst du, daß das passiert? Willst du, daß er herkommt? Nichts und niemand wird zwischen ihnen stehen können.«

»Und was passiert dann?« Er versuchte seiner Stimme einen starken und entschlossenen Klang zu verleihen, wobei das einzig Entschlossene, was ihm einfiel, seine Fragen waren.

»Was passiert! Ich weiß es nicht. Ich weiß es ebensowenig wie du! Lieber Gott, es sind zwei, und sie leben, und sie sind kein . . . sie sind kein . . .«

»Was?«

»Sie sind kein böser Geist, der sich hereingestohlen hat, kein verlogenes, betrügerisches Wesen, das Geisteskrankheit und Wahnsinn fördert. Das sind sie nicht!«

»Sprich nur weiter«, sagte er. »Sag es immer wieder. Nicht böse.«

»Nein, nicht böse. Etwas Natürliches in anderer Gestalt.« Sie starrte ins Leere; ihre Stimme wurde leiser, und ihre Hand ruhte warm auf seinem Arm.

Wenn er nur nicht so müde wäre. Und Mona – Mona, wie lange war sie mit diesem Wesen allein gewesen, mit diesem erstgeborenen Ding, diesem langhalsigen Reiher, in dessen Gesicht Monas Züge geprägt waren? Und Mary Jane. Die beiden Hexen.

Und die ganze Zeit hatten sie sich so hingebungsvoll ihren Aufgaben gewidmet: Yuri retten, die Verräter ausmerzen, Ash trösten, dieses hochgewachsene Wesen, das niemandes Feind war, das es nie gewesen war und nie sein würde.

»Was können wir tun?« flüsterte sie. »Welches Recht haben wir, überhaupt etwas zu tun?«

Er wandte den Kopf und versuchte, sie deutlich zu sehen. Langsam setzte er sich auf und fühlte das Stechen unter den Rippen, winzig jetzt, unwichtig. Unbestimmt fragte er sich, wie lange man wohl durchhalten konnte mit einem Herzen, das so schnell, so leicht zu erschrecken war. Zum Teufel, so leicht nun auch wieder nicht. Dazu war immerhin Morrigan nötig gewesen, nicht wahr? Seine Tochter Morrigan. Seine Tochter, die irgendwo im Haus weinte, zusammen mit ihrer Kindmutter Mona.

»Rowan«, sagte er. »Rowan, was ist, wenn dies Lashers Triumph ist? Was ist, wenn er *das* die ganze Zeit geplant hatte?«

»Woher können wir das wissen?« flüsterte sie. Sie hatte die Finger an die Lippen gehoben, ein sicheres Zeichen dafür, daß sie seelische Schmerzen litt und in Gedanken einen Ausweg suchte. »Ich kann nicht noch einmal töten«, sagte sie, und es war so leise, daß es klang wie ein Seufzer.

»Nein, nein . . . nicht das, nein, das meine ich nicht. Das kann ich nicht tun! Ich . . .«

»Das weiß ich. Nicht du hast Emaleth getötet, sondern ich.«

»Darüber haben wir jetzt nicht nachzudenken. Wir müssen uns überlegen: Werden wir allein damit fertig? Versuchen wir es? Oder ziehen wir andere mit hinein?«

»Als wäre sie ein eingedrungener Organismus«, murmelte Rowan mit weit offenen Augen, »und andere Zellen wären dazugekommen, um sie zu umzingeln und einzuschließen.«

Er war so müde, und gleich würde ihm schlecht werden. Er würde sich übergeben. Aber er durfte sie jetzt nicht damit allein lassen; er weigerte sich, vor der schmählichen Übelkeit zu kapitulieren. »Rowan, die Familie geht vor, die ganze Familie.«

»Verängstigte Leute. Nein. Nicht Pierce und Ryan und Bea und Lauren . . .«

»Rowan, wir können die richtige Entscheidung nicht allein treffen, und die Mädchen, die Mädchen haben völlig abgehoben, die Mädchen wandeln auf den finsteren Pfaden der Magie und der Verwandlung. Sie gehört den Mädchen.«

»Ich weiß.« Rowan seufzte. »So, wie er einmal mir gehört hat, der Geist, der zu mir kam, voller Lügen. Oh, auf eine schreckliche, feige Art wünschte ich . . .«

»Was?«

Sie schüttelte den Kopf.

Ein Geräusch kam von der Tür. Sie sprang einen Spaltbreit auf und schwang dann ganz zurück. Mona stand im Rahmen, das Gesicht ebenfalls leicht gefleckt vom Weinen, die Augen voller Wachsamkeit.

»Ihr werdet ihr nichts tun.«

»Nein«, sagte er. »Wann ist es passiert?«

»Erst vor ein paar Tagen. Hört mal, ihr müßt kommen. Wir müssen miteinander reden. Sie kann nicht weglaufen. Sie kann da draußen allein nicht überleben. Sie glaubt, sie kann es, aber sie kann es nicht. Ich verlange nicht, daß ihr es ihr sagt, wenn da draußen wirklich irgendwo ein Mann ist. Aber kommt und akzeptiert mein Kind und hört zu.«

»Das werden wir«, sagte Rowan.

Mona nickte.

»Es geht dir nicht gut. Du brauchst Ruhe«, sagte Rowan.

»Das macht die Entbindung, aber mir geht's gut. Sie braucht dauernd Milch.«

»Dann wird sie auch nicht weglaufen«, sagte Rowan.

»Vielleicht nicht«, sagte Mona. »Seht ihr's, alle beide?«

»Daß du sie liebst? Ja«, sagte Rowan. »Das sehe ich.«

Mona nickte langsam.»Kommt herunter. In einer Stunde. Ich denke, dann ist sie okay. Wir haben ihr eine Menge hübscher Kleider gekauft. Die gefallen ihr. Sie besteht darauf,daß wir uns auch feinmachen. Vielleicht bürste ich ihr das Haar nach hinten und binde eine Schleife hinein, wie ich es bei mir auch immer getan habe. Sie ist klug. Sie ist klug, und sie sieht . . .«

»Was sieht sie?«

Mona zögerte. Und dann kam die Antwort, kleinlaut und ohne Überzeugung. »Sie sieht die Zukunft.«

Die Tür schloß sich.

Er merkte, daß er die fahlen, rechteckigen Fensterscheiben anstarrte. Das Licht schwand schnell; im Frühling war die Dämmerung so kurz. Draußen hatten die Zikaden zu singen begonnen. Hörte sie das alles? Tröstete es sie? Wo war sie jetzt, diese, seine Tochter?

Er tastete nach der Lampe.

»Nein, nicht«, sagte Rowan. Sie war jetzt eine Silhouette; eine Linie aus schimmerndem Licht definierte ihr Profil. Der Raum zog sich zusammen und wurde dann endlos in der Dunkelheit. »Ich möchte nachdenken. Ich möchte im Dunkeln laut denken.«

»Ja, ich verstehe«, sagte er.

Sie drehte sich um, und sehr langsam, mit höchst effizienten Bewegungen, schob sie die Kopfkissen hinter ihn, so daß er sich zurücklehnen konnte, und er ließ es geschehen, auch wenn er sich dafür haßte. Er ruhte sich aus und sog die Luft tief in die Lunge. Das Fenster war glasig und weiß, und wenn die Bäume davor sich bewegten, dann war es, als wolle die Dunkelheit von draußen hereinspähen. Es war, als ob die Bäume lauschten.

Und Rowan sprach.

»Ich sage mir, daß wir alle vom Grauen bedroht sind. Jedes Kind kann ein Monster sein, ein Todbringer. Was würdest du sagen, wenn es ein Baby wäre, ein winziges, rosiges Ding, wie es sein soll, und eine Hexe käme und legte ihm die Hände auf und sagte: ›Wenn es groß ist, wird es Krieg führen, es wird Bomben bauen, Tausende, ja, Millionen Menschenleben werden ihm zum Opfer fallen.‹ Würdest du es erwürgen? Ich meine, wenn du es wirklich glaubtest? Oder würdest du sagen: ›Nein!‹.«

»Ich überlege«, sagte er. »Ich überlege mir Dinge, die irgendwie einleuchtend sind: daß sie neugeboren ist, daß sie zuhören muß, daß diejenigen, die sie umgeben, ihre Lehrer sein müssen, und wenn die Jahre vergehen, wenn sie älter wird, dann . . .«

»Und was ist, wenn Ash sterben sollte, ohne es je zu erfahren?« fragte Rowan. »Erinnerst du dich an seine Worte? Wie lauteten sie noch, Michael? ›Der Tanz und der Kreis und dazu noch das Lied . . .‹ Glaubst du überhaupt an die Prophezeiung aus der Höhle? Wenn ja – und ich weiß nicht, ob ich daran glaube –, wenn du daran glaubst, was dann? Verbringen wir unser Leben damit, sie voneinander fernzuhalten?«

Es war stockfinster im Zimmer. Fahlweiße Lichtstreifen tasteten sich über die Decke. Die Möbel, der Kamin, die Wände waren verschwunden. Nur die Bäume da draußen hatten ihre Farben, ihre Einzelheiten noch behalten, denn die Straßenlaternen beschienen sie.

»Wir gehen hinunter«, sagte er, »und wir hören zu. Und vielleicht, vielleicht rufen wir dann die ganze Familie zusammen. Sie sollen alle kommen, wie sie gekommen sind, als du hier im Bett lagst und wir dachten, du würdest sterben. Alle. Wir brauchen sie. Lauren und Paige und Ryan, ja, Ryan, und Pierce und die uralte Evelyn.«

»Vielleicht«, sagte sie. »Und weißt du, was passieren wird? Sie werden sie anschauen, wie sie vor ihnen steht in ihrer unbestreitbaren Unschuld und Jugend, und dann werden sie auf uns schauen und sich fragen. ›Ist es denn wahr, ist es denn so?‹ Und dann werden sie uns bitten, den Weg zu wählen.«

Er ließ sich behutsam vom Bett rutschen und befürchtete, daß ihm wieder übel werden könnte; mühelos tastete er sich von Bettpfosten zu Bettpfosten durch die Dunkelheit und dann in das schmale, weiße Marmorbad. Eine Erinnerung kehrte zurück – als sie das erste Mal in diesen Teil des Hauses gekommen waren, kurz vor der Hochzeit. Und die kleinen Trümmer einer zerbrochenen Statue hatten hier gelegen, auf den weißen Fliesen, die jetzt von weichem, farblosem Licht getränkt waren. Der verschleierte Kopf der Jungfrau, ungleichmäßig am Hals abgebrochen, und eine kleine Gipshand. Was war das gewesen? Ein Omen?

Lieber Gott, und wenn Ash sie nun fand, und sie ihn? Lieber Gott, aber das ist ihre Entscheidung, nicht wahr?

»Wir haben es nicht in der Hand«, flüsterte Rowan im Dunkeln.

Er beugte sich über das Waschbecken, drehte den Hahn auf und wusch sich das Gesicht mit kaltem Wasser. Zunächst lief es beinahe warm aus der Leitung, aber dann kam es tief aus der Erde und war richtig kalt. Schließlich trocknete er sich ab, betupfte sich das Gesicht zur Abwechslung ein bißchen barmherziger und legte das Handtuch zur Seite. Er streifte das Jackett und das steife, knautschige Hemd herunter, das jetzt überall nach Schweiß stank.

Er zog ein frisches Hemd und darüber ein Sweatshirt an. Alles schön überdecken.

»Sollen wir jetzt hinuntergehen?« Er knipste das Licht aus und suchte in der Dunkelheit nach ihr. Ihm war, als sehe er die Umrisse ihres gesenkten Kopfes. Ihm war, als sehe er einen Schimmer vom tiefen Burgunderrot ihres Kostüms, und dann sah er tatsächlich das weiße Auflodern ihrer Bluse, als sie sich umdrehte – so sehr nach Südstaatenart war sie gekleidet, so vollendet.

»Laß uns gehen«, sagte sie mit dieser dunklen Befehlsstimme, die ihn an Buttertoffee denken ließ und daran, mit ihr zu schlafen. »Ich will mit ihr sprechen.«

Die Bibliothek. Sie waren schon alle da.

Als er zur Tür hereinkam, sah er, daß Morrigan sich an den Schreibtisch gesetzt hatte. Königlich sah sie aus in weißer viktorianischer Spitze mit Stehkragen und eleganten Manschetten und einer Kamee am Hals; hinter dem Mahagonitisch war eine Flut von Taftröcken zu sehen. Monas Zwillingsschwester. Und Mona in weicherer, formloserer Spitze, zusammengerollt in dem großen Sessel, wie an jenem Tag, als er an Ryan und Pierce appelliert hatte, ihm bei der Suche nach Rowan zu helfen. Mona, die selbst eine Mutter brauchte, und einen Vater ganz sicher.

Mary Jane hatte die andere Ecke besetzt, ein perfektes Gemälde in Pink. Unsere Hexen kommen in Pastellfarben, dachte er. Und Granny. Ihm war gar nicht klar gewesen, daß sie da war, in der Sofaecke, bis er ihr winziges, runzliges Gesicht sah, die verspielten, kleinen schwarzen Augen, ein faltiges Lächeln auf den Lippen.

»Da sind sie!« sagte sie mit großartigem Spürsinn und streckte ihm die Arme entgegen. Er beugte sich über sie, um sich küssen zu lassen, und roch den süßen Puderduft, der aus ihrem gesteppten Hausmantel aufstieg. Das war das Vorrecht der ganz Alten: ständig fürs Bett gekleidet herumzulaufen. »Komm her zu mir, Rowan Mayfair«, sagte sie. »Ich will dir von deiner Mutter erzählen. Deine Mutter hat geweint, als sie dich hergab. Alle wußten es. Sie hat geweint und den Kopf abgewandt, als sie dich aus ihren Armen nahmen, und sie war nie wieder wie früher, nie wieder.«

Rowan umfaßte die kleinen, trockenen Hände, und auch sie beugte sich hinunter, um den Kuß entgegenzunehmen. »Dolly Jean«, sagte sie, »du warst dabei, als Morrigan geboren wurde?« Sie warf einen Blick zu Morrigan. Sie hatte noch nicht den Mut gehabt, sie genau anzusehen.

»Na klar«, sagte Dolly Jean. »Ich wußte, sie ist ein wandelndes Baby, bevor sie auch nur den Fuß aus dem Schoß streckte. Ich wußte es! Und vergiß nicht – was immer du sagst, was immer du denkst –, sie ist eine Mayfair, dieses Mädchen. Wenn wir Julien mit seiner mörderischen Ader verkraften konnten, dann können wir auch ein wildes Ding mit einem langen Hals und einem Gesicht wie Alice im Wunderland verkraften!«

Michael lächelte. Na, es war verdammt gut, daß sie da war, daß sie es so gelassen hinnahm. Am liebsten hätte er jetzt zum Telefon gegriffen und angefangen, die Telefonate zu führen, die alle Mayfairs zusammentrommeln würden. Aber statt dessen setzte er sich nur dem Schreibtisch gegenüber, und Rowan nahm den Sessel an seiner Seite.

Alle schauten die hinreißende Rothaarige an, die plötzlich den Kopf an die hohe Lehne ihres Stuhls sinken ließ und mit langen weißen Fingern die Armlehnen umschloß. Ihre Brüste drückten sich durch die steife, gestärkte Spitze, und ihre Taille war so zart, daß er am liebsten die Hände um sie gelegt hätte.

»Ich bin deine Tochter, Michael.«

»Erzähl mir mehr, Morrigan. Erzähl mir, was die Zukunft bringt. Erzähl mir, was du von uns willst und was wir von dir zu erwarten haben.«

»Oh, ich bin so froh, dich diese Worte sagen zu hören.« Sie schaute zwischen den anderen hin und her und sah dann Rowan an. »Weil ich ihnen gesagt habe, daß das passieren würde. Ich muß weissagen. Ich muß sprechen. Ich muß verkünden.«

»Na los, meine Liebe«, sagte er. Und ganz plötzlich konnte er in ihr überhaupt nichts Monströses mehr erkennen; er sah nur noch, daß sie lebendig war, menschlich, so zart und fragil wie alle hier im Zimmer.«

»Ich will Lehrer«, sagte sie. »Nicht die Beschränkungen einer Schule, sondern Hauslehrer, mit Mutter und mit Mary Jane zusammen. Ich will Bildung bekommen und alles lernen, was es auf der Welt zu lernen gibt. Ich will die Einsamkeit und den Schutz, in dem ich das tun kann, und ich will die Zusicherung, daß ich nicht ausgestoßen werde, daß ich eine von euch bin, daß ich eines Tages ...« Hier brach sie ab, als sei ein Schalter umgelegt worden. »Daß ich eines Tages die Erbin sein werde, wie meine Mutter es geplant hat, und nach mir eine andere aus der Linie, ein Mensch vielleicht ... wenn ihr ... wenn der Mann ... wenn der Geruch ...«

»Zieh's durch, Morrigan«, sagte Mary Jane.

»Rede einfach weiter«, sagte die kleine Mutter.

»Ich will die Dinge, die ein besonderes Kind verlangen würde, ein Kind von herausragender Intelligenz und unersättlichem Hunger, das aber vernünftig und liebenswert ist, ja, sicher, eines, das man lieben und erziehen und somit beherrschen kann.«

»Das ist es, was du willst?« fragte Michael. »Du willst Eltern.«

»Ja, die Alten, die mir ihre Geschichten erzählen, wie es früher einmal bei uns war.«

»Ja«, sagte Rowan mit fester Stimme, »und dann wirst du unseren Schutz annehmen, und das bedeutet, unsere Autorität und unsere Führung. Es bedeutet, daß du unser neugeborenes Kind bist.«

»Ja.«

»Es bedeutet, daß wir für dich sorgen werden.«

»Ja!« Sie erhob sich ein Stück von ihrem Stuhl, und dann erstarrte sie und umklammerte die Seitenkanten des großen Schreibtisches. Ihre Arme waren wie lange, schlanke Knochen, die Flügel hätten tragen müssen. »Ja, ich bin eine Mayfair. Sagt es mit mir. Ich bin eine von euch. Und eines Tages, eines Tages vielleicht, da werde ich von einem Menschenmann ein Kind empfangen, und andere wie ich werden geboren werden, aus Hexenblut wie ich, und ich habe das Recht, zu existieren, glücklich zu sein, zu wissen, zu blühen ... Gott, ihr habt immer noch diesen Geruch an euch. Ich kann den Geruch nicht ertragen. Ihr müßt mir die Wahrheit sagen.«

»Und was ist, wenn wir das tun?« fragte Rowan. »Was ist, wenn wir dir sagen, daß du hierbleiben mußt? Daß du viel zu jung und unschuldig bist, um diesen Mann kennenzulernen? Daß wir den Zeitpunkt für diese Begegnung festsetzen werden ...?«

»Was ist, wenn wir versprechen, es ihm zu sagen?« ergänzte Michael. »Und dir zu sagen, wo er ist, aber nur, wenn du versprichst ...«

»Ich schwöre es«, rief sie. »Ich schwöre alles!«

»Ist es so stark?« flüsterte Mona.

»Mutter, sie machen mir angst!«

»Dabei fressen sie dir aus der Hand«, sagte die winzige Mona und schmiegte sich in den Ledersessel, die Wangen eingefallen und bleich. »Etwas, das sich so gut erklärt, dem können sie nichts antun. Du bist genauso menschlich wie sie, merkst du das nicht? Sie merken es. Zieh es durch. Rede weiter.«

»Gebt mir meinen Platz«, sagte sie, und ihre Augen weiteten sich und schienen Feuer zu fangen, wie sie es getan hatten, als sie geweint hatte. »Laßt mich sein, was ich bin. Mich paaren, wann ich will. Eine von euch sein.«

»Du darfst nicht zu ihm. Du darfst dich nicht mit ihm paaren«, sagte Rowan. »Noch nicht. Erst wenn dein Verstand in der Lage ist, diese Entscheidung zu treffen.«

»Ihr macht mich rasend!« schrie sie und wich zurück.

»Morrigan, hör auf damit«, sagte Mona.

»Mach's halblang«, sagte Mary Jane; sie stand auf und bewegte sich vorsichtig hinter den Schreibtisch, bis sie Morrigan beide Hände auf die Schultern legen konnte.

»Erzähl ihnen von den Erinnerungen«, sagte Mona. »Und wie wir sie alle auf Tonband aufgenommen haben. Und was du alles sehen willst.«

Sie versuchte, den Faden wieder aufzunehmen, um eine Flut von Tränen zu verhindern – oder von Schreien; Michael wußte es nicht.

»Ich will nach Donnelaith«, sagte Morrigan mit zittriger Stimme. »Ich will die Ebene suchen.«

»Du erinnerst dich an diese Dinge?«

»Ja, und wie wir alle im Kreis getanzt haben. Ich erinnere mich. Ich erinnere mich. Ich greife nach ihren Händen. Helft mir!« Wieder schwoll ihre Stimme an. Aber sie schlug sich die Hand vor den Mund, und als sie jetzt weinte, klang es gedämpft.

Michael stand auf und kam herum. Sanft schob er Mary Jane beiseite.

»Du hast meine Liebe«, sagte er ihr ins Ohr. »Hörst du mich? Du hast meine Liebe, und die Autorität, die dazugehört.«

»Oh, Gott sei Dank.« Sie lehnte den Kopf an ihn, wie Rowan es dann und wann tat, und sie weinte.

Er streichelte ihr weiches Haar; es war weicher und seidiger als Monas. Er dachte an die kurze Vereinigung auf dem Sofa und auf dem Boden der Bibliothek – und nun das hier, dieses zerbrechliche, unberechenbare Ding.

»Ich kenne dich«, wisperte sie und rieb die Stirn an seiner Brust. »Ich kenne deinen Geruch und die Dinge, die du gesehen hast, ich kenne den Geruch des Windes in der Liberty Street, ich weiß, wie das Haus aussah, als du das erste Mal hereinkamst, und wie du es verändert hast. Ich kenne verschiedene Arten von Holz und verschiedene Werkzeuge, und ich weiß, wie es ist, lange und ausdauernd Öl in die Maserung zu reiben, und wie das Tuch auf dem Holz klingt. Und ich weiß, wie es war, als du ertrunken bist, als du so gefroren hast, und wie dir wärmer wurde und wie du die Geister der Hexen gesehen hast. Das sind die schlimmsten, die stärksten, mit Ausnahme vielleicht der Geister der Taltos. Hexen und Taltos, du mußt einige von uns in dir haben, die nur darauf warten, hervorzukommen, wiedergeboren zu werden, wieder ein Volk zu sein. Oh, die Toten wissen alles. Ich weiß nicht, warum sie nicht sprechen. Wieso kommt er nicht zu mir, oder sonst einer von ihnen? Sie tanzen nur in meinen Erinnerungen und sagen, was ihnen damals wichtig war. Vater, Vater, ich liebe dich.«

»Ich liebe dich auch«, flüsterte er, und seine Hand schloß sich fest um ihren Kopf. Er merkte, daß er zitterte.

»Und du weißt auch«, sagte sie und blickte zu ihm auf, und die Tränen rannen aus ihren Augen. »Du weißt, Vater, daß ich eines Tages die Führung vollständig übernehmen werde?«

»Und warum?« fragte er ruhig; er behielt seine Stimme, sein Gesicht unter Kontrolle.

»Weil es sein muß«, sagte sie in dem gleichen aufrichtigen, hitzigen Flüsterton. »Ich lerne so schnell, ich bin so stark, ich weiß schon jetzt so viel. Und wenn sie aus meinem Schoß kommen – und sie werden kommen, wie ich aus Mutter gekommen bin und aus dir –, dann werden sie diese Kraft auch haben, dieses Wissen, die Erinnerung an beide, an den Menschen und an den Taltos. Den Ehrgeiz haben wir von euch gelernt. Und die Menschen werden vor uns fliehen. Sie werden fliehen, und die Welt wird ... die Welt wird *zerfallen*. Glaubst du nicht auch, Vater?«

Ihn fröstelte innerlich. Er hörte Ashs Stimme. Er sah Rowan an; ihr Gesicht war unbewegt und leidenschaftslos.

»Zusammenleben, das war unser Gelöbnis«, sagte er. Er beugte sich hinunter, und seine Lippen berührten sacht Morrigans Stirn. Der Duft von Babyhaut, frisch und süß. »Das sind die Träume der Jugend, herrschen, alles unterwerfen. Und die Tyrannen in der Geschichte waren Leute, die nie erwachsen geworden sind. Aber du wirst erwachsen werden. Du wirst alles Wissen besitzen, das wir alle dir geben können.«

»Mann, das wird auf jeden Fall super«, sagte Mary Jane und verschränkte die Arme.

Er starrte sie an, grob schockiert von ihren Worten und dem leisen Lachen, das aus ihrem Mund kam, als sie den Kopf schüttelte. Er sah Rowan an, deren Augen wieder rot und traurig waren, als sie jetzt den Kopf leicht zur Seite drehte und die seltsame Tochter und dann Mona anschaute. Und nur in Monas Gesicht sah er weder Staunen noch Schock, sondern Angst, eine bewußte, beherrschte Angst.

»Die Mayfairs sind jetzt auch meine Familie«, flüsterte Morrigan. »Eine Familie wandelnder Babys, siehst du das nicht? Und die Mächtigen sollten sofort zusammengeführt werden. Man muß die Computerdateien durchgehen; alle, die die Doppelhelix haben, müssen sich auf der Stelle paaren, bis das numerische Verhältnis mindestens, mindestens gleichmäßig ist, und dann werden wir Seite an Seite ... Mutter, ich muß jetzt arbeiten. Ich muß wieder in den Mayfair-Computer.«

»Mach halblang«, sagte Mary Jane.

»Was denkst und fühlst du?« wollte Morrigan wissen und schaute Rowan an.

»Du wirst unsere Bräuche erlernen müssen, und vielleicht wirst du eines Tages herausfinden, daß es auch deine Bräuche sind. In unserer Welt wird niemand veranlaßt, sich zu paaren. Numerische Verhältnisse sind nicht unsere Stärke. Aber das wirst du schon noch sehen. Wir werden dich lehren, und du wirst uns lehren.«

»Und ihr werdet mir nichts tun.«

»Das können wir nicht. Und wir würden es nicht«, sagte Rowan. »Wir wollen es nicht.«

»Und der Mann. Der Mann, der euch seinen Geruch mitgegeben hat. Ist er auch allein?«

Rowan zögerte und nickte dann.

Morrigan hob den Kopf und schaute Michael in die Augen.

»Ganz allein, wie ich?«

»Mehr«, sagte Michael. »Du hast uns, deine Familie.«

Sie sprang auf und vollführte mit fliegenden Haaren mehrere Pirouetten, während sie das Zimmer durchquerte; ihre Taftröcke raschelten und warfen das Licht in rasant fließendem Aufblitzen zurück.

»Ich kann warten. Ich kann auf ihn warten. Ich kann warten. Nur, sagt es ihm, bitte. Ich überlasse es euch, ich überlasse es dem Stamm. Komm, Dolly Jean. Komm, Mona, es ist Zeit zum Tanzen. Mary Jane, möchtest du? Rowan und Michael, ich will tanzen!«

Sie hob die Arme über den Kopf und drehte und drehte sich im Kreis; ihr Kopf fiel in den Nacken, und das Haar hing lang herunter. Sie summte ein Lied, sanft, eines, das Michael schon einmal gehört hatte; vielleicht hatte Tessa es gesungen. Oder Ash – er hatte dieses Lied gesummt. Ash, der es ihnen nie, nie verzeihen würde, wenn sie ihm dieses Geheimnis vorenthielten, ihm, dem weltenmüden Wanderer.

Sie fiel neben Rowan auf die Knie. Die beiden jungen Frauen erstarrten, aber Mona winkte Mary Jane, sie solle abwarten.

Rowan tat gar nichts. Sie umschlang ihre Knie mit verschränkten Händen. Sie rührte sich nicht, als die geschmeidige, stumme Gestalt sehr nah an sie herankam, als Morrigan an ihren Wangen schnupperte, ihrem Hals, ihrem Haar. Dann drehte Rowan sich langsam um und schaute ihr ins Gesicht.

Kein Mensch, nein, lieber Gott, ganz und gar kein Mensch. Aber was ist sie dann?

Ruhig und gefaßt ließ Rowan nicht erkennen, daß sie von ihrem Gegenüber vielleicht genau das gleiche dachte. Aber ohne Zweifel spürte sie so etwas wie Gefahr.

»Ich kann warten«, sagte Morrigan leise. »Schreibt ihn in Stein, seinen Namen, und wo er ist. Schnitzt es in den Stamm der Eiche über dem Grab. Schreib es irgendwohin. Haltet es fern von mir, aber behaltet es, behaltet es, bis die Zeit gekommen ist. Ich kann warten.«

Und sie wich zurück und verließ mit den gleichen Pirouetten das Zimmer; sie summte bei sich, und das Summen wurde höher und höher, bis es ein Pfeifen war.

»Na, ich will mal lieber auf sie aufpassen«, sagte Mary Jane und lief hinaus. »Bevor sie wieder in voller Montur in den Swimmingpool springt oder sich da hinten ins Gras legt und versucht, die zwei Leichen zu riechen.«

Mona seufzte.

»Und – was hat die Mutter dem Vater zu sagen?« fragte Michael.

Mona dachte lange nach. »Aufpassen«, sagte sie. »Aufpassen und abwarten.« Sie sah Rowan an. »Ich weiß jetzt, warum du getan hast, was du getan hast.«

»Ja?« fragte Rowan leise.

»Ja«, sagte Mona. »Ja, ich weiß es.« Langsam stand sie auf. Sie wollte schon hinausgehen, als sie sich plötzlich noch einmal umdrehte. »Damit meinte ich nicht ... ich meinte nicht, daß es okay ist, ihr etwas anzutun.«

»Das wissen wir«, sagte Michael. »Und sie ist auch meine Tochter, vergiß das nicht.«

Mona schaute zu ihm auf, hin und her gerissen, hilflos, als gäbe es tausend Dinge, die sie sagen, fragen, erklären wollte. Dann schüttelte sie nur den Kopf, wandte sich ab und ging leise zur Tür. Ganz zum Schluß sah sie sich noch einmal um, und ihr

Gesicht war ein hell aufstrahlendes Licht voller Gefühl. Das kleine Mädchen mit dem Frauenkörper unter dem aufwendigen Kleid.

»Ich kann ihn auch riechen, diesen Geruch«, sagte Mona. »Ein lebender Mann. Könnt ihr das nicht abwaschen? Schrubbt es mit Seife runter. Vielleicht beruhigt sie sich dann, vielleicht hört sie dann auf, daran zu denken und darüber zu reden, und alles ist in Ordnung. Nachts kommt sie vielleicht in euer Zimmer; es könnte sein, daß ihr aufwacht, und sie beugt sich über euch. Aber sie wird euch nichts tun. In gewisser Weise habt ihr ja die Oberhand.«

»Inwiefern?« wollte Michael wissen.

»Wenn sie nicht alles macht, was wir ihr sagen, dann erzählt ihr ihr nie, wo der Mann ist. So einfach ist das.«

»Ja, es ist ein Mittel, um sie zu beherrschen«, sagte Rowan.

»Aber wer ist er denn?« fragte Mona.

Rowan drehte sich um, als wolle sie sich vergewissern, daß sie die Frage auch richtig gehört hatte.

Dolly Jean hatte den Kopf sinken lassen und gab plötzlich ein erschreckendes Aufschnarchen von sich.

»Wer ist der Mann?« Mona blieb beharrlich; ihre Lider waren vor Erschöpfung auf halbmast, und ihr Blick wirkte leicht gehetzt.

»Und wenn ich es dir sage?« fragte Rowan. »Du müßtest es vor ihr geheimhalten. Laß uns in diesem Punkt die Stärkeren sein. Vertraue uns.«

»Mutter!« rief Morrigan. Ein Walzer hatte begonnen, Richard Strauss, Geigen, eine dieser wunderbaren Platten, die man sich den Rest seines Lebens anhören könnte. Er hätte sie gern tanzen gesehen, aber dann auch wieder nicht.

»Weiß der Wachdienst, daß sie nicht hinaus darf?« fragte Michael.

»Na ja, nicht so richtig«, sagte Mona. »Wißt ihr, es wäre einfacher, wenn ihr die Leute wegschicken würdet. Sie ... sie bringt sie durcheinander. Ich habe sie besser im Griff, wenn die Leute weg sind. Sie wird nicht weglaufen, nicht ihrer Mutter.«

»Ja«, sagte Rowan. »Wir werden den Wachdienst entlassen.«

Michael war unsicher.

Aber dann nickte er. »Wir stecken da . . . zusammen drin.«

Wieder rief Morrigan. Die Musik schwoll an. Mona wandte sich langsam ab und ließ sie allein.

Spät in der Nacht hörte er sie immer noch lachen, und dann und wann erklang die Musik, oder träumte er von Stuart Gordons Turm? Schließlich das Geklapper der Computertasten und dieses Lachen, und das weiche Tappen ihrer laufenden Füße auf der Treppe. Und ein Gewirr von Stimmen, jung und hoch und sehr süß, die dieses Lied sangen.

Wieso versuchen zu schlafen? Doch dann war er weg, zu müde, zu bedürftig der Ruhe und der Flucht, zu begierig danach, die baumwollenen Laken zu spüren und Rowans warmen Körper an dem seinen. Bete, bete für sie. Bete für Mona, bete für sie alle . . .

»Vater unser, der du bist im Himmel, geheiligt werde dein Name, dein Reich komme . . .«

Er riß die Augen weit auf. »Dein Reich komme. Nein.« Die plötzliche Verzweiflung war zu gewaltig und doch nicht faßbar. Er war zu müde. »Dein Reich komme.« Er konnte es nicht zu Ende denken. Er drehte sich um und vergrub das Gesicht in der Beuge zwischen Rowans warmem Hals und ihrer Schulter.

»Ich liebe dich«, flüsterte sie, ein gemurmeltes Gebet aus den Tiefen des Schlafes vielleicht, tröstlicher, als sein eigenes Gebet gewesen war.

34

Die saubere Monotonie aus Schnee, endlosen Konferenzen, Telefonaten, Faxblättern voller Statistiken und Zusammenfassungen, aus dem Geschäft des Lebens, das er selbst geschaffen hatte mit seinem Griff nach Gold und Träumen.

Am Mittag ließ er den Kopf auf den Schreibtisch sinken. Volle fünf Tage war es her, daß Rowan und Michael nach Hause gefahren waren, und sie hatten ihn nicht angerufen, ihm nicht einmal eine Zeile geschrieben. Und jetzt fragte er sich, ob seine Geschenke sie traurig gemacht hatten oder falsch gewesen waren, oder ob sie ihn nur verdrängten, wie er versucht hatte, die Erinnerung an Tessa zu verdrängen, an Gordon, wie er tot auf dem Boden lag, an Yuri, wie er händeringend stammelte, an den kalten Winter im Glen und das Gejohle von Aiken Drumm.

Was suchen wir? Was brauchen wir? Wie können wir wissen, was uns glücklich machen wird? Es war eine Kleinigkeit, den Telefonhörer abzunehmen, Rowan und Michael anzurufen und sie zu fragen, ob es ihnen gut ging und ob sie sich von der Reise erholt hätten.

Und wenn ihre Stimmen dann spröde und gleichgültig klangen und er mit dem Hörer in der Hand dasaß, die Leitung tot nach ein paar gleichgültigen Abschiedsworten? Nein, das wäre schlimmer als gar nichts.

Oder, zutreffender gesagt, es wäre nicht das, was er wollte.

Einfach hinfahren. Sie nur sehen. Ohne den Kopf zu heben, drückte er auf den Knopf. Das Flugzeug bereitmachen. Fortfliegen aus der Stadt der bitteren Kälte, in das verlorene Land der Liebe. Sie nur ansehen, ihr Haus sehen mit seinen warmen Lichtern, durch die Fenster schauen, die sie so liebevoll geschildert hatten, und wieder weggehen ohne einen Laut, ohne darum zu betteln, daß sie dir in die Augen schauen. Sie nur ansehen. Das wird genügen. Tu es. Und sie werden es nie erfahren. Er würde sie nicht erschrecken.

Der Wagen stand bereit. Remmick hatte das Gepäck hinuntergeschickt. »Muß schön sein, in den Süden zu fliegen, Sir.«

»Ja, ins Sommerland.«

»Das bedeutet Somerset, Sir, in England.«

»Ja, ich weiß. Wir sehen uns bald wieder. Rufen Sie mich sofort an, wenn ... Nun, zögern Sie nicht, wenn es irgend etwas gibt.«

Ein sprechendes Zwielicht, eine Stadt, die immer noch so bewaldet war, daß die Geschöpfe der Luft das Lied der Abenddämmerung sangen. Er war noch mehrere Straßen vom Haus entfernt, als er aus dem Wagen schlüpfte. Er kannte den Weg. Er hatte auf seinen Stadtplan geschaut, und jetzt ging er vorbei an schmiedeeisernen Zäunen und Ranken mit leuchtend rosafarbenen Trompetenblumen. Die Fenster waren bereits von Licht erfüllt, aber der Himmel spannte sich strahlend und warm in alle Richtungen. Hör nur das Lied der Zikaden, und sind das Sperlinge, die da auf die Pflanzen herabstoßen, als wollten sie sie küssen, während sie doch einfach nur fressen wollen?

Immer schneller ging er und bestaunte die unebenen Gehwege, die aufgewölbten Steinplatten, die moosbedeckten Mauersteine, so viele, viele wunderschöne Dinge zum Berühren und Betrachten. Und endlich kam er zu ihrer Ecke.

Da stand das Haus, in dem ein Taltos geboren worden war. Großartig für die heutige Zeit, mit Stuckmauern, die aussahen wie Stein, und Kaminen, die hoch in die Wolken ragten.

Sein Herz schlug zu schnell. Seine Hexen.

Nicht stören. Nicht betteln. Nur schauen. Verzeiht mir, daß ich hier am Zaun entlanggehe, unter den gebogenen Ästen der blühenden Bäume. Daß ich hier in dieser menschenleeren Straße plötzlich über den Zaun klettere und mich in das feuchte Gebüsch gleiten lasse.

Kein Wachpersonal zu sehen. Bedeutet das, ihr vertraut mir, vertraut darauf, daß ich niemals heimlich, ungebeten, unerwartet hier bei euch auftauche? Ich komme ja nicht zum Stehlen. Ich komme, um mir zu nehmen, was jeder haben kann. Einen Blick aus der Ferne. Wir nehmen ja denen nichts, die wir anschauen.

Sieh dich vor. Bleib bei den Hecken und unter den hohen Bäumen mit den glänzenden Blättern, die im Wind schwanken.

Ah, der Himmel ist wie der feuchte, weiche Himmel in England, so nah, so voller Farben!

Und das hier, das war der Myrrhenbaum, unter dem ihr Lasher gestanden und einen kleinen Jungen erschreckt hat; hier hatte er Michael zum Tor gewinkt, Michael, ein Hexenkind, das der Geist erkennen konnte, ein Kind, das in der wirklichen Welt durch Zonen der Verzauberung wanderte.

Er ließ zu, daß seine Finger die wachsige Rinde berührten. Das Gras unter seinen Füßen war tief. Der Duft von Blumen und grünen Pflanzen, von lebenden Dingen und atmender Erde, war überall. Ein himmlischer Ort.

Langsam drehte er sich um und schaute zum Haus. Sah die Veranden, eine über der anderen, aus eisernem Spitzengeflecht. Und das war Juliens Zimmer gewesen, da oben, wo die Ranken mit hilflosen Fäden ins Leere tasteten. Und da, hinter der Scheibe, das Wohnzimmer.

Wo seid ihr? Kann ich es wagen, ein bißchen näherzukommen? Aber jetzt entdeckt zu werden, wäre so tragisch, wo der Abend sich herabsenkt in seinem violetten Gewand und die Blumen glühen auf ihren Beeten und wieder die Zikaden singen.

Licht erstrahlte im Haus. Hinter Spitzengardinen. Beleuchtete Gemälde an den Wänden. War es so einfach, daß er sich unter dem Schleier der Dunkelheit diesen Fenstern nähern konnte?

Die Wandbilder von Riverbend, hatte Michael sie nicht beschrieben? Und würden sie sich hier bald zum Essen versammeln? So leichtfüßig, wie er konnte, schritt er über den Rasen. Sah er aus wie ein Dieb? Rosenbüsche beschirmten ihn vor denen hinter der Scheibe.

So viele. Alte und junge Frauen, und Männer in Anzügen, und Stimmen, im Widerstreit erhoben. Das war nicht mein Traum. Das war nicht meine Hoffnung. Aber sein Blick war fest auf das Portal gerichtet, und er schaffte es nicht, wegzugehen. Laß mich nur einen Blick auf meine Hexen werfen.

Und als sei sein Gebet unmittelbar erhört worden, war dort

Michael und gestikulierte ein bißchen wütend, wie es schien, während andere mit erhobenen Zeigefingern redeten, und wie auf ein Stichwort setzten alle sich hin, und die Diener schwebten durch den Raum. Er roch die Suppe, das Fleisch. Fremdartige Speisen.

Ah, seine Rowan, da kam sie ins Zimmer und bestand auf irgend etwas, während sie die anderen anschaute, während sie disputierte, während sie die Männer aufforderte, sich wieder zu setzen. Eine weiße Serviette war zu Boden gefallen. Von den Wandbildern strahlte der makellose Sommerhimmel. Könnte er nur näher heran.

Aber er konnte sie deutlich sehen, und ihn auch, und er hörte das Klirren der Löffel auf den Tellern. Der Duft von Fleisch, von Menschen, von ...?

Das mußte ein Irrtum sein! Aber der Duft war so scharf und so alt und so tyrannisch, daß er Besitz von ihm ergriff, und der Augenblick entglitt ihm. *Der Duft der Frau!*

Und als er sich gerade noch einmal sagte: *Das kann nicht sein!*, als er Ausschau hielt nach der kleinen rothaarigen Hexe, da trat ins Zimmer der Taltos.

Er schloß die Augen. Er lauschte auf sein Herz. Er atmete ihren Duft, der durch die Ziegelmauern drang, durch Ritzen und Spalten zwischen Rahmen und Fensterscheiben, Gott weiß wo heraussickerte, das Organ zwischen seinen Beinen in Regung versetzte und ihn zurückweichen ließ, atemlos, zur Flucht geneigt und doch absolut bewegungsunfähig.

Frau. Taltos. Da. Und ihr rotes Haar loderte unter dem Kronleuchter, und sie breitete die Arme aus, während sie sprach, schnell, angstvoll. Er hörte die nackten hohen Töne ihrer Stimme. Und, oh, der Ausdruck auf ihrem Gesicht, ihrem neugeborenen Gesicht, und die Arme, so zart in dem weißen Kleid, und ihr Geschlecht tief darunter, pulsierend vom Duft, eine Blume, die sich öffnete im Dunkeln, ganz allein, und der Duft, der sein Hirn durchdrang.

Mein Gott, und sie haben es mir verheimlicht! Rowan! Michael!

Sie ist da, und sie hatten es ihm nicht gesagt, sie wollten, daß er es niemals erfuhr. Seine Freunde. *Hexen!*

Frierend, fröstelnd, rasend vom Duft und betäubt zugleich, beobachtete er sie durch das Glas. Die Menschen, nicht die seinen, sperrten ihn aus, und da stand die wunderschöne Prinzessin, und weinte sie, tobte sie, hatte sie Tränen in den Augen? Oh, du prächtiges, schönes Geschöpf!

Er trat hinter dem Gebüsch hervor, nicht willentlich, sondern einfach, weil er sich treiben ließ. Hinter dem schlanken Holzpfosten stand er, und jetzt konnte er ihr klagendes Rufen hören.

»Er war auf der Puppe, der gleiche Geruch! Ihr habt die Verpackung weggeworfen, aber an der Puppe habe ich ihn gerochen! Ich rieche ihn hier in diesem Haus!« Sie weinte bitterlich.

Oh, neugeborenes Baby.

Und wer war dieser erhabene Rat, der ihr Flehen nicht erhören wollte? Michael hob die Hände und forderte Ruhe. Rowan senkte den Kopf. Einer der anderen Männer war aufgestanden.

»Ich zerbreche die Puppe, wenn ihr es mir nicht sagt!« kreischte sie.

»Nein, das wirst du nicht tun«, rief Rowan, und jetzt war sie es, die zu dem Mädchen lief. »Das wirst du nicht, das wirst du nicht, Michael, hol die Bru, halte sie auf!«

»Morrigan, Morrigan . . .«

Und sie weinte leise, und der Duft sammelte sich und wehte durch die Luft. Und ich habe euch geliebt, dachte Ash, und ich habe für kurze Zeit gedacht, ich wäre einer von euch. Er weinte. Samuel hatte so recht gehabt. Und dort, hinter den dünnen Glasscheiben . . . »Weine ich? Gehe ich hinein?« flüsterte er. »Zerschlage ich die Scheibe? Konfrontiere ich euch mit eurem eigenen, betrügerischen Schweigen, damit, daß ihr es mir nicht gesagt habt? Ihr habt es mir nicht gesagt! Nicht gesagt! Oh, wir weinen wie Kinder!«

Und er weinte, wie sie weinte. Verstanden sie es denn nicht? Sie hatte seinen Geruch an den Geschenken gewittert, du lieber Gott, was für eine Qual, die arme Neugeborene!

Sie hob den Kopf. Die Männer, die sie umringten, konnten sie nicht dazu bringen, sich hinzusetzen. Was hatte ihre Aufmerksamkeit erregt? Was hatte ihren Blick zum Fenster gelenkt? Sie konnte ihn nicht sehen in der spiegelnden Helligkeit des Raumes.

Er trat rückwärts auf den Rasen. Der Geruch, ja, wittere den Geruch, meine Liebe, meine geliebte neugeborene Frau. Und mit geschlossenen Augen taumelte er rückwärts.

Sie hatte das Gesicht an die Scheibe gedrückt, ihre gespreizten Hände. Sie wußte, daß er da war! Sie hatte es gemerkt.

Was waren Prophezeiungen, was waren Pläne, was war Vernunft, wenn er ihresgleichen eine Ewigkeit lang nur in seinen Träumen gesehen hatte, oder alt und welk und ohne Verstand, wie Tessa es gewesen war, wenn sie heiß war und jung und ihn suchte?

Er hörte, wie das Glas zerbrach. Er hörte ihren Schrei und sah stumm, betäubt und überwältigt, wie sie ihm entgegenrannte.

»Ashlar!« rief sie mit dieser hohen, dünnen Stimme, und dann strömten Worte hervor, die nur er hören konnte, und sie sang vom Kreis und von den Erinnerungen, und sie sang von ihm.

Rowan war an den Rand der Veranda getreten. Michael war auch da.

Aber das war vorbei, und all seine Verpflichtungen ebenfalls.

Sie kam übers nasse Gras.

Sie flog ihm in die Arme, und ihr rotes Haar umhüllte ihn. Scherben und Splitter von funkelndem Glas fielen von ihr ab. Er drückte sie an sich, ihre Brüste, ihre warmen, pochenden Brüste, und seine Hand glitt unter ihren Röcken hinauf zu ihrem warmen Geschlecht, der lebendigen Falte, naß und heiß für ihn, während sie stöhnte und seine Tränen ableckte.

»Ashlar, Ashlar!«

»Du kennst meinen Namen!« flüsterte er und küßte sie rauh. Wie konnte es sein, daß er ihr nicht hier und jetzt die Kleider vom Leibe riß?

Sie war keine, die er je gekannt hatte oder an die er sich

erinnerte. Sie war nicht Janet, die in den Flammen gestorben war. Sie brauchte es auch nicht zu sein. Sie war sie selbst, seinesgleichen, seine flehende, bettelnde Liebe.

Und sieh nur! Wie still sie dastanden und ihn beobachteten, seine Hexen! Andere waren jetzt auch auf die Veranda gekommen, Hexen allesamt! Sieh sie nur an! Keinen Finger rührten sie, um sich zwischen ihn und sie zu stellen, um ihn zu trennen von der kostbaren Frau, die sich in seine Arme geflüchtet hatte. Michaels Gesicht zeigte Ratlosigkeit, und Rowan ... was war es, was sah er da im Licht – war es Resignation?

Er wollte ihr sagen, es tut mir leid. Ich muß sie mitnehmen. Das wißt ihr. Es tut mir leid. Ich bin nicht hergekommen, um sie zu holen. Ich bin nicht hergekommen, um mein Urteil zu fällen und zu rauben. Ich bin nicht hergekommen, um dies zu entdekken und dann meine Liebe zurückzuhalten.

Sie verzehrte ihn mit ihren Küssen. Und ihre Brüste, ihre zarten, vollen Brüste ... Aber wer war da jetzt gekommen, war auf den Steinplatten herangelaufen, war das die rothaarige Hexe, Mona?

»Morrigan!«

»Ich gehe jetzt fort, Mutter, ich gehe fort.« So schnell sang sie die Worte – wie konnten sie es verstehen? Aber ihm genügte es; er hob sie hoch, und als er loslief, sah er, wie Michael die Hand zum Abschied hob, in jener knappen, einfachen Geste, die ihm erlaubte, sich zu entfernen, und er sah auch, wie seine schöne Rowan mit dem Kopf nickte. Die kleine Hexe Mona kreischte nur!

Er eilte mit seiner Schönheit durch die Dunkelheit; ihre langen, leichten Glieder waren keine Last beim Laufen, und er lief über den dunklen Rasen, über Steinwege und durch einen weiteren dunklen, duftenden Garten. Feucht und dicht wie die uralten Wälder.

»Du bist es, du bist es. Oh, und der Duft auf den Geschenken, er hat mich wahnsinnig gemacht.«

Er setzte sich auf die Mauerkrone, flankte hinüber und nahm sie auf der dunklen, leeren Straße herunter. Es war kaum zu ertragen. Er griff mit vollen Händen in ihr Haar und zog ihren Kopf nach hinten, und seine Lippen wanderten an ihrem Hals herunter.

»Ashlar, nicht hier!« rief sie, obgleich sie weich und fügsam in seinen Armen lag. »Im Glen, Ashlar, im Glen, im Steinkreis von Donnelaith. Er steht noch, ich weiß es, ich kann ihn sehen!«

Ja, ja, und er wußte nicht, wie er die langen Stunden des Transatlantikfluges überstehen sollte, eingehüllt mit ihr im Dunkeln. Aber er durfte ihre zarten Brustwarzen nicht verletzen, durfte die feine, leuchtende Haut nicht zerreißen.

Er nahm sie bei der Hand und lief, und sie blieb an seiner Seite mit langen, jugendlichen Schritten.

Ja, ins Glen.

»Meine Geliebte«, flüsterte er und warf noch einen Blick zurück zum Haus, das da so dunkel und massiv emporragte, voller Geheimnisse, Hexen, Magie. Wo die Bru alles beobachtet. Wo das Buch wohnt. »Meine Braut«, sagte er und zerdrückte sie schier an seiner Brust. »Meine neugeborene Braut.«

Ihre Schritte hallten auf dem Pflaster, und dann hob er sie wieder auf und rannte schneller, als sie zusammen rennen konnten.

Janets Stimme kam zu ihm aus der Höhle. Alte Verse, vermischt mit Angst und Reue, und Schädel, die im Dunkeln schimmerten.

Und die Erinnerung ist nicht länger Ansporn, nicht länger Gedanke, nicht länger der Geist, der Ordnung bringt in die ganze machtvolle Bürde unseres Lebens, unseres Scheiterns, Versagens, der Augenblicke unserer kostbaren Verluste, der Erniedrigung – unseres langen Lebens. Nein, die Erinnerung war etwas, das so sanft und natürlich war wie die dunklen Bäume, die sich über ihren Köpfen erhoben, oder wie der purpurne Himmel im letzten tapferen Licht, im Waldesraunen des Abends ringsumher.

Im Wagen nahm er sie auf den Schoß, riß ihr Kleid auf, griff ihr ins Haar und rieb sich damit die Lippen, die Augen. Sie summte, sie weinte.

»Ins Glen«, flüsterte sie; ihr Gesicht war rot, und ihre Augen glänzten.

»Bevor hier der Morgen kommt, wird es dort Morgen sein, und wir werden zwischen den Steinen liegen«, sagte er. »Wir werden dort im Gras ruhen, und die Sonne wird über uns aufgehen, und wir werden unzertrennlich sein.«

»Ich wußte es, ich wußte es . . .«, flüsterte sie ihm ins Ohr. Sein Mund schloß sich um ihre Brustwarze und sog den süßen Nektar ihrer bloßen Haut, und stöhnend wühlte er sich in sie.

Und das dunkle Auto jagte davon durch die schillernde Dämmerung und ließ die dunkle Straßenecke und das majestätische Haus hinter sich, und mächtige, belaubte Äste hielten die Finsternis wie reife Früchte unter dem violetten Himmel; das Auto war eine Kanonenkugel, die ins grüne Herz der Welt flog und die beiden mit sich trug, Mann und Frau, endlich vereint.

22 Uhr 30,
10. Juli 1993